काला पहाड़

(उपन्यास)

काला पहाड़

भगवानदास मोरवाल

राधाकृष्ण प्रकाशन

ISBN : 978-81-7119-452-0

काला पहाड़

पहला संस्करण : 1999
पाँचवाँ संस्करण : 2017

मूल्य : ₹895

प्रकाशक

राधाकृष्ण प्रकाशन प्राइवेट लिमिटेड
7/31, अंसारी मार्ग, दरियागंज, नई दिल्ली-110 002

शाखाएँ : अशोक राजपथ, साइंस कॉलेज के सामने, पटना-800 006
पहली मंजिल, दरबारी बिल्डिंग, महात्मा गांधी मार्ग, इलाहाबाद-211 001
36 ए, शेक्सपियर सरणी, कोलकाता-700 017

वेबसाइट : www.radhakrishnaprakashan.com
ई-मेल : info@radhakrishnaprakashan.com

मुद्रक

बी.के. ऑफसेट
नवीन शाहदरा, दिल्ली-110 032

KALA PAHAR
Novel by Bhagwandas Morwal

सादल्ला के मेवात को

जहाँ से शुरू होता है मेवात . . .

ख़बर सचमुच चौंकाने वाली थी, बल्कि यह कहिए कि मगज को एकदम घुमा देने वाली और कुछ हद तक धमनियों में दौड़ रहे रक्त को ठिठका देने वाली भी।

लो भला, एकाध दिन पहले तक जो ख़बर महज छोटे-मझोले और रंग-बिरंगे इश्तहारों की शक्ल में पूरे इलाक़े के गाँव-खेड़ों से लेकर उन क़स्बों की दीवारों पर चिपकी हुई थी, जिनके बाज़ारों की आमदो-रफ़्त को अँगुली के पोर से यदि छू-भर दिया जाए तो वह वहीं थम जाए। आज वही ख़बर दीवारों पर चिपके इश्तहारों से निकल कर जगह-जगह सड़क के नाकों से लेकर, छोटे-छोटे चौराहों पर इतराती घूम रही है और सबको बता रही है कि तुम्हारे इस काले पहाड़ की खोह में बसे उसी महू गाँव में प्रधानमंत्री जी का आगमन हो रहा है, जिस गाँव का नाम इससे पहले शायद अपने पी.ए. के सिवाय प्रधानमंत्री जी ने किसी से सुना तो हो।

जगह-जगह घासेड़ा से लेकर महू तक सड़क पर विशाल तिरंगे द्वार बना दिए गए हैं। जहाँ-जहाँ सड़क के दोनों ओर बनी इमारतों के छज्जे बाहर निकले हुए मिले, उनसे बैनर बाँध दिए गए। बड़कली चौक को तो विशेष तौर से दुल्हन की तरह सजाया गया। सही बात तो यह है कि बड़कली इस शृंगार की पूरी हक़दार है भी क्योंकि घासेड़ा से लेकर महू तक यही एक ऐसा इकलौता चौराहा पड़ता है–जो चारों दिशाओं से आने वाली भीड़ को महू की ओर मोड़ता है। शायद यही वजह है कि इस चौक को प्रधानमंत्री जी के स्वागत में चारों ओर से पतंग काग़ज़ से बनी रंग-बिरंगी झालरों और बंदनवारों से सजा दिया गया है। यातायात पुलिस के दो सिपाहियों को इस चौराहे पर सुबह से ही तैनात कर दिया गया है। कभी-कभी तो यह देखकर हैरानी होती है कि जिस चौराहे पर राज्य परिवहन की सबसे निकृष्ट और निकम्मी बसें, खड़खड़ाते हुए ट्रक और लारियों के साथ-साथ लक्कड़बुग्गा फट-फट करते हुए, यातायात के सारे नियमों को धता बताते हुए बिना रोक-टोक के निकल जाते थे–आज वे ही यातायात पुलिस के सिपाही के इशारों पर ऐसे बढ़ रहे हैं जैसे माँ की डाँट पर हठीला बच्चा बिना हठ किए चुपचाप उसकी बात मान लेता है।

उसी बड़कली चौक पर बैठे राज्य पुलिस के दो सिपाही बड़े इत्मीनान से रात को खाए गए खाने के रेशों को दाँतों के बीच से कुरेदने में तल्लीन हैं, जो एक दिन पहले तक नहा-धोकर इस चौक के एक ओर कुर्सी डाल कर बैठ जाते थे, और इंतज़ार करते थे कि कोई मुर्गी फँसे। अब तो ये सिपाही इस लक्कड़बुग्गा को भी मुर्गी मानने पर मजबूर हो चुके हैं वरना जब यह लक्कड़बुग्गा फटफट करता हुआ पहली बार बड़कली से गुज़रा था, तो एक सिपाही ने इस लक्कड़बुग्गा को

धर दबोचा और इसे थाने में ले आया।

यातायात के नियमों के उल्लंघन के आरोप में जब इसके चालान करने की नौबत आई, तो पूरे थाने की पेशानी पसीने से भीग गई—थानेदार से लेकर अर्दली तक ने नीचे से ऊपर तक ज़ोर लगा लिया किंतु उनकी यातायात के नियमों की पुस्तक में कहीं इसके चालान का कोई कानून नज़र नहीं आया। हालाँकि थानेदार ने जब पहली बार सिपाही से पूछा था कि वह किस वाहन को पकड़कर लाया है जिसका चालान करना है तभी थानेदार का माथा पसीने से चू गया था। सिपाही के बजाय साथ में खड़े इसके ड्राइवर ने हाथ जोड़ते हुए कहा था, "बाबू जी, आज ही लायो हूँ या लक्कड़बुग्गा ए पंजाब सू।"

"लक्कड़बुग्गाऽऽ!" अकबकाते हुए थानेदार कुर्सी से लगभग उछलते हुए बोला। उसने गरदन झटक कर सिपाही की ओर देखा तो सिपाही ने कोई जवाब नहीं दिया लेकिन जब ड्राइवर ने ही हाथ बाँधे विस्तार से, बेहद भोलेपन के साथ इस नए वाहन के बारे में बताया तब कहीं जाकर थानेदार की जान में जान आई। आख़िर थानेदार से लेकर अर्दली तक का इस पर जब किसी तरह का वश नहीं चला, तब मजबूरन् उन्हें यह लक्कड़बुग्गा बाइज़्ज़त रिहा करना पड़ा, सिर्फ़ पचास रुपए की ग़ैर-कानूनी जमानत पर।

बाद में अपने कमरे से बाहर निकल कर थानेदार ने बेहद तसल्ली के साथ इस लक्कड़बुग्गा नाम के नए वाहन का अवलोकन किया, तो तब कहीं जाकर उसकी समझ में आया कि एक किर्लोस्कर इंजन के साथ महज गियर बॉक्स को तख़्तों पर टिका देने, और उसमें स्टियरिंग तथा जीप के चार पहिए लगा देने से यह कैसे मोटर वाहन कानून की परिधि में आ सकता है? बल्कि सही मायने में 'कहीं का ईंट कहीं का रोड़ा, भानुमति ने कुनबा जोड़ा' जैसी बेजोड़ कहावत को चरितार्थ करता हुआ यह लक्कड़बुग्गा पूरे इलाक़े की सड़कों पर सालों तक, जहाँ जी चाहता चल देता और जब चाहता अपनी मर्ज़ी से खड़ा हो जाता था। शायद इसी जुगाड़ प्रवृत्ति के कारण इसे पूरा इलाक़ा 'जुगाड़' के नाम से भी पुकारता है।

लक्कड़बुग्गा यानी जुगाड़ को बाइज़्ज़त रिहा करने के बाद थानेदार ने सिपाही को पहले तो खूब डाँटा कि भविष्य में इन लक्कड़बुग्गों को कुछ न कहा जाए लेकिन साथ ही उसके कंधे को हलके-हलके दबाते हुए यह भी सलाह दे डाली कि मौक़ा-बेमौक़ा इन्हें छोड़ा भी न जाए। अच्छा हो यदि इनसे भी महीना बाँध लिया जाए। जाते-जाते थानेदार सिपाही को यह याद दिलाना नहीं भूला कि सरकार ने उन्हें यहाँ लोगों की सेवा के लिए नहीं बल्कि इस काले पानी में सज़ा के तौर पर भेजा है। इसलिए सीखो कि लहरों से कैसे नामा कमाया जाता है।

इसी क्रम में सुरक्षा से जुड़े पुलिसकर्मियों ने बड़कली और नगीना के बीच चलने वाले सभी रिक्शों को हाँक कर थाने में लाकर खड़ा कर दिया। बड़कली पर लगने वाली रहड़ियों को वहाँ से एक ओर करवा दिया गया तथा सड़क के

एकदम किनारे लगने वाला बसंता और दौलत चमार का ठीया भी उठाकर वहीं एक रहड़ी के नीचे बेरहमी के साथ उड़स दिया गया। वहीद नाई की इकलौती कुर्सी और दरख़्त पर चोबे से लटका पुराना दर्पण तक वहाँ से हटा दिया गया। यहाँ तक कि एक दिन पहले तक जो वाहन पुलिस संरक्षण में वैध रूप से सड़कों पर दौड़ लगा रहे थे, उन्हें भी ज़ब्त कर भीड़ ढोने के लिए लगा दिया गया। इसी को मद्देनज़र रखते हुए बड़कली चौक पर यातायात पुलिस के दो अतिरिक्त सिपाही और तैनात कर दिए गए कि जो वाहन लोगों को ढोकर लाएँगे, उन्हें सही दिशा प्रदान करानी है।

इस तरह जैसे-जैसे दिन चढ़ने लगा, लोग अपना-अपना काम-धंधा छोड़कर बड़कली पर पहुँचने लगे। लोगों के भीतर कौतुकता एक अजीब-सी सनसनाहट पैदा करने लगी कि हाय, यह वही बड़कली है! बड़कली का बदला हुआ नक़्शा देखकर पूरे नगीनावासियों को भरोसा हो गया कि ज़रूर ही अब इस इलाक़े के दिन फिरने वाले हैं क्योंकि अगर ऐसा नहीं होता, तो जो झाड़-झंखाड़ उन्हें दूर से ही हाथ हिलाते हुए दिखाई देते थे, उन्हें दबोच कर नीचे नहीं बैठा दिया गया होता। कहने का तात्पर्य यह है कि निश्चित दिन सवेरे से ही साकरस चौबीसी के इस महू गाँव से लेकर बड़कली तक प्रधानमंत्री जी के आने की ख़ुशी में चहकने लगी।

प्रधानमंत्री जी भूड़ से पटे इस महू गाँव में क्यों तशरीफ़ ला रहे हैं, उसका तो कुछ पढ़े-लिखों के अलावा किसी को कोई ख़ास पता नहीं। किंतु पचास से ऊपर वाले गूँठा टेक और दो-चार अलिफ़ बे पे पढ़े बड़े-बूढ़े, जिनकी जिल्द में तेज़ी से सिलवटें पड़ती जा रही हैं, उनके लिए प्रधानमंत्री जी के आने का बस एक ही मतलब समझ में आता है, और वह है पेंशन। इसलिए कुछ बड़े-बूढ़ों ने तो यहाँ तक तय कर लिया कि प्रधानमंत्री जी से यह ज़रूर कहना है कि उनकी पेंशन कभी मिलती है और कभी नहीं। अगर ऐसा है तो क्यों है? कुछेक ने यह कहने का मन बना लिया कि प्रधानमंत्री जी के कानों तक यह बात पहुँचानी है कि उनकी पेंशन की रकम बढ़ाई जाए क्योंकि इस समय मिलने वाली पेंशन की रकम इतनी कम है कि पोस्टमैन और पोस्टमास्टर को उनका हिस्सा देने के बाद, उन्हें जो रकम मिलती है उससे गुज़ारा करना बेहद मुश्किल है।

प्रधानमंत्री जी के आने की ख़ुशी में पूरे इलाक़े की नसों में बरसों से जमा ख़ून एकाएक पूरे वेग के साथ दौड़ने लगा। ज़्यादातर उन तथाकथित नेताओं और ठोंडाओं[1] के सिर धवल फेंटों से चमकते हुए दिखाई देने लगे, जो प्रायः बड़े नेताओं के लिए दलाली करते हैं। उन्हीं नेताओं और ठोंडाओं के चेहरे इस फ़िक्र में कुम्हलाए हुए दीख रहे हैं, जो आज से पहले अपने आपको इस इलाक़े का उत्तराधिकारी बनने का सपना लिए पूरा-पूरा दिन चाय के खोखों पर गुज़ार देते थे।

पिछले कुछ सालों से चौमासों के झड़कर न बरसने तक की चिंता को लोग

1. ठोंडा : स्थानीय छुटभैया नेता।

भूल गए हैं। दूर-दूर तक सरसों की तनी चादर में उन्हें गेहूँ और चने की फुनगियाँ लहराती नज़र आ रही हैं और बाजरे तथा ज्वार के टिक्कड़ों से उन्हें स्वादिष्ट व्यंजनों की गंध आने लगी है।

घासेड़ा से लेकर मह तक जहाँ-जहाँ सड़क के किनारे गाँव-क़स्बे हैं, वहाँ-वहाँ अपने माननीय प्रधानमंत्री जी की मात्र एक झलक पाने के लिए लोग सड़क से आ लगे हैं। मह जाने के लिए कुछ साईकलों से, तो कुछ पैदल ही बड़कली की ओर लपके हुए जा रहे हैं। रिक्शों को तो पहले ही थाने में लाकर खड़ा कर दिया है, इसलिए जिन्हें जाना था वे पहले ही ट्रक-टैम्पो में भर कर जा चुके हैं।

प्रधानमंत्री जी का मह में पहुँचने का समय ठीक साढ़े ग्यारह बजे का है क्योंकि इसके बाद आने का इसलिए भी औचित्य नहीं है कि एक-सवा के आसपास लोग जुह्र की नमाज़ की तैयारी में जुट जाते हैं। इसलिए इस इलाक़े में ज़्यादातर जलसा-जलूसों का समय या तो बारह बजे से पहले तय किया जाता है, या फिर जुह्र की नमाज़ के बाद।

अभी पौने ग्यारह ही हुए हैं लेकिन जगह-जगह सड़क के दोनों ओर तैनात पुलिस के सिपाही अभी से नाकों पर जमा लोगों को दौड़-दौड़ कर नियंत्रित करने का अभ्यास कर रहे हैं। हवा में डंडों और लाठियों को लहराते हुए अपनी प्रकृति के अनुरूप भद्दी-भद्दी गालियाँ देते हुए ज़ाहिल, गँवार और निठल्ले लोगों को हाँकते हुए कभी बायीं ओर धकेल देते हैं तो कभी दायीं ओर लेकिन जहाँ ख़लकत ज़्यादा थी वहाँ सिपाही की पीठ फिरते ही भीड़ फिर वहीं आ जाती जहाँ उसे नहीं आना चाहिए। फलस्वरूप जब सिपाही इन निपट गँवार और ज़ाहिलों को धकियाते-धकियाते बौरा-से गए, तो हारकर उन्होंने अपने डंडे और लाठियों वाले हाथ यह कह कर ढीले छोड़ दिए कि ना मानो तो अपनी ऐसी-तैसी कराओ। इस तरह इस धींगामुश्ती और धक्कम-धक्का में कब सवा ग्यारह हो गए, इसका तभी पता चला जब एक ओर कान से सटे वॉकी-टॉकी पर मिले संदेश को सुनकर सभी सिपाही ज़रूरत से ज़्यादा मुस्तैद और चौकन्ने हो गए।

कान से वॉकी-टॉकी सटाए सिपाही जो ओहदे में निःसंदेह अन्य सिपाहियों से बड़ा होगा, दौड़ा-दौड़ा लगभग हाँफते हुए नगीनावाली सड़क पर जमा लोगों की ओर आया, और झल्लाते हुए एक सिपाही को आदेश और निर्देश दोनों एकसाथ देते हुए बोला, "अरे, इन्ने पीछे हटा, पीएम साहब भादस पहुँच गए हैं!"

नगीनावाली सड़क पर जमे ठट्टे ने सिपाही के इस निर्देश को सुना तो वहाँ पल भर के लिए सन्नाटा छा गया, बिलकुल इस अंदाज़ में कि प्रधानमंत्री जी भागती हुई कारों से कुछ बोलते हुए भी जाएँगे और इससे पहले वह सिपाही आगे कुछ और निर्देश देता, एक जीप जिसकी पेशानी पर नीली बत्ती लुप्प-लुप्प कर रही थी, चीख़ती हुई सर्र से गुज़र गई। वॉकी-टॉकी वाला सिपाही जब तक अपने

आपको सैल्यूट की मुद्रा में लाता, जीप माँडीखेड़ा की दिशा में काफ़ी दूर निकल गई।

इस जीप की चीख़ सुनते ही जगह-जगह नाकों पर जमी ख़लकत में धक्का-मुक्की और बढ़ गई तथा इससे पहले कि लोग कुछ समझ पाते पुलिस की जीपों और कारों की समवेत चीख़ें एकाएक तेज़ हो उठीं। धक्का-मुक्की करते लोग जहाँ थे, वहीं चिपक गए और अपनी-अपनी गरदनों को उचका कर कुछ देख पाते तथा कुछ समझ पाते, दस-बारह तिरंगे झंडेवाली सफ़ेद कोन्टेसा, अम्बेसडर, जिप्सी और इतनी ही पुलिस व सुरक्षाकर्मियों की गाड़ियों का एक काफ़िला चीख़ता हुआ देखते ही देखते उनकी आँखों के सामने से कब गुज़र गया, पता ही नहीं चला। हाँ, बाद में कुछ लोगों का यह कहना था कि काफ़िले के बीचवाली एक कार के पिछले दरवाज़े के अधखुले काले शीशे के बीच से एक हाथ लहराता हुआ अवश्य दीखा था, जो संभवतया प्रधानमंत्री जी का ही हाथ रहा होगा।

जैसे-जैसे यह काफ़िला तेज़ी के साथ महू की ओर बढ़ता रहा, वैसे-वैसे सड़क के दोनों ओर जगह-जगह नाकों पर तैनात सिपाही अपनी-अपनी कमर में कसी बैल्ट को ढीला करते रहे। इस तरह थोड़ी देर बाद स्थिति यह हो गई कि जो लाठियाँ और डंडे हवा में फड़फड़ा रहे थे, वे भी ख़ामोश होकर ज़मीन पर अधमरे से लेट गए।

बड़कली से वापस लौटते हुए ज़्यादातर चेहरों की झुँझलाहट छिपाए नहीं छिप रही है। उन्हें ग़ुस्सा इस बात पर नहीं आ रहा है कि वे प्रधानमंत्री के आने का कारण नहीं जान पाए हैं बल्कि इस बात पर आ रहा है कि एक तो वे अपने-अपने काम-धंधों को छोड़कर इतनी दूर चल कर आए। दूसरा, पुलिसवालों के मुँह से बेमतलब 'बहनचो और मादरचो' की गालियाँ ही सुनने को मिलीं। चलो, यह सब भी देख लिया जाए लेकिन उसका क्या किया जाए कि वे जिस प्रयोजन से यहाँ तक चलकर आए थे वह पूरा ही नहीं हुआ—यानी प्रधानमंत्री जी को तो वे देख ही नहीं पाए। मगर इन्हीं चेहरों में ऐसे बहुत से चेहरे भी हैं जिन पर संतुष्टि के भाव साफ़ देखे जा सकते हैं और इसमें दो राय नहीं कि वे घर जाकर पड़ोसियों से लेकर अपने बच्चों तक के सामने माननीय प्रधानमंत्री जी का ऐसा ख़ाका खींचेंगे कि जो बड़कली जाने से वंचित रह गए वे ख़ुद को कोसे बिना नहीं रहेंगे। छोटेलाल भी उन्हीं में से एक है जिसने प्रधानमंत्री जी को जी भर के देखा है। हालाँकि यह बात दीगर है कि अपने छोटे कद के कारण उसे पंजों के बल कई बार उचकना पड़ा था।

इस सबके बावजूद ज़्यादातर वापस लौटने वाले चेहरों पर अभी भी वही सवाल चिपका हुआ है कि प्रधानमंत्री जी आख़िर इस इलाक़े में आए किसलिए हैं? अगर जगह-जगह दीवारों पर चिपके हुए इश्तहारों पर जाएँ तो भी यक़ीन नहीं आता कि माननीय प्रधानमंत्री जी महू में अट्ठारह सौ सत्तावन में शहीद हुए दो

सौ अट्ठावन बहादुर मेवों की याद में साकरस चौबीसी के नाम से एक शहीदी मीनार का शिलान्यास करेंगे। कम से कम इन इश्तहारों पर तो इसलिए भी यक़ीन करना मुश्किल है कि देश को आज़ाद हुए आधी सदी बीतने को आ रही है और प्रधानमंत्री जी को शिलान्यास करने की सुध अब आई है? अट्ठारह सौ सत्तावन की क्रांति को गुज़रे हो गया एक सदी से ऊपर और बहादुर मेवों की याद आ रही है अब? वाह! क्या संगत बैठाई है प्रधानमंत्री जी ने!

बहरहाल, प्रधानमंत्री जी मढ़ू में शहीदी मीनार का शिलान्यास करेंगे या कुछ और कहेंगे, यह रहस्य अभी भी लोगों की समझ से बाहर है लेकिन जो भी होगा उसका तो पता मढ़ू में चलकर ही चलेगा कि असलियत क्या है?

जैसाकि तय था माननीय प्रधानमंत्री जी ठीक साढ़े ग्यारह बजे मढ़ू में पहुँच जाएँगे और वे मढ़ू में लगभग पहुँच भी गए किंतु मढ़ू से लगभग डेढ़ किलो मीटर पहले सरकारी सुरक्षा व्यवस्था एकाएक भरभरा कर ढह गई। प्रधानमंत्री के निजी सुरक्षाकर्मियों से लेकर कमांडोज़ तक के हाथ-पाँव फूल गए। राज्य सरकार के गुप्तचर विभाग के अधिकारियों को अपनी-अपनी नौकरी से हाथ धुले हुए दिखाई देने लगे और जिला अधिकारी, वरिष्ठ पुलिस अधीक्षक से लेकर उप-मंडल अधिकारी तक की साँसें गले में अटक गईं।

पूरा काफ़िला एक झटके के साथ रुक गया। जो पुलिसकर्मी अपनी मुस्तैदी और कर्त्तव्यनिष्ठा के मद में पदोन्नति के मख़मली गद्दों पर कुलाँचें भर रहे थे, एकाएक सड़क और टायरों के घर्षण से पैदा हुई चीख़ से जैसे नींद से जाग उठे। निजी सुरक्षाकर्मियों और चुस्त कमांडो ने आगे-पीछे चल रही कारों और जीपों से छलाँग मारते हुए प्रधानमंत्री जी की कार को चारों ओर से घेर लिया, और जब तक वे सभी टहलती हुई सड़क पार नहीं कर गईं, काफ़िला आगे नहीं बढ़ा। तीन-चार पुलिसकर्मियों ने बहुत कोशिश की कि वे जल्दी से जल्दी सड़क पार कर लें लेकिन अपनी मर्ज़ी से ही उन्होंने सड़क पार की। वरिष्ठ पुलिस अधीक्षक ने तुरंत वहाँ तैनात एक पुलिसकर्मी को अपने पास बुलाया और उससे पता नहीं क्या कह कर अपनी गाड़ी को आगे बढ़ने का आदेश दे दिया।

लेकिन यह हुआ क्या?

हुआ दरअसल यह कि सड़क के नीचे गड्ढों में सात-आठ भैंसें घास चरने में इस तरह खोई हुई थीं कि जैसे ही उनके कानों में जीप और कारों की चीख़ सुनाई पड़ीं वे घबरा गईं। पुलिसकर्मी जब तक कुछ कर पाते वे सब बीच सड़क पर इत्मीनान से खड़ी हो गईं। ज़ल्दबाजी और घबराहट में जब तक तैनात पुलिसकर्मी कुछ समझ पाते काफ़िला उन तक आ पहुँचा। कारों और जीपों के ड्राइवरों ने खूब हार्न बजाए लेकिन कहते हैं न कि भैंस के आगे बीन बजाने से कोई फ़ायदा नहीं, वही हुआ। आख़िर कुछ देर बाद वे ख़ुद ही आगे बढ़ गईं।

इस तरह इस पूरी क्रिया में तीन-चार मिनट ज़ाया होने के बाद प्रधानमंत्री जी महू गाँव में पहुँच गए। सभा स्थल की ओर धूल उड़ाते हुए काफ़िले के बढ़ने के साथ-साथ वहाँ बैठे हुए लोग भी धीरे-धीरे उठने लगे। सभा स्थल के गाँव से बाहर होने के कारण चारों ओर धूल के बादल छा गए। यह तो ग़नीमत थी कि सभा स्थल के लिए समय से पहले सरसों के जिन खेतों को उजाड़ा गया था उनके आसपास के खेतों में सरसों खड़ी हुई है, वरना यही जलसा चैत-बैसाख या जेठ में होता तब पता चलता कि धूल और धूप क्या होती है!

जिन अधिकारियों की पत्नियाँ इस सभा में अपने-अपने अधिकारी पतियों के साथ आई हुई हैं उनकी तो आँखें इस सौन्दर्य को देखकर फटी की फटी रह गईं। चारों ओर दूर-दूर तक बिछी पीली और हरी चादर के बीच शामियानों और क़नातों से घेर कर बनाया गया सुंदर मंच। मंच के सामने दूर तक उगे हुए रंग-बिरंगे नरमुंड और आह, ग्राम्य जीवन का जीता-जागता नमूना! सचमुच सबको देखकर अधिकारियों की पत्नियाँ देखते ही देखते किसी कल्पना लोक में उड़ान भरने लगीं।

मंच के बायीं ओर बनी सीढ़ियों के एकदम पास सफ़ेद कोन्टेसा कार के रुकते ही वहाँ खड़ी भीड़ का अभिवादन स्वीकार करते हुए प्रधानमंत्री जी उससे नीचे उतरे और सीढ़ियों से होते हुए मंच पर पहुँच गए। मंच पर अपना आसन ग्रहण करने के बाद प्रधानमंत्री जी ने अपनी आँखों से चश्मा उतारा तथा उसे पानी से भरे गिलासों में उड़से हुए ताज़ा फूलों से बने गुलदस्तों के बीच रख दिया।

प्रधानमंत्री जी के आसन ग्रहण करते ही रह-रह कर उठने वाला शोर थम-सा गया। अपने मुख्य अतिथि यानी प्रधानमंत्री जी को पानी-पत्ता पिलाने के बाद, सबसे पहले स्थानीय विधायक चौधरी अतर मोहम्मद माइक पर आए तथा दूर तक बिछे लोगों पर एक नज़र डाल कर बोलना शुरू किया।

"हीन् बैठे सभी बुजरगो, बड़े-बूढ़े और भाइयो! ई तो तमन्ने पतो होएगी कि आज हमारे बीच पीएम साब तसरीफ लाए हैं जैसाकि आप सब भाई अच्छी तरह जानते हैं कि हमारे पीएम साब उन बहादुर मेवन् की याद में एक सहीदी मीनार, मेरो मतलब है कुतब की लाठ की नींव धरेंगे जिन्ने अपना इलाका और मुलक की खातर फिरंगीन् सू झुज्ज ली ही और लड़ता-लड़ता सहीद होगा हा...... माननीय पीएम साब, ई वही मेवात है जाके मेवन्ने सैंतालीस की भग्गी में जिन्ना का बहकावा में न आके पाकस्तान जाण सू साफ मना कर दी ही......"

स्थानीय विधायक चौधरी अतर मोहम्मद का भाषण कुछ देर तक तो लोगों ने शांतिपूर्वक सुना किंतु थोड़ी देर बाद आपसे में फुसफुसाहट और बेचैनी शुरू हो गई। कुछ तो उठ कर बाहर चले गए और कुछ मिट्टी का ढेला लेकर क़नातों की ओट लेकर पेशाब करने बैठ गए। कुछ पानी-पत्ता के बहाने उठ गए और जो बच गए उनमें से भी ज़्यादातर उठने की जुगत भिड़ाने लगे।

सलेमी, रोबड़ा, मनीराम और बुद्धन की झुँझलाहटें भी अपनी सीमा का अतिक्रमण करने पर आमादा हो गईं। एक तो वे रोड़वेज़ की बसों में धक्का खाते हुए यहाँ तक पता नहीं कैसे पहुँचे हैं और जब पहुँच गए हैं तब यहाँ भाषणबाजी सुनने को मिल रही है। अरे, ये तो आए हैं किसी और ही बात को सुनने के लिए। इनके कान तो उस घोषणा को सुनने के लिए बेताब हैं, जिसके लिए पिछली कई रातें रोबड़ा, मनीराम, हरसाय और बुद्धन ने कुबेर की कोठड़ी में कुलाँचें भरते हुए काटी हैं।

बुद्धन ने मारे ख़ुशी के न तो ख़ुद सवेरे ढंग से कलेऊ किया और न ही मनीराम को करने दिया, बल्कि रोबड़ा भी बग़ैर कलेऊ किए ही चला आया।

"......और भाइयो, हमें अपना या इलाका पे बहोत फखर है कि आज तलक यामें कोई फिरकाना फसाद ना हुओ है, सबसू बड़ी बात तो ई है के या इलाका में हिंदू और मेव एक कुणबा की तरह रहता आया हैं...... मजाल है कोई काई की बहाण-बेटी पे आँख तो उठा जाए......"

चौधरी अतर मोहम्मद ने अभी अपना वाक्य पूरा ही किया था कि एक नौजवान जिसने शायद हाल ही में राजनीति में प्रवेश किया था, मंच पर खड़े लोगों के बीच से निकलकर माइक के सामने आया और चिल्लाते हुए बोला, "चौधरी अतर मोहम्मद........"

प्रधानमंत्री जी ने पहले उस उत्साही नौजवान कार्यकर्ता की ओर देखा और फ़िर अपनी बग़ल में बैठे नूह विधान सभा के विधायक चौधरी करीम हुसैन से इसके बारे में जानकारी लेनी चाही परंतु चौधरी करीम हुसैन ने इस उत्साही कार्यकर्ता के बारे में जो कुछ बताया होगा, उससे पास में खड़े दूसरे ठोंडाओं ने अंदाज़ा लगा लिया कि चौधरी करीम हुसैन ने क्या बताया होगा? क्योंकि प्रधानमंत्री जी ने सिर्फ़ सिर हिलाया और चश्मे को गुलदस्ते के बीच से उठा कर, उसे रुमाल से पोंछते हुए आँखों पर चढ़ा लिया।

आख़िर स्थानीय विधायक चौधरी अतर मोहम्मद ने स्थिति को भाँपते हुए अपना परिचयात्मक भाषण ख़त्म करना उचित समझा, और पीछे मुड़ते हुए बोला, "अब मेरी माननीय पीएम साब सू गुजारिस है कि पहले वे सहीदी मीनार की नींव धरके हमारी या मेवात को सिर ऊँचो करें......!"

चौधरी अतर मोहम्मद की इस घोषणा के बाद प्रधानमंत्री जी तुरंत शिलान्यास स्थल की ओर बढ़ गए। मंच से प्रधानमंत्री को उतरता देख, जनसभा में अफ़रा-तफ़री मच गई।

"अरे मनीराम, अन्यायी तू तो कह रो हो के परधानमंत्री सू पिलसण बढ़ाण की बात करेंगा....... पर ई तो वा ईनार-मीनार कहा बला है हून् चलोगो.......?" रोबड़ा ने उठते हुए रेत झाड़ते हुए पूछा।

"यार, ऊ मीनार अभी कौण-सी बन री है........ ई तो वाको पत्थर धरण गयो

है।" मनीराम ने रोबड़ा को आश्वस्त करने की कोशिश की।

"मेरे यार, जब ऊ बण जाएगी, तब वासू हमन्ने कहा फायदा होएगो........ अरे, हम जा बात ए सुनण कू हीन् तक गोडान्ने तुड़वा के आया हैं वाको तो अभी तलक कोई जिकर भी ना है।" रोबड़ा ने निराश होते हुए कहा।

"कुछ समझ में ना आ री है रोबड़ा......... पूरा इलाका में तो यही बात उड़ी पड़ी ही के परधानमंत्री हमारी पिलसण ए बढ़ाण की बात कहेगो......... पर ई एमेले तो और ही रामाण ए लेके बैठ गो.....। अरे ई खुद तो हमारी बात सुने ना है, और आज जब ई परधानमंत्री आयो है तो वाके आगे पतोई ना कहा गपड़-गपड़ कर रो है.......... कहीं ई हमन्ने डुबेणा के चक्कर में तो ना है...........!" मनीराम ने झुँझलाते हुए कहा।

मनीराम ने अभी अपना वाक्य पूरा ही किया था कि तभी मंच से, दूर-दूर तक गड़ी बल्लियों और पेड़ों पर टँगे लाउडस्पीकरों से उद्घोषणा होने लगी, "भाइयो, पीएम साहब अभी मीनार की नींव धर के आ रहे हैं......... आप सबसे गुजारिश है कि कृपा करके शांति का दान दें......... प्रधानमंत्री जी कुछ ही क्षणों के बाद फिर से मंच पर तशरीफ लाने वाले हैं.........।"

इस बार साफ़-सुथरी भाषा में उद्घोषणा हुई। हालाँकि घोषणा करने वाले के अंदाज़ से पता चल रहा था कि वह शब्दों का उच्चारण कितनी सावधानीपूर्वक कर रहा है।

"ले सुन ले, परधानमंत्री अभी उल्टो आएगो........ तू भी खामखाँ घबरा जावे है यार रोबड़ा........ चल बैठ जा, थोड़ी देर की बात और है बस्स........।"

"ना यार, फिर जुहुर की निवाज को बखत हो जाएगो........ मैं तो या मारे कह रो हूँ।"

"अभी तो घणी देर पड़ी है......... खूब पढ़ लीजो अपनी निवाज।" मनीराम ने रोबड़ा को ढाढ़स बँधाते हुए कहा।

लाउडस्पीकर की इस उद्घोषणा को सुनते ही समुद्र में उठे ज्वार की तरह जन-समूह धीरे-धीरे भाटे में तब्दील होता चला गया।

शहीदी मीनार के शिलान्यास की सारी कार्यवाही लगभग दस मिनट के भीतर पूरी हो गई। होती भी क्यों नहीं, प्रधानमंत्री जी को कोई रद्दा थोड़े ही चढ़ाना है जिसमें दीवार को सूत और गुनिया लगा कर सीधा करना है! अरे, चाँदी की छोटी-सी तश्तरी में, जिसे ऐसे मौक़ों पर परात ही कहा जाता है, थोड़ा-सा मसाला होगा और छोटी-सी करनी होगी। बस, एक करनी मसाला डाल कर उस पर एक ईंट ही तो टेकनी होती है—लो हो गया शिलान्यास।

मंच पर प्रधानमंत्री जी के आते ही एक बार फिर स्थानीय विधायक चौधरी अतर मोहम्मद ने माइक सँभाल लिया और जनसभा से शांत रहने का अनुरोध करते हुए बोला, "भाइयो, हमारी मुद्दत सू माँगी जा रही माँग हमारे माननीय

पीएम साब ने आज पूरी कर दी है......... माननीय पीएम साब ने आज हमारे उन बहादुर मेव सहीदों की याद ताजा कर दी है, जिन्ने हम भूलता जा रा हैं.......... अब मेरी साकरस चौबीसी का सरपंच सू गुजारिस है के ऊ चौबीसी की ओर सू माँग पत्तर पढ़े........ सुकरिया!" इतना कहकर चौधरी मोहम्मद अपनी सीट पर आ बैठा।

पूरे जन-समूह की निगाहें मंच पर आकर टिक गईं।

ज़रूर ही आज इस इलाक़े के भाग्य का फैसला हो जाएगा, ऐसा लग रहा है।

अनेक आशाओं और अपेक्षाओं के झरने बहने लगे जन-समूह के बीच। अनेक योजनाओं और परियोजनाओं के चित्र उभरने लगे पूरे जन-समूह की आँखों में, और तरह-तरह की कल्पनाओं में पूरा जन-समूह डूबने-उतराने लगा।

माइक के सामने रखे डायस पर जैसे मेवात के हिस्से में स्थायी तौर पर खींच दी गई उपेक्षाओं, बदहाली और ना-उम्मीदों की अक्षांश तथा देशांतर रेखाओं से बना मानचित्र बिछ गया।

साकरस चौबीसी के युवा सरपंच ने माँग-पत्र पढ़ने से पहले भूमिका के रूप में बोलना शुरू किया–

"आदरणीय प्रधानमंत्री जी, जनाब चौधरी मोहम्मद करीम हुसैन साहब, जनाब चौधरी अतर मोहम्मद साहब, अन्य गणमान्य अतिथिगण और राजस्थान, मध्य प्रदेश, उत्तर प्रदेश तथा दूर-दूर से आए मेरे मेवाती बुजुर्गों, जैसा कि चौस्साब अतर मोहम्मद साहब ने अभी-अभी कहा है कि प्रधानमंत्री जी ने आज हमारी मुद्दत से माँगी जा रही माँग को पूरा कर दिया है, इसके लिए पूरा इलाका इनका तहेदिल से शुक्रिया अदा करता है लेकिन इस इलाके की केवल यही एक माँग नहीं है और भी बहुत-सी माँगें हैं जिन्हें मैं आपके सामने पढ़कर सुनाना चाहता हूँ.......।"

इसके बाद सरपंच ने उस माँग-पत्र को पढ़ना शुरू किया, जिसे बेहद मेहनत से तैयार करने के बाद फ्रेम में जड़वाया गया था–

"माननीय प्रधानमंत्री जी, जैसाकि आप जानते हैं हमारा यह इलाका बेहद गरीब और पिछड़ा हुआ है। यहाँ पिछले कई सालों से न के बराबर बारिश हो रही है जिसके कारण सारे जोहड़ और तालाब सूख चुके हैं। मटर, जौ, चना जैसी फसलें पैदा होनी बंद हो गई हैं। इसलिए इलाके की ओर से चौबीसी की पहली माँग यह है कि मेवात में सिंचाई की पर्याप्त सुविधाएँ मुहैया कराई जाएँ और बरसों से मंजूर 'मेवात नहर' का निर्माण जल्दी शुरू कराया जाए.........।"

पहली माँग सुनते ही प्रधानमंत्री जी तड़ाक् रो जैरो गंच पर आ गिरे।

आख़िर वही हुआ जिसका उन्हें रह-रहकर डर लग रहा था। यह तो अच्छा हुआ जो आँखों पर काला चश्मा चढ़ा हुआ था वरना पता नहीं आँखों के ज़रिए कौन उनके मन की दशा ताड़ जाता। उन्हें अपना कंठ सूखता-सा महसूस हुआ,

उन्होंने तुरंत पानी से भरे गिलास को उठाया और एक ही साँस में रीता कर गए।

"......माननीय पीएम साहब, इस इलाके में कोई रेलवे लाइन नहीं है। इसलिए चौबीसी की दूसरी माँग यह है कि हमारी सालों से माँगी जा रही इस माँग को पूरा किया जाए और इलाके में रेलवे लाइन बिछवाई जाए........।"

दूसरी माँग के ख़त्म होते-होते प्रधानमंत्री जी का चेहरा ज़र्द पड़ने लगा। प्रधानमंत्री के दाएँ ओर बैठे राज्य के मुख्यमंत्री तक का ललाट पसीने से चू उठा। उसने मन ही मन तय कर लिया कि इस अतर मोहम्मद के बच्चे को चंडीगढ़ में जाकर देखूँगा। साथ ही यह भी तय कर लिया कि वह इसे अगले माह होने वाले मंत्रिमंडलीय विस्तार में मंत्री नहीं बनाएगा। हालाँकि पहले सोचा यह था कि जो आदमी इतनी भीड़ इकट्ठी कर सकता है, उसे ज़रूर कोई न कोई मंत्री पद दिया जाना चाहिए लेकिन इस माँग-पत्र ने चौ.धरी अतर मोहम्मद का कैरियर ही मटियामैट कर दिया।

".........हमारी तीसरी माँग है कि यहाँ के बेरोजगार युवकों को रोजगार दिलाया जाए। इसलिए आपसे माँग की जाती है कि देश के इन निर्माताओं के भविष्य को ध्यान में रखते हुए इस इलाके में शीघ्र ही उद्योग लगाने की योजना तैयार की जाए ताकि बेरोजगार........"

और इससे पहले कि प्रधानमंत्री जी के कानों तक माँग-पत्र के अंतिम शब्द पहुँचते, पूरी जनसभा तालियों की गड़गड़ाहट से दहल उठी। प्रधानमंत्री जी ने तुरंत चश्मे को उतारा और जेब से रुमाल निकाल कर उसे साफ़ करते हुए फिर से आँखों पर चढ़ा लिया।

इस बार प्रधानमंत्री तो प्रधानमंत्री, उनकी बग़ल में बैठे चौधरी करीम हुसैन का चेहरा भी सफ़ेद पड़ने लगा।

पता नहीं इस अतर मोहम्मद को किसने सलाह दी जो इस शहीदी मीनार का शिलान्यास कराने चल दिया। इसका तो कुछ नहीं बिगड़ेगा, पर कहीं ऐसा न हो कि इसके कारण इसी महू की घाटी में उनके बड़े बेटे के नाम से मिला हुआ पत्थरों का ठेका उसके हाथ से चला जाए—सोचते हुए चौधरी करीम हुसैन ने धीरे-से कुर्ते की आस्तीन से माथे पर तिर आए पसीने को पोंछा और सामने मेज़ पर रखे पानी के गिलास को होंठों से लगा लिया।

पूरी जनसभा देर तक करतल ध्वनियों से गूँजती रही।

साकरस चौबीसी के सरपंच ने जब देखा कि करतल ध्वनि थमने का नाम नहीं ले रही है, तब उसने हाथ उठाकर जन-समूह से शांत रहने का निवेदन किया। कुछ ही क्षणों के बाद पूरा जन-समूह सागर की तरह शांत होता चला गया।

"........हमारी चौथी और अंतिम माँग ऐसी है जिसकी ओर आज तक इस इलाके के लीडरान् का कभी ध्यान ही नहीं गया........ और माननीय प्रधानमंत्री जी मुझे उम्मीद है कि आपको तो खैर क्या पता....... पता मेरे इन बुजुर्गों को भी नहीं

होगा कि आज जहाँ इस देश को आजाद हुए आधी सदी होने को आ रही है वहीं इस इलाके के दो गाँव दोहा और रासेना यानी रायसीना आज भी कच्चे में हैं। इन गाँवों का कसूर सिर्फ इतना है कि अंग्रेजों को इन बहादुर गाँवों ने कभी भी माल-गुजारी नहीं दी..... इन गाँवों में जब भी अंग्रेज अफसर माल-गुजारी वसूल करने आए, उन्हें न केवल खाली हाथ लौटना पड़ा था बल्कि कई बार वे पिट कर भी गए। इसीलिए अंग्रेजों ने इन दो गाँवों को जरूरी सहूलियतों से महरूम कर दिया........ माननीय प्रधानमंत्री जी, बड़े दुःख के साथ कहना पड़ रहा है कि इन बदकिस्मत गाँवों को अंग्रेजों ने तो जरूरी सहूलियतों से महरूम किया ही बल्कि आजादी के बाद आज भी ये गाँव उन सहूलियतों से महरूम हैं। प्रधानमंत्री जी, आपको यह जानकर ताज्जुब होगा कि जिस रासेना गाँव के बारे में कही गई एक कहावत इनकी देशभक्ति का सबूत पेश करती है, उसी गाँव की आज तक चकबंदी नहीं हुई है। जिन गाँवों ने कभी फिरंगियों के जुल्म सहने से साफ मना कर दिया था, उन्हीं गाँवों के लोगों को आज तक हथियारों के लाइसेंस देने पर प्रतिबंध लगा हुआ है, और जिन गाँवों ने कभी फिरंगियों को माल-गुजारी नहीं दी—आज तक उन्हें ज्वाइंट खाते खोलने की इजाजत नहीं है......... माननीय प्रधानमंत्री जी से साकरस चौबीसी की ओर से यह गुजारिश है कि इन दोनों बदकिस्मत गाँवों को पक्के में चढ़वाया जाए ताकि देश के सभी लोगों की तरह ये भी खुले में साँस ले सकें...... और चलते-चलते अंतिम बात यह कि जो दोहा मैं सुनाना चाहता था, उसे सुनाकर मैं आपसे विदा लेना चाहता हूँ जो इस तरह है कि 'दिल्ली में धावो दियो, अपणापन की पाण; डरपाँ मेवन सू, सदा खिलजी मुगल पठाण'।"

दोहे के अंतिम शब्द तक आते-आते प्रधानमंत्री जी को पठाण शब्द, साकरस चौबीसी के सरपंच के होंठों से निकलने से पहले जन-समूह के होंठों से निकले समवेत स्वर में सुनाई दिया।

साकरस चौबीसी के सरपंच ने माँग-पत्र में छपी हुई सारी माँगें तो पढ़ दीं किंतु उसके बाद पूरा जन-समूह करतल ध्वनियों से कब तक गूँजता रहा, पता नहीं। स्वयं प्रधानमंत्री के अनुसार ऐसी करतल ध्वनियाँ उसने अपने इतने लंबे राजनीतिक जीवन में आज तक नहीं सुनीं।

माँग-पत्र की सारी माँगें पढ़ने के बाद जैसे ही सरपंच फ्रेम में जड़े माँग-पत्र को प्रधानमंत्री जी के हाथों में सौंपने लगा कि एक बार फिर जनसभा करतल ध्वनियों से लरजने लगी। प्रधानमंत्री जी के हाथ उस माँग-पत्र को लेते हुए धीरे-धीरे जैसे काँपने लगे।

विधायक चौधरी अतर मोहम्मद को जँच गया कि बेशक आज भूले-बिसरे शहीद हुए बहादुर मेवों की याद प्रधानमंत्री जी ने ताज़ा कर दी किंतु इस चक्कर में वह शहीद हो चुका है। उसने सोचा भी नहीं था कि भीड़ इकट्ठी करेगा वह

और तालियाँ बजेंगी इस मामूली-से सरपंच के महज माँग-पत्र पढ़ने पर। चौधरी अतर मोहम्मद ने आज की इस घटना से यह सबक ज़रूर ले लिया कि पहले तो वह किसी भी जनसभा में कोई माँग-पत्र पढ़वाएगा नहीं और अगर ऐसी नौबत आई भी, तो वह ख़ुद ही उसे पढ़ेगा।

"देख ली रोबड़ा, ऊ अतर मोहम्मद तो बस अपनी ही रामाण ए गाए जा रो हो.......।" बुद्धन ने उल्लसित होते हुए कहा।

"वा भई सरपंच, आज तैने चौबीसी की नाक बचा ली.....।" सलेमी उचकते हुए बोला।

"पर सलेमी, हमारी पिलसण वाली बात तो याने भी ना कही.....?" रोबड़ा ने चिंतित होते हुए पूछा।

"यार रोबड़ा, या पिलसण-विलसण के मार गोली....... अरे, याने परधानमंत्री के आगे इतनी बड़ी बात कह दी, यही कौण-सी कम है.....।" सलेमी ने अंततः रोबड़ा की आशाओं पर पानी फेरते हुए जवाब दिया।

तभी उन्होंने लाउडस्पीकर से होने वाली उद्घोषणा पर कान धरते हुए उसे सुनने की कोशिश की। दूर-दूर तक छितरे हुए लोगों में सिवाय माँग-पत्र के जैसे कोई बात ही नहीं हो रही है। शायद इसी चिल्ल-पों के कारण स्थानीय विधायक अतर मोहम्मद ने एक बार फिर उद्घोषणा की, "भाइयो, अब मेरी पीएम साब सू गुजारिस है कि पहले वे हमारे उन पाँच बुजुर्गन्ने पगड़ी बाँधें जिन्ने अपनी आँखन सू ई इलाको करवट लेतो देखो है...... वाके बाद सीएम साब सू गुजारिस है कि वे साकरस चौबीसी की ओर सू मेवात रतन अवार्ड हासिल करें, और वाके बाद ये दोनों या इलाका लू आसीरवाद देएँ......।"

पूरे जन-समूह की आँखें उन बुज़ुर्गों पर टिक गई जिनके जिस्म मानो पतंगी काग़ज़ की जिल्द से लिपटे हुए हैं। आँखों पर पलट आई सफ़ेद पलकों के बीच समाया हुआ पूरा अतीत जैसे अभी भी बाहर झाँक रहा है। धीमे-धीमे कदमों से चलते हुए मंच की सीढ़ियों के पास आकर ये ऐसे रुक गए जैसे कुछ पल के लिए किसी दशक के मोड़ पर आकर रुक गए हैं।

पगड़ी बाँधने के बाद प्रधानमंत्री जी हाथ बाँध कर एक ओर खड़े हो गए।

तभी स्थानीय विधायक चौधरी अतर मोहम्मद डायस पर रखे माइक के पास आते हुए बोला, "अब मेरी साकरस चौबीसी की ओर सू गुजारिस है कि हमारे माननीय सीएम साब को मेवात रतन अवार्ड इन्हीं बुजुर्गों में से एक बुजुर्ग देए!"

मंच से जाते-जाते बुज़ुर्गों के पाँव वहीं ठिठक गए। चौधरी अतर मोहम्मद ने सबसे पीछे वाले बुज़ुर्ग को वापस मंच पर बुलाया, और उससे मुख्यमंत्री जी के सिर पर पगड़ी बाँधने के साथ-साथ अवार्ड देने का भी आग्रह किया।

बुज़ुर्ग ने आत्मीयता और सम्मान के साथ मुख्यमंत्री जी को पगड़ी बाँधने के बाद मेवात रत्न अवार्ड प्रदान किया।

स्थानीय विधायक चौधरी अतर मोहम्मद ने जब जन-समूह की ओर देखते हुए दोनों हाथों से ताली बजाने का इशारा किया तब कहीं जाकर तालियाँ बजीं किंतु उनमें वह खनक और वह गुमक दूर-दूर तक नहीं थी जो माँग-पत्र के पढ़ते समय थी।

मुख्यमंत्री जी को चाँदी का इतना ख़ूबसूरत प्रतीक चिह्न देने का अर्थ किसी की समझ में नहीं आया। अचानक आए इस मोड़ ने पूरी जनसभा में एक बार फिर बेचैनी पैदा कर दी।

"यार, ई कहा डिरामा सुरू हो गो?" सलेमी ने झुंझलाते हुए पूछा।

"ई रतन-वतन कहा होवे है......... अन्यायी, ई तो आध सेर पक्की चाँदी को ना बणो होएगो कै?" बुद्धन ने अपनी जिज्ञासा प्रकट करते हुए जैसे ख़ुद से पूछा।

"ताऊ, ई कुछ भी ना है......... बस्स, या इलाका का लीडरन का चोचला हैं........ और फिर ई तो वाहे देणो चहिए, जाने या इलाका की भलाई में कुछ करो होए.........।" पास में बैठे एक युवक ने बुद्धन को बताया।

"तो फिर या मुखमंत्री लू काँई तू दियो जा रो है........ याने या इलाका को कौण सो भलो करो है? ....अरे, कटे-मरे हम और फेंटा बाँधो जाए या मुखमंत्री के सिर पे..........?" कहते-कहते सलेमी की आँखें जलने लगीं।

"ताऊ, या इलाका का लीडर हमन्ने ऐसेई तो बणाता आ रहा हैं....... ई वही मुखमंत्री है जो एक बर या इलाका ने एमपी बणवायो हो......... पर एमपी बणतेई सबन्ने भूल गो......... आज जब ई मुखमंत्री है तो हमारा लीडर अपना फायदा कू मेवात रतन अवार्ड दे रा हैं।" युवक ने ज़मीन पर थूकते हुए कहा।

"मनीराम, देख लियो तमासा........?" सलेमी इस बार मनीराम से बोला।

"पर अन्यायी हम जैसा करें भी कहा........ हम कसके आगे या मूँड ए फोड़ें?" मनीराम हताश होते हुए बोला।

"प्यारे भाइयो और बुजरगो, मैं आप सबका और माननीय पीएम साब का बहोत-बहोत आभारी हूँ और धन्यवाद करता हूँ जो आप सबने मिलकर मेरा इतना बड़ा सम्मान किया है......... सही बात तो ये है कि मैं इतने बड़े सम्मान के लायक हूँ ही नहीं और यह बात पीएम साब भी अच्छी तरह जानते हैं......... मेरे ऊपर इस इलाके का बहोत बड़ा अहसान है और वो अहसान यह है कि इस इलाके ने मुझे पिछले से पिछले इलेक्सनों में एमपी बना के संसद में भेजा था......... और मेरे मेवाती भाइयो मैंने तो उसी दिन से इस इलाके को अपनी जनम भूमि और करम भूमि मान लिया था......... आज फिर इतना बड़ा अवार्ड देकर इस इलाके ने साबित कर दिया है कि मैं भी एक सच्चा मेवाती हूँ........"

मुख्यमंत्री जी ने बेहद आँसू बहाऊ अंदाज़ में जिस तरह अपना भाषण शुरू किया, उसे सुनकर पूरी जनसभा को जैसे साँप सूँघ गया। चारों तरफ़ सन्नाटा छा

गया। मुख्यमंत्री जी ने इसके बाद भावुक होने की मुद्रा बनाते हुए पहले धीरे-से चश्मा उतारा और फिर जेब से रुमाल निकाल कर आँखों को पोंछते हुए दूर-दूर तक फैले लोगों को एकदम चुप बैठा देखकर मन ही मन सोचा कि गाड़ी एकदम सही चल रही है। इसके बाद मुख्यमंत्री जी ने लगभग काँपते हुए हाथों से चश्मा उठाया और आँखों पर चढ़ाने के बाद कुछ क्षणों तक चुप रहे। वही चेहरा जो मेवात रत्न अवार्ड लेते हुए एकदम खिला हुआ था, अब ऐसा हो गया कि किसी भी क्षण मुख्यमंत्री जी उसे दोनों हाथों में लेकर बिलख पड़ेंगे।

"........जहाँ तक, साकरस चौबीसी द्वारा माँगी जाने वाली माँगों का सवाल है वे मेरे लिए भी नई नहीं हैं......... मैं इस इलाके की परेसानियों से अच्छी तरह वाकिफ हूँ......... सचमुच यह बहोत ही बदकिस्मती की बात है कि इस इलाके में कोई नहर नहीं है, रेलवे लाइन नहीं है........ यहाँ तक कि बेरोजगारों के लिए उद्योग-धंधे नहीं हैं........"

इस बार मुख्यमंत्री जी ने चेहरे पर गंभीरता और भावुकता का ऐसा आवरण ओढ़ लिया कि दूर-दूर तक बल्लियों और पेड़ों पर टँगे लाउडस्पीकरों का जैसे गला बैठ गया। मुख्यमंत्री जी का स्वर इतना धीमा और भीग-सा गया कि आधी जनसभा को तो सुनाई ही नहीं दिया कि उसने कहा क्या है?

"......... मेरे लिए सबसे बड़ी दुःख की बात तो यह है कि इस इलाके में आज भी ऐसे दो गाँव हैं जो अभी तक कच्चे में हैं........ भाइयो, मैं आप सबको पूरा-पूरा यकीन दिलाना चाहता हूँ कि ये गाँव आज के बाद कच्चे में नहीं रहेंगे......... मैंने अभी-अभी यह प्रण लिया है कि मेरे ऊपर मेवात का जो इतना बड़ा अहसान है उसे यहाँ से जाने से पहले उतार कर ही जाऊँगा......... इसलिए मैं यह ऐलान करता हूँ कि दोहा और रासेना गाँव आज के बाद कच्चे में नहीं रहेंगे.........।"

और इससे पहले कि मुख्यमंत्री जी जोश में आकर मुट्ठियाँ भींचते हुए डायस पर मुक्का मारते, वही उत्साही नौजवान जिसने हाल ही में राजनीति में प्रवेश किया था, बिजली की गति से लपकता हुआ डायस के पास आया और माइक से लगभग मुँह सटाते हुए चिल्लाया, "चौधरी रामलाल...!"

इस बार पहले की अपेक्षा ज़रा ज़ोर से ज़िन्दाबाद का स्वर सुनाई दिया।

इस उत्साही नौजवान से मुख्यमंत्री जी, चौधरी करीम हुसैन या स्थानीय विधायक को तो पता नहीं परेशानी हुई या नहीं लेकिन प्रधानमंत्री के निजी सुरक्षाकर्मियों और कमांडोज़ के लिए अच्छी-ख़ासी परेशानी खड़ी हो गई। वह जिस चपलता और उत्साह के साथ बार-बार डायस की ओर लपकता, उसे देखकर कभी-कभी कमांडोज़ को अपनी चपलता पर शक-सा होने लगा था।

"........ और भाइयो, मुझे अपने राज्य के इस इलाके पर पूरा फ़खर है........ मैं इतना अहसानफरामोस नहीं हूँ कि........"

इस बीच मुख्यमंत्री जी आगे कुछ कहते एक बाबूनुमा व्यक्ति उनके पास दबे

पाँव आया और कान में कुछ कह कर उलटे पाँव लौट गया।

"........हाँ तो भाइयो, मैं कह रहा था कि आपकी समस्याएँ मेरी समस्याएँ हैं........ मैं इस गाँव में बहादुर मेवों की याद में बनाए जाने वाले इस सहीदी मीनार के निरमान के लिए मुख्यमंत्री कोस से दो लाख रुपए देने की घोसणा करता हूँ....... जयहिंद!"

वापस अपनी कुर्सी पर बैठते हुए मुख्यमंत्री जी ने कलाई पर बँधी घड़ी देखी और मेज़ पर रखे पानी से भरे गिलास को गटागट पी गए।

इसके बाद बाकी का काम उसी उत्साही नौजवान, जिसने हाल ही में राजनीति में प्रवेश किया था, और स्थानीय विधायक चौधरी अतर मोहम्मद ने सँभाल लिया। जब तक प्रधानमंत्री और मुख्यमंत्री जी मंच पर उपस्थित रहे तब तक दोनों ने मिलकर लगभग एक ही स्वर में 'प्रधानमंत्री तथा चौधरी रामलाल.... ज़िन्दाबाद' के इतने नारे लगा डाले कि लाउडस्पीकर का गला तक बैठ गया।

और इससे पहले कि जन-समूह किसी नतीजे पर पहुँचने की कोशिश करता, प्रधानमंत्री जी अपने 'दो शब्द' फटाफट निपटाकर मुख्यमंत्री जी के साथ सीढ़ियों से उतरे और कार में बैठ कर फुर्र हो गए। मंच पर सिवाय खाली कुर्सियों, शीशे के गिलासों में मुरझाकर इधर-उधर लटक गए बासी फूलों, जगह-जगह दाग़ लगी सफ़ेद चादरों और बाएँ ओर चुपचाप खड़े डायस के कुछ नहीं बचा। किसी बाँध के किनारों को ढहाते हुए पानी की मानिंद जनसभा में आए लोगों की चिल्ल-पों, और चेहरों पर बचे अनेक सवालों के जवाब के बिना महू गाँव एक बार फिर अपने आप से दूर होते जा रहे लोगों को चुपचाप देखता रहा।

दो

जनसभा के विसर्जित होते-होते जुह्र की नमाज़ का समय भी हो गया। कुछ ने नमाज़ महू की महजतों में पढ़ी, तो कुछ ने वहीं इधर-उधर साफ़ी-गमछे बिछा कर पढ़ ली।

नमाज़ पढ़ने के बाद जिसे जो सहूलियत मिली, उसी से अपने-अपने घर की ओर चल दिया।

महू से निकलने के बाद केवल सलेमी, बुद्धन, मनीराम या रोबड़ा ही नहीं बल्कि जनसभा में आए ज़्यादातर बड़े-बूढ़ों की एक जैसी हालत थी। उनके कान जिस वाक्य को सुनने के लिए उन्हें यहाँ तक खींचकर लाए थे, उसका तो किसी ने ज़िक्र ही नहीं किया, बल्कि साकरस चौबीसी के सरपंच ने माँग-पत्र पढ़ कर जिन माँगों को उठाया, उन्हें भी मुख्यमंत्री टाल गया। सिर्फ़ दोहा और रासेना गाँव को पक्के में करने की घोषणा के अलावा मुख्यमंत्री ने कुछ नहीं कहा।

महू के बाड़ों तक आते-आते उनके पाँव थक-से गए। तेज़ी से काले पहाड़ की

ओर लुढ़कते हुए सूरज और अपने-अपने घरों की ओर लौटने वाले पाँवों की गति एक जैसी हो गई। मनीराम ने कंधे से सरक आई दोसूती को ठीक करते हुए कहा, "अन्यायी, ऐसे खड़े-खड़े काम कैसे चलेगो........ घर भी पहोंचणो है........ तेरा या परधानमंत्री ने तो आज खूब बावला बना दिया।" मनीराम ने घूमते हुए सलेमी से कहा।

"परधानमंत्री ने काँई लू बावला बनाया हैं........ बावला तो बनाया हैं या अतर मोहम्मद और मुखमंत्री ने.......।"

"ले, अब तो पतो चलगी ना........ और दे लेओ अपना गोती भाई कू बोट........ और बढ़वा लेओ अपनी पिलसण........" बुद्धन ने मुट्ठी हिलाते हुए कहा।

"चलो छोड़ो भी यार, अपनी ऐसी-तैसी कराएँ........ चूल्हा में पड़े ई मुखमंत्री और भाड़ में निकले ई अतर मोहम्मद......... अरे, जब तक हमारा इन लीडरन्ने ही कोई चिंता ना रहेगी, या इलाका में ऐसाई हालात रहेंगा।" मनीराम ने बात को समाप्त करने की कोशिश करते हुए कहा।

"हम्बै यार, छोड़ो........ जितनी पिलसण मिल री है वही भुतेरी है........ चलो मोटर-वोटर तो पकड़नी है नहीं तो अमेर हो जाएगी........।" रोबड़ा ने चिंता जताते हुए कहा।

महू से दिल्ली-अलवर मार्ग तक आते-आते सूरज सचमुच काले पहाड़ की पीठ तक आ पहुँचा। परिंदों के झुंड बस्तियों से घने रूखों की तरफ़ आने शुरू हो गए। जैसे-जैसे सूरज काले पहाड़ की देह में समाने लगा वैसे-वैसे लगने लगा जैसे पहाड़ के पूरे जिस्म पर सिंदूर छिड़क दिया हो। सड़क के दोनों ओर घनी कीकरों, सिरस और दूसरे रूखों पर बतियाते परिंदों का कलरव इतना तेज़ हो गया कि आने-जाने वाले वाहनों का तभी पता चलता, जब वे एकदम पास आकर झट से गुज़र जाते।

बस के इंतज़ार में ही शाम का मटमैला झुटपुटा चारों ओर फैल गया। जिस्म को सिरहा देने वाली ठंड भी धीरे-धीरे बढ़ने लगी। तभी एक बस आई तो उसके रुकते ही लोगों का सैलाब उस पर टूट पड़ा।

बस में चढ़ने के बाद उनके बीच कोई बात नहीं हुई। होती भी कैसे, बस का ही इतना शोर था कि सिवाय अपनी आवाज़ के, अपने ही कानों में बजने के कुछ सुनाई न दे। बड़कली पर बस के रुकते ही आधी से ज़्यादा बस खाली हो गई।

बस से उतरकर उन्होंने जगह-जगह आदमियों के छोटे-छोटे जज़ीरों को देखा तो उन्हें देखकर हैरानी हुई कि अभी भी लोगों में महू की चर्चा हो रही है। अभी वे बड़कली से नगीना पैदल जाने की सोच ही रहे थे कि ग़फूर अपना रिक्शा लेकर उनके पास आया और बोला, "अरे, चल रा हो कै? "

"बेटा, अभी इन गोडान में बहोत जान है।" हँसते हुए रोबड़ा ने जवाब दिया।

"ई तो मोहे पतो है ताऊ के तेरा गोडान में बहोत जान है........ पर ऊ कह करे हैं न के 'पाणी को सो बुलबुलो, होवे और बण जाए; जैसे पलड़ा रहट को, इत आवे उत जाए'........ ई तो मौत है पतो ना कद आ जाए........ अब बताओ, या उकील साब की कौण ए पतो ही के वाको दाणा-पाणी या दुनिया में बस आज तलक ही हो........।" ग़फ़ूर ने धीरे से कहा।

"कहा मतलब! कौण सो उकील साब?" मनीराम ने चौंकते हुए पूछा।

"अरे, तमन्ने पतो ना है?" उलटा ग़फ़ूर ने हैरानी से पूछा।

"ना तो।" रोबड़ा ने बताया।

"अच्छो-अच्छो, तम तो परधानमंत्री का जलसा में सू आरा होओगा।!" ग़फ़ूर ने स्वयं ही अंदाज़ा लगाते हुए जैसे ख़ुद से कहा।

"हाँ, हूनी सू आरा हैं।" सलेमी बोला।

"अरे ताऊ, कहा बताऊँ....... अपणो ऊ उकील साब हो न, मुन्सी रहमत को......."

"हाँ-हाँ, इसमाईल उकील........जो जयपर में जज है।" मनीराम ने ग़फ़ूर के वाक्य को बीच में ही काटते हुए पूरा किया।

".......हाँ, ऊई उकील साब, आज जयपर सू अपनी कार में आ रो हो........ पीछू सू कोलज के पै एक टरक ने ऐसी टक्कर मारी के उकील साब की सारी कार वाके नीचे दुच गी......।" ग़फ़ूर ने सिर्फ़ इतना ही कहा। आगे कुछ कहने की गुँजाइश थी भी नहीं।

सबके सब जैसे जड़ हो गए। जिस अवसाद और विषाद को लेकर वे महू से चले थे, इस ख़बर ने उसे और बढ़ा दिया। बड़कली की दुकानों और खोखों पर जल उठे लट्टुओं की रोशनी ने धीरे-धीरे पूरी बड़कली को घेर लिया। संताप और त्रासदी लिए बड़कली उन्हें एक सूखे रूख की तरह दिखाई देने लगी—जिसकी छोटी-बड़ी शाखाएँ तो हैं लेकिन उन पर हरापन नहीं है। सारी बड़कली एकदम निस्पंद और निश्चेष्ट-सी दिखाई देने लगी।

उनकी समझ में थोड़ी देर के लिए कुछ नहीं आया कि एकाएक यह हो क्या गया?

वकील साहब की इस दर्दनाक और असामयिक मौत की ख़बर पूरे इलाक़े में जंगल में आग की तरह फैल गई।

पूरा नगीना शोक में डूब गया।

मेवात का एक ऐसा सितारा जिसे समय से पहले ही मौत के अँधेरे ने अपने भीतर समेट लिया, उसको लेकर सिर्फ़ नगीना या पूरा इलाक़ा ही शोक-संतप्त नहीं है बल्कि वह राजस्थान उच्च न्यायालय भी शोक-संतप्त है, जहाँ यह मामूली-सा वकील अपनी मेहनत और निष्ठा के बल पर इस गौरवशाली पद तक पहुँचा था।

वकील साहब की इस दर्दनाक मौत ने पूरे नगीना की मानो नींद ही छीन ली।

जैसे-जैसे वकील साहब की ख़बर इलाक़े में फैलने लगी, वैसे-वैसे सब भूल गए कि कुछ घंटे पहले इस इलाक़े में देश के प्रधानमंत्री और राज्य के मुख्यमंत्री भी आए थे और मेवात रत्न लेकर उड़ गए।

अगले दिन नगीना के आसपास के गाँवों से सैकड़ों लोग पहुँचने लगे एक अनपढ़ और गँवार समझे जाने वाले इलाक़े में जन्मे इस छोटे-से व्यक्ति के बहुत बड़े व्यक्तित्व को अंतिम विदाई देने के लिए। बड़े शोकाकुल मन से वकील साहब के पार्थिव शरीर को ग़ुस्ल कराया गया। ग़ुस्ल के बाद पलँग पर लिटा कर चिर निद्रा में लीन वकील साहब को कफ़न से ढँक दिया गया और जैसे ही कंधा देकर चलने लगे सबकी आँखें इस दृश्य को देखकर सजल हो उठीं। सजल होती भी क्यों नहीं, अपने आदमी को कंधा देना इस दुनिया का सबसे बड़ा भार जो होता है।

दुकाना के हदीरे से लेकर पीछे की ओर जहाँ तक नज़र जाती वहाँ तक आदमियों की नदी ही दिखाई देती, जो धीरे-धीरे बहती हुई क़ब्रिस्तान में समाती जा रही है। गाँव-क़स्बों के पंच-सरपंचों से लेकर सभी स्थानीय नेता वकील साहब की इस अंतिम महायात्रा में शामिल होने के लिए आ पहुँचे। इस पूरी नदी के होंठों पर बस यही शब्द थे—ऐ ख़ुदा परवरदिगार, वकील साब की रूह को जन्नत अता फ़रमाना...... ई ईश्वर, वकील साब की आत्मा को शांति प्रदान करना.....।

दुकाना के सामने लोगों का ठट्टा जमा हो गया। दूर-दूर तक जहाँ भी नज़र जाती, वहाँ लोगों के सिवाय कुछ नहीं दीखता। महू में भी ऐसा ही दृश्य था, फ़र्क़ केवल इतना है कि जो आँखें देश के नायक को देखना भर चाहती थीं, वही आँखें अपने इस महानायक को बस देखती रहना चाहती हैं।

दुकाना के हदीरे में दाख़िल होते ही सलेमी ने मन ही मन अपने से पहले जन्नत अता करने वालों के लिए दुआ की, 'अस्सलामु अलैकुम या अहलल क़ुबूरि अंतुम लना स-ल-फ़ुंव व नह्नु लकुम त-ब-उंव इन्ना इन शाअल्लाहु बिकुम ल-लाहिक़ून नस्-अलुल्लाह-ल ना व लुकमुल आफ़ि-य-त व यविफ़रुल्ला हुल-ना व लकुम व यर्हमुनल्लाहु इय्याना व इय्या कुम॰'

इसके बाद सलेमी मन ही मन अपने से बड़ों के लिए दुआ करने लगा—ऐ अल्लाह! बख़्श दे हमारे हर ज़िन्दा को, और हमारे हर मुर्दा को और हमारे हर हाज़िर को और हमारे हर ग़ैर-हाज़िर को और हमारे हर छोटे को और हमारे हर बड़े को और हमारे हर मर्द को और हमारी हर औरत को। ऐ अल्लाह! तू हम में से जिसको ज़िंदा रखे, तो उसको इस्लाम पर ज़िंदा रख और हम में से जिसको मौत दे तो उसको ईमान पर मौत दे।

जनाज़े को क़ब्र में उतारने से पहले जनाज़े की नमाज़ पढ़ी गई।

मनीराम, हरसाय, बुद्धन, सूरज, छोटेलाल बस हाथ बाँधे खड़े रहे। सलेमी, रोबड़ा, नबी खाँ सब नमाज़ियों के साथ नमाज़ पढ़ने लगे।

नमाज़ पढ़ते समय सबके होंठों के बीच बस यही सना बुदबुदाती रही—

सुब्हा-न-कल्लाहुम-म व बिहम्दि-क व तबारकस्मु-क व तआला जद्दु-क व जल-ल सनाऊ-क-व ला इला-ह ग़ैरु -क।

जनाज़े की नमाज़ पढ़ने के बाद वकील साहब के पार्थिव शरीर को पंचभूत में मिलने के लिए धीरे-धीरे क़ब्र में उतार दिया गया। फ़ातिहा पढ़ने के बाद और अंतिम बार वकील साहब की रूह को जन्नत अता फ़रमाने की दुआ के बाद वही नदी जो अभी तक अचल, शांत और शोक-संतप्त थी, भरे हुए मन से वापस हो ली।

रास्ते भर सबको बस इसी बात का रंज था कि अपने ही इलाक़े में अगर कोई क़ायदे का बड़ा अस्पताल होता, तो वकील साहब शायद इस जहाँ से इतनी जल्दी विदा नहीं लेते।

सलेमी, रोबड़ा, मनीराम, बुद्धन ही नहीं बल्कि अन्य जो लोग महू के जलसे में गए थे वे भी इस बात से क्षुब्ध हैं कि न तो प्रधानमंत्री ने, और न ही मुख्यमंत्री ने जनसभा को एक बार भी झूठे मन से यह अहसास कराने की कोशिश नहीं की कि वे इलाक़े को ऐसी उपेक्षा से मुक्ति दिलाएँगे।

"बोट माँगण लू तो झट लपक के आ जावे हैं ये लीडर....... पर बेटीचोन् सू अस्पताल और फैकटरी बणवान की बात करो तो वाहे जभी टाल जावे हैं.....।" रोबड़ा से रहा नहीं गया।

"अरे, हीन् काँई लू बणवाएँगा........ हीन् कोई माणस थोड़ेई बसे हैं!" नबी खाँ ने लंबी साँस लेते हुए कहा।

"असल में कमी हमारी है जो हम उनकू लप्प बोट दे देवे हैं।" हरसाय ने अपने आप पर झुँझलाते हुए कहा।

"हरसाय, चल छोड़........ अब कोई मरो थोड़ेई जावे है, बोट तो देणी ही पड़ेगी.......।"

रोबड़ा के वाक्य पर सलेमी भीतर ही भीतर उबलने लगा। एक बार उसके जी में आया भी कि सबको रोक कर उनसे चीख़-चीख़ कर पूछे कि हाथ-पाँव जोड़कर, बिरादरी और गोत्र का वास्ता देकर ये लोग कब तक उनके भोलेपन और सीधेपन को अपनी सयानपत से हाँकते रहेंगे? लेकिन वह अपने भीतर उठे इस उबाल को जज़्ब कर गया। उसने बस इतना ही कहा, "रोबड़ा, उनको कोई कसूर ना है....... उन्ने जब पतो है के बोट गोत-पाल और जात-बिरादरी के नाम पे मिल जाएँगी तो फिर अस्पताल और फैकटरी बणवान की कहा जरूरत है.......।"

"अरे, इन्ने अपणो पेट भरना सू फुरसत मिले जभी न।"

"इन्ने पेट भरण की छूट भी तो हमन्नेई दे राखी है और तू बात कर रो है फैकटरी और अस्पतालन् की..... हुँ, बावलो हो रो है....... मेरे यार, चील का घोंसला में कहीं गोस देखो है.......।" सलेमी बोला।

"चल छोड़ो भी यार, कहा रामाण ए ले बैठा..... ई बखत ऐसी बातन् को ना है।" बुद्धन को जब इस मुद्दे का अंत नहीं दीखा तभी उसने कहा।

वकील साहब की मौत के बाद सलेमी का जी उचट-सा गया। उसे रह-रह कर लगने लगा जैसे एक-एक कर मौहल्ला, आस-पड़ोस और इलाक़े से बहुत तेज़ी से कुछ दूर होता जा रहा है। अपनी साठ बरस की उम्र तक आते-आते उसने क्या नहीं देखा। बहुत कुछ देख-सुन चुकी हैं उसकी आँखें और कान। बड़कली को कितनी बार उसने उजड़ते-बसते देखा है! एक-एक कर उसकी आँखें तेज़ी से खँडहर होते जा रहे सरकारी स्कूलों, सूनी होती जा रही हवेलियों और एक के बाद एक अपने समवयस्कों को बिछुड़ता हुआ देख रही हैं।

बरसों से उसके कान जिन ख़बरों को सुनते-सुनते पक-से गए हैं, वे ख़बरें भी धीरे-धीरे आनी बंद हो गई हैं बल्कि अब तो ऐसी-ऐसी ख़बरें सुनने को मिलने लगी हैं जिनकी कभी उसने कल्पना भी नहीं की होगी।

मेवात में कारखाने लगाए जाएँगे।

रेल की पटरी बिछाई जाएगी।

बेरोज़गारों को रोज़गार दिलाया जाएगा।

इन ख़बरों को वह आज से नहीं पिछले कई बरसों से सुनता आ रहा है।

अभी एक दिन उसके पोते असलम ने यह ख़बर दी थी कि वही बड़ा स्कूल जिसमें वकील साहब ने पढ़ाई की थी, उसकी छत चौमासे की बूँदाबूँदी में बैठ गई है। यही हाल यहाँ के इकलौते उस प्राथमिक स्वास्थ्य केंद्र का है जिसका डॉक्टर ग़रीब मरीज़ों से खुल्लमखुल्ला सरकारी दवाइयों के पैसे लेने से नहीं चूकता है, और इलाज़ तक की उसने बाक़ायदा फ़ीस तय की हुई है। इस केंद्र की पिछली दीवार गए साल ढह गई थी, जो अभी भी वैसी ही हालत में है। कुकुरमुत्तों की तरह सफ़ेद खद्दर के तहमद और कुर्ताधारियों की संख्या जिस तेज़ी से बढ़ती जा रही है, उसे देखकर सलेमी का जी कई बार भीतर ही भीतर बैठने लगता है।

सलेमी की आँखों से कुछ भी छिपा हुआ नहीं है लेकिन वह अपने मन की बात कहे किससे? और अगर कहे भी तो उसकी सुनेगा कौन? ख़ुद अपने ही घर में उसकी क्या हैसियत है? वह अच्छी तरह जानता है। उसका भी वकील साहब की तरह ऊपर वाले की ओर से कब बुलावा आ जाए, किसे पता?

एक-एक करके सब इस नगीना से कब और कैसे सरकते जा रहे हैं, इसका अहसास सलेमी को उस दिन हुआ जब मनीराम से उसे पता चला कि उसका बड़ा लड़का बनवारी भी नगीना छोड़कर दिल्ली जा रहा है।

सलेमी ने मनीराम को उस दिन समझाने की बहुत कोशिश की किंतु सब व्यर्थ। मनीराम के तर्कों के आगे सलेमी लगभग परास्त हो गया था। यही वह पहली लड़ाई थी जिसे सलेमी नहीं जीत पाया।

मनीराम के तर्कों का सलेमी बहुत देर तक प्रतिरोध नहीं कर पाया था।

"सलेमी, या गाँओं में रह के कोई भूखो थोड़ेई मरणो है। न कोई रुजगार, न धंधा....... लावणी भी अब ना रही....... जब पेट ही भरणो मुसकल हो जाए तो आदमी यही करोगे.....।"

"पर मनीराम, पुरखान् को ठियो कोई ऐसे थोड़े ही छोड़ो जावे है।"

"ई बात तो तेरी ठीक है सलेमी, पर पुरखान् को ठियो कोई पेट थोड़ेई भर देएगो....... पेट तो नाज सू ही भरो जाएगो फिर सलेमी एक बात और है......" कहते कहते रुक गया मनीराम।

"कौन-सी?" सलेमी की पेशानी पर बल पड़ गए पूछते वक़्त।

"यही के अब वैसे भी या इलाका को कोई भरोसा ना रहो।"

मनीराम के इस वाक्य के बाद सलेमी चुप हो गया।

उसका चुप होना स्वाभाविक था क्योंकि मनीराम कोई झूठ थोड़े ही कह रहा है। मनीराम की दोनों बातें ठीक हैं। जब पिछले कई सालों से चौमासा पड़ ही नहीं रहा है तब नाज कहाँ से पैदा होगा? रही बात इलाक़े के भरोसा वाली बात, मनीराम का इसके बारे में भी कहना सही है—इलाक़े का सचमुच मनीराम ही क्या उसे भी कोई भरोसा नहीं है।

सलेमी देर तक रह-रह कर अपने आपमें डूबता-तिरता रहा।

अगले दिन ज़्यादातर अख़बारों में प्रधानमंत्री के साथ मुख्यमंत्री के 'मेवात रत्न अवार्ड' लेने की ख़बर सचित्र छपी हुई थी बल्कि कुछ अख़बारों में तो यह ख़बर प्रथम पृष्ठ पर मुस्करा रही थी। अगर इन अख़बारों में कोई ख़बर नहीं थी, तो वह थी वकील साहब की असामयिक और दर्दनाक मौत की ख़बर।

तीन

बनवारी के नगीना छोड़ कर जाने की सूचना, इस इलाक़े से मनीराम का भरोसा उठ जाने का तर्क तथा वकील साहब की मौत से सलेमी के भीतर ऐसा डर बैठ गया कि जब-जब गाहे-ब-गाहे उसके अवचेतन में वकील साहब का चेहरा उभरता है तब-तब एक अनजानी सिरहन से उसका जिस्म काँप-काँप उठता है—कि क्या वकील साहब की तरह एक-एक करके सब उसे छोड़कर चले जाएँगे? क्या यह इलाक़ा धीरे-धीरे रेत के ढूह में परिवर्तित होता चला जाएगा? क्या उसकी आँखें बरसों से देख रहे सपनों के पूरा हुए बिना मुँद जाएँगी? ऐसा सोच-सोच कर लगता जैसे दूर-दूर तक रेत के असंख्य ढूह उग आए हैं और उन पर प्रधानमंत्री, मुख्यमंत्री, चौधरी करीम हुसैन और चौधरी अतर मोहम्मद जैसे लोग हाथ में मेवात

रत्न लिए पूरे ठहाके के साथ कुल्लाबाती मार रहे हैं।

अब तो केवल नगीना से ही नहीं बल्कि आसपास के माँडीखेड़ा, साँठावाड़ी, करहेड़ा से भी एक-एक कर लोग किसी न किसी बहाने चुपचाप शहरों की ओर खिसकने लगे हैं। धीरे-धीरे इन लोगों के इलाक़े से जाने पर सलेमी को कभी-कभी लगता है कि इस पलायन के लिए उनसे ज़्यादा उस जैसे लोग ज़िम्मेदार हैं।

वही नगीना जिसके गैल-दगड़े और चाँदनी रातें कभी होली के नज़दीक आते ही हँसी-ठिठोलियों से सराबोर हो उठती थीं, अब उन ठिठोलियों की बस बाट जोहती रातें निर्विकार भाव से चुप्पी साधे रहती हैं। वही नगीना, जहाँ कभी रहमती और बन्नो के चौक रतवाइयों[1] के बोलों से आह्लादित रहते थे, वहाँ अब सिर्फ़ रतवाइयों की यादें बची रह गई हैं।

अतीत की गुफा में सलेमी जब भी झाँक कर देखता है तो उसका रोम-रोम पुलकित हो उठता है। एक-एक चित्र सिलसिलेवार उसकी आँखों के आगे जीवित हो उठता है—सावन के शुरू होते ही पाटोड़ में घनी दखनी कीकरों से घिरे और उपरलीघाँ की थड़ी के चिकने पत्थरों पर तीज व सिलौने पर होने वाले पेचों के लिए बोतल और लालटेन के शीशे पिसने शुरू हो जाते हैं। मँगतू और जुम्मा मनिहार के बंगले में पतंगों के लिए बाँस की खपच्चियों को छील-छील कर उनकी लचक देखकर एक ओर रखा जा रहा होता है। उसी थड़ी के पत्थरों पर शीशा पिसता दिखाई दे रहा होता है जिसके बारे में कहा जाता है कि सन् चौंतीस में बनी इस थड़ी की दीवार में चौंसठ खूँटियाँ और सोलह खम्बे हैं जिन पर यह खड़ी हुई है। इसके दोनों ओर दो पीवणी बनी हुई हैं, जिनमें ब्याह-शादी के अवसर पर आने वाली बारात के लिए पानी से भरी गोल[2] और जेघड़[3] रखी जाती हैं। इसकी इन्हीं विशेषताओं का वर्णन करते हुए एक लोक कवि ने कहा है—

चौंसठ तो नारी बणी, सोलह इनका लोग
आमई-सामई पीवणी, है ई चौंतीसा को जोग।

बीच-बीच में दी जाने वाली मँगतू की हिदायतें अपने चेलों के हाथों को और तेज़ कर देती हैं। कभी उपरलीघाँ की थड़ी से मैदा की तरह महीन पिसा हुआ शीशा मँगतू को दिखाने लाया जाता है, तो कभी पाटोड़ से। मँगतू एक घिसे हुए उस्ताद की तरह महीन शीशे के पाउडर को चुटकी में लेकर उसे ग़ौर से देखता है और फिर उसे चुटकियों के बीच मसल कर देखते हुए—कितना पीसना है की हिदायत देकर चेलों को चलता करता है।

---

1. रतवाई : मेवात का एक लोकगीत।

2. गोल : मटके से बड़ा मिट्टी का बर्तन।

3. जेघड़ : मटका और घड़िया का जोड़ा।

इधर मँगतू और जुम्मा पतंगों की पन्नियों और खपच्चियों में मँढ़े होते हैं और उधर बड़े स्कूल पर बुग्गल चक्कीवाले तथा पूरन मास्टर की देखरेख में रील की सुताई हो रही होती है।

सलेमी की भूमिका इस सारे क्रिया-कलाप में बड़ी महत्त्वपूर्ण होती। मँगतू के घर के किस आले में पतंगों की पन्नी रखी है, या किस घर की छान में हुचके खुसे हुए हैं–इन सबकी जानकारी यदि होती तो सिर्फ़ सलेमी को। कई बार तो यहाँ तक हो चुका है कि मँगतू पतंगों या हुचकों को कहीं और रखा बताता और सलेमी के अनुसार वे होते कहीं और।

एक-एक दृश्य सलेमी की स्मृति में ऐसे लिपटा हुआ है जैसे हुचके से पतंग की रील कि एक बार वह खुल जाए तो फिर देखो कैसे एक के बाद एक दृश्यों के पेच लड़ते चले जाते हैं, यानी आज भी सलेमी को एक-एक बात और दृश्य हू बहू याद है।

वह कैसे भूल सकता है तीज पर कूड़ ऊपर जमा उस भीड़ को जिसकी आँखें पच्छिम की ओर दूर आकाश में गोता लगाती उस पतंग पर टिकी होती हैं, जिसकी डोर मँगतू की ख़ून से सनी अँगुलियों के पोरों को ज़िबह करती हुई, पूरी गति के साथ दूसरी पतंग की डोर को रेत रही होती।

उस सिलौने को तो सलेमी मरते दम तक नहीं भूल सकता है जिस दिन मँगतू को अपने कंधों पर एक नायक की तरह उच कर छोरे-छापरों की भीड़ ने पूरे नगीना का चक्कर लगा दिया था, और जैसे ही भीड़ मँगतू के घर पहुँची कि दादा सुग्गन देखते ही मँगतू पर टूट पड़ा था। मँगतू की यह हालत देखकर भीड़ तो नौ दो ग्यारह हो गई और फँस गया बेचारा मँगतू।

मँगतू को फँसा देख सलेमी हिम्मत कर धीरेसे दादा सुग्गन के पास आया। उसी दादा सुग्गन के पास जिसकी उम्र तो सलेमी के अपने बाप जितनी है लेकिन पता नहीं गाँव के किस नाते से और कब से, सुग्गन दादा सुग्गन और मँगतू उसके लिए काका मँगतू बना हुआ है। सलेमी ने समझाने के अंदाज़ में जैसे ही दादा सुग्गन से कुछ कहना चाहा कि तड़ातड़ उस पर पणहा पड़ने लगी। मँगतू तो मौक़ा देख कर बच निकला और मरम्मत हुई सलेमी की। लेकिन वाह रे सलेमी, चुपचाप हाथ बाँध कर वह दादा सुग्गन के आगे सिर झुका कर खड़ा हो गया, "ले दादा, खूब मार ले........ जब तेरो जी भर जाए, बता दीजो!"

सलेमी के इस वाक्य के बाद दादा सुग्गन का पणहा वाला हाथ हवा में जहाँ था वहीं रह गया और मँगतू को गरियाते हुए बोला, "या सुसरा ने घर बरबाद कर राखो है..... जब देखो बस रील-हुचकान् में मँढो रहवे है...... न घर की चिंता, न गिरस्ती की।" कहते-कहते दादा सुग्गन पुरानी भीत की मानिंद भरभरा कर ढह गया।

सलेमी को दादा सुग्गन का गुस्सा वाजिब लगाा, "सई बात है घर-गिरस्ती भी जरूरी है...... दादा, मैं समझा दूँगो काका मँगतू ए।"

दादा सुग्गन के पास से सलेमी जब वापस बाज़ार की छतों पर आया, तो देखा मँगतू फिर वहीं है जहाँ से उसे छोरे-छापरे कंधों पर उच कर ले गए थे।

और उस तीज का वर्णन करते वक़्त तो सलेमी रोमांचित हो उठता है, जिस तीज की अब सिर्फ़ या तो पन्नियाँ बची हैं या फिर छोटी-छोटी खपच्चियाँ। उसी के बाद से तो सलेमी अपने उस्ताद यानी मँगतू की अँगुलियों की जादू और उसकी दरियादिली का क़ायल है।

हुआ दरअसल यह था कि उस तीज को नगीना के पेच साकरस गाँव के साथ बँध गए थे। पेच बधते समय यह शर्त भी लगा दी गई कि जिसकी भी पतंग कटेगी उसे फ़ी पतंग एक सौ एक रुपए काटने वाले को शर्त के रूप में देने होंगे।

बस, फिर क्या था पूरा नगीना युद्ध स्तर पर पन्नियों और खपच्चियों में जुट गया। पाटोड़ में दखनी कीकरों से घिरे पत्थरों पर माँजे के लिए शीशा पिसना शुरू हो गया। जितनी भी लालटेन की चटखी हुई चिमनियाँ और पतले शीशों से बनी बोतलें जिसके पास थीं, पूरी उदारता के साथ मँगतू के पास आनी शुरू हो गई। बड़ी-बड़ी पतंगों के लिए मुलायम बाँसों को खोज-खोज कर लाया जाने लगा। मँगतू की दिन-रात सेवा की जाने लगी। उसकी सेवा के लिए विशेष रूप से सलेमी को नियुक्त किया गया क्योंकि सबको पता है कि सलेमी से बेहतर मँगतू का कोई सहयोगी हो ही नहीं सकता।

पूरे नगीना की निगाहें एक बार फिर मँगतू पर आ टिकीं।

पूरे नगीना को अगर उम्मीद थी तो केवल मँगतू से क्योंकि एक सौ एक रुपए की शर्त से बड़ी है गाँव की नाक।

पूरन मास्टर को विशेष रूप से दिल्ली भेजा गया कि वह सदर बाज़ार से ज़ंजीर छाप रील और बढ़िया पतंगी काग़ज़ लेकर आए। जुम्मा मनिहार ने अपना ताँगा मुफ़्त में बड़कली से नगीना के लिए लगा दिया ताकि तीज के दिन लड़ने वाले पेचों के लिए किसी ज़रूरी काम से जिसे भी आना-जाना हो, वह मज़े से आए-जाए।

सारे नगीना के लिए एक चुनौती सामने थी जो तीज के निकट आते-आते और बड़ी होती जा रही थी। इस तरह जैसे-जैसे तीज नज़दीक आने लगी वैसे-वैसे नगीना में गहमागहमी और व्यस्तताएँ बढ़ने लगीं। बुग्गल चक्कीवाला, अतर खाँ और लल्लू चमार को यह काम सौंपा गया कि वे समय-समय पर गुप्त रूप से साकरस जाकर पता लगाएँ कि नगीना की अपेक्षा साकरस की कैसी तैयारी चल रही है, और किस तरह की रणनीति वे अपनाने जा रहे हैं?

पतंग लूटने वालों ने अपने-अपने हिसाब से पतंग लूटने के लिए देसी, दखनी कीकर और बेर की झाड़ियों को लंबे से लंबे बाँस में बाँधकर डंगे तैयार कर

लिए। कुछेक ने धोबीघट्टा पर मोर्चा सँभाल लिया, तो कुछेक ने उससे भी आगे बोहराकी के कुएँ पर।

अलग-अलग हिस्सों के डंगेधारियों ने मन-ही-मन दुआएँ और प्रार्थनाएँ करनी शुरू कर दीं। उपरलीघाँ वाले यह चाह रहे थे कि तीज वाले दिन हवा पुरवा चले और निचल्लीघाँ वाले डंगेधारी मनौती माँग रहे थे कि हवा पछुआ चले लेकिन जैसा कि सावन-भादों में प्रायः होता है, इस बार भी वैसा ही हुआ यानी हवा पुरवा ही थी। परंतु एकाएक तीज से ठीक दो दिन पहले मेह की ऐसी झड़ी लगी कि जब वह रुकी तो दूर-दूर तक जहाँ भी नज़र जाती, बस पानी ही पानी दिखाई देता। सारे जोहड़-पोखर एक हो गए। काले पहाड़ और साँठावाड़ी की पहाड़ी से उतरा पानी रात भर में पूरे इलाक़े में फैल गया। खेतों में कचरे-ककड़ी की बेलें जगह-जगह पानी में तैरती हुई दिखाई देने लगीं।

अचानक रात में बाढ़ के रूप में आए इस पानी ने तीज का सारा मज़ा किरकिरा कर दिया। मेह रुकने के अगले दिन तक आसमान में जब कपासी बादल काले पहाड़ को छूते हुए आगे बढ़ते, तो लगता जैसे अभी ऊपर वाले का जी भरा नहीं है।

जुम्मा के बँगले में बैठे मँगतू, सलेमी, बुग्गल, पूरन मास्टर तथा अतर खाँ समेत डेढ़ दर्जन लोग मौसम के इस मस्तमौलेपन से चिंतित हो उठे कि अगर कल तीज वाले दिन बादल नहीं खुले तो सारी मेहनत पर पानी फिर जाएगा।

"अगर भई, उस दिन बदली नई छटी तो साड्डी मेनत बेकार चली जाएगी।" पूरन मास्टर ने अपने पंजाबीपने में बात शुरू की।

"मास्टरजी, ऐसो मत सोच........ यार, मैंने तो इन पतंगन् के चक्कर में अपनी दिहाड़ी की भी ऐसी की तैसी कर दी।" जुम्मा ने पूरन मास्टर को उसके कुबोल पर टोका।

"यार, बादल खुलने की उम्मेद वैसे कम ही दीख री है........ और अगर मौसम ऐसोई रहो तो सारे हुचकान् की रील पसीज जाएगी......... पतंगन् की लेही भी अभी गीली है.......।" मँगतू ने मौसम के रूठने और उसके बाद होने वाले नुकसान पर चिंता प्रकट करते हुए कहा।

"अरे, अभी तो पूरो दिन पड़ो है...... हो सके दुपहर पीछे बादल खुल ही जाएँ.....।" बुग्गल ने आशा जताई।

इस तरह आधा दिन आगे की रणनीति और मौसम के साफ़ होने की उम्मीद में बीत गया।

दोपहर बाद जुह की अज़ान के आसपास इतनी तेज़ हवाएँ चलने लगीं कि आसमान में छाए बादल तेज़ी से छँटने लगे, बिलकुल ऐसे जैसे बादल भी कल

होने वाले इस आकाशीय युद्ध को देखना चाहते हैं। बादलों के छँटते ही धूप निकल आई। देखते ही देखते सभी हरकत में आ गए। सारी पतंगों और रील के हुचकों को धूप में लाकर रख दिया गया। मौसम के बदले हुए इस रूप को देखकर डंगेधारियों के चेहरे मारे ख़ुशी के खिल उठे।

ठीक तीज वाले दिन पूरे नगीना में मेला-सा लग गया। रहड़ीवालों ने बीच गोहरवाली में खाने-पीने की दुकानें सजा लीं। इन रहड़ीवालों की याद ताज़ा होते ही सलेमी का यह भी कहना है कि उस दिन रहड़ीवालों के पास जितना सामान था देखते ही देखते सब ख़त्म हो गया। बहरहाल.........

जुम्मा मनिहार के बँगले से सारे हुचकों और पतंगों को लाला नौबत राय की हवेली की सबसे ऊपरवाली छत पर लाकर रख दिया गया। मँगतू के हिसाब से लाला नौबत राय की छत ही इस मौक़े के लिए सबसे उपयुक्त थी। पेच शुरू होने से पहले रील के रास्ते में पड़ने वाली ऊँची-ऊँची नीम, पीपल और कीकर की टहनियों को छाँग दिया गया ताकि पेच लड़ते समय रील इन टहनियों में उलझ न पाए।

सारा नगीना घरों से निकलकर अपनी-अपनी छतों पर आ गया और इंतज़ार करने लगा मँगतू की अँगुलियों की जादू का।

लगभग ग्यारह बजे पूरे नगीना में आग की तरह ख़बर फैल गई कि साकरसवाले भी पूरी तैयारी के साथ आ पहुँचे हैं। लाला नौबत राय की हवेली से लगभग पचास कदम दूर चंदू परधान की हवेली की छत उन्हें दे दी गई। पेच शुरू होने से पहले ही डंगेधारियों ने दूर-दूर तक फैले पानी में ही पोजिशन ले ली। आसपास की छतों पर कुछ लोगों को यह देखने के लिए तैनात कर दिया कि कोई पेच लड़ती पतंगों के माँजों में लंगर न डाल पाए।

इस तरह सारी तैयारियों के बाद दोपहर को क़रीब बारह बजे दोनों ओर के उस्तादों ने अपनी-अपनी पहली पतंग में कन्ना डाला और उनको उड़ाकर हवा का जायजा लिया। हवा का मिज़ाज भाँपने के बाद जैसे ही एक-दूसरे को पतंग लड़ाने का संकेत मिला कि एक रोमांचकारी दृश्य शुरू हो गया।

मँगतू की अँगुलियों पर न केवल नगीनावासियों को पूरा यक़ीन था बल्कि उसकी अँगुलियों के जादू से स्वयं साकरसवाले भी भली-भाँति परिचित थे– किसी हद तक भीतर ही भीतर सहमे हुए भी।

इसके बाद वही हुआ जिसकी उम्मीद थी। अकेली पहली पतंग से मँगतू ने बड़ी चतुराई और अपने कौशल से लगातार चार पतंगों को धराशायी कर दिया। हर पतंग के कटने के बाद आसपास की छतों से 'बम्मारा' के तेज़ स्वर गूँजने लगे। हर बम्मारा के समवेत स्वर के साथ ही मारे ख़ुशी के लाला नौबत राय की छत के साथ-साथ आसपास की छतें भी थरथराने लगीं। जब-जब बम्मारा का स्वर हवा में गूँजता हुआ शून्य में तैरता, तब-तब हवेली के चौक में बैठी लाला नौबत राय की

घरवाली, जिसे सब आदर से चाची पुकारते हैं, इस नासपीटी तीज को कोसना शुरू कर देती कि जिसे देखो वही मुँह उठाए चौक को खूँदता हुआ सीधा छत पर ही जाकर दम ले रहा है। किसी का पता ही नहीं चल रहा है कि ऊपर जाने वाला चमार है या चूहड़ा, खटीक है या कुम्हार, मेव है या माली–बस, चोदे अपने बाप की छत समझ कर दनदनाते हुए चले आ रहे हैं।

लाला नौबत राय की घरवाली यानी चाची को तो वैसे भी इन चमार, चूहड़ों, कुम्हार, खटीकों, और माली-मेवों से हमेशा नफ़रत-सी रही है, बावजूद इसके कि टुरमल्ली कुम्हार का इकलौता छोरा घंटोली उसका चौका-बरतन करता हुआ, भाँडे-बरतनों में हाथ घपोलता हुआ और पूरे चौक में निर्बाध रूप से इधर से उधर चप्पलें चटकाता हुआ घूमता है। दौलत माली का सबसे छोटा छोरा खाना बनाने से लेकर बोहराकी के कुएँ से पीने का पानी भरता है, और वही दीन मोहम्मद उर्फ़ दीना पल्लेदार जिसके बदन से उसे हमेशा गाय के गोश्त की बदबू आती है, बे-रोकटोक इसी चाची के पीछे-पीछे पूरे चौक को लाँघकर रसोई के सामने से सबसे आख़िरी वाले कमरे में जाता है, जिसे लाला जी ने गोदाम बनाया हुआ है, तथा नाज की बोरियों को पीठ पर लादे दिन में कोई दर्जन भर चक्कर लगाता है। बस, दीना इतनी भलमनसाहत ज़रूर बरतता है कि वह पैरों से पणहा बायने के बाहर काढ़कर आता है।

लेकिन साकरस की पाँचवीं पतंग ने सारा माहौल गरमा दिया यानी इस पतंग ने नगीना की जैसे ही पहली पतंग काटी कि चंदू परधान की हवेली की छत से एक के बाद एक समवेत स्वर गूँजने लगे–

"..........बोलो-बोलो नघीणा की फाऽऽट्टी है........"

"..........नघीणा की माऽर्री है........."

"..........साकरस ने चोऽऽदी है........."

चंदू परधान की छत ख़ुद शर्मसार हो उठी कि उसी की टाँट पर बैठ कर, उसी के गाँव को कैसे-कैसे विशुद्ध भारतीय बम्मारा सुनने को मिल रहे हैं।

बस, फिर क्या था मँगतू पर एक के बाद एक फ़ब्तियाँ कसी जाने लगीं।

"अरे मँगतू, वाड़ी नघीणा की नाक कटवाई देएगो कहा?" जुम्मा ने दाँत पीसते हुए कहा।

"यार, हमारी तो एक ही पतंग कटी है तिहारी वाई पे फटी जा री है......... अब देखियो मँगतू को कमाल........।" बुगल ने हिम्मत बँधाते हुए कहा।

बिना विचलित हुए मँगतू ने पतंगों के ढेर के ऊपर से चद्दर को हटाया और कई पतंगों को जाँचने के बाद उसने उनमें से एक तिरंगा झप्पू[1] निकाल लिया। तिरंगा में कन्ना डालने के बाद उसे हवा में छोड़ा तो पाया तिरंगा मँगतू की इच्छानुसार ही निकला।

---

1. झप्पू : बड़ी पतंग।

आकाश में जाते ही तिरंगा विपक्षी पतंग को देखकर मचल उठा। किसी लड़ाकू हवाई जहाज के पायलट की मानिंद मँगतू तिरंगा झप्पू को कभी दाई ओर गोता खिलाने लगा, तो कभी बाई ओर। कभी वह एकदम आकाश को चीरता हुआ सिर के ऊपर आकर ठहर जाता, तो कभी एक ही गोते में लगभग ज़मीन को छूते हुए पलट कर फिर वापस हो लेता। पूरी लय और गति के साथ जब तिरंगा दाएँ-बाएँ, ऊपर-नीचे फड़फड़ करता हुआ मँगतू की अँगुलियों के इशारे पर आकाश में हरहरा कर मचलता तब लगता मानो किसी जाँबाज़ की बाज़ुओं की मछलियाँ मचल रही हैं। और अगले पल जैसे ही तिरंगा विपक्षी पतंग के नीचे आया कि पूरन मास्टर चीख़ा, "मँगतू, शह दे के!"

और इससे पहले कि पूरन मास्टर गले में फँस गए शब्दों को बाहर खींचता, पलक झपकते ही मँगतू ने अपने तिरंगे को गोता खिलाते हुए लगभग ज़मीन से छुआ कर इस सफ़ाई से विपक्षी पतंग के ऊपर डाल दिया कि सार्कस के उस्ताद की समझ में ही नहीं आया कि एकाएक यह हुआ क्या? मँगतू की अँगुलियों का जादू देखकर लाला नौबत राय की छत पर जमा ठट्टा मारे ख़ुशी के झूम उठा। जिन गलों में साँसें लगभग अटक गई थीं और दिल रह-रह कर बाहर आने को हो रहा था, मँगतू की अँगुलियों ने सबको पुनः अपनी-अपनी जगह वापस भेज दिया।

देर तक यह पेच चलता रहा। लोगों के अनुमान के अनुसार यह पेच सबसे लंबा साबित होने लगा। दोनों पतंगें जैसे-जैसे आसमान की ऊचाइयाँ नापने लगीं वैसे-वैसे पतंगों का आकार निम्नतम होने लगा। देखने वालों को जँच गया कि इस पेच पर दोनों गाँवों की इज़्ज़त टिकी हुई है। डंगेधारी हाथों में ऊँचे-ऊँचे डंगे लिए और आसमान में पतंगों पर नज़र गड़ाए पानी में ही छपाक्-छपाक् तेज़ी से दौड़ पड़े।

दोनों तरफ़ के एक के बाद एक तीन हुचके खाली हो गए लेकिन मजाल है किसी की तो पतंग कट जाए। दोनों पतंगों ने जैसे हार न मानने की क़सम खा ली। मँगतू की अँगुलियों में थमी डोर के इशारे पर तिरंगा आसमान की ऊँचाई को चीरता हुआ निर्बाध गति से आगे बढ़ रहा है। सलेमी के हाथों में थमा हुचका पूरी गति से घूम रहा है। उसने पूरा ध्यान और पूरी ताक़त हुचके को पकड़ने में झोंक दी वरना ऐसा न हो कि हुचके में लिपटी रील कहीं अटक जाए और.......। वैसे ऐसे मौक़ों पर पतंग कटने की आधी से ज़्यादा ज़िम्मेदारी हुचका पकड़ने वाले के सिर मढ़ दी जाती है।

मारे पसीने के मँगतू का ललाट भीग गया। कानों में झूलती सोने की मुर्कियों और पार्थ क़ी तरह आकाश में उड़ती मछली की आँख पर टिके निशाने का दृश्य सचमुच देखने और रोमांच पैदा करने वाला था।

इससे पहले कि कुछ फ़ैसला होता अचानक लोगों ने देखा कि नगीना के तिरंगा

ने आकाश में ही पेच के दौरान चकराना शुरू कर दिया। बस, फिर क्या था लाला नौबत राय की छत पर जमा ख़लकत की साँसें जैसे गले में अटक गईं। इधर तिरंगा का चकराना शुरू हुआ और उधर मँगतू को लगा जैसे उसके हाथ में थमी पतंग की रील से एक नहीं बल्कि एकसाथ कई पतंगें बँधी हुई हैं। ऐसी परीक्षा की घड़ी में ही माहिर उस्ताद का पता चलता है। देखने वालों ने तनी हुई पतंग की रील से अंदाज़ा लगा लिया कि पूरन मास्टर ने रील खरीदते समय अपनी होशियारी का कितना परिचय दिया है वरना अब तक तो पतंग रील को तुड़ाती हुई ये जाती, वो जाती। थोड़ी देर के लिए आसपास आसमान में उड़ रही चमगादड़ों की तरह अन्य पतंगों को आसमान से उतार कर छतों के कोनों में दाब दिया गया। सलेमी के काँपते हुए हाथों से चकरघिन्नी होते हुचके को बड़ी ही सावधानी और सफ़ाई के साथ जुम्मा ने अपने हाथों में ले लिया। लोगों की आँखों की पुतलियाँ चकराती हुई पतंग के साथ-साथ घूमने लगीं, और तिरंगे के सही-सलामत वापस लौटने के लिए असंख्य दुआएँ और प्रार्थनाएँ होंठों पर थिरकने लगीं।

बड़ी मुश्किल पैदा हो गई मँगतू के लिए कि चलते हुए पेच के बीच एकाएक चकराती हुई अपनी पतंग को कैसे सँभाले? चलती हुई पतंग को इस समय रोकना ख़तरे से खाली नहीं है क्योंकि रोकते ही पतंग कटे बग़ैर मानेगी नहीं और यदि उसकी पतंग ने साकरसवालों की पतंग को काट भी दिया, तो इस स्थिति में तिरंगे का वापस आना एकदम असंभव है क्योंकि जिस तेज़ी के साथ वह नियंत्रण से बाहर होती जा रही है, उसे देखते हुए उसका आना एकदम असंभव है। यानी अपने तिरंगे का कटना मँगतू को गवारा नहीं है और सही-सलामत उसका वापस आना संभव नहीं है—तब क्या किया जाए?

ऐसे ही मौक़ों के लिए मँगतू को हमेशा याद किया जाता है।

हारकर छत पर जमा भीड़ ने सब नियति और मँगतू के ऊपर छोड़ दिया—यह सोच कर कि चाहे तो ये दोनों नगीना को तिरा दें या डुबो दें।

मँगतू ने पूरा ध्यान लगा दिया तिरंगा पर लेकिन मजाल है तिरंगा सँभले तो सही। मँगतू कभी तिरंगा को शह, तो कभी लच्छा देकर हर तरह से कोशिश करने लगा कि किसी तरह वह क़ाबू में आ जाए किंतु सब व्यर्थ।

एकाएक मँगतू को एक उपाय सूझा।

उसने सलेमी को पास बुलाते हुए कहा, "सलेमी, जल्दी कोई फेड़ा[1] ला!"

सलेमी बिना कोई प्रश्न किए तेज़ी से छत से नीचे उतर गया।

सलेमी के जाते ही जुम्मा ने पूछा, "फेड़ा की कहा जरूरत आ पड़ी?"

मँगतू ने जुम्मा के सवाल का कोई जवाब नहीं दिया, देता भी कैसे? उसकी योजना तो अभी उसके मन में ही पक रही है, सो भला किसी की समझ में कैसे आती!

---

1. फेड़ा : सरकंडे का टुकड़ा।

सलेमी तुरंत भाग कर एक फेड़ा ले आया।

"मास्टर जी, यार हमारी पतंग तो अब वापस आणा सू रही........ नाएँ तो ऐसो ना करें के हम अपनी रील में या फेड़ा ए बाँध के छोड़ देएँ?" मँगतू ने अपनी योजना का पहली बार खुलासा करते हुए कहा।

"मँगतू, बावलो हो गो है........ अरे, जब किसी की पतंग कटी ही नहीं है तो पहले कैसे अपनी पतंग ए तोड़ के छोड़ देएगो?" पूरन मास्टर ने आधा तर्क और आधा सवाल करते हुए पूछा।

"यार, हमारी पतंग तो वैसे भी उल्टी ना आएगी....... या मारे हमारी पतंग तो जाएगी ही, उनकी भी क्यों छोड़ें!" पतंग पर ध्यान रखते हुए मँगतू ने सुझाव दिया।

तुरंत पूरन मास्टर की समझ में तो मँगतू की यह योजना आ ही गई बल्कि छत पर जमा भीड़ ने भी उसे सराहा। अगले ही पल पूरी छत को खाली करवा दिया गया। कुछ तहमद-पायजामा ऊपर सरका कर मुँडेर पर बैठ गए और कुछ बराबर वाली छत पर चले गए। पूरी छत पर सिर्फ़ तीन-चार जने रह गए।

"बुग्गल, ओतरी दा छाणा[1]......... जल्दी हुचका खाली कर।" पूरन मास्टर ने बुग्गल को मलामत के साथ-साथ आदेश देते हुए कहा।

इसके बाद बुग्गल ने लंबे-लंबे हाथ मारकर हुचके से जल्दी-जल्दी रील खींची और हुचके से रील को तोड़कर उसके अंतिम छोर पर फेड़ा बाँधते हुए बोला, "मँगतू, मैंने फेड़ा बाँध दियो है!"

मँगतू ने मुड़कर पीछे की ओर देखा। जब उसे तसल्ली हो गई कि सब योजना के अनुसार हुआ है, तो अपने हाथ से रील को छोड़ते हुए बोला, "साकरसवालो, तम भी कहा याद करोगा के काई आदमी सू पल्लो पड़ो हो!"

नगीना के तिरंगा को आकाश में डगमगाते हुए जैसे ही चंदू परधान की छत पर खड़े साकरसवालों ने देखा कि उनकी ख़ुशी का ठिकाना नहीं रहा। मारे ख़ुशी और विजयी भाव के उनका समवेत स्वर गूँज उठा। 'बम्मारा! बोलो नगीना की फाट्टी है' कहकर जैसे ही उनके उस्ताद ने अपनी पतंग को रोका कि उसे लगा मानो उसके हाथों से तोते उड़ गए।

अगले ही पल सबने देखा कि नगीना के तिरंगा के साथ साकरस की पतंग भी डगमगाती हुई चल पड़ी है। दरअसल, जैसा वे समझ बैठे थे वैसा हुआ नहीं क्योंकि मँगतू की पतंग की रील, उनकी रील को लगातार रेत रही थी और जैसे ही उन्होंने अपनी पतंग को रोका कि उसके रुकते ही उनकी पतंग भी कट गई।

पूरे नगीना ने मँगतू के इस आत्मघाती निर्णय को खूब सराहा कि किस तरह

---

1. ओतरी दा छाणा : एक प्यार भरी मुलतानी गाली।

योजनाबद्ध तरीक़े से मँगतू ने न केवल नगीना की नाक कटते-कटते बचा ली बल्कि साकरस को भी दिन में तारे दिखा दिए।

मारे ख़ुशी के जुम्मा ने तो मँगतू को कौली में भरकर छाती से लगा लिया। पूरन मास्टर का कहना ही क्या, पहले तो उसने मँगतू को अपनी आदत के अनुसार पाँच-सात भारी-भरकम गालियाँ दीं और फिर वहाँ जमा ठट्टे को संबोधित करते हुए बोला, "ओए, ओतरी दे छाणो! सीक्खो कुछ....... पतंग कैसे उड़ाई जाती है..... ये तो मँगतू की ही हिम्मत थी नई तो ये मादरचो' जुम्मा होता न...... सर्तिया आज नगीना की नाक कट ही जाणी थी.....।"

"मँगतू, तैने तो आज हद ही कर दी.....।" सलेमी ने हुचके को ज़मीन पर रख, साफ़ी से माथे पर चू आए पसीने को पोंछते हुए कहा।

मँगतू ने भी कंधे पर पड़ी लाल साफ़ी से पहले पसीना पोंछा और फिर गटागट पानी से भरे गडुए को रीता कर गया। अगली पतंग में कन्ना डालने के लिए वह अभी पतंगों के ढेर के पास पहुँचा ही था कि तभी उसका सबसे छोड़ा लड़का बदहवास-सा दौड़ा हुआ आया और आते ही बोला, "चाचा जल्दी घर चल!"

"कहा हुओ?" लड़के की ओर देखे बिना, पतंगों के ढेर से एक पतंग छाँटते हुए पूछा मँगतू ने।

"माँ के बहोत तेज बुखार चढ़ रो है।" कहते-कहते इस बार लड़का रुआँसा हो गया।

"चल अभी आरो हूँ!" दियासलाई की सींक से पतंग में कन्ने के लिए छेद करते हुए मँगतू ऐसे बोला जैसे कुछ हुआ ही न था।

"ओए, ओतरी दा छाणा! चल खड़ा हो...... माई आवे पेले भरजाई नू दवाई दिला के आ....... जुम्मा चल, मैं और बुग्गल भी चलते हैं....।"

इतना कहकर पूरन मास्टर उन दोनों को साथ लेकर चलने लगा तो मँगतू झुँझलाते हुए बोला, "कौन-सी आफत आ पड़ी यार...... तम यई रहो मैं ही चलो जाऊँगो।" कहते हुए मँगतू लंबे-लंबे डग भरते हुए छत से नीचे उतर गया।

मँगतू के जाने के बाद आगे की बागडोर सँभालने की किसी की हिम्मत नहीं हुई। इधर जब जुम्मा मनिहार, बुग्गल चक्कीवाला पूरन मास्टर के अलावा जितने भी अपने आपको तीस मारखाँ मानते थे, बारी-बारी से पूछा गया तो सब आपस में बग़लें झाँकने लगे।

उधर चंदू परधान की छत से बार-बार यह पूछा जाने लगा कि नगीना ने पतंग उड़ानी क्यों बंद कर दी? क्या पतंग ख़त्म हो गई हैं, रील ख़त्म हो गई है, या फिर साकरस से फटने लगी है?

अंतिम फ़ब्ती पर जुम्मा ख़ून का घूँट पीकर रह गया। किंतु जब लगा कि चंदू परधान की छत से फ़ब्तियों का सिलसिला रुक नहीं रहा है तब पूरन मास्टर से रुका नहीं गया, और बोला, "ओए जुम्मा, ओतरी दा छाणा चल...... मैं हुचका

पकड़ता हूँ और तू पतंग सँभाल......... यार, होगी जो देखी जाएगी।"

जुम्मा को भी शायद ऐसे ही नैतिक प्रोत्साहन की ज़रूरत थी। उसने तुरंत एक पतंग में कन्ना डाला और उड़ाते हुए शह देने लगा। आकाश में जाते ही पतंग जुम्मा से बेक़ाबू होने लगी। जुम्मा के हाथ-पाँव फूल गए बेक़ाबू पतंग को देखकर। अभी वह पतंग को लच्छा देकर सँभाल ही रहा था कि विपक्षी पतंग ने जुम्मा की पतंग को धर दबोचा।

नगीना की पतंग के नीचे आते ही चारों तरफ़ से सब जुम्मा पर बरस पड़े।

"जुम्मा, तैने अब कटवा दी या नघीणा की नाक....।" बुग्गल ने दाँत पीसते हुए कहा।

"अबे पतंग को लच्छा देके ढुलकियाँ डाल.....।" हुचके को पकड़े-पकड़े पूरन मास्टर झल्लाते हुए बोला।

जुम्मा ने तुरंत रील को लच्छा दिया कि पतंग अगले पल ढुलकियाँ पड़ने लगी। पूरी लय और गति के साथ पतंग आसमान को चीरती हुई क्षितिज की ओर बढ़ने लगी।

तभी मुँडेर पर बैठे एक युवक ने लगभग चिल्लाते हुए कहा, "जुम्मा, थोड़ी देर और..... मँगतू भगो आ रो है...।"

छत पर आते ही लगभग जुम्मा के हाथों से झपटते हुए जैसे ही मँगतू ने पतंग को सँभाला कि सबकी साँस मानो वापस लौट आई।

इसके बाद शाम तक मँगतू ने साकरस को दम नहीं लेने दिया। उसकी कुशल अँगुलियों ने एक के बाद एक उनकी जो पतंगें काटनो शुरू की, तो यह सिलसिला तभी रुका जब चंदू परधान की छत ने अपनी पराजय स्वीकार नहीं कर ली।

चंदू परधान की छत द्वारा पराजय स्वीकार करते ही विजयोत्सव के इस नायक को वहीं लाला नौबत राय की छत पर जमा ठट्टे ने कंधों पर उठाकर ख़ुशियाँ मनानी शुरू कर दीं और शाम को तीजन के कुएँ के पास धोबीघट्टा पर आयोजित दंगल में मास्टर हयात खाँ द्वारा नगीना की जीत और मँगतू के जौहर की बाक़ायदा विधिवत् उद्घोषणा की गई। यहाँ तक कि बाद में कई दिनों तक गोपाल सन्नार्थी की होटल पर चाय की चुस्कियों के बीच पतंगबाजी के नुकतों पर तबसरा होता रहा कि मँगतू ने किस सयानपत से साकरस के मंसूबों को धूल-धूसरित कर दिया। कि कैसे जुम्मा मनिहार ने जोश में आकर साकरस की चुनौती स्वीकार कर उनसे पेच लड़ा दिए। कि किस कुशलता से मँगतू ने उस चुनौती को सफलता में परिवर्तित कर दिया। कि नगीना की नाक को मँगतू ने अपनी हिम्मत और दूरदर्शिता से किस तरह बचा लिया!

देर तक सलेमी अतीत के इस साँझे झूले पर पींगें खाता रहा। सलेमी देर तक

जैसे ख़ुद मँगतू को अपने कंधों पर उच कर पूरे दंगल में चक्कर लगाता रहा लेकिन जैसे ही वह वर्तमान में लौटा तो लौटते ही उसकी आँखों की चमक क्षीण होती चली गई—क्यों? क्योंकि यह वर्तमान उस अतीत से कहीं ज़्यादा कड़वा और चोटिल है, जिसकी चोट और कड़वेपन का अहसास ही नहीं होता है।

सलेमी के भीतर एक के बाद एक अतीत के हुचकों से रील खुलती जा रही है आज।

पूस की उस बर्फ़-सी पिघलती रात को सलेमी कैसे भूल सकता है, जिसमें भोंदू के नोहरे में तीन-चार तख़्तों को जोड़कर बनाए गए मंच पर जब-जब कृष्णाबाई का जिस्म लरजता, तब-तब लगता जैसे उसकी शिराओं में दौड़ रहे ख़ून की बजाय किसी ने पिघला हुआ शीशा उँडेल दिया है। कृष्णाबाई के मुँह से निकलने वाली भाप की गरमाहट को सलेमी कई दिन तक महसूस करता रहा था, उन दिनों।

मंच के दाहिनी ओर बैठे मँगतू की चोब जब-जब झील की झुलसती देह पर पड़ती तब-तब कृष्णाबाई....... नहीं-नहीं सब्ज़ परी के घुँघरुओं से लिपटे पाँव दूनी गति से थिरकने लगते। सब्ज़ परी के थिरकते हुए पाँवों और लरजती हुई देह को देखकर एक बार तो वह ख़ुद भी असमंजस में पड़ गया कि सब्ज़ परी के एक-एक जोड़ को जैसे अलग कर दिया गया है। भर जाड़े की रात में सब्ज़ परी बनी कृष्णाबाई की लंबी सुराहीदार गरदन और पोलका[1] व पेटीकोट के बीच के खिंचे हुए हिस्से को पसीने से तर देखकर ओस से भीगा रात का कुआँरापन तक रह-रह कर शरमाने लगा।

मँगतू की झील की खनक और नक्काड़े की गुमक पर सब्ज़ परी जब पंजों के बल ढूँगे पर ठुमका लगाती, तो ओस की बूँदों से भीगे जिस्मों में बिजली का करंट-सा दौड़ जाता। घुँघरुओं का जी चाहता कि वे पाँवों से बग़ावत कर दें लेकिन सब्ज़ परी ने तो उन्हें गुलफ़ाम की तरह अपने क़दमों से इस क़दर जकड़ा हुआ है कि ताज़ा-ताज़ा रंदा की हुई सागवान की तरह पिंडलियों के नीचे नसों में ख़ून तक जमा हो आया था।

परंतु इससे पहले मंच पर जो हुआ था, सलेमी उसे कभी नहीं भूल सकता। ऐसा लगता है जैसे यह अभी पिछली किसी रात की बात है।

हुआ दरअसल यह था कि जब मंच पर राजा इंदर की आमद की पूरी तैयारी हो गई यानी सभा के लिए गाव-तकिया और आसपास कुर्सियाँ बिछ गई तब राजा इंदर ने दरबार में पदार्पण किया। राजा इंदर ने आते ही हुक्म दिया कि आज

1. *पोलका : ब्लाउज़।*

उनका मन परियों का मुजरा देखने को है, इसलिए सभा में आते ही वह कहने लगे—

"राजा हूँ मैं क़ौम का, इंदर मेरा नाम
बिन परियों के दीद के मुझे नहीं आराम
सुनो रे मेरे देव रे दिल को नहीं क़रार
जल्दी मेरे वास्ते सभा करो तैयार
लाओ परियों को जल्दी जाकर हाँ
बारी-बारी आन कर मुजरा करें यहाँ।"

राजा इंदर के हुक्म की तुरंत तामील हुई और एक-एक करके परियों का आगमन होने लगा। सबसे पहले आई पुखराज परी। उसके बाद नीलम परी। फिर आई लाल परी और अपना-अपना मुजरा प्रस्तुत कर तीनों बग़ल में बिछी कुर्सियों पर बैठ गई। किंतु राजा इंदर को इन परियों का मुजरा पसंद नहीं आया। तब वह सब्ज़ परी को बुलाते हुए बोले—

"काटी रात मज़े में सारी, बैठ मेरे पहलू अब प्यारी
बहुत लड़ाई तूने जान, अब है सब्ज़ परी का ध्यान
लाओ सब्ज़ परी को!"

इसके बाद सब्ज़ परी जैसे ही धीरे-धीरे चल कर सभा में पेश हुई कि उसे देखते ही पूरे नोहरे की साँस रुक गई। अपनी यात्रा तय करती रात भी थोड़ी देर के लिए इस हुस्नो-जमाल की परी को देखने के लिए रुक-सी गई। सचमुच कंबल, दोसूती और पतले-पतले तहमद-धोतियों में कँपकँपा रहे जिस्मों ने सब्ज़ परी के रूप में जैसी कल्पना की थी, उससे कहीं इक्कीस ही निकली यह। हड्डियों को सुन्न कर देने वाली इस ठंड में सिसकारियाँ साफ़ सुनाई दे रही थीं, सब्ज़ परी के मंच पर आते ही।

पल भर के लिए तो सिंघल द्वीप के राजा इंदर का सूर्य की भाँति दीप्त और ओजपूर्ण चेहरा भी फीका पड़ गया। माथे पर पहने हुए रत्नजड़ित मुकुट की किरणें भी सब्ज़ परी की ख़ूबसूरती को देखकर चौंधिया गई।

सब्ज़ परी की आमद के साथ ही सभा में उद्घोषणा हुई—

"आती नए अंदाज़ से अब सब्ज़ परी है
लब सुर्ख़ हैं पर सब्ज़ है पोशाक हरी है
फ़िरोज़ा उसे देख के खा जाता है हीरा
चेहरे में ज़मर्रुद से सिवा जलवा गरी है।"

सब्ज़ परी बनी कृष्णाबाई ने इंदर की सभा में आकर पहले कोरनिश बजाया और फिर बड़ी अदा के साथ जब अपने कंठ से सुर मिलाते हुए पाँव उठाया, तब उसे लगा कि उसकी कंपनी के नक्काड़ची अत्तन खाँ की चोब और उसके पाँवों के बीच ताल नहीं बैठ पा रहा है। बीच में एकाध बार कृष्णाबाई ने अँगुलियों के

इशारे से अत्तन खाँ को समझाने की कोशिश भी की लेकिन अत्तन खाँ की चोब की तान सधने के बजाय उलटा बेक़ाबू होने लगी। शायद अत्तन खाँ कृष्णाबाई के इशारों से और ज़्यादा हड़बड़ा गया। अत्तन खाँ की इस हड़बड़ाहट को देखकर कृष्णाबाई को अपना मुजरा बीच में ही रोक देना पड़ा।

मुजरा रुकते ही पूरा नोहरा मारे शोर के गूँज उठा। मंच से सब्ज़ परी के जाते ही पूरा नोहरा एक अजीब-सी झुँझलाहट से भर गया। कुछ देर पहले तक इंदर की जो सभा परियों की साँसों से महक रही थी, वही अब एकदम निर्जन जंगल की तरह हो गई।

दर्शकों में बैठे पूरन मास्टर, जुम्मा और सलेमी से घिरा बैठा मँगतू अत्तन खाँ की हड़बड़ाहट पर मंद-मंद मुस्कराने लगा। एक बार उसने जुम्मा और पूरन मास्टर को सुनाते हुए कहा भी, "पतोई ना, सारी दुनिया साजिंदा बणन कू चल देए है....... चाहे ई ना पतो होए के बेर की होवे कहाँ है.....।"

पूरन मास्टर ने सुन लिया था मँगतू का यह व्यंग्य। वह तुरंत मँगतू की ओर पलटा तथा चमकते हुए बोला, "अबे तो तू जा और इस छिनाल को जाके बता कि बेर की कहाँ होवे है......।"

"यार, बिना बुलाए तो मैं काई लाट के कनै भी ना जाऊँ।" मँगतू ने पूरे आत्मस्वाभिमान के साथ कहा।

"ओए जुम्मा, ओतरी दा छाणा चल खड़ा हो और हमारी सब्ज़ परी से पूछ के आ कि अगर ज़रूरत होए तो हमारे पास है एक नक्कारची.......।" पूरन मास्टर ने लग जाए तो तीर, नहीं तुक्का तो है ही के अंदाज़ में जुम्मा को उठाते हुए कहा।

जुम्मा कुछ संकोचवश तो कुछ सकुचाते हुए मंच के पीछे गया, और जब थोड़ी देर बाद वापस लौटा तो उसका खिला हुआ चेहरा बता रहा था कि बात बन गई है।

जुम्मा ने आकर जब यह ख़बर दी कि कृष्णाबाई ने मँगतू को बुलाया है तब पूरन मास्टर ने जाते-जाते मँगतू की पीठ पर धौल जमाते हुए कहा, "ओए, ओतरी दा छाणा......... अब बता दीजो इस सब्ज़ परी को कि बेर की कहाँ होवे है......।"

थोड़ी देर बाद सबने देखा कि अत्तन खाँ की जगह उनका मँगतू बैठा है जो चोब से झील की खनखनाहट को परख रहा है। पहले उसने झील-नक्काड़े को दोनों हाथों से छूते हुए हाथों को कानों से लगाया और फिर मंच के पीछे की ओर पता नहीं क्या इशारा किया?

कुछ ही पलों के बाद राजा इंदर की सभा एक बार फिर शुरू हो गई।

मँगतू के झील-नक्काड़े की गुमक और कृष्णाबाई के सुरीले स्वर से भोंदू के नोहरे की दीवारें सितार के तारों की तरह झनझना उठीं। उसी नोहरे के एक ओर बने मंच

को घेरे शामियानों की जिल्द तरंगित हो उठी जो कुछ देर पहले अश्लील फ़ब्तियों से शर्मसार हो रही थी।

मँगतू के झील की खनक और नक्काड़े की गुमक को सुनकर न केवल सारा नगीना नोहरे की ओर टूट पड़ा बल्कि आसपास के गाँवों तक के लोग खिंचे चले आए।

इधर नोहरे के भीतर मँगतू की तान और सब्ज़ परी के पाँवों की थिरकन देखने वालों को घायल किए जा रही थी, और उधर बाहर फाटक पर खड़ी बेक़ाबू भीड़ के लिए गुज़रने वाला एक-एक पल किसी बीते हुए युग से कम नहीं था। स्वर जब कृष्णाबाई के गले को चीरता हुआ बाहर आता और मँगतू की चोब से झील की खनक लगातार गहराती जा रही रात में घुलने लगती तब तो बाहर खड़ी भीड़ अपना आपा ही खो बैठती।

आख़िरकार भीड़ की व्यग्रता के आगे आयोजकों को नोहरे का फाटक खोलना पड़ा। नोहरे का फाटक खुलते ही भीड़ बाँध में ठहाटा मार रहे पानी की तरह अंदर की ओर टूट पड़ी।

नोहरे के भीतर राजा इंदर की सभा में सब्ज़ परी का मुजरा अपने पूरे उठान पर था। इधर सब्ज़ परी कभी गुलफ़ाम को ग़ज़ल गाकर रिझाने की कोशिश करती, तो कभी ठुमरी गाकर और उधर शहज़ादा गुलफ़ाम स्त्रियोचित अंदाज़ में सब्ज़ परी पर रोष प्रकट करने लगता। हारमोनियम से फूटते स्वर और झील-नक्काड़े पर रह-रह कर पड़ने वाली चोबों के बीच इंदर की सभा बहार, खमाच, विहाग, पर्च, भैरवी, देस रागों से सराबोर हो उठी।

बर्फ़ीली ठंड से ठिठुरती रात में ऐसा लग रहा था जैसे इंदर की सभा में सब्ज़ परी बनी कृष्णाबाई नहीं बल्कि उर्वशी, मेनका और रंभा के पाँव थिरक रहे हैं। जाड़े में ठिठुरते जिस्मों का घनत्व कृष्णाबाई के कसे हुए बदन को देख कर बढ़ गया।

इस तरह सभा ख़त्म होने के लिए जब जयकारा बुला, तो ऐसा लगा जैसे मंच के सामने ऊँघते हुए दर्शकों के जिस्मों से अभी भी सब्ज़ परी चिपटी हुई है। फिर भी कृष्णाबाई का नाच राजा इंदर की सभा में पौ फटने तक चलता रहा।

जयकारा बुलते ही कृष्णाबाई सब्ज़ परी के लिबास में ही लपकते हुए मँगतू के पास आई और उसके पाँवों को नोहड़ कर छूते हुए बोली, "मास्टर जी, मान गई....... इस्टेज तो मैंने बहुत से नक्काड़चियों के साथ किए हैं लेकिन आज मैं आपकी अँगुलियों की कायल होकर रह गई हूँ।"

इतना कहकर कृष्णाबाई ने पोलका और खिंचे हुए उरोजों के बीच की खाली जगह में दाएँ हाथ की अँगुलियों को उड़सा और जिन नोटों का अंदर दम घुट रहा था उनमें से जितने नोट उसकी अँगुलियों के बीच फँसे, निकाल कर मँगतू की हथेली पर धरते हुए बोली, "मास्टर जी, मेरी तरफ से यह छोटा-सा नजराना है,

ना नहीं करना।"

इधर कृष्णाबाई ने हाथ पकड़ा मँगतू का और उधर सिसकारियाँ निकलीं मंच से नीचे खड़े पूरन मास्टर, सलेमी, जुम्मा और उनके साथ खड़े अन्य दर्शकों के मुँह से।

कृष्णाबाई की इस क्रिया पर मँगतू ने पहले तो उसे कनखियों से देखा और फिर दाएँ कल्ले में दबे देसी पत्ते पर लगे पान को जीभ से बाएँ कल्ले की ओर ठेलते हुए, मुस्कराने लगा।

मँगतू और कृष्णाबाई के बीच घट रहे इस कलात्मक घटनाक्रम का मतलब मंच से नीचे खड़े लोगों की समझ से परे था। उनकी आँखें तो बस सब्ज़ परी के चेहरे और कटि के चारों ओर छलक आई पसीने की बूँदों पर टिकी हुई थीं। पलभर के लिए उनके कानों के पर्दों का कसाव ढीला पड़ गया और मन विचरता हुआ न जाने कब अजंता-एलोरा, यहाँ तक कि कोणार्क के मंदिर की दीवारों पर लगे पत्थरों पर उत्कीर्ण चित्रों में खो गया। नाक की लौंग और पसीने की बूँदों को पहचानना मुश्किल हो गया कि पसीने की बूँद कौन-सी है, और लौंग कौन-सी?

कृष्णाबाई ने बहुत आग्रह किया किंतु मँगतू ने नज़राना लेने से साफ़ इनकार कर दिया। कृष्णाबाई की आँखों के कोर भीग आए कि कहाँ तो एक से एक नक्काड़ची उसकी कंपनी में आने को तरसते हैं, कहाँ यह नज़राना लेने से भी इनकार कर रहा है। वह कला के इस पुजारी के निःस्वार्थ भाव और निष्ठा पर बलि-बलि वारी होती चली गई।

मँगतू ने झील-नक्काड़ा कंपनी के लोगों के हवाले किया और धीमे-धीमे चलते हुए मंच के किनारे पर आ गया। वहाँ पड़ी हुई पणहा को पाँवों में डाला और मंच की सीढ़ियों से उतरते हुए उसने बग़ल वाली जेब में पड़ी पासिंग शो की एकमात्र सिगरेट, जो उसने जीवन पटवारी की दुकान से ख़रीदी थी, निकाल कर होंठों के बीच दबाई और जला कर पीने लगा।

"........मा....मास्टर जी, बुरा न मानो तो एक बात कहूँ?" कृष्णबाई ने चुप्पी तोड़ते हुए फिर कहा।

सीढ़ियों से उतरता-उतरता रुक गया मँगतू।

मंच के सामने खड़ी छोटी-सी भीड़ की साँसें एक बार फिर हलक़ में अटक कर रह गईं और जब तक कृष्णाबाई कुछ कह पाती तब तक अनेक अंदाज़े और शंकाएँ नोहरे की दीवारों से टकरा-टकरा कर आँखों से होती हुई मन ही मन तिल से ताड़ का आकार लेने लगीं कि कहीं मंच की सब्ज़ परी का सचमुच इस गुलफ़ाम पर दिल तो नहीं आ गया है। कि कहीं मँगतू की तान और कृष्णाबाई के थिरकते पाँवों के बीच कोई फ़र्क़ तो नहीं रह गया। कि कहीं देखने वालों में से कोई उलटी-सीधी हरकत तो नहीं कर बैठा...... आदि-आदि! यानी जब तक सब्ज़ परी बोली नहीं ये अंदाज़े और शंकाएँ एक अजीब-सी साँसत में फँसे रहे।

"........मास्टर जी, मेरी एक छोटी-सी गुजारिश है......।" इतना कह कर कृष्णाबाई एक बार फिर चुप हो गई और मँगतू की स्वीकृति के लिए उसे निरखने लगी।

मँगतू की समझ में कुछ नहीं आया कि आख़िर कृष्णाबाई उसके चेहरे पर क्या ढूँढ रही है! कभी मँगतू अपने कानों में हलके-हलके झूलती सोने की मुर्कियों को अँगुलियों से छूकर देखता, तो कभी दाँत में लगी सोने की चौंप को नाखून से खुरच कर देखता।

इसी ऊहापोह में अँगुलियों की कैंची के बीच फँसी पासिंग शो की सिगरेट के जिस्म को थोड़ा ढीला कर, उसकी थूथनी से राख़ को झाड़ते हुए अंततः मँगतू ने मौन स्वीकृति दे ही दी।

"........मास्टर जी, मैं चाहती हूँ कि आप मेरी कंपनी में शामिल हो जाएँ...... तनखा जितनी माँगोगे, दूँगी–चार सौ, पाँच सौ, जितना चाहो.....।"

कृष्णाबाई के इस भारी-भरकम प्रस्ताव को सुनकर वहाँ खड़े लोगों का मुँह खुला का खुला रह गया कि आज लक्ष्मी ख़ुद चलकर मँगतू के पास आई है। जाड़े में सिकुड़े हुए जिस्मों का घनत्व एक बार फिर बढ़ता चला गया। मंच के ऊपर बल्ली से लटके हुए दो पाँच सौ वॉट के लट्टुओं की रोशनी से अपनी कुहनी को बचाते हुए पता नहीं किसने टहला मारा कि मँगतू इस प्रस्ताव को स्वीकार कर ले लेकिन मँगतू ने इसे स्वीकारने से दो टूक मना कर दिया। कल्ले में इधर से उधर ठिठोली कर रहे चिगदे हुए पान के गोले को ज़मीन पर थूका और बाकी बची सिगरेट को चुटकी से दूर छिटका कर, किसी से बग़ैर कुछ कहे भोंदू के नोहरे से बाहर निकल आया मँगतू।

नोहरे से बाहर आते ही सबने उसे ढेर सारी मलामतों से शर्मसार करने की इतनी कोशिश की कि हो सके मँगतू अपने फ़ैसले पर फिर से विचार कर ले और घर जाने से पहले कृष्णाबाई के सामने जाकर हाँ कर ले परंतु मँगतू की हठ के आगे ये मलामतें चिकने घड़े पर पानी ही साबित हुई।

पूरन मास्टर ने तो झुँझलाते हुए कह भी दिया, "ओतरी दा छाणा, दिलद्दर धुल जाते तेरे...... मादर चो' इतनी बड़ी रकम को ऐसे ठोकर मारकर चला आया जैसे इस रहीस की छान पर घी सूख रहा है।"

चारों ओर से जब सबने उसे आड़े हाथ लेना शुरू किया तो हार कर झल्लाते हुए उसे कहना पड़ा, "यार मास्टर जी, रंडी और ढोलकी को साथ बस या सटेज तक ही ठीक रहवे है.....।"

मँगतू के इस जुमले का अर्थ पूरन मास्टर तो क्या साथ में चल रहे इतने लोगों में से किसी की भी समझ में नहीं आया। घर जाते ही बर्फ़-सी पिघलती उस रात में मुँह से निकलने वाली भाप की गरमाहट के साथ कंबल-खेस से लिपटे जिस्म अपनी-अपनी सब्ज़ परियों की नींद ख़राब करने के लिए उनकी रज़ाइयों में घुस

गए।

सुबह होते-होते पूरे नगीना में कृष्णाबाई और मँगतू के बीच घटी इस घटना की ख़बर फैल गई। कुछेक ने उसे निपट बावली बूच कहा तो किसी ने क़ौल का पक्का बताया कि कृष्णबाई के प्रस्ताव को अस्वीकार कर मँगतू एक विजेता की तरह इस बार भी जीत को काँख में दबा कर घर चला आया।

उसी रात कृष्णाबाई ने भी एक और स्टेज करने का फ़ैसला कर लिया—इस उम्मीद में कि कहीं मँगतू अपने फ़ैसले पर पुनर्विचार कर उसके प्रस्ताव को स्वीकार कर ले, किंतु उसे इसमें सफलता नहीं मिली।

अलस्सुबह से गोपाल सन्नार्थी की होटल पर इसी घटना की चर्चा है। जो भी रात की घटना का ज़िक्र सुनता, वही अश-अश कर उठता। जो सब्ज़ परी के मुजरे को देखने से सिर्फ़ इसलिए वंचित रह गए कि यह इस्लाम या हिन्दू धर्म के आस्तिकों के उसूलों के ख़िलाफ़ है, वे भी मन मसोस कर रह गए कि काश! इस सब्ज़ परी के भरे हुए संगमरमरी जिस्म पर चू आई पसीने की झिलमिलाती, शबनम-सी बूँदों को देखने का एक बार उन्हें भी मौक़ा मिल जाता। पल भर के लिए ज़ईफ़ चेहरों तक की बाँछें खिल कर मुरझा गईं।

सलेमी के अवचेतन में टिमटिमाते हुए जुगनुओं की भाँति स्मृतियों के छोटे-छोटे बल्ब जलने-बुझने लगे कि कैसे साँझी नींव पर बनी दीवार से अतीत की रेह लगी पपड़ियाँ उचलने लगी हैं—कि कैसे इस ना-मुराद मँगतू ने नगीना की आन को मौक़े-बेमौक़े बचाया है? लेकिन इसी नगीना के पास जैसे एहसानों की फ़ेहरिस्त से उसके हिस्से के हरूफ़ मिट गए हैं।

सोचते-सोचते सलेमी की आँखें गीली हो उठीं। बस, जब मन में आता है वह इस रील के साथ लिपटता हुआ चला जाता है—इतनी दूर कि वह औरों को तो देख लेता है लेकिन उसके भीतर को कोई झाँक कर नहीं देख पाता है।

चार

यह आठवाँ बरस है।

पिछले सात बरसों की तरह इस बार भी साढ़-सावन में मेह झड़ के नहीं बरसा। बस बीच-बीच में पाँच-सात बार थोड़ी-बहुत बूँदें टपका कर ऊपरवाला फिर कई दिनों तक चुप लगा जाता। उसके इस तरह चुप बैठ जाने का परिणाम यह होने लगा है कि ज्वार, बाजरा और ग्वार की जो पौध ज़मीन को फोड़ कर थोड़ी-बहुत बाहर निकल आती, वह भी चटक धूप से झुलस कर पीली पड़ जाती और आख़िरकार आधी से ज़्यादा ख़त्म हो जाती, वरना आधे सावन तक तो जिधर

भी निगाह जाती उधर पानी ही पानी दिखाई देता था। सारे जोहड़ चाहे वह बँगला डोक हो या छीतर डोक, पचपीर का जोहड़ हो या चकायरी सबके सब पानी से भरे हुए ठहाटा मार रहे होते। आसपास के गैत-बाड़ों से लेकर साळ-बाखल में खड़े नीम और शीशम के डालों पर मूँज की रस्सियों के झूले पड़ चुके होते, जिन पर लंबी-लंबी पींग बढ़ाती हुई छोरी-छापरियों के मुँह से या तो मल्हार के बोल फूट रहे होते, या फिर उदास होंठों से पिया से मिलने की आस लिए ये बोल फूट रहे होते–

पाँच सुपारी मेरे हाथ
बामण बूझण मैं चली
कह बमणा मेरे मन की बसी बात
कद बगदेगो मेरो सायबा?

जितना पीपल में पात
जब बगदेगो तेरो सायबा

मरियो बमणा का तेरो पूत
आसी-निरासी मैं रख दी

नणदी सू बूझण मैं चली
कह नणदी मेरे मन की बसी बात
कद बगदेगो मेरो सायबा?

आज चलेगो सारी रैन
धेरे चढ़ेगो तेरी रावटी
जिए नणदी तेरो पूत
बिछड़ो मिलायो मेरो सायबा
आधो तो दूँगी घरबार
सारो तो दूँगी मालवो.....।

कई बार तो यहाँ तक हो चुका है कि रात भर मेह झड़ कर बरसता और सुबह-सवेरे जब पनिहारिन बल्लाकी, बोहराकी या बढ़वाले के कुओं से पानी लेकर लौटतीं तब उन्हीं से पता चलता कि काले पहाड़ के खोलों से पानी उतर कर चहुँ ओर पसरा हुआ है। कुछ घंटों में देखते ही देखते क्या तो बड़ा स्कूल और क्या इस्लामी मदरसा सब पानी की ज़द में पहुँच चुके होते। इसके बाद कई दिनों तक यही सुनने में आता रहता कि आज फलाँ की पौली ढह गई है, तो ढिमके का पाखा। अमुक की मेड़ी[1] धँस गई है, तो किसी का बँगला। तब यह ढहना-धँसना सहन भी कर लिया जाता क्योंकि सब जानते थे कि दूर-दूर तक दिखाई देने वाला

1. *मेड़ी : चौबारा या अटारी।*

यह जल-प्रांतर ज़्यादा दिन का मेहमान नहीं है। तीन-चार सप्ताह में वह मंथर गति से टहलता हुआ देखते ही देखते न जाने कब कोटला के डहर में विलीन हो जाएगा। उसी कोटला यानी 'कोतिला झील' में जिसका घेरा मुग़ल सम्राट अकबर ने अपनी जीवनी 'अकबरनामा' में चार कोस बताया है, और बाबर ने 'बाबरनामा' में इसकी विशालता का वर्णन करते हुए लिखा है—झील बड़ी है। परला किनारा दिखाई नहीं देता। यह डाँडों से घिरी है। कहते हैं कि मेवात की प्रमुख नदी 'मानस-नै' किसी ज़माने में इसी झील में गिरती थी।

दरअसल चाहते सभी हैं कि चौमासे में काले पहाड़ से उतरा यह पानी हर बरस आए क्योंकि विनाश की बजाय यह वरदान ही साबित होता है। इसके आने से जी भर के चना-मटर होता है और जंगल की ज़मीन भी दीमक लगने से बची रहती है।

लेकिन अब पिछले आठ-नौ बरस से पूरे मेवात की आँखें जोहड़ों के किनारों से हट मारते पानी के लिए तरसने लगी हैं। अब किसी के मुँह से यह सुनने में नहीं आता है कि फलाँ का पाखा ढह गया और अमुख की मेड़ी धँस गई है, और तो और बल्लाकी तथा बढ़वाले के कुएँ की जगत तक सूनी हो गई है।

और इस साल तो बिलकुल ही ऊपर वाले ने जैसे नज़रें फेर लीं। चौमासा कहा जाने वाला महीना दो-चार हलकी बारिश के अलावा कुछ लाया ही नहीं। इस महीने को देखकर लगता है जैसे सारे मौसम एक-से हो गए हैं। अब न तो जाड़ों में जाड़ों जैसी ठंड पड़ती है और न ही गर्मियों में गर्मी। हार कर ज़मींदारों ने भी ढोर-डंगर धीरे-धीरे खूँटों से ढीले कर दिए। जब पेट भरने वाले नाज से महँगी खल-चूरी हो जाए तब ख़ुद का पेट भरें या ढोर-डंगरों का?

सरकार ने भी पहले कई साल तो इसी उम्मीद में निकाल दिए कि अब नहीं तो अगले चौमासे में ज़रूर जम के मेह बरसेगा, परंतु सरकार उम्मीद लगाए बैठी रही और लोग दुआएँ माँगते रहे।

आख़िरकार एक-एक कर आधे से ज़्यादा चमरवाड़ा खाली हो गया बल्कि खटीकवाड़ा तो लगभग पूरा ही खाली हो गया, और जो कुछ बचे हैं उनमें से ज़्यादातर लगते बैसाख पता नहीं किस ओर निकल जाते हैं। आषाढ़ के पहले सप्ताह में धीरे-धीरे जब आने लगते हैं तब साथ में होता बीस-बाईस मन नाज से लदा ट्रक या टैम्पो। बैसाख और जेठ में चमरवाड़ा व खटीकवाड़ा तो क्या अब सात-आठ कीले के मालिक भी चुपचाप अपने सयाने-सवाने बच्चों को लेकर उनकी देखादेख जाने लगे हैं।

इस आवाजाही का तभी पता चला जब पिछले साल सुल्ली अपनी घरवाली अशरफ़ी, दोनों बड़े लड़कों हाकिम और बासित, तथा हाकिम की घरवाली फ़जरी को लेकर चुपचाप नगीना से चला गया। घर छोड़ गया सबसे छोटे दो लड़कों को। सुल्ली जब आषाढ़ के शुरू होते ही वापस लौटा तो चौधरी मोहल्ले की आँखें फटी की फटी रह गईं। गोचनी और बेझड़ की बोरियों से लदा ट्रक जब उसकी

पौली के आगे रुका तब सूरज खटीक पर तो रुका नहीं गया, "अरे सुल्ली, बेट्टी का बाप कहाँ सू डाका मार के लायो है?"

सूरज के व्यंग्य मिश्रित सवाल को सुनकर सुल्ली ऐसे मुस्करा कर रह गया गोया उसे पता था कि ज़रूर मोहल्ले में कोई न कोई उससे यह सवाल करेगा। जब दोबारा सूरज ने वही सवाल दोहराया तब सुल्ली ने जवाब दिया, "यार, डाको कहाँ सू मारके लायो हूँ........ लावणी करके लाया हैं।"

"मेरे यार, जब सात-आठ कीला का मालिक ऐसा कर रा हैं तो हम जैसा कहाँ जांगा...... सही बात है आदमी को पेट भर जाए है, पर नीत ना भरे है।"

"सूरज, यामें नीत की कहा बात है.... यार, जब मेह ना पड़ेगो तो खेत के अपनी ऐसी-तैसी कराएँगा...... और फिर मेहनत-मजूरी में काँई की सरम...... मेरा भाई, पेट तो भरणो है।" सुल्ली ने निःश्वास भरते हुए कहा।

"ई बात तो तू सही कहवे है...... मेरी सुरी सिरकार भी एकाध बर नाज देके चुप्प लगा गी.....।"

"अरे, ऊ नाज कौण-सो बारहू महीना चलतो..... सिरकार ए तो अपणो फरज निभाणो हो सो निभा दियो.....।"

"हाँ यार, पूरे दिन जोहड़ और सड़कन् के किनारे हड्ड तुड़वाओ और नाज मिले है माणस गेल चार सेर...... और चलो मिले तो हो कुछ न कुछ........ अब तो ऊ भी ना मिले....... लगे है सिरकार भी छिकगी है देते-देते......।"

"सूरज, या इलाका में अगर आज कोई नहर-नालो होतो न, तो ये दिन ना देखणा पड़ता...... बावला भाई, अपना बाल-बच्चान सू दूर रहणो किसे अच्छो लगे है......!" सुल्ली ने नाज से भरी बोरी लड़के की पीठ पर लदवाते हुए कहा।

ट्रक से बोरियों को उतरने के बाद सुल्ली ने ट्रक ड्राइवर को बाकी का भाड़ा दिया और साफ़ी से पसीना पोंछते हुए धप्प् से खाट पर बैठ गया।

सुल्ली के घर में मानो फिर से ख़ुशियाँ लौट आईं। एक दिन पहले तक जो बच्चे साँझ घिरते ही माँ-बाप की याद लिए रात भर उनसे सपनों में बतियाते रहते, उस दिन उन्हें लगा कि सचमुच सपने भी सच होते हैं।

इस तरह सुल्ली तो साल भर के लिए नाज की ओर से निश्चिंत हो गया लेकिन सूरज, छोटेलाल, नबी खाँ जैसे लोग क्या करें जिनके पास न तो जंगल की ज़मीन है और न ही घर-कुनबे के वे बड़े-बूढ़े जिन्हें छोड़कर वे कहीं जा सकें? इनमें से तो एक बार जो चला गया सो चला गया। दूर ही क्यों जाएँ, मनीराम का बड़ा लड़का बनवारी भी तो इन्हीं जाने वालों में से एक है। जिस दिन बनवारी नगीना छोड़कर गया था उस दिन मनीराम के लाख विरोध करने पर बनवारी ने बाप की एक नहीं सुनी थी। हालाँकि मनीराम ने सलेमी के आगे बनवारी के जाने को सही ठहराते हुए साफ़ कह दिया था कि अब इस गाँव में रह कर भूखा थोड़े ही मरना है किंतु मनीराम भीतर ही भीतर किस तरह बिखर रहा था, उसे वही जानता है।

अंततः मनीराम के विरोध का जब बनवारी पर कोई असर नहीं पड़ा, तब मनीराम ने रुँधे हुए गले से कहा भी, "बेटा, पुरखान को ठिया कोई ऐसे ही थोड़ो छोड़ो जावे है...... अगर हर आदमी ऐसे ही गाँव छोड़ के जान लगो तो पड़गी पार.....।"

"चाचा, मैं कब कह रो हूँ कि ई पुरखान को ठिया छोड़ो जाए–पर जब याँ कुछ हैई ना तो हम या पुरखान का ठिया ए चाटता फिरें.....?" बाप को चाचा कहने वाले बनवारी ने बिफरते हुए जवाब दिया।

"ठीक है बेटा, जैसी तेरी मरजी...... जब तू यही चाहवे है के हम अपने गोडान्ने जिंदगी भर तुड़वाता रहें तो ठीक है..... अरे, हम तो जैस-तैसे दिनन् के धक्का दे ही लेंगा..... पर तू अपनी करनी में कसर मत छोड़....." मनीराम ने आख़िरकार झुँझलाते हुए समर्पण कर ही दिया।

"चाचा, तम तो बस यही चहाओ हो के औलाद तिहारी आँखन के आगे धरी रहे..... चाहे सुसरा भूखा मरता डोलें.....।" बनवारी आपा खो गया इस बार।

इस बीच रुमाली कुछ नहीं बोली। उसके हिसाब से बाप और बेटा, दोनों के तर्क अपनी-अपनी जगह सही हैं।

इसके बाद बनवारी ने बहस करना छोड़ धीरे-से रामा-किसना की, चुपचाप जेवड़ी में लिपटी गुदड़ी और अटैची उठाई तथा देहरी लाँघते हुए बाहर चला गया।

बनवारी के घर से निकलते ही मनीराम हूक के साथ फफक पड़ा।

छोटका ने झल्लाते हुए बाप को डाँटा, "चाचा, तू भी खामखाँ जी हलको कर रो है...... अरे, बनवारी कौन सो बिलात जारो है..... और फिर मैं तो हूँ तेरे कनै।"

छोटका को अपने भाई की तरफ़दारी करता देख मनीराम ने कुछ नहीं कहा। बस, साफ़ी से आँखों को पोंछते हुए उठकर बाहर चला गया।

साँझ होने तक मनीराम कई बार सलेमी के पास हो आया। जितनी बार भी मनीराम सलेमी के पास गया, उतनी ही बार सिवाय बनवारी के कोई और बात नहीं की।

सलेमी मनीराम की टूटन को खूब समझ रहा है किंतु वह बावजूद इसके बोला कुछ नहीं।

लगभग पंद्रह दिन बाद जब बनवारी की दिल्ली से चिट्ठी आई कि उसका काम-धंधा सही जम गया है तब कहीं जाकर मनीराम के जी में जी आया। चिट्ठी आने के ठीक महीना पीछे जब मनीराम के नाम तीन सौ रुपए का मनीआर्डर आया, तब मनीराम भागता हुआ सलेमी के पास गया और मनीआर्डर से आए तीन सौ-सौ के नोटों को दिखाते हुए बेटे के फ़ैसले की तारीफ़ करने लगा।

छोटका ने भी उस दिन मनीराम से खूब चुटकी ली थी, "चाचा, तू तो बेमतलब घबरा रो हो, अब तो खुस्स है न!"

इस तरह हर महीने मनीआर्डर के द्वारा आने वाली राशि की लगातार वृद्धि ने

बेटे की अनुपस्थिति को धीरे-धीरे पाट दिया। आज बनवारी को नगीना छोड़े सात बरस होने को आ रहे हैं लेकिन समय कब दबे पाँव पास से गुज़र जाता है, पता ही नहीं चलता। अब बनवारी आता है तो बस किसी तीज-त्यौहार पर बल्कि कभी-कभी तो तीज-त्यौहार भी बाट जोहते-जोहते ऊँघ कर सो जाते हैं। हालाँकि शुरू में वह महीने-डेढ़ महीने में नगीना का ज़रूर चक्कर लगा लेता था, किंतु जैसे-जैसे पहचाने हुए चेहरे विस्मृत होने लगे वैसे-वैसे अंतराल भी बढ़ता चला गया।

बनवारी की देखादेख एक-एक कर मोहल्ले के अन्य लोगों ने भी दिल्ली की ओर जाना शुरू कर दिया।

ऐसे ही एक बार जब दीवाली पर बनवारी ने बाप से छोटका को भी साथ ले जाने के लिए कहा, तो मनीराम से न ना कहते बना और न ही हाँ। ना करता भी कैसे मोहल्ले के आधे से ज़्यादा घरों के चौक और आँगन तो सूने हो चुके हैं। मनीराम ने जो थोड़ी-बहुत ना-नुकर की भी, तो बनवारी ने अपने तर्कों से उसे भोंथरा कर दिया। हारकर बेटों को मनीराम ने स्वीकृति दे ही दी।

जिस दिन बनवारी अपने छोटे भाई छोटका को लेकर घर से रवाना हुआ था तो उन्हें देखकर सलेमी एक अनजानी आशंका से सिहर उठा था, यानी इसका मतलब यह हुआ कि एक-एक कर आख़िरकार सभी यह गाँव छोड़कर चले जाएँगे?

चलते समय बनवारी ने जब बाप से कहा कि अगली बार वह उसे और माँ को भी साथ ले जाएगा तो मनीराम ने साफ़ मना कर दिया था, "ना बेटा, हमारो मन तो अपनी या पुस्तैनी जिगह छोड़न कू करे है ना।"

"पर या पुस्तैनी जिगह में अब धरो कहा है सिवा सूखा जोहड़ और रेत उड़ाता खेतन् के....... फिर भी चाचा जैसी तिहारी मरजी।" इतना कहकर बनवारी ने सामान उठाया और सबको साथ लेकर चल पड़ा।

मनीराम बहू-बेटों को तब तक देखता रहा, जब तक बनवारी, छोटका और उनके बच्चे उसकी आँखों से ओझल नहीं हो गए।

मनीराम की बूढ़ी आँखों में पल रहे सपने एकाएक बरसात में उमड़ आए बादलों से घिर गए तारों की तरह ग़ायब हो गए। देर तक मनीराम की आँखों के आगे बहू-बेटों और बच्चों की आकृतियाँ तैरती रहीं तथा कानों में उनके स्वर गूँजते रहे।

बनवारी और छोटका के जाने के बाद मनीराम ने इधर-उधर छितरे हुए सामान को सलीक़े से रखा और सिगरी में धीरे-धीरे सुलग रहे उपलों की आँच से हुक्के को ताज़ा कर, बाहर खाट बिछा कर अतीत के भँवर में उतरता चला गया।

बनवारी!

कितने चाव और मोहल्ले में खूब सलाह-मशविरा करके रखा था मनीराम ने

अपने इस सबसे पहले बेटे का नाम। हालाँकि नाम तो इसका 'ह' शब्द से निकला था इसलिए रुमाली और मनीराम ने पहले बनवारी का नाम रखा भी हीरा ही था, किंतु जब मनीराम ने लोगों को बताया कि उसने अपने बेटे का नाम हीरा रखा है, तब सुनते ही लोगों को मज़ाक की जैसे पुड़िया हाथ लग गई कि जिसका जब जी चाहता वह खोल कर बैठ जाता। सलेमी तो हँसते-हँसते लोटपोट हो गया था उस दिन, जब उसने मनीराम के मुँह से यह नाम सुना। मारे हँसी के उसकी पसलियों में दर्द होने लगा था।

बमुश्किल मुँह पर साफ़ी का ढाटा लगाकर हँसी को रोकते हुए बोला, "मेरे यार मनीराम, धरती पे टिक जा, उड़े मत..... अरे, नाम तो तैने छोरा को ऐसे धर लियो जैसे तेरे और होएँगा ही ना...... पहलौठी को बालक है, कम सू कम नाम तो चोखो सो धर.....।"

"या नाम में कहा बुराई है...... अरे, हीरा कोई नाम ना होंवे हैं? तू तो अन्यायी ऐसे हँस रो है जैसे ई नाम धर के मैंने कुछ बुरो कर लियो है।" मनीराम ने नाराज़ होने की मुद्रा बनाते हुए कहा।

"यार, तू तो बुरो मान गो..... दरसल, मेरो ऊ मतलब ना है जैसो तू समझ रो है। मैं तो या मारे हँस रो हूँ के मान ले, बड़ो होके तेरा या हीरा न तोकू खोल के दिखा दियो तो जब कहाँ जाके मरेगो तू...... अरे, हमारी ओड़ सू तो तू हीरा काँई लूं याको नाम खुदा की लाट धर.....।" सलेमी ने भी उसी अंदाज़ में कहा।

"तो अकलबंद की पूँछ तुई बता याको कहा नाम धरूँ?" उलटा मनीराम ने सलेमी से प्रतिप्रश्न करते हुए पूछा।

"अरे कोई ठीकठाक सो नाम धर जैसे रामलाल, लालाराम, बदलू, परसादी, बनवारी!" सलेमी ने नामों की एक सूची रख दी मनीराम के आगे।

"ठीक है सलेमी, तेरो ही कहो मान लेवे हैं........ बता, तोहे कौण-सो नाम ठीक जँचे है?" मनीराम ने पूछा।

"मेरी माने तो छोरा को नाम तू बनवारी धर दे।" सलेमी ने थोड़ी देर सोचने के बाद कहा।

"ऐऽऽ ले, आज सू याको नाम बनवारी है, ठीक है न?" मनीराम ने अगले पल अपना निर्णय सुनाते हुए सलेमी से कहा।

इसके बाद मनीराम ने तुरंत अंदर से गुड़ की भेली मँगाई और अपने इस पहलौठी के नामकरण की ख़ुशी में सलेमी के आगे रखते हुए बोला, "ले, अब तू ही बाँट या भेली ए भी।"

सलेमी ने भेली को फोड़ा और वहाँ खड़े लोगों को गुड़ बाँटना शुरू कर दिया।

"मनीराम, गुड़ तो तेरो खा लियो, अब तू लड्डू कब खवाएगो..... मेरो मतलब है, कुआँ कब पुजवाएगो?"

"फिकर क्यों करे है यार, जब तोकू गुड़ खवा दियो है तो लड्डू भी खवाँगा....... पर पहले छोरा की दादाखानू और पचबीर पे गलेप[1] तो चढ़ा देएँ।"

"धेरे[2] ही सही, धेरे है भी जुम्मेरात...... पहले दादा भरपूला सू कह देंगा के ऊ धेरे साँझ लू दादाखानू पे चलो जाए, और फिर ग्यारमी में कलदा फकीर सू कह देंगा के ऊ भी तैयार रहे..... अरे, नेकी और बूझ-बूझ......।"

"हाँ यार सलेमी, लगे हाथ जो काम हो जाए अच्छो है, और फिर कल दिन भी ठीक है।"

जुम्मेरात के दिन दादाखानू और पचपीर पर गलेप चढ़ाने की सारी तैयारी हो गई। होती भी क्यों नहीं, मनीराम और रुमाली ने पता नहीं कब से बोला हुआ है कि अगर उनके यहाँ लड़का हुआ तो वे दादाखानू और पचपीर पर गलेप चढ़ाएँगे। गलेप भी सस्ता नहीं बल्कि एकदम लट्ठे का, जिससे और नहीं तो कम से कम दादा भरपूला और कलदा अपनी क़मीज़ तो सिलवा लें।

सुबह सबसे पहले दादा भरपूला को जब मनीराम यह कहने गया कि आज शाम को वह दादाखानू पर गलेप चढ़ाने के लिए तैयार रहे, तब दादा भरपूला ने स्वाँग भरते हुए पहले तो दादाखानू पर जाने से मना कर दिया कि उसकी तबियत ठीक नहीं है लेकिन जब मनीराम ने बहुत कहा तब लगभग उसने टालने की मुद्रा बनाते हुए कहा, "ठीक है मनीराम, साँझ की साँझ कू देखी जाएगी।"

मनीराम को दादा भरपूला से ऐसी उम्मीद नहीं थी। वह तुरंत सलेमी के पास गया और दादा भरपूला के टलाऊ अंदाज़ का ज़िक्र किया। सलेमी तुरंत उठा और बुद्धन को भी साथ लेकर तीनों जा पहुँचे दादा भरपूला के पास। जाते ही सलेमी ने दादा भरपूला को आड़े हाथों लेते हुए कहा, "दादा, तू इतनो बड़ो लोग हो गो है कै तैने गलेप चढ़ाना सू भी ना कर दी।"

सलेमी के वाक्य को सुनते ही दादा भरपूला ठहाका मारकर हँस पड़ा, "वाड़ी सलेमी, ई मनीराम भी है बावली बूच....... अरे, मैं तो यासू मजा ले रो हो..... अन्यायी मेरो के मूँड फिर रो है....... मैं तो याहे ऐसेई टटोल रो हो.... ले भला, हमारा मुहल्ला में छोरा होवे और हमीं गलेप चढ़ाणा सू ना कर देंवे..... अरे, ई फकीर गलेप ना चढ़ाएगो तो कहा जूती गाँठेगो।"

"तू भी मनीराम है वही जामें नाज छड़े हैं...... मेरे यार, काई की मजाक तो समझ लेए कर....... मैं भी कहूँ के दादा भरपूला तो ना कहई ना सके है.....।" बुद्धन ने मनीराम को झिड़की लगाते हुए कहा।

"अच्छो भई दादा, दिन छिपे पहोंच जइयो दादाखानू पे....।"

---

1. *गलेप : मज़ार पर चढ़ाई जाने वाली चद्दर।*
2. *धेरे : आने वाला या बीता हुआ कल।*

इतना कहकर वे तीनों जाने के लिए मुड़े कि पीछे से दादा भरपूला ने उन्हें टोकते हुए आवाज़ दी, "अरे, तमन्ने तो अपने मन की बात फट कह दी..... पर मेरी भी तो सुणता जाओं.....।"

"बोल दादा!" रुकते हुए सलेमी बोला।

"गलेप के साथ-साथ पूरा ग्यारे रुपिया लेऊँगो......!"

"ठीक है, तोकू ग्यारे रुपिया ही देंगा..... अब तो खुस्स?" इस बार जवाब मनीराम के बजाय सलेमी ने दिया।

सलेमी, मनीराम और बुद्धन के जाते ही दादा भरपूला देर तक मनीराम और उसके बेटे की सलामती के लिए हाथ उठा कर आशीषें देता रहा।

दोपहर बाद गोधूलि के आसपास से ही एक-एक कर पास-पड़ोस की औरतों से मनीराम का चौक भरने लगा। सब अपना-अपना काम निपटा कर पहुँच गई। जो बच गई थीं वे भी बाद में चली आईं। दादी सुक्कन ने दादाखानू पर ले जाने वाले सामान पर एक सरसरी-सी नज़र दौड़ाई कि कोई चीज़ छूट तो नहीं गई है। गोधूलि के बाद सूरज जिस तेज़ी से काले पहाड़ की देह को छूने के लिए बढ़ रहा था, उसे देखकर दादी सुक्कन ने सबको टेरते हुआ कहा, "अरी जल्दी करो बहू-बेटियो, नहीं तो अँधेरो हो जाएगो!"

इतना कहकर दादी सुक्कन ने पीतल की परात में सारा सामान रखा और सिर पर रखी ईढ़ी पर उसे जमा कर, सबको चलने के लिए कह कर उठ गई।

दादाखानू पर पहले से पहुँच चुके दादा भरपूला ने उसकी मज़ार के चारों तरफ़ जगह-जगह अगरबत्तियाँ जलाकर टाँग दीं। एक बड़े-से सकोरे में उपलों के अंगारों पर थोड़ा-सा लोबान डाल दिया। दादाखानू के आसपास का वातावरण अगरबत्तियों की सुगंध और लोबान की मिश्रित गंध से महक उठा। दादाखानू के सिरहाने खड़े पीपल, दाहिने ओर खड़ी देसी कीकर पर अपने-अपने आशियानों में लौट कर आने वाले पक्षियों के कलरव तथा सूरज की लालिमा से पुते काले पहाड़ की देह ने इस वातावरण में और भी वैराग्य घोल दिया।

इधर दादा भरपूला के कानों में धीरे-धीरे भजन के अस्फुट शब्द पड़ने लगे और उधर उसके हाथों की गति बढ़ने लगी। थोड़ी ही देर बाद दादा भरपूला को भजन गाती औरतों के समवेत स्वर साफ़ सुनाई देने लगे–

पिपलिया झकझाल री
जहाँ सय्यद को थान
सय्यद बड़े औलिया
अम्माँ तेरी ढो रई ब्यार
घेर लई सब गावड़ी
घेरो मोहन ग्वाल

सय्यद सोए सई साँझ के
कौन जगावन जाए?
औंधे तो धरे बिलोवणा
फिर-फिर जाएँ छछियार
सय्यद बड़े औलिया

के तो जगावे बीबी फातमा
के जगेंगे सत् भाग
सय्यद उठे ललकार के
टूटे पलँग चारों सियाल
सीधे तो हुए बिलोवणा
ले-ले जाएँ छछियार
छोड़ दई सब गावड़ी
छोड़े मोहन ग्वाल
सय्यद बड़े औलिया....।

भजन गाती हुई औरतों का हुजूम जैसे-जैसे दादाखानू के नज़दीक आने लगा, वैसे-वैसे लगने लगा मानो साँझ के झुटपुटे में अगरबत्ती लोबान की मिश्रित सुगंध, पक्षियों के कलरव और मज़ार की ओर बढ़ रहे हुजूम से उभर रहे समवेत स्वरों ने एक ऐसी जुगलबंदी छेड़ दी, जिससे प्रकृति के वैराग्य, अध्यात्म और आस्था के परांग चारों ओर बिखर गए हैं।

दादाखानू के सामने रुमाली को सबसे आगे लाकर खड़ा कर दिया तथा परात में रखे हरे गलेप को उसने दादा भरपूला को सौंप दिया। दादा भरपूला ने गलेप की तहों को खोला और उसके दो पल्लुओं को रुमाली को पकड़ा कर दादाखानू की मज़ार पर ओढ़ा दिया। रुमाली देर तक मज़ार के सामने घुटनों के बल ढोक देती हुई हर तरह के आसेब से सुरक्षित रहने की मिन्नतें माँगती रही। दादा भरपूला भी रुमाली के साथ-साथ मनीराम के बेटे और उसके सारे परिवार की ख़ुशहाली के लिए दुआएँ माँगता रहा।

दादाखानू पर गलेप चढ़ाने के बाद दादा भरपूला भी हुजूम के साथ वापस लौट आया।

वापस लौटते ही मनीराम भीतर से चद्दर में लिपटे हुए नवजात् शिशु को बाहर लाया और खाट पर बैठे दादा भरपूला की गोद में लिटाते हुए बोला, "दादा ले, अपने पोता के फूँक और मार दे जासू ई ऊपर की हवा और अलसेट[1] सू बचो रहे!"

1. *अलसेट : किसी भी तरह की अनिष्टता।*

चद्दर में लिपटे हुए मासूम बच्चे के चेहरे से दादा भरपूला ने चद्दर हटाई और होंठों ही होंठों में कलमा बुदबुदाने लगा, 'ला इला ह इल्लल्लाहु मुहम्मदुर्रसूल्लुल्लाह.... अश्हदु अल्लाइला-ह इल्लल्लाहु वहदूह ला शरी-क लहू व अश्हदुअन-न मुहम्मदन अब्दुहू व रसूलुह......।'

कलमा पढ़ने के बाद शिशु के चेहरे पर फूँक मारने के बाद बच्चे को वापस मनीराम को देते हुए दादा भरपूला बोला, "ले मनीराम, अल्ला ने चाही तो छोरा को जीते जी बाल भी टेढ़ो ना होएगो..... सारा आसेब सू बचो रहेगो....।"

मनीराम ने बच्चा वापस लिया और अंदर चला गया।

थोड़ी देर बाद वह बाहर आया तो साथ में ढेर सारा सामान था—चावल, शक्कर, आटा, घी, खद्दर का ढाई मीटर कपड़ा और उसके ऊपर रखे पूरे ग्यारह रुपए।

"ले दादा, ई हमारी ओड़ सू।" सामान को दादा भरपूला की झोली में डालते हुए मनीराम बोला।

"वा भई मनीराम, बेटा जुग-जुग जीवे तेरो लाल........ तैने या फकीर की आत्मा खुस्स कर दी, अल्ला तेरी कमाई में खूब बरक्कत करे.....।"

सामान को सिर पर रख दादा भरपूला तो मनीराम के घर से दुआएँ देता हुआ चला गया किंतु दादा भरपूला के होंठों से निकली हुई दुआओं के स्वर देर तक मनीराम के कानों में गूँजते रहे।

दादाखानू पर गलेप चढ़ाने के बाद औरतों का हुजूम पचपीर पर चढ़ाए जाने वाले गलेप और अन्य सामान के साथ उसकी ओर चल दिया। इस बार यह हुजूम दक्षिण के बजाय उत्तर की ओर बढ़ गया। लगभग घिर आया अँधेरा एक बार फिर भजनों में लीन हो गया, और एक के बाद एक भजन उठाए जाने लगे—

राम और लिच्छमन दसरथ के बेटे
दोनों बन-खंड जाएँ

एक बन, दो बन, तीजे बन में प्यास लगी
ना वाँ कुआँ, ना जोहड़
हर के घर से उठी बदलिया
बरसे मूसलधार
भर गए कुआँ, भर गए जोहड़
भर गए समंद-तलाब
हे रीऽऽ कोई राऽम मिले भगवाऽऽ न
छोटा-सा छोरा गऊ चरावे
पानी पियावे नंदलाल

हे रीऽऽ कोई राऽम मिले भगवाऽऽ न......।

आसपास घरों में हो चुकी दीया-बाती में झाँकते चेहरों और गैल-दगड़ों में धूमस मचाते बच्चों के बीच जैसे-जैसे औरतें पचपीर की ओर बढ़ने लगीं, वैसे-वैसे भजनों के स्वर और तेज़ होने लगे। पचपीर पर पहुँचते-पहुँचते अरसे से गाया जाने वाला गीत एक बार फिर उठा लिया गया–

चारों पीर अरस्ते उतरे
खेलत गरद मसानी
तुम देखो लाल या सायब की बानी
बानी-बानी हले दीवानी
लाल बेग अगमानी
चार भरोटा दूब के लाओ
दो आले, दो सूखे
चार कलसिया कोरी लाओ
दो सरबत, दो पानी
चार रकेबी कोरी-कोरी लाओ
दो हलवा, दो माँढ़े
या सायब की उल्टी बानी
हाँथे खाए जिठानी
चर गए दूब, पी गए पानी
कर गए लीद निसानी
खुरीपन-खुरीपन लीद करे है
गरद उठे असमानी

पतरा बाँचत पंड्डत घूमे
घर-घर घूमे मिसरानी
जब तो बनिया डली न देतो
अब री लुटावे भेली
तुम देखो लाल या सायब की बानी.....।

❑ ❑

आज भी मनीराम के अंतस में दादा भरपूला और कलदा की आशीषें, तथा पचपीर और दादाखानू पर चढ़ाए गए गलेप के दृश्य मानो तहों में जमे हुए हैं। मनीराम इसे पचपीर और दादाखानू का ही परताप मानता है कि दो-दो बेटे-बेटियों का बाप होने तक मजाल है बनवारी के पास सिवाय खाँसी-जुकाम या ज़्यादा से ज़्यादा बुखार के कोई बड़ा रोग तो फटका हो। शायद इसी आस्था और परताप के

वशीभूत ही मनीराम दूसरे बेटे छोटका से लेकर अपने पोतों की दीर्घायु, कल्याण और उनके निरोग होने की कामना के लिए हर बार दादाखानू की ओर खिंचा चला जाता है। हालाँकि यह बात दीगर है कि दादा भरपूला और कलदा फ़क़ीर को गुज़रे हुए बरसों हो गए हैं और दादीका तथा ग्यारमी के हदीरों में दोनों की क़ब्रें भी पता नहीं कब की समतल हो चुकी हैं लेकिन आज भी लगता है जैसे उनकी आशीषें और दादाखानू दोनों मिलकर मोहल्ले के नाकों पर बैठकर हर तरह के अज़ाब से उनकी रक्षा कर रहे हैं।

एक-एक कर कब और कैसे सब धीरे-धीरे समतल होता चला गया, इसका पता न तो कभी मनीराम को ही चल पाया, न सलेमी को। न मोहल्ले को और न ही इस नगीना को। बल्कि ऐसे ही एक दिन भरी दोपहरी में जब दादाखानू के पास से गुज़रते हुए सूरज ने देखा कि वहाँ खड़ी देसी कीकर के चारों ओर गढ्ढा खोद कर बाबू खाँ और सुल्ली का बड़ा लड़का हाकिम कुल्हाड़ियों से उसकी जड़ों को काट रहे हैं, तो देखते ही सूरज उलटे पाँव दौड़ता हुआ सीधा सलेमी के पास आया।

"कौन, बाबू?"

सलेमी ने सुना तो वह हतप्रभ कि बाबू और हाकिम किससे पूछकर दादाखानू की कीकर काट रहे हैं लेकिन जब तक सूरज सलेमी को साथ लेकर वापस दादाखानू पर पहुँचता, कीकर धराशायी हो चुकी थी।

बाबू खाँ को देखते ही सलेमी की आँखों में ख़ून उतर आया और मारे ग़ुस्से के पूरी देह काँपने लगी, "तेरी बहाण का चुदाया में....... कमीण......।" इतना कहकर सलेमी ने पाँव से पणहा निकाली और बाबू पर पिल पड़ा।

बाबू खाँ ने बाप से पिटते हुए एक बार भी अपनी ग़लती के लिए क्षमा नहीं माँगी, बस चुपचाप पिटता रहा। सूरज ने बहुत कोशिश की सलेमी को रोकने की किंतु सलेमी रुकने के बजाय आपे से और बाहर हो उठा। मुँह में जितनी भी गालियाँ थीं, बाबू को दे डालीं। बाबू खाँ भी शायद इससे ज़्यादा सहने की स्थिति में नहीं था, बिफरते हुए बोला, "बाप, ई दादाखानू है तो मेवन् को..... फिर हम चाहे अपणी कीकर ए काटें या कुछ भी करें.....।"

बाबू खाँ के इस जवाब को सुनकर सलेमी भौंचक रह गया "दादाखानू और मेवों का, कीकर और वह भी अपनी, फिर चाहे उसे काटें या कुछ भी करें.....?"

सलेमी के मस्तिष्क में जैसे हथौड़े बजने लगे। नसें जैसे चटखने लगीं। आधा से ज़्यादा नगीना और पूरा चौधरी मोहल्ला आए दिन जिस दादाखानू पर माथा टिकाए रहता है, उनका यह कहीं से नहीं हुआ? सलेमी के हाथ से पणहा सरक कर पता नहीं कब ज़मीन पर आ गिरी।

सलेमी जैसे धरती में गड़ने लगा। ग़नीमत थी कि धरती फटी नहीं वरना वह इस कपूत के बोल पर पता नहीं कब का ग़र्क़ हो चुका होता। बाबू खाँ के इस

कृत्य पर हर तरफ थू-थू होने लगी। जिसने भी सुना उसने बाबू खाँ को खूब भला-बुरा कहा कि बाप ने तो कहाँ आज तलक किसी की तरफ़ आँख तक नहीं उठाई और बेटे ने उसकी सफ़ेदी में ऐसी धूल मिलाई कि मारे कायली के सलेमी कई दिनों तक अपनी पौली से बाहर नहीं निकला, और अगर कोई बाबू का नाम लेता भी तो सुनते ही सलेमी फूट पड़ता कि ऐसी औलाद से बे-औलाद होना अच्छा है।

यह तो बाप की शर्म थी वरना कोई बड़ी बात नहीं कि मोहल्लेवाले ही बाबू को इस ज़ुर्म में लाल दरवाज़ा भिजवा देते। आख़िर नबी खाँ ने ही आकर सलेमी को समझाते हुए कहा, "अरे, होगी जो होगी, अब कोई मरो थोड़े ही जावे है....... सलेमी, कमस्सल औलाद के आगे काई की ना चले है..... अरे, ऐसी बात पे ही तो काई स्याणा माणस ने कही है के 'मलियागर की महक सू, जाणे कितना चंदन हो जाएँ रूख; एक पूत सपूत सू, सारो कुटम कहावे भूप'....।"

"सही कहवे है या डोकरा ने कहीं को ना छोड़ो हूँ।" सलेमी ने आहत होते हुए कहा।

"सलेमी, वैसे बात कीकर की ना है...... बात है हमारा ईमान की...... अरे, हमसू जादा या दादाखानू ए तो ये हिंदू माने हैं... और अगर हमीं याकी गौर न करेंगा तो हिंदू ही काँई लू करेंगा..... उनका वैसे ही भुतेरा देवी-देवता हैं.....।"

"भई नबी खाँ, मैं सारा मुहल्ला के आगे फेंटा धर के माफी माँग लुंगो और जितना की ऊ कीकर होएगी उतना पईसा दे दूँगो...... जादा सू जादा यही हो सके है मोसू......।" सलेमी ने प्रायश्चित भाव से कहा।

"ई तेरी भलमणसाहत है........ वैसे सारा मुहल्ला सू मैं तेरी ओड़ सू माफी माँग लुंगो.... सलेमी, यामें हमारी भी गलती है, हमने भी ध्यान देणो हो पहले सू....... खैर छोड़, जी हलको मत कर..... ऐसी छोटी-मोटी कुबद तो छोरा-छापरा करता ही रहवे हैं.....।" बात को एकदम हलका बनाने की कोशिश कर, नबी खाँ उठते हुए बोला, "अच्छो, मैं चलू हूँ..... खेत में सू कड़बी भरवा के लाणी है.....।"

इतना कहकर नबी खाँ जाने लगा कि तभी बुद्धन और मनीराम भी आ गए। उन्हें आता देख नबी खाँ जाते-जाते रुक गया।

"अरे, कहा बतलावण हो री है गुपचुप?" मनीराम ने हँसते हुए पूछा।

"खुदा ही खैर करे!" बुद्धन कोंचते हुए बोला।

"आ जाओ, ठीक बखत पे आ पहुँचा तम दोनू भी....।" नबी खाँ बोला।

"सब ठीकठाक तो है?" थोड़ी-सी विस्मय की मुद्रा में कहा मनीराम ने।

"मनीराम, ले ई ले पणहा और जितनो तिहारो जी करे मार लेओ..... या कमस्सल ने सारी ढकी-ढकाई उघाड़ के धर दी आज।" सलेमी ने पाँव से पणहा निकाल कर मनीराम की ओर फेंकते हुए कहा।

"यार सलेमी, कौन-सी आफत आ पड़ी..... अरे, बालक छोटो है, सब समझ में

आ जाएगी धीरे-धीरे.....।" बुद्धन ने सलेमी को हलके-से झिड़कते हुए कहा।

"तैने भी यार बात को बतंगड़ बणा दियो......।" मनीराम ने थोड़ा-सा और झिड़क दिया।

"यार, कद समझ जाएगो?" सलेमी ने बुद्धन की ओर देखते हुए कहा।

"चल छोड़, भूल जा..... जो होगी सो होगी.... तू काँई कू अपणो मगज खराब करे है।" बुद्धन ने अंततः बात को विराम देते हुए कहा।

"भई तिहारो जैसे पेट भरे, भर लोओ...... चाहे तो कीकर का पईसा.....।"

"हेऽऽ त्तेरे की..... तू भी वाड़ी बेमतलब की रामाण ए लेके बैठ गो..... चल रे चल नबीं खाँ...... बुद्धन, खड़ो हो.....।" सलेमी के वाक्य को बीच में काटते हुए मनीराम ने झल्लाते हुए कहा।

"मनीराम, याका मगज में तो बस दादाखानू की कीकर घुसी पड़ी है। ऊ जब तक ना निकलेगी, ई वाई के सिर हुओ रहेगो.....।" नबी खाँ ने सलेमी की परेशानी का खुलासा करते हुए कहा।

"अरे, ऐसी-तैसी में जाए ऊ कीकर....... वाकी जगह कोई दूसरो दरखत लग जाएगो!" उठते हुए बुद्धन बोला।

इसके बाद तीनों सलेमी के पास से उठकर चले गए।

पाँच

"खुदा ऐसी औलाद दुसमन कू भी ना देए, जो रात-दिन छाती ए फूँकती रहे..... यासू तो ई होते ही मर जातो, तो ये दिन ना देखना पड़ता....।" सोते-जागते सलेमी बस यही दोहराता रहता।

कहने वाले कहते हैं कि अगर सलेमी का यह इकलौता पूत इतना कुबद्दी नहीं होता, तो सलेमी साठ तक आते-आते अस्सी का नज़र नहीं आता। कहने वाले तो यहाँ तक कहते हैं कि सलेमी ने अपनी उम्र में सिवाय खाने के कुछ किया ही नहीं। आज भी हरसाय और मनीराम इस बात के गवाह हैं कि भेड़ का एक किलो दूध तो सलेमी खड़े-खड़े पी जाता था। उसी भेड़ के दूध को, जिसे पचाना हरेक के बस की बात नहीं है। ब्याह-शादियों की दावत में अड़ोसी-पड़ोसी इसे न्यौतने से पहले कई बार सोचते थे क्योंकि एक बार यह जीमने के लिए पंगत में बैठ जाता, तो जिमाने वाले को इस गणेश जी के पास ही खड़ा होना पड़ता था। पूरे सेर भर लड्डुओं को जीम कर ही दम लेता था। परंतु अब जवान बेटे की करतूतों ने सारा खाया-पिया बराबर कर दिया। आए दिन उसे किसी न किसी के मुँह बाबू के बारे में सुनना पड़ता है। किसी की सरसों कूट कर बेच देना या किसी की ज्वार पार

कर देना उसके बाएँ हाथ का खेल हो गया। जबकि मजाल है सलेमी ने अपने जीते-जी किसी के गैत-बाड़े में तो झाँका तो हो। ग़रीब है तो क्या हुआ, ईमान और दीन तो है उसके पास। इसी दीन-ईमान के कारण सलेमी अभी तक ज़िंदा भी है वरना बाबू खाँ, उसने शुरू से ही घर और बाप की आबरू को माटी में मिलाने में कोई कसर नहीं छोड़ी।

गाँव-बस्ती में और सब सहन किया जा सकता है किंतु पराई बहन-बेटी पर ग़लत नज़र डालना, इससे बड़ा कोई अपराध और नहीं हो सकता। ऐसा कोई ऐब नहीं है जो बाबू खाँ से बच पाया हो। छोटी-मोटी चीज़ों को तो वह नज़र बचते ही साफ़ कर जाता है। कहने का मतलब यह है कि बाबू खाँ के बारे में यह धारणा आम हो गई कि सलेमी जितना नेक और साफ़ दिल इनसान है, बाबू ठीक उसके विपरीत यानी माँ पे पूत, बाप पे घोड़ा, ज़्यादा नहीं थोड़ा-थोड़ा जैसी कहावत तो उसके आसपास कहीं फटकती भी नहीं है।

दादाखानू की कीकर कटने से जो थू-थू हुई, वह तो हुई ही लेकिन पिछले साल बैसाख में अपने अरहर के खेत में बाबू ने रामचंदर धोबी की लड़की से जिस तरह छेड़खानी की और उसके बाद जो उसके साथ सलूक किया गया, उससे बेशक बाबू ने कोई नसीहत नहीं ली किंतु सलेमी को एक तरह से मरने के लिए जगह नहीं मिली। यहाँ भी बाप की ही शर्म बाबू को बचा गई वरना पंचों ने तो यह फ़ैसला कर लिया था कि ऐसे आदमी को जात बाहर करने में अपनी और बिरादरी की ही भलाई है। यह फ़ैसला भी इसलिए टाल दिया गया कि जब बाबू को जात बाहर किया जाएगा, उसका हुक्का-पानी बंद किया जाएगा तब इससे सलेमी कैसे बच पाएगा? उसके साथ भी तो वही सलूक होगा जो बेटे के साथ होगा, क्योंकि बाबू रहता तो बाप के ही साझे है, बाप से अलग थोड़े ही रहता है।

रात को रामचंदर के घर जाकर सलेमी ने लाख दुहाई दी। रामचंदर के पाँवों में फेंटा तक धर दिया कि वह उसकी पाग सबके सामने न उछाले लेकिन रामचंदर ने एक नहीं सुनी, उसने तय कर लिया कि बाबू को वह ज़रूर सबक सिखाएगा। हाँ, उसने इतनी लिहाज़ ज़रूर बरती कि बाबू के ख़िलाफ़ थाने में रिपोर्ट नहीं लिखाई, परंतु पंचायत जोड़ने से वह फिर भी नहीं माना।

सलेमी चुपचाप घर चला आया—शायद किसी तरह की गुंजाइश बची ही नहीं इसके बाद।

इशा की नमाज़ के बाद उपरलीघाँ की थड़ी पर पूरा गाँव इकट्ठा हो गया।

पंचायत शुरू होने से पहले जगह-जगह जमा लोगों में से ज़्यादातर की यही राय थी कि बाबू खाँ को सज़ा ज़रूर मिलनी चाहिए, सिवाय हाजी अशरफ़ जैसे दो-चार लोगों के, जो परोक्ष रूप से बाबू खाँ को बचाने में लगे हुए थे।

उपरलीघाँ की पूरी थड़ी भर गई लोगों से।

मानक सरपंच ने खड़े होकर सबको शांत रहने के लिए हाथ से इशारा किया और फिर सलेमी की ओर देखकर कहा, "सलेमी, भई तेरा छोरा ने ई करा तो बहुत बुरा है, पर तेरा ख्याल आ जावे है....... अब तू ही बता कि क्या फैसला दें?"

सलेमी चुपचाप खड़ा हुआ और हाथ जोड़ते हुए पूरी विनम्रता से बोला, "सरपंच, मैं कहा कहूँ...... पंचात कू पूरो हक है...... ऊ जो भी फैसला करेगी मैं वाहे सिर-माथा पे ओटूँगो.....।" इतना कहकर सलेमी अपनी जगह पर बैठ गया।

"हाँ भई यासीन, तू भी कह कुछ!" मानक ने पास बैठे मेम्बर पंचायत यासीन से पलटते हुए कहा।

"यामें दो राय तो हैं ना के सलेमी का छोरा ने ई बुरो करो है, पर सलेमी ए देख के तरस सो आ जावे है..... अरे, या छोरा ने तो ई बात साबत कर दी के 'एक पूत सपूत सू, समंदर तिरे जहाज; हो जाए एक कुपातर कूक में, सारा जाए कुटम की लाज'........ अरे, गाँव की बहू-बेटी ही तो हमारी आबरू है, चाहे ऊ हिंदून की होए या मेवन की...... बहू-बेटी तो सबकी एक-सी हैं........ अब रही सलेमी के छोरा की बात सो पंचो मेरो तो ई माननो है के गुनहगार कू केड़ी सू केड़ी सजा मिलनी चहिए, चाहे ऊ अपणे घर को कितनो ही बड़ो धन्ना सेठ काँई लू ना होए....... मेरो तो यही कहनो है के जो भी पंच फैसला होएगो, सारा गाँओं ए ऊ ओटणो पड़ेगो.......... पर हाँ, पंच-फैसला सू पहले रामचंदर सू भी पूछ ली जाए के ऊ अपणो पेट कैसे भरनो चाहेगो?"

"रामचंदर बता भई, तू कहा चाहवे है?" अपने दाएँ ओर लगभग गज़ भर की दूरी पर बैठे रामचंदर से मानक ने पूछा।

"सरपंच साब, मैं कहा कहूँ...... मैंने तो सारी आस पंचों पे छोड़ राखी है....... पंच कोई गरीब माणस के साथ अन्याय थोड़ेई करेंगा.....।" हाथ जोड़ते हुए कहा रामचंदर ने।

"हाँ भई सलेमी, ठीक है....... पंच जैसो भी फैसला करेंगा तोहे मंजूर है?" मानक ने सलेमी से जैसे अंतिम बार पूछा।

"सरपंच, मैंने कह तो दी के पंचात को जो भी फैसला होएगो मोहे मंजूर है........।" सलेमी ने भरे गले से कहा।

देर तक पंचों के बीच फ़ैसले को लेकर मंत्रणा होती रही कि बाबू खाँ को क्या दंड दिया जाए?

आख़िरकार मानक सरपंच जब पंच-फ़ैसला सुनाने के लिए पुनः खड़ा हुआ तो पूरी थड़ी में एकाएक सन्नाटा छा गया। फ़ैसले का इंतज़ार करतीं असंख्य आँखें मानक के चेहरे पर जा टिकीं। मानक ने पहले तो क्षण भर वहाँ जमा भीड़ पर दृष्टि डाली और फिर खँखारते हुए फ़ैसला सुनाने लगा, "भाइयो, ई सही बात है के ऐसे मामलों में दिए जाने वाले पंच-फैसले एक से ही होते हैं लेकिन फैसला देने से

पहले बहोत सारी बातों का भी खयाल रखना जरूरी होता है.......... हमें रामचंदर की तारीफ करनी पड़ेगी, जिसने हमारा कहा माना वरना यह थाने-कचेड़ी भी जा सकता था। फिर भी गाँओं और पंचों का ध्यान रखते हुए उसने ऐसा नहीं किया........ पंचों ने बहोत सोच-समझ के ये फैसला किया है कि आज गाँओं की इस भरी पंचात के आगे सलेमी अपने हाथों से अपने छोरा बाबू के पाँच जूती मारेगा...... अगर बाबू में थोड़ी-बहोत समझ और सरम होएगी तो नसीहत के लिए इतना ही काफी है, वरना जिसे नहीं सुधरना है उसे चाहे गोला-लाठी लगा दो वह फिर भी नहीं सुधरेगा....... आ भई सलेमी, चल खड़ो हो......!'' मानक ने पंच-फ़ैसला सुनाते हुए सलेमी को आदेश दिया।

"चल रे बाबू, खड़ो हो..... कमीण, काई कुआ-पोखर में डूब मर.......!'' बाबू को मलानत देते हुए यासीन ने फटकारते हुए कहा।

पल भर के लिए अगला दृश्य देखने के लिए सबकी आँखें बीच पंचायत में आकर ठहर गई, साँसें रुक-सी गई। सलेमी घुटनों पर हाथ रखते हुए खड़ा हो गया। एक बार फिर पूरी थड़ी में सन्नाटा बिछ गया।

सलेमी ने धीरे-से दाएँ पाँव से पणहा निकाली और अपने सामने खड़े बाबू पर एक झटके के साथ यह कहते हुए तड़ातड़ बरसानी शुरू कर दी, "कमीण, यासू तो तू पैदा होते ही मर जातो....... तैने आज मेरी सारी ढकी-ढकाई उघाड़ दी.....!''

"सलेमी, बस कर....." लगातार बाबू के सिर पर पड़ती जा रही पणहा को लपक कर रोकते हुए यासीन बोला।

"यासीन, तू छोड़ दे..... मैं आज या कमीण ए मार के ही दम लूँगो......।''

"सलेमी, बावलो हो गो है...... चल छोड़ बहोत होगी......।'' मानक ने खड़े होकर सलेमी के हाथ से पणहा खोंसते हुए कहा।

"सरपंच, या बेटीचो' ने मैं आज कहीं को ना छोड़ो हूँ...... याने जीते-जी मेरे ऊपर माटी गेर दी........।'' कहते हुए सलेमी पुरानी भीत की तरह बैठता चला गया।

पंचायत में आए बहुत से लोग अपने आपको नहीं रोक पाए। मनीराम और नबी खाँ की तो हिलकियाँ बँध गई।

"मनीराऽऽम, देख ली...... जीते-जी आदमी की ऐसे माटी खराब होवे है!'' बमुश्किल कह पाया नबी खाँ।

"नबी खाँ, मेरी-सी औलाद होती न तो अभी यई काट के दाब देतो....... याने थोड़ी-सी भी ना सोची......।'' मनीराम ने आँखों को पोंछते हुए कहा।

दोनों ने सलेमी को सँभालते हुए खड़ा किया और हिम्मत बँधाते हुए उसे घर ले जाने लगे।

"मनीराम, याने जीते-जी मेरो नरक कर दियो...... मैं अब कौण-सा मुँ सू चलूँ घर..... आज जो आदमी मेरे आगे सिर उठाके ना चले हा उनके आगे अब मोहे नाड़ नीची करके चलनो पड़ेगो।''

"हिम्मत सू काम ले...... जो होगो, वाहे भूल जा......।" मनीराम ने सलेमी को हिम्मत बँधाई।

"नसीब में जो लिखी है सलेमी, ऊ ना मिटे काई सू....... जभी तो सादल्ला ने कही है के 'मिटा न हर का कौल, मरे ना बिना आवदे; झूँझण ता न मरे, तोप को गोलो दागे'......... ई दिन भी देखणो लिखो हो नसीब में..... चल, जी हल्को मत कर......।" नबी खाँ ने सलेमी की चादर कंधे पर डालते हुए कहा।

"ठीक कहवे है नबी खाँ, लिखि कै काई पे मिटी है......।" मनीराम ने नबी खाँ की बात पर सहमति प्रकट करते हुए कहा।

पंचायत विसर्जित होने के बाद सलेमी को बड़ी मुश्किल से वे दोनों घर तक लाए।

पूरे नगीना में इस पंच-फ़ैसले की कई दिनों तक चर्चा रही। जिसने भी इस फ़ैसले को सुना, उसने इसे खूब सराहा कि बात थाने-क़चेड़ी में जाने के बजाय यहीं निपट गई। कई दिनों तक सलेमी घर से नहीं निकला। निकलता भी कैसे? भला क्या मुँह लेकर निकलता? तीसरे दिन निकला भी तो ऐसे जैसे उसी के हाथ किसी दुष्कर्म से सने हुए हैं। उसकी हिम्मत नहीं पड़ी थी कि वह किसी से आँखों में आँखें डाल बात तो कर ले।

आए दिन बाबू खाँ को लेकर तरह-तरह की बातें सुनते-सुनते सलेमी का तो भीतर ही भीतर घुलना शुरू हो ही गया, बाबू की घरवाली तरकीला के लिए और भी मुश्किल हो गया। आते-जाते जो भी जहाँ मिलती वही तरकीला से ऐसे-ऐसे सवाल करती कि जिन्हें सुनते-सुनते तरकीला के भी कान पक गए।

उस दिन भी वह बल्लाकी वाले खेत में न्यार लेने गई हुई थी कि तभी अपने खेत की डोल पर उसे रोबड़ा और बुद्धन के छोटा छोरा की बहू न्यार खोदती हुई मिल गई। तरकीला ने पीठ पर लटकी झोली को समेट कर बैठते हुए अभी पहला ही खुरपा चलाया था कि रोबड़ा के छोरा की बहू ने उससे चुटकी लेते हुए कहा, "ऐं री तरकीला, तोसू एक बात पूछूँ..... ?"

"हाँ बहाण तू भी पूछ!" तरकीला ने विनम्रता के साथ न्यार को झोली में डालते हुए कहा।

"पर बहाण बुरो तो ना मान जाएगी?" तरकीला की ओर देखते हुए उसने फिर पूछा।

"बुरी होएगी तो मान जाऊँगी, और ना हुई तो ना मानूँगी.....।" तरकीला ने उसे आश्वस्त करते हुए कहा।

"तेरा घरवाला को तोसू जी ना भरे है?" रोबड़ा के छोरा की बहू ने पहला तीर अपने तरकश से छोड़ते हुए पूछा।

"जी की बात ना है बहाण, ई मरद की जात होवे ही ऐसी है के वाको एकाध

सू तो पेट भरेई ना है.....।" बुद्धन के छोरा की बहू ने तरकीला के जवाब देने से पहले वाक्य को और मज़बूत बनाते हुए कहा।

"अगर मरद की जात ऐसी ही होवे है तो तेरो खसम तोसू खूसनी[1] की जूँ की तरे काँई लू चिपटो रहवे है........ अरी, हमारो मरद तो ना जावे है काई के पै.....।" रोबड़ा के छोरा की बहू ने बुद्धन के छोरा की बहू के तर्क को काटते हुए कहा।

"ऊ बात ना है निगोड़ी जैसे तू समझ री है।" तरकीला ने अपने पक्ष में हलका-सा तर्क गढ़ने की कोशिश की।

"ऊ बात काँई लू ना है...... अरी, मरद तो बस में करणो बीरबाणी के हाथ में होवे है...... बहाण, मैं तो ई जाणू हूँ के मरद जभी घर सू बहार मुँ मारेगो, जब वाको अपना घर में पेट ना भरेगो.....!" रोबड़ा के छोरा की बहू ने सदियों से दिए जाने वाले तर्क का सहारा लेते हुए कहा।

रोबड़ा के छोरा की बहू के इस वाक्य को सुनकर तरकीला को लगा जैसे इसके छोर पर व्यंग्य का लेप चढ़ा कर जान-बूझकर उसी की ओर छोड़ा गया है।

"तरकीला, बहाण कहींऽऽ तेरे भीतर ही तो कोई ऐब ना है?" इस बार बुद्धन के छोरा की बहू ने अपनी आशंका प्रकट करते हुए तरकीला को कोंचते हुए कहा।

बुद्धन के छोरा की बहू की बात सुनते ही तरकीला का चेहरा तमतमा उठा। आँखें सुर्ख़ हो उठीं, और इससे पहले कि तरकीला कुछ कहती, रोबड़ा के छोरा की बहू ने आगे के वाक्य का सिरा पकड़ लिया, "तरकीला, निगोड़ी यामें बुरा मान्ना की बात ना है........ बहाण, बीरबाणी में ऐब के बिना मरद काई हालत में वाका पल्ला ए छोड़ के जाई ना सके..... मोहे तो कुछ ऐसो ही लगे है, नहीं तो तेरो चालो[2] हुए एक बरस सू जादा होगो है और अभी तेरा पेट में कुछ दीखे भी ना है!"

"रंडी, याँ तो बिहा के एक महीना पीछे ही लत्ता होना बंद होगा हा और एक तू है.......!" बुद्धन के छोरा की बहू ने शर्म से लाल होने की मुद्रा बनाते हुए व्यंग्य कसा।

इसके बाद तरकीला से आगे कुछ नहीं सुना गया। उसने दराँत और खुरपा झोली में डाला और उनके बजाय बाबू खाँ को गालियाँ देती हुई घर की ओर चल दी।

तरकीला को जाता हुआ देख रोबड़ा के छोरा की बहू मुँह बिचकाते हुए बोली, "देख ली हरबाबण[3] की बात...... कैसी सती-सतवंती बण री है...... रंडी नाक पे माखी तो कहा बैठ जाण देए।"

---

1. खूसनी : लगभग दो दशक पहले तक पहनी जाने वाली एक तरह की शलवार।

2. चाला : गौना।

3. हरबाबण : बहाने बनाने वाली।

"निगोड़ी, कोई न कोई बात जरूर है......!" आशंका को अधर में ही लटका छोड़ बुद्धन के छोरा की बहू न्यार खोदने में जुट गई।

अपने आप से दूर जाती तरकीला के मुँह से उन्होंने सिवाय गालियों के कुछ नहीं सुना, वे भी अपने लिए नहीं बाबू के लिए।

पौली में घुसते ही तरकीला से रुका नहीं गया। हूक मारकर रो पड़ी वह। जब-जब उसके कानों में रोबड़ा और बुद्धन के लड़कों की बहुओं के शब्द गूँजते तब-तब उसके रोने का स्वर और तेज़ हो उठता। उसे लगा जैसे बर्छी की नोंक पर चिपके ज़हरीले शब्द उसके मस्तिष्क में धँसते जा रहे हैं।

पौली के बाहर बैठे मनीराम और सलेमी में कुछ बात हो रही थी कि तभी सलेमी को किसी के रोने की आवाज़ सुनाई दी।

"मनीराम, तोहे भी काई बीरबाणी की रोन की अवाज आ री है कै?" सलेमी ने मनीराम से पूछा।

मनीराम ने पहले ध्यान से सुनने की कोशिश की और फिर बोला "हम्बै यार, आ तो री है..... पर ऐसे लगे है जैसे ई तेरे ही घर सू आ री होए।"

तुरंत दोनों घर में भीतर गए तो देखा तरकीला मुँह पर लूगड़ी[1] का पल्ला डाले रो रही है।

"अरी बेटी कहा होगो?" सलेमी ने घबराते हुए पूछा।

तरकीला ने कोई जवाब नहीं दिया, बस रोती रही।

"अरी कुछ बता तो सही, आखिर बात कहा है?" सलेमी ने पुनः ज़ोर देकर पूछा।

तरकीला फिर भी नहीं बोली।

"तेरी माँ को मूँड, कुछ हो भी गो..... कहा आफत आ पड़ी?" मनीराम इस बार झुँझला गया।

तरकीला किसी भी तरह का जवाब देने के बजाय रोते हुए बाबू को गाली देने लगी, "या ढेड के कीड़ा पड़ें...... याको हदीरा बण जाए.... या पे माटी पड़ जाए..... ऐसा मरद सू तो मैं राँड ही भली......" रोते हुए तरकीला के मुँह में जितनी भी गालियाँ आई सब दे डालीं बाबू को।

"मनीराम, तू अपणे घर सू बनवारी की माँ ए बुला के ला, वही पूछेगी कहा बात है.....!"

मनीराम जब तक घर से रुमाली को बुला कर लाता तब तक मोहल्ले की दूसरी औरतें भी आ गईं।

"तरकीला, कहा बात होगी बेटी?" आते ही रुमाली ने तरकीला के सिर पर हाथ फेरते हुए पूछा।

"काकी, या जलण सू तो मौत आ जाए ऊ भी अच्छी है।"

---

1. लूगड़ी : दुपट्टा।

"पर बेटी, बात है कहा...... पहले बोल तो सई....?" रुमाली ने तरकीला को तसल्ली बँधाते हुए कहा।

"काकी, अब तो या मुहल्ला ए मेरे भीतर भी ऐब दीखण लग्गो है।" तरकीला ने बताने की कोशिश की।

"किसे ऐब दीखे है....... पूरी बात तो बता?"

"और कौन, वही डोकरा[1] रोबड़ा और बुद्धनकान् की बहू....... काकी, जब अपणा ही मरद में कमी ना होती तो काँईं लू ये बोल सुन्ना पड़ता.......!"

तरकीला के अंतिम वाक्य से सब समझ गए कि रोबड़ा और बुद्धन के छोरों की बहुओं ने तरकीला से ज़रूर कुछ कहा है।

सलेमी मारे ग़ुस्से के तमतमा उठा, "मनीराम, या कमस्सल ए मौत उठा ले जाए तो मेरो कलेजा ठंडो हो जाए.......!"

"ऐसो कुबोल मत बोल सलेमी...... इन बीरबाणीन् की बातन पे काँईं लू अपना घर में कलेस करे है......।" मनीराम ने सलेमी को समझाते हुए कहा।

"यार, कुबोल ही कहा करे...... अरे, जभी थोड़ो सो चैन मिले है और जभी कुछ न कुछ आफत खड़ी हो जाए है..... सच पूछे न मनीराम, हमारी तो या कमीण सू छाती पकी पड़ी है..... अब खुदा या तो मोहे उठा ले, या फिर कमीण बाबू ए......।" तमतमाते हुए सलेमी बोला।

"सलेमी इतनो केड़ो बोल मत बोल..... बावला भाई, सूनी साळ सू तो मरखणो बैल भी चोखो होवे है......।" मनीराम ने सलेमी को संतान की महत्ता को समझाते हुए कहा।

"बेटी, ऐसी कच्ची-पक्की बात तो गाँओं-बस्ती में होती रहवे हैं, इन्ने जी के ना लगाए करे हैं....... बस, ऊपर वाले पे भरोसा राख........ लीली छतरीवालो एक दिन जरूर तेरी कोख हरी करोगे...... बावली, ऐसे कव्वान का कोसणा सू ढोर ना मरे हैं, चल छोड़...... जी हलको मत कर......।" भौंरी ने तरकीला को समझाया और उठकर चली आई।

अपने-अपने तरीक़े से तरकीला को सबने समझाने की कोशिश की। सबने खूब भला-बुरा कहा बुद्धन और रोबड़ा के लड़कों की बहुओं को।

सलेमी अतीत को जब-जब विस्मृत करने की कोशिश करता, तभी कोई न कोई ऐसी घटना घट जाती कि फिर से पिछली घटनाएँ ताज़ा हो उठतीं। सलेमी ने जिस इकलौती औलाद के लिए इतनी परेशानियाँ उठाई थीं, उसी औलाद ने सलेमी की पिछली पीढ़ियों का नाम इस हद तक बदरंग और बदनाम कर दिया कि सलेमी अगर खूब कोशिश करे, तो भी वह उन्हें पुराना गौरव नहीं दिला सकता। सच पूछा जाए तो सलेमी का अंतर्मन इस क़दर मैला हो चुका है कि उसके मुँह से बाबू खाँ

1. *डोकरा : नाते में लगने वाले ससुर।*

के लिए बद्दुआओं के अलावा कुछ नहीं निकलता, लेकिन करा क्या जाए? सलेमी सिवाय भविष्य के पृष्ठों को पलटने का इंतज़ार भर कर सकता है, और कुछ नहीं।

छः

पिछली स्मृतियों के सहारे सलेमी न जाने कहाँ-कहाँ हो आया।

एक तरफ़ मनीराम है जो अपने दोनों बेटों की ओर से एकदम निश्‍चिंत है, और दूसरी तरफ़ वह है जो एक ही बेटे की हरकतों से भीतर तक स्याह हो चुका है। पहले तो कोई न कोई उसे तसल्ली देने आ भी जाता लेकिन अब जैसे फ़ुरसत सबसे दूर होती जा रही है। सलेमी एक बार फिर अतीत की ओर लौटने की कोशिश करता है मगर तभी उसे सामने से मनीराम आता दिखाई दिया।

"आ भई मनीराम, आज कई दिनाँ में दीखो है?" सलेमी ने आते ही पूछा।

"हाँ यार, पिछला सनीचर कू छोटो छोरा आयो हो, सो जबरदस्ती दिल्ली अपने साथ धकेल के लेगो....।" मनीराम ने कई दिन बाद आने का कारण बताया।

"जभी तो मैं कहूँ...... और सुणा दिल्ली को कहा हालचाल है...... कहा-कहा देख आयो दिल्ली में?"

"अरे देखणो कहा..... मेरो तो वाड़ी दिल्ली में जी ही ना लगो...... मैंने तो अगले ही दिन छोरान् सू कह दी के मोहे तो उल्टो नघीणा ही छोड़ आओ...... सलेमी, दिल्ली तो बस नाम की है....... अरे, जो बात अपणे गाँओं में है वैसी दिल्ली में कहाँ धरी है..... वाँ काई ए बतलाण की फुरसत ही ना है...... बस, सारे दिन घर में घुसके बैठा रहो......।"

"पर फिर भी तो दो-तीन दिनाँ में आयो है, कुछ तो देखोई होएगो?" सलेमी ने कुरेदते हुए पूछा।

"कुछ ना देखो...... बस, सारे दिन बनवारी के बालकन् के कनै ही पड़ो रहवे हो.......।"

"चल अच्छो हुओ....... अरे, तेरा बेटा इतेक सपूत तो निकला....... हम किस कू रोएँ....... याँ तो एक ने ही नकेल गेर राखी है.......।" लंबी साँस भरते हुए कहा सलेमी ने।

इसके बाद देर तक दोनों के बीच चुप्पी छाई रही। शायद दोनों अपने-अपने अतीत और वर्तमान में कुछ ढूँढने की कोशिश करने लगे। काफ़ी देर बाद मौन के परदे पर हलकी-सी थरथराहट हुई।

"सलेमी, सुणी है कल नोह (नूह) में मुखमंत्री आ रो है?" मनीराम ने इस बीच चुप्पी के दरम्यान पैदा हो गए कसैलेपन को कम करते हुए कहा।

"ऐंऽऽ......!" सलेमी लगभग चौंकते हुए बोला।

"हाँ, कल नोह में आ रो है.....।" मनीराम ने पुनः बताया।

"कौन आ रो है?" स्मृतियों से अपने आपको मुक्त करते हुए पूछा सलेमी ने।

"मुखमंत्री, और कौन!" इस बार मनीराम झुँझला गया।

"काँई लू आ रो है?" निर्लिप्त भाव से सलेमी ने फिर पूछा।

"अपनी ऐसी-तैसी कराण आ रो है....... तू तो यार ऐसे पूछ रो है जैसे मैंने वाकी खुरी नोंची होएँ।"

"फिर भी तो यार, कोई बात ते होएगी?"

"अरे मैंने तो बस ई सुणी है के ऊ करीम हुसैन एमेले है न...... वाको बाप आमीन खाँ कल के दिन पैदा हुओ बतायो....... वाहे मुखमंत्री बाबा-ए-कौम को खिताब देण आ रो है......।" मनीराम ने सुनी-सुनाई बात के आधार पर सलेमी को जानकारी दी।

"मनीराम, तैने गलत सुन ली होएगी..... मेरे यार, मुखमंत्री फिर काई और रतन ए लेण कू आ रो होएगो.......!" सलेमी ने मुस्कराते हुए व्यंग्य कसा।

"तू भी हद करे है यार, रतनन् की कै याँ खान खुद री है.....!"

"पर ई बाबा-ए-कौम होवे कहा है?" सलेमी ने जिज्ञासा प्रकट करते हुए पूछा।

"तू भी गूँठा टेकन् सू जादा गयो-गुजरो दीखे है....... मेरे यार, और कहा होवे है अरे, यही मेवन् को बाप.....!" मनीराम ने हँसते हुए कहा।

"अन्यायी, ई आमीन हमारो बाप कद सू होगो..... हम कोई गैलड़[1] हैं..... तैने भी भली कही कोई और बात कहतो तो चल भी जाती......।"

"देख वाड़ी, मोहे जादा तो पतो है ना.... जितनी बात मोहे पतो ही, उतनी तोकू बता दी......।" मनीराम ने अपना पिंड छुड़ाते हुए कहा।

"मनीराम, हमारो बाबा तो ऊ गाँधी है जो भगी[2] के बखत घासेड़ा में बीच सड़क पे आके लोट गो हो और बोलो या हिन्दस्तान सू अगर मेव पाकस्तान जांगा तो मेरी लाहस के ऊपर सू जांगा......।" सलेमी ने यह वाक्य ऐसे कहा जैसे किसी ने उसके फेफड़ों में ताज़ा हवा भर दी हो।

"यार सलेमी, भगी में तो हम छोटा-छोटा-सा हा...... हमारी मस भी ना भीजी ही..... सलेमी तोहे याद है गाँधी ने जब ई ऐलान करो हो के वाहे मेवन् के साथ मरनो मंजूर है, पर ऊ मेवन्ने या मुलक सू पाकस्तान काई हालत में न जाण देएगो....तो पूरा मेवात में कैसो हल्ला मचगो हो, है न......!" मनीराम की आँखों के आगे अतीत में धुँधली पड़ चुकी स्मृतियों के गोल-गोल चकत्ते घूमने लगे।

"और तो और, पूरी खलकत के आगे बोलो के मेव तो या मुलक की रीढ़ की

1. गैलड़ : अवैध संतान।

2. भगी : 1947 का विभाजन।

हड्डी हैं.....।" सलेमी की आँखें चमक उठीं, यह कहते समय।

"यार, ई आमीन तो वही ना है के जाके बारा में ई मसूर है के अपणे बखत में याने एक भी मेव छोरा दस जमात सू आगे ना पढ़ण दियो हो.....।" मनीराम ने अपनी स्मृति को थोड़ा-सा पीछे की ओर खिसकाते हुए पूछा।

"मनीराम, जो आदमी जिंदगी भर फिरंगीन का पिट्ठू रहा हैं आज वेई कौम का बाबा बण रा हैं....... पतोई ना ऐसा कितना पिट्ठू आज या मुलक पे राज कर्रा हैं......!"

"अरे, जब गंडीन का गाँओं बसेंगा, तो सूरमान का ऐसे ही घर उजड़ेंगा......।" मनीराम ने लंबी साँस लेते हुए कहा।

"सबने अपणी-अपणी पड़ री है, इलाका की काई ए चिंता ना है...... अरे, करीम हुसैन ए अपणा बाप की पड़ री है...... एक ऊ अतर मुहम्मद है जो बस मुखमंत्री के पीछे-पीछे डोले है...... मर कौण रो है—हम जैसा गरीब-गुरबा, जिन्ने अपणो पेट भी भरणो भारी पड़ रो है......।" सलेमी के माथे पर चिंताओं की रेखाएँ खिंच आई।

".......तो फिर कल चल रो है नोह?"

"यार, हून जाके करेंगा कहा...... बेमतलब धूल फाँकणी पड़ेगी।" सलेमी ने नूह जाने की निरर्थकता बताते हुए कहा।

"अरे करेंगा कहा....... याँ भी तो ठाली पड़ा हैं..... और नाँए तो डोल ही आएँगा...... चल के देखें तो सही के ई है कहा ढोंग?"

"ई तो तू ठीक कह रो है।"

आख़िरकार सलेमी ने नूह जाने के लिए हामी भर दी।

सात

जगह-जगह दीवारों पर चिपके हुए इश्तहारों के अनुसार दोपहर दो बज कर तीस मिनट पर अर्थात जुम्मे की नमाज़ के बाद मुख्यमंत्री जी का नूह आने का कार्यक्रम है। इन इश्तहारों में जहाँ मरहूम चौधरी आमीन की तस्वीर छपी हुई है, वहीं चौधरी साहब (बक़ौल इश्तहारों के) के देश और मेव जाति के लिए दिए गए योगदान की लंबी फ़ेहरिस्त छपी हुई है। उदाहरण के लिए चौधरी साहब ने भारत-पाक विभाजन के समय किस तरह मेवात के अल्पसंख्यकों यानी हिंदुओं की एक बत्तख की तरह अपने बच्चों को पंखों के नीचे छिपा कर उनकी हिफ़ाज़त की। कि चौधरी साहब ने मेवात में किस तरह तन, मन और धन से अशिक्षा को दूर करने के लिए क्या-क्या पापड़ बेले (हालाँकि तथ्य यह है मेवात में आज भी शिक्षा के प्रतिशत

में कोई वृद्धि नहीं हुई है)। कि किस तरह चौधरी साहब ने हिंदू-मेव एकता के लिए क्या-क्या टोटके किए (जबकि हालत यह है कि चौधरी साहब का बेटा चौधरी करीम हुसैन मेवों को हिंदुओं के ख़िलाफ़ उकसा-उकसा कर आज तक राजनीति में अपनी जड़ जमाए हुए है)। इन्हीं इश्तहारों में एक चौंका देने वाला वाक्य यह भी छपा हुआ है कि विकास और उन्नति की दृष्टि से मेवात के जिले हरियाणा के अन्य जिलों से किसी भी हालत में कम नहीं हैं।

जगह-जगह सड़क के ऊपर बैनर हवा में झूल रहे हैं जिन पर ख़ुश-ख़त लिखावट में 'चौधरी रामलाल, मुख्यमंत्री (हरियाणा) का मेवात हार्दिक स्वागत करता है', स्वतः ही अपनी ओर ध्यान आकर्षित कर लेता है। इलाक़े का पहला डिग्री कॉलेज, जिसका नामकरण चौधरी आमीन के नाम पर है यानी आमीन मेव कॉलेज, जिसके प्रांगण में यह समारोह होने जा रहा है, दुल्हन की तरह सजा हुआ है। कॉलेज की ख़ूबसूरत इमारत जिसका निर्माण स्वतंत्रता से पूर्व इस जिले के एक अंग्रेज़ कलेक्टर ने अपनी देखरेख में कराया था, के दाएँ ओर बने मंच को शामियानों और क़नातों से घेर दिया गया है, जो बीच-बीच में तेज़ हवा के कारण ज़ोर-ज़ोर से फड़फड़ की आवाज़ कर फिर चुप लगा जाते हैं। वहीं मंच के बाएँ ओर एक बड़ी-सी मेज़ बिछा दी गई है जिस पर समयानुसार संभवतया कुछ न कुछ रखा जाना है। मंच के सामने पतंगी काग़ज़ों से बनाई गई झालरें बीच-बीच में हवा के तेज़ झोंकों के आते ही खिलखिला कर हँस पड़ती हैं।

पूरे मैदान में जगह-जगह बल्लियों और बड़े-बड़े दरख़्तों की शाखाओं पर लटके लाउडस्पीकरों से, आने वालों के कानों में उन्हीं देशभक्ति गानों की आवाज़ सुनाई दे रही है, जिन्हें पिछले पाँच दशकों से सुनते-सुनते यहाँ जमा हो रही ज़्यादातर भीड़ के बाल सफ़ेद हो चुके हैं।

पूरे कॉलेज के प्राध्यापकों से लेकर चपरासियों में जैसे एक-दूसरे से आगे निकलने की होड़ मची हुई है। यहाँ के स्थानीय विधायक, कॉलेज के चेयरमैन और मरहूम चौधरी आमीन खाँ के सुपुत्र चौधरी करीम हुसैन की सख़्त हिदायत है कि मुख्यमंत्री जी को अपने स्वागत में कोई कमी नज़र नहीं आनी चाहिए। अगर उनकी ओर से इस समारोह के आयोजन में कुछ उन्नीस-बीस रह गया तो उस सारे किए-कराए पर पानी फिर जाएगा, जिसके लिए चौधरी करीम हुसैन की पिछले कई दिनों से नींद हराम है। इसलिए प्रिंसिपल सिद्दक़ी साहब की एक टाँग प्रिंसिपल रूम में है, तो दूसरी मंच के इर्द-गिर्द चक्कर लगा रही है।

मुश्किल से तो चौधरी करीम हुसैन को मुख्यमंत्री जी को ख़ुश करने का मौक़ा मिला है और यदि उसका भी करीम हुसैन फ़ायदा नहीं उठा पाया तो धिक्कार है उसके पिछले पंद्रह साल के उस राजनीतिक तज़ुर्बे को जो उसे विरासत में मुफ़्त में मिला है। शायद इसीलिए करीम हुसैन ने कॉलेज मैनेजमेंट की पूरी मशीनरी को स्वागत समिति में झोंक दिया है। हो सकता है हज़ारों की जमा भीड़ को देखकर

मुख्यमंत्री जी को चौधरी करीम हुसैन पर दया आ जाए, या फिर मरहूम चौधरी आमीन खाँ के व्यक्तित्व से प्रभावित और प्रेरित होकर उसे कोई बड़ा मंत्रिपद ही दे डाले। दरअसल, खेल तो सारा इसी के लिए है। बाबा-ए-क़ौम के बहाने एक पंथ भी हो जाएगा और दो काज भी सध जाएँगे, या यह कह सकते हैं कि एक ही तीर से दो शिकार हो जाएँगे।

सलेमी और मनीराम दोनों नूह अड्डे से टहलते हुए कॉलेज के मैदान तक आ गए। चूँकि मुख्यमंत्री जी के आने में अभी डेढ़ घंटा से अधिक का समय है इसलिए सोचा कि क्यों न पहले सलेमी सामने की महजत में जाकर नमाज़ पढ़ ले, और उसके बाद कॉलेज की इमारत की भव्यता और उसके आसपास की जगहों को देखा जाए।

जुम्मा की नमाज़ पढ़ने के बाद सबसे पहले वे दोनों मरहूम चौधरी आमीन खाँ की मज़ार पर गए, जिसे पहले से ही गेंदे, सफ़ेद-गुलाबी गुलाब के फूलों से पूरी तरह ढक दिया गया है। वहीं जाकर उन्हें पता चला कि यही मरहूम आमीन खाँ की मज़ार है, जिस पर मुख्यमंत्री जी सबसे पहले चादर चढ़ाएँगे और बरसों पहले गुज़र चुके मरहूम आमीन खाँ साहब की रूह की शांति के लिए दुआ माँगेंगे।

मज़ार को देखने के बाद वे दोनों टहलते हुए कॉलेज के बाएँ ओर जाने वाली सड़क पर आकर खड़े हो गए। अभी वे आकर खड़े ही हुए थे कि तभी उन्होंने देखा कॉलेज के बाएँ ओर लगभग डेढ़ सौ गज़ की दूरी पर बनी एक इमारत के मुख्य द्वार पर लोगों का हुजूम खड़ा है जिसमें से कुछ लोग निकल कर बाहर आ रहे हैं और कुछ नए उसमें फिर शामिल हो रहे हैं। थोड़ी देर के लिए न तो सलेमी की समझ में कुछ आया और न ही मनीराम की।

"सलेमी, ई ठट्टा कैसे जमा हो रो है?" कौतुकतावश मनीराम ने सलेमी से पूछा।

"पतो ना....... चले न याहे भी लगे हाथ देख लेएँ......?" सलेमी ने सवाल के साथ-साथ सुझाव देते हुए कहा।

"चल!"

इतना कहकर वे दोनों उसी तरफ़ हो लिए।

वहाँ जाकर देखा तो उनके कौतुक का ठिकाना नहीं रहा क्योंकि वहाँ खड़े लोगों में न केवल अंदर जाने के लिए घमासान हो रहा है बल्कि इमारत की जालीदार खिड़कियों में आँख गड़ाए लोग अंदर के दृश्य को देखने के लिए उतावले हो रहे हैं।

थोड़ी देर तक वे दोनों वहीं खड़े रहे। अंदर के दृश्य को देखने के लिए उनमें भी उत्सुकता पैदा होने लगी किंतु उसे देखने के लिए उन्हें कोई उपाय नहीं सूझा। वहाँ खड़े-खड़े उन्हें फ़ैसला करना मुश्किल हो गया कि अंदर का दृश्य देखा जाए, या फिर सभा स्थल की ओर बढ़ा जाए।

तभी मनीराम ने सुझाव दिया, "सलेमी, पहले पूछ तो लेएँ के भीतर है कहा बला?"

"हाँ यार, कहीं ऐसो ना होए के खोदें पहाड़ और निकले मूसी।" सलेमी ने मनीराम के सुझाव का समर्थन करते हुए कहा।

जब मनीराम ने वहीं खड़े एक तहमदधारी से इसके बारे में पूछा, तो जो कुछ उसने बताया उसे सुनकर मनीराम ने माथा पीटते हुए कहा, "यार सलेमी, तेरी बात ही सही निकली...... अरे, ई तो सच्ची में मूसी निकली......।"

"कहा मतलब?" सलेमी ने हैरानी से पूछा।

"मतलब कहा, भीतर करीम बैठो है।" मनीराम ने कौतुकता के आवरण को हटाते हुए कहा।

"करीम बैठो हैऽऽऽ! अन्यायी ये बावला मेव या करीम ए देखण लू टूट-टूट पड़ रा हैं?" ताली पीटते हुए सलेमी इतनी ज़ोर से हँसा कि वहाँ जमा भीड़ में कई चेहरे एकाएक इस तरह पलटे कि सलेमी ने जैसे करीम हुसैन की गुस्ताख़ी में कुछ कह दिया हो।

थोड़ी देर वे दोनों हतप्रभ से खड़े रहे। जितनी देर वे वहाँ खड़े रहे उन्होंने पहले की तरह आपस में धक्कामुक्की ही होती देखी।

"यार मनीराम, नाएँ तो हम्भी एक बर देख लेएँ के ई खलकत आखर काँई लू बावली हो री है?" अपने भीतर हिलोरें ले रही जिज्ञासा को शांत करने के लिए सुझाव रख ही दिया सलेमी ने।

"ठीक है, चल कुछ जुगाड़ करे हैं।" मनीराम बोला।

काफ़ी कोशिश के बाद आख़िर उन दोनों को एक जालीदार खिड़की से आँखें चिपकाने का मौक़ा मिल ही गया।

अंदर का दृश्य देखकर सचमुच दोनों की आँखें फटी की फटी रह गईं।

भीतर कमरे में सामने की दीवार से सटा एक दीवान, जिस पर सफ़ेद गद्दा बिछा हुआ है। दीवान के सिरहाने दो मसनद लगे हुए हैं। दीवान के दोनों ओर पड़े दस-बारह सरकंडों के मूढ़ों में कुछ सफ़ेद तहमद-कुर्तेधारी जिस्म धँसे हुए हैं, और जिन्हें बैठने का मौक़ा नहीं मिला वे इधर-उधर कोनों में चिपके हुए खड़े हैं। बीचों-बीच रखी ख़ूबसूरत पीतल की फ़र्शी[1] की नै धुआँ उगलती हुई चारों ओर रुक-रुक कर घूम रही है। दीवान पर वर्तमान विधायक और आमीन मेव कॉलेज के चेयरमैन चौधरी करीम हुसैन अधलेटी मुद्रा में पसरे हुए हैं। वहीं उसके पास बैठा एक युवक करीम हुसैन के पाँवों को बेमन से धीरे-धीरे दबा रहा है। चेहरे पर हलकी दाढ़ी होने के बावजूद उसके पिचके हुए गालों और पीली पड़ रही आँखों को देखकर कोई भी अंदाज़ा लगा सकता है कि मेवात का वर्तमान कितना

1. *फ़र्शी : चारों ओर घूमने वाला पीतल का बड़ा हुक्का।*

खुरदरा और किस हालत में है। फ़र्शी की नै एक-एक कर होंठों को छूती हुई आगे की ओर घूम जाती है।

"चौस्साब, ई तिहारोई बालक है.... याको कहीं जुगाड़ लगवा देओगा तो तिहारा एहसान ए मैं मरते दम तलक भी ना भूलूँगो....... याहे चाहे कहीं चपड़ासी ही चिपकवा देओ.......।" पल भर के लिए छाई ख़ामोशी के बीच से मौक़ा मिलते ही कोने में चिपके एक चेहरे से एक बार फिर आवाज़ आई।

"हत्तेरे की, अन्यायी जब तोसू कह दी के ई अब मेरी जुम्मेदारी है, तो पतोई ना तू बेर-बेर में काँई लू कह रो है.......।" करीम हुसैन एम.एल.ए. ने आश्वासन देते हुए कहा।

"बस्स, चौस्साब मेरी हाथ जोड़ के यही गुजारिस है.....।" बुज़ुर्ग, जो संभवतया उस युवक का पिता था जो चौधरी करीम हुसैन के पाँव दबा रहा था, दोनों हाथों को जोड़ते हुए कोने से और जा चिपका।

"लाला, तू पढ़ो कितेक है?" पाँव दबा रहे युवक की ओर मुख़ातिब होते हुए करीम हुसैन ने साक्षात्कार लेने के अंदाज़ में पूछा।

"चौस्साब, बीए कर राखी है........।" बमुश्किल होंठों पर जीभ फेरते हुए जवाब दिया युवक ने।

"और नाम?"

"चौस्साब, आस मोहम्मद।"

"बालक हैं कै एकाध?"

"दो छोरी हैं चौस्साब......।" युवक ने बेरोज़गारी से पस्त होते हुए मुश्किल से जवाब दिया।

"ठीक है लाला, फिर तो तेरा बारा में कुछ सोचणी पड़ेगी.....।" पहले करीम हुसैन ने फ़र्शी की नै से लंबा कश खींचा और कुछ पल सोचने के बाद फिर बोला, "अच्छो ऐसो करियो, धेरे नौ बजे तू मेरी कोठी पे आ जइयो लत्ता-कपड़ा लेके...... समझ ले धेरे सू तेरी नौकरी लगी.....।"

करीम हुसैन का इतना कहना था कि पहले तो झुर्रियों से पटे हाथों में हलकी-सी जुम्बिश हुई और अगले ही पल पता नहीं कँपकँपाते हाथों में कहाँ से ताक़त आ गई। युवक का पिता लपक कर लगभग लड़खड़ाते हुए दीवान के पाँयते की ओर गया, तथा अपने सिर से फेंटा उतार कर करीम हुसैन के पाँवों पर धरते हुए बोला, "चौस्साब, या इलाका का तो तमीं माई-बाप हो....... मैं याही उम्मेद ए लेके हीन् आयो हो....... अल्लाताला तिहारी कमेर में और बरक्कत करे......."

"ठीक है, ठीक है, अब तम मजा सू जिलसो देखो और अपणे घर जाओ.......।" ऐसा कहते समय करीम हुसैन ने वहाँ खड़े और मूढ़ों में धँसे चेहरों पर नज़र डाली और फिर बाहर जाते हुए आस मोहम्मद नाम के उस युवक को पीछे से आवाज़ लगाते हुए बोला, "अरे लाला सुणियो!"

"जी चौस्साब!" एकाएक पीछे से करीम हुसैन की आवाज़ सुनकर उसके पैर वहीं ज़मीन से चिपक गए।

"जातो-जातो या चिलम ए और भर जा!" चौधरी करीम हुसैन ने युवक को इस अंदाज़ में आदेश दिया जैसे वहाँ उपस्थित लोगों को बता रहा हो कि देखो इसे कहते हैं– पढ़े फ़ारसी, बेचे तेल।

बाहर धीरे-धीरे सुलग रहे उपलों से चिलम भर कर युवक ने फ़र्शी पर रखी ही थी कि तभी कॉलेज के एक चपरासी ने अंदर प्रवेश करते हुए कहा, "चौस्साब, देवबंद सू जमात आई है....... आपसू मिलणो चाहवे है.......।"

"तो फिर जल्दी भेजे न....... अरे, ई भीड़ काँई लू लगा राखी है....... चलो थोड़ी देर लू बाहर जाओ....... चौस्साब, ये मूढ़ा खाली कर दीजो.......!" मूढ़े में धँसे एक तहमद-कुर्ताधारी को उठाते हुए करीम हुसैन बोला।

फटाफट सारे मूढ़े खाली हो गए। सारे तहमद-कुर्ताधारी बेमन से मूढ़ों को छोड़ कर एक ओर खड़े हो गए। देखते ही देखते कमरा लगभग खाली हो गया लेकिन बाहर अभी भी पहले की तरह ठट्टा जमा है।

जमात के अंदर प्रवेश करते ही इधर-उधर बिखरे लोग काई की तरह फटते चले गए। चौधरी करीम हुसैन उनके स्वागत के लिए दीवान से खड़ा हो गया।

जमात के एक-एक सदस्य से करीम हुसैन ने मुसाफ़हा किया और फिर उनसे खाली पड़े मूढ़ों पर बैठने के लिए आग्रह किया। एक-एक कर जमात के सभी सदस्यों ने करीम हुसैन से मुसाफ़हा किया, तो सलेमी यह देखकर हैरान रह गया कि जमात का हर सदस्य करीम हुसैन के हाथों को चूमते हुए आँखों से छू रहा है।

मूढ़ों पर बैठने के बाद करीम हुसैन ने जमात से सबसे पहले नाश्ता करने का आग्रह किया और उनकी स्वीकृति से पहले ही करीम हुसैन ने वहीं से बैठे-बैठे आवाज़ दी, "अरे हारूऽऽन!"

"जी चौस्साब?" हारून जैसे किवाड़ की ओट में खड़ा चौधरी करीम हुसैन की आवाज़ का ही इंतज़ार कर रहा था, फुर्ती के साथ अंदर आते हुए बोला।

"बेटा, जमात आई है कलेऊ-पानी को कुछ बंदोबसत कर....... और हाँ, मैंने भी अभी कलेऊ ना करो है....... ऐसो कर मोलू भी एक कटोरा महेरी लिआ.......!"

हारून अभी दरवाज़े के पास ही पहुँचा था कि पीछे से टोकते हुए करीम फिर बोला, "हारून, बेटा मेरी महेरी में दूध मत गिरवा के लइयो....... छाछ लइयो!"

"ठीक है चौस्साब!" इतना कहकर हारून बाहर निकल गया।

सलेमी और मनीराम ने इससे पहले ऐसा दृश्य कभी नहीं देखा। दृश्य भी क्या रंगमंच पर खेले जा रहे किसी नाटक का कि जिसके हर दृश्य में अलग-अलग पात्रों की भूमिका निभाने वाला एक ही कलाकार बार-बार तरह-तरह के मुखौटों और अलग-अलग भंगिमाओं के साथ अभिनय कर रहा है। सलेमी एक बार तो

इस कलाकार बल्कि बहुरूपिए के कुशल अभिनय पर थोड़ी देर के लिए मुग्ध हो गया लेकिन अगले ही पल उसे लगा जैसे उसके हलक में किसी ने जबरन कोई कसैला द्रव्य डाल दिया हो।

सरकंडों की मूढ़ियों के बीचों-बीच एक बड़ी-सी मेज़ लाकर रख दी और फिर कलेऊ-पानी के नाम पर एक के बाद एक तरह-तरह के व्यंजनों और फलों से पूरी मेज़ पाट दी गई।

जब पूरा नाश्ता आ गया तो जमात से नाश्ता करने का एक बार फिर आग्रह किया गया।

"चौधरी साहब, आप भी लीजिए ना!" जमात के प्रमुख ने कहा।

"पहले आप पढ़ो बिस्मिल्लाह, मेरो भी आ रो है......।"

अभी करीम हुसैन ने अपना वाक्य पूरा किया ही था कि तभी हारून महेरी से भरा एल्यूमीनियम का कटोरा लेकर आ गया।

हारून से महेरी का कटोरा लेकर करीम हुसैन ने दीवान पर पालथी मारी और तर्जनी से महेरी को घोलकर एक ही साँस में चढ़ा गया।

चौधरी करीम हुसैन ने कनखियों से चुपचाप दरवाज़े और खिड़कियों की जाली में गड़ी आँखों की ओर देखा, तो पाया कि सबकी आँखें जमात के बजाय उसी पर टिकी हुई हैं।

लगभग खाली हो चुके कटोरे को करीम हुसैन ने बाएँ हाथ की हथेली पर रखा और उसी अँगुली से कटोरे में लिपटी हुई महेरी को पोंछ कर पी गया।

मूढ़ों पर इत्मीनान से नाश्ता कर रही पूरी जमात का ज़मीन से जुड़े अपनी क़ौम के इतने बड़े नेता को इस तरह पारंपरिक तरीक़े से छाछ-महेरी खाता देखकर आश्चर्य का ठिकाना नहीं था। सचमुच उस समय तो जमात के कुछ सदस्य अपने आपको काफ़ी हीन समझ रहे होंगे।

खिड़कियों के बाहर और दरवाज़े पर धक्कामुक्की कर रहे लोग ज़रूर उस दिन मारे शर्म के ज़मीन में गड़े जा रहे थे कि इतना बड़ा नेता होने के बावजूद वह अपनी उस छाछ-महेरी को नहीं छोड़ पाया है, जिसके बारे में उन्हें इलाक़े के बाहर के लोगों को बताने में हीनता महसूस होती है। सच है आदमी को अपना अतीत और अपनी ज़मीन कभी नहीं भूलनी चाहिए!

करीम हुसैन की छाती और नहीं तो उस दिन इंच भर अवश्य चौड़ी हो गई थी। वह यही तो चाहता है कि लोग उसे ऐसा करता देखें और वे वापस अपने गाँव-खेड़ों में जाकर उसकी महानता का ज़िक्र करें।

मनीराम भी करीम हुसैन के देहातीपन और अपनी ज़मीन से जुड़े इस अभिनय से इतना अभिभूत हुआ कि वह अपने आपको रोक नहीं पाया, "सलेमी, याऽऽर चौस्साब तो अभी भी पूरो हाली को हाली है....... ले बता, कोई आदमी याहे देख के कह देएगो के ई एमेले है.......!"

"ले तू भी याका चक्कर में आगो....... अरे, इनका यही तो चोचला और टोटका हैं जाकी वजे सू ये आज तलक या इलाका पे राज करता आ रा हैं....... ई मेरी सुरी मेव की जात इतनी भोली और बावली है कि याहे जैसे चाहो चूतिया बना लेओ....... तोहे पतो है याने ई महेरी को कटोरा जाणबूझ के मँगायो है.......।" सलेमी ने मनीराम को अभिभूत होने से मुक्त कराने की कोशिश की।

"ना यार, ऐसी बात ना है।"

"मनीराऽम, ई बहोत तुखम चीज है:....... ई जाणे हो के इतना सारा मेव याहे देख रा हैं....... और सुन, जैसे तैने अभी मोसू कही ही ना....... ये सारा माणस भी अपने-अपने घर जाके यही बात कहेंगा....... या बात ए ई करीम बहोत अच्छी तरे जाणे है....... तू कहा समझ रो है ई रोज महेरी खातो होएगो....... कत्तई भी ना....... और या छोरा की ई कहीं नौकरी लगवा देएगो, मोहे तो जँचे है ना......।"

मनीराम को सलेमी का यह तर्क कुछ समझ में नहीं आया शायद इसीलिए वह चुप रहा। सरकंडों के मूढ़ों के बीच रखी मेज़ से हारून ख़ाली बर्तन उठाने के बाद उसे कपड़े से साफ़ कर गया।

"हाँ जी मौलवी साब, कैसे तसरीफ लाए हो....... कोई मेरे लाक सेवा?" शुरुआत चौधरी करीम हुसैन ने ही की।

"बात दरअसल यह है चौधरी साहब......." कहते-कहते रुक गया जमात का प्रमुख। करीम हुसैन को समझते देर नहीं लगी क्योंकि जमात के प्रमुख ने पूरे कमरे में नज़र दौड़ा कर वहाँ खड़े लोगों की ओर जो देखा था।

"अरे थोड़ी देर बाहर चला जाओ....... कुछ जरूरी बात करनी है.......।" चौधरी करीम हुसैन ने वहाँ खड़े लोगों को बाहर जाने के बाद कहा, "हाँ जी मौलवी साब?"

"चौधरी साहब, हम चाहते हैं कि मेवात के मुसलमानों को इस्लाम की तालीम दी जाए....... हमने पूरे इलाक़े में घूम कर देखा है और यह ग़ौर किया है कि यहाँ के मुसलमानों में मज़हब में कोई ख़ास दिलचस्पी नहीं है.......।" जमात के प्रमुख ने विशुद्ध उर्दू में बोलना शुरू किया।

"तो फिर मैं यामें कहा मदद कर सकूँ हूँ मौलवी साब?" चौधरी करीम हुसैन सीधे-सीधे इस बार काम की बात पर आ गया।

"चौधरी साहब, आप तो बहुत कुछ कर सकते हो...... आप जैसे शख़्स ही तो मुसलमानों की सच्ची ख़िदमत कर सकते हैं...... आप चाहें तो इस इलाक़े के मुसलमानों की बहबूदी और बेहतरी के लिए इतना कुछ कर सकते हैं कि कोई और नहीं कर सकता......."

"मौलवी साब, मैं यही तो पूछ रो हूँ के मेरे लायक हुकम है कहा?" चौधरी करीम हुसैन इस बार झल्ला उठा, जमात के प्रमुख के उपदेश को सुनकर। वह जैसे मन ही मन कहने लगा कि पता नहीं इस इलाक़े की बेहतरी के लिए और

क्या-क्या किया जाए? एक बार तो वह भीतर ही भीतर झुंझला-सा उठा कि जिसे देखो वही मुसलमानों की ख़िदमत कराने चला आता है।

"चौधरी साहब, हम चाहते हैं कि इस इलाक़े में ज़्यादा से ज़्यादा ऐसे मदरसे हों जिनमें कुरान की तालीम दी जा सके और भटके हुए मुसलमानों को ख़ुदा के बताए हुए रास्ते पर चलाया जा सके।" जमात के प्रमुख ने अपने आने का मन्तव्य साफ़ कर दिया।

"ठीक है मौलवी साब, पाँच-सात हजार जितनी की भी मोसू इमदाद होएगी मैं जरूर करुंगो......।" चौधरी करीम हुसैन ने फटाफट अपनी बात ख़त्म करते हुए कहा।

चौधरी करीम हुसैन के मुँह से सिर्फ़ पाँच-सात हज़ार की बात सुनकर जमात के सभी सदस्यों का चेहरा उतर गया।

"ठीक है चौधरी साहब, अगर इमदाद की ज़रूरत पड़ी तो हम आपके पास ज़रूर आएँगे...... ख़ुदा हाफ़िज़!" इतना कहकर जमात उठी और एक-एक कर सबने चौधरी करीम हुसैन से एक बार फिर मुसाफ़हा किया तथा कमरे से बाहर निकल आए।

आठ

डेढ़ बजते-बजते कॉलेज के मंच के सामने का पूरा मैदान लोगों से अट गया। लाउडस्पीकरों के मुँह से उगले जाने वाले देशभक्ति के गानों की आवाज़ और तेज़ हो उठी। कॉलेज के प्राध्यापकों और कर्मचारियों की पिंडलियाँ दौड़ते-दौड़ते दुखने लगीं और धुर जाड़े के दिनों में माथे से पसीना चू उठा। कइयों के चेहरों से तो साफ़ लग रहा था कि बिना मतलब उन्हें इस झमेले में फँसाया गया है। उर्दू के प्राध्यापक डॉ. शफ़ीकुर्रहमान और प्रोफ़ेसर उस्मानी जैसे भले आदमियों को भी इस मौक़े पर नहीं बख़्शा गया।

डॉ. शफ़ीकुर्रहमान हाथ में सफ़ेदी की परात लिए बाहर स्वागत द्वार की ओर तेज़ी से लपके आ रहे थे कि सामने से प्रो. उस्मानी गेंदों की भारी-भारी मालाएँ लिए आते दीखे। प्रो. उस्मानी जैसे ही शफ़ीकुर्रहमान के पास आए कि हाँफ़ते हुए उन्होंने फिर वही सवाल उस्मानी की ओर उछाल दिया, जिसे सवेरे से वे अभी तक कई बार उछाल चुके हैं, "शफ़ी साब, सीएम कब तक तशरीफ़ ले आएँगे?"

इस बार डॉ. शफ़ीकुर्रहमान, एम.ए., पी-एच.डी. इन उर्दू सचमुच झुंझला गए और लगभग डाँटते हुए जवाब दिया, "अमाँ उस्मानी साहब, आप तो मुझसे ऐसे दरयाफ़्त कर रहे हैं जैसे मैं उनका पी.ए. हूँ।"

"शफ़ी साहब, आप तो बिला-वजह नाराज़ हो रहे हैं, हुज़ूर मैं तो इसलिए पूछ

रहा हूँ कि आना हो तो जल्द आएँ....... हम लोगों की ख़ामख़ाँ क्यों परेड कराई हुई है.......।" प्रो. उस्मानी ने डॉ. शफ़ीकुर्रहमान के मर्म को छूते हुए कहा।

"उस्मानी साहब, हम यू.पी. वालों को इस ख़िताब से क्या लेना-देना....... क्या मिलेगा इस ख़िताब से हमारी क़ौम को, हें?" माथे से पसीने को कोट की आस्तीन से पोंछते हुए डॉ. शफ़ीकुर्रहमान बोले।

"शफ़ी साहब, सच तो यह है कि यह हमारे चेयरमैन साहब का पालिटिकल स्टंट है....... मेरा तो सियासत और हिस्ट्री दोनों से मुद्दत से वास्ता रहा है, मैंने तो आज तक कहीं नहीं पढ़ा कि मेवात के किसी आदमी ने मुल्क की जंग-ए-आज़ादी में शिरकत भी की है.......।"

"साहब, कैसी शिरकत? मुझे तो दरअसल यह लगता है कि मेवात के लोग ज़रूरत से ज़्यादा भोले हैं...... बल्कि यह कहना मुनासिब होगा कि ये लोग तालीम-याफ़्ता तो हैं नहीं, इसलिए हमारे चेयरमैन साहब इन्हें आज तक ऐसे ही बनाते आ रहे हैं....... मियाँ, मैं पहली बार सुन रहा हूँ कि किसी शख़्स को वह दर्जा दिया जा रहा है जो गाँधी जी को मिला हुआ है....... अमाँ, बाबा-ए-क़ौम मेरा मतलब है राष्ट्रपिता का ख़िताब तो सिर्फ़ गाँधी जी को हासिल है....... और पूरा हिन्दुस्तान उन्हें राष्ट्रपिता कहता भी है....... लेकिन यह दूसरा राष्ट्रपिता मेरा मतलब है महात्मा गाँधी कहाँ से पैदा हो गया?" डॉ. शफ़ीकुर्रहमान ने ज़रूरी सवाल उठाते हुए कहा।

"शफ़ी साहब, पैदा हो नहीं गया बल्कि पैदा किया जा रहा है....... आपको इस कॉलेज में आए ज़्यादा दिन नहीं हुए हैं न....... मैं बताता हूँ....... दरअसल है क्या कि इस इलाक़े के लोग न सिर्फ़ सीधे हैं बल्कि बेहद इमोशनल और सेंटिमेंटल भी हैं....... आपको एक मज़े की बात बताऊँ शफ़ी साहब, ये लोग जितने इमोशनल हैं उतने ही अपने क़ौल के पक्के भी हैं, हम शियाओं से कहीं ज़्यादा....... अगर इन्हें यह पता चल जाए कि इलेक्शन में खड़ा होने वाला केंडीडेट उनके गोत्र का है तो मजाल है इनका एक भी वोट इधर से उधर हो जाए....... चाहे वह केंडीडेट फिर किसी भी पार्टी का क्यों न हो.......।"

"ऐसा है उस्मानी साहब......! तभी तो आज तक हमारे चेयरमैन जैसे लोग इन्हें इमोशनली एक्सप्लॉएट करते आ रहे हैं.......।" डॉ. शफ़ीकुर्रहमान ने थोड़ा गंभीर होते हुए कहा।

"दुरुस्त फ़रमाया शफ़ी साहब, आप तो देख ही रहे हैं कि इस इलाक़े में ग़रीबी और गुरबत का क्या आलम है....... मुझे तो इस इलाक़े की हालत देखकर लगता है कि यह आज भी बाबा आदम के ज़माने में जी रहा है...... न कोई इन्डस्ट्री, न वह तालीम जिसकी आज इन्हें सख़्त ज़रूरत है....... और सबसे मज़े की बात तो यह है शफ़ी साहब कि औरतों को महज दीनी तालीम के जदीद तालीम दिलाने का तो जैसे यहाँ रिवाज़ ही नहीं है....... अमाँ, अपने ही कॉलेज को देख लो कितनी लड़कियाँ हैं जो यहाँ तालीम हासिल करने आती हैं....... और जो हैं उनमें भी मेवों

की लड़कियाँ कितनी हैं?"

"आपका कहना सही है लेकिन इस सबके लिए आप किसको ज़िम्मेदार मानते हैं?" प्रो. उस्मानी की फ़िक्र में शरीक होते हुए डॉ. शफ़ीकुर्रहमान ने पूछा।

"और कौन! हमारे चेयरमैन और इलाक़े के दूसरे सियासतदाँ....... आज ही सुन लेना अपने चेयरमैन साहब से लेकर सीएम तक के लच्छेदार भाषण.......।"

"तो क्या यह सब जानते हुए भी ये लोग इन्हें वोट देते हैं?" आश्चर्य से डॉ. शफ़ीकुर्रहमान ने पूछा।

"बिलकुल, मैंने बताया न कि ये लोग इतने इमोशनल और सेंटीमेंटल हैं कि इनके लिए इलाक़े की तरक़्क़ी और भूख से बड़ा है अपना गोत्र....... और इसी कमज़ोरी का फ़ायदा उठाते हुए हमारे चेयरमैन साहब पिछले कई इलेक्शन से नूह कान्स्टीट्यून्सी से एम.एल.ए. इलेक्ट होते आ रहे हैं.......।"

'एग्ज़क्टली?"

"जी साऽऽहब, आप किस दुनिया में जी रहे हैं.......!" प्रो. उस्मानी ने एक के बाद एक थोड़ी देर में प्याज के कई छिलकों को उतार दिया।

"फिर तो इस इलाक़े का ख़ुदा ही मालिक है उस्मानी साहब....... बहरहाल, मुझे इस इलाक़े के हालात पर एक शेर याद आ रहा है.......।"

"इरशाद!"

"इलाज़े-दर्दे-दिल तुझसे मसीहा हो नहीं सकता
तू अच्छा कर नहीं सकता, मैं अच्छा हो नहीं सकता।"

शे'र सुनाकर डॉ. शफ़ीकुर्रहमान 'हो-हो' करके इतनी ज़ोर से हँसे कि सफ़ेदी की परात उनके हाथ से गिरते-गिरते बची।

"चलिए, कुछ देर की ही तो बात है।" जाते-जाते प्रो. उस्मानी ने डॉ. शफ़ीकुर्रहमान के साथ-साथ स्वयं को भी ढाढ़स बँधाते हुए कहा।

लोगों के आने का सिलसिला तेज़ी से बढ़ने लगा।

मंच के दाएँ ओर जहाँ कुछ ख़ास लोगों के लिए कुर्सियाँ बिछाई गई थीं, वहीं बग़ल में सलेमी और मनीराम दोनों पालथी मार कर बैठ गए।

अपना स्थान ग्रहण करने के बाद दोनों ने थोड़ी-सी राहत महसूस की।

तभी मंच से उद्घोषणा हुई, "भाइयो! हमारे सीएम साहब, बस थोड़ी देर में यहाँ तशरीफ़ लाने जा रहे हैं....... इसलिए आप सबसे गुज़ारिश है कि अपनी-अपनी जगह पर इत्मिनान से बैठ जाएँ।"

अक्सर मंच से ऐसी साफ़-सुथरी भाषा में होती उद्घोषणा को सुनकर लोगों को ताज्जुब होता कि इन्हें कुपढ़ बताने वाले कितने मूर्ख हैं जिन्हें यह नहीं मालूम कि जो कुछ मंच से बोला जाता है, वह उन्हें समझ में कब नहीं आता है।

"मनीराम, थोड़ी देर और रुक जा, मुखमंत्री बस अब आन वालो है..... थोड़ी

देर पीछे फिर एक और डिरामा होन वालो है.....।" सलेमी ने मुस्कराते हुए कहा।

थोड़ी देर बाद ही उन्होंने देखा कि मुख्य द्वार के पास एकाएक भगदड़-सी मच गई है। दूर-दूर तक बैठे लोग इस भगदड़ की ओर उचक-उचक कर देखने लगे। तभी मंच से आवाज़ आई, "भाइयो, हमारे मुख्यमंत्री साहब तशरीफ़ ला चुके हैं, इसलिए आप अपनी-अपनी जगह शांत होकर बैठ जाइए....... मुख्यमंत्री साहब अभी क़ौम के रहनुमा और जंग-ए-आज़ादी के सिपाही मरहूम चौधरी आमीन खाँ साहब की मज़ार पर चादर चढ़ाने गए हैं.......!"

इस उद्घोषणा को सुनते ही मंच के बाएँ ओर बैठे लोगों में से कुछ लोग उठकर मज़ार की ओर लपक लिए। मज़ार की ओर बढ़ते लोगों की बाढ़ को रोकते हुए वहाँ तैनात सिपाहियों ने उन्हें वापस पीछे की ओर धकियाना शुरू कर दिया और जब तक यह धक्कामुक्की और बढ़ती, तब तक मुख्यमंत्री जी मज़ार पर चादर चढ़ा कर मंच के दाएँ ओर बनी सीढ़ियों से होते हुए मंच पर आ गए। इसके बाद न तो लोगों ने आगे बढ़ने की कोशिश की और न ही सिपाहियों को बल प्रयोग करना पड़ा।

"भाइयो, हमारे ख़ुसूसी और मुहतरम सीएम साब मंच पर तशरीफ़ ला चुके हैं....... जैसाकि आप जानते हैं आज हम यहाँ अपने इलाक़े के रहनुमा और जंग-ए-आज़ादी के सिपाही मरहूम चौधरी आमीन खाँ का एक सौ पाँचवाँ जन्म-दिन मनाने के लिए इकट्‌ठा हुए हैं....... मरहूम चौस्साब का तआरूफ़ कराना सूरज को चिराग़ दिखाना है....... आज ही के दिन मरहूम चौस्साब मेव क़ौम के एक ग़रीब किसान के घर में पैदा हुए थे....... उसी महान शख़्स की याद को ताज़ा बनाए रखने के लिए आज का यह दिन न केवल आमीन दिवस के रूप में मनाया जा रहा है बल्कि माननीय सीएम साब मरहूम चौधरी आमीन खाँ साहब को बाबा-ए-क़ौम का ख़िताब भी प्रदान करेंगे.......।" हिंदी-उर्दू में लिखे हुए वाक्यों को हूबहू सुनाते हुए मंच संचालक ने उद्घोषणा करते हुए कहा।

"देख लिया शफ़ी साहब, हो गई न नाटकबाजी शुरू ?" मंच के पीछे खड़े प्रो. उस्मानी ने डॉ. शफ़ीकुर्रहमान को कुहनी मारते हुए याद दिलाया।

"उस्मानी साहब, यह अजीब-सा मामला है कि पता नहीं क्यों आदमी बड़ा होते ही उसकी पैदाइश हमेशा या तो किसान के घर में होती है, या फिर मज़दूर के घर में?" डॉ. शफ़ीकुर्रहमान ने एक उचित आशंका प्रकट करते हुए प्रो. उस्मानी से पूछा।

"......हाँ तो आगे की कार्रवाई के लिए मेरी चौधरी अतर मोहम्मद जो इस इलाक़े के फ़िरोजपुर झिरका विधानसभा से एमेले हैं, गुज़ारिश है कि वे माइक पर आएँ और आज के इस जलसे का आगाज़ करें.......।" इतना कहकर उद्घोषक पीछे बिछी एक कुर्सी पर जा बैठा।

"माननीय सीएम साब, साथी एमेलेज और भाइयो! आज का दिन मेव कौम के

लिए ही नहीं बल्कि पूरे मुलक के लिए सचमुच बहुत बड़ा दिन है....... क्योंकि आज ही के दिन मरहूम मेव लीडर चौधरी मोहम्मद आमीन खाँ साहब इस सरजमीं पर पैदा हुए थे....... भाइयो, ये वही नूह है जहाँ 1857 के गदर में जालिम फिरंगियों ने अपने खिलाफ गद्दारी करने वाले बावन बहादुर मेवों को फाँसी लगा दी थी, और वो भी कहाँ....... आपको पता है.......?'' इसके बाद कुछ पलों के लिए चुप्पी छा गई क्योंकि डायस पर रखा काग़ज़ जिसे पढ़ कर अतर मोहम्मद बोल रहा था, तेज़ हवा के कारण पलट गया था। इस बीच उसने मंच से नीचे बैठे लोगों की ओर देखा और जब उसे लगा कि वह सचमुच एक ऐसा ऐतिहासिक तथ्य उजागर करने जा रहा है, जिसके बारे में किसी को पता नहीं है, तब उसने पूरे उत्साह के साथ बोलना शुरू किया, ''.......आपको शायद नहीं पता होगा कि शहीद होने वाले हमारे ये मेव सिपाही आसपास के अडबर, नँगली और नूह के ही निवासी थे, उन्हें इसी नूह के पुराने अड्डे पर खड़े बड़ के पेड़ से लटका कर शहीद कर दिया गया था....... आज हमें बड़ा फखर महसूस हो रहा है कि उन्नीस सौ सैंतालीस के मशहूर मेव लीडर चौधरी मोहम्मद आमीन खाँ साहब भी इसी जमीन पर पैदा हुए हैं......।'' वाक्य के अंत तक आते-आते अतर मोहम्मद का स्वर जैसे भीग गया। पूरे चेहरे की आकृति ऐसी हो गई मानो मरहूम चौधरी आमीन खाँ साहब उसके सपनों में पिछली कई रातों से लगातार आते रहे हैं, और इसी कारण वह पिछली कई रातों से सोया नहीं है।

''देखा शफ़ी साहब, मैं क्या ग़लत कह रहा था?'' प्रो. उस्मानी ने डॉ. शफ़ीकुर्रहमान की तरफ़ विद्रूप हँसी फेंकते हुए कहा।

''साहब, देख भी रहा हूँ और सुन भी रहा हूँ.....।'' एक लंबी साँस लेते हुए शफ़ीकुर्रहमान बोले।

''.......भाइयो, आपको यह तो मालूम ही होगा कि इसी नूह से केवल पाँच मील दूर घासेड़ा गाँव में 1857 के गदर में एक फिरंगी ने अपने गोरे सिपाहियों के साथ तोपों और बंदूकों से डेढ़ सौ मेवों को मौत के घाट उतार दिया था..... लेकिन उससे उतनी ही दूर रासेना गाँव में इन्हीं बहादुर मेवों ने फिरंगियों के छक्के भी छुड़ा दिए थे। इसलिए आप इस कहावत का मतलब भी जानते होंगे कि–बँगला में मन ना लगे, सूनी दीखे सेज; रासेना का गोर देखा, बिना सीस अंग्रेज.......।''

अतर मोहम्मद ने इस मेवाती दोहे को ठीक साकरस चौबीसी के सरपंच की तरह इतने सुंदर ढंग से प्रस्तुत किया कि अंतिम शब्द तक पहुँचते-पहुँचते जो तालियाँ बजीं, वे देर तक बजती रहीं।

अतर मोहम्मद ने मुस्कराकर पीछे बैठे मुख्यमंत्री जी की ओर ऐसे देखा जैसे उससे कह रहा हो कि देखा मेरी पैठ मेवों में करीम हुसैन से कहीं ज़्यादा है। अतर मोहम्मद ने दोनों हाथ उठाकर जन-समूह से तालियों को रोकने का आग्रह किया भी लेकिन बावजूद इसके तालियाँ रह-रह कर बजती रहीं। दरअसल, अतर

मोहम्मद यही तो चाहता था। इससे बढ़िया और कौन-सा मौक़ा हो सकता है मुख्यमंत्री की नज़र में चढ़ने का। वैसे पिछली बार महू में भी यह पूरी कोशिश करके देख चुका है।

"......मैं एक और बात बताना चाहता हूँ जो हमारे पढ़े-लिखे नौजवानों के लिए बहुत जरूरी है और वह यह कि अकबर के नौ रतनों में से एक रतन अब्दुर्रहीम खानेखाना जिनके दोहे आज हम इस्कूलों में पढ़ते हैं, वह रहीम इसी मेवात का नवासा है....... उसका मेवात से उतना ही गहरा नाता है जितना हमारा और आपका है....... आपको मैं बता देना चाहता हूँ कि अब्दुर्रहीम मेवात के आखरी मेव सरदार हसन खाँ मेवाती का रिश्ते में नाती लगता था, क्योंकि हसन खाँ मेवाती के चचेरे भाई जमाल खाँ के दो लड़कियाँ थीं, जिनमें से बड़ी लड़की शाहबानू बेगम का निकाह अकबर के साथ हुआ था और छोटी लड़की सलीमा बेगम का निकाह उनके वज़ीर बैरम खाँ के साथ हुआ था....... यह रहीम, जमाल खाँ की उसी छोटी लड़की सलीमा बेगम का लड़का था.......।"

सचमुच चौधरी अतर मोहम्मद की यह जानकारी हज़ारों की संख्या में आए लोगों के लिए एकदम नई और कौतुक भरी थी। अतर मोहम्मद ने एक बार फिर पीछे मुड़कर देखा, तो उसका सीना गर्व से चौड़ा होता चला गया कि उसकी विद्वत्ता पर मुख्यमंत्री जी मुग्ध हो, आँखें बंद किए मंद-मंद मुस्करा रहे हैं।

वास्तव में, उस दिन अतर मोहम्मद ने एक बड़ा मोर्चा मार लिया और यह कह कर अपनी सीट पर बड़े अदब से जा बैठा, "अब मैं, मरहूम चौधरी आमीन खाँ साहब के सहाबजादे और मेवात के खुसुसी लीडर चौधरी करीम हुसैन से गुजारिस करूँगा कि वे माइक पर आएँ.......।"

माइक से अतर मोहम्मद के हटते ही एक बार फिर जन-समूह तालियों की गड़गड़ाहट से गूँज उठा, जिसे देखकर यह अंदाज़ा लगाना मुश्किल था कि यह तालियाँ अतर मोहम्मद के भाषण की तारीफ़ में बज रही थीं, या फिर चौधरी करीम हुसैन के माइक पर आने के स्वागत में।

चौधरी अतर मोहम्मद ने आज उस कमी को पूरा कर लिया, जो कमी महू में रह गई थी। आज के लिए उसने चौधरी करीम हुसैन से कहकर साकरस चौबीसी के उस सरपंच को मंच पर आमंत्रित करने से मना करवा दिया था, जो उन दोनों की उपस्थिति के बावजूद महू की सारी वाहवाही ख़ुद ही लूट कर ले गया था।

जलसा अब अपने पूरे उठान पर है।

"शफ़ी साहब, देख रहे हो न कि ये लोग वाक़ई कितने इमोशनल हैं....... बस, इन लोगों की आप थोड़ी-सी तारीफ़ कर दीजिए, फिर तो ये आपके सात ख़ून भी मुआफ़ कर देंगे।"

"वाक़ई आपकी बात में मुझे अब दम नज़र आने लगा है।"

"अजी जनाब, अभी तो आग़ाज़ है....... अंजाम भी तो देखिए।" प्रो. उस्मानी ने

डॉ. शफ़ीकुर्रहमान की ओर सैन चलाते हुए कहा।

"अस्सलावालैकुम!" माइक पर आते ही करीम हुसैन ने बेहद धीर-गंभीर होने की मुद्रा बनाते हुए चेहरे पर दोनों हाथों को फेरते हुए कहा।

"मालिक कू सलाम.......!" जन-समूह से अस्फुट और विशृंखलित शब्द झर पड़े।

"अमाँ यह क्या....... मियाँ यह वालैकुम अस्सलाम होता है या मालिक कू सलाम......!" शायद डॉ. शफ़ीकुर्रहमान के कानों में ये शब्द पड़ गए थे।

"शफ़ी साहब, ये लोग मालिक को ही सलाम कहते हैं......।" प्रो. उस्मानी ने मुस्कराते हुए कहा।

"......प्यारे भाइयो....... बुजरगो और हमारे आज के खास मेहमान सीएम साब....... वैसे तो हमारे इलाके के एक एमेले चौधरी अतर मोहम्मद ने ई बताई दियो है कि हीन् आज हम काँई लू भेला हुआ हैं....... जादा बताण की मैं जरूरत भी ना समझू हूँ....... फिर भी मैं एक बात बता दूँ के मरहूम चौधरी आमीन खाँ साब ने अपणे जीते-जी या इलाका की जितेक सेवा करी ही वाहे सारो मेवात कदी ना भूलेगो....... और आज मेवात की जो हालत है, जितणो ई इलाको आज खुसहाल है....... सब चौधरी आमीन खाँ साब की बदौलत है.......।"

अपने स्वर्गीय पिता की प्रशस्ति और प्रशंसा में कहे जाने वाले इतने लंबे वाक्य को सुनकर दूर-दूर तक बैठे लोगों में बेचैनी शुरू हो गई।

"देख रो है मनीराम, सासू को कैसो झूठ बोल रो है.......।" सलेमी ने दाँत पीसते हुए मनीराम से कहा।

"देख ले, ई और कह रो है के मेवात आज खुसाल है.......।"

"मेरा मुँ में सू गाली खाए....... कौन-सी खुसाली है मेवात में....... अरे, छोटी-मोटी जात सू लेके थोड़ी-बहोत जमीन वाला मेव तो खाण-कमाण कू गाँवन्ने छोड़ छोड़ के जा रा हैं और ई कह रो है इलाका खुसाल है.......।" सलेमी तमतमाते हुए बोला।

"सलेमी, या करीम ने तो ऊ बात कर दी के अपणो भरो सो जगत को भरो.......।" मनीराम ने करीम हुसैन की बात का अपने हिसाब से अर्थ निकालते हुए कहा।

"......मरहूम चौधरी साब ने ही इलाका में तालीम बढ़ाण कू ई 'गिरेन-मेव हाई स्कूल' जो आज आमीन मेव कालज का नाम सू जाणो जावे है, बणवायो हो जासू मेवन का बालक पढ़-लिख के तालीम हासल करके ऊँची मुलाजमत पा सकें....... और मैं आज ई बात फखर के साथ कह रो हूँ के या कालज ने सैकड़ों की तादाद में बड़ा-बड़ा मुलाजिम पैदा करा हैं.......।" चौधरी करीम हुसैन ने मंच के एक ओर बनी लाल इमारत की तरफ़ तर्जनी उठाकर पूरे जोश के साथ कहा।

"शफी साहब, सुन रहे हो न एकदम सफ़ेद झूठ....... अमाँ, जब से इस स्कूल

को कॉलेज में तब्दील किया गया है न, मैं तभी से इसमें पढ़ा रहा हूँ....... मैंने तो आज तक इस इलाक़े से सिवाय छोटी-मोटी मुलाज़िमत के कोई आई.ए.एस. या आई.पी.एस. बनते नहीं देखा.......।" प्रो. उस्मानी ने कहा।

".......मरहूम चौधरी आमीन खाँ साब ने अपने जीते-जी या इलाका में थोड़ी-सी भी बदमजगी ना फैलण दी....... भग्गी में चौधरी साब ने मेवात के हिंदू भाइयों सू साफ-साफ कह दी ही के घबराणा की कोई बात ना है....... अरे, हम्भी तो तिहारी तरे चंद्रबंसी और सूरजबंसी हैं....... हमारी नसन् में भी तो राजपूती खून बहे है....... हम क्षत्री पहले और मेव पीछे हैं.......।" चौधरी करीम हुसैन ने हवा में मुट्ठी लहराते हुए, पीछे बैठे मुख्यमंत्री जी की ओर देखा तो उसे यह देखकर बेहद संतोष हुआ कि मुख्यमंत्री जी पूरी तन्मयता के साथ उसके भाषण को सुन रहे हैं।

".....और भाइयो, इतनी बड़ी तादाद के आगे मैं भी आज कह रो हूँ के मैं पहले सूरजबंसी हूँ, मेव पीछे....."

इसके बाद करीम हुसैन कुछ पल के लिए चुप हो गया, शायद इसलिए कि उसके इस भाषण पर अतर मोहम्मद से कहीं ज़्यादा तालियाँ बजेंगी लेकिन चौधरी करीम हुसैन का चेहरा यह देखकर सफ़ेद पड़ने लगा कि थोड़ी-सी तालियों के बाद ही पूरे जनसमूह को जैसे साँप सूँघ गया। बस, घूँ-घूँ की आवाज़ आने लगी। बिलकुल ऐसी आवाज़ जैसे किसी ने मुँह में जबरन कपड़ा ठूँस दिया हो।

"अमाँ उस्मानी साहब, ये...ये क्या....... चेयरमैन साहब क्या दुरुस्त फ़रमाँ रहे हैं....... ये क्या सच है जो हमारे चेयरमैन साहब बोल रहे हैं?" डॉ. शफ़ीकुर्रहमान लगभग हकलाते हुए बोले।

"तो आपको ग़लत लग रहा है क्या?" प्रो. उस्मानी ने डॉ. शफ़ीकुर्रहमान से प्रतिप्रश्न किया।

"इसका मतलब हुआ ये मुसलमान नहीं हैं?"

"जनाब ये मुसलमान ही हैं लेकिन मेव-मुसलमान......।" प्रो. उस्मानी ने एक नए रहस्य की दीवार खड़ी करते हुए फिर कहा, "वो क़िस्सा मैं आपको बाद में बताऊँगा, पहले एक मज़ेदार बात सुनो।"

"हाँ-हाँ, बताओ यार उस्मानी!" डॉ. शफ़ीकुर्रहमान की आँखें मारे आश्चर्य के फैलने-सिकुड़ने लगीं और जिस्म धीरे-धीरे काँपने लगा।

"आज भी हम यू.पी. वाले इनसे आसानी से रिश्ता नहीं जोड़ते हैं, पता है क्योंऽऽऽ?"

"क्यों?"

"वो इसलिए कि एक तो ये कनवर्टेड मुसलमान हैं....... दूसरा इनके यहाँ आज भी रिश्ता करते वक़्त हिंदुओं की तरह माँ, दादी, नानी और ख़ुद का गोत्र बचाया जाता है....... हमारी तरह सिर्फ़ माँ का दूध नहीं बचाया जाता....... आज भी इनके रस्मो-रिवाज़ हिंदुओं के काफ़ी नज़दीक हैं....... आपने देखा नहीं, चेयरमैन साहब

ने अपने आपको मेव बाद में पहले क्षत्री बताया है....... मुसलमान लफ़्ज का इस्तेमाल एक भी मेव लीडर ने मजाल है ग़लती से किया तो हो.......।" प्रो. उस्मानी ने डॉ. शफ़ीकुर्रहमान के एकदम पास आकर कहा।

"लाहौल वला कूबत इल्ला ब इल्लाह! उस्मानी साहब लगता है, हम लोग यहाँ ग़लत आ फँसे हैं....... आपकी बातें सुन-सुन कर तो मेरा सिर घूमने लगा है......।" इतना कहकर डॉ. शफ़ीकुर्रहमान सिर पकड़ कर वहीं बैठ गए।

चौधरी करीम हुसैन को इसकी बिलकुल भी उम्मीद नहीं थी। थोड़ी देर के लिए वह अकबका गया कि भला उसने ग़लत क्या कहा है? उसने तो महज एक ऐतिहासिक सच्चाई बयान की है लेकिन अगले ही कुछ क्षणों के बाद करीम हुसैन को जैसे अपनी भूल का अहसास हुआ। उसने तुरंत अपने आपको संयत किया और फिर से बोलना शुरू किया।

".......मैंने सीएम साब सू कई बेर बात की है के मेवात जैसो भाईचारा पूरा मुलक में ना मिलेगो....... और ई भाईचारा मरहूम चौधरी आमीन खाँ साब जैसे कौम के रहनुमाओं की बदौलत है........ अब मेरी सीएम साब सू गुजारिस है के मेवात के या रहनुमा के बारा में कुछ अलफाज कहें.......।" फटाफट अपने भाषण को ख़त्म कर चौधरी करीम हुसैन लगभग गिरते हुए अपनी जगह पर जा बैठा।

पता नहीं आजकल मेवात के नेताओं के दिन अच्छे नहीं हैं। वे जो भी पासा फेंकते हैं, उलटे ही पड़ रहे हैं। नूह में चौधरी अतर मोहम्मद के बजाय साकरस चौबीसी का वह मामूली-सा सरपंच सारी वाहवाही लूटकर ले गया। यह तो ग़नीमत है कि फिर भी यहाँ वह थोड़ी-सी बाज़ी मार गया लेकिन आज अपने ही घर में चौधरी करीम हुसैन पूरी तरह लुट-सा गया। इस इलाक़े के लिए उसने पैसा पानी की तरह बहा दिया, किंतु बाज़ी हाथ आने के बजाय उलटा हाथ से ही जाने की उम्मीद ज़्यादा नज़र आ रही है।

मुख्यमंत्री जी के अपनी कुर्सी से उठते ही पूरे जन-समूह की गरदन मंच की ओर तन गई। मंच के ऊपर और जन-समूह के बीच जगह-जगह उगी काली और ख़ाकी वर्दियाँ एकाएक सतर्क हो गईं।

"प्यारे मेवाती भाइयो, वास्तव में आज मुझे बड़ी खुसी हो रही है कि मैं आज अपने राज्य की उस जमीन पर खड़ा हूँ, जिसने चौधरी आमीन खाँ जैसे सपूत को पैदा किया है....... हालाँकि चौधरी अतर मोहम्मद और चौधरी करीम हुसैन ने मेवात के बारे में ऐसी बहोत-सी बातों का खुलासा कर दिया है जो कम से कम मेरे लिए एकदम नई चीज है...... उन्होंने दरअसल मेरे बोलने के लिए कुछ नहीं छोड़ा है लेकिन फिर भी जब मुझे यहाँ बुलाया गया है तो मेरा पूरा फरज है कि मैं आप सबकी भावनाओं का आदर करूँ।"

यह कहते हुए मुख्यमंत्री जी ने अपनी अचकन की जेब से काग़ज़ का एक

पुर्जा निकाला और उसे माइक के सामने रखे डायस पर फैला लिया।

"......ये सही बात है कि इस इलाके जैसा भाईचारा न तो मैंने कहीं देखा है और न सुना है....... मुझे यह देखकर बड़ी खुसी होती है कि जब आज पूरे देस में दंगे-फसाद हो रहे हैं तो इस इलाके में पूरी सांति है....... इसका मुख्य कारण मुझे यही लगता है कि आपमें अभी तक हिंदुओं के संस्कार भरे पड़े हैं....... जैसाकि चौधरी करीम हुसैन ने बताया है कि उनके मरहूम पिता चौधरी आमीन खाँ ने बँटवारे के समय हिंदुओं की रक्षा करते हुए कहा था कि पहले वे हिंदू हैं, मेव बाद में—ये सबद उन्हीं संस्कारों की देन हैं....... इससे पहले भी चौधरी अतर मोहम्मद ने कहा था कि हमारे मेव भाइयों ने 1857 से लेकर 1947 के आंदोलन में फिरंगियों से जमकर टक्कर ली थी, यह वास्तव में तारीफ करने लायक है......."

इतना कहकर मुख्यमंत्री जी ने पहले अचकन की ऊपर वाली जेब से चश्मा निकाल कर उसे नाक पर टेका और फिर डायस पर फैले पुर्जे को पढ़ना शुरू किया, "भाइयो, आप लोगों को तो गरव से सिर उठा के पूरे देसवासियों के आगे यह कहना चाहिए कि हम तो उस हसन खाँ मेवाती के वंसज हैं जिसने आतताई और विदेसी सासक बाबर के इस परस्ताव को ठुकरा दिया था कि हम-मजहबी होने के नाते हसन खाँ को राणा साँगा का नहीं, मेरा साथ देना चाहिए....... और मेरे मेव भाइयो आपको पता है आपके उस सूरवीर पुरखे ने बाबर के इस परस्ताव का क्या जवाब दिया था? अगर नहीं पता है तो मैं बताता हूँ....... उस मेव सपूत ने जवाब दिया था कि मैं पहले एक हिंदुस्तानी हूँ, इसलिए मैं किसी हमलावर को अपने मुलक को जीतने या गुलाम बनने नहीं दूँगा........ फिर चाहे वह मेरे ही मजहब का क्यों न हो....... भाइयो, आज भी जब इतिहास के फड़फड़ाते हुए पन्नों से मेरे कानों में ये सबद पड़ते हैं कि 'पंद्रह सौ चौरासी पड़ा, हसन खाँ बाबर से लड़ा' तो मेरा खून उबलने लगता है और मैं उस महान सपूत के चरनों में नत-मस्तक होता चला जाता हूँ........"

मुख्यमंत्री के अंतिम वाक्य पर मंच पर बैठे लोगों ने ख़ुद ताली बजाकर, जन-समूह से तालियाँ बजाने का संकेत किया।

"वा भई मेवणी का पूत....... वा......!" ज़ोर-ज़ोर से ताली बजाते हुए सलेमी लगभग उचकते हुए बोला, "सुन ली मनीराम, ई है असली मेव को बीज.......!" सलेमी का इशारा मुख्यमंत्री की ओर नहीं हसन खाँ मेवाती की ओर था।

"......और मेरे मेव भाइयो, मेवात के इस सेर हसन खाँ मेवाती का यह ऐतिहासिक जवाब जितना ताजा आज से लगभग साढ़े चार सौ साल पहले था, आज भी उतना ही ताजा है क्योंकि इधर राणा साँगा ने भी हसन खाँ को यह कहते हुए निमंत्रण भेजा था कि वह उस जाति की सहायता करे जिस जाति से वह पैदा हुआ है....... और हसन खाँ ने बाहर से आए दुसमन का नहीं बल्कि अपने गोती

भाई का साथ दिया था......."

"हसन खाँ मेवातीऽऽऽ!" सलेमी ने इस बार खड़े होकर ज़ोर से मुट्ठी तानकर चिल्लाते हुए कहा।

लेकिन यह क्या? सलेमी को जैसी उम्मीद थी, वैसा बिलकुल नहीं हुआ। पूरे जन-समूह में जहाँ तक सलेमी की आवाज़ पहुँची, वहाँ से 'अमर रहे' शब्द जन-समूह के मुँह से ऐसे निकला जैसे किसी अदृश्य शक्ति ने उसका टेंटुआ दबा रखा हो। सलेमी के खड़े होते ही तुरंत तीन-चार ख़ाकी काली आकृतियाँ उस पर झपट पड़ीं और कंधे से पकड़कर उसे दबोचते हुए ज़मीन पर बैठा दिया।

मुख्यमंत्री जी ने पहले मुस्करा कर पीछे बैठे हुए चौधरी करीम हुसैन और चौधरी अतर मोहम्मद की ओर देखा, और फिर जन-समूह को शांत रहने का इशारा करते हुए अपना भाषण जारी रखते हुए बोला, "हालाँकि यह बात अलेदा है कि इस लड़ाई में चित्तौड़ के इस हिंदू राजा की बुजदिली के कारण ही इस योद्धा को खेत होना पड़ा था....... भाइयो, मेवात का यह महान सपूत जो आज अलवर के पास हसनकी गाँव की एक कबर में गहरी नींद में लीन है, मेरे राज्य में अगर यह जगह होती तो आज मैं इसे राष्ट्रीय स्मारक घोसित कर चुका होता.......।"

इसके बाद मुख्यमंत्री जी ने अचकन की जेब से रुमाल निकाला और आँखों पर चढ़े चश्मे को हटाकर आँसुओं को या हवा चलने के कारण आँख में गिर गए किसी सूक्ष्म कण को पोंछा था, यह तो पता नहीं लेकिन पूरे जन-समूह के सामने कुछ देर पहले ज़बरन ज़मीन पर बैठाए गए सलेमी की आँखें भर आईं।

मुख्यमंत्री जी ने पुनः आँखों पर चश्मा चढ़ाया। रुमाल को वापस अचकन की जेब के हवाले कर आगे बोलने लगा, "भाइयो, ऐसे ही देसभक्तों के कारण यह मुलक आज तक बचा हुआ है, वरना आज जिस बाबर को लेकर पूरा देस हिंसा के दौर से गुजर रहा है, उसी बाबर के खिलाफ हसन खाँ मेवाती ने मोर्चा लिया था...... सायद इसीलिए 1933 में महात्मा गाँधी ने बिहार के चंपारण जिले में कांग्रेस के एक अधिवेसन में इस कौम की बहादुरी से प्रभावित होकर कहा था कि अगर मेव कौम जैसी बहादुरी, हिम्मत और देसभक्ति पूरे देस में पैदा हो जाए तो मैं चौबीस घंटे में भारत को आजाद करा सकता हूँ....... मैं ऐसी कौम के एक सच्चे सपूत और कौम के रहनुमा को आज बाबा-ए-कौम का खिताब देकर उस सखस को सच्ची सिरधांजलि देकर, अपने आपको धन्य करने आया हूँ.......।"

मुख्यमंत्री जी के इतना कहते ही मंच पर ऊब रहे चेहरों पर प्रसन्नता की लकीरें खिंच आईं। तुरंत एक बड़ी-सी श्वेत-श्याम तस्वीर, जो संभवतया मरहूम चौधरी आमीन खाँ की ही होगी, मंच के एक तरफ़ रखी मेज़ पर लाकर रखी ही थी कि तभी लपकते हुए चौधरी अतर मोहम्मद ने माइक पर ऐलान करते हुए कहा, "माननीय सीएम साहब, बाहुजूर बाबा-ए-कौम मरहूम चौधरी आमीन खाँ साहब की याद में जनाब मोहम्मद सलीम खाँ साहब जो कि एक अदीब कामिल हैं

अपना एक गीत पेश करेंगे...... आइए, सलीम खाँ साहब!"

गीत प्रस्तुत करने वाले ने बिना किसी भूमिका के मंच पर आते ही गाना शुरू कर दिया। हालाँकि बेचारे अपने इस मोहम्मद सलीम खाँ ने इस मौक़े के लिए विशेष तौर से दिल्ली के जामा मस्जिद इलाक़े के एक दर्जी से ख़ास कुर्ता-पायजामा सिलवाया था कि वह कहीं से भी मेव नज़र नहीं आए लेकिन पता नहीं इस ख़ास मौक़े पर मंच संचालक उसे कैसे भूल गया। फिर भी जनाब सलीम खाँ ठेठ मेवाती होते हुए एकदम पुरानी दिल्ली वाले अंदाज़ में लगभग लपकता हुआ माइक तक आया और उसी कुर्ते की जेब से, जो उसने जामा मस्जिद के इलाक़े से सिलवाया था, एक पुर्ज़ा निकाला जिस पर उनके द्वारा रचित एक रचना लिखी हुई थी। पुरानी दिल्ली वाले अंदाज़ में कुछ झुंझलाते हुए तथा कुछ अपमानित-सा महसूस करते हुए एक बार उसने जो पढ़ना शुरू किया, तो उसे ख़त्म करके ही दम लिया–

गुलशन में हाय सर्व-ए-ख़राबा नहीं है आज
इस अंजुमन में शम-ए-चिराग़ाँ नहीं है आज
थी कल तलक तो दिल में तमन्नाएँ बेशुमार
तेरे सिवा किसी का भी अरमाँ नहीं है आज
मेवात को वो दर्द मिला है कि दूर तक
जिस दर्द का जहाँ में दरमाँ नहीं है आज
मेवात जिसको मुल्क़-ए-सुलेमाँ से कम न था
मेवात का वो रश्क-ए-सुलेमाँ नहीं है आज
एहसान तेरे क़ौम के सर पे हैं बेशुमार
कुछ तेरे सर पे क़ौम का एहसाँ नहीं है आज

गुलशन में हाय सर्व-ए-ख़राबा नहीं है आज।

वैसे गीत शुरू होते ही जन-समूह में एक बेचैनी-सी पैदा होने लगी थी लेकिन गीत बल्कि कहिए ग़ज़ल के आख़िरी मिसरे तक पहुँचते-पहुँचते तो हालत यह हो गई कि एक बार बीच में ग़ज़ल को रोक कर लोगों से शांत रहने का निवेदन करना पड़ा। किंतु बावजूद निवेदन के किसी के तहमद के भीतर खुजली होने लगी, तो किसी के फेंटे में लीखें सरसराने लगीं।

सलेमी भी तहमद में हाथ डालते हुए झल्ला पड़ा, "अरे बस भी कर बुखारी की औलाद...... पतोई ना कहा बक रो है!"

गीत बल्कि कहिए ग़ज़ल के ख़त्म होते ही पूरी तत्परता के साथ मुख्यमंत्री जी ने पहले मेज़ पर रखी तस्वीर का माल्यार्पण किया और फिर पहले से तैयार किए गए फेंटे को तस्वीर के ऊपर रख दिया।

फेंटे के रखते ही मंच ख़ुद की तालियों से गड़गड़ा उठा जबकि यह पूरी प्रक्रिया जन-समूह के समझ से परे थी।

इसके तुरंत बाद मुख्यमंत्री जी लगभग इस समारोह से पीछा छुड़ाते हुए इस प्रकार अपने सुरक्षाकर्मियों के साथ कार की तरफ़ लपक लिए कि कहीं उन्हें मंच पर फिर से न खींच लिया जाए।

मुख्यमंत्री जी के प्रस्थान करते ही कॉलेज के तमाम प्राध्यापक ख़ासकर डॉ. शफ़ीकुर्रहमान साहब, प्रोफ़ेसर उस्मानी साहब, तथा उन कर्मचारियों ने चैन की साँस ली, जिन्हें उनकी इच्छा के विरुद्ध इस झमेले में फँसा दिया गया था। प्रिंसिपल सिद्दक़ी साहब ने भी उसी वक़्त लगे हाथ अपने स्टाफ़ का तहेदिल से शुक्रिया अदा कर दिया।

चौधरी करीम हुसैन का मन उचट गया।

पूरे खेल का नायक आज चौधरी अतर मोहम्मद हो गया था। करीम हुसैन को अपनी नादानी पर कम, बेवकूफ़ी पर ज़्यादा ग़ुस्सा आया लेकिन कहते हैं न कि महापुरुष ठोकर खाकर भी महापुरुष ही कहलाते हैं। इसी सूक्ति का अनुसरण कर आज चौधरी करीम हुसैन ने गाँठ बाँध ली कि ऐसे मौक़ों पर वह आइंदा अपने किसी राजनीतिक प्रतिद्वंद्वी को पास भी नहीं फटकने देगा। शायद आज की बाज़ी को अपने हाथ से लुटा हुआ देख वह यह भी भूल गया कि जाते-जाते कम से कम अपने कॉलेज के स्टाफ़ को तहेदिल से नहीं, उपरले दिल से धन्यवाद तो दे दे।

चौधरी करीम हुसैन अपनी गाड़ी में बैठकर जैसे ही कॉलेज के मुख्य द्वार की ओर बढ़ा कि डॉ. शफ़ीकुर्रहमान, जो समारोह शुरू होने से पहले ही प्रोफ़ेसर उस्मानी के साथ चिपके हुए हैं, प्रोफ़ेसर उस्मानी के एकदम पास आते हुए फुसफुसाए, "उस्मानी साहब देखा, अपने चेयरमैन साहब का चेहरा?"

"देख लिया, आप ही बताइए कि जो शख़्स मुसलमान होते हुए भी अपने आपको मुसलमान नहीं मान रहा है उसका चेहरा कैसा होना चाहिए.....? मियाँ और बताओ अपने आपको सूरजवंशी और चंदरवंशी......।" प्रोफ़ेसर उस्मानी ने ज़मीन पर थूकते हुए कहा।

"यार उस्मानी साहब, कुछ भी हो इससे बड़ा तमाचा और हो नहीं सकता।" डॉ. शफ़ीकुर्रहमान ने प्रोफ़ेसर उस्मानी को कोंचते हुए कहा।

इस बार प्रोफ़ेसर उस्मानी ने डॉ. शफ़ीकुर्रहमान की बात पर किसी तरह की प्रतिक्रिया व्यक्त नहीं की।

"उस्मानी साहब, अभी थोड़ी देर पहले आप हमें कुछ बताने की बात कर रहे थे?" डॉ. शफ़ीकुर्रहमान ने प्रोफ़ेसर उस्मानी को याद दिलाने की कोशिश की।

"क्या बताने की बात कर रहा था?" पलट कर प्रोफ़ेसर उस्मानी ने पूछा।

"अरे भई वही कुछ मेवों के मुतअल्लिक़.......।"

"अच्छा-अच्छा, मेवों के कन्वर्ज़न के बारे में......।"

"हाँ-हाँ......वही।"

"बताऊँगा..... पहले गुप्ता टी कार्नर पर चलकर एक-एक कप चाय पीते हैं...... वहीं आराम से बैठकर बातें करते हैं......।" प्रोफ़ेसर उस्मानी ने सुझाव दिया।

"क्यों नहीं, वहाँ जाकर थोड़ा सुकून भी मिल जाएगा......!"

डॉ. शफ़ीकुर्रहमान आज किसी भी हालत में प्रोफ़ेसर उस्मानी को छोड़ने के मूड में नहीं हैं।

इसके बाद दोनों स्टाफ रूम जाने के बजाय गुप्ता टी कार्नर की ओर मुड़ गए।

गरम-गरम चाय की चुस्कियों के बीच प्रोफ़ेसर उस्मानी ने बहुत ही संक्षेप में डॉ. शफ़ीकुर्रहमान को मेवों के इतिहास के बारे में बताना शुरू कर दिया, "शफ़ी साहब, मेवों की हिस्ट्री कोई ज़्यादा पुरानी नहीं है। अपने मुल्क में हिंदुओं से इस्लाम कुबूल करने वाले शायद ये आख़िरी हिंदू हैं...... मेवाड़ इनकी पहली जगह है जहाँ ये लोग रहते थे। शायद इन्हीं लोगों के वहाँ रहने से इस इलाक़े का नाम मेवाड़ पड़ा होगा। मेवाड़ का एक हिस्सा आज भी 'मेवल' कहलाता है......। वास्तव में 'मेव' शब्द का असली मतलब है 'पहाड़ी', जो इस क़ौम के मूल और मेवाड़ की ख़ासियतों की ओर इशारा करता है। महाभारत में भी 'मेद' और 'जूट' दो क्षत्रिय क़ौमों का ज़िक्र मिलता है। अरबी ज़ुबान में लिखी गई महाभारत की कुछ ओरिज़नल मैन्यूस्क्रिप्ट्स से इस तथ्य की जानकारी मिलती है कि 'मेव' का 'द' हरफ़ आगे चल कर ग़ायब हो गया और 'मेद' की जगह पर कुछ अरसे बाद 'मेव' बन गया। कुछ लोगों का यह भी मानना है कि मेवाड़ के भीलों और गूजरों ने मेवों को वहाँ से खदेड़ दिया था और ये मेवात में आकर बस गए। दरअसल, इस इलाक़े का नाम मेवों के नाम पर ही पड़ा है। मेवों को क्रिमिनल ट्राइब्स भी इसीलिए कहा गया है कि इन्हें मेवाड़ से खदेड़ा गया। मेवों का ज़िक्र 'मेड' ट्राइब्स की शक्ल में भी मिलता है, जिसके नाम पर कुछ हिंदुस्तानी इलाक़े मेडपात, मेवाड़ और मेवात कहलाए।

"वास्तव में, मेव एक पुरानी क्षत्रिय क़ौम है, जिसने बाद में इस्लाम कुबूल कर लिया था। ज़्यादातर हिस्टोरियंस की एक ही राय है कि मेवों के पुरखे चंदरवंशी और सूरजवंशी राजपूत थे जो तोमर, चौहान, राठौर और यादव के नाम से जाने जाते हैं। कुछ मेवों को, ख़ासकर राजपूतों की तीन शाखाओं यानी वंशों और पालों की बारह उप-शाखाओं से जोड़ते हैं, ये शाखाएँ हैं—यादव, तोमर और कछवाह।

"ज़्यादातर गज़ेटियरों में मेवों के बारह पाल और तक़रीबन बावन गोत्र मिलते हैं। इन पालों में कुछ ख़ास हैं—छिरकलौत, डेमरोत, धूलोट, दंहगल, बाघोरिया और गोरवाल वग़ैरा......। शफ़ी साहब, हमारे चेयरमैन चौधरी करीम हुसैन तोमर वंश से

और चौधरी अतर मोहम्मद यादव वंश से हैं क्योंकि करीम हुसैन साहब दंहग पाल से हैं, तो अतर मोहम्मद साहब छिरकलौत पाल से......। कहा जाता है कि मेवों के बारह पालों में से पाँच पालों ने, जो कि यादवों से ताल्लुक़ रखते थे, और जो चंदरवंशी कहलाते थे सैयद सालार मसूद गाज़ी के वक़्त इस्लाम कुबूल कर लिया था और बाकी के सात पालों ने, जोकि सूरजवंशी राजपूतों से ताल्लुक़ रखते थे बलबन के वक़्त इस्लाम कुबूल कर लिया था। इससे पहले कुतुबुद्दीन ऐबक के वक़्त भी बहुत से मेवों ने इस्लाम कुबूल कर लिया था.....।"

"उस्मानी साहब, आपकी जानकारी की दाद देनी पड़ेगी।" डॉ. शफ़ीकुर्रहमान का मुँह खुला का खुला रह गया। उनकी समझ में नहीं आ रहा है कि मेवों के इस अतीत को वह स्वर्णिम कहे या डरपोक, ज़िल्लत और कट्टरता की धार से कुचला हुआ?

मेवों के इतिहास को सुनकर डॉ. शफ़ीकुर्रहमान की जीभ जैसे तालू से चिपक गई। देर तक उन्हें अपने अवचेतन में इतिहास का वरक़ थर्राता हुआ जान पड़ा। उन्हें लगने लगा जैसे इस थर्राहट के पार्श्व में अनेक परछाइयाँ अभी भी हिल रही हैं। सुकून और परेशानी में डाल देने वाले इस इतिहास को सुनने के बाद डॉ. शफ़ीकुर्रहमान जितनी देर गुप्ता टी कार्नर पर प्रो. उस्मानी के साथ बैठे रहे, उतनी देर तक न जाने कितने इतिहास के पीले पड़ चुके पन्ने उनके अवचेतन में फड़फड़ाकर उड़ते रहे लेकिन एक बार भी उन्हें यह याद नहीं आया कि प्रो. उस्मानी द्वारा बताए गए इतिहास के कुछ सफ़े उन्होंने कभी पढ़े हों।

"उस्मानी साहब, उठा जाए क्या?" डॉ. शफ़ीकुर्रहमान ने ही इस लिजलिजे अतीत से मुक्त होने की कोशिश करते हुए पूछा।

"हाँ-हाँ, चलो शफ़ी साहब...... कहीं सिद्दक़ी साहब हमें खोज न रहे हों।" इतना कहकर प्रो. उस्मानी बैंच से उठे और कोट की जेब से चाय के पैसे देकर, गुप्ता टी कार्नर से यह कहते हुए बाहर निकल आए-

रखती है अपने ज़हन में, सदियों तलक हिसाब
यूँ क़ौम की कुरबानियाँ, खाली नहीं जाती।

इस तरह मुख्यमंत्री जी ने मरहूम चौधरी आमीन खाँ साहब को बाबा-ए-क़ौम यानी हिंदी ज़ुबान में इसका तर्जुमा किया जाए तो राष्ट्रपिता का ख़िताब दे ही दिया। दूसरे अर्थों में कह सकते हैं कि जनता जिसे स्वीकार नहीं कर रही थी, चौधरी करीम हुसैन ने उसे मुख्यमंत्री जी से स्वीकार करवा लिया। चौधरी करीम हुसैन ने अंततः इलाक़े को दिखा दिया कि असल की नक़ल करना इस मुल्क में कितना आसान है।

इस तरह आज के बाद मरहूम चौधरी आमीन खाँ अपनी क़ौम के बाबा यानी मेवों के पिता कहलाएँगे। क़ौम का अर्थ वैसे तो शब्दकोश की भाषा में राष्ट्र ही होता है परंतु जो हो गया उसकी अब चर्चा ही क्या।

और जैसा कि ऐसे समारोहों के ख़त्म होने के बाद प्रायः होता है कि मंत्री, विधायक और विशिष्ट अतिथि तो तिरंगी झंडियों और लुपलुप करती लाल-नीली बत्तियों से युक्त लकदक सफ़ेद कारों में बैठ कर फ़ुर्र हो जाते हैं, और बच जाते हैं– मनीराम और सलेमी जैसे लोग।

काफ़ी देर तक सलेमी और मनीराम तेज़ी से ख़ाली होते जा रहे मैदान पर खड़े रहे। वे समझ नहीं पा रहे हैं कि आख़िर वे यहाँ आए क्यों थे? आख़िर किस उम्मीद का सिरा पकड़ कर वे इन समारोहों में चले आते हैं? महू और नूह के समारोह में उन्हें कोई अंतर नहीं दीखा। वहाँ जिस तरह मुख्यमंत्री गरदन अकड़ाए चले आए थे, यहाँ भी उसी मुद्रा में आकर चले गए। वहाँ जिस तरह एक अनबुझी पहेली छोड़ गए थे, यहाँ भी कमोबेश वही पहेली छोड़ कर चले गए। इन दोनों समारोहों में अगर थोड़ा-सा फ़र्क़ है तो वह यह कि महू की अपेक्षा यहाँ चौधरी अतर मोहम्मद ने बाज़ी अच्छे ढंग से मार ली। हालाँकि यह बात दीगर है कि आमीन मेव कालेज के चेयरमैन और नूह के विधायक चौधरी करीम हुसैन ने भी उसी वक़्त यह निर्णय ले लिया था कि भविष्य में होने वाले किसी राजनीतिक समारोह में उसे हरगिज़ आमंत्रित नहीं करेगा।

लगभग पूरा मैदान ख़ाली हो गया। जब सलेमी और मनीराम दोनों को लगने लगा कि सूरज तेज़ी से काले पहाड़ की देह को छूने के लिए बढ़ा जा रहा है तथा वापस नगीना जाए बिना पार नहीं पड़ेगी, तभी उन्होंने आमीन मेव कॉलेज से विदा ली।

बस में बैठा हुआ पूरे रास्ते सलेमी एक अजीब-सी बेचैनी महसूस करता रहा। तेज़ी से पीछे छूटते जा रहे पेड़ों के बीच की रिक्तता में सलेमी की आँखें पता नहीं क्या ढूँढती रहीं। बस के हिचकोलों के बीच रह-रहकर लगता रहा जैसे एक साथ कई मज़बूत पंजे उसके कंधों को पकड़ उसे अभी भी दबोच रहे हैं।

इतना बेचैन और इतना आहत तो सलेमी ने अपने आपको उस दिन भी महसूस नहीं किया था जिस दिन बाबू खाँ ने दादाखानू की कीकर काटने के बाद उसकी आँखों में आँखें डालकर खुलेआम कह दिया था कि दादाखानू तो मेवों का है......। हालाँकि कपूत बेटे ने उसके मुँह पर कालिख पोतने में कोई कसर नहीं छोड़ी थी किंतु बुद्धन, नबी खाँ, हरसाय, मनीराम सब ऐसी कालिख को पोंछने के लिए हमेशा तैयार भी रहते हैं। आख़िर वह कौन-सा मन था मनीराम का, जो दिल्ली जैसे महानगर को ठेंगा दिखा कर फिर नगीना चला आया। ऐसा क्या है इस काले पहाड़ की देह में सिवाय ढाक के चौड़े-चिकने पत्तों और उस पर खिलने वाले सुगंधहीन टेसुओं के कि मनीराम फिर से खिंचा चला आया इसकी तलहटी में बिछी भूड़ को आलिंगनबद्ध करने के लिए?

मालब निकलते ही मनीराम ने सलेमी को कई बार समझाया कि इस तरह

फ़ालतू में मगज ख़राब करने से कोई फ़ायदा नहीं।

सलेमी ने झल्लाते हुए आख़िरकार अपने भीतर का गुबार निकाल ही दिया, "मनीराम, तू कहा समझ रो है मैं या बात ए बिचार के दुखी हो रो हूँ के तीन-चार सिपाईन्ने मैं ठाड़ सू बिठा दियो।"

"तो और काँई कू इतनी देर सू दुखी हो रो है?"

"मैं तो या बात ए बिचार रो हूँ के जा आदमी ने एक बाहर सू आयो मुसलमान के बजाय अपणे ही मुलक के एक हिंदू राजा को साथ दियो हो...... वाकू इतनी भारी खलकत में काई का फूटा मुँ सू जिंदाबाज तलक ना निकली......।"

"सलेमी, अब जाण भी दे...... तू भी पतो ना कहा राड़ ए लेके बैठ जावे है...... ना निकली तो ना सई, अपणी ऐसी-तैसी में जाए ई जिंदाबाज।"

"हाँ, तोकू तो ई राड़ ही दीखे है....... जिन्ने या मुलक कू अपणी जान दे दी ही, जीते-जी जो बड़ पे लटकवा दिया हा...... आज उनकू जिंदाबाज को भी टोटो पड़गो....... अरे, जिन्ने जिंदगी भर हरी-हरी चुगी हैं, उन्ने तो मेवन् को बाप बणायो जा रो है और जो पूरी उमर काला पहाड़ में भूखा-प्यासा पड़ा रहा, उनको आज कोई नाम लेवा ना है...... वा रे खुदा, अपणी खुदाई तू ही जाणे......।"

"सलेमी, तेरी ई बात तो ठीक है......।"

"एक बात और बताऊँ मनीराम...... आज जा कोलज में हम गया हा न, पतो है ऊ कस के नाम पे है?"

"किसके नाम पे है?" मनीराम ने हैरानी से पूछा।

"ई कोलज चौधरी करीम हुसैन के बाप के नाम पे है...... सारो इलाका या गलतफेमी में है के ई कोलज आमीन ने बणवायो है पर ई बात सही ना है...... सही बात कुछ और है...... जिन्ने या कोलज को पूरो किस्सो पतो है न, उनको ई कहणो है के मुलक आजाद होण सू पहले एक फिरंगी ई चाहवे हो के मेवात का बालक पढ़ाँ और पढ़-लिख के उन्ने भी मुलाजमत मिले...... वा बिचारा फिरंगी ने अपणा और मेवन् का नाम सू एक इस्कूल खुलवायो, जाको नाम वाने धरो 'गिरेन मेव हाई स्कूल'....... यानी या इस्कूल के साथ जो मेव हरप जुड़ रो है न, वाको मतलब सालिम मेव कौम सू है...... पर जैसे ही मुलक आजाद हुओ...... ऊ फिरंगी तो बिचारो उल्टो अपणा मुलक कू चलोगो...... और हौले-हौले या करीम ने ई इस्कूल अपणा कब्जा में करके याको नाम ही बदल दियो...... कहवे हैं के आज भी या कोलज के ऊपर 'गिरेन मेव हाई स्कूल' को पत्थर लग रो है...... जो चीज काई बखत पूरी कौम की ही, आज ऊ या चौधरी करीम हुसैन की दादालाई जादाद बणी पड़ी है......।"

"पर एक बात है सलेमी, जब तम जैसा आदमीन्ने ई पतो है तो फिर याके खिलाफ काँई कू अवाज ना उठाओ हो......।" मनीराम ने बेहद सीधेपन से कहा।

"मनीराम, अवाज कौण उठाए...... मैं उठाऊँ....... अरे, अवाज उठाणा को मजा

तो तैने देख ही लियो...... हसन खाँ कू तो काई का मुँ सू जिंदाबाज तलक निकली ना और तू कह रो है के मैं अवाज उठाऊँ...... बावला भाई, आज को बखत तो ऐसो है के 'आधीनी और आम फल, ये हैं पहली बात; अब दुनिया वासू चले, जो देय नंग को साथ'......।" सलेमी ने दीर्घ निःश्वास छोड़ते हुए कहा।

बातों-बातों में उन्हें पता ही नहीं चला कि वे नूह अड्डे से कब बस में चढ़े और कब मालब, गोहाना, कंकरखेड़ी, भादस होती हुई बस नगीना के डाँडे[1] में प्रवेश कर बड़कली पहुँच गई।

नौ

बड़कली पहुँचते-पहुँचते शाम का सुरमई झुटपुटा चारों ओर फैल चुका था। बड़कली की ज़्यादातर दुकानें और खोखे बंद हो गए, जो बचे थे वे भी बंद होने की तैयारी में थे। सर्दी के मौसम में ऐसा प्रायः होता है कि दिन छोटे होने के कारण पाँच-साढ़े पाँच तक इक्का-दुक्का ही ग्राहक नज़र आता है। ठंड से बचने की फ़िक्र फटाफट पाँवों को घर की ओर मोड़ देती है।

बस के रुकते ही एकसाथ कई रिक्शे उतरने वाली सवारियों की ओर लपके। परंतु दो-चार सवारियों के ज़्यादातर ने बड़कली से नगीना तक पैदल ही जाने का मन बनाया--यह सोचकर कि एक तो सीधा-सीधा एक रुपया बचेगा और दूसरा ठंड से अकड़ी देह पैदल चलने से थोड़ी खुल जाएगी। लेकिन इन दोनों तर्कों में से एक रुपया बचाने वाला तर्क ज़्यादा वज़नी है क्योंकि एक रुपया बचाने के लिए ही दूसरे तर्क को घड़ा गया है वरना अभी कोई टैम्पो-ठेला जा रहा होता, तो हर कोई उसमें चढ़ बैठता।

बसंता और दौलत भी अपने अपने ठीयों को बंद कर लगता है आज जल्दी निकल गए हैं। दोनों ने अपना-अपना लकड़ी का बक्सा रिक्शे की लंबी चैन से लपेट कर, ताले को उनके सिरों पर जो लगा दिया। पास ही कोटा पत्थर के दो चौकोर सिल, जिनके बीच का तिरछा हिस्सा राँपियों की धार लगने से काफ़ी गहरा हो चुका है, औंधे मुँह रखे हैं। आसपास असंख्य रंग-बिरंगे चमड़े और टायरों के कुछ ताज़ा और कुछ पुराने बहुआकारीय टुकड़े छितरे पड़े हैं, जो इस बात के गवाह हैं कि उन दोनों को गए हुए अधिक समय नहीं हुआ है।

लगभग मील भर का रास्ता मनीराम और सलेमी ने आधे घंटे में पूरा कर लिया। गोहरवाली की ज़्यादातर दुकानें भी बंद हो चुकी हैं, सिवाय दो-तीन चाय और तीन-चार अन्य दुकानों के।

---

1. डाँडा : सीमा।

अगहन के प्रारंभिक दिनों ने अपने होने का जैसे अहसास करा दिया, क्योंकि इसका अंदाज़ा इसी से लगाया जा सकता है कि बैसाख-जेठ में जहाँ मग़रिब की अज़ान लगने तक गैल-दगड़ों में बिछी रेत भभकती रहती है और लोगों की आवाजाही बनी रहती है, वहीं अगहन की गुनगुनी धूप की गरमाहट को साँझ के झुटपटे द्वारा चुरा लेने के कारण खेस-कम्बल में कुनमुनाती देहों को बस घरों की ओर लपकते हुए देखा जा सकता है। जिन नमाज़ियों में मग़रिब की नमाज़ पढ़ने के लिए महजतों में जाने की होड़-सी लगी रहती है, वे भी बग़ल में हाथ दबाए धीमे-धीमे क़दमों से महजतों की ओर जाते दिखाई देते हैं।

गोहरवाली पार करते ही कसाईनवाली महजत के लाउडस्पीकर से कर्णभेदी अज़ान सुनकर सलेमी और मनीराम को अंदाज़ा हो गया कि घड़ी के मुताबिक़ क्या वक़्त हो गया होगा– यानी मग़रिब की अज़ान थी यह।

जुम्मा महजत के पास पहुँचते ही सलेमी तो महजत में घुस गया और मनीराम घर चला आया।

मग़रिब की नमाज़ पढ़ कर सलेमी घर पहुँचा तो तब तक ठंड और बढ़ गई। उसने पौली में रखी सिगरी में तीन-चार उपले तोड़कर खड़े किए और उनके ऊपर थोड़ा-सा मिट्टी का तेल छिड़क कर आग जला ली। उपलों से उठती लौ से पूरी पौली रेशमी उजाले में नहा गई। इस रोशनी का फ़ायदा उठाते हुए उसने खूँटी पर लटकी लालटेन उतारी और चिमनी को राख़ से साफ़ कर उसे जलाने के बाद वापस खूँटी पर टाँग दिया।

धीरे-धीरे सिगरी में जलते हुए उपले जब तक अंगारों में बदलते तब तक सलेमी ने डहले[1] पर पड़ी गुदड़ी बिछाई और पाँयतों की ओर सोड़ डाल, वापस सिगरी के पास आ बैठा। तभी तरकीला एक हाथ में तबाक़ लिए, जिसमें बाजरे की तीन रोटियों पर छुँकी हुई ग्वार की फलियाँ थीं तथा दूसरे हाथ में पानी से भरा गडुआ ले आई और डहले पर यह कहते हुए रखकर चली गई, "बाबा, ले टूक खा ले लगान और चहिए तो हेला दे लीजो......।"

सलेमी ने खाना खाने से पहले हुक्का ताज़ा किया ताकि खाना खाने तक वह गरम हो जाए। खाना खाते समय रोज़ाना की तरह मग़रिब की नमाज़ से शुरू हुई और इशा की नमाज़ के काफ़ी देर बाद तक महजतों की मीनारों और कंगूरों पर लटके लाउडस्पीकरों के मुँह से होने वाली उद्घोषणाओं के स्वर सलेमी के कानों से टकराते रहे। उपरलीघाँ की महजत से रह-रह कर दुकाना और महजतों के लिए ज़कात देने वालों के नामों की आवाज़ आती रही–

"एक रुपिया, सल्लेखाँ वल्द दीन मोहम्मद ने अपणी माँ की याद में महजत कू दियो है....... अल्लाताला वाकी जान और माल में बरकत अता फरमाए.......।"

"पाँच रुपिया, गुटारी वल्द आसीन खाँ ने अपने मरहूम वालिद चौधरी आसीन

1. डहला : चारपाई का बड़ा आकार।

खाँ मैंबर की याद में दुकाना लू दिया हैं...... अल्लाताला वाकी जान और माल में बरकत अता फरमाए......!"

"ग्यारह रुपिया, रुजदार लंबड़दार ने अपने पोता की ओर सू महजत कू दिया हैं..... अल्लाताला वाकी जान और माल में बरकत अता फरमाए और वाके पोता की उमर दराज करे.....।"

सलेमी जब तक खाना खाता रहा तब तक उसके कानों में किसी की घरवाली की याद में, तो किसी की माँ की याद में, किसी के बाप याद की में, तो किसी के भाई की याद में दिए गए ज़कात के बदले अल्लाहताला की ओर से माँगी गई दुआओं और मुरादों के स्वर गूँजते रहे।

रोटी खाने के बाद सलेमी ने हुक्के को सिरहाने की ओर रखा तथा पाँवों को सोड़ में दुबका लिया।

डहले पर लेट सलेमी ने हुक्के की नै को होंठों के बीच दबाकर पहला घूँट लिया ही था कि तंबाकू मिश्रित गुड़ैला धुआँ हलक़ को चीरता चला गया। पौली में फैली लालटेन की उदास रोशनी में जगह-जगह छान में पुरे हुए मकड़ी के जालों की ओर उड़ते हुए धुएँ के छोटे-छोटे बादलों को सलेमी देर तक देखता रहा। दिन के गडुमडु हुए चित्र एकाएक एक-दूसरे से फिर जुड़ने लगे। इस बीच उसे लगा जैसे धुएँ में लिपटा एक काल्पनिक चेहरा चुपचाप लालटेन की रोशनी को हटाता हुआ, उसके नज़दीक आकर खड़ा हो गया है। गठीला जिस्म, भरी हुए सख़्त भुजाएँ, चौड़ा माथा, चेहरे पर उगी हलकी दाढ़ी और सिर पर भारी फेंटा। सलेमी एक पल तो उस चेहरे को निरखता रहा और फिर ख़ुद ही बड़बड़ाया, "अरे, ई कौण? हसन खाँ?"

लेकिन यह कैसे संभव है? जिस व्यक्ति की तस्वीर तक सलेमी ने देखी नहीं वह उसे कैसे पहचान सकता है? यह चेहरा उसकी कल्पना का हिस्सा हो सकता है? सलेमी ने बहुत कोशिश की इस काल्पनिक चेहरे से नजात पाने की लेकिन वह इसमें सफल नहीं हो पाया। शायद नूह की जनसभा में मुख्यमंत्री द्वारा किए गए इस शूरवीर के बखान ने सलेमी के अवचेतन में हसन खाँ मेवाती के चित्रों की अनेक चेपियाँ चिपका दीं। वह दृश्य तो घूम-फिर कर बार-बार आ ही जाता है, जब उसने इस बहादुर मेव के व्यक्तित्व से अभिभूत होकर जनसभा में चिल्लाते हुए कहा था, "हसन खाँ मेवाती......!"

सलेमी ने करवट लेते हुए हुक्के की नै से अगला कश खींचा कि चिलम से धुएँ के बजाय उपलों की राख़ के कण मुँह में घुल गए। पता नहीं कितनी देर तक वह हसन खाँ मेवाती से अकेला ही बतियाता रहा।

थोड़ी देर बाद बाबू ने पौली में आकर सूचना दी, "बाप, ताऊ रोबड़ा के घर सू बुलावा आयो है कल वाका छोटा छोरा ए पहाड़ऊपर सू रोकण आरा हैं......!" एक ही साँस में पूरी सूचना देकर बाबू पौली से बाहर चला गया।

सलेमी ने हुक्के से चिलम उतार कर डंहले के नीचे उलटी करके रख दी और यह कहते हुए सोड़ ओढ़ ली कि कल की कल देखी जाएगी।

सोड़ के अंदर वैसे तो घुप्प अँधेरा था लेकिन सलेमी के भीतर और बाहर की आँखें खुली हुई हैं। वह बार-बार खुली आँखों से सोड़ के अंदर के अँधेरे को भेदने की कोशिश करता रहा। रह-रह कर उसके मस्तिष्क में पुनः अपने नायक का चित्र बनने-बिगड़ने लगा और बनने-बिगड़ने लगे उन आदि-पूर्वजों के चित्र, जिनकी शौर्यगाथा इसी पौली में पूर[1] को घेरे लोगों को बूढ़ा बाप पूरे गर्व और जोश के साथ सुनाया करता था। इस गर्व और जोश में बूढ़े बाप का चेहरा सुर्ख़ हो उठता था और सुनने वालों का रोआँ-रोआँ मारे रोमांच के खड़ा हो जाता था। फूस और माह के महीनों में यही पौली प्रायः लालटेन के रेशमी उजाले और मख़मली अँधेरे में रात का दूसरा पहर ख़त्म होने तक रोमांच से सराबोर रहती।

बूढ़े बाप के मुँह से अपने पूर्वजों के क़िस्से, किंवदंतियों और ऐतिहासिकता का बखान सुनते-सुनते लगता था जैसे अनगिनत दशक उनकी स्मृतियों में क़ैद हुए रखे हैं। इन क़िस्सों में बूढ़े बाप के मुँह से बस दो ही क़िस्सों को सुनने की ज़्यादा फ़रमाइश होती—पहली नाहर खाँ की और दूसरी हसन खाँ मेवाती की।

बूढ़ा बाप उनकी इच्छा पूरी तो कर देता लेकिन हर बार होता यह था कि वह सुनाने से पहले विशृंखलित स्मृतियों के मणकों को ढूँढने के बाद देर तक उन्हें सिलसिलेवार पिरोता और जब स्मृतियों के मणके पिरने लगते तब बूढ़े बाप की आँखें धीरे-धीरे मुँदनी शुरू हो जातीं। इसके बाद चलचित्र के पार्श्व में वही गाथा शुरू हो जाती जिसे सलेमी एक बार नहीं कई बार बूढ़े बाप के मुँह से सुन चुका है-

बयाना के थिनगढ़ में जादुवंशी राजा थिनपाल की संतानों में लखनपाल के दो बेटे पैदा हुए। एक का नाम था साँमरपाल और दूसरे का शोपरपाल।

एक बार बादशाह फ़िरोज़शाह अजमेर जा रहे थे। अजमेर जाते हुए वे रास्ते में तिजारा के पास आराम करने के लिए रुके। चारों ओर घने जंगलों और विशाल काले पहाड़ को देखकर फ़िरोज़शाह ने सोचा कि क्यों न आराम करने के बाद आज इन जंगलों में ही शिकार किया जाए।

ऐसा सोचकर बादशाह फ़िरोज़शाह जब शिकार खेलने के लिए जाने लगे तो साँमरपाल ने बादशाह से विनती की, "हुज़ूर, अगर आपकी इजाज़त हो तो मैं भी आपके साथ शिकार खेलने चलूँ।"

बादशाह ने रुकते हुए पलभर के लिए साँमरपाल को देखा और फिर बोले, "ठीक है, अगर तुम चाहते हो, तो चलो!"

"हुज़ूर, आपका बहुत-बहुत शुक्रिया।"

बादशाह को धन्यवाद देकर साँमरपाल ने तुरंत अपना घोड़ा तैयार किया और

---

1. पूर : अलाव

शिकार खेलने के लिए उनके साथ चल पड़ा।

बादशाह फ़िरोज़शाह को साँमरपाल शिकार खेलने के लिए फ़तेहबाद की पहाड़ियों में ले गया, जहाँ ख़ूँ–ख़्वार जानवरों की संख्या बहुत ज़्यादा थी।

वे दोनों अभी पहाड़ियों में पहुँचे ही थे कि उन्होंने देखा एक नील गाय वहाँ मरी पड़ी है तथा गाय के चारों ओर ताज़ा ख़ून ही ख़ून पड़ा हुआ है। ताज़ा ख़ून को देखकर साफ़ लग रहा था कि किसी जंगली जानवर ने कुछ देर पहले ही इसे मारा है।

अभी उन दोनों ने अपने क़दम थोड़ा आगे बढ़ाए ही थे कि बादशाह फ़िरोज़शाह ने देखा एक शेर पत्थर की ओट में गहरी नींद में सोया हुआ है। बादशाह के पैर वहीं ज़मीन से चिपक गए।

सोते हुए शेर को देखकर फ़िरोज़शाह ने जैसे ही उस पर तीर का निशाना लगाना चाहा कि साँमरपाल ने बादशाह से विनती करते हुए धीरे-से कहा, "हुजूर, शेर का शिकार तीर से करने के बजाय तलवार से करने में कहीं अधिक बहादुरी है।"

साँमरपाल की बात सुनते ही बादशाह फ़िरोज़शाह को बेहद ग़ुस्सा आया कि एक मामूली सिपाही उसे शिकार के तौर-तरीक़े सिखा रहा है। बादशाह ने हमला करने के बजाय साँमरपाल को हुक्म सुनाते हुए कहा कि पहले वही तलवार से शेर का शिकार करके दिखाए।

साँमरपाल ने अपने बादशाह के हुक्म की तामील की और सोते हुए शेर को ललकारते हुए उसके आगे खड़ा हो गया। पलक झपकते ही ख़ूँ-ख़्वार शेर साँमरपाल पर झपट पड़ा लेकिन साँमरपाल ने बड़ी बहादुरी और चतुराई से शेर पर इस तरह हमला किया कि एक ही वार में शेर वहीं ढेर हो गया।

साँमरपाल की निडरता और बहादुरी को देखकर बादशाह इतना प्रभावित हुआ कि साँमरपाल की पीठ थपथपाते हुए बोला, "सचमुच, तुम तो बहुत बहादुर हो...... आज से हम तुम्हें नाहर खाँ की उपाधि देते हैं, इसलिए आज के बाद हम तुम्हें साँमरपाल नहीं, नाहर खाँ कहकर बुलाएँगे!"

अजमेर से वापस लौटने के बाद फ़िरोज़शाह ने साँमरपाल को अपने दरबार में उच्च पद प्रदान किया और ढेर सारा धन देकर सम्मानित करते हुए, भरे दरबार में घोषणा की, "आज से हम साँमरपाल यानी नाहर खाँ, जिसने हमारे साथ शिकार में एक नाहर को बड़ी वीरता से तलवार के एक ही वार से मार दिया, उसे हमेशा शिकार में अपने साथ रहने का ऐलान करते हैं।"

इस घटना से साँमरपाल इतना भाव-विह्वल हो गया कि उसने तुरंत अपना धर्म परिवर्तन कर मुस्लिम धर्म ग्रहण कर लिया और अपना नाम हमेशा के लिए नाहर खाँ रख लिया।

इस शौर्यगाथा को सुनने के बाद देर तक पूर के चारों ओर ख़ामोशी छाई रहती

और ऐसा अक्सर होता था कि पूर के चारों ओर बना घेरा न तो तब टूटता था, जब पूर राख़ में तब्दील हो जाती थी और न तब टूटता, जब पाखे की खूँटी पर टँगी लालटेन की बाती, तेल ख़त्म होने के कारण एक तेज़ चमक छोड़कर बुझ जाती थी, बल्कि यह घेरा तभी टूटता था जब बूढ़े बाप की आवाज़ कानों से टकरानी बंद हो जाती थी।

अपने आदि-पूर्वजों के क़िस्से-कहानियों से बनने वाले ये चित्र तब तक नहीं मिटते, जब तक नींद सलेमी को दबोच नहीं लेती।

सवेरे जब आँखें खुलीं तब पता चला कि पता नहीं फ़ज़र की अज़ान तो कब की लग चुकी है। बाबू ने गैत से एक टोकरा ईंधन पौली में लाकर पटक दिया। सलेमी ने सोड़ से बाहर निकलकर पूर जलाई और दिन का पहला हुक्का ताज़ा कर फिर से सोड़ में दुबक गया। नूह में कल दिन भर की हुई टाँग तुड़ाई और रात को देर तक सोचते रहने से सिर कुछ भारी-सा हो उठा है।

सलेमी दिन भर बाहर धूप में खटोला बिछाकर अलसाया-सा पड़ा रहा। दिन में उसने अस्र और जुह्र की नमाज़ भी बड़ी अन्यमनस्कता से पढ़ी लेकिन मग़रिब की नमाज़ पढ़ने वह महजत में गया, तो रोबड़ा वहीं मिल गया। नमाज़ पढ़ने के बाद घर आने के लिए रोबड़ा ने भी सलेमी से कह दिया।

नमाज़ पढ़ कर सलेमी घर आया तो उसे लगा जैसे उसकी देह हरारत के कारण कुछ गरमा रही है। आते ही वह फिर से खाट में पड़ गया और पड़ते ही उसकी आँखें लग गईं।

पता नहीं सलेमी कितनी देर तक सोता रहा। शायद उसकी आँखें नहीं खुलतीं अगर उसे फत्तू नाई बुलाने नहीं आता।

"अरे ताऊ, तू हीन् अभी चादर तान के पड़ो है और हून् रोबड़ा की बाखल में तेरी ढूँढ मच री है.......।" आते ही फत्तू ने सलेमी को झिंझोड़ते हुए उठाया।

"यार, थोड़ी-सी आँख लग्गी ही...... लगे है थोडी हरारत भी है......।" सोड़ से बाहर निकल कर, सिर पर फेंटा बाँधते हुए सलेमी बोला।

"चल, जल्दी कर, हून् सब बाट देख रा हैं......।" पौली से बाहर निकलते हुए फत्तू ने कहा।

सलेमी पौली से बाहर निकल फत्तू के पीछे-पीछे हो लिया।

रोबड़ा की बाखल में सचमुच सलेमी का ही इंतज़ार हो रहा है वरना सब कुछ तैयार था। यहाँ तक कि रोबड़ा का सबसे छोटा लड़का बीच जाजम पर बैठा हुआ है।

सलेमी के पहुँचते ही सारी रस्में शुरू हो गई।

जाजम के बीचों-बीच खाली जगह पर लड़के के सामने तौलिया, बनियान, तहमद-कुर्ते के कपड़े और दूसरे सामान से भरा टोकरा लाकर रख दिया गया।

लगभग आधे घंटे में छोरा रोकने की रस्म से निपटने के बाद सलेमी बग़ैर दावत खाए ही घर आ गया।

घर पहुँच कर तरकीला ने खाना लाकर दिया, तो उसके लिए भी सलेमी ने ना कर दी।

थोड़ी देर पूर के सामने बैठ कर सलेमी फिर सोड़ में घुस गया। लेटते ही पौली में जल रही लालटेन की घुटी-घुटी पीली रोशनी की परत को, स्मृति के नाखूनों से उचेलते हुए सलेमी उसमें से धीरे-धीरे कुछ बीनने लगा।

दस

उस वक़्त सलेमी की उम्र ही कितनी थी!

ज़्यादा से ज़्यादा दस या ग्यारह साल। उसे बहुत-सी बातें और घटनाएँ तो अब याद भी नहीं हैं और जो याद हैं वे ऐसे मौक़ों पर अपने आप एक-दूसरे में गुँथती चली जाती हैं।

माह का महीना अभी लगा ही था।

आज सलेमी बेहद ख़ुश है। ख़ुश इसलिए कि उसे पता है आज साँझ को कुछ लोग आने वाले हैं। क्यों आ रहे हैं? यह तो उसे पता नहीं लेकिन इतना ज़रूर है कि पिछले कई दिनों से वह देख रहा है कि दोनों फूफियाँ और तीनों बड़ी बहनें ससुराल से आकर किसी उत्सव की तैयारी में लगी हुई हैं। सारे घर के पाखों और भीतों को गुबरैटे से लीपा गया है। बाखल और पौली से लेकर नाज की कोठी, पानी की पलैंढ़ी[1] से लेकर चाखी के गरँड तक को सफ़ेदी से पोता गया है। पलैंढ़ी तथा कोठी की भीत पर मँढ़ी आकृतियों और चाखी के गरँड के किनारों को गुलकंदी कुम्हारी के घर से लाई गई बासन पोतने वाली बानी से पोत दिया गया है।

आज ही सल्ला नाई से उसका सिर मशीन से घोटमोट करवाया है। वह जानता है कि उसका सिर प्रायः किसी त्यौहार या ऐसे उत्सव पर ही घुटवाया जाता है वरना बाकी दिन वह लीखों से परेशान दिन भर सिर को खुजलाता रहता है। बाल कटने के बाद बड़ी फूफी ने उसे गरम पानी से इस तरह रगड़-रगड़ कर नहलाया कि ठीकरे की मैलखुरचनी ने उसके पाँवों से मैल की जमी हुई परतों को छुड़ा कर ही दम लिया। गोडों और टखनों पर बड़ी फूफी जब-जब मैलखुरचनी से मैल छुड़ाती तब-तब मारे चीस के सलेमी बिलबिला उठता।

नहलाने के बाद बड़ी फूफी उसे माँ के पास ले गई और उसके सिर पर सरसों का तेल चुपड़ते हुए इतरा कर बोली, "भावज, सँभाल अपणा जाया ए...... देख ले मैंने कैसो मलूक बणा दियो है...... गल्लेन मैल उतारो है याका गोडान् सू......।"

1. *पलैंढ़ी : पीने के पानी के मटकों को रखने वाली जगह।*

"हम्बै दारी, एक काम और कर याका माथा पे काली टिकली और लगा दे...... कहीं मेरे लाल के निजर ना लग जाए......!" और इससे पहले कि माँ की हिदायत पर बड़ी फूफी उसके माथे पर काला टीका लगाने के बारे में कुछ तय कर पाती, माँ ने ख़ुद ही लपक कर चूल्हे के पास खड़े मिट्टी के तवे से अँगुली रगड़ी और सलेमी के माथे पर बड़ा-सा टीका चेप दिया।

इसके बाद माँ ने संदूक से नया घुटन्ना निकाला और उसके नेफ़ा में सरकंडे से नाड़ा डालने लगी। जल्दबाजी और चाव में वह यह भी भूल गई कि सरकंडे में लपेट कर जिस नाड़े को वह नेफ़ा में घुसेड़े जा रही है, आख़िर वह है किस चीज़ का?

यह तो अच्छा हुआ जो फूफी की नज़र माँ की चपल अँगुलियों के बीच फँसे सरकंडे से बेल की तरह लिपटे हुए नाड़े पर पड़ गई वरना यह मरदूद नाड़ा तो नेफ़ा में आधा से ज़्यादा घुस ही चुका था।

बड़ी फूफी ने लपक कर अपनी भावज के हाथों से नाड़े को घुटन्ना समेत छीना और भाभी की प्रौढ़ता को मलामत देते हुए बोली, "रंडी तू भी है निरी कुलखणीचोद, ई तो देख लेती के तू नाड़ो काँई को गेर री है......।"

"काँई को गेर री हूँ.......?" उलटा माँ ने बड़ी फूफी से पूछा।

"भावज, तू भी है वही जामें नाज छड़े हैं...... निगोड़ी तोहे दीख ना रो है के ई सूतली को नाड़ो है...... तू भी कई बालकन् की माँ होगी पर पतो ना तोमें सहूर कद आएगो...... ले बता, सूतली को भी कहीं नाड़ो गिरतो देखो है......।" बड़ी फूफी ने माँ की ग़लती को उजागर करते हुए कहा।

"आऽऽ! निगोड़ी मैं तो तावली[1] का चक्कर में भूल ही गी.....!" माँ अपनी ग़लती को सुधारते हुए बोली।

"कोई फटी-फुरानी लूगड़ी होए तो वामें सू एक कत्तर फाड़ ला...... वाहे बटके गेर दूँगी......!" बड़ी फूफी न सलाह दी।

उसके बाद फूफी ने फिर से घुटन्ने में नाड़ा डाला और उसे सलेमी को पहनाते हुए बड़े ही लाड़ से हिदायत देती हुई बोली, "सल्लू, बेटा याहे कहीं काढ़ के मत गेर अइयो......!"

"अच्छे फूफी।" सलेमी ने अच्छे बच्चे की तरह हामी भरते हुए कहा।

बड़ी फूफी की होशियारी और सयानपत से ही इन अवसरों पर ऐसे बहुत से कार्य होने से बच जाते हैं जो प्रायः शुभ नहीं माने जाते हैं। जिनका उपयोग आम जीवन में निषेध माना जाता है। लो भला, सूतली का भी कहीं नाड़ा डलता है! सलेमी इस रूढ़ि और मिथ को दिनों तक क्या, बहुत सालों तक नहीं समझ पाया और जब समझ में आया तब उसे लगा कि ये मिथ यूँ ही नहीं घड़े गए हैं।

घुटन्ना पहनने के बाद सलेमी इतनी तेज़ी से बाहर की ओर भागा कि माँ बस

1. तावली : ज़ल्दी।

उसे पुकारती ही रह गई।

उस दिन एक लंबे अरसे बाद नए घुटन्ने को पहनकर सल्लू यानी सलेमी फूला नहीं समाया था, और हिदायत के अनुसार अस्र की अज़ान तक बड़ी सावधानी से उसकी हिफ़ाजत भी की थी। मजाल है वह ज़मीन पर कहीं बैठा तो हो बल्कि आज तो उसने बुद्धन, रोबड़ा, मन्नी यानी मनीराम और हरसू यानी हरसाय के साथ ढाई-दूकला तक खेलने से साफ़ मना कर दिया।

माह की मीठी ठंड में ज़्यादातर मरद-मुटियार कलेऊ करने के बाद इधर-उधर अलसाए पड़े रहते हैं। औरतें गैत-बाड़ों में बटेवड़ों पर गोबर लगाने में लगी रहती हैं। दिन ढलते ही ढोर-डंगरों की सानी वग़ैरा की तैयारी हो जाती है यानी फूस और माह जैसे महीने काटने जितने आसान होते हैं उतने चैत-बैसाख या जेठ-साढ़ नहीं होते। फूस और माह के महीनों में तो पता ही नहीं चलता है कि उम्र की फ़ेहरिस्त से दो महीने कब कम हो गए।

जैसे जैसे शाम होने लगी वैसे-वैसे घर में आस-पड़ोस की बड़ी-बूढ़ी बीरबानियों की आमदो-रफ़्त बढ़ने लगी। ताई हबीबन ने सलेमी के घुटन्ने को झूठमूठ खींचते हुए कहा, "देख तो सही, सल्लू आज कैसो नौसा बणो डोल रो है!"

सलेमी अपने घुटन्ने को छिनता देख, जिसे वह बड़ी मेहनत से अभी तक बचाता आया है, हबीबन के हाथों से छुड़ा कर झट से माँ के पीछे जा छिपा।

तभी किसी ने बाहर से आकर ख़बर दी कि लड़के को रोकने वाले मेहमान तशरीफ़ ला चुके हैं। यह ख़बर सुनते ही माँ ने सलेमी को डाँटते हुए यह आदेश कर दिया कि वह अब घर से बाहर नहीं जाएगा। हालाँकि बुद्धन, रोबड़ा, हरसू और मन्नी उसे चुपके से कई बार इशारे से बाहर दगड़े में ढाई-दूकला खेलने के लिए कह चुके हैं लेकिन माँ का सख़्त आदेश और उस पर टिकी माँ की नज़र के सामने वह एकदम विवश है, बिलकुल उसी तरह कि क़ैद में है बुलबुल और......।

सलेमी को आज तक याद है कि उसके लाख चाहने पर भी वह उस दिन दगड़े में खेलने के लिए नहीं जा पाया था। मग़रिब की अज़ान के बाद तो पूरे घर में एक उत्सव का माहौल बन गया और इस उत्सव का केंद्र बिंदु वह स्वयं था क्योंकि घर में जो भी आता वह उसके नए घुटन्ने और घुटे हुए सिर को देखकर मुस्कराए बिना नहीं रहता। कई चुलबुली क़िस्म की भावजों ने तो उसके गाल और पुट्ठों पर चिकोटियाँ तक भर लीं। हालाँकि इन चिकोटियों से सल्लू मारे चीस के उस समय तो बिलबिला उठा था लेकिन आज जब वह इन्हें याद करता है तो एक अजीब-सी सिरहन पूरी देह में दौड़ जाती है।

बाखल में अलग अलग चूल्हों पर चढ़े हुए देगों के मुँह से आ रही चावलों की भीनी-भीनी ख़ुशबू को अपने नथुनों से फेफड़ों के भीतर खींचते हुए उसने माँ से एक बार पूछा भी, "माई, आज कहा है हमारे घर में, जो चावल पक रा हैं?"

बेटे के इस सवाल पर माँ ने सल्लू के गाल पर हलकी-सी चपत लगाते हुए सिर्फ़ इतना कहा, "बेटा, आज मिहमान आ रा हैं......!"

माँ के इस जवाब पर बाखल में जगह-जगह जल रही लालटेन और ढिबरियों की मिश्रित रोशनी में उसकी समझ में कुछ नहीं आया लेकिन वह यह देख कर ज़रूर ख़ुश है कि और कुछ हो न हो आज घर में चावल पक रहे हैं। वह बार-बार ढ़िबरी और लालटेन दोनों के उजाले से भीत पर बनने वाली अपनी परछाइयों को देखकर ख़ुद ही ख़ुश हो रहा है। कभी उसे भीत पर अपनी परछाइयों से बनने वाली आकृति में किसी राक्षस की प्रतिछाया दिखाई देती है, तो कभी सपनों में आने वाले तरह-तरह के मुखौटे।

सलेमी देर तक अपनी ही परछाइयों से छाया-युद्ध करता रहा।

अचानक उसने देखा कि पौली के बाहर जाजम बिछाई जा रही है। जाजम बिछाने के बाद भीत में गड़ी हुई खूँटियों पर दो लालटेन लटका दी गई। लालटेनों के लटकते ही पौली के बाहर का चौक रेशमी उजाले में भीग गया। इधर-उधर खेल रहे बच्चों के लिए इससे उचित जगह और नहीं थी इसलिए जाजम कुल्लाबातियों का मैदान बन गया। जाजम पर कुल्लाबाती खाते बच्चों को देखकर वह मन मसोस कर रह गया वरना आज मन्नी और हरसू से ज़्यादा कुल्लाबाती खाकर दिखा देता।

पौली में बिछे दो डहलों पर रंग-बिरंगे लत्तों के टुकड़ों को सींकर बनाई गई गुदड़ियों पर बैठे अनजान चेहरों को फ़र्शी और हुक्कों को गुड़गुड़ाते हुए देख बार-बार उसका जी करने लगा कि काश! एक बार उसे मौक़ा मिल जाए इन गुदड़ियों पर लुढ़कनी मारने का।

ख़ुशनुमा वातावरण को देखकर सल्लू के अंतस में उल्लास हिलोरें लेने लगे। खूँटियों पर टँगी लालटेनों की रोशनी में हुक्कों की नै से निकलते हुए चाँद छाप तम्बाकू के धुएँ ने एक अलग ही तरह की ख़ुशबू पूरे वातावरण में फैला दी। बीच-बीच में ऐतिहासिक क़िस्से-कहानियों और किंवदंतियों को सुनकर लगता जैसे कुनमुनाती बर्फ़ीली पहाड़ियों पर उठते हुए धुएँ के पार्श्व में कभी ऐतिहासिकता के प्राचीन खँडहर निर्मित हो उठते हैं, तो कभी वर्तमान व्यवस्था के जर्जर और कमज़ोर पड़ते महराब भरभरा कर ढहने लगते हैं। कभी भीकजी और सादल्ला के दोहों से दार्शनिकता और अलौकिकता की फुहारें बिखरने लगती हैं, तो कभी अपने ही पुरखों के शौर्य के प्रति बरती जा रही उपेक्षा की उदासी आ बैठती।

पूरे घर में मची चिल्ल-पों के बीच सल्लू कभी पौली में बिछे डहलों पर बैठे हुए जाने-अनजाने चेहरों को देखता, और कभी पौली के बाहर बिछी जाजम को। उस वक़्त जाजम पर इधर से उधर कुल्लाबाती खाते और धमा-चौकड़ी मचाते अपने साथियों को देखकर उसके बाल-मन पर क्या बीत रही होगी, उसके बारे में

स्वयं सल्लू से बेहतर और कौन जान सकता है? लेकिन माँ और बड़ी फूफी की सख़्त हिदायतों के आगे वह पिंजरे में क़ैद परिंदे की मानिंद बस पंख फड़फड़ाता रहा।

तभी इशा की अज़ान के स्वर गूँजने लगे और यह तय किया गया कि पहले इशा की नमाज़ पढ़ ली जाए।

इशा की नमाज़ पढ़ने के तुरंत बाद लड़का रोकने की प्रक्रिया शुरू हो गई।

पौली के बाहर बिछी जाजम पर एक-एक कर सब आ बैठे। सल्लू को भूरे खाँ ने अपने पास ही बिठा लिया। बीच जाजम पर छोड़ दिए गए छोटे-से वृत्ताकार स्थान पर उस टोकरे को लाकर रख लिया गया, जिसमें नेग का ज़रूरी सामान था और वहीं बीच में एक फ़र्शी को ताज़ा कर रख दिया गया।

घर के बायने पर जमा औरतों में हो रही धक्कामुक्की और हँसी-ठिठोली ने वातावरण को और मदमस्त बना दिया। सल्ला नाई ने सल्लू यानी सलेमी को जैसे ही जाजम के बीच में लाकर बिठाया कि हँसी-ठिठोली को विराम दे, औरतों के हुजूम से समवेत स्वर फूट पड़े—

बनड़ा खड़ो सड़क पे अनार माँगे री
अपनी माँ सू रुपिया हजार माँगे री
अपने बाबा सू रुपिया हजार माँगे री
अपनी भावज सू सारो सिंगार माँगे री
बनड़ा खड़ो सड़क पे...।

इधर एक के बाद एक बन्ने उठाए जाने लगे और उधर छोरा रोकने की प्रक्रिया पूरी होती रही। यह प्रक्रिया लगभग एक घंटे तक चलती रही। इस बीच धींगा-मुश्ती, हँसी-मज़ाक़ और होने वाले समधी-समधन को गीतों के माध्यम से खूब खरी-खोटी सुनाई जाती रही। लड़की वालों ने अपने होने वाले दामाद यानी सल्लू अर्थात सलेमी को न केवल इक्कीस रुपयों से रोका बल्कि तीनों कपड़े (तहमद, कमीज़ और साफ़ी) भी दिए। उसी समय लगे हाथ यह भी घोषणा कर दी गई कि ब्याह इसी जेठ में हो जाए तो अच्छा है क्योंकि बेटी पराया धन होती है इसलिए उसकी जहाँ जगह है यदि उसे समय रहते वहाँ भेज दिया जाए, तो इससे अच्छी बात और क्या हो सकती है।

अगले दिन पूरे मोहल्ले में इस सगाई की चर्चा रही। सलेमी के भाग्य को सबने सराहा कि जब बेटीवाला छोरा ही इक्कीस रुपए से रोक कर गया है, तो ब्याह भी वह अच्छा ही करेगा।

लेकिन सलेमी की समझ में कुछ नहीं आया। उसे तो सिर्फ़ यह समझ में आया कि नए घुटन्ने के साथ-साथ, माँ ने उसे चार आना ज़रूर दिए थे जिसे लेकर वह सीधा रामलाल हलवाई की दुकान पर दौड़ा हुआ गया और उस दिन जी भर के उसने देसी घी के लड्डू खाए थे। कई दिनों तक सलेमी इस क़दर प्रफुल्ल रहा कि

पूरी-पूरी रात वह इस पर्व से अठखेलियाँ खेलता रहा।

ग्यारह

फागुन, चैत और बैसाख बस तीन महीने ही तो हैं बीच में। इन्हीं तीन महीनों में पूरी तैयारी करनी है, कपड़े-लत्ते, गहने-ज़ेवर सब इन्हीं महीनों में बनवाने हैं।

इस बार भी पिछले सालों की तरह अच्छी पैदा होने के आसार हैं। गेहूँ, जौ, चना और मटर खूब होने की उम्मीद है। इसलिए भूरे खाँ छोरे के ब्याह में होने वाले खर्चे को लेकर पूरी तरह निश्चिंत है, बशर्ते कि ऊपर वाले की निगाह सीधी रहे।

भूरे खाँ ने पहले से ही जुगली सुनार से बहू के लिए गहनों और रूपा बनिया से कपड़े-लत्तों के लिए कह दिया। बिना किसी लाग-लपेट के भूरे खाँ ने रूपा से साफ़ कह दिया, "लाला जी, फिकर करना की कोई जरूरत ना है...... जितनो ब्याज बणेगो दूँगो...... हमारे सू कोई भी बहाण-बेटी आए और जैसो भी लत्ता माँगे, फाड़ दीजो.....।"

"भूरे, यार तू तो ऐसी बात कर रो है जैसे हम कोई गैर होएँ...... अरे, मैंने आज तलक तोसू ना करी है....... बावला, तेरो घर है जब जी करे भेज दीजो......।" रूपा ने भी बेफ़िक्री से उसी अंदाज़ में कहा।

"ना-ना, मैं या मारे कह रो हूँ के कदी तू ई ना समझ बैठे के उधारी ना पटेगी.......अरे, पेर में ताखड़ी-बाट लेके आ जइयो और ब्याज समेत तेरो जितनो मूल बने, उतनी नाज की बौरी उठवा लीजो....... बावला, छोरा को ब्याह कर रो हूँ......।" इस बार भूरे खाँ की छाती गर्व से चौड़ी होती चली गई।

"ना यार भूरे....... तोपे पूरो भरोसा है....... अगर हजार-पाँच सौ नगद चहिएँ तो ऊ भी बता दीजो........।"

भूरे खाँ को रूपा बनिया की बातों से पूरा आश्वासन मिल गया कि ब्याह में किसी तरह की दिक़्क़त नहीं आनी चाहिए। हालाँकि भूरे खाँ को यह आश्वासन केवल उसकी ईमानदारी या भलमनसाहत की वजह से नहीं मिला है बल्कि उसकी एक वजह खेतों में लहलहाती फ़सल भी है, वरना बनिया की जात इतनी भोली और बेवकूफ़ नहीं कि वह हज़ारों का माल ऐसे ही किसी के हाथों में सौंप दे। बल्कि सही बात तो यह है कि धंधे में हैसियत देखी जाती है रुसूख तो बाद की बात है। शायद इसीलिए रूपा तो क्या भूरे खाँ जैसों के लिए कोई भी आसानी से तैयार हो जाएगा। सारा बाज़ार जानता है कि भूरे खाँ मूल तो देता ही है बल्कि ब्याज की एक-एक पाई चुकाना वह अपने धर्म और उसूलों का हिस्सा मानता है। इसीलिए आज तक उसे ब्याजू पैसों के लिए गहने-ज़ेवर रखने की नौबत नहीं

आयी वरना मजाल है बिना ब्याज के कोई धेला तो दे जाए।

जुगली सुनार के पास भी जब भूरे खाँ, सलेमी की माँ को लेकर गया, तो उसने भी एक से एक बढ़िया गहनों के नमूने दिखाए। सारे नमूनों को देखकर सलेमी की माँ, अपनी बहू पर चढ़ने वाले गहनों के कुछ नमूने छाँटते हुए बोली, "आध-आध पाव का बाँकड़ा-पछेली........ आधसेर की कड़ी...... एक पाव की नेवरी...... तीन तौला को गुलीबंद और आधसेर की हँसली बणा दीजो......।"

जुगली ने पहले तो सारे गहनों का हिसाब लगाया और फिर भूरे खाँ को टटोलते हुए बोला, "भूरे, इतना गहना तो हजार-नौ सौ सू कम में...।"

"जुगली, तू भी गंडीन् की सी बात करे है..... मेरे यार, छोरा के रोज-रोज बिहायो जावे है...... तू घबराए मत...... पेर उठे पीछे एक-एक पाई चुकाऊँगो......" भूरे खाँ ने पूरी दिलेरी के साथ कहा।

"जुगली ए ये पईसा डूबता दीख रा हैं, जभी तो ई ऐसी बात कर रहो है.....।" सलेमी की माँ ने जुगली की शंका को ताड़ते हुए कहा।

"...... ई बात ना है....... मैं तो ऐसे ही कह रो हो..... अरे, पैसा कहाँ भगा जा रा हैं...... कैसी बात कर रा हो...... जितनो गहना चहिए बेखटके बनवाओ......।" जुगली ने झेंप मिटाते हुए कहा।

"तो ठीक है....... जो-जो बणनी हैं वे सलेमी की माँ ने बताई दी हैं......।"

"ठीक है, फिकर मत कर...... सब बन जाएँगी......।" जुगली ने हामी भरते हुए कहा।

इसके बाद दोनों मर्द-बीरबानी जुगली सुनार की दुकान से उठकर चले आए। रास्ते में सलेमी की माँ ने भूरे खाँ से पूछा, "ई सुनार को आज कैसी बात कर रो हो?"

"कुछ भी ना है, ब्याज के मारे कह रो हो.......।" भूरे खाँ ने असली बात बताई।

"तो फिर हम कौण-सा ना कर रा हैं......।"

"ऐसो है, सुनार और दरजी तो अपणी माँ पे भी ना छोड़े हैं....... देखी ना पीछे कैसे हाँ कर दी......।"

सलेमी की माँ को बात सही लगी, इसलिए आगे उसने किसी तरह की प्रतिक्रिया व्यक्त नहीं की, सिर्फ़ सिर हिला कर रह गई।

बारह

चाँद की पाँचवीं तारीख़, दिन जुम्मेरात और महीना जेठ का, सलेमी का निकाह तय हो गया। सगे-संबंधियों से लेकर सभी नाते-रिश्तेदारों को न्यौता[1] भिजवा दिया

1. *न्यौता : यहाँ इसके दो अर्थ हैं एक का अर्थ निमंत्रण है और दूसरी, मेवात की एक ऐसी परंपरा जो प्रायः हर गाँव और हर क़स्बे में प्रचलित है। इसके अंतर्गत विवाह पक्ष को अपनी पुत्र या पुत्री का विवाह करने में बहुत आर्थिक सहयोग मिलता है। इस परंपरा के तहत वही पैसा विवाह करने वाले को वापस मिलता है, जो उसके द्वारा समय-समय पर दूसरे के यहाँ विवाह अवसरों पर दिया जाता है।*

गया। न्यौते के लिए बँटने वाले गुड़ का इंतज़ाम भूरे खाँ ने माह के उतरते ही कर लिया था। इसलिए डेढ़ मन गुड़ अर्थात गुड़ की बारह भेली पहले से ही खरीद कर रख लीं और चैत के लगते ही जिन पर भूरे खाँ का चढ़ाऊ[1] था उन्हें तो न्यौता बँटवाया ही बल्कि जिनका आवता[2] था उन्हें भी बँटवा दिया।

जैसे-जैसे जेठ का महीना नज़दीक आने लगा, वैसे-वैसे ब्याह की तैयारियाँ तेज़ होने लगीं। चैत में ही एक दिन भूरे खाँ की घरवाली अपने पीहर जाकर भात न्यौत आई। भूरे खाँ ने दो सप्ताह पहले अपनी लड़कियों और दोनों बहनों यानी सलेमी की दोनों फूफियों को, आने का संदेशा भिजवा दिया लेकिन सबके ससुराल वालों ने उन्हें भेजने से यह कहकर मना करवा दिया के बेटे के ब्याह जैसे मौके पर बिना ललिहार के वे किसी को नहीं भेजेंगे। हारकर सलेमी की फूफियों को लेने के लिए ख़ुद भूरे खाँ गया और सल्ला नाई को लड़कियों को लाने के लिए भेज दिया।

बैसाख के लगते ही काले पहाड़ की तलहटी में बिछी भूड़ पर फैला पूरा मेवात बन्ना, बनवारे, भात और ब्याह के गीतों-लोकगीतों से सराबोर हो उठता है।

धूल से अटी चाँदनी रातें आपसी चुहलबाजी और अठखेलियों से खिल-खिल उठती हैं।

खेत-खलिहानों से फ़ुर्सत पाते ही जोहड़-पोखरों की कीच से सँदे पाँव और सिर पर कीच से भरी परातें गाँव-खेड़ों की ओर आनी तेज़ हो जाती हैं।

कुम्हरवाड़ों से सिवाय थापे-पींडी[3] से बर्तनों के घड़ने की आवाज़ के और कुछ सुनाई नहीं देता है।

मोहल्ले-बस्तियों में न्यौते के रूप में रह-रहकर गुड़ की डलियों के बँटने की टेर साफ़ सुनाई देती है।

गुलकंदी कुम्हारी पर ब्याहवाले घरों से, उसके सही समय से न पहुँचने के उलाहने धीरे-धीरे तेज़ हो उठते हैं और छज्जू, मक्खन, तुलसी, मनसा चमार को अपनी बैठक में नौसियों के लिए तैयार की जाने वाली पणहा के लिए पाँवों का नाप लेता हुआ देखा जा सकता है।

बैसाख ख़त्म होने तक घर-बाखल से लेकर नाज की कोठी और पलैंढ़ी के भीत-पाखे लिपने शुरू हो गए तथा उनको खड़िया-सफ़ेदी से पोत कर उनके

1. चढ़ाऊ : न्यौता परंपरा के तहत विवाह-पक्ष को न्यौते के रूप में दिया जाने वाला वह पैसा जो कभी उसके द्वारा दिया गया था, 'चढ़ाऊ' कहलाता है।

2. आवता : आवता के रूप में वह पैसा वापस मिलता है जितना न्यौता देने वाला अपनी मर्ज़ी से चढ़ाऊ के रूप में देता है।

3. थापा-पींडी : बर्तन घड़ने वाले औज़ार। थापा लकड़ी का पलटानुमा वह औज़ार होता है जिससे बाहर से बर्तन को घड़ा जाता है, और पींडी अंदर से थापा को सहारा देती है। संत कबीर ने इन्हीं थापा-पींडी को देखकर तो इस दोहे की रचना की थी— गुरू कुम्हार, शिष कुंभ है, घड़-घड़ काढ़े खोट। अंदर हाथ सहार दे, बाहर-बाहर चोट॥

किनारों को गेरू-बानी से रँग दिया गया। लिपाई-पुताई से निवृत्त होते ही सिलसिला शुरू हो गया नेग-टहलों का तथा शुरू हो गई सल्ला नाई की भाग-दौड़।

एक थाली में बही, काली स्याही की दवात और सरकंडे की क़लम छील कर पौली में रख दी गई। न्यौता लिखने के लिए पहले तो भूरे खाँ ने उपरलीघाँ की महजत के एक मौलवी साब को बड़े हाथ-महनती जोड़ के तैयार किया लेकिन जल्दी ही मौलवी साब की जगह मनीराम के ताऊ के लड़के को बैठाना पड़ा। इसकी वजह यह थी कि मौलवी साब न्यौतों को जब हिंदी में लिखते तब पढ़ने वाले की समझ में नहीं आता कि यह हिंदी है या उर्दू? यानी हिंदी और उर्दू का मौलवी साब ऐसा जनाज़ा निकालते कि न तो वह हिंदी ही रहती और न उर्दू और इससे पहले कि हिंदी और उर्दू का और जनाज़ा मौलबी साब के हाथों निकलता, मनीराम के ताऊ के लड़के को इस नीयत से बैठा दिया गया कि कम से कम अब हिंदी का ही तो जनाज़ा निकलेगा।

न्यौता लिखवाने वालों में सबसे पहले रोबड़ा का बाप महताब आया। न्यौता लिखवाने के बाद महताब ने भूरे खाँ से आग्रह किया, "भूरे खाँ, यार हमारा घरवालान् की सलाह बन री है के तेरे छोरा को पहलो बनवारो कर देएँ!"

भूरे खाँ ने पहले तो पल भर के लिए सोचा, फिर अपनी स्वीकृति देते हुए बोला, "महताब, अगर तिहारा घरवालान् की सलाह बन री है तो सौक सू कर....... अरे, तिहारोई बालक है।"

"हमारो पूछण को फरज तो बने है....... आखर तू बेटावालो है.......।" महताब ने संकोच करते हुए कहा।

"महताब तू भी कैसी बावली बात करे है.......।" भूरे खाँ ने हँसते हुए कहा।

उसी दिन सलेमी की माँ गुलकंदी के यहाँ चाक भी न्यौत आई।

सचमुच महताब ने बड़े धूमधाम ने निकाला सलेमी का बनवारा। सलेमी की तो ऐसी आवभगत हुई कि थोड़ी देर के लिए वह अचकचा गया। उसे लगा जैसे ब्याह उसका बाप नहीं बल्कि रोबड़ा का बाप महताब कर रहा है। रोबड़ा की माँ ने उसे बड़े चाव और लाड़ से पसाए हुए चावलों पर खूब घी-बूरा डाल कर खिलाया। बीच-बीच में रोबड़ा की दोनों भावजें कभी सलेमी की साँतल में, तो कभी उसके गाल पर चिकोटी भर लेतीं। चिकोटी भरते ही थोड़ी के लिए सलेमी के मुँह से सिसकारी फूट पड़ती लेकिन साथ ही साथ उसे गुदगुदी भी होने लगती।

रोबड़ा की माँ ने कई बार झूठमूठ डाँटते हुए बहुओं से कहा भी, "रंडी मान जाओ....... काँई लू छेड़ री हो बालक ए......।"

"माई, तू भी बेमतलब की बात कर री है...... निगोड़ी, आज ही तो सल्लू काबू

में आयो है...... चार-पाँच दिन पीछे नौसी का चाव में ई बात भी ना करेगो......।" बड़ी बहू ने सलेमी के गाल पर हलकी-सी चिकोटी भरते हुए कहा।

"और वाके पीछे नौसी ए बगल में लेके भी तो सोएगो......।" इस बार छोटी बहू ने उसकी साँतल पर चिकोटी भरी।

रोबड़ा की भावजों की बातें सुन कर वैसे तो सल्लू यानी सलेमी शर्म से दोहरा हुआ जा रहा था लेकिन साथ ही उसके बाल-मन में लड्डू भी फूट रहे थे।

"देख लेओ, छोरा सू कैसी मजाक कर री हैं छिनाल...... कैसी हया जोत राखी है इन्नै....... ना काई ए देख री हैं, ना भाल री हैं......।" सास ने बहुओं को फिर डाँटा।

पास खड़ी छोरी-छापरियों ने भावजों द्वारा किए जा रहे मज़ाक को देख मुँह पर ढाटा लगा लिया और ढाटे के अंदर ही हँसने लगीं।

रोबड़ा की माँ ने सलेमी को जी भर के घी-बूरा खिलाया और साथ में आई सलेमी की बड़ी बहन को थाली में दिया जलाकर उसे देते हुए बोली, "रहमती, ले, घर जाके अपणे बीरा को आरतो उतार दीजो......।"

थाली को बाएँ हाथ की हथेली पर रख, लूगड़ी के पल्लू से दीए की ओट कर रहमती सलेमी के साथ आगे-आगे चल दी और पीछे-पीछे चल दीं बनवारे का गीत गाती हुई औरतें—

धौले-धौले चावल, उजलो है भात
उजली बतीसी बनवारो नोतो
मैं तोहे बूझूँ मेरे सुघड़ बनड़ा, मेरे चतर बनड़ा
तेरो बनवारो री किन्ने नोतो
दादा मेरो राजा, दादी रानी होए
मेरो बनवारो री, उन्ने नोतो
बाबा मेरो राजा, माई रानी होए
मेरो बनवारो री, उन्ने नोतो
ताऊ मेरो राजा, ताई रानी होए
मेरो बनवारो री, उन्ने नोतो
धौले-धौले चावल......।

थड़ी का पूरा चक्कर लगाने के बाद रहमती भाई को लेकर अपने घर के बायने पर आ पहुँची। बायने पर भाई का आरता उतार बनवारे में आई सभी औरतों को बाखली[1] देने के साथ-साथ पुनः रात को बन्ना गवाने के लिए कह दिया।

इशा की नमाज़ पढ़ने के बाद, घर का सारा कामधंधा निपटाकर एक-एक कर सब आ गईं। पहले तो देर तक घर-गृहस्थी से लेकर आस-पड़ोस की बातें होती

1. बाखली : उबले हुए गेहूँ और चने।

रहीं और उसके बाद रात का दूसरा पहर शुरू होते ही बन्ना के गीत शुरू हो गए। उधर धीरे-धीरे रात की निस्तब्धता बढ़ने लगी और इधर बन्ना के स्वर तेज़ होने लगे--

बनड़ा ले-ले कलम-दवात, चलो जा पढ़णा कू,
इसलामी मदरसो पास, चलो जा पढ़णा कू।
बनड़ा मैं जाणू बाबा गयो, तेरी माई पे अजब बहार
चलो जा पढ़णा कू, बनड़ा ले-ले कलम-दवात.....
बनड़ा मैं जाणू काका गयो, तेरी काकी पे अजब बहार
चलो जा पढ़णा कू, इसलामी मदरसा पास.....
बनड़ा मैं जाणू मेरो भाई गयो, तेरी भावज पे अजब बहार,
चलो जा पढ़णा कू, इसलामी मदरसा पास.......।

पहला बन्ना ख़त्म होते ही दूसरा उठा लिया गया-

बनड़ा हमने बुलायो एकलो, दादा ए संग लायो, बनी को बना
बनड़ा धुर दिल्ली को चौधरी, अम्बाले को राजा, बनी को बना
जाजम पे बिराजे बनी को बना, बनड़ा हमने बुलायो एकलो.......

देर रात तक बन्ना के गीतों को सुनकर ऐसा लगने लगा जैसे गाढ़ी रात में किसी ने उल्लास का घोल घोल दिया है।

एक-एक रस्में निर्बाध रूप से पूरी होती रहीं। इस बीच सलेमी को सख़्त हिदायत दे दी गई कि वह कुछ दिनों के लिए बाहर बिलकुल न जाए, और जाए भी तो किसी को साथ लेकर वरना पता नहीं कब ऊपर की हवा लग जाए?

रोबड़ा की भावजों ने सलेमी से हँसी-ठट्ठे का कोई मौक़ा हाथ से नहीं जाने दिया। सलेमी अब दशकों पीछे मुड़ कर देखता है तो वह रोमांचित हो उठता है। काश! वे दिन फिर लौट आएँ लेकिन वक़्त की तहों में सब इतने नीचे दब गये हैं कि सिवाय स्मृतियों के कुछ नहीं बचा है। बल्कि कभी-कभी तो सलेमी ख़ुद पर हँस पड़ता है यह सोचते हुए कि जब चने थे तब दाँत नहीं और जब दाँत हैं तब चने नहीं।

बान के दिनों में तो रोबड़ा की भावजें ही नहीं बल्कि फूफियों के लड़कों की बहुओं ने भी सलेमी से खूब छेड़कानी की। शाम को उबटन का समय होते ही सलेमी के साथ चुहलबाजी शुरू हो जाती। रिश्ते की भावजों के लिए मानो मनोरंजन का साधन मिल गया। कोई सलेमी की बग़ल में गुदगुदी करती, तो कोई कोच[1] में अँगुलियाँ गड़ाती। कोई गाल पर उबटन मलने के बहाने गालों को जम कर मसलती, तो कोई मुलायम साँतल[2] पर हाथ फेरने से नहीं चूकती। इस मौक़े

1. *कोच : बग़ल और नितंबों के बीच का हिस्सा।*
2. *साँतल : जाँघ।*

पर बड़ी-बूढ़ियाँ या तो मुँह फेर लेतीं या फिर अपने आपको दूर रखने की कोशिश करतीं।

बान के अंतिम दिन तो इन भावजों ने सारी हदें पार कर दीं।

"सल्लू, तेरी नौसी को कहा नाम है?" शुरुआत महताब के छोटा छोरा की बहू ने की।

"रंडी, तोकू काँई लू बताए अपणी नौसी को नाम....... सल्लू, याहे छोड़ मोलू बता दे चुपचाप.......।" बड़ी फूफी के लड़के की बहू ने सलेमी की कोच में अँगुली लगाते हुए कहा।

अँगुली लगते ही सलेमी पटड़े से ऐसे उछल पड़ा जैसे बिजली का करंट लग गया हो।

"सल्लू, अपणी नौसी लू तैने सीसा, कंघा, चुटीला, रुमाल, इतर भी लाके धर राखा हैं के ना?" रिश्ते की एक और भावज ने चुटकी लेते हुए पूछा।

अभी भावजों का हँसी-मज़ाक चल ही रहा था कि तभी बड़ी फूफी ने आकर सलेमी को उबटन मलने के बहाने, उससे छेड़खानी करने वाली बहुओं को गरियाना शुरू कर दिया, "निगोड़ी, तम काँई लू या बालक के पीछे पड़ री हो...... अपणो काम तो करो ना जाए...... देखो तो इसा की अज़ान भी होण वाली है......।"

"फूफी, ई बालक दीख रो है तोहे, धेरे जब नौसी ए बगल में सुवाएगो जब ना रहेगो बालक।" महताब के छोरा की बड़ी बहू ने इस बार बड़ी फूफी से आँखें मटकाते हुए कहा।

"तेरी टाँट में लकड़ी, छिनाल... कदी तो सरम कर लेए कर....... खुदा तोड़ी या रंडी ने तो बिलकुल ही सरम बेच राखी है......।" बड़ी फूफी ने उसे बनावटी ग़ुस्से से डाँटा और भीतर चली गई।

बड़ी फूफी और महताब के छोरा की बहू के बीच हो रहे इन संवादों को सुनकर रिश्ते में लगने वाली बहन-भतीजियाँ चुपचाप एक ओर खिसक लीं।

तब तक छोटी फूफी भी आ पहुँची, "चलो री जल्दी करो...... अमेर मत करो......।

इस बार हँसी-मज़ाक छोड़ सब उबटन में लग गईं।

"अरी, कोई गीत तो उठा लेओ, कुलखणियों ऐसेई मँढ़ री हो चुपचाप......।" बड़ी फूफी भीतर से ही डाँटते हुए बोली।

बड़ी फूफी की डाँट सुनते ही उबटन का गीत जेठ की गरमाती शाम में गूँजने लगा—

काए को तेरो बटणो
काए को तेरो तेल
गेहूँ-चणा को बटणो
सिरसू को मेरो तेल......।

तेरह

चाँद की चार तारीख़।

पूरे घर में हालाँकि उल्लास और उत्साह पहले से ही व्याप्त था लेकिन आज यह उल्लास अपने चरम पर है। इधर से उधर इठलाते क़दमों के बीच हँसी-मज़ाक इस उल्लास को दूना किए जा रही है। दिन के दूसरे पहर से ही चाक पूजने की तैयारी में जहाँ छोरी-छापरियों ने अपने-अपने तरीक़े से तैयारी शुरू कर दी, वहीं मोहल्ले और नाते-रिश्तेदारों से आई नवोढ़ाओं में अपने आपको बढ़-चढ़कर प्रदर्शित करने की होड़ मची हुई है।

आज एक नहीं बल्कि दो-दो रस्मों को पूरा होना है। पहला, चाक पूजने की रस्म और उसके बाद भात लेने की।

अस्र की नमाज़ पढ़ने के बाद तो जिस्मों में और तेज़ी आ गई। वास्तव में, भूरे खाँ अपने बेटे के ब्याह में अपने सारे चाव-चोचले पूरा कर लेना चाहता है। वह चाहता है कि किसी को किसी तरह की शिकायत का मौक़ा न मिले। वह नहीं चाहता है कि ब्याह पीछे कोई मीनमेख निकाले। इसीलिए हरेक नेग को वह खुले दिल से पूरा कर रहा है।

ज़ुह्र की नमाज़ पढ़ने के बाद लौटते समय महताब ने भूरे खाँ से यूँ ही मज़ाक में पूछ लिया था, "भूरे, आज ही पुजेगो कै चाक?"

"हाँ यार, आज ही पुजेगो!"

"कोई ढोल-तासा भी करो है या ना?"

"हाँ, काँई लू ना करो है......।" भूरे खाँ ने साफ़ झूठ बोलते हुए कहा। हालाँकि सच बात यह है कि उसने अभी तक कोई ढोल-ताशा नहीं किया है। जी तो उसका भी चाह रहा था और छोटी फूफी ने कहा भी था लेकिन पता नहीं भूरे खाँ किस संकोच के कारण टाल गया।

घर आते ही भूरे खाँ ने सल्ला को तुरंत गोहरवाली में चूहड़ों के मोहल्ले में भेज दिया कि वह शाम को चाक पूजने के लिए फकीरा चूहड़ा से ढोल-ताशे के लिए कह आए।

सल्ला उसी समय फकीरा के पास गया और ढोल-ताशे के लिए कह आया।

दिन भर भट्टी से निकली तपती हवाओं के बावजूद यह महसूस ही नहीं हुआ कि काले पहाड़ की देह को स्पर्श करते हुए गरम हवाओं के थपेड़े जिस्म को छूते हुए, कब आगे की ओर बढ़ जाते हैं।

कुम्हरवाड़े और खटीकवाड़े को तो भूरे खाँ ने कई दिन पहले न्यौता दे दिया

था। भला अपने ही चौधरी मोहल्ला के लोगों को वह कैसे भूल सकता है। जब वे अपनी किसी काज-क़रनी में उसे नहीं भूलते हैं तो वह कैसे भूल जाए! इसीलिए भूरे खाँ ने उनकी भावनाओं का आदर करते हुए हिंदुओं के खान-पान का अलग से इंतज़ाम करवाया है।

न्यौता देते समय भूरे खाँ ने बुद्धन के बाप कन्हैया से साफ़-साफ़ कह भी दिया था।

"कन्हैया, तेरी नौत है......"

"काँई की?" जान-बूझ कर अनजान बनते हुए पूछा कन्हैया ने।

"देख ले, कैसो भोलो बण रो है......!" भूरे खाँ ने कन्हैया की आँखों में आँखें डालते हुए कहा।

"बरात कब जाएगी.....?" कन्हैया इस बार टालने की कोशिश करते हुए बोला।

"बरात का तो अभी सात-आठ दिन हैं..... बाकी जब नौता गेरन आएगो, पतो चल ही जाएगी..... गुड़ की डली तो मिल गी होएगी.....?"

"हाँ, बालक बता रा हा......।" इसके बाद कन्हैया ने मूढ़ी को आगे सरकाते हुए पूछा, "कोई हमार लाक सेवा हो तो बता!"

"अरे सेवा कहा, बस काई तरे याहे ठीक-ठाक निपटवा देओ.....।" मूढ़ी को अपनी ओर खींचते हुए भूरे खाँ बोला।

"भूरे, ऊपरवाला की सब पे निगाह है.... वापे भरोसा राख।"

"ऊ तो ठीक है, फिर भी बरात में तो चलणो है ही साथ में दावत भी है.....।" भूरे खाँ ने एक बार फिर याद दिलाते हुए कहा।

"यार तेरो ही दियो खा रा हैं। अरे, तैने कह दी और हमने मान ली...... हमकू तो यही बड़ी बात है.....।" कन्हैया ने फिर टालने की कोशिश की।

"कन्हैया, मैं सब समझ रो हूँ तू जहाँ बोल रो है..... फिकर मत कर मैंने पहले ही तम जैसान् कू सूखा चावल, घी, बूरा और तीन-चार कोरा मटका अलग धरवा दिया हैं..... साथ में तिहारी एक अलग भट्टी खुदवा दूँगो..... तिहारो जैसो जी करे, अपणी मरजी सू कादम रख लीजो..... बस, राँदो और खाओ..... कन्हैया, तू कहा समझ रो है मैं कोई इतेक बावलो हूँ!" हँसते हुए भूरे खाँ बोला।

"ठीक है भूरे..... तेरो कहो कैसे टालेंगा.....।" आश्वस्त होते हुए कन्हैया ने स्वीकृति दे दी।

"तैयार रहियो, चाँद की पाँच तारीख है...... तिहारी मावस सू छः दिन पीछे पड़ेगी...... अपणा मुहल्ला में सबन्ने समझा दीजो के मैंने हिन्दून को इंतजाम अलग कर राखो है...... वैसे मैंने भी सब सू कह दी है...... ठीक है न, चाँद की पाँच तारीख..... भूल मत जइयो.....।" जाते-जाते भूरे खाँ ने एक बार फिर याद दिलाते हुए कहा।

दिन ढलने तक हवाएँ और प्रचंड हो उठीं। लू लगने के डर से ज़्यादातर छोटे-छोटे बच्चों को बाहर न निकलने की सख़्त हिदायतें दे दी गईं। कोरे बासनों में रखा ठंडा पानी तेज़ी से उनके पेंदों में लगने लगा। बड़ी-बड़ी मिट्टी की गोल तक इस भयंकर गरमी में जवाब दे गई क्योंकि जो भी इनके पास से गुज़रता, पानी पिए बिना नहीं रहता। इसीलिए चाक पूजने से पहले इस जानलेवा गरमी से बचने के लिए सभी नाते-रिश्तेदारों से लेकर घराती तक अपने-अपने दायित्वों से मुक्त होकर, जहाँ जगह मिली खाट बिछा, कमर सीधी करने की ग़रज़ से पसर गए। मगर औरतों के लिए यह तपती दोपहरी और गरम पछुआ हवाएँ, हँसी-ठट्ठों की सगी-सहोदरी बन गईं। भीतरले घर में ज़मीन पर गुदड़ी और चादरें बिछा कर सब लेट तो गईं किंतु नींद किसे आनी थी। हाथों में झलते बीजणे महज दिखावा भर था। जिसकी थोड़ी-बहुत आँख लगती वह इस चिल्ल-पों से फिर जाग जाती। इस चिल्ल-पों और धींगामुश्ती ने छोटे-बड़े के बीच के झीने आवरण को भी उतार कर एक तरफ़ रख दिया।

गोधूलि के आसपास गुलकंदी के जिस्म में भी बिजली-सी तेज़ी आ गई। सात सुघड़ कोरे मटके और उनसे मेल खाती उतनी ही घड़िया, बासनों के ढेर में से छाँट कर चौक में एक तरफ़ रख दिए। बाहर दगड़े में ख़ुद ने ही झाडू लगाई और कूड़े को सकेर कर एक तरफ़ पटक दिया। इधर-उधर बेतरतीबी से फैली हुई चीज़ों को ठिकाने सिर लगाया और पानी की कई बाल्टियाँ दगड़े में छिड़क दीं, ताकि चाक पूजनेवालियों को किसी तरह की परेशानी न हो।

जेठ की ढलती हुई शाम और आकाश में चारों ओर फैले धूलकणों के बीच, आग बरसाता सूर्य अपनी अनवरत यात्रा के अंतिम पड़ाव से विदा ले क्षितिज में डूबने को जैसे आतुर है।

गुलकंदी अपनी ओर से पूरी तैयारी कर निश्चिंत हो गई।

अस्र की नमाज़ के कुछ देर बाद उसके कानों में ढोल-ताशों की आवाज़ पड़ी तो गुलकंदी के जिस्म में एकाएक तेज़ी आ गई। गरम हवा की तरंगों के साथ ढोल-ताशों की आवाज़ कभी तेज़ हो जाती तो कभी धीमी। धीरे-धीरे ढोल-ताशों और औरतों द्वारा गाए जा रहे गानों के समवेत स्वर पास आने लगे। गुलकंदी को जब यक़ीन हो गया कि चाक पूजने आ रही औरतों का हुजूम अब कुछ ही देर बाद उसकी देहरी पर होगा, तब उसने अंदर रखे मटकों और दूसरे बासनों को चाक के पास लाकर रख दिया।

अंतिम मटके को बाहर रखने के लिए गुलकंदी आई तो दूर से ही उसे औरतों के साथ आगे-आगे ढोल-ताशा बजाते हुए साज़िंदे दिखाई दे गए। गुलकंदी फटाफट फिर से इधर-उधर रखे सामान को सलीक़े से रखती तब तक धमा-चौकड़ी मचाते

बच्चों का जत्था आ पहुँचा। उनके पीछे-पीछे रंग-बिरंगे परिधानों और सिर से लेकर पाँव तक ज़ेवरों से लकदक जिस्मों की टोली भी गीत गाती हुई आ पहुँची।

ढोल-ताशों की गुमक और बीन की धुन पछुआ हवा के साथ लहराती हुई जहाँ तक पहुँची, वहाँ से हर कोई अपना काम छोड़कर गुलकंदी के घर की ओर दौड़ा हुआ आया। पूरा लुहारवाड़ा, खटीकवाड़ा बल्कि उपरलीघाँ की थड़ी तक से औरतें चली आईं।

सबसे आगे चल रही सल्ला नाई की घरवाली ने नाज, गुड़, सरसों का तेल और चावल से भरे खरोले[1] को सिर से उतार कर चाक के पास रख दिया। उधर गुलकंदी बड़ी-बूढ़ियों के साथ मिलकर चाक पूजने की रस्म पूरी करती रही और इधर औरतों के समूह से गीतों के स्वर फूटते रहे।

बीच में एक गीत जैसे ही ख़त्म हुआ कि बड़ी फूफी ने दूसरा गीत शुरू करने से पहले ही टोक दिया, "निगोड़ियो, वा गीत ए उठाओ न के चौबारा पे मसीन चलावे दरजी को......" और फिर इसके बाद वही गीत उठा लिया गया—

चौबारा पे मसीन चलावे दरजी को
या कुर्ती ए अपणा जेठ लू दिखाऊँगी
वही तो देवेगो याको दाम
चौबारा पे मसीन चलावे दरजी को......
जेठ भला ने घोड़ी बख्सी
ना लूँ री ना लूँ, करे दरजी को
चौबारा पे मसीन चलावे दरजी को.....।

चाक पर पानी से लीप कर बनाए गए चौसर हिस्से पर थाली में रखी गीली हल्दी का स्वास्तिक बनाया तथा उसके बाद चाक के चारों तरफ़ कलावा धागा बाँध कर चाक पूजने की रस्म पूरी कर दी गई। चाक पूजने की प्रक्रिया से निवृत्त हो, सलेमी की माँ ने खरोला गुलकंदी की ओर सरका दिया। गुलकंदी ने चादर से ढके खरोला को उघाड़ कर देखा—सब ठीक था। जैसी गुलकंदी को उम्मीद थी वैसा ही सीधा[2] था। गुलकंदी ने खरोला उठाया और उसे भीतर रख आई।

इसके बाद औरतों का रेला ढोल-ताशे और बीन से उठती तान की ओर मुड़ गया। तुरंत भीड़ के बीचों-बीच वृत्ताकार जगह खाली कर दी गई क्योंकि अब लोक-धुनों पर पाँवों के थिरकने की बारी जो थी। फिर तो देखते ही देखते बीन की तान पर मुँह पर घूँघट डाल और आड़े पल्ले की धोती कस कर कई जोड़े पाँव थिरकने शुरू हो गए। बीच-बीच में सलेमी की माँ, बड़ी फूफी और छोटी फूफी ने कई बार उन पर नोटों के वार फेर किए। उस दिन भावज-ननदों ने वार फेरने में कोई कसर नहीं छोड़ी। ढोल-ताशे वालों की तो उस दिन जैसे बन आई।

---

1. खरोला : सरकंडों की तुलियों से बनी चौकोर टोकरी, जिसका उपयोग ऐसे ही अवसरों पर किया जाता है

2. सीधा : तेल, गुड़, घी, चावल, अनाज, आदि।

देखने वालों ने उस दिन दाँतों तले अँगुली दबा ली कि अंगूरी और कमला इतनी एकाग्र होकर देर तक नाच भी सकती हैं। उनके थिरकते हुए पाँवों को देखकर सलेमी की माँ और बड़ी फूफी में वार फेरने की जैसे होड़ लग गई और यह सिलसिला तभी ख़त्म हुआ जब ढोल-ताशा बजाने वालों और बीन वाले ने हार न मान ली। उसी दिन किसना ने अपनी कुछ मुँहबोली चाची और काकियों के संग मिलकर जी भर कर भाँडी तोड़ी[1]। देखने वालों की आँखें फटी की फटी रह गईं कि किसना भाँडी तोड़ते वक़्त कैसे दुहरा होता चला जाता है? परंतु सबसे हैरतअंगेज़ बात तो यह है कि किसना यानी किशन ने इसे सीखा कब?

नाच ख़त्म होते ही बड़ी फूफी ने जैसे ही वापस चलने का संकेत किया कि नवोढ़ाओं से लेकर तरुणियों में मटके उठाने की होड़ मच गई। इसलिए जिसने लपककर मटका उठा लिया वह जीत में रही और जो पीछे छूट गई, वह हाथ मलती रह गई। चाक पूजकर जैसे ही सब वापस जाने के लिए मुड़ीं कि परंपरानुसार समवेत स्वर फूट पड़ा—कुम्हार का बासण बनाणा छोड़ दे...... कुम्हार का....!

इसके बाद धीरे-धीरे हुजूम जैसे आया था, वैसे ही वापस लौट गया।

इशा की नमाज़ के बाद सब भात लेने की तैयारी में जुट गईं। भातई तो तभी आ गए थे जब सब चाक पूजने के लिए गई हुई थीं लेकिन भातई यानी सलेमी की माँ के पीहरिया तब तक बहन की देहरी नहीं चढ़ सकते जब तक उनसे भात नहीं ले लिया जाए। इसलिए उन्हें रोबड़ा की साळ में ठहरा दिया गया और फिलहाल रोबड़ा की साळ में ही उनके पानी-पत्ते का इंतज़ाम कर दिया गया।

भात लेने की पूरी तैयारी हो गई लेकिन अभी तक गुलकंदी नहीं आई। सभी बड़ी-बूढ़ियों को उसी का इंतज़ार है क्योंकि परंपरानुसार चाक पूजने गई औरतें जिस खरोले या टोकरी में वे चाक पूजने का सामान रखकर ले जाती हैं उसे कुम्हार के घर ही छोड़कर आ जाती हैं। बाद में जब कुम्हारी उसे वापस देने आती है तो वह उसे रीता नहीं लाती है बल्कि उसमें छोटे-मोटे मिट्टी के बासन रखे होते हैं जिसमें सकोरी, तोला, झावा[2] प्रमुख होते हैं।

"बहोत जल्दी आ गी, कहीं हमारा भाई ने तो पकड़ के ना बिठा ली......।" गुलकंदी के आते ही बड़ी फूफी ने मज़ाक करते हुए कहा।

"बाई जी, तिहारे जातेई एक चाक और आगो हो रत्ती चिमार को...... वाहे पुजवाके आई हूँ......।" गुलकंदी ने अपने देर से आने का कारण बताया।

"ला, सेड़देसेनी उतार खरोला ए.....!" सलेमी की माँ ने तकाज़ा करते हुए

1. भाँडी तोड़ना : यह एक प्रकार का लोकनृत्य है जो दक्षिण हरियाणा तथा पूर्वी राजस्थान में कुम्हार जाति में किया जाता है। इस नृत्य में केवल कमर से नीचे का हिस्सा ही गतिशील रहता है।

2. तोला-झावा : मिट्टी के इन बर्तनों का उपयोग छोटी-मोटी चीजें रखने के लिए किया जाता है।

कहा।

गुलकंदी ने सिर से खरोला उतारा और उसमें रखे बर्तनों को एक-एक कर निकाला। खरोला और बर्तनों को एक तरफ़ रख बड़ी फूफी अंदर गई और लगभग आधा किलो चावल, आध सेर पक्की बूरा कपड़े में बाँध कर लाई और गुलकंदी को दे दिया, क्योंकि कुम्हारी को खाली हाथ नहीं लौटाया जाता।

सामान को उठा गुलकंदी जाने लगी तो सलेमी की माँ उसे रोकते हुए बोली, "गुलकंदी, कहाँ जा री है...... निगोड़ी, बस अब भात लियो जाएगो..... थोड़ी देर और रुक जा......।"

"हम्बै भावज..... जब आई है तो रुक जा, काँई लू अपणा नेग ए छोड़ के जाए।" बड़ी फूफी ने एक तरह से गुलकंदी से रुकने का आग्रह भी कर दिया और उसे उसके नेग की याद भी दिला दी।

गुलकंदी जाते-जाते रुक गई। कपड़े में बँधा सामान उसने एक ओर रखा और पास रखे पीढ़े को सरका कर, वहीं सलेमी की माँ और बड़ी फूफी के पास बैठ गई।

तभी सल्ला नाई ने आकर सूचना दी कि भातई बाहर आ गए हैं।

बाहर चौक में जाजम बिछा पास में पाँच-सात मूढ़े और दो-तीन खाट बिछा दी गई। साथ में बायने के बाहर दाएँ ओर गड़ी खूँटी में एक लालटेन लटका दी।

सारा चौधरी मोहल्ला आ गया भात लेते समय। रोबड़ा की साळ से भात का सारा सामान जाजम पर लाकर रख दिया। अंदर यह ख़बर पहुँचते ही कि सलेमी की माँ के भाई-भतीजे भात लेकर बायने पर तैयार खड़े हैं, सलेमी की माँ बायने पर आ गई। अपने भाई बरकत से भात लेते समय सलेमी की माँ की रुलाई फूट पड़ी। पीछे खड़ी औरतों ने अश्रुपूर्ण भाव से, वही गीत गाना शुरू कर दिया जो प्रायः इस अवसर पर सदियों से गाया जाता रहा है–

भाई अच्छो भरियो भात, बहाण टोटा में,
थाली में डेढ़ हजार, मोहर लोटा में
मैं हँसली-कठला पहर खडी कोठा में
भाई अच्छो भरियो भात, बहाण टोटा में.....

मुश्किल से भाई के आगे अपने आपको सँभाल पाई सलेमी की माँ। बरकत ने बहन की गुहार की पूरी लाज रखी और उसने थाली में डेढ़ हजार तो नहीं बल्कि अपनी हैसियत के अनुसार पूरे इक्यावन रुपए डाले। उसके बाद ही सलेमी की माँ के भाई-भतीजों ने बहन के घर में प्रवेश किया।

सलेमी की माँ के भाई-भतीजों ने अपनी हैसियत से बढ़कर भात दिया। सलेमी के लिए कपड़े–लत्ते तो उन्होंने दिए ही बल्कि मान में भूरे खाँ, सलेमी की माँ के लिए तीनों लत्ते, दोनों फूफियों के लिए एक-एक लूगड़ा और तीनों बहनों को दो-दो रुपए भी दिए। सलेमी के लिए पाँचों कपड़े यानी तहमद, कुर्ता, साफ़ी, बनियान और जुर्राब के

अलावा कुरम की जूतियाँ और अन्य ज़रूरत का सामान भी दिया। इसके अलावा सक्का, नाई, फ़क़ीर, कुम्हार, चूहड़ा सबका नेग बड़े चाव से दिया बरकत ने।

गुलकंदी का नेग जब सलेमी की माँ देने लगी तब गुलकंदी ने नेग यह कहते हुए लेने से मना कर दिया, "मेरी सोक, तैने तो थाली में पट्ट इक्यावन रुपिया धरवा लिया और मोहे एक ही रुपिया में बका री है..... रंडी, मेरो भी तो भाई लगे है बरकत......।

"ले, और रोक ले.....!" बड़ी फूफी ने सलेमी की माँ को कोंचते हुए कहा।

गुलकंदी की बात सुनकर सलेमी की माँ सकते में आ गई। गुलकंदी ने कोई झूठ थोड़े ही कहा है। सलेमी की माँ ने तुरंत अपने भाई बरकत को अंदर बुलवा भेजा।

बरकत के आते ही सलेमी की माँ बोली, "अरे बीरा, ई तेरी मुँबोली बहाण कहा कह री है, याकी तो सुण......!"

"हाँ री बहाण, कहा कह री है?" बरकत ने हैरान होते हुए पूछा।

"अरे, अपणी सगी-सोदरी की थाली में तो तेने इक्यावन रुपिया गेर दिया और हमन्ने एक ही रुपिया में बका रो है....... अच्छो रिवाज है बीरा...... हम्भी तो तेरी बहाण हैं.......!" गुलकंदी ने सीधे-सीधे कह दिया।

"बस इतनी-सी बात है...... अरी ले, तैने बड़ी फिकर करी......।" बरकत ने तुरंत अपनी जेब से पाँच का नोट निकाला और गुलकंदी को देते हुए बोला, "ले...... बावली, हमन् लू तो या गाँओं की सब बहाण बेटी एक-सी हैं......।"

"जीवतो रह बीरा..... तेरो कुणबा बणो रहे......।" गुलकंदी देर तक सलेमी की माँ के भाई बरकत को आशीषें देती रहीं।

जाते-जाते गुलकंदी सलेमी की माँ पर फ़िक़रा कसते हुए बोली, "देख ली न, मेरा भाई की छाती कितेक चौड़ी है......!"

गुलकंदी के मुँह से अपने भाई की प्रशंसा सुनकर सलेमी की माँ का सीना मारे गर्व के चौड़ा होता चला गया। बरकत की दिलेरी और उसकी भावना की न केवल देर तक वहाँ चर्चा होती रही बल्कि बाद में भी मोहल्ले वाले इसे अपवाद के रूप में प्रस्तुत करने लगे।

चौदह

चाँद की पाँच तारीख़।

दिन जुम्मेरात। जुह की नमाज़ के बाद बारात के जाने का कार्यक्रम है। महताब की बहली[1] और गुमट बिहारी के क़साइयों के रथ को एक दिन पहले बुलाकर उसे सजा कर तैयार कर दिया गया। बहली और रथ में जुड़ने वाली बैलों की

1. बहली : एक प्रकार की बैलगाड़ी जिसका उपयोग पहले ब्याह-बारातों में प्रायः होता था।

दोनों जोड़ियों के लिए विशेष रूप से झूल[1] मँगाए गए। बारात जाने से एक दिन पहले दोनों जोड़ी बैलों की देह पर मेंहदी के छाप लगा दिए गए। रथवाली जोड़ी की तो न केवल खूब खल-चूरी से सानी कर चराई की गई बल्कि उनके सींगों के लिए पीले, हरे और लाल पट्टियों के फेंटे भी सिलवाए गए। गले के लिए बड़ी-बड़ी पीतल की घंटियों की लड़ी बनवाई गई। आगे के पाँवों के लिए चमड़े के नेवर बनवाए गए। नौसा-नौसी वाले रथ के बैलों को ओढ़ने के लिए तो लाल रंग के झूलों का विशेष रूप से प्रबंध किया गया था। सुनहरे-सफ़ेद चमकीले गोटों, कौड़ियों और सलमे-सितारों से सजे झूलों पर जब सूर्य की रोशनी पड़ती, तो लगता जैसे नारंगी आसमान में तारे चमक रहे हैं।

अगले दिन बारात जाने के उल्लास और उत्साह ने पूरी रात किसी को सोने नहीं दिया। महताब और भूरे खाँ की साळ में इधर-उधर बिछे डहलों पर जेठ की गरम रात में कहीं सादल्ला के दोहों के मिसाल दे-देकर बातों का ख़ुलासा करने का सिलसिला जारी है, तो कहीं भीकजी, मीर खाँ, खक्के या दानशाह के दोहों के द्वारा। कहीं बबराबाण की शौर्यगाथा का बखान चल रहा है तो कहीं मेव खाँ घुड़चढ़ी का क़िस्सा अपने पूरे उठान पर है, और कहीं चूहड़सिद्ध[2] तथा लालदास[3] के अध्यात्म और वैराग्य का रंग बिखरा हुआ है। रात का तीसरा पहर शुरू होते-होते मरद-मुटिआर तो फिर भी सो गए लेकिन बीरबानियों की आँखों से नींद जैसे उड़ गई।

रात भर मची धमा-चौकड़ी, हँसी-ठट्ठों, छेड़छाड़ और बन्नों के बीच पूरब में बिखरी भोर की लालिमा तथा फ़जर की अज़ान के साथ परिंदों ने कब अपना राग छेड़ दिया, पता ही नहीं चला। अन्य सुबहों की तरह यह सुबह भी जेठ की ठंडी मंद-मंद मुस्कुराती बयार के साथ शुरू हुई—एकदम अलसाई, उनींदी और अपने आप में खोई हुई-सी। जगह-जगह पड़े कूड़े के छोटे-छोटे ढेरों को मुर्गे-मुर्गियाँ अपने पंजों से इधर-उधर छितराते हुए अपनी ही दुनिया में मस्त हैं। बीच-बीच में कोई मुर्गा गर्दन ऊँची कर अपनी कलगी को फड़फड़ाते हुए बाँग दे लेता है। गैल-दगड़ों में चारों खाने चित्त पड़े कुत्ते जिस्म को सीधा करते हुए, पूँछ से झाड़ू लगा फिर अपनी जगह पर बैठ जाते हैं, यानी भूरे खाँ के मोहल्ले को छोड़ दिया जाए तो बाकी के मोहल्लों की दिनचर्या अन्य दिनों से भिन्न नहीं है। रोज़ की तरह सुबह-सवेरे 'सलाम' और 'राम-राम' के स्वर में किसी तरह की

1. झूल : बैलों को सजाने वाला वह अंगवस्त्र, जिसे विशेष रूप से कौड़ियों और सितारों से बनाया जाता है।

2. चूहड़सिद्ध : राजस्थान के अलवर जिले का एक सिद्ध फ़कीर, जिसे हिंदू और मेव दोनों संप्रदाय बराबर मानते हैं। चूहड़सिद्ध का वास्तविक नाम अब्दुर रहमान था।

3. लालदास : संत लालदास को मेवात में साम्प्रदायिक सद्भाव का प्रतीक माना जाता है। चूहड़सिद्ध की तरह लालदास का जन्म भी एक मेव परिवार में हुआ। इनका वास्तविक नाम लालखाँ था और सम्वत् 1597 को इनका जन्म अलवर जिले के धौलीदूब गाँव में हुआ।

शिथिलता नहीं है।

मजीद सक़्क़ा ने अलस्सुबह उठते ही भैंसे पर मशक लाद पहले ही बोहराकी के कुएँ से पानी लाकर पीने के सारे मटके और सारी गोल भर दीं। उसके बाद उसने दूसरा चक्कर तीजन के कुएँ का मारा और नहाने धोने के लिए खटीकवाड़े से मँगाई गई दोनों पीतल की तामड़ियों[1] को भर दिया, तथा मशक में जो पानी बच गया उससे उसने साळ और दगड़े में छिड़काव कर दिया ताकि दिन चढ़ते ही चलने वाली तेज़ गरम हवा से रेत ना उड़े।

सूरज जैसे-जैसे चढ़ने लगा वैसे-वैसे व्यस्तता और भागमभाग और बढ़ने लगी। सल्ला नाई अपने दायित्व का निर्वाह करते हुए सबको बारात में जाने का बौरा एक बार और दे आया। तामड़ियों में भरे पानी का भरपूर इस्तेमाल होने लगा। कहीं बड़ी सिल पर तहमद और कुर्ते को मल-मल कर धोया जाने लगा तो कहीं रुमाल और जुर्राबों को। कुरम के उन जूते-जूतियों को गोहरवाली में बैठे चमारों से अपने सामने पालिश कराया जा रहा है, जो प्रायः अपने ऊपर से जमी धूल झड़ने का इंतज़ार करते रहते हैं। हमीद मीरासी भी समय से अपने बड़े लड़के कल्लू के साथ हारमोनियम और ढोलक लेकर पहुँच गया। एक दिन पहले सजा दी गई बहली और रथ का पूरा अवलोकन कर लिया गया कि कहीं कोई कमी तो नहीं रह गई है। बैलों के पुट्ठों पर हाथ मार-मार कर उन्हें आज़माया गया कि कहीं ऐसा न हो ऐन वक़्त पर बैल बिचल जाएँ और सारे करे-धरे पर पानी फिर जाए। गले और पाँवों में बँधी घंटियों की लड़ी और नेवरों को अच्छी तरह बजा कर देखा गया। रथ के नीचे लटके हुए विजय घंटे को इधर-उधर हिलाकर अच्छी तरह देख लिया गया। इस तरह हर प्रकार से तसल्ली हो जाने के बाद सबने महसूस किया कि अगर चाहे तो बारात अभी खड़ी कर दो, बेटीवाले के घर ले जाकर।

जुह की अज़ान लगते ही सब जुम्मा महजत की ओर लपक लिए। तब तक कन्हैया, बदलू, रामचंदर सब आ गए। जुम्मा की नमाज़ पढ़ने के लिए जाते-जाते भूरे खाँ कन्हैया से कह गया, "कन्हैया, हम अभी निवाज पढ़ आएँ...... जब तक आराम कर लेओ...... चाहो तो घरसू पाणी-पत्ता और पिआओ.....।"

लगभग आधे घंटे बाद सब आ गए जुम्मे की नमाज़ पढ़ कर।

सलेमी को सजा-सँवार कर पौली में एक डहले पर लाकर बिठा दिया। दोनों फूफियों और बहनों ने बड़े लाड़ और चाव से अपने इकलौते सलेमी के सिर पर सेहरा बाँधा। सेहरा बाँधते समय बड़ी फूफी ने अपने भाई भूरे खाँ की तरफ़ देखा, तो भूरे खाँ ने जैसे अपनी मौन स्वीकृति देते हुए कह दिया कि सेहरा बाँधने पर

---

1. तामड़ी : पीतल और ताँबे की बनी हुई बड़ी-बड़ी टंकियाँ, जिनका उपयोग विवाह जैसे अवसरों पर किया जाता है।

नेग के रूप में बड़ी फूफी ने जो बकरी माँगी है वह उसे ज़रूर मिलेगी। जब तक सलेमी के सिर पर सेहरा बँधता, तब तक चारों ओर खड़ी औरतों के मुँह से गीत के बोल फूटते रहे—

बनड़ा ए बनड़ी को बड़ो चाव
चल दियो सिखर दुपहरी में
बनड़ा जूता लायो सई साँझ
मोजा लायो दुपहरी में
बनड़ा ए बनड़ी को बड़ो चाव......।

पौली में दूल्हे के रूप में सजे अपने साथी सल्लू यानी सलेमी को रोबड़ा, बुद्धन, मन्नी और हरसू ने देखा तो पल भर के लिए ईर्ष्यावश उनको कुछ नहीं सूझा। सूझता भी कैसे आसपास उसका जीजा रमज़ान, मामा बरकत और अन्य आसनाई जो बैठे हैं। सल्लू ने उनको सामने खड़ा देखा तो गर्व और अभिमान से वह फूला नहीं समाया।

सफ़ेद तहमद-क़मीज़ के ऊपर बग़लों से होती हुई कंधों पर झूलती सुनहरे रंग की चद्दर, पैरों में लाल रंग के जुर्राबों पर गहरे कत्थई रंग की कुरम की चमकती हुई जूतियाँ, माथे पर मोतियों से बना लड़ियों का सेहरा, हाथ में थमी हुई बेंत, आँखों में डाली गई काजल की पतली रेखा और कल्ले में दबे मीठे पान से रंगे होंठों को देखकर मोहल्ले और मामा-फूफी के छोरों की बहुओं की छेड़छाड़ और चुहलबाजी से हालाँकि सलेमी अब उकताने लगा था लेकिन पता नहीं क्यों, आज उसे यह सब अच्छा भी लग रहा है।

बारात जाने के अंतिम चरण में सलेमी को थड़ी और उपरलीघाँ की महजत में ले जाया गया और वहाँ से आने के बाद पौली के आगे खड़े हुए रथ की ओर नौसा को ले जाया जाने लगा, तो पीछे-पीछे आ रही औरतों के समवेत स्वरों में और तेज़ी आ गई—

लाला रे तेरी बहली, कहान् जाएगी रे,
बाहण री मेरी बहली सुसराल जाएगी री।

दान लाएगी रे, दहेज लाएगी
या चौधरी की बेटी ए बिहा लाएगी रे
लाला रे तेरी बहली......।

दूल्हे के पीछे-पीछे, रथ की ओर बढ़ते गीत गाती औरतों के हुजूम और बड़ी फूफी द्वारा मुट्ठी भर-भर कर फेंके गए सिक्कों पर झपट्टा मारते बच्चों का शोर रथ के एकदम पास आते ही और तेज़ हो गया। रमजान ने अपने साले सलेमी को कौली में भरकर रथ में चढ़ा दिया और एकाएक तेज़ होते गीतों के बीच रथ धीरे-धीरे गाँव के बाहर की ओर बढ़ गया।

इसके बाद औरतों के हुजूम और रथ, बहली तथा गाड़ी-लडहों में बैठे बारातियों के बीच का फ़ासला बढ़ता चला गया। यह फ़ासला तभी ख़त्म हुआ जब दगड़े की लीक से उड़ते धूल के बादलों में बारात आँखों से ओझल हो गई।

पंद्रह

बारात जाने के बाद मोहल्ले में बच गई बीरबानियों ने जैसे राहत महसूस की। कुछ घंटों के लिए चौधरी मोहल्ले में मचने वाली धमा-चौकड़ी, हँसी-मज़ाक, छेड़ना-इतराना सब पर विराम लग गया जैस। गरम हवाओं और पसीने से तर कई दिनों के हारे-थके जिस्म इधर-उधर पसर गए। पूरे घर-आँगन में जहाँ-जहाँ सामान बिखरा हुआ था, वह भी यथावत् उठाने वाले हाथों की बाट जोहता रह गया। कुछ देर के लिए जैसे सब भूल जाना चाहती थीं।

इसके बाद ऐसा सोवता मचा कि बच्चों की चिल्ल-पों और छीना-झपटी के अलावा जैसे घर में कुछ था ही नहीं यानी देह झुलसाती हवाओं की साँय-साँय के बीच जगह-जगह बिछी खाट और गुदड़ियों पर बेसुध देह ही देह दिखाई देने लगीं।

काले पहाड़ को छेड़ता हुआ सूरज कब उसकी ओट में छिप गया, इससे किसी को कोई लेना-देना नहीं। बहुतों को तो नींद ने ऐसा दबोचा कि उन्हें अस्र की अज़ान की भी सुध नहीं रही। पानी-पात की तो ज़रूरत ही नहीं थी क्योंकि मजीद-सक़्क़ा ने ज़्यादातर बासन-भाँडे सवेरे ही भर दिए थे बल्कि अभी भी इतना पानी बचा हुआ है कि रात को सोने से पहले नहाया जा सकता है।

मग़रिब की अज़ान के समय बड़ी फूफी ने सबको हेला देते हुए जगाने की कोशिश की, "अरी खड़ी हो जाओ धींगड़ियो.... साँझ का दोनू टेम मिल रा हैं..... उठके दीया-बाती तो कर देओ!"

परंतु बड़ी फूफी का हेला सुन कर कुछ ने कुनमुनाते हुए करवट ले ली और कुछ ने जागने के बाद आँखें फिर मूँद लीं। बड़ी फूफी ने चेताते हुए फिर कहा, "निगोड़ी या तो खड़ी हो जाओ, नहीं अभी ला री हूँ घड़िया में पाणी......!"

सचमुच बड़ी फूफी की इस चेतावनी का इस तरह असर हुआ कि एक-एक कर सब खड़ी हो गईं, और न चाहते हुए भी बेमन से अपने-अपने कामों में लग गईं।

इशा की अज़ान लगने तक एल्यूमीनियम की देग में चढ़ी महेरी भी बन कर तैयार हो गई। कई दिनों के बाद आज दूध-महेरी मयस्सर होगी, वरना घी-चावल और पुलाव खाते-खाते पेट तक अफ़र गया है। बरकत मामा के छोरा की बड़ी बहू दूसरे चूल्हे पर बेझड़ का चून माँढ़कर रोटी बनाने बैठ गई। जिसे ज़्यादा भूख लग

रही थी उसने कटोरे में दूध-महेरी मिलाई और गटागट चढ़ा गई।

महेरी के देग को चूल्हे से उतारकर ओखली पर रख दिया और जैसे-जैसे रोटियाँ बनती गईं एक-एक कर सब खाकर एक ओर होने लगीं। ज़्यादातर बड़ी-बूढ़ियों ने तो महेरी से ही काम चला दिया क्योंकि उनकी नज़र में इससे बढ़िया खाद्य पदार्थ और कुछ हो नहीं सकता।

बारात के जाते ही हालाँकि पूरे चौधरी मोहल्ले पर औरतों का एकछत्र साम्राज्य स्थापित हो गया था किंतु तब सब लस्त-पस्त थीं। उस साम्राज्य का अहसास तो अब हुआ है यानी मर्दों से एकदम निस्संग और एक-दूसरे से बेपर्दा।

घर का सारा काम-धंधा निपटा कर एक-एक कर पूरा चौधरी मोहल्ला भूरे खाँ के घर इकट्ठा होने लगा। रोबड़ा की माँ, दोनों भावजें, नबी खाँ की माँ, गुलकंदी, अंगूरी से लेकर छोरी-छापरी सब इकट्ठी हो गईं। बड़ी फूफी और रहमती ने चौक में इधर-उधर छितरा हुआ सामान उठा कर एक ओर रख दिया। पौली में टँगी दोनों लालटेनों को लाकर चौक में गड़ी खूँटियों पर लाकर लटका दिया गया। जितनी भी सरकंडे वाली मूढ़ियाँ थीं चौक में लाकर पटक दी गईं। दोनों पीढ़ों को भी लाकर उनके पास ही बिछा दिया गया। दो बड़ी-बड़ी खाटों को बिछाकर उन्हें आपस में मिला दिया। देखते ही देखते पूरा चौक रंगमंच में तब्दील हो गया। बड़ी-बूढ़ियों ने अपने-अपने हिसाब से पीढ़े और मूढ़ियाँ ले लीं। पूरा घर एक बार फिर हँसी-ठट्ठों से भीगने लगा। बड़ी-बूढ़ी, छोटी-बड़ी, ताई-चाची, बुआ-भतीजी, मामी-भांजी के बीच के पर्दे एक झटके के साथ पता नहीं कब गिर गए। खूँटियों पर लटकी लालटेनों की लहराती लौ से पैदा होने वाली रोशनी भी इन हँसी-ठट्ठों में शामिल होने से अपने आपको नहीं रोक पाई।

"अरे, यह क्या?"

पल भर के लिए सब हैरान-परेशान कि बीरबानियों के बीच में यह मरदूद मरद की जात कहाँ से घुस आई? परंतु कुछ ही पलों के बाद जब एक तरफ़ से हँसी का फव्वारा फूटा, तब कहीं जाकर पूरे ठट्टे की समझ में आया कि असल माजरा क्या है। उसके बाद तो काफ़ी देर तक हँसी का सैलाब मानो थमने का नाम न ले।

सिर पर सफ़ेद फेंटे की शक्ल में बँधा मुँड़ासा, हाथ में मोटा लट्ठ, मूँछों की जगह तवे की कालिख़ से बनी बड़ी-बड़ी झबरीली मूँछे, बेतरतीबी से बँधा हुआ लट्ठे का तहमद और जिस्म को कसती हुई चुस्त क़मीज़। सचमुच देखने वाली एक बार तो अचकचा ही गई थीं, इस चौड़ी छातीवाले गबरू मरद को देखकर लेकिन छाती पर उभरी हुई गोलाइयों ने सब मटियामेट कर दिया।

आते ही झबरीली मूँछों को उमेठते हुए और मर्दानी आवाज़ निकालने की कोशिश करते हुए गबरू जवान बोला, "अरे कहान् है सुंदर कोली?"

तभी पाखे के पास बिछी खाट पर बैठी औरतों में से जनानी आवाज़ आई, "डोकरा, ऊ तो भूरे खाँ के छोरा सलेमी की बरात में गयो है......।"

"बरात में गयो है या अपणा घाघरा में घुसा राखो है?" मूँछों को उसी तरह उमेठते हुए तथा ज़मीन पर लट्ठ मारते हुए मर्द ने उलटा सवाल किया।

"डोकरा, तू भी बड़ो-बूढ़ो होके कैसी बात कर रो है.....।" जनानी आवाज़ फिर आई।

"तेरी माँ का मूँड में....... बूढ़ो होए तेरो खसम और बूढ़ी होए तू...... तेरा माथा की फूट री हैं जो ई लंबो-चौड़ो लट्ठ की जात गबरू तोहे बड़ो-बूढ़ो दीख रो है...।" मर्दानी आवाज़ ने रौब के साथ कहा।

इस बार औरतों के बीच से जनानी आवाज़ नहीं आई बल्कि मुँह पर लगे ढाटों के बीच से दबी हुई हँसी की खीं-खीं ही सुनाई देती रही।

"ला निकाल, अपणा कोली ए...... कह री है सलेमी की बरात में गयो है....... सलेमी का बाप ने भी कदी ब्याह करो है जो ऊ छोरा ए बिहाण गयो है......।" झबरीली मूँछों के बीच से आवाज़ आई।

"तो डोकरा मैं कोई झूठ थोड़ी बोल री हूँ....... चाहे तो अपणी सौं खवा ले......।" इस बार जनानी आवाज़ ने बड़ी ही मासूमियत से कहा।

"अच्छो, एक तो झूठ बोल री है और ऊपर सू मेरी ही सौं खान् की कह री है.....।" ज़मीन पर इस बार और ज़ोर से लट्ठ मारा गबरू जवान ने।

इस बार जनानी आवाज़ घबराते हुए बोली, "डोकरा, मैंने तो वैसेई झूठ बोल दी ही..... ई तो मैं भूल ही गई ही के डोकरा भूरे खाँ को तो ब्याहई ना हुओ है..... फिर ऊ सलेमी कस को है, कहीं ऊ गेलड़ तो ना है......? रुक जा, मैं अभी डोकरा भूरे खाँ की घरवाली सू पूछ के आ री हूँ......!"

"तू ऐसो कर, पूछ तो पीछे लीजो...... पहले सुंदर कोली ए अपणा घाघरा में सू बाहर निकाल......!" झबरीली मूँछों ने इस बार ग़ुस्से में कहा।

जनानी इस बार सचमुच घबरा गई और अचकचाते हुए बोली, "डोकरा, वाऽऽवाकी तो आँख दूखणी आ री हैं.....।"

"देख लेओ या लुगाई की बात..... खसम के पीछे कैसी झूठ बोल री है..... चल छोड़...... पहले ई बता मैंने जो दुसूती तेरा कोली कू दे राखी है..... ऊ बुणी है के ना?"

"ऊ तो अभी ना बुणी है डोकरा......।"

"तेरी माँ का चुदाया में कदी तो कह री है खसम बरात में गयो है और कदी कह री है वाकी आँख दूख री हैं....... मोहे तो अभी चहिए मेरी दुसूती......!" इतना कहकर गबरू जवान मूँछों को उमेठता हुआ जिधर से जनानी आवाज़ आ रही थी, उधर बढ़ने लगा।

तभी भीड़ में से लंबा घूँघट काढ़े एक महिला बाहर आई और गिड़गिड़ा कर

निवेदन करते हुए बोली, "डोकरा, आज की मोहलत और दे दे...... सारो सूत उलझो पड़ो है...... आज वाहे सुलझा लूँगी..... कल ले जइयो......"

लेकिन गबरू जवान नहीं माना, तो नहीं माना घूँघट काढ़े महिला ने गिड़गिड़ाते हुए जैसे ही गीत का मुखड़ा उठाया कि अन्य औरतें भी साथ-साथ गाने लगीं–

मेरो कोली गयो बरात, तानो कौन बुणेगो री
मेरा कोली की दूखें आँख, तानो कौन बुणेगो री
मेरो उलझो-सुलझो सूत, तानो कौन बुणेगो री
मेरो कोली गयो बरात.......।

उस दिन रोबड़ा की भावजों ने जैसा हँसी-ठट्ठा बड़ी-बूढ़ियों के साथ किया उसे सुन कर तो सबने मुँह पर ढाटा लगा लिया। यहाँ तक कि छोटी बहू ने तो अपनी सास को भी नहीं छोड़ा, क्योंकि मर्द के वेश में और कोई नहीं, उसकी छोटी बहू ही थी।

"ओ रोबड़ा की माँ...... कहान है छिनाल...... मैं तेरी कद सू बाट देख रो हूँ...... चल बटेवड़ा में..... मैं भी आ रो हूँ पीछे-पीछे...... खूसनी ए काढ़ के रखियो.....।"

रोबड़ा की छोटी भावज के इस संवाद को सुन कर तो वहाँ जमा ठट्टा हँसते-हँसते लोटपोट हो गया। ख़ुद सास भी दाँतों तले अँगुली दबा कर रह गई कि छोटी बहू ने अपने ससुर की हू बहू कैसी नकल उतारी है!

जेठ की इतराती लेकिन निस्तब्ध रात में खोड़िया के रूप में यह खेल तब तक चलता रहा, जब तक हँसते-हँसते सबके पेट नहीं दुखने लगे। किसी का इस ओर ध्यान ही नहीं गया कि हँसी-मज़ाक और ठट्ठे में रात का कौन-सा पहर बीत गया है। यह तो सलेमी की माँ को जब लगा कि अब इससे अधिक नहीं बैठा जाएगा तब उसने रहमती से बाखली लाने को कहा। रहमती ने बाखली की टोकरी बड़ी फूफी के हाथ में लाकर थमा दी। बड़ी फूफी ने सबको बाखली देकर विदा किया और अगले दिन आने के लिए फिर कह दिया।

❑ ❑

अगले दिन शाम को चौका-बर्तन से निपटकर इशा की अज़ान के बाद सब एक बार फिर खोड़िया के लिए इकट्ठी होने लगीं। बड़ी फूफी और रहमती ने चौक में बिखरे सामान को उठा कर एक ओर रख दिया। पिछली रात की अपेक्षा महिलाओं में आज कहीं ज़्यादा उत्साह है। यह उत्साह इसलिए ज़्यादा है कि जहाँ कल पूरे दिन बारात जाने की भागमभाग में एक-एक पोर थक कर चूर हो गया था, वहाँ आज पूरी दोपहरी सिवाय सोने के कोई काम ही नहीं था। इसलिए पूरे

चौधरी मोहल्ले की महिलाओं में उत्साह के साथ-साथ ताज़गी भी है। चेहरों पर थकान और तनाव की शिकन तक नहीं है, और फिर यही तो एक मौक़ा मिलता है जब उन्हें अपने 'स्त्री' होने का अहसास होता है। यही तो एक मौक़ा होता है जब वे उन्मुक्त भाव से पूरी निर्बाधता के साथ पुरुष वर्ग के वर्चस्व तथा उसके शोषण पर खुल कर प्रहार करती हैं। सच बात तो यह है कि इन्हीं मौक़ों पर ये पुरुष-दंभ और उसके वर्चस्व की बख़ियाँ उधेड़ती हैं।

इधर-उधर पूरे चौक में जिसे जहाँ जगह मिली, जम कर बैठ गईं। जब तक सारा मोहल्ला नहीं आ गया तब तक घर-गृहस्थी के क्रिया-कलापों का आख्यान चलता रहा। परनिंदा से लेकर सास-बहू और ननद-भावज के बीच होने वाली नोक-झोंक, जैसा कि प्रायः होता है, आज भी इन प्रिय विषयों पर बहस-मुबाहिसा तथा तब्सिरा होता रहा। और जब लगा कि सब अपने-अपने कार्यों से निवृत्त होकर आ गई हैं तब बड़ी फूफी ने आज के इस खोड़िया के शुरू होने की उद्घोषणा कर दी।

आज अंगूरी और महताबी एकदम अनूठा खेल दिखाने की तैयारी करके आई हैं, यानी अंगूरी ने मर्द का वेश धारण किया है और महताबी ने बीरबानी का। वही अंगूरी मर्द बनी है जिसका आदमी वास्तविक जीवन में लगभग रोज़ाना रिक्शा से होने वाली आमदनी से कच्ची दारू पीकर घर में महाभारत मचाता है, और किसी न किसी बात का बहाना कर उसका झोंटा पकड़ कर तब तक उसकी रुई की तरह धुनाई करता है, जब तक वह ख़ुद थक कर निढाल नहीं हो जाता है। इसके बाद वह हाँफता हुआ खटोले पर पड़ा बड़बड़ाता रहता है और अंगूरी देर तक उसकी सात पुश्तों को कोसती रहती है। पास-पड़ोस वालों ने एकाध बार उनकी सुलह-सफ़ाई भी करा दी लेकिन नतीजा वही ढाक के तीन पात और बक़ौल अंगूरी के ही कि शायद उसके भाग में यही बदा है।

अंगूरी ने आज स्वयं महताबी से इस खेल का प्रस्ताव रखा है और अपनी इच्छानुसार मर्द का स्वाँग भरा है।

थोड़ी देर बाद जब अंगूरी अपने मर्द का बाना बदल कर आई, तब थोड़ी देर के लिए सबकी आँखें फटी की फटी रह गईं कि उसके मर्द के वेश में यह अंगूरी है या सचमुच में उसका मर्द! अंगूरी अपने मर्द का रूप धारण किए महताबी का बेताबी से इंतज़ार करने लगी, और जब महताबी अंगूरी का बाना बदलकर सामने आई, तब अंगूरी ने अपने शराबी पति की हूबहू ऐसी नक़ल उतारी कि सबने दाँतों तले अँगुली दबा ली।

अंगूरी बनी महताबी का उसने झोंटा पकड़ कर अपने आदमी की तरह ऐसी धुनाई की कि थोड़ी देर के लिए वहाँ जमा औरतों का ठट्टा यह भूल गया कि वह भूरे ख़ाँ के घर में खोड़िया देख रहा है, या सचमुच पिछले दिनों की भाँति

अंगूरी को उसी के घर में उसके मर्द से पिटता हुआ देख रहा है! अंगूरी के इस अभिनय को देखकर देर तक सबने उसकी खूब प्रशंसा की लेकिन इस अभिनय के पीछे अंगूरी की मर्माहत भावनाओं को कोई नहीं समझ पाया कि क्यों उसने अपनी इच्छा से अपने ही मर्द का बाना बदला? क्यों उसने इसी खेल को चुना?

खोड़िया ख़त्म होने के बाद महताबी ने अंगूरी से शिकायत करते हुए मज़ाक में कहा भी, "अंगूरी, रंडी आज तो तैने अपणा खसम की सारी कसर निकाल ली...... निगोड़ी देख तो सही पूरी देह तोड़ के धर दी....!"

महताबी की इस शिकायत पर अंगूरी कुछ नहीं बोली बल्कि अपने मर्द का बाना बदलने के बाद वह जब अपने असली रूप में वापस आई तो उसके चेहरे पर एक वर्ग विशेष के प्रति उतारे गए आक्रोश की इबारतें साफ़ पढ़ी जा सकती थीं। एक अजीब-सी संतुष्टि उसके चेहरे पर तैर रही थी। देर तक अंगूरी को चारों ओर से औरतें छेड़ती रहीं कि आज तो उसने झूठे ही सही, अपने मर्द के बहाने अपना लावा निकाल लिया।

इस तरह आधी रात तक खोड़िया के बहाने एक कल्पनीय सृष्टि के बीच खुल कर सब अपने आपको अभिव्यक्त करती रहीं।

सोलह

अस्र की नमाज़ से थोड़ी देर पहले ही बारात पहुँची। बेटीवाले के घर बिचौला ने बारात आने की ख़बर पहुँचा दी। बारात के थड़ी पर पहुँचते ही ज़्यादातर बड़े-बूढ़े थड़ी के बग़ल में बनी महजत में नमाज़ पढ़ने चले गए, तो कुछ दिलफेंक क़िस्म के छोरे-छापरे इधर-उधर गैल-दगड़ों से होते हुए गलियों में घुस गए। हालाँकि थड़ी पर बारात पहुँचने से पहले भूरे खाँ ने हाथ जोड़कर बारातियों से विनती करते हुए कह दिया था, "लालाओ, काई की बहाण-बेटी सू ऊक-चूक मत कह दीजो....... थोड़ी-बहोत मजाक तो चल जाएगी पर......।"

"तेरी कहा सलाह है हमारा बराती काई की बहाण-बेटी ए लेके भगंगा..... अरे बराती हैं....... इन्ने भी मजा लेण दे......।" कन्हैया ने भूरे खाँ के वाक्य को बीच में काटकर हँसते हुए कहा।

"यार फिर भी...... छोरा-छापरा हैं, काई सू उल्टी-सूधी कह दी तो....।"

"हे तेरे की! भूरे खाँ तू भी पतो ना कहा रामाण ए ले बैठो...... चल छोड़ जब कहेंगा देखी जाएगी..... और फिर कह तो दी हम जैसा बड़ा-बूढ़ा वा बखत कहा काम आएँगा।" कन्हैया ने आख़िर बात ख़त्म करते हुए कहा।

जो थोड़े-बहुत बाराती बच गए थे वे बेटीवालों की तरफ़ से भेजे गए शरबत को पीने में जुट गए।

इशा की नमाज़ के बाद बारात को खाना खिलाया गया। बूरा और देसी घी से तर पसे हुए चावलों की कोरी ढूमरियों[1] से उठती हुई महक पूरे वातावरण में घुल गई। इधर बारात खाना खाती रही और उधर औरतों के हुजूम से रह-रह कर फ़िक़रे बरसते रहे। ऐसे मौक़ों पर युवावर्ग तो पूरा आनंद उठाता ही है बल्कि बड़े-बूढ़े भी पीछे नहीं रहते हैं। समधनों के मुँह से गालियाँ भी सुहाली का मज़ा देती हैं उस समय। लगभग डेढ़ घंटे में पूरी बारात ने खाना खा लिया।

खाना खाने के बाद बारात फिर थड़ी पर पहुँच गई। थड़ी में बिछे हुए डहलों के लिए मारा-मारी मच गई, और जहाँ नगीना में इस वक़्त औरतों का साम्राज्य है, वहाँ इस थड़ी पर निस्संग मर्दों का। दो-दो डहलों के बीच ताज़ा किए गए हुक्कों और फ़र्शियों की नै से निकलता गुड़ैला धुआँ, और डहलों पर बैठे बारातियों के क़िस्से-कहानियों ने ऐसा माहौल पैदा कर दिया कि जो इनके बीच आकर बैठ गया, उसका उठकर जाने का मन नहीं किया।

ज्यों-ज्यों जेठ की गर्दभरी रात अपनी यात्रा तय करने लगी, वैसे-वैसे थड़ी के बाहर बिछे डहलों पर अतीत की फुहारें बरसने लगीं। अलग-अलग समूहों में कहीं चंद्रावल गूजरी की बात, तो कहीं शमशुद्दीन पठान की बात; कहीं चूहड़सिद्ध की बात तो कहीं खैरा मेव की बात; कहीं महादेव-गोरा को छल, तो कहीं शाह जमाल की बात पूरे वातावरण को अपनी ऐतिहासिकता से मुग्ध करने लगी।

आख़िरकार हमीद मीरासी के हारमोनियम की आवाज़ और ढोलक की गुमक को सुन सब हमीद की ओर पलटे। डहलों पर अलसायी हुई देहों में हलचल-सी हुई। उनींदी आँखों से नींद जैसे ग़ायब हो गई, और उन वाक्यों पर विराम लग गया जो अपनी समाप्ति की ओर बढ़ रहे थे। हमीद और कल्लू दोनों बाप-बेटा हारमोनियम और ढोलक लेकर सबसे बीचवाले डहले पर आकर बैठ गए। इधर-उधर रखे हुक्के एक एक-कर हमीद और कल्लू के पास सरक आए।

हारमोनियम के सुरों का मिलान करने के बाद हमीद बोला, "हाँ तो जिजमान, बताओ कौण-सी बात सुरू करूँ—दरयाव खाँ मेव-ससिबदनी मीणी की, मेव खाँ घुड़चढ़ी की, चूहड़सिद्ध की, घोसड़ा की या फिर बबराबाण की बात?"

"यार हमीद, तेरी बबराबाण की बात तो हम सुनता ही आया हैं...... आज तू कुछ और सुणा.....!" महताब ने हमीद मीरासी पर बात डालते हुए कहा।

"जिजमान, मोकू तो जो आप हुकम करोगा मैं तो वही सुणा दूँगो.....।" हमीद ने अर्ज़ करते हुए कहा।

"हमीद, ई घासेड़ा की कौन-सी बात है...... आज वाहे सुणा......!" कन्हैया ने इस बार उत्सुकता से कहा।

"हम्बै वाड़ी, सुणे तो सही हमारा घासेड़ा की कौण-सी बात है?" महताब भी इस बार इस उत्सुकता में शामिल हो गया।

---

1. ढूमरी : मिट्टी का बड़ा सकोरा।

"ठीक है जिजमान, आज हम तमन्ने घासेड़ा की बात ही सुणाएँगा..... हाँ रे लाला, तैयार हो जा......!" हमीद ने अपने लड़के कल्लू से तैयार हो जाने के लिए कहा और घासेड़ा की बात सुनाने लगा।

यह क़िस्सा घासेड़ा के साथ-साथ उस सादल्ला का भी है जिसे मेवात का कबीर कहा जाता है। कहते हैं कि सादल्ला अध्यात्म और जीवन-दर्शन का इतना बड़ा ज्ञाता था कि उसने स्वयं अपने बारे में कह दिया था—

जितनो वेद-पुरान में, हूँ तक 'सादल्ला'
आगे अथम-अथाह, मेरो जाणे सो अल्ला।

यह उस सादल्ला की कथा भी है जिसने महाभारत पर आधारित 'पंडून को कड़ा' जैसे महाकाव्य की रचना की थी। इस महाकाव्य के रचने के पीछे भी एक दिलचस्प क़िस्सा बताया जाता है। कहा जाता है कि सादल्ला के गाँव आकेड़ा के एक मेव चौधरी साँवला द्वारा नया कुआँ खुदवाने का कार्य शुरू किया गया। खुदाई के दौरान उसमें कुछ ताँबे के पत्तर मिले, जिन पर कुछ लिखा हुआ था। साँवला मेव ने ये पत्तर सादल्ला को सौंप दिए। सादल्ला ने इन पत्तरों का अध्ययन किया और पाया कि इन पत्तरों पर पांडवों का जीवन-परिचय लिखा हुआ है। इस प्रकार सादल्ला ने इन पत्तरों के आधार पर 'पंडून को कड़ा' की रचना प्रारंभ कि, जिसे उसने 1695 में पूरा किया।

कुएँ की खुदाई का कार्य जब पूरी तरह सम्पन्न हो गया, तब साँवला ने एक उत्सव का आयोजन किया जिसमें आसपास के बहुत-से लोगों ने हिस्सा लिया। इस आयोजन में सादल्ला भी आया और वहाँ पांडवों की कथा सुनाते हुए बोला-

जग रची साँवला मेव के, आयो सब संसार
वा सम्वत् 'सादल्ला' कथे, उन पंडून को उपकार।

उसी सादल्ला और घासेड़ा के राव बहादर सिंह का क़िस्सा सुनाने से पहले हमीद ने हारमोनियम के सुरों को मिलाया और फिर कानों से अँगुलियों को छूते हुए आँखों को हलके से मूँद कर गाना शुरू किया—

सुमरु माता ईसरी, सारी डोर धणी के हाथ
ध्यान धरो सुणता रहो, कहूँ एक गुण-चरचा की बात
वा दिल्ली का खेत में, बहोत जुड़ा हा दल्ल
ऊ धरती है कौण सी, है जहाँ को राजा सूरज मल्ल।

तो राव बहादर सिंह ने एक बार इसी सादल्ला को अपने दरबार में बुलाया और कहा कि सादल्ला तुम औरों के बारे में बहुत दोहा-कविता कहते रहते हो, कभी हमारे बारे में भी कहो। इस पर सादल्ला ने राव बहादर सिंह को दो टूक मना कर दिया कि यह भाँडगिरी मैं नहीं करता हूँ।

अपने आपको अपमानित होता देख राव बहादर सिंह ने तरह-तरह से सादल्ला

को शारीरिक और मानसिक यातनाएँ-प्रताड़नाएँ देनी शुरू कर दीं। सादल्ला ने निडर भाव से इन यातनाओं को सहते हुए राव बहादर सिंह से कहा–

मिंतर मिले उजाड़, घोल के जहर पिलावे
साँई बणे हकीम, पेट में वाहे जिरावे

अर्थात जिसका रखवाला ख़ुदा होता है उसे चाहे ज़हर पिला दो वह उसे भी पचा जाएगा। आख़िरकार राव बहादर सिंह ने सादल्ला को काल-कोठरी में डाल दिया। सादल्ला ने काल-कोठरी में जाते-जाते कहा कि राव सा' इतना घमंड करना ठीक नहीं है। अगर आपका राजपाट छः महीने ख़त्म होते ही मिट्टी में न मिल जाए तो मेरा नाम सादल्ला नहीं। इसलिए कहता हूँ–

'सादल्ला' सच्ची कथे, कदी ना बोले झूठ
बादसा तेरे दरबार में, गादड़ बोलें चारों कूँठ

सादल्ला का कथन सही निकला। छः महीना बाद ही भरतपुर के राजा सूरजमल जाट ने राव बहादर सिंह पर धाबा बोल दिया और राव बहादर सिंह को काल-कोठरी में डाल दिया।

सादल्ला को जब काल-कोठरी से मुक्त किया गया, तब बाहर आकर वह बोला–

चाहे घात-बिसास कर, जो जी सू गेरे मार
'सादल्ला' सारे बसें, जाहे राख देय करतार
मिटे ना हर का क़ौल, मरे ना बिना आवदे
झूंझण ता ना मरे, तोप को गोलो दागे

राव बहादर सिंह की दशा देखकर सादल्ला उससे कहता है-

कहाँ जो मोती-हार, कहाँ जो पैम-पँसारी
कहाँ कपड़-बजाज, कहाँ हलवा-तरकारी
कहाँ दराव-सराब, कहाँ दौड़ा अम्बारी
कीनी खिनाया कोट, कौण हीं लाया पाणी
राजा रहे ना धन रहे, मत कोई करियो गरूर
'सादल्ला' सच्ची कथे, राव जी अंत धूल की धूल.......।

थड़ी में जब तक हमीद के हारमोनियम के साथ ढोलक पर कल्लू की थाप पड़ती रही, तब तक हुंकारों के बीच सिवाय हुक्के और फ़र्शियों की नै से गुड़गुड़ाहट के साथ धुएँ के बादल ही उड़ते रहे।

सादल्ला की दिलेरी, दूरदर्शिता और अध्यात्म के इस अनसुने पक्ष को सुनकर पूरी थड़ी की दीवारों से रोमांच की प्रतिध्वनियाँ टकराती रहीं।

अगले दिन दोपहर को बारात के लिए खाने में पुलाव और ज़र्दा बनाया गया। ज़र्दे में देसी घी तो जम कर डाला ही गया बल्कि काजू, किसमिस और बादाम भी खूब डाले गए। सचमुच ज़र्दा इतना स्वादिष्ट था कि सलेमी अब भी अतीत में झाँककर देखता है, तो लगता है कि जैसे बरसों पहले बने ज़र्दे की महक अभी भी उसके नथुनों में तैर रही है।

जुह्र की नमाज़ के बाद महजत में सलेमी के निकाह के समय पूरी बारात जमा हो गई। एक-एक कर सारी रस्में पूरी होने लगीं। बेटीवाले की ओर से दिए गए दहेज की पूरी बारात में चर्चा होती रही। सलेमी के लिए बहुत कुछ दिया बेटीवाले ने। इतना दिया कि भूरे खाँ का सीना मारे ख़ुशी के चौड़ा होता चला गया। पलंग-पीढ़ी, साइकिल, पाँच बर्तन, पाँचों कपड़े और धौण[1] रुपया। भूरे खाँ के लिए भी समधी ने कोई कसर नहीं छोड़ी यानी समधी का एक कम्बल और इक्यावन रुपए से मान किया गया। समधी के हाथों अपना नेग लेते समय मारे ख़ुशी के भूरे खाँ के हाथ काँपने लगे। इधर भूरे खाँ दहेज के सामान को देखकर फूला नहीं समा रहा था और उधर औरतें उसे गरियाती हुई गा रही थीं—

नकीलो आयो बिहान लू
कहा लायो है नसीरी को नाच
गोला-फुलझड़ी तो खूब चली
मजा आतो, होतो जो किरसना को नाच।

इतने अच्छे दहेज को देखकर जैसा कि अक्सर होता है कि बारातियों के बीच अनेक प्रकार की शंका-आशंकाओं के स्वर उभरने लगे। रह-रह कर थड़ी में यदा-कदा कोई न कोई जुमला उछलने लगा।

"कहीं छोरी में कोई ऐब तो ना है, जो इतनो दहेज दियो है बेटीवाला ने....?" थड़ी के किसी पलंग से उछला था यह प्रश्न।

"......पर अब तो छोरा ने छोरी कबूल कर ली है...... काणी, लूली, लँगड़ी जैसी भी है, भूरे खाँए बहू ओटणी पड़ेगी......।" कहीं किसी ने एक तरह से प्रश्न का जवाब भी दे दिया था।

भूरे खाँ ने भी सारे नेग दिल खोल के पूरे किए—चाहे वह चौपाड़ का नेग था या फिर टोकरी का नेग।

निकाह के बाद सारे बारातियों ने, चाहे वे बूढ़े थे या जवान, बच्चे थे या किशोर पूरा गाँव देखा—यही सोचते हुए कि पता नहीं किसी के भाग में इस गाँव में दोबारा आना लिखा भी है या नहीं!

---

1. *धौण : मेवात में वधू पक्ष की ओर से दहेज में जो राशि नक़द प्रदान की जाती है उसे एक क्षेत्रीय मानक के रूप में जाना जाता है, जैसे- —एक धड़ी (पाँच सेर)= चार सौ रुपए। धैं सेर (दस सेर)= आठ सौ रुपए। धौण (बीस सेर)= सोलह सौ रुपए। एक मन= बत्तीस सौ रुपए तथा एक क्विंटल= आठ हज़ार रुपए। यहाँ यह बता देना ज़रूरी है कि यह मानक वज़न के रूप में नहीं वरन् नक़द राशि के रूप में प्रचलित है।*

रात का खाना खाकर एक-एक कर जब सारे बाराती थड़ी पर आ गए तो एक बार फिर थड़ी के बाहर बिछे डहलों और खाटों के बीच हुक्के और ताज़ा फ़र्शियाँ करके रख दी गई। हुक्के-फ़र्शियों की गुड़गुड़ाहट से थड़ी का चौक एक अजीब से संगीत से भर गया। गहराती रात के अँधेरे से प्रतिरोध करती ढिबरी और लालटेनों की रोशनी में एक बार फिर ऐतिहासिकता के स्वर्णिम हरूफ़ों को हारमोनियम के सुरों और ढोलक की थाप से उकेरा जाने लगा। हमीद मीरासी और कल्लू की जुगलबंदी ने एक-एक कर अतीत के अनदेखे-अनछुए दृश्य-प्रसंगों को फिर से जीवंतता प्रदान करनी शुरू कर दी। f

पूर्व की भाँति हमीद ने आँखें बंद कर पहले अपने गुरू और पुरखों का सुमरन किया और फिर सुनाना शुरू किया 'पंडून को कड़ा'। वहीं पंडून को कड़ा जिसे सादल्ला और उसके शागिर्द नबी खाँ ने दोहों में पिरोया है।

रात जैसे-जैसे बीतने लगी वैसे-वैसे उसके सन्नाटे में हारमोनियम के सुरों और ढोलक की थाप के साथ हमीद मीरासी जब कभी भीम तो कभी अर्जुन की वीरता, कभी दुर्योधन और दुशासन की धृष्टता का वर्णन करता, तो सुनने वाले बारातियों की कनपटी की नसें जहाँ दुर्योधन और दुशासन की धृष्टता से विक्षुब्ध हो खिंचने लगतीं वहीं भीम और अर्जुन के पराक्रम की गाथा सुनकर उनकी आँखें मारे ख़ुशी के रह-रहकर चमक उठतीं। भुजाओं की मछलियाँ मचल-मचल उठतीं।

इस बीच महताब ने मीरासियों से आग्रह करते हुए सुझाव दिया कि बात सुनाते समय हारमोनियम और ढोलक की आवाज़ को कम ही रखें क्योंकि उनकी वज़ह से सोते हुए बाकी के गाँव का क्यों रतजगा किया जाए? हालाँकि ज़्यादातर बारातियों का मानना यह था कि क़िस्सा-कहानियों का मज़ा ही खुलकर गाने-बजाने में आता है लेकिन महताब के तर्क में वज़न था। इसलिए हमीद ने पूरा आश्वासन देते हुए दूसरा क़िस्सा शुरू कर दिया।

अगला क़िस्सा हमीद ने शुरू किया दरिया खाँ मेव और ससिबदनी मीणी का। पूरी बारात की निगाह हमीद की अँगुलियों पर जा ठहरी। हमीद ने पहले खँखारते हुए गले को साफ़ किया और फिर पास रखी बाल्टी से पानी पीने के बाद हुंकारों के बीच क़िस्सा सुनाने लगा—

अजानगढ़ की पहाड़ियों के ज़मींदार टोडरमल ने एक बार बादशाह अकबर से यह कहा कि—

पाँच पहाड़न् की राजा ही, और पूरो तेरो दल्ल
आधे अकबर बादशाह, आधो पाहट टोडरमल्ल।

अकबर ने टोडरमल से जब पूछा कि इसका क्या मतलब है? तब टोडरमल ने अकबर को समझाया कि हुज़ूर, यह तो आपको पता ही है कि मैं अजानगढ़ की इन पाँच पहाड़ियों का ज़मींदार हूँ, इसलिए इनसे जो थोड़ी-बहुत पैदावार होती है

उसमें से आधा हिस्सा आपके पास लगान के रूप में चला जाता है और आधा मेरे पास रह जाता है, अर्थात आधे के मालिक आप हैं और आधे का मैं।

टोडरमल की इस व्याख्या को सुनकर अकबर इतना प्रभावित हुआ कि उसने टोडरमल को इनाम तो दिया ही बल्कि अपनी सेना में भर्ती भी कर लिया।

सेना में भर्ती के बाद अकबर ने टोडरमल को एक बार बादा राव मीणा के साथ लाम पर भेज दिया। इस तरह लाम पर रहते हुए टोडरमल और बादा राव मीणा में गहरी दोस्ती हो गई। इतनी गहरी कि एक दिन टोडरमल ने बादा राव से कहा, "राव सा, मेरी बीरबानी पेट से है, अगर बुरा ना मानो तो एक बात कहूँ!"

"हाँ कह।"

"अगर मेरी बीरबाणी से छोरी हुई तो उसका ब्याह आपके पोते से करने की इच्छा है मेरी...... और अगर छोरा हुआ तो आपकी पोती से.......।"

बादा राव पहले तो टोडरमल के प्रस्ताव को सुनकर चुप रहा लेकिन अंततः कुछ देर बाद उसने स्वीकृति दे दी।

कुछ दिनों बाद टोडरमल की पत्नी ने लड़के को जन्म दिया, जिसका नाम दरिया खाँ रखा गया। उधर दूसरी ओर बादा राव के घर में लड़की ने जन्म लिया, जिसका नाम ससिबदनी अर्थात जिसका चेहरा चंद्रमा जैसा हो, रखा गया। कहने का मतलब है कि ससिबदनी इतनी रूपवती थी।

धीरे-धीरे दरिया खाँ और ससिबदनी जब आठ-दस बरस के हो गए, तो बादा राव ने एक दिन टोडरमल के घर अपना नाई टीका लेकर भेज दिया, जिसे टोडरमल ने सहर्ष स्वीकार कर लिया।

छः महीने के भीतर ही टोडरमल बारात लेकर बादा राव के बायने पर पहुँच गया। सारा काम सही-सलामत सम्पन्न होता रहा लेकिन रात को भोज पर सारा मामला बिगड़ गया। दरअसल, हुआ यह कि बादा राव टोडरमल और उसके बारातियों से मदिरापान और मांस खाने का आग्रह करने लगा परंतु टोडरमल ने ऐसा करने से साफ़ मना कर दिया।

आख़िर बादा राव भी अपनी ज़िद पर उतर आया कि नहीं मदिरापान तो उन्हें उसके साथ करना ही पड़ेगा। तभी टोडरमल को इस ज़िद से पीछा छुड़ाने की एक युक्ति सूझी। उसने तुरंत बादा राव से कहा, "राव सा, गजब हो गया!"

बादा राव ने घबराते हुए पूछा, "क्या हुआ?"

टोडरमल ने बेहद गंभीरतापूर्वक कहा, "राव सा, अभी-अभी ख़बर मिली है कि अजानगढ़ पर दिल्ली के बादशाह ने चढ़ाई कर दी है।"

टोडरमल की बात सुनकर बादा राव ने पूछा, "अब क्या होगा?"

"राव सा, पहले मैं दिल्ली के बादशाह से निपट आऊँ..... ससिबदनी को तो हम बाद में भी विदा करवा कर ले जाएँगे।"

बादा राव ने टोडरमल की बात मान ली और इस तरह टोडरमल बिना दुल्हन

के वापस अजानगढ़ चला आया।

धीरे-धीरे महीना दर महीना, साल दर साल बीतते रहे किंतु अपने वायदे के मुताबिक़ टोडरमल बादा राव की पोती को विदा कराने नहीं आया।

इधर ससिबदनी ने एक के बाद एक कई वसंत पार कर लिए।

सावन के एक महीने में जब सनसनाती हुई पुरवा हवाएँ जिस्म को छेड़ती हुई चल रही थीं, तब ससिबदनी की सहेलियों ने उसे छेड़ते हुए उसके पति का नाम पूछा। इस पर ससिबदनी ने अपनी सहेलियों से जब यह कहा कि उसका नाम वह अपनी माँ से पूछ कर बताएगी, तो सारी सहेलियाँ खिलखिला कर हँस पड़ीं।

ससिबदनी उदास मन लिए घर आ गई और अपनी माँ से बोली–

जब साथन मेरा साथ की, सभी सासरे जाएँ
कहा खता हमसू बणी, माता जिकर हमारो नाएँ।

बेटी की बात सुनकर माँ ने जवाब दिया–

बेटी तू ब्याही मेवात में, डाबक तेरो गाँव
बेटा टोडरमल्ल को, वाको दरिया खाँ है नाम।

इस प्रकार माँ के जवाब से ससिबदनी को अपने पति और ससुराल का पता चल गया।

इसके बाद ससिबदनी ने चींमला खाती के हाथों दरिया खाँ के नाम संदेशा भिजवाया लेकिन चींमला खाती ने उस संदेशे को दरिया खाँ के बजाय टोडरमल को दे दिया।

दरिया खाँ के नाम ससिबदनी के संदेशे को पढ़कर टोडरमल ग़ुस्से से पागल हो उठा। परिणामस्वरूप टोडरमल ने अपना सारा ग़ुस्सा चींमला पर उतारते हुए यह हुक्म दिया कि चींमला को ऐसी सज़ा दी जाए, जिससे वह दोबारा ऐसी जुरअत न कर सके।

टोडरमल का हुक्म पाते ही चींमला खाती के हाथ-पाँव बाँधकर उसे घोड़े के पीछे बाँध दिया गया और बाजरे में सरसों का तेल मिला कर उसके मुँह में उड़स दिया गया। इसके बाद चींमला की खूब पिटाई की गई।

इस पिटाई से चींमला खाती का पूरा जिस्म सूज गया। टोडरमल के वहाँ से पिट कर चींमला जब वापस पहुँचा तब उसने ससिबदनी को सारा हाल बता दिया। इसके बाद ससिबदनी ने स्यामला नाई के हाथों एक चिट्ठी भिजवाई, जिसमें अपने विरह को व्यक्त करते हुए उसने लिखा–

जंगल में हिरणा चरें, वे भी कराँ किलोड़
दरिया टोडरमल्ल का, मोए तू गयो सिलगती छोड़।

ससिबदनी की चिट्ठी लेकर स्यामला नाई ने भी वही ग़लती दोहराई जो चींमला ने की थी यानी वह भी सीधा टोडरमल के पास पहुँच गया लेकिन जब तक

टोडरमल कुछ समझ पाता, तब तक स्यामला उलटे पाँव भाग लिया। चिट्ठी पढ़ते ही टोडरमल ने तुरंत स्यामला के पीछे घुड़सवारों को उसे पकड़ने के लिए भेज दिया लेकिन तब तक स्यामला नौ दो ग्यारह हो चुका था।

ससिबदनी के पास पहुँच कर स्यामला ने निराश होते हुए कहा है–

कहा कहूँ बात मेवात की, कहते दुखे बाँह
गौणो तेरो राव की, होतो दीखे नाह।

अंततः स्यामला की बात सुनकर ससिबदनी ने निराश होकर उससे पूछा कि ऐसा कौन है जो उसका यह काम कर सकता है? तब स्यामला ने दादा घोरंगिया मीरासी का नाम सुझाया।

इस बीच ससिबदनी ने अपने आसपास के सभी बारह गाँवों में यह घोषणा करवा दी कि जब तक उसका गौना नहीं होगा, तब तक किसी का भी नहीं होगा। घोरंगिया ने जब उसकी यह घोषणा सुनी तो उसने ससिबदनी को एक तरीक़ा बताया और वह यह कि ससिबदनी सोलह श्रृंगार करके अपने दादा बादा राव की कचैड़ी के आगे से निकले क्योंकि बादा राव ने यह आदेश दिया हुआ है कि उसकी कचैड़ी के आगे से कोई भी महिला नहीं गुजरेगी। उसके बाद क्या करना है यह मुझ पर छोड़ दो।

ससिबदनी को सारी योजना समझा कर घोरंगिया मीरासी बादा राव की कचैड़ी में जाकर बैठ गया। योजनानुसार ससिबदनी जब सोलह श्रृंगार करके बादा राव की कचैड़ी के सामने से जैसे ही गुज़री कि बादा राव ने गुस्से में घोरंगिया मीरासी से पूछा, "घोरंगिया, यह औरत कौन है जिसने हमारे हुक्म की उदूली की है?"

घोरंगिया मीरासी ने बहुत ही विनम्रता के साथ कहा, "हुजूर, यह और कोई नहीं आपकी पोती ससिबदनी बाई है।"

घोरंगिया की बात सुनते ही बादा राव तो जैसे तड़ाक से ज़मीन पर आ गिरा कि उसे ख़ुद अपनी ही पोती का पता नहीं चला कि वह जवान हो गई है। उसे अपने निर्णय पर बहुत पछतावा हुआ। उसके बाद बादा राव ने तुरंत घोरंगिया को हुक्म दिया कि वह टोडरमल के पास जाए और उससे गौने के लिए मेरी ओर से निवेदन करे।

अगली सुबह घोरंगिया ने ससिबदनी को यह ख़ुशख़बरी तो सुनाई ही साथ में यह निवेदन भी किया, "बाई जी, मेरी लड़की की शादी में बहुत खर्चा हो गया है, जिसके कारण मैं बहुत कर्ज़दार हो गया हूँ।"

घोरंगिया की परेशानी सुनकर ससिबदनी ने उसे मोहर और रुपयों के दो थाल भरकर दे दिए और कहा कि वह इनसे अपना कर्ज़ा चुकाए।

अगले दिन घोरंगिया तैयार होकर जब जाने लगा तो ससिबदनी ने उसे एक चिट्ठी लिख कर दी, जिसमें दरिया खाँ के नाम संदेश लिखा था–

मरवण लिखे संदेसड़ा, चौबारा की छाँह
आँसू गेरे मोर जूँ, मल्ल का तू आड़ी दे जा बाँह।

इस तरह जैसे-जैसे ससिबदनी की चिट्ठी लेकर घोरंगिया एक-एक कर सीढियों से उतरने लगा, वैसे-वैसे ससिबदनी एक के बाद एक चार चिट्ठियाँ और देती है। घोरंगिया जैसे ही अंतिम सीढ़ी पर आया कि तभी ससिबदनी की माँ आ गई और वह घोरंगिया से कहती है–

कहे तो भेजूँ पालकी, कै भेजूँ सुकपाल
दरिया टोडरमल्ल का, एक बर फेर नेहड़े आव।

ससिबदनी का संदेशा लेकर घोरंगिया मीरासी टोडरमल के पास पहुँच गया। दुआ-सलाम के बाद टोडरमल घोरंगिया से पूछता है कि इतने दिनों तक वह कहाँ रहा? इस पर घोरंगिया कहने लगा, "हुजूर, मेरा तो बादा राव से ब्याह में ही झगड़ा हो गया था, मेरी तभी से उनसे बोलचाल बंद है। आज आपसे मिलने की इच्छा हुई तो चला आया।"

घोरंगिया की बात सुनकर टोडरमल ने अपने लड़के भेडू खाँ को बुलवाया और उससे कहा कि अपनी माँ से जाकर कह कि घोरंगिया के लिए खाना बनवाए। खाने के समय टोडरमल ने चाँदी के थाल में सात सोने की अशरफ़ियों की परत चावलों के भीतर जमा दी।

घोरंगिया जब खाना खाने बैठा तो पहले ही ग्रास में अशरफ़ी आ जाती है। इसके बाद वह सारी अशरफ़ियों को थाल से निकाल कर वापस करने लगा, तो इस पर भेडू खाँ की माँ ने घोरंगिया से कहा कि उसने ये मोहर, चाँदी का गिलास तथा थाल उसे भेंट कर दिया है।

इस बीच घोरंगिया को बातों ही बातों में दरिया खाँ का पता लग गया कि वह इस वक़्त पहाटका गाँव में है।

घोरंगिया के पाहटका पहुँचने पर दरिया खाँ ने उसे पहचान लिया कि वह उसके ससुराल से आया है। घोरंगिया को देखकर दरिया खाँ ने अपने भाइयों को शराब पिला कर नशे में कर दिया। भाइयों के नशे में हो जाने पर दरिया खाँ घोरंगिया से ससिबदनी का हाल पूछता है।

घोरंगिया मीरासी ससिबदनी की प्रशंसा और उसके सतीत्व का बखान करते हुए कहता है–

रम्भा राणी राजा चंद के, रुकमणि किसन कँवार
लच्छ परगने राजा चंद के, ऐसी दरिया खाँ तेरी नार।

घोरंगिया के मुँह से ससिबदनी की प्रशंसा सुन दरिया खाँ उससे कहता है कि वह माँगे, क्या माँगता है? इस पर घोरंगिया बस एक ऊँट की माँग करता है जिसे दरिया खाँ उसे दे देता है। ऊँट के मिलने पर घोरंगिया ने दरिया खाँ से कहा–

कहा कहूँ, कह ना सकूँ, कहते आवे भौं
तू आयो रहियो मल्ल का, तोहे टोडरमल की सौं।

इधर घोरंगिया दरिया खाँ को ससिबदनी का संदेशा देकर लौटता है और उधर ख़्वाजा ग़रीब नवाज़ का अजमेर में मेला लगता है। मेले पर जाने वाले स्त्री-पुरुष रात को पान्हौरा, जहाँ ससिबदनी रहती है, के जंगलों में रात को आराम करने के लिए रुकते हैं। जंगल में रुकने वाले ये तीर्थयात्री रात को जंगली जानवरों से बचने के लिए आग जलाते हैं। जंगल में जलती हुई आग को देखकर ससिबदनी अपनी बाँदियों से पूछती है कि जंगल में यह कैसी आग है?

ससिबदनी के इस सवाल पर एक बाँदी ने बताया, "बाई जी, यह आग उन लोगों ने जलाई हुई है जो ख़्वाजा ग़रीब नवाज़ की मज़ार पर जा रहे हैं। ग़रीब नवाज़ उन सबकी मनोकामना पूरी करते हैं जो उसके पास जाते हैं।"

बाँदी की बात सुन ससिबदनी भी अजमेर चल देती है। अजमेर जाकर वह अपनी लूगड़ी को फाड़कर उससे मज़ार पर सफ़ाई करते हुए दुआ माँगती है-

झाडू दूँ दरबार में, चौलड़ कर-कर चीर
बिछटो कन्थ मिलाय दे, मेरा सच्चा ख़्वाजा पीर।

दुआ कुबूल होने पर दरबार से ससिबदनी को सुनाई देता है–

पोती बादा राव की, राखो दुरस इमान
जो हुकम हुओ दरगाह सू, तेरो आण मिले मिजमान।

ससिबदनी का संदेश पाकर, दरिया खाँ ने अपने भाइयों से गौना करने के लिए कहा लेकिन दरिया खाँ के भाइयों ने उसके साथ जाने से मना कर दिया। अपने भाइयों द्वारा मना करने पर दरिया खाँ, चिणगी मियाँ को साथ लेकर स्वयं गौना करने के लिए चल दिया।

रास्ते में चिणगी मियाँ को भूख लगने लगी तो वह पास में कचरों के खेत से, यह कहते हुए कचरे तोड़ने लगा, "एक बाबू दरिया खाँ को.... एक मेरो।"

बहुत सारे कचरे तोड़कर और उनकी पोट बाँध कर वह पीठ पर रखने लगा तो उसके मुँह से आवाज़ निकल गई। चिणगी मियाँ की आवाज़ सुनकर खेत के मालिक की आँखें खुल गईं लेकिन चालाक चिणगी मियाँ ने एक पत्थर उठा कर विपरीत दिशा में फेंक दिया ताकि खेत का मालिक जिधर से पत्थर की आवाज़ आई है, उधर चला जाए और ऐसा हुआ भी। इसके बाद वह दरिया खाँ के पास आ गया।

पान्हौरा वापस लौटने पर ससिबदनी ने रात में एक सपना देखा, जिसे वह अपनी सखियों को बताती है–

सुन सुपना की बात, सुनो तम साथण मेरी
जानै पान्हौरा के खेत, मल्ल का ने बीधण फेरी।

ससिबदनी के सपने की बात सुनकर उसकी एक सखि बोली–

समंद सात सौ कोस, मंदोदर सुपणो आयो
सोलह से सावँत, लंक पे राम रिसायो।

दूसरी सखि ने कहा–

सुपना की सब साँच है, कोई-कोई निकले झूठ
रावण मरो अग्गास में, पल में लंक गई ही फूट।

दरिया खाँ चिणगी मियाँ को लेकर जब ससिबदनी के गाँव पान्हौरा में पहुँचा, तो वहाँ गोबर बीन रही औरतों में से एक ने उसे पहचान लिया। दरिया खाँ को देखते ही वह वापस ससिबदनी के पास भागी गई और बोली–

पोती बादा राव की, कहा सूखा ये केस
बोलो हो जो बाँट दे, आयो दरिया खाँ या देस।

गोबर बीनने वाली औरत के मुँह से यह ख़ुशख़बरी सुनकर ससिबदनी उससे कहती है–

हकबरणी सौ गाय दूँ, सौ मोती के न्हाण
मुहर-रुपैया बाँट दूँ, आवे मेरो दरिया खाँ मिजमान।

उधर गोबर बीनने वाली एक औरत से जब गोबर की हेल उची नहीं गई, तब दरिया खाँ चिणगी मियाँ से बोला कि जा और इस औरत की हेल उचवा दे लेकिन चिणगी मियाँ दूर से ही कहने लगा, "उच.....उच..... उच!"

जब पास पहुँचकर चिणगी उसकी हेल उचवाता है तो चिणगी जान-बूझकर हेल को ढीला छोड़ देता है।

इस तरह वह उस औरत को बार-बार उचाने का स्वाँग करने लगा। आख़िर औरत ग़ुस्से में हेल का सारा गोबर ही चिणगी मियाँ के ऊपर डालकर, ससिबदनी के पास भागी आई और उससे बोली–

बेटी बादा राव की, सुणियो मेरी टेर
आवत देखो मल्ल कू, मैंने अधपर फेंकी हेल।

ससिबदनी ने जब दूसरी औरत से भी दरिया खाँ के आने की बात सुनी, तब वह तुरंत सज-सँवर कर चौबारे में जा बैठी और चौबारे की बारी से दरिया खाँ के आने का इंतज़ार करने लगी।

दरिया खाँ के आने पर ससिबदनी की सखियों ने चिणगी मियाँ को तो उससे अलग कर दिया और दरिया खाँ को अलग एक कमरे में ले जाकर बैठा दिया। जब काफ़ी देर तक ससिबदनी दरिया खाँ के पास नहीं आई, तब दरिया खाँ ने उसकी सखियों से उसके न आने का कारण पूछा।

तब बाहर पाखे से लगी ससिबदनी ने बनावटी ग़ुस्से में दरिया खाँ से शिकवा करते हुए कहा–

मैंने बहुत घणा कागद दिया, तैने एक न मानी नाय
दरिया टोडरमल्ल का, तेरी मैं पत्याऊँ न छाँह।

ससिबंदनी की शिकायत सुन कर दरिया खाँ बोला, "बारह बरस बाद तो मैं अब आया हूँ और अगर अब वापस चला गया तो लौट कर फिर कभी नहीं आऊँगा।"

इस पर ससिबदनी भाव-विह्वल होकर पूछती है–

तिहारे देस सिलोणा मने, हमारी होड़ी मने खरी
दरिया टोडरमल्ल का, कदी तैने भी मैं याद करी?

ससिबदनी के इस सवाल पर दरिया खाँ ने जवाब दिया–

हम दिन्नू तुरंग कुदावता, खाता शक्कर-घीव
आठ पहर चौंसठ घड़ी, रहतो ससिबदनी में जीव।

इस तरह दरिया खाँ और ससिबदनी के बीच मान-मनौव्वल और रूठने-मनाने का दौर भोर होने तक चलता रहा, और जब मुर्गे ने पहली बाँग दी, तब ससिबदनी बोली–

चौथो पहरो रैन को, मुर्गा दीनी बाँग
पीव सँवारे पागड़ी, कोई नार सँवारे माँग।

सुबह होने पर जब बादा राव ने दरिया खाँ को बुलाने के लिए अपना सेवक भेजा, तब ससिबदनी ने दरिया खाँ को समझाते हुए कहा कि वह बादा राव के पास जा तो रहा है लेकिन ऐसा न हो कि तुम दोनों में कहा-सुनी हो जाए। सेवक दरिया खाँ तथा चिणगी मियाँ को लेकर कचैड़ी पर आ गया। दुआ-सलाम के बाद बादा राव ने स्वयं दरिया खाँ की ओर शराब का गिलास बढ़ाया जिसमें पहले से सोने की पाँच मोहर डली हुई थीं।

इस पूरे घटनाक्रम को ससिबदनी चौबारे के ऊपर से देखती रही।

इधर बादा राव दरिया खाँ से शराब पीने के लिए हट करने लगा और उधर दरिया खाँ यह कहते हुए पीछे हटने लगा कि हमारे ख़्वाजा साहब की आन है कि हम शराब नहीं पीते हैं।

बादा राव के बार-बार हठ करने और दरिया खाँ द्वारा मना करने पर ससिबदनी ने चौबारे से ही दरिया खाँ को एक काग़ज़ पर यह लिख फेंका–

झटके काटा बाकरा, बट के न खाया मांस
दरिया टोडरमल्ल का, तेरो नाय करम को गास।
पाँच पहाड़ के राजा ही, तेरी आँखन दूणी लोय
कर चतराई मल्ल का, करे तू बत्तीसन में दोय।

अर्थात तू बादा राव का कहना मान ले लेकिन दाँतों के बीच दोनों अँगुली डालकर उल्टी कर देना। किंतु ससिबदनी के इस दोहे का दरिया खाँ दूसरा अर्थ लगा लेता है। बादा राव शराब के गिलास को जबरन दरिया खाँ के होंठों से लगाने की कोशिश करता है, तो दरिया खाँ बादा राव को गुस्से में

धक्का दे देता है।

बादा राव के धक्का लगते ही वहाँ खड़े सैकड़ों मीणा सिपाहियों ने तुरंत अपनी-अपनी म्यानों से तलवारें खींच लीं। अपने चारों ओर खिंची तलवारों को देखकर दरिया खाँ उछल कर दीवार से जा लगा और बड़ी फुर्ती के साथ अपनी म्यान से उसने भी तलवार खींच ली। ससिबदनी ने जब यह दृश्य देखा तब घबराकर वह भागी-भागी अपने भाई रणधीर के पास गई और उससे विनती करते हुए बोली-

एक कूख पैदा हुआ, एक ही पाया सीर
आज सुहागण राख ले, मेरा उठ बीरा रणधीर।

बहन की विनती सुनते ही रणधीर, जिसकी बहादुरी से सारे मीणा डरते थे, कचैड़ी में अपने दादा बादा राव के पास गया और जाते ही दरिया खाँ को अपने पास बुला लिया।

इधर तब तक सारे मीणाओं में यह तय हो गया कि दरिया खाँ यहाँ से ज़िंदा नहीं जाना चाहिए।

ससिबदनी का भाई रणधीर जब दरिया खाँ को बचा लेता है, तब ससिबदनी अपने भाई से आग्रह करती है कि वह किसी भी तरह आज रात उसे और दरिया खाँ को चुपचाप यहाँ से निकलवा दे।

रणधीर अपनी बहन के आग्रह को स्वीकार कर तुरंत दो घोड़े तैयार करवा देता है।

ससिबदनी ने मर्दाना बाना बदला और दरिया खाँ को जगाकर कहा कि वह उसे लेकर चलने को तैयार हो जाए। दरिया खाँ ने ऐसा ही किया और ससिबदनी को साथ ले जाने के लिए तैयार हो गया। रणधीर जब अपनी बहन को विदा करने लगा, तो पौली को पार करते हुए ससिबदनी अपने भाई से कहने लगी–

पौली का रे पौलिया, फट सू खोलो बीर
एक डुरंग पिसाई काल की, वाहे मैं प्यावण जाऊँ नीर।

इस प्रकार दरिया खाँ ससिबदनी को लेकर चला गया। सूरज निकलने तक वे एक बड़ के नीचे पहुँच गए। वहाँ पहुँचकर दरिया खाँ कहने लगा कि मैं तो थक कर चूर हो गया हूँ इसलिए मैं पहले कुछ देर आराम करूँगा। इतना कहकर दरिया खाँ तो सो जाता है और ससिबदनी वहीं पास में चौपायों को चरा रहे एक ग्वाले को बुला कर उससे पहरा देने के लिए आग्रह करती है--

गायन् का रे ग्वालिया, पाँच मोहर तू लेए
इतने सोवे मल्ल को, इतने तू बढ़-बढ़ पहरो देय।

लेकिन ग्वाला कोई उत्तर न देकर ससिबदनी की ख़ूबसूरती को ही निरखने लगा।

इसी बीच बादा राव की फ़ौज के घोड़ों की टाप सुनकर ग्वाला ससिबदनी को

सतर्क करते हुए बोला–

बड़ तले की कामनी, तोमें मेरो जीव
घोड़ा आवें दौड़ता, तू जगा लेए न पीव।

ससिबदनी तुरंत दरिया ख़ाँ को जगाकर मीणाओं के आने की ख़बर देती है। मीणाओं के आने की ख़बर सुनकर दरिया ख़ाँ ससिबदनी से कहता है कि वह उसके ताऊ मलक जलाल ख़ाँजादा[1] के पास जाए और उसको मीणाओं द्वारा घेरने की ख़बर कर दे।

ससिबदनी दरिया ख़ाँ के ताऊ मलक जलाल ख़ाँजादा के पास गई और उससे दरिया ख़ाँ के घिरने की बात कहती है। इस पर मलक जलाल ससिबदनी से निश्‍चिंत रहने के लिए कहता है–

पोती बादा राव की, राख अलख पीर सू हेत
भाला चलूँ पलटतो, अब तू खड़ी तमाशा देख।

मलक जलाल उसी वक़्त अपनी फ़ौज लेकर दरिया ख़ाँ के पास पहुँच जाता है और दरिया ख़ाँ को सुरक्षित जगह पर पहुँचा देता है। तब तक हल्ला सुनकर दरिया ख़ाँ के भाई भी आ गए। दरिया ख़ाँ का भाई भुआ ख़ाँ अपने ताऊ से दरिया ख़ाँ के बारे में पूछता है तो मलक जलाल ख़ाँजादा उसे सब बता देता है। भुआ ख़ाँ दरिया ख़ाँ का हालचाल पूछने के लिए अड्डन मीरासी को भेजता है। अड्डन मीरासी के घोड़े की टाप सुनकर दरिया ख़ाँ ने सोचा कि मीणाओं की फ़ौज फिर आ गई है। दरिया ख़ाँ ने बड़ी फुर्ती से तीर उसी तरफ़ चलाया जिधर से अड्डन मीरासी आ रहा था। तीर सीधा अड्डन की बाँह में जाकर लगा। तीर लगते ही अड्डन मीरासी तड़फते हुए बोला–

पाँच पहाड़ के राजा ही, फोड़ी मेरी बाँह
दरिया टोडरमल्ल का, देखो तू घर को मारणियाँ।

दरिया ख़ाँ को जब असलियत का पता चलता है, तब वह उससे माफ़ी माँगता है और अड्डन मीरासी से कहता है कि वह भेड़ू ख़ाँ और भुआ ख़ाँ दोनों भाइयों को जाकर बता कर आए कि मैं और ससिबदनी बिलकुल सुरक्षित हैं।

अड्डन मीरासी दरिया ख़ाँ के भाइयों को उनकी कुशलता की ख़बर पहुँचा

1. ख़ाँजादा : ख़ाँजादे अपने ढाई सौ वर्षों के शासन-सत्ता के दौरान बहुत प्रसिद्धि की ऊँचाई पर पहुँचे हुए थे। 'ख़ाँजादा' (ख़ानजादा) दो शब्दों 'ख़ान' और 'जादा' से मिलकर बना है। 'ख़ान' का अर्थ है सरदार या धनाढ्य और 'जादा' का अर्थ है पैदा होना। इस तरह ख़ाँजादा का अर्थ धनाढ्य परिवार में पैदा हुए व्यक्ति से है। ख़ाँजादे यादू अर्थात जादू गोत्र (मथुरा) के वशंजों से हैं। इनके पूर्वज थिनगढ़ क्षेत्र में रहते थे। थिनगढ़ के थिनपाल (जादूवंश की 8वीं पीढ़ी) की संतानों (साँमरपाल तथा शोपरपाल जिन्होंने मुस्लिम धर्म स्वीकार कर लिया था) में से जादूवंश की 7वीं पीढ़ी के साँमरपाल को फिरोज़शाह तुग़लक ने अपने साथ एक शेर को अकेले बहादुरी और निडरता के साथ शिकार करने के बाद सबसे पहले उसे 'ख़ान' की उपाधि प्रदान की थी। तब से साँमरपाल नाहर ख़ाँ के नाम से तथा शोपरपाल छज्जू ख़ाँ के नाम से जाने जाते थे। इसी वंश के हसन ख़ाँ मेवाती अंतिम सरदार थे जिन्होंने राणा सांगा के साथ मिलकर बाबर के ख़िलाफ़ अपने दस हज़ार सिपाहियों के साथ युद्ध किया था तथा वह इसी युद्ध में बाबर के हाथों मारा भी गया था।

आता है और इसके बाद दरिया खाँ ससिबदनी को लेकर अपने घर आ जाता है।

इस तरह रात के तीसरे पहर तक हमीद मीरासी की आवाज़ हारमोनियम के सुरों और कल्लू की ढोलक की गुमक के साथ मिलकर थड़ी की दीवारों से टकराती हुई, पूरे गाँव में गूँजती रही। एक के बाद एक हुक्के-फ़र्शियाँ ताज़ा होती रहीं और धुँधले हो चुके इतिहास के चित्र जेठ की गर्द भरी रात में धुलते रहे।

सत्रह

तीसरे दिन, सुबह से ही बारात के वापस जाने की तैयारी शुरू हो गई। जेठ की इस अलसायी और कुनमुनाती सुबह में जिसको जहाँ मौक़ा मिला, वह जी भर के नहाया। किसी को किसी रहट पर मौक़ा मिल गया तो किसी को कुएँ पर। नगीना से ही ज़्यादातर बाराती सरसों का तेल और चमेली के इत्र की शीशियों को साथ लाना नहीं भूले। इसीलिए नहाने के बाद सबने पहले बालों में सरसों का तेल लगाया और फिर इत्र से भीगे फाहे कानों में ठूँस लिए। कुछेक ने तो कुएँ की जगत पर डंड भी पेल ली यानी सलेमी की ससुराल, जिस पर कि बारातियों का भी कम अज कम थोड़ा-बहुत हक़ है, ने जितने नख़रे और चोचले थे सब पूरे किए। कुछ परंपरा का निर्वाह करते हुए गैत-बाड़ों से उपले और गोबर की हेल लाती-ले जाती छोरी-छापरियों को छेड़ने से भी नहीं चूके। हालाँकि बारातियों के बजाय गाँव-बस्ती में ऐसा कोई और कर दे तो शायद दृश्य ही कुछ और हो!

थड़ी के बाहर खड़ी बहली और रथ का चलने से पहले एक बार फिर बारीकी से मुआयना किया गया। जैसे-जैसे बारात के विदा होने का समय नज़दीक आने लगा वैसे-वैसे हँसी-ठट्ठे और चुहलबाजियाँ तेज़ हो उठीं। बेटी वालों की ओर से महिलाओं ने भूरे खाँ से लेकर रिश्ते में जितने भी समधी थे, सबको खूब खरी-खोटी सुनानी शुरू कर दी। परंतु जैसे ही नौसी को विदा करने के लिए रथ में बिठाया जाने लगा कि पूरा माहौल एकाएक ग़मगीन हो गया। नौसी को जैसे ही लेकर रथ हलके-से आगे बढ़ा कि औरतों के हुजूम से हिलकियों और सिसकियों के बीच भीगे हुए स्वर फूट पड़े—

मैं तो अपणा कटक दल ए ले चली बाबल,
अब अपणा नगर सू बसियो
मैं तो तीन दिनाँ भारी हो गी बाबल,
अब अपणा नगर सू बसियो।

जब तक रथ नौसी को लेकर घरातियों की नज़रों से ओझल नहीं हो गया, तब तक चारों ओर से हिलकियाँ और सिसकियाँ ही सुनाई देती रहीं।

एक-एक कर सारे बाराती गाँव के डाँडे से बाहर निकल आए और पीछे रह

गए बहली, रथ, लडहा, गाड़ियों के पहियों तथा बैलों के खुरों से उड़ते हुए धूल के बादलों के बीच नम आँखों में बचपन की स्मृतियों के छोटे-छोटे चित्र।

अलस्सुबह उठते ही सब अपने-अपने हिल्ले सिर लग गईं। जिसे जो ज़िम्मेदारी सौंपी गई वह तन्मयता और एकाग्रता के साथ उसमें जुट गई। पूरे घर को क़रीने से सजाना शुरू कर दिया गया। घर में आने वाले नए सदस्य यानी नौसी को देखने के चाव तथा उसके स्वागत के उत्साह में फटाफट काम निपटाया जाने लगा। दोपहर तक घर का कोई ऐसा काम नहीं बचा जो अभी होना था।

जुह्र की नमाज़ के बाद तो सबके कान बाहर दरवाज़े पर यह सुनने के लिए लग गए कि देखें बारातियों में से कौन सबसे पहले आकर नौसी के आने ही ख़ुशख़बरी सुनाता है? सलेमी की माँ ने सबसे पहले संदेशा देने वाले बाराती के लिए गुड़ की भेली पहले ही रख ली ताकि संदेशा देने वाले का नेग बिना किसी हुज्जत के दिया जा सके।

आग बरसाता धूल में सना सूरज तेज़ी से काले पहाड़ की ओर लुढ़कने लगा। मग़रिब की नमाज़ का वक़्त अब ज़्यादा दूर नहीं है, इसलिए कई छोरी-छापरी तो चुपके से बाहर बोहराकी के कुएँ की ओर जाते दगड़े को देख भी आई हैं। कई बार तो उन्हें बारात आने का भ्रम-सा भी हुआ, क्योंकि दगड़े में दूर धूल के उड़ते हुए बगूलों से ऐसा लगा जैसे बहली और रथ तेज़ी से दौड़े आ रहे हैं।

बड़ी फूफी ने एक घर को बुहार कर उसमें नई गुदड़ी बिछा दी ताकि नौसा-नौसी के आने पर उन्हें उधर बैठाया जा सके। सबकी आँखें और कान ज़रूरत से ज़्यादा सतर्क हो गए। नई दुल्हन की कल्पना में खोए हरेक चेहरे से साफ़ पढ़ा जा सकता है कि उनका चित्त इस समय कहाँ होगा?

तभी सबने देखा कि सलेमी का बहनोई रमजान हाँफता हुआ सीधा भीतर घुस आया और आते ही अपनी सास से बोला, "माई, ला मेरी भेऽऽली!"

रमजान के आने की ख़बर आग की तरह पूरे मोहल्ले में फैल गई। जिसने भी सुना सब भूरे खाँ के घर की ओर दौड़ पड़ीं। बारात आने की ख़बर देखते ही देखते चहुँ ओर फैल गई। सब रमजान को घेरकर बैठ गई और फिर शुरू हो गई प्रश्नों की झड़ी। बड़ी फूफी दौड़ कर अंदर गई और गुड़ की भेली को लाकर रमजान को देती हुई बोली, "बरात कितेक दूर है?"

"नोटकी में छोड़के आयो हूँ....... बस, आई जाएगी थोड़ी-भोत देर में।" रमजान ने बताया।

"मिहमान, लेण-देण कैसो होगो?" बड़ी फूफी ने फिर पूछा।

"फूफी, बिहा चोखो कर दियो है.....।"

"और बरात की आव-भगत?"

"बिचारा बेटीवाला ने कोई कसर ना छोड़ी......।" पानी के गिलास को रीता

करते हुए रमजान बोला।

इस तरह न जाने कितने सवालों का जवाब दिया रमजान ने।

रमजान के आने के लगभग आधे घंटे बाद बारात आ गई। बारात में गए लोगों से भी रिश्तेदारों और मोहल्ले की औरतों ने लगभग वही सवाल पूछे, जो कुछ देर पहले रमजान से पूछे गए थे—शायद वे बारातियों से रमजान की बातों को पुष्ट करना चाह रही थीं।

रथ को बिलकुल घर के आगे लाकर रोका गया।

रहमती ने लपक कर मटके से एक लोटा पानी लाकर रथ के आगे डाल दिया। इससे पहले मोहल्ले में घुसते ही मजीद सक़्क़ा पूरी मशक भर कर रथ के आगे डाल कर रास्ता रोककर खड़ा हो गया था और भूरे ख़ाँ से अपना नेग लेकर ही पीछा छोड़ा। रथ में जुड़े बैल जब-जब अपनी गरदन हिलाते तब-तब गले में लटकी घंटियों से एक अनोखी आवाज़ पैदा होती।

बड़ी फूफी, छोटी फूफी, रहमती और पूरे मोहल्ले की औरतों ने मिलकर हाथों, पैरों और गले में बाँकड़ा, पछेली, नेवरी, हँसली, जोबन कली, झँझीरा से लदी नौसी को बड़ी सावधानी के साथ रथ से उतारा। बायना के आगे नौसा-नौसी को जैसे ही ले जाया गया कि रहमती बायने को घेर कर खड़ी हो गई।

रहमती को बायना के आगे खड़ा देख सब रुक गईं। उन्हें समझते देर नहीं लगी कि रहमती क्यों खड़ी है? आगे-आगे बेंत को हाथ में लिए सलेमी भी रुक गया। थोड़ी देर के लिए वह अचकचा गया कि उसे क्या कहना है? संकोच और हड़बड़ाहट में वह सब भूल गया।

सलेमी को चुप हुआ देख बड़ी फूफी ने उसके सिर पर प्यार से हाथ फेरते हुए कहा, "सलेमी, बीरा वही कह दे जो मैंने तोसू बाहर कही ही......।"

सलेमी ने गरदन घुमाकर पास खड़ी माँ की ओर देखा तो माँ ने भी हिम्मत बँधाते हुए कहा, "हाँ-हाँ, कह दे बेटा...... सब्बास!"

माँ द्वारा साहस बँधाने पर सलेमी शरमाते हुए बोला, 'बहाण, तू या बायणा ए काँई लू घेर के खड़ी है?"

"बीरा, मैं तोहे और तेरी नौसी ए जब तक भीतर ना जाण दूँगी, जब तक मेरो बायणा घिराई को नेग ना मिल जाएगो.....।" इठलाते हुए रहमती ने भाई से कहा।

सलेमी को दो रुपया देते हुए माँ बोली, "ले बेटा, अपणी बहाण ए बायणा घिराई को नेग दे दे.....।"

माँ से दो रुपया लेकर सलेमी ने रहमती को देना चाहा, तो रहमती ने लेने से यह कहते हुए इनकार कर दिया, "बीरा, मैं तो मोहर लूँगी हाँऽऽ......।"

सलेमी एक अजीब साँसत से घिर गया। फिर भी उसने मोहर तो नहीं लेकिन नेग पूरा करने के लिए जितना संभव था, माँ से लेकर रहमती को दे दिया। अपना नेग लेकर रहमती बायना छोड़कर हट गई। इसके बाद नौसी को भीतर बिछी गुदड़ी

पर लाकर बिठा दिया। नौसी के गुदड़ी पर बैठते ही छोटी फूफी का सबसे छोटा लड़का उछलता हुआ आया और नौसी की गोद में आकर बैठ गया।

नौसी की गोद में उसके बैठते ही औरतों के बीच हँसी का फव्वारा इस तरह फूटा कि छोटी-सी नौसी भी अचकचा कर रह गई। नौसी की परेशानी को भाँपते हुए रहमती उसके पास आई और उसे बड़े स्नेह से समझाते हुए बोली, "भावज, तू अपणा या देवर सू ई पूछ के ई तेरी गोदी में काँई लू आके बैठो है......।"

नौसी शरमाकर पहले तो आसपास बैठी औरतों की ओर देखने लगी और फिर धीरे-से वही वाक्य दोहरा दिया, जो रहमती ने उससे कहा था।

छोटी फूफी का लड़का जिसे पहले से ही सिखा कर नौसी की गोद में बैठने के लिए कहा गया था तुरंत रटे हुए तोते की तरह बोला, "भावज-भावज गुड़ मेरी, छोरा तेरो.......!"

बड़ी फूफी जो पहले से ही एक ढइया लिए खड़ी थी, नौसी को देते हुए बोली, "ले बेटी, याहे दे दे अपणा देवर लू......!"

नौसी ने बड़ी फूफी से भेली ली और उसे अपने देवर अर्थात छोटी फूफी के लड़के को दे दिया।

इस तरह एक-एक कर सारे नेग पूरे किए गए—नाइन का नेग, मनिहारी का नेग, चढ़ाई का नेग, उतराई का नेग, जूठ का नेग, खाँड-कटोरा का नेग। मुँह-दिखाई में तो नौसी का आँचल भर गया था—मारे रुपयों के।

दो हफ़्ते बाद ही घर में ऐसा सन्नाटा छा गया कि मानो इस घर में किसी तरह का कोई समारोह था ही नहीं। ऐसा लगने लगा जैसे बाहर से आए नाते-रिश्तेदारों की चिल्ल-पों, चुहलबाजी, हँसी-ठट्ठे सब उन्हीं के साथ वापस चले गए। उल्लास के साथ उदय होते सूरज और ठिठोलियों में डूबी चाँदनी रातों के होंठ जैसे चिपक गए। ढोल-ताशों की गुमक और बन्ना-बनवारों के बोल अब सिर्फ़ स्मृतियों के अवचेतन से लिपट कर रह गए हैं।

सलेमी की माँ और बाप भूरे खाँ फिर से घर-गृहस्थी की जद्दोजहद में जुट गए—यानी ज़िंदगी की दिनचर्या फिर से पुरानी गति के साथ बिना किसी आहट, बिना किसी सरसराहट के शुरू हो गई।

अतीत के पुराने चित्र मुद्दत से बंद पड़ी किताब के पन्नों की मानिंद इस तरह फड़फड़ाकर खुलते चले जाएँगे—सोच कर सलेमी भीतर तक एक सुखद अनुभूति से सिहर उठा। थोड़ी देर के लिए उसे लगा कि अधखुली पलकों के बीच, सामने खूँटी पर लटकी लालटेन का उजाला किसी स्वप्नलोक का है।

रोबड़ा के घर से लौटते वक़्त उसे बार-बार लग रहा था कि सगाई की रस्में

बेहद अनौपचारिक तरीक़े से और फटाफट निपटाई गई हैं। पास-पडोस और गिने-चुने दो-चार रिश्तेदारों के सिवाय लोग ही कितने थे! रोबड़ा का बड़ा भाई कमलू ही भाई के इस समारोह में शामिल नहीं हुआ, औरों के बारे में क्या कहा जाए। किंतु मन ही मन यह सोचकर उसने लंबी साँस ली और देह को ढीला छोड़ दिया कि अब नहीं तो ब्याह तक सारे परिवार में एका हो जाएगा। भला, कितनी देर लगती है जल और कुल के एक होने में।

अर्थ-अनर्थ के भँवर से पीछा छुड़ाने की कोशिश करते हुए सलेमी रज़ाई से कुनकुनाता हुआ बाहर निकला और लालटेन की बाती को नीचे सरका कर फिर उसमें घुस गया—शायद नींद भी पलकों के किनारे आ बैठी थी! निस्तब्ध रात की पहरेदारी के लिए पौली में लालटेन की मद्धिम रोशनी ही काफ़ी थी।

अठारह

अगले दिन आस मोहम्मद पहुँच गया, चौधरी करीम हुसैन की कोठी पर। पहुँचना भी था क्योंकि आज से उसकी नौकरी जो लग गई है। उस दिन आस मोहम्मद घर से चलते समय बेहद ख़ुश था, बल्कि आस मोहम्मद ही नहीं पूरा घर ख़ुश था। बूढ़े बाप की अंदर धँसी आँखों में साफ़ पढ़ा जा सकता था कि आज से उसके दिन फिरने शुरू हो गए हैं। चलते समय बूढ़े बाप और माँ ने पता नहीं कितनी हिदायतें दे डाली थीं आस मोहम्मद को। बल्कि घर से निकलने के बाद थोड़ी दूर जाकर आस मोहम्मद ने पीछे पलट कर देखा, तो बाप के दोनों हाथ उसने ऊपर उठे देखे। उस दिन पहली बार उसे एक बाप के ऊपर जवान बेटे और उसके परिवार की ज़िम्मेदारी का अहसास हुआ था, उसी दिन घर से चलते समय यह उक्ति उसे सही जान पड़ी कि राजनेताओं के बाएँ हाथ का खेल होता है किसी को नौकरी-वौकरी दिलाना, क्योंकि अगर ऐसा नहीं होता तो आज वह नौकरी करने नहीं जा रहा होता बल्कि कई जोड़ी उदास आँखों से फूटते सवालों की चुभन सह रहा होता। शायद इसीलिए माँ के पास जितनी भी आशीषें और दुआएँ थीं, सभी बेटे की सफलता के लिए उसके साथ बाँध दीं। अनेक हिदायतें भी उसकी गाँठ बाँध दी गई थीं कि वहाँ जाकर वह पूरी ईमानदारी से अपना काम करे। कि अपनी सेहत का पूरा-पूरा ख़्याल रखे। कि अभी शुरू में घर पैसा भेजने की कोई ज़रूरत नहीं है आदि-आदि। पत्नी ने अलग से, एक ओर ले जाकर छोटे-छोटे बच्चों का वास्ता देकर भरे गले से हर भले-बुरे को चुपचाप सहने की अनेक क़समें खिला दीं।

इस तरह बूढ़े माँ-बाप और चिंता में घुली जा रही पत्नी ने एक बेटे तथा एक पति की सफलता व अपनी ख़ुशहाली के लिए देखे जाने वाले सपनों को अभी आकार ही देना शुरू किया था कि ठीक चौथे दिन आस मोहम्मद बोरिया-बिस्तर

समेत जैसा गया था वैसा अपने घर में था। एकाएक आस मोहम्मद को उलटे पाँव आया देख सबके चेहरों से जैसे रक्त निचुड़ गया। पत्नी की सुर्ख़ आँखों से मानो ख़ून टपकने लगा और देखते ही देखते ख़ुशहाली के लिए देखे गए सपनों की लड़ी एक झटके के साथ चारों ओर बिखर गई।

आते ही पत्नी ने आस मोहम्मद को जी भर कर कोसा और बूढ़े बाप ने अपने बुढ़ापे पर ढ़ेर सारी मलामतें दे डालीं लेकिन आस मोहम्मद ने जैसे-जैसे चौधरी करीम हुसैन की तिलस्मी दुनिया के ऊपर चढ़ी गर्द को पोंछना शुरू किया, वैसे-वैसे चौधरी करीम हुसैन की छवि के ऊपर मढ़े फ़रिश्ते और क़ौम के रहनुमा का वरक़ फटता चला गया। एक ज़रूरतमंद और लाचार बाप ने करीम हुसैन की जो मूरत एक जवान बेटे की आँखों के सामने गढ़ी थी सूखी भूड़ की मानिंद वह भरभरा कर ढह गई। बेटे के उदास और हताश चेहरे को देखकर एक पल के लिए तो बूढ़ी माँ का कलेजा मुँह को आने लगा किंतु जब आस मोहम्मद ने माँ को तसल्ली देते हुए पूरा क़िस्सा सुनाया, तब कहीं जाकर उदास आँखों में चमक लौटी। पूरा मोहल्ला आस मोहम्मद को घेर कर बैठ गया, यह जानने के लिए कि आख़िर ऐसी क्या बात थी जो आस मोहम्मद वापस लौट आया? क्या वह नौकरी के लायक नहीं था, या फिर वह चौधरी करीम हुसैन ही कोठी पर पहुँचा ही नहीं?

बहरहाल, अनेक प्रश्नों-प्रतिप्रश्नों से घिरे आस मोहम्मद से काफ़ी देर तक कुछ नहीं बोला गया, किंतु जब उसे लगा कि चारों ओर बैठे मोहल्लेवासियों को बताना ज़रूरी है तभी उसने बताना शुरू किया।

"बाप, ऐसी नौकरी सू तो अपणो घर ही चोखो है......।"

"अपणो घर चोखो है, तो ठीक है...... बैठो रह..... हराम को जो खाण लू मिल रो है....... अरे, सिरकारी नौकरीन् लू तो माणस मारा-मारा फिरे हैं..... और तू कह रो है अपणो घर चोखो है.....।" दाँत पीसते हुए आस मोहम्मद पर ग़ुस्सा उतारते हुए बाप ने कहा।

"बाप, किसकी सिरकारी नौकरी....... तेरा करीम हुसैन ए तो एक हाली चहिए हो......।" आस मोहम्मद ने बाप के ग़ुस्से को शांत क ते हुए कहा।

"कहा-मतलब?" एकाएक चारों ओर बैठे लोगों के मुँह से बे-साख़्ता निकला।

"तो तेरी ई सिरकारी नौकरी ना ही?" एक ने आश्चर्य से पूछा।

"हुँ....... सिरकारी नौकरी.... ये करीम हुसैन जैसा आदमी ऐसेई तो या इलाका ए चूतिया बणाता फिरे हैं...... और हम बणता डोले हैं.....।"

आस मोहम्मद का बाप जो अभी तक चुपचाप आस मोहम्मद की बातें सुन रहा था, एकाएक इस वाक्य पर फट पड़ा, "बेटी चो, तोपे तो हाली बणके भी ना रहो गयो..... अरे, दो-चार महीना सेवा-पाणी करतो तो कहीं न कहीं तोहे चिपकवाई देतो...... अब फिर आ मरो मेरी छाती पे दाल दलन.... अरे कहवे हैं न के 'संगत भली तो साद की, जति मरद को साथ; सेवा करो समंद की, जासू हीरा लग जाए

हाथ'.... तेरे बस की तो समंद की सेवा भी करणी ना रही.....।''

"हे त्तेरे की..... ताऊ पहले याहे पूरी बात तो बताण दे...... जभी पतो चलेगी के कौन समंद है और कौन हीरा.....।" भीड़ में से किसी ने सुझाव दिया।

"सही बात है..... पहले याकी पूरी बात सुण लेएँ......।" दूसरे ने समर्थन करते हुए कहा।

और फिर आस मोहम्मद ने जो कुछ देखा और जो कुछ भुगता एक-एक कर सारा बयान कर दिया।

❑ ❑

आस मोहम्मद जिस समय चौधरी करीम हुसैन की कोठी पर पहुँचा, उस समय वहाँ पूरा दरबार लगा हुआ था। चारों ओर मूढ़ों पर धँसे ठोंडाओं के बीच किसी ज़रूरी विषय पर चर्चा हो रही थी। आस मोहम्मद थोड़ी देर तक वहाँ खड़ा रहा, उसे लगा शायद वह ग़लत समय पर आ पहुँचा है। किंतु अगले पल जैसे ही चौधरी करीम हुसैन की नज़र उस पर पड़ी तो उसने छूटते ही पूछा, "हाँ रे लाला, बोल कैसे खड़ो है हीन्?"

"चौस्साब, आपने बुलायो हो.....।" आस मोहम्मद बमुश्किल बोला।

"मैंने बुलायो हो...... कस को है तू...... कहान् सू आयो है......?"

चौधरी करीम हुसैन के एकसाथ कई सवालों को सुनकर हाथ में पकड़ी हुई गुदड़ी की गाँठ उसे फिसलती-सी लगी। चेहरा एकदम सफ़ेद पड़ गया। शब्द जैसे हलक़ में ही फँसते-से लगे।

"मैं......मैं...... चौस्साब घासेड़िया रुजदार को हूँ...... कल मैं अपणा बाप के साथ आयो तो हो आपके पै नौकरी की बात करण.....।" आस मोहम्मद ने ऐसे जवाब दिया जैसे धीरे-धीरे उसकी देह से ख़ून निचुड़ रहा है।

"हे त्तेरे की..... अरे तो बेट्टी का बाप, ई कह न के नौकरी लू आयो हूँ.....।"

"जी... जी चौस्साब.....।" आस मोहम्मद को लगा जैसे जिस्म में फिर से ताक़त लौट आई है।

आस मोहम्मद ने वहाँ मूढ़ों में धँसे चेहरों पर उचटती-सी निगाह डाली, तो लगा जैसे सबके चेहरे एक अजीब से भाव से पुते हुए हैं।

"ठीक है, सामान ए हूनी रख दे और समझ ले के तेरी नौकरी लगी.......।"

सुनते ही आस मोहम्मद के फेफड़ों में तो जैसे ताज़ा हवा भर गई।

"पहले ऐसो कर या चिलम ए ताजा कर ला....!" अगले ही पल करीम हुसैन ने आदेश देते हुए कहा।

इस वाक्य को सुनकर आस मोहम्मद को लगा कि जो हवा अभी-अभी उसके फेफड़ों में गई थी, उसे करीम हुसैन ने फिर से बाहर खींच लिया है।

आस मोहम्मद ने हाथ में पकड़ी हुई गुदड़ी की गाँठ एक ओर रखी तथा मूढ़ों

के बीच में रखी फ़र्शी से चिलम उतारने के लिए आगे बढ़ा ही था कि करीम हुसैन ने हवा में प्रश्न उछालते हुए पूछा, "लाला, तू पढ़ो कितेक है?"

आस मोहम्मद समझ गया कि यह सवाल उससे जान-बूझकर किया गया है क्योंकि यही सवाल कल भी किया गया था।

"चौस्साब, बी.ए. कर राखी है.....।" अचकचाते हुए बोला आस मोहम्मद।

"अच्छो, बी.ए. कर राखी है..... ठीक है फटाफट चिलम ताजी कर ला!"

आस मोहम्मद ने कनखियों से देखा कि जब करीम हुसैन उससे यह पूछ रहा था, तब करीम हुसैन के चेहरे पर एक संतुष्टि का भाव तैर रहा था। अपने चारों ओर बैठे लोगों की तरफ़ देखते हुए उसके माथे पर सिलवटें सिमट आई थीं।

आस मोहम्मद तुरंत चिलम भर लाया। इस ज़िल्लत का वह कम से कम सामना करना चाहता था।

"अच्छो ऐसो कर.... अब तू थोड़ी देर आराम कर ले..... हार गो होएगो...... अरे जमीऽऽल!" करीम हुसैन ने आवाज़ मारते हुए किसी को बुलाया।

"जी चौस्साब!" आवाज़ लगते ही एक चेहरा फट से करीम हुसैन के सामने प्रकट हो गया।

"जमील, या लाला को सामान भीतर ले जा...... और हाँ, साँझ लू याको काम समझा दीजो!"

"ठीक है चौस्साब!"

जमील आस मोहम्मद का सामान लेकर वहाँ से चला गया लेकिन अभी आधा घंटा भी नहीं हुआ था कि आस मोहम्मद का बुलावा आ गया।

"लाला, ऐसो कर जब तलक ये माणस हीन् बैठा रहाँ, तू इन्ने हुक्का भर-भर के पिलाई जा...... मैं फारम पे होके अभी आ रो हूँ......।" इतना कहकर करीम हुसैन उनमें से कुछ लोगों के साथ उठकर बाहर निकल गया।

आस मोहम्मद को रह-रहकर लग रहा है कि करीम हुसैन यहाँ उपस्थित लोगों को यह बताना चाहता है कि देखो बावलो चौदह-चौदह जमात पढ़े-लिखे तो मेरे यहाँ चिलम भरते हैं। एक अजीब-सी दुर्गंध से आस मोहम्मद का दम घुटने लगा लेकिन अगले ही पल उसने मन को यह कह कर शांत कर लिया कि अगर केवल चिलम भरने से ही नौकरी मिल रही है तब इसमें बुरा क्या है?

शाम को आस मोहम्मद काफ़ी देर तक बैठा रहा जमील के पास। जैसे-जैसे जमील आस मोहम्मद को कामों की लंबी फ़ेहरिस्त में से उसे उसके काम बताने लगा, वैसे-वैसे आस मोहम्मद को लगने लगा कि वह एक ऐसे दलदल में आ धँसा है कि जितना वह उसमें से निकलने की कोशिश कर रहा है, उतना ही उसमें धँसता जा रहा है।

उसे जब लगा कि वह इससे आगे ज़्यादा नहीं सुन पाएगा, तब वह फट पड़ा,

"तो याको ई मतलब हुओ के या करीम हुसैन ने मैं हीन् नौकरी दिलाण ना, अपनो नौकर बनाण लू बुलायो हूँ.....।"

जमील आस मोहम्मद की बात सुनकर धीरे-से मुस्कराया और फिर कंधे पर हाथ रखते हुए बोला, "जादा ताव मत खा...... बावला मोहे तो देख, याही उम्मेद में चार साल बिता दिया के काई दिन तो चौस्साब नौकरी दिलवा ही देएगो....।"

"कहा मतलबऽऽ?" इस बार आस मोहम्मद को लगा जैसे उसका सिर फट जाएगा।

"मतलब ई के मैं भी चार साल पहले हीन् ऐसे ही आयो हो......।"

"और तू जब सू हीनी पड़ो है.....!"

"और कहा करूँ .... अरे, हमारे पै तो दो कूढ़ जंगल की जमीन भी ना है जासू बालकण को पेट तो भर लेएँ....... कम सू कम पाँच सौ रुपिया हर महीना मिल तो रहा हैं......।" जमील फ़ीकी हँसी हँसते हुए बोला।

आस मोहम्मद की समझ में अब आया कि अंदर धँसी आँखों और पिचके हुए गालों वाले इस चेहरे पर क्यों मुर्दनी छाई हुई है।

"जमील, मोसू भी कल यही कही ही...... अगर मोहे थोड़ो सो भी पतो होतो न तो मैं हीन् भूल के भी ना आतो....।" आस मोहम्मद ने आक्रोश जताते हुए कहा।

"कोई बात ना है...... अभी कुछ ना बिगड़ो है, दो-चार दिन और देख..... हो सके तेरा भाग में सिरकारी नौकरी लिखी होए......।" जमील ने आस मोहम्मद को सांत्वना देते हुए कहा।

"ठीक है वाड़ी जमील, दो-तीन दिन ही देखूँगो बस्स.......।" आस मोहम्मद ने अपना फ़ैसला सुनाते हुए कहा।

"चल छोड़....... चौस्साब भी आन वालो है.....।" जमील ने बात ख़त्म करते हुए कहा।

"पर जमील एक बात बता...... ई कहा मतलब हुओ के इतना सारा माणसन् के आगे ई कदी तो पूछे है के लाला तू कितेक पढ़ो है, और कदी कहे है के चिलम भर ला.....?"

"आस मोहम्मद, ई नई बात ना है...... हम जैसान् सू ऐसा काम करवाके ई यू बताणो चाहवे है के पढ़ा-लिखा छोरा-छापरा कैसे मेरे पीछे-पीछे डोले हैं।"

"ठीक है जमील...... तू सही कह रो है...... हम जैसा डोल तो रहा हैं इनके पीछे.....।" आस मोहम्मद की कनपटी सुलग उठी यह कहते समय।

आज तीसरा दिन है आस मोहम्मद का।

पिछले दिनों की तरह आज भी लोगों का ताँता लगा हुआ है। अन्य दिनों की भाँति आज भी सुबह से दरबार शुरू हो गया। एक-एक कर लोगों ने अपनी समस्याओं को रखा। ज़्यादातर की एक ही समस्या थी कि चौधरी साहब उनके

बच्चों को नौकरी दिलवा दे। लेकिन वाह रे चौधरी करीम हुसैन, उसने किसी को भी अपने दर से ख़ाली नहीं भेजा यानी सबको कह दिया कि वे अपने बच्चों की नौकरी पक्की समझें।

आस मोहम्मद ने यह तमाशा कई घंटों तक देखा। कभी-कभी तो उसका जी चाहता कि वह वहाँ खड़े लोगों से चीख़-चीख़ कर कहे कि ये जिससे अपने बेटों के लिए नौकरी की गुहार कर रहे हैं यह उन्हें कहाँ से नौकरी दिलवाएगा? क्या यह मुल्क इसके बाप की जागीर है, जहाँ वह जी चाहे जिसे नौकरी दिलवा देगा? किंतु आस मोहम्मद न चीख़ा, न चिल्लाया बल्कि उसे लगा जैसे उसकी चीख़ गले में ही दब कर रह गई है। बस, वह चुपचाप चौधरी करीम हुसैन के आश्वासनों को अपनी स्मृति के पन्नों पर लिखता रहा।

और जब दरबार ख़त्म हो गया तब सहमते हुए आस मोहम्मद ने करीम हुसैन से पूछा, "चौस्साब, आपने कलेऊ कर लियो कै?"

"ना तो।"

"तो फिर लिआऊँ!"

"कहा है कलेऊ में?"

"जमील की घरवाली ने बाजरा की महेरी बनाई है...... आप ए तो महेरी वैसे भी अच्छी लगे है।" आस मोहम्मद ने कहा।

पहले तो करीम हुसैन ने किसी तरह की प्रतिक्रिया व्यक्त नहीं की लेकिन फिर आस मोहम्मद के चेहरे पर कटे भैंसे की तरह मोटी-मोटी आँखें गड़ाते हुए बोला, "लाला, तोसू जितना काम की कही जाए न, उतनो ही करे कर, समझी!"

करीम हुसैन के इस वाक्य को सुन कर आस मोहम्मद की कुछ समझ में नहीं आया। कहीं उससे कुछ बेअदबी तो नहीं हो गई है? अभी दो-तीन दिन पहले ही तो इतने लोगों के सामने इसी चौधरी करीम हुसैन ने छाछ-महेरी से भरा कटोरा कितने चाव से, बिलकुल देहाती अंदाज़ में पिया था। आज यही करीम हुसैन छाछ-महेरी का नाम सुन कर कैसे बिदक गया? कहीं ऐसा तो नहीं कि कुछ दिन पहले खाई जाने वाली छाछ-महेरी महज दिखावे के लिए थी?

इशा की अज़ान के बाद उसने जो कुछ देखा और सुना उसे देख कर उसे अपने कानों और आँखों पर थोड़ी देर के लिए यक़ीन नहीं हुआ।

इशा की नमाज़ पढ़ कर चौधरी करीम हुसैन अभी खड़ा ही हुआ था कि तभी बाहर से तीन लोग आ गए। उन्हें देखते ही करीम हुसैन की बाँछें खिल गईं।

"आ भाई रुस्तम चौधरी......।" चौधरी करीम हुसैन ने बड़ी ही तत्परता से मुसाफ़हा के लिए एक की ओर हाथ बढ़ाते हुए कहा।

"देख ले, मैं तो ऐसे ही आऊँ हूँ बेमौका.....।" रुस्तम ने बड़ी ही बेतकल्लुफ़ी से कहा।

"आजा...... चल, भीतर का कोठा में बैठेंगा...... हूनी बतलाएँगा अपना मन की

सी......।" चौधरी करीम हुसैन रुस्तम की कौली भरते हुए बोला।

"चल.....!"

रुस्तम और करीम हुसैन के पीछे-पीछे आए हुए दो अन्य लोग भी हो लिए।

"आस मोहम्मद!"

आवाज़ सुनते ही आस मोहम्मद लपक कर पहुँचा सबसे भीतर वाले कमरे में।

"जी चौस्साब?"

"ऐसो कर चार जिगह रोटी घलवा ला...... और हाँ, बाहर ध्यान रखियो..... कोई आए न तो वासू मना कर दीजो के मैं हीन् हूँ ना.....!"

"ठीक है चौस्साब।" इतना कहकर आस मोहम्मद बाहर आ गया।

आस मोहम्मद जब खाना लेकर पहुँचा तो उसे लगा कि रुस्तम नाम का व्यक्ति कुछ कहते-कहते रुक गया है। उसने मेज़ पर खाना रखते हुए पहले रुस्तम पर नज़र डाली और फिर करीम हुसैन की ओर देखा।

"रुस्तम, कहतो जा..... याकी चिंता मत कर......।" करीम हुसैन ने चुप होते हुए रुस्तम से कहा।

खाना रखने के बाद आस मोहम्मद जब वापस लौटने लगा तो उसने महसूस किया कि चौधरी करीम हुसैन और उन तीनों के बीच कोई गोपनीय बात हो रही है। बाहर निकलने के बाद वह वहीं किवाड़ की ओट में खड़ा हो गया। यहाँ से अंदर की सारी बातें उस तक साफ़ पहुँच रही थीं।

"चौस्साब...... पटवारी की नौकरी कू वैसे अस्सी हजार रुपिया जादा हैं......।" रुस्तम का बाद का आधा वाक्य उसके कानों में पड़ा।

"एक बात बता रुस्तम जादा तो हैं, पर पटवारीपणा में कितेक कमाई है तोहे पतो है...... अरे, छोटा-सा बिसवा की नपाई का सौ-पचास रुपिया तो आम हैं.....।" करीम हुसैन ने अपना तर्क दिया।

"हाँ भई पल्टू, बता..... मैं तो पहले ही कह रो हूँ के पटवारीपणा में तगड़ी कमाई है..... बावला, अस्सी हजार तो तेरो छोरा साल भर के भीतर कूट के धर देएगो......।" साथ आए एक आदमी को समझाते हुए रुस्तम बोला।

"ऊ तो तेरी बात ठीक है...... पर अस्सी हजार को जुगाड़ भी तो होए कहीं सू......।" पल्टू ने अपनी असमर्थता प्रकट करते हुए कहा।

"यार पल्टू, आज का बखत में अस्सी हजार कहीं जादा ना हैं...... अरे, छोरा की नौकरी लगतेई सारा दिलद्दर धु जांगा, समझी..... अन्यायी, दो कीला की तो बात है बस्स...... अरे, जमीन-जादाद तो पाछे भी खरीद ली जाएगी..... पर नौकरी कौण-सी रोज-रोज मिले है.....।"

"ठीक है रुस्तम, जब तू कह रो है तो ई भी करनो पड़ेगो......।" अंततः पल्टू ने हामी भरते हुए कहा।

"हाँ भई फजरू, अब तू बता...... तेरी कहा सलाह है?" इस बार रुस्तम ने

दूसरे से पूछा।

"रुस्तम, पटवारीपणा में तो कमाई है पर चपड़ासीपणा में कौन-सी कमाई है जो तू चालीस हजार की कह रो है......।"

"कमाई होती तो कहा चौस्साब चालीस हजार ही लेतो।" रुस्तम ने चट से जवाब देते हुए कहा, "बावला भाई, सिरकारी नौकरी कोई पेड़न् पे लटकी फिरे हैं......? ई तो चौस्साब मेरी लिहाज कर रो है, जासू याने हामी भर ली......नहीं तो याके पै गल्लेन फिरे हैं चक्कर खाता.....।"

और इससे पहले कि रुस्तम आगे कुछ कहता, चौधरी करीम हुसैन रुस्तम के तर्क को पुख़्ता करते हुए बोला, "ई छोरा जो अभी रोटी पकड़ा के गयो है न...... पतो है ई कितेक पढ़ो है......?"

फजरू बिना कुछ बोले एकटक करीम हुसैन की ओर देखता रहा।

"...... ई चौदह जमात पढ़ो है...... जब याहे कहीं नौकरी ना मिली है तो अब मेरे पै आयो है चार सौ रुपल्ली की नौकरी करण और तू कह रो है के चालीस हजार जादा हैं।" करीम हुसैन फजरू की आँखों में आँखें धँसाते हुए बोला।

चौधरी करीम हुसैन की बात सुनकर एक पल के लिए तो किवाड़ की ओट में खड़ा आस मोहम्मद गिरते-गिरते बचा। सारी देह सुलग उठी करीम हुसैन की बात सुन कर।

"ना भाई रुस्तम, मैं तीस सू जादा को जुगाड़ ना कर पाऊँगो.....।" दो टूक जवाब देते हुए फजरू बोला।

"हाँ जी चौस्साब...... बताओ ना.....?" रुस्तम ने पलट कर धीरे-से आँख दबाते हुए करीम हुसैन से पूछा।

"रुस्तम, ई भाई कहीं जादा ही गरीब है कै.....?" चौधरी करीम हुसैन ने इस बार चेहरे पर पूरी हमदर्दी ओढ़ते हुए पूछा।

"चौस्साब, गरीब है जभी तो मैं भी चुप्प हूँ.....।" रुस्तम ने भी हू-बहू करीम हुसैन की तरह चेहरा बनाते हुए कहा।

"ठीक है भई रुस्तम, तेरो कहो थोड़ी टाल सके हैं...... जा, इनको काम होगो समझ...... अरे आस मोहम्मद......!"

अचानक अंदर से आई आवाज़ को सुनकर आस मोहम्मद अकबका गया। वह तुरंत वहाँ से हटा और कुछ पल ठहर कर अंदर जाकर बोला, "जी चौस्साब......!"

"ये बासण हटा ले!" करीम हुसैन ने कहा।

"तो चलें चौस्साब, अब इजाजत देओ.....।" उठते हुए रुस्तम बोला।

"ठीक है रुस्तम...... खुदा हाफिज!"

"खुदा हाफिज चौस्साब!" तीनों के मुँह से एकसाथ निकला।

खाना खाने के बाद आस मोहम्मद सीधा जमील के पास गया और उसे पूरा क़िस्सा बता दिया लेकिन आस मोहम्मद की बात सुन कर जमील चुप रहा। उसने किसी तरह की प्रतिक्रिया व्यक्त नहीं की। हाँ, उसने थोड़ा रुक कर इतना ज़रूर कहा, "मोहे सब पतो है....... मैंने परसू तोलू ई बात जान-बूझ के ना बताई ही......।"

"काँई लू?" हैरान होते हुए आस मोहम्मद ने जमील से पूछा।

"या मारे ना बताई ही के जल्दी ही तोहे सब पतो चल जाएगी......।"

"जमील, मैं तो सुण के ही दंग रहगो..... याको मतलब ई है के ये उन्नेई नौकरी लगवावे हैं जो इन्ने नोट देए हैं......?"

"आस मोहम्मद, याही मारे तो मैं हीन् पड़ो हूँ के काई दिन हो सके मेरो भाग ही जोर मार जाए..... अब तुई बता हम जैसान्ने ने कहीं नौकरी मिल सके है?" कहते-कहते जमील का गला रुँध आया।

"तू ठीक कह रो है जमील......।" इतना कहकर आस मोहम्मद चुपचाप अपनी खाट पर आ लेटा।

अगले दिन आस मोहम्मद अलस्सुबह चौधरी करीम हुसैन के साथ फार्म हाउस पर चला गया। वापस कब लौटना था, पता नहीं। उस दिन जमील से कह दिया गया कि आने वालों को वह मना कर दे कि चौधरी साहब आज कोठी पर नहीं रहेंगे। लेकिन दोपहर बाद करीम हुसैन को क्या सूझा कि वह वापस कोठी के लिए रवाना हो लिया।

कार से उतर कर क़रीम हुसैन सीधा उस तरफ़ गया जहाँ जमील छः-सात भैंसों की देखभाल करता है। अंदर घेर में घुसते ही करीम हुसैन का चेहरा तमतमा गया और आँखें जल उठीं। जमील को देखते ही नसों में दौड़ता सामंती ख़ून जैसे जिस्म से बाहर फूटने को हो गया। वह दबे पाँव सरकंडे के एक मूढ़े में धँसे जमील के पास पहुँचा और कुटिल मुस्कराहट के साथ बोला, "जमीऽऽल!"

"जी..... जीऽऽ..... चौस्साब!" अपना नाम सुनकर जमील मूढ़े से लगभग उछलते हुए बोला।

"बेटा, तू हमने हीन् अखबार पढ़ण लू राख राखो है, या भैंसन् की देखभाल करण लू......!"

"चौऽऽ.....चौस्साब, भैंसन् की देखभाल लू......।" हकलाते हुए बोला जमील।

"पर लाला, तू तो टाँग पे टाँग धर के ऐसे अखबार पढ़ रो है जैसे तू कोई बहोत बड़ो लीडर होए......!"

"चौऽऽ..... चौस्साब..... गुस्ताखी होगी.....।" अपने हाथ से अख़बार को तह बना कर मूढ़े पर रखते हुए जमील बोला।

"ना......ना...... बेटा अगर तोहे इन मेवन् को लीडर बनणो है तो ले सौक सू पढ़......।" मूढ़े से अख़बार को पुनः उठाकर आस मोहम्मद को देते हुए करीम हुसैन व्यंग्य करते हुए बोला।

मारे घबराहट के जमील कुछ नहीं बोला। पूरी देह पसीने से भीग गई।

वापस जब वह अंदर पहुँचा तो देखा काफ़ी संख्या में लोग बैठे हुए हैं। करीम हुसैन को देखते ही सब अपनी-अपनी जगहों पर खड़े हो गए। कुछेक ने लपक कर मुसाफ़हा किया, तो कुछ युवाओं ने उसके पैर तक छूए।

इस दृश्य को देखकर आस मोहम्मद का ख़ून ख़ौल उठा। रह-रहकर जमील का चेहरा उसकी आँखों के आगे तैरने लगा। उसने उसी वक़्त तय कर लिया कि वह अब यहाँ किसी भी हालत में नहीं रुकेगा। उसे लगने लगा जैसे धीरे-धीरे उसका दम और तेज़ी से घुटने लगा है यहाँ, और अगर कुछ और दिन रह गया तो सचमुच नीम पागल होकर लौटेगा।

वह रात आस मोहम्मद के लिए सचमुच इतनी लंबी हो गई कि काटे से नहीं कटी। पूरी रात उसे अपने कानों में जमील की चीख़ें सुनाई देती रहीं। बीच-बीच में जब भी उसकी आँखें खुलतीं तभी उसे लगता जैसे जमील बंद खिड़कियों की झिर्रियों से रोशनी पकड़ने की कोशिश कर रहा है। अगले दिन सवेरे इससे पहले कि चौधरी करीम हुसैन आस मोहम्मद को अपना पूरे दिन का कार्यक्रम बताता उससे पहले ही उसने कह दिया, "चौस्साब.......!"

"हाँ।"

"आज मैं घर जा रो हूँ।" आस मोहम्मद ने साफ़-साफ़ कह दिया।

"घर जा रो हूँ...... कहा मतलब...... तोहे नौकरी ना करनी है?" एकाएक आस मोहम्मद के इस अप्रत्याशित फ़ैसले पर हतप्रभ होते हुए बोला करीम हुसैन।

"बस चौस्साब, मैं तो बिना नौकरी के ही ठीक हूँ...... अच्छो चौस्साब, खुदा हाफिज......।" पहले से तैयार किए गए बिस्तर को आस मोहम्मद ने सख़्ती से पकड़ा और एक झटके के साथ करीम हुसैन की कोठी से बाहर निकल आया।

"खुदा हाफिऽऽज.....!"

ऐसा लगा मानो चौधरी करीम हुसैन के हलक़ में ख़ुदा हाफ़िज़ के सारे शब्द अटक गए और इससे पहले कि वह आगे कुछ कहता आस मोहम्मद इतनी दूर निकल चुका था कि अगर वह उसे टेरता भी तो शायद उस तक आवाज़ नहीं पहुँचती। हाँ, उसे अगले ही पल जमील ज़रूर दीखा था जो खिड़की के अधखुले पट से अपने आपसे लगातार दूर होते जा रहे आस मोहम्मद को टकटकी लगाए देखे जा रहा था।

उन्नीस

सलेमी का मन एक अवसाद से भर गया।

उसने मन ही मन तय कर लिया कि आगे से वह किसी भी जलसे-जुलूस को में नहीं जाएगा। जाकर करेगा भी क्या? क्या मिलता है ऐसे जलसों में सिवाय धक्के खाने और भीड़ का मात्र एक हिस्सा बनकर रह जाने के। इलाक़े की तरक़्क़ी के नाम पर झूठे आश्वासन ही तो सुनने को मिलते हैं और मिलते हैं देखने को ढोंगियों और बहुरूपियों के अनेक रूप, जिनके मुँह पर भोली और ग़रीब जनता का लहू चिपका होता है।

आज़ादी से लेकर आज तक इन पाँच दशकों में यही सब तो देखने-सुनने को मिलता आ रहा है। चुनावों में हर बार बड़े-बड़े वायदे किए जाते हैं—नहर खुदवाने का वायदा, रेलवे लाइन बिछवाने का वायदा, किंतु चुनाव ख़त्म होते ही नहर और रेलवे लाइन या तो महज कल्पना की सलाइयों में उलझ कर रह जाते हैं, या फिर बरसात में रेत की गीली देह पर अँगुलियों से उकेरी गई लकीरें, जो धूप लगते ही धूल से फिर दब जाती हैं।

सलेमी की कमज़ोर होती काया, मंद पड़ती याददाश्त तथा ऊँचा सुनने के कारण यह अवसाद उसे और भी विचलित करने लगा है। ऊपर से कपूत बेटे के क्रिया-कलापों को सुन-सुनकर सलेमी धीरे-धीरे जैसे ख़ुद ही बैठने लगा है। जब वह मनीराम के कमेरे और नेक बेटों की तुलना बाबू खाँ से करता है, तब एक हूक उसके अंतर्मन को चीरती हुई होंठों से बाहर आने लगती है। यही वजह है कि जब कभी वर्तमान अतीत के समानांतर दौड़ लगाने लगता है, तब उल्लास और अवसाद दोनों उनके साथ-साथ दौड़ लगाने लगते हैं। सलेमी की बंद पलकों और अधखुले होंठों से तब बिरहड़ा-दोहों की ऐसी झड़ी फूटती है कि यदि वक़्त-बेवक़्त उससे उन्हें सुनाने को कहा जाए, तो एकाध दोहों के उसे न तो कुछ सूझेगा और न ही कुछ याद आएगा। लेकिन पता नहीं क्यों जब सलेमी अपने अकेलेपन से जद्दोजेहद कर रहा होता है, तब उसकी जिह्वा पर एक-एक कर कभी मीर खाँ आ बैठता है तो कभी नत्थू खाँ। कभी दानशाह तो कभी सादल्ला। कभी भीकजी तो कभी उमर खाँ। कभी गद्द तो कभी खक्के। कभी एवज तो कभी नबी खाँ। तब अनेक चेहरे उसके अवचेतन में इतनी तेज़ी से चक्कर लगाने शुरू कर देते हैं कि वह किसी भी चेहरे को पहचान नहीं पाता है। हाँ, उसे उस चेहरे की ज़रूर तलाश रहती है जिसकी शक्ल कमोबेश बाबू खाँ से मिलती हो। एक ऐसा चेहरा जो पुत्र जैसे नाज़ुक और तंग धागे-से रिश्ते की परिभाषा को परिभाषित कर सके लेकिन वह चेहरा उसे कहीं दिखाई नहीं देता है।

कहीं दिखाई नहीं देता है, या फिर वह उसे पहचान नहीं पाता है—वह नहीं जानता? कभी-कभी तो ऐसा होता है कि सलेमी बहुत कोशिश करता है उस चेहरे

को विस्मृत करने की लेकिन ज़्यादातर ऐसे मौक़ों पर उसे निराशा ही हाथ लगती है। तब उसका मगज ख़ुद ही चकराना शुरू कर देता है और उसे लगता है उसके सामने पूरा ब्रम्हांड जैसे घूम रहा है। तब उसके अधखुले होंठों से स्वयं ही झरना शुरू हो जाता है–

माता! पुत्तर ऐसो जनमियो, जो जग को माँझी होए
ऐसो तो मत जनमियो, जासू तेरो जोबन रूढो होए।

मलियागर की महक सू, जाने कितना चंदन हो जाएँ रूख
एक पूत सपूत सू, सारो कुटम कहावे भूप।

एक पूत सपूत सू, समंदर तिरे जहाज
हो जाए एक कुपातर कूख में, सारा जाए कुटम की लाज।

संपत्त में सपूत में, साझो सबको होए
'नत्थू' काल-कपूत सू, बोसाए न कोए।

सलेमी इस झंझावत से तभी बाहर आ पाता है जब या तो कोई उसके पास आकर बैठ जाए, या फिर एकाएक उसे कोई ज़रूरी काम याद आ जाए। पिछले एक महीने से सलेमी की बूढ़ी देह वैसे ही टूटी-टूटी-सी रहने लगी है। अब तो जोड़ों में भी दर्द की शिकायत रहने लगी है। पुजारी के दवाख़ाने से जाकर वह कई बार दवाई ले आया है। तरकीला ने भी ससुर की सेवा में कोई कोर-कसर नहीं छोड़ रखी है लेकिन दवा और सेवा दोनों जैसे बेअसर हो चुके हैं।

हारकर एक दिन सलेमी ने पुजारी से झल्लाते हुए कह भी दिया था, "चाचा, कोई चोखी-सी दवा होए तो दे नहीं तो पड़न दे......।"

"क्यों, एक ही झटका में बोल गो...... बेटा, मोए तो देख, अस्सी साल सू ऊपर की उमर होगी, पर मजाल है जो जुकाम तो कनै फटक जाए.....।" पुजारी ने दवा की पुड़िया बाँधते हुए कहा।

"ना चाचा, अब बसकी ना रही..... तेरी दुकान तक आते-आते बुरी हालत हो जाए है.....।"

"सही है सलेमी, बुढ़ापो रहवेई ऐसो है......।" इस बार पुजारी ने सलेमी के तर्क की ताकीद करते हुए कहा।

"जभी तो काई बड़ा आदमी ने कही है के 'धौला-धौला सब भला, धौला भला न केस; आँगन परबत हो रहो, पिछवाड़ो परदेस'।"

"सही कहवे है सलेमी, बुढ़ापा में अपनो पिछवाड़ोई परदेस हो जावे है..... तू ऐसो कर अगर तेरे बसकी ना है तो छोरा ए भेज देए कर......।" पुजारी ने सुझाव दिया।

"अरेऽऽ चाचा! आज या बखत में जब अपणो सरीर ही अपणो ना है तो औलाद की कौन कहे..... जभी तो सादल्ला ने कही है के 'सादल्ला' संसार में

अपणा-झपणी होए; हाथ-पाँव अपणा नहीं, तो जग अपणो कद होए।"

"घबराए मत, ये हारी-बिमारी तो चलती रहवे हैं..... ले, आज मैंने दवा बदल दी है...... खुदा ने चाही तो दो दिन में ही भलो-चंगो हो जाएगो.....।"

पुजारी के दवाखाने से सलेमी ने उठते हुए लंबी साँस ली और जाते-जाते बोला, "चाचा, अब तो 'चलणो है डटणो नहीं, चलणो पी के साथ; गुजर होएगी सासरे, पीहर थोड़ा दिन को साथ'।"

"धत्त्! बेकूपन् वाली बात करे है..... दुनिया तो अल्ला और भगवान को नाम लेवे है और तू ऐसो कुबोल बोल रो है..... जा, आराम सू खाट पे लेट जइयो..... सवेरे-सवेरे डोलनो-फिरनो छोड़ दे दो-चार दिन कू..... सब ठीक हो जाएगो....।" पुजारी ने हलकी-सी झिड़की मारते हुए कहा।

उस दिन सलेमी पता नहीं शून्य में कौन-से चित्रों को अपने अवचेतन में समेटे उनसे बतिया रहा था कि तभी हरसाय दबे पाँव उसके पास आकर बैठ गया। इस सबसे बेख़बर सलेमी होंठों ही होंठों में न जाने क्या बुदबुदाता रहा? उसे पता ही नहीं चला कि पौली में उसके अलावा कोई और भी है। हरसाय ने सलेमी को ख़ुद से बतियाते हुए देखा तो वह पूछ बैठा, "अरे कौण सू बतला रो है?"

"ऐंऽऽ!" लगभग हड़बड़ाते हुए वर्तमान में लौट आया सलेमी, "आऽऽ भई हरसाय!"

"बैठो-बैठो कहा सोच रो है?"

"यार सोच-वोच तो कुछ ना रो हो....... बस, यही विचार कर रो हो के वाड़ी या दुनिया में हम तो जैसा आया हैं, वैसाई चला जाता दीखें खाली हाथ.......!" सलेमी ने दीर्घ निःश्वास छोड़ते हुए कहा।

"सलेमी, जावें तो सभी खाली हाथ हैं..... कोई या धरती सू पोट उच के ना ले जावे है......।"

"ना..... ऊ बात ना है..... वाड़ी या जिंदगी में हमने देखोई कहा है..... अरे, जब सू होस सँभालो है हम तो वैसाई हैं...... और तो और साठ बरस की तो मेरी उमर होगी है, पर आज तलक मेरी सुरी रेल तो देखी ना गई, वामें बैठणो तो अलग रहो..... और, वैसे ई सुनता आ रा है के दुनिया चाँद पे हो आई है.......।"

"सलेमी, हम गरीब-गुरबान् के भाग में यई चाँद है और यई सूरज है...... अरे, पेट भर जाए यही कम है कै?"

हरसाय ने जैसे ख़ुद को तसल्ली देते हुए कहा।

"पर एक बात की तसल्ली है हरसाय.....।"

"काँई की?" हरसाय ने पूछा।

"चल रेल ना देखी, पर चीलगाड़ी तो हमने देख ही ली......।" सलेमी ने

उल्लसित होते हुए किसी बच्चे की तरह अपनी स्मृति को कुछ साल पीछे धकेलते हुए फिर कहा, "हरसाय, याद है...... दस-बारह बरस पहले हमारा या कोलज में चीलगाड़ी उतरी ही तो कैसे वाहे देखण लू पूरो इलाको टूट पड़ो हो?" कहते-कहते सलेमी की भौंहें आश्चर्य और रोमांच से फैलने-सिकुड़ने लगीं।

इसके बाद धीरे-धीरे दस-बारह साल पहले के दृश्य लौटने लगे सलेमी की आँखों के आगे।

पूरे इलाक़े की ख़ुशी का ठिकाना नहीं रहा, जब यह सुनने में आया कि नगीना के मेवात कॉलेज के विशाल मैदान पर हवाई जहाज उतरने जा रहा है। अजीब विडंबना है, भला कहाँ तो यह सुनते-सुनते कान पक गए कि इलाक़े में जल्दी ही रेलवे लाइन बिछने वाली है, और कहाँ अब हवाई जहाज उतरने वाला है। सच ही कहा है कि सरकार के हाथ कितने लंबे हैं कोई नहीं जान सकता। बरसों से देखा जाने वाला सपना इतनी जल्दी साकार हो जाएगा–किसी को यक़ीन नहीं हुआ।

सलेमी को जब हरसाय ने यह ख़बर दी थी तब सलेमी की छाती भी फूल कर कई सैंटीमीटर फैल गई थी। और सलेमी–वह भी सचमुच कितना भोला है कि उसने हरसाय की इस ख़बर को अपने विवेक से यह कहकर स्वीकार कर लिया कि रेल की लाइन बिछाने से ज़्यादा सस्ता हवाई जहाज का उतरना है। सलेमी ने जब इसी भोलेपन के साथ हरसाय से यह कहा कि अब तो जहाँ जी चाहेगा वहाँ फटाफट हवाई जहाज में बैठ कर चले जाएँगे, तब हरसाय भी सलेमी के इस तर्क से सौ फ़ीसदी सहमत था।

"अरे बनवारी, ई चीलगाड़ी हीन् सू दिल्ली कितेक देर में पहुँच जाती होएगी?" सलेमी ने बड़ी ही मासूमियत से पूछा।

"ताऊ, बस यही लग जाता होंगा कोई आधा-एक घंटा......।" बनवारी ने अंदाज़ा लगाते हुए कहा।

"ऐ बस्स?" इस बार हरसाय ने उत्सुकता से पूछा।

"और यामें दिल्ली तक को कितेक किराया लग जातो होएगो?" सलेमी ने फिर पूछा।

"ताऊ, तोहे कौण-सो यामें बैठणो पड़ो है.....।" बनवारी ने सलेमी को टालते हुए कहा।

"अरे, मान लेओ, बैठणो भी पड जाए......।"

"हैं तेरी नौली[1] में इतना रुपिया?" बनवारी ने इस बार प्रतिप्रश्न किया।

"फिर भी तो दस-बीस...... और कितना लगता होंगा......।"

"ऐसो है ताऊ...... जितना की तेरा खेतन मे सिरसू है न, उतनो तो याको

1. *नौली : तहमद या धोती को कमर पर कस कर बाँधने वाली पतली नेफ़ा की तरह सिली हुई दोहरी पट्टी।*

एकघाँ को किरायो है......।" बनवारी ने लगभग तल्ख़ होते हुए कहा।

"तो कहा ई चीलगाड़ी या इलाका की सिरसू ए बिकवान आई है?...... अरे, मैं तो ई जान रो हो के चलो यामें बैठ के फटाफट नातेदारीन में मिल आएँगा, पर तू तो सिरसू बिकवान की बात कर रो है....।" सलेमी ने उसी भोलेपन से आश्चर्य प्रकट करते हुए कहा।

सलेमी की बात सुनते ही बनवारी हँसते-हँसते लोटपोट हो गया।

सलेमी की समझ में नहीं आया कि आख़िर उसने ऐसी कौन-सी बात कह दी, जिससे बनवारी की हँसते-हँसते यह हालत हो रही है।

मुश्किल से बनवारी अपने आपको रोक पाया।

"ताऊ, तू भी बहोत भोलो है....... अरे, ई चीलगाड़ी माणसन्ने ढोन कू ना आ री है, याहे तो सरकार सिरसून पे दवा छिड़कन कू भेज री है।" बनवारी ने सलेमी और हरसाय को असली बात बताई।

"दवा छिड़कन कू भेज री है..... कहा मतलब.....?" इस बार हरसाय ने हैरान होते हुए पूछा।

"मतलब ई है ताऊ हरसाय के अबके हमारा जंगल की सिरसून में चेंपा[1] बहोत तगड़ो लग रो है, या मारे चेंपा मारण की दवाई ए ई चीलगाड़ी खेतन पे छिड़केगी.....।" बनवारी ने हवाई जहाज उतरने का प्रयोजन समझाते हुए कहा।

"हम्बै यार बनवारी, मैं भी तो यही सोच रो हो के या सिरकार पे मोटर तो पूरी भी ना चल री हैं..... ई चीलगाड़ी जरूर चलाएगी.....।" हरसाय बोला।

"तो याको मतलब ई हुओ के ई माणस बैठान् वाली चीलगाड़ी ना है?"

बनवारी ने सलेमी की शंका की पुष्टि करते हुए कहा, "ना, माणस बैठान् वाली दूसरी होवे हैं।

"यार हरसाय, हम सू तो बढ़िया ये चेंपा ही हैं.... अन्यायी, कम सू कम इनपे दवाई छिड़कन लू चीलगाड़ी तो आ री है.... अरे, हीन् तो आदमीन लू अस्पताल में दवाई तलक ना मिले है..... और एक ई चेंपा है जाहे मारन लू सिरकार चीलगाड़ी भेज री है......।" सलेमी का चेहरा बुझ गया यह कहते समय।

"ई तो अपना-अपना भाग की बात है...... अरे, कुछ तो रोटीन की बाट में मर रा हैं, और कुछ रोटीन्ने खाके मर रा हैं......।" हरसाय ने तर्क दिया।

"चल, सुरी आ री होएगी दवा छिड़कन लू...... पर या बहाने चीलगाड़ी ए तो देख ही लेंगा के ई होवे कैसी है......।" अंततः सलेमी ने ख़ुद को तसल्ली देते हुए कहा।

यह मात्र ख़बर नहीं बल्कि सच्चाई थी कि मेवात में हवाई जहाज उतरने जा रहा है क्योंकि अगर यह सच्चाई नहीं होती तो आए दिन कॉलेज के मैदान पर चार-पाँच

---

1. *चेंपा : सरसों में लगने वाला कीट।*

जीप और कारें दौड़ती हुई क्यों नज़र आतीं? अगर यह सच्चाई नहीं होती तो क्यों कॉलेज के मैदान की घास को छीलकर लंबी पट्टी बनाई जाती? बल्कि कुछेक ने तो पक्के तौर पर यह पता लगा लिया कि मैदान पर बनने वाली यह पट्टी और कुछ नहीं चीलगाड़ी के दौड़ने की पट्टी है। ऐसी पट्टी जिसे कुछ लोग दिल्ली आते-जाते एक बार नहीं बल्कि कई बार देख चुके हैं। खटीकवाड़े के कई खटीकों ने तो बाक़ायदा भेड़-बकरियों से लदे ट्रक को रुकवा कर इत्मिनान से विशाल मछलियों के मुँहवाले कनफोड़ू हवाई जहाजों को उतरते और चढ़ते हुए देखा है। इसलिए उनकी बातों को यूँ ही हवा में नहीं उड़ाया जा सकता। हरसाय ने ख़म ठोंकते हुए कइयों से शर्त लगाते हुए यहाँ तक कह दिया कि अगर इस पट्टी पर हवाई जहाज नहीं उतरा, तो वह अपनी एक तरफ़ की मूँछ ही मुँडवा लेगा।

आख़िर हरसाय के आत्मविश्वास के आगे सबको यह यक़ीन करना ही पड़ा कि रेतीले समंदर के किनारे और काले पहाड़ की तलहटी के मैदान पर छिलने वाली इस पट्टी पर हवाई जहाज ही उतरेगा। वैसे यह तथ्य किसी आठवें आश्चर्य से कम नहीं था कि सरसों पर लगे चेंपा को मारने के लिए हवाई जहाज आ रहा है। यह भी किसी आश्चर्य से कम नहीं था बल्कि अपने आप में एक कौतूहल का विषय था कि हवाई जहाज में आदमियों को तो बैठा सुनते थे लेकिन हवाई जहाज से खेतों पर दवाई भी छिड़की जाती है—यह पहली बार सुना जा रहा है।

जैसे-जैसे कॉलेज के मैदान पर आने-जाने वाली जीप और कारों की आवाजाही बढ़ने लगी, वैसे-वैसे आसपास के लोगों की उत्सुकता भी बढ़ने लगी। हालत यह हो गई कि जिस कॉलेज में पढ़ने वाले छात्र प्रायः कॉलेज से बचते हुए घूमते थे वे भी अब लगातार कॉलेज आने लगे, और जिस बड़े स्कूल पर घसियारी घास लेने के लिए सिर्फ़ इसलिए आने से कतराती थीं कि वहाँ सिवाय झक मारने के कुछ नहीं मिलता है, वे भी पीठ के पीछे झोली लटकाए पट्टी के आसपास ही मँडराने लगीं कि कब हवाई जहाज इस पट्टी पर उतरे और कब वे उसे एकदम नज़दीक से देखें।

दरअसल, इस पावन अवसर को कोई भी हाथ से जाने नहीं देना चाहता है।

बड़कली पर चाय के खोखों के बाहर बिछी बेंचों पर होने वाली बहस-मुबाहिसों का मुँह राजनीति से मुड़कर इलाक़े की तरक़्क़ी पर केंद्रित हो गया। लोगों ने कभी सोचा भी नहीं था कि ज़्यादातर जिन आँखों ने आज तक सिवाय मोटर कारों के कुछ देखा ही नहीं, वही आँखें अपने सामने आसमान से उतरते हुए एक उड़नखटोले को देखेंगी और देखेंगी उसे दूर-दूर तक फैली हरी-पीली चादर पर दवा छिड़कते हुए।

एक दिन तो बड़कली के एक खोखों पर ज़ोर-ज़ोर से दो ठोंडों में हो रही झड़प को देखकर पूरी बड़कली इकट्ठी हो गई। झड़प जिस मुद्दे को लेकर हो रही थी वह कोई आपसी मुद्दा नहीं था बल्कि दोनों इस बात पर अड़े हुए थे कि

इलाक़े में इस हवाई जहाज को उनकी पार्टी के नेता लाए हैं। थोड़ी देर बाद लोगों ने देखा कि उन दोनों में गुत्थमगुत्था शुरू हो गई और इस गुत्थमगुत्था का परिणाम यह हुआ कि अगले दिन दोनों पार्टियों के स्थानीय नेताओं ने बड़कली पर अपना-अपना तंबू ही गाड़ दिया।

सचमुच, बड़कली धन्य हो गई कि कहाँ तो रोडवेज़ की बसों के इंतज़ार में वह जम्हाई ले रह होती और कहाँ अच्छा-ख़ासा मेला लगने लगा है। इधर-उधर अलसाते चाय के खोखों पर एकाएक भट्टियों में सूरज निकलते ही लकड़ी के गुटके और कोयला सुलगने लगा। छोटी-छोटी उदास शामों में चुहलबाजियों का रंग घुलने लगा। कहने का मतलब है कि जो बड़कली जल्दी रात कटने की बाट जोहती थी, उसी बड़कली का जी चाहने लगा कि वह पूरी रात बंद खोखों के पाट खोलकर उनसे बतियाती रहे।

और तभी अचानक एक दिन लोगों ने देखा कि कनफोडू शोर के साथ कोई चीज़ हवा में तैरती हुई कॉलेज के मैदान पर बनी पट्टी की ओर बढ़ रही है। बस फिर क्या था, बड़े स्कूल के बच्चे किसी बाँध में रुके हुए पानी की तरह कॉलेज की ओर हरहरा कर दौड़ पड़े। कुर्सियों में धँसे, झपकी लेते अध्यापकों की देह एकाएक हरकत में आ गई। बड़कली के खोखों पर चाय की चुस्कियों के बीच विकास और उन्नति के घटते-बढ़ते ग्राफ़ एक झटके के साथ वहीं स्थिर हो गए, और थोड़ी देर पहले तक इलाक़े को रसातल में ले जाने वाली जिस भ्रष्ट राजनीति को जम कर कोसा जा रहा था, उसे भी एकाएक भुला दिया गया। थोड़ी देर के लिए एक सुखद कल्पना से लोगों के चेहरे खिल उठे कि हो सकता है आने वाले दिनों में उनकी आँखें अपने इलाक़े में ऊँची-ऊँची चिमनियों से उगलता हुआ धुआँ भी देखें। कान सीटी मारती रेल की छुक-छुक सुनें और कल-कल करते नहर के पानी से खेतों की प्यास बुझती देखें क्योंकि अभी तो यह महज एक शुरुआत है।

अगले दिन आसपास के गाँवों में जैसे ही यह ख़बर पहुँची कि बड़कली के निकट मेवात कॉलेज के मैदान पर दवाई छिड़कने वाली चीलगाड़ी उतरी है, वैसे ही लोगों का सैलाब बड़कली की ओर टूट पड़ा, उस आश्चर्य को देखने के लिए जिसे देखने के लिए पिछले एक पखवाड़े से आँखें तरस रही हैं। कुछ ही गज़ की दूरी पर खड़े हवाई जहाज को देखकर थोड़ी देर के लिए देखने वालों को अपनी आँखों पर विश्वास नहीं हुआ कि उनकी आँखें सचमुच आसमान में उड़ने वाली चीलगाड़ी को ही देख रही हैं। विश्वास होता भी कैसे, इन्होंने तो कभी सोचा भी नहीं था कि जिस आश्चर्य को वे अभी तक आसमान में चील-कव्वों की तरह उड़ता हुआ देखते आ रहे थे, उसे वे एकदम निकट से भी देख पाएँगे? कुछेक ने तो मौक़ा पाकर उसे छू कर भी देख लिया।

जो इस आश्चर्य को एकदम क़रीब से नहीं देख पाए वे घरों से निकल कर

खेतों की डोलों पर जा बैठे। दवा छिड़कने के लिए जब-जब चीलगाड़ी सरसों की पीली चादर को छूता हुआ, अपने पंखों से सफ़ेद कोहरे का आवरण छोड़ता हुआ भागता, तब-तब ऐसा लगता जैसे वह पीली चादर पर ही दौड़ रहा है।

सलेमी और मनीराम ने भी इसे जाकर कई बार देखा—कभी एकदम पास जाकर, तो कभी हवाई पट्टी पर गर्द उड़ाते हुए ज़मीन को छोड़ते हुए। कभी खेतों के जिस्म को छूते हुए, तो कभी आसमान में ओझल होते हुए।

मेवात कॉलेज की जब तक यह पट्टी आबाद रही तब तक बड़कली पर जमे खोखों की खूब मौज़ रही। पूरे दिन ठट्टा जमा रहता बड़कली पर। आशु कवि क़िस्म के युवाओं ने, जिनमें काव्य-बोध कूट-कूट कर भरा हुआ था उन्होंने तो इसके आगमन पर एक गीत ही गढ़ लिया, जिसका मुखड़ा इस प्रकार था—सिरकार ने छोडी चीलगाड़ी, दवा छिड़कती आई......।

इस तरह खेतों पर दवा छिड़कने के बाद चीलगाड़ी तो चील की भाँति फुर्र से उड़कर चली गई और अपने पीछे छोड़ गई भोली आँखों में विकास और उन्नति की ऐसी सुखद कल्पना कि जब-जब उसका मानचित्र अवचेतन पर फैलता तब-तब भविष्य की अक्षांश और देशांतर रेखाएँ इस तरह गड्डमड्ड होती चली जातीं कि पता ही नहीं चलता— इसके भाग्य की कर्क रेखा कहाँ है और मकर रेखा कहाँ?

हालाँकि ऐसी ही सुखद कल्पना से नगीना और आसपास के लोगों के चेहरे पहले भी खिल कर मुरझा चुके हैं। वही कल्पना तो नगीनावासियों से लेकर पूरे मेवात को आज तक अँगुली पकड़े अपने पीछे-पीछे दौड़ा रही है, जब इसी कॉलेज के लिए नगीना ने बड़े स्कूल और बड़कली के बीच वाली अपनी लगभग पच्चीस कीला पंचायती ज़मीन चौधरी मुर्शीद अहमद की इस घोषणा पर तुरंत हवाले कर दी कि यदि गाँव उसे ज़मीन दे दे तो वह यहाँ एक कॉलेज खुलवा देगा। बस, फिर क्या था, मुर्शीद अहमद की घोषणा पर यह ज़मीन दे दी गई और साल भर के भीतर छः कमरों की इमारत खड़ी कर दी गई—मेवात कॉलेज के नाम से।

कॉलेज खुलते ही पूरे इलाक़े में चारों ओर ख़ुशी की लहर दौड़ गई और देखते-देखते एक शैक्षिक संस्थान अपनी यात्रा तय करने लगा। कॉलेज की लाल इमारत और इस इमारत के कमरों की दीवारों पर बनाए गए स्थायी श्यामपट्टों पर लिखी जाने वाली चाक की हर इबारत, उस वक़्त इबारत नहीं भविष्य की वे रेखाएँ थीं, जिनमें पता नहीं कितनी निश्छल आँखों ने न्योन बल्बों से फूटती रोशनी के जाले देखे थे। लेकिन इन निश्छल आँखों की पुतलियों के हिस्से में न्योन बल्बों की रोशनी के जाले तो नहीं आए, हाँ इतना ज़रूर हुआ कि ज़्यादातर इस कॉलेज से निकले हमीद, याकूब, महमूदा, अशरफ़, तेजराम, भागमल, चेतराम, रामसिंह सरीखे कितने नामों की डिग्रियाँ या तो संदूक और अलमारियों में चूहों की ख़ुराक बनने लगी हैं, या फिर उनके साथ-साथ चलते हुए ख़ुद ही थकने लगी हैं।

परिणामस्वरूप इनके पास चौधरी करीम हुसैन जैसों के पास जाने के और कोई रास्ता भी तो बचा नहीं है।

हर साल मेवात के इन श्यामपट्टों पर लिखी और समझाई जाने वाली संवैधानिक और ऐतिहासिकता की दरारों से झाँकते अनेक सपने तरक़्क़ी और बहबूदी की सीढ़ियों पर चढ़ने की कोशिश में समय से पहले थक कर बुढ़ा जाते हैं। इसलिए अक्सर इन्हें चाय के खोखों पर चाय सुड़कते हुए परोक्ष रूप से मुर्शीद, क़रीम हुसैन और अतर मोहम्मद की दलाली करने वालों के इर्द-गिर्द चक्कर लगाते हुए देखा जा सकता है।

मेवात कॉलेज खुलने के कुछ दिनों बाद ही राज्य के मुख्यमंत्री की इस घोषणा से कि मेवात की तरक़्क़ी के लिए राज्य सरकार द्वारा जल्दी ही मेवात डवलपमेंट बोर्ड (अब इसका नाम बदलकर 'मेवात डवलपमेंट एजेंसी' कर दिया गया है) का गठन किया जा रहा है, सुनकर सबको इसका पक्का यक़ीन हो गया कि इस इलाक़े के दिन फिरने में अब सिर्फ़ देर है अंधेर नहीं।

मनीराम ने गोहरवाली में सुनी थी यह ख़बर। सुनते ही वह दौड़ा आया सीधा सलेमी के पास।

"सलेमी, तैने कुछ सुणी है कै......?"

"कहा?" आश्चर्य से पूछा सलेमी ने।

"अरे यही के इलाका की तरक्की होन वाली है......।"

"यार मनीराम, कोई ढंग की बात होए तो बता...... या इलाका की तरक्की ए सुनते-सुनते वाड़ी मेरा तो कान ही पकगा......।" सलेमी ने बेहद उपेक्षा और उदासीनता के साथ कहा।

"ना सलेमी, अब के ई पक्की बात है...... मैं अभी गोहरवाली में सुन के आरो हूँ......।" मनीराम ने सलेमी को आश्वस्त करने की कोशिश करते हुए कहा।

"चल, अब तू भी बता दे ई कौन-सी पक्की बात है?"

"अरे, या इलाका की तरक्की कू सिरकार कोई मेवात डनलप बोरड बना री है......।" मनीराम ने जितना सुना और जितना उसकी समझ में आया सलेमी को बता दिया।

"यासू कहा होएगो?" सलेमी ने हुक्के की नै से घूँट खींचते हुए पूछा।

"होएगो कहा, अन्यायी यहा इलाका में फैकटरी खुलेंगी...... रेल की पटड़ी बिछेंगी..... फिर हम भी रेल में बैठ के जाए करेंगा दिल्ली..... हमारा बाल-बच्चा भी फैकटरीन् में जांगा नौकरी करण......।" एक ही साँस में न जाने क्या-क्या कह गया मनीराम।

"ले, या पे बैठ...... तू तो रेल में बैठेगो छेला......।" सलेमी ने तहमद ऊपर उठाते हुए मनीराम को चिढ़ाया।

"यार सलेमी, मैं कोई झूठ बोल रो हूँ......।" मनीराम ने बुझे हुए स्वर में कहा।

"अरे, तू तो झूठ ना बोल रो है...... पर ऐसी बात हम मुद्दत सू सुणता आ रा हैं...... अब जब तू कह रो है तो ठीक ही कह रो होएगो......।" अंततः सलेमी मनीराम की बात पर सहमत होते हुए बोला।

हालाँकि मनीराम के मुँह से इस ख़बर को सुनकर ख़ुशी तो सलेमी को भी बहुत हुई किंतु बक़ौल उसी के कि मेव मरो जब जाणियो, जब वाको फ़ातिहा हो जाए, यानी असली ख़ुशी तो उस दिन होगी जब उसकी आँखें ख़ुद चिमनियों के मुँह से धुआँ उगलता हुआ देख लेंगी और कान रेल के इंजन की सीटी और छुक-छुक सुन लेंगे।

"मनीराम, जँच तो मोकू भी रही ही के एक न एक दिन या इलाका का दिन जरूर फिरेंगा...... अब देख न, पहले हीन् कोलज खुलो, फिर चीलगाड़ी आई और अब ई बोरड बन रो है...... चलो, कूड़ी का भी दिन फिरे हैं एक दिन तो......।" सलेमी की आँखों में आशा की चमक साफ़ देखी जा सकती थी उस दिन, "पर एक बात है मनीराम, मोहे अभी भी ई बात कुछ जँच ना री है.....।" अगले ही पल सलेमी की आँखों से चमक ग़ायब हो गई।

"कौन-सी बात......?"।

"ई बोरड वाली बात......। कहीं ऐसो तो ना है के बोट गिरना का दिन आ रा होएँ।" सलेमी ने आशंका व्यक्त करते हुए कहा।

"ई बात भी हो सके है।" मनीराम ने सहमति जताते हुए कहा।

इधर मेवात डवलपमेंट बोर्ड की घोषणा हुई और उधर इलाक़े के गाँव-क़स्बों की दीवारें रंग-बिरंगे इश्तहारों से पट गईं। जहाँ कुछ इश्तहारों पर इंदिरा गाँधी की बड़ी-सी तस्वीर के नीचे मुख्यमंत्री, स्थानीय विधायक व आमीन डिग्री कॉलेज के चेयरमैन चौधरी करीम हुसैन की तस्वीर छपी हुई थी, वहीं दूसरी ओर विपक्षी नेता चौधरी मुर्शीद अहमद की इकलौती तस्वीर मुस्करा रही थी। जहाँ कुछ इश्तहारों में मेवात डवलपमेंट बोर्ड बनाने के लिए इंदिरा गाँधी और राज्य के मुख्यमंत्री के प्रति चौधरी करीम हुसैन की ओर से धन्यवाद छपा हुआ था, तो वहीं कुछ इश्तहारों में इस बोर्ड को बनवाने के लिए चौधरी मुर्शीद अहमद के संघर्ष की पूरी लेकिन संक्षिप्त अंतर्कथा छपी हुई थी।

काफ़ी दिनों तक बल्कि कहिए कि जब तक लोगों की आँखों के आगे ये इश्तहार आते रहे, तब तक उनकी समझ में यह नहीं आया कि इस बोर्ड अर्थात एजेंसी को बनवाने में आख़िर किसकी भूमिका महत्त्वपूर्ण रही—करीम हुसैन की, या मुर्शीद अहमद की?

आख़िरकार इस नासमझी ने इन दोनों नेताओं के बीच एक अघोषित पोस्टर-युद्ध शुरू कर दिया और नतीजतन पूरे इलाक़े की दीवारों को उनके अनुयायियों ने इनके बयानों से लथपथ इश्तहारों से पाट दिया। इलाक़े की काग़ज़ी तरक़्क़ी के बहाने चौधरी करीम हुसैन और चौधरी मुर्शीद अहमद के इन

अनुयायियों ने अपने-अपने नेता का इस तरह प्रचार शुरू कर दिया ताकि आगामी चुनावों में ज़्यादा मशक़्क़त न करनी पड़े। इसी दौरान राज्य के मुख्यमंत्री ने नगीना और फ़िरोजपुर झिरका में आई.टी.आई. का उद्घाटन कर डाला। देखते ही देखते उपेक्षित से दीखने वाले मेवात में औद्योगिक क्रांति का जैसे सैलाब उमड़ आया।

बीस

आख़िर वही हुआ जिसका पूरे इलाक़े को शक बल्कि यह कहना उचित होगा कि डर था यानी डेढ़ बरस बीतते-बीतते राज्य में विधान सभा चुनावों की घोषणा हो गई। देखते ही देखते एक बार फिर मेवात में इश्तहारों के बीच जंग छिड़ गई। राजनीति के चौपड़ पर फिर से गोटियों की चालें शुरू हो गईं। गाँवों और क़स्बों में ऑल इंडिया मेव बिरादरी और ऑल इंडिया मेव महासभा की पंचायतें शुरू हो गईं। चौधरी करीम हुसैन अपनी ऑल इंडिया मेव बिरादरी के बैनर तले मेवों से वोट माँगने निकल पड़ा और चौधरी मुर्शीद अहमद ऑल इंडिया मेव महासभा के बैनर तले। हालाँकि चौधरी करीम हुसैन और चौधरी मुर्शीद अहमद एक ही गोत्र के हैं लेकिन राजनीति में एक-दूसरे के शत्रु। इसलिए दोनों को हमेशा से मेव वोटों की बजाय हिंदू वोटों पर ज़्यादा निर्भर रहना पड़ता है। इस प्रकार कभी चौधरी करीम हुसैन का पलड़ा भारी दिखाई देता है, तो कभी चौधरी मुर्शीद अहमद का।

और जैसे ही यह ख़बर इलाक़े में पहुँची कि कुछ दिनों पहले तक जिस मुख्यमंत्री का चौधरी मुर्शीद अहमद खुलकर विरोध करता था, उसी मुर्शीद अहमद को मुख्यमंत्री ने पार्टी का टिकट दिलवा दिया है, तो थोड़ी देर के लिए पूरे मेवात को अपने कानों पर यक़ीन नहीं हुआ। यक़ीन होता भी कैसे क्योंकि जिस मुख्यमंत्री को चौधरी करीम हुसैन इश्तहारों में धन्यवाद देता नहीं अघाता था, उसी करीम हुसैन का मुख्यमंत्री ने पत्ता साफ़ कर दिया—असंभव है।

इस तरह देखते ही देखते दीवारों पर चिपके हुए कुछ इश्तहार जो अभी भी गली-सड़ी मुद्रा में मेवात के अनपढ़ और भोले लोगों की ओर देखते हुए मंद-मंद मुस्करा रहे हैं उनकी मुस्कराहट धीरे-धीरे कुटिलता में तब्दील होने लगी। रातों-रात जो लोग करीम हुसैन के एकदम क़रीब थे, वे भी छिटक कर मुर्शीद अहमद के पाले में आ गिरे।

परंतु ऐसी उमस भरी राजनीतिक गरमी में सबसे अधिक ठंडापन अगर रहता है तो वह है नगीना। नगीना के लिए हमेशा यह धर्म-संकट बना रहा है कि वह चौधरी करीम हुसैन या चौधरी मुर्शीद अहमद से अपने आपको भावनात्मक रूप से कैसे जोड़े? हर बार इसी असमंजस में उसके वोट किसकी झोली में जा पड़ते हैं

यह उसे ख़ुद भी पता नहीं चलता। पता चले भी कैसे क्योंकि यहाँ के मेव-मत बाघोरिया गोत्र के नहीं, गोरवाल गोत्र के जो हैं।

सलेमी इन दिनों अपने आपको बहुत हलका महसूस करता है क्योंकि गोत्र के नाम पर वोट माँगने वालों का दबाव नहीं रहता है।

उस दिन मनीराम ने सलेमी को यूँ ही टटोलना चाहा था, "सलेमी, किसकू देएगो बोट?"

"पहले तू बता, तू कसे देएगो?" सलेमी ने उलटा पूछा मनीराम से।

"यार किसे देएँ, अरे हम कू तो जैसो करीम वैसो ही मुरसीद......।"

"जब तिहारे लेके दोनू एक-सा हैं, तो हमारे लेके भी एक-सा हैं..... हमारा ही कौण-सा वे गोती भाई हैं.....।"

"गोती भाई ना हैं, बिरादरी तो है.....।" मनीराम ने इस बार जानबूझ कर कोंचा सलेमी को।

"अरे, बिरादरी है तो वही तोलेगो कै बेझड़[1]....." इस बार सलेमी तमतमा उठा, "मनीराम, जब तलक मतलब है न जभी तलक गोत-बिरादरी है...... पीछे ना माने है कोई काई की..... अब जब इन्ने बोटन की जरूरत पड़ री है तो ये बिरादरी की भी दुहाई देंगा और गोत की भी देंगा..... बोट मिलणा के पीछे निकाल के दिखा देंगा.....।"

सलेमी की बात पर मनीराम मुस्कराते हुए बोला, "फिर भी बोट तो देएगोई काई कू..... किसे देएगो?"

"ऐ देख, बोट देए मेरो ईऽऽ......।" तहमद की ओर हाथ से इशारा करते हुए सलेमी भभक पड़ा।

"ना यार, बोट तो देनी चहिए...... चाहे दोनू कू देएँ आधी-आधी......।" मनीराम ने अपने भोलेपन का आख़िर परिचय दे ही दिया अर्थात दोनों को ख़ुश करने की नीति का अनुपालन करते हुए बोला मनीराम, "चल छोड़, अभी तो पूरो महीना पड़ो है..... जब की जब देखेंगा......।" इससे ज़्यादा सलेमी ने इस विषय पर चुप रहना ही उचित समझा।

और जैसा अंदाज़ा था वही हुआ।

चौधरी करीम हुसैन ने लाख हाथ-पाँव मारे, खूब बड़े-बूढ़ों के आगे फेंटा धरे, बार-बार अपने गोती भाइयों के आगे अपनी बहाण-बेटी पे हराम करने जैसी क़समें खाईं, पच्छिम ओर हाथ उठाकर लाख दुहाइयाँ दीं लेकिन हुआ वही जैसा मुख्यमंत्री ने चाहा था।

इधर इलाक़े में चौधरी मुर्शीद अहमद की जीत की ख़ुशी में उसके समर्थकों ने जम कर लड्डू बाँटे। उन्हीं समर्थकों ने, जो दिलो-जान से पार्टी का टिकट मिलने

---

1. बेझड़ : कई तरह का मिश्रित अनाज।

से पहले चौधरी करीम हुसैन के साथ थे, और उधर हारे हुए उम्मीदवार चौधरी करीम हुसैन के यहाँ उसमें तथा उसके समर्थकों में जैसे डोकरी[1] पड़ गई।

चौधरी मुर्शीद अहमद के चुनाव जीतने से उसके अन्य समर्थकों को बेशक उतनी प्रसन्नता नहीं हुई हो लेकिन नगीना और उसके आसपास के लोगों को बेहद प्रसन्नता हुई। चलो जिस मुर्शीद अहमद ने अपने हाथों से मेवात कॉलेज के रूप में जो पौधा रोपा है, अब शीघ्र ही वह विशाल पेड़ का आकार ले लेगा क्योंकि जिस मुर्शीद अहमद को मुख्यमंत्री ने विधायक बनवाया है, उसे मंत्रिमंडल में भी अवश्य शामिल किया जाएगा। इसलिए हो सकता है मंत्रिमंडल में आने पर मात्र छः कमरों के इस कॉलेज को एक आदर्श शैक्षिक संस्थान का दर्जा दिलवा दे। इसीलिए नगीना और आसपास के लोगों को यह स्वीकारने में अब कोई दिक़्क़त महसूस नहीं हुई कि मेवात विकास बोर्ड का गठन चाहे किसी के प्रयासों से हुआ हो, अब तो उसे चौधरी मुर्शीद अहमद के खाते में ही डालने में समझदारी है।

सचमुच, लोगों की ख़ुशी का ठिकाना उस दिन तो बिलकुल रहा ही नहीं जिस दिन उन्हें समाचार-पत्रों के द्वारा यह पता चला कि चौधरी मुर्शीद अहमद को राज्य मंत्रिमंडल में शामिल कर उन्हें शिक्षामंत्री का पदभार सौंप दिया है। इस समाचार के बाद लोगों के सपनों में कॉलेज की छोटी-सी इमारत विशाल संस्थान का आकार लेने लगी। काले पहाड़ की तलहटी में बने रेत के डूहों को समतल कर वहाँ चिमनियों के मुँह से धुआँ ही धुआँ और फैक्ट्रियों के फाटकों से प्रसन्न चेहरों का रेला निकलता हुआ दिखाई देने लगा।

लेकिन धीरे-धीरे ये सपने भी दीखने बंद हो गए। बंद होने भी थे क्योंकि जब से चुनाव हुए हैं उसके बाद मजाल है—चौधरी करीम हुसैन या चौधरी मुर्शीद अहमद ने इलाक़े की ओर झाँका तो हो। चौधरी मुर्शीद अहमद भी तभी आया जब उसे जीत के बाद गले में नोटों और फूलों की मालाएँ डलवानी थीं और चौधरी करीम हुसैन अब आए ही क्यों?

इस तरह पूरा एक साल बीत गया चौधरी मुर्शीद अहमद को राज्य का शिक्षामंत्री बने। यह तो भला हो इन अख़बारों का जिनसे यह पता चल गया कि राज्य सरकार ने एक साल पूरा कर लिया है वरना लोग तो यही माने हुए थे जैसे यह कल की ही बात हो। इन्हीं अख़बारों में बड़े-बड़े विज्ञापनों में गिनाई गई राज्य सरकार की उपलब्धियों में से कुछ उपलब्धियों के द्वारा ही लोगों को यह पता चला कि मेवात डवलपमेंट बोर्ड अर्थात मेवात डवलपमेंट एजेंसी द्वारा राज्य सरकार ने इलाक़े का कितना विकास किया है? बाक़ायदा आँकड़ों में साफ़ बताया गया था कि इलाक़े की तरक़्क़ी के लिए कितना पैसा विदेशी अनुदान तथा राज्य सरकार से अब तक इस बोर्ड को प्राप्त हो चुका है। औद्योगिक विकास के लिए रोजका मेव में ज़मीनों का अधिग्रहण करना और नगीना, नूह तथा फ़िरोज़पुर

1. *डोकरी : भेड़ों में पड़ने वाली एक बीमारी, जिसके होने से भेड़ बस गुमसुम पड़ी रहती है।*

झिरका में औद्योगिक प्रशिक्षण संस्थानों का शिलान्यास जैसी महत्त्वपूर्ण उपलब्धियों के बारे में इन्हीं अख़बारों से पता चला।

इन अख़बारों में बाकी तो सब ठीक है लेकिन रोजका मेव के आसपास की ज़मीनों का अधिग्रहण चौंकाने वाली ख़बर थी। चौंकाने वाली इसलिए कि ज़्यादातर लोगों को यह पता ही नहीं है कि यह रोजका मेव है कहाँ? इसलिए मेवात के सपनों में साल भर पहले चिमनियों का जो धुआँ आसमान में उड़ता दिखाई दे रहा था, उस धुएँ में अब फैक्ट्रियों के फाटकों से निकलते हुजूम का ऐसा चेहरा दिखाई देने लगा, जो किसी से नहीं पहचाना जा रहा है।

लेकिन इन विज्ञापनों के दो सप्ताह बाद ही जैसे इलाक़े में एक विस्फोट हो गया, और इस विस्फोट की ध्वनि जैसे-जैसे इलाक़े के कानों में पहुँचने लगी, वैसे-वैसे लगने लगा जैसे इलाक़े को पहले की तरह एक बार फिर छल लिया गया है। एक बार फिर मेवात के भोलेपन और उसकी भावुकता में सेंध लगा कर उसकी चिंदी-चिंदी कर दी गई है।

इन्हीं अख़बारों के राज्य संस्करण के पृष्ठों पर इस प्रमुख ख़बर को पढ़कर लोग हैरत में पड़ गए कि राज्य के शिक्षामंत्री ने किस चालाकी और दूरदर्शिता का इस्तेमाल कर औद्योगिक विकास के नाम पर रोजका मेव की भूमि का अधिग्रहण कराया है। इस ख़बर ने सबसे अधिक चौंकाने वाला जो रहस्य खोला वह यह कि चौधरी मुर्शीद अहमद ने जिस रोजका मेव की ज़मीन का अधिग्रहण कराया है, उसके पास ही उसकी ख़ुद की सैकड़ों बीघा बंजर ज़मीन पड़ी है। इसलिए रोजका मेव में औद्योगिक इकाइयाँ स्थापित होने के बाद आने वाले समय में चौधरी मुर्शीद अहमद की यही बंजर ज़मीन सोने के भाव बिकेगी अर्थात शिक्षामंत्री चौधरी मुर्शीद अहमद ने मेवात का नहीं, अपना भविष्य सुनिश्चित करने के लिए बीच मेवात के बजाय ऐसी जगह औद्योगिक विकास की योजना बनवाई है जिसकी पहुँच धुर मेवात से बहुत दूर है।

इस ख़बर से ज़्यादा चौंकाने वाली बात तो यह है कि इस रहस्य का भंडाफोड़ चौधरी मुर्शीद अहमद के चिर-परिचित राजनैतिक प्रतिद्वंद्वी और उसके गोती भाई चौधरी करीम हुसैन ने किया है। उसी करीम हुसैन ने जो कभी इसी मुख्यमंत्री का ख़ासम-ख़ास माना जाता था जिसका आज चौधरी मुर्शीद अहमद है। उसी करीम हुसैन ने, जिसने इसी मुख्यमंत्री के कर-कमलों से अपने मरहूम वालिद चौधरी आमीन खाँ साहब को 'बाबा-ए-क़ौम' अर्थात राष्ट्रपिता का ख़िताब दिलाया था। यह भी खुल्लमखुल्ला आरोप लगा दिया कि मेवात के साथ होने वाली इस ना-इंसाफ़ी में मुख्यमंत्री पूरी तरह शामिल है, दूसरे अर्थों में यह कहना उचित होगा कि इस सौदेबाज़ी में मुख्यमंत्री भी लाखों का खेल खेल गया।

इस तरह चौधरी करीम हुसैन ने खिसियानी बिल्ली की तरह इलाक़े में जगह-जगह जन-सभाएँ करके खम्बे नुचवाने का पूरा प्रयास किया और इलाक़े के साथ

होने वाले इस अन्याय के प्रति सोए हुए लोगों को जगाने की हरचंद कोशिश की परंतु न तो सोए हुए लोग ही जागे और न ही मुख्यमंत्री के कानों पर जूँ रेंगी। अंततः वक़्त आने की आस लिए चौधरी करीम हुसैन झक मार कर बैठ गया।

यह संयोग ही था कि जहाँ सलेमी को मेवात डवलपमेंट बोर्ड के गठन की ख़बर मनीराम ने लाकर दी थी, वहीं रोजका मेव में भूमि अधिग्रहण संबंधी ख़बर भी मनीराम ने ही लाकर दी, हालाँकि इस बार उसके साथ हरसाय भी था।

इस ख़बर को सुनकर सलेमी पल भर के लिए खिसिया-सा गया था लेकिन अगले ही पल उसने अपने आपको संयत भी कर लिया और बात को टालते हुए बोला, "मनीराम, तू सही कहवे हो...... वाड़ी, ये सब लीडर तो एक ही बेल का तूमड़ा हैं.......।"

"तोहे अब पतो चली है.......!" हरसाय बोला।

"तो बता हरसाय, हम जैसा माणस कहाँ जाके मरें......।"

"मेरो ऊ मतलब ना है सलेमी....... मैं तो ई कह रो हूँ के चाहे ऊ करीम हुसैन होए, चाहे मुरसीद....... हैं सब एक जैसा, पतो ना इनको कितनो बड़ो पेट होगो जो भरेई ना है......।"

"अरे, अगर हम एक बर सब मिल के ई सोच लेएँ न के इन्ने बोट देणी ना है तो जब देख......!"

"सलेमी, तू तो बावली बात करे है...... अरे, हम ना, तो हमारा जैसा भाई देंगा इन्ने बोट......।" मनीराम ने मुस्कराते हुए सलेमी को उसके भोलेपन पर टोकते हुए कहा।

"जभी तो ई बात हो री है...... अरे, बोट देएँ हम और फैकटरी खुले हैं रोजका में....... अब बता कौण जाएगो इतनी दूर..... आपस में बुरा बणे हम और नौकरी लगाँ उनका नाते-रिस्तेदार....... पर कहा करी जाए...... जी तो ऐसो करे है के इन्ने लेन में खड़ा करके दुनाली पार कर दूँ......।" सलेमी ने लंबी साँस खींचते हुए ग़ुस्से में कहा।

"मनीराम, सलेमी सही कह रो है...... बोट देएँ तो मुसीबत, ना देएँ तो मुसीबत...... और फिर हमारी सुने भी कौन है...... चलो छोड़ो..... या राँडा-नपूती में काँई कू अपणो मगज खराब करें...... सलेमी, मार गोली...... सुरा, चूल्हा में पड़ें भाड़ में जाएँ.......।" हरसाय ने अनंतः बात को ख़त्म करते हुए कहा और मनीराम को लेकर चला आया।

मनीराम और हरसाय के जाते ही सलेमी अवसाद के बादलों से फिर जा घिरा। ऐसे बादलों से जिनमें आर्द्रता की बजाय सिर्फ़ धुआँ ही धुआँ है। देर तक उसके

मस्तिष्क की दीवारों से चौधरी करीम हुसैन और चौधरी मुर्शीद अहमद भारी घन बजाते रहे–टन्न्...... टन्न्...... टन्न्।

इक्कीस

ख़बर सुनते ही सलेमी को लगा जैसे वह आसमान में उड़ रहा है और आसमान में उड़ते हुए दो नन्हे-नन्हे हाथ उसे अपनी ओर बुला रहे हैं। एक नन्ही किलकारी उसे खिजाती हुई उसके आगे-आगे दौड़ रही है, और वह उस किलकारी को पकड़, अपनी बाज़ुओं में भर छाती से लगाने की आतुरता लिए उसके पीछे-पीछे दौड़ रहा है। कितनी देर तक यह दृश्य कल्पना के चित्रपट पर झिलमिलाता रहा, यह तो पता नहीं लेकिन इतना अवश्य है कि वह घोषित बंजर में वंश-बेल के फूटते इस नवांकुर की कोमलता को छूने की कोशिश में कहीं खो गया था।

कहते हैं कि बड़े-बूढ़ों की वाणी में ऐसा परताप होता है कि उनके मुँह से निकली बातें प्रायः सच ही निकलती हैं। उस दिन भौंरी ने सबके सामने ही तो कहा था तरकीला से, "ऊपरवाला पे भरोसा राख बेटी...... लीली छतरी वालो जरूर एक दिन तेरी कोख ए हरी करेगो...... बावली, कव्वान् का कोसना सू ढोर ना मरे हैं....।"

आज उसी भौंरी के शब्द तरकीला के कानों में गूँज रहे हैं।

ख़बर सुनते ही सलेमी को देर तक लगता रहा मानो काला पहाड़ अपनी ही देह पर उगे टेसुओं की गंध से गँधा गया है। उसकी तलहटी में बिछे रेत के डूहों और दूर तक बिछी भूड़ से पानी के स्रोत फूट पड़े हैं। अतीत के छिटके हुए दृश्य फिर से एक दूसरे में गुँथने लगे हैं। कपूत बाबू खाँ के भविष्य के लिए ढेर सारी दुआएँ होंठों से निकलने लगीं क्योंकि जल्दी ही उससे साँझ के धुँधियाते अँधेरे को पोंछने के लिए और लालटेन की रोशनी में उससे बतियाने के लिए एक दीया जो आने जा रहा है। इसी बाबू खाँ के लिए ही उस दिन सलेमी ने कहा था, जिस दिन पूरे गाँव के आगे रामचंदर जैसे भले आदमी की लड़की छेड़ने के बाद जो मिट्टी पलीद बाबू ने कराई थी, और जिस तरह सलेमी को ज़लालत का सामना करना पड़ा था, कि ख़ुदा या तो उसे उठा ले या बाबू खाँ को। तब मनीराम ने सलेमी को उसके इस कुबोल पर टोकते हुए कहा था, "बावला, सूनी साळ सू तो मरखणो बैल चोखो होवे है।"

मनीराम की इस कहावत के याद आते ही सलेमी मन ही मन मुस्करा उठा, बल्कि ख़ुद ही बुदबुदाने लगा– हाँ मनीराम, कहवे तो तू सही है...... सूनी साळ सू मरखणो बैल भी चोखो होवे है...... कम सू कम खूँटा पे बँधो तो दीखे है.......।

और है भी सही, इसी मरखने बैल के कारण ही तो उससे बतियाने के लिए और उसके दुःख-दर्द में भागीदार बनने के लिए एक नन्ही आवाज़ इस घर में आने

वाली है। सोचते हुए सलेमी ने अपने भविष्य के अनगिनत चित्रों में रंग भरना शुरू कर दिया और रंग भी एकदम चटख।

अपने चित्रों में रंग भरने के फेर में सलेमी यह भी भूल गया कि जिसने उसे यह ख़बर लाकर दी है, वह अभी भी उसके पास खड़ी है। सलेमी की क्रियाओं को देख-देख कर जब उससे रुका नहीं गया तब वह बुक्का मार कर हँस पड़ी, "बाबू का बाप, अभी तो पूरा छः-सात महीना पड़ा हैं...... अभी सू पोता को मुँ देखण कू तेरो तिल्ला फड़क रो है.....!"

"बनवारी की माँ, तिल्ला कैसे ना फड़के...... अरी, याई खुसखबरी ए सुनण कू तो कान घणाई दिनाँ सू बाट देख रा हैं.....।" लंबी साँस लेते हुए सलेमी ने कहा।

"सही कहवे है बाबू का बाप, औलाद तो औलाद ही होवे है.....चलो, और नाएँ बाबू अब कूढ़ में तो आ जाएगो......।"

"बनवारी की माँ, मेरो सुरो ना आए कूढ़ में....... मोहे अब कोई फिकर ना है, जब तक ही, तब तक ही...... कम सू कम अपणी माँ की तो सेवा-पाणी करेगो...... या कमस्सल बाबू की छाती पे कोई तो दाल दलनिया होए..... मेरी नाक में नकेल घाल राखी है कमीण ने।"

बाबू खाँ का ज़िक्र आते ही सलेमी तमतमा उठा।

"चल छोड़ बाबू का बाप, बखत पे सब समझ में आ जाएगी..... तू तो बस बहू को पूरो खियाल रखियो..... खाणा-पीना में कोई कोर-कसर मत छोड़ियो...... सिर पे गोबर की हेल मत धरन् दीजो..... और हाँ, अभी सू धड़ी-धैं सेर घी की तैयारी कर ले......।" इतना कहकर रुमाली पौली से बाहर निकल गई, सलेमी को अकेला छोड़कर फिर से भविष्य के अंकों को घटा-जमा करने के लिए।

ऐसा कभी नहीं हुआ कि चौधरी मोहल्ले में अगर दो-चार लोगों में कोई बात होती हो, या किसी का ज़िक्र छिड़ता हो तो बाबू की चर्चा न हो। बल्कि कभी-कभी तो ऐसा हो जाता है कि जिस बात से सलेमी अपने आपको बचाने की कोशिश करता, वह घूम-फिर कर वहीं आ जाती। तब सलेमी भीतर से कितना व्यथित होता है शायद कोई नहीं जानता। कभी-कभी तो वह ऐसे बिलबिला उठता है जैसे किसी पके हुए घाव को अनजाने ही कुरेद दिया गया हो। जब कभी मनीराम के बनवारी और छोटे लड़के की बात छिड़ती है और बीच में यदि बाबू का ज़िक्र छिड़ जाए तो सलेमी की कनपटी सुलग उठती है। नसों का उभार साफ़ दिखाई देने लगता है लेकिन जब से बहू के पाँव भारी होने की ख़बर सलेमी के कानों में पड़ी है तब से उसने अपने कुबोलों पर जैसे ताला लगा लिया है। कई बार तो उसने न चाहते हुए बाबू खाँ को बड़े प्यार से दुनियादारी के अच्छे-बुरे सरोकारों और आचार-व्यवहार से सचेत रहने की सलाह देते हुए समझाया भी। बाबू खाँ उस वक़्त सिर झुकाकर एक आज्ञाकारी बेटे की तरह हामी भर भी लेता किंतु बाप के सामने से हटते ही

जैसे वह सब भूल जाता। बाप की आँखों से दूर होते ही दुनियादारी के सरोकार और आचार-व्यवहार सब उसे व्यर्थ से लगने लगते।

सलेमी बाबू के बारे में फिर किसी के मुँह से सुनता, तो वह खून का घूँट पीकर रह जाता।

दिन पर दिन बहू के पेट के बढ़ते हुए उभार को देख कर सलेमी को कभी-कभी लगता जैसे उसका कलेजा उछल कर बाहर आ जाएगा। न चाहते हुए भी वह कनखियों से आती-जाती बहू के पेट की गोलाई को कभी-कभार नाप लेता। हालाँकि इस कुफ़्र पर वह कभी-कभी आत्मग्लानि से इस क़दर भर उठता कि मन ही मन स्वयं पर ढेर सारी मलामतें दे डालता लेकिन अगले ही पल उसे लगता जैसे वह पेट की गोलाई नहीं बल्कि सृष्टि की एक पूरी संरचना को देख रहा है। यही गोलाई तो है जिस पर उसका भविष्य टिका हुआ है इसीलिए बहू के लिए उसने किसी चीज़ की कमी नहीं होने दी, जिसने जो बताया सलेमी फट से ले आया।

बिना नागा नियमानुसार पाँचों वक़्त की नमाज़ वह पूरी श्रद्धा के साथ पढ़ने लगा। नमाज़ के वक़्त सिजदा में दोनों हाथों को आसमान की ओर उठाकर सब कुछ सही-सलामत निपटने के लिए दुआएँ माँगने लगा। मजाल है सलेमी किसी वक़्त की नमाज़ भूल तो जाए। बाबू को भी हारकर उसने नियति के भरोसे छोड़ दिया, यानी ऊपर वाले की इच्छा हुई तो बाबू खाँ आदमी की जून में आ जाएगा, और नहीं हुई तो वह उसे लाख समझा ले कोई फ़ायदा नहीं।

हालाँकि आते-जाते क्या तो मनीराम और क्या हरसाय, क्या नबी खाँ और क्या बुद्धन, जिसने भी उचित समझा अपने-अपने तरीक़े से बाबू खाँ को समझाया। सलेमी से लेकर होने वाले बच्चे का भी वास्ता दिया लेकिन नतीजा वही ढाक के तीन पात। बल्कि उलटा एक दिन बाबू ने हरसाय से साफ़ कह दिया, "काका, ई हमारी घर की बात है...... अपणी फटी ए हमीं सीएँगा.......।"

हरसाय ने सुना तो उसका चेहरा फ़क्क पड़ गया। थोड़ी देर के लिए उसका वहाँ से उठना मुश्किल हो गया। हरसाय को बाबू से ऐसी उम्मीद नहीं थी। हरसाय अपना-सा मुँह लेकर रह गया। उसने सलेमी से बाबू की इस बात का ज़िक्र तक नहीं किया वरना खामखाँ थुक्का-फ़ज़ीहत होती दोनों बाप-बेटों में।

सलेमी ने जब से सुना है तभी से उसके पाँव तो जैसे ज़मीन पर पड़ ही नहीं रहे हैं। आने वाले इस नए सदस्य की सलामती के लिए सलेमी ने आसपास का कोई ओझा-फ़क़ीर नहीं छोड़ा। किसी ने हाजी महताब से नक्कस लाने के लिए कहा तो सलेमी दौड़ कर नक्कस ले आया। किसी ने इस्लामी मदरसा वाले हाजी के बारे में बताया तो सलेमी फट से इस्लामी मदरसा जा पहुँचा। किसी ने कल्लन फ़क़ीर से फूँक मारने के लिए कह दिया तो सलेमी ग्यारमी से कल्लन को ले आया। किसी ने परसराम चमार के पास जाने के लिए कहा तो सलेमी परसराम चमार के पास जा पहुँचा यानी सलेमी ने कोई कसर नहीं छोड़ी। तमाम तरह के

गंडे-ताबीज़ों से बहू का गला भर दिया सलेमी ने। बल्कि उस वक़्त तो सलेमी से कोई यह कहता कि आसमान में टँगे चाँद की चाँदनी की पुड़िया बहू के गले में लाकर बाँधनी है, तो वह उसे भी लाकर बाँध देता लेकिन किसी तरह बहू का जापा सही-सलामत निपट जाए, बस।

और उस दिन तो सलेमी को अपने कानों पर जैसे यक़ीन ही नहीं हुआ जिस दिन मनीराम ने बातों ही बातों में सलेमी से कहा था, "यार सलेमी, सुणी है लालचंद जैन के कनै कोई ऐसी दवाई है जाहे बीरबाणी कू देण सू छोरा होवे है.......।"

"लालचंद......? कौन लालचंद......?" सलेमी ने अपनी याददाश्त को आगे-पीछे खिसका कर याद करने की कोशिश की।

"अरे रामू को लालचंद......।"

"अच्छो-अच्छो लालचंद पंसारी.....।"

"हाँ-हाँ..... वही लालचंद......।"

"पर यार मनीराम, ई तो खुदा के हाथ में होवे है...... अरे, वाकी मरजी हुई तो ऊ हमलू पोता भेज देएगो..... और ना हुई तो पोती भेज देएगो.....।" सलेमी ने आस्तिकता के वशीभूत कहा।

"सलेमी ऊ बात तो हैई, पर मैंने सुणी है के वाकी दवाई सू घणी बीरबाणीन् के छोरा हुआ हैं......।" मनीराम ने सलेमी को आश्वस्त करने की कोशिश करते हुए कहा।

"मनीराम, ई तो खुदा की खुदाई है......।"

"यार, आजकाल ऐसी घणी दवा-दारू चल गी हैं...... और फिर अजमाना में कहा बुराई है......।"

"चल तेरी बात मान लेएँ पर ई आएगी कितेक पईसान् की?" सलेमी ने लगभग हामी भरते हुए कहा।

"मेरे यार, एक बात बता पईसा औलाद सू बड़ी चीज है कै?"

सलेमी चुप रहा।

"अच्छो, ऐसो है मैं अभी जा रो हूँ और पूछ के आ रो हूँ के ऊ कितेक की है...... बस, बिल्ली की चाल गयो और कुत्ता की चाल आयो.......।"

इतना कहकर मनीराम वहाँ से उठा और सीधा गोहरवाली की ओर चल पड़ा।

सचमुच मनीराम बिल्ली की चाल गया और कुत्ता की चाल लौट आया।

आते ही हाँफते हुए बोला, "यार सलेमी, सुरी पचास रुपिया की बात है...... लालचंद तो फिर छोरा होण की गारंटी भी दे रो है.......।"

"खुदा तोड़ी...... तू सही कह रो है?" सलेमी ने 'गारंटी' शब्द को पकड़ते हुए पूछा।

"हे त्तेरे की...... वाड़ी सलेमी तू भी है पूरो बहमी...... अन्यायी, बहम की दवा

तो हकीम लुकमान के कनै भी ना ही...... अरे, ई तो भरोसा की बात है..... लग जाए तो खाक की लग जाए, और ना लगे तो लाख की भी ना लगे......।"

"मनीराम ठीक है, जब तू इतेक जिद कर रो है तो ले पचास रुपिया......।" सलेमी ने कमर के चारों ओर लिपटी नौली को खोला और उसमें से पचास का नोट निकाल कर मनीराम को दे दिया।

"ई हुई ना मरद वाली बात......।" सलेमी से पचास का नोट लेते हुए बोला मनीराम।

श्रीफल!

यही है वह दवा, यही है वह बूटी, यही है वह जड़ी और यही है वह आस्था जिसे ले जाने वाला पूरी श्रद्धा और विश्वास के साथ ले जाता है। शायद यही आस्था है जिसकी वजह से लालचंद जैन पूरे भरोसे के साथ श्रीफल देते हुए कहता है, "देख भाई, मेरी तो ई ना दवाई है ना बूटी...... ई तो रेत की डली है..... अगर तिहारो मन या बात ए मान रो है कि श्रीफल देन सू तिहारे बंश-बेल में फल आ जाएगो, तो ले जाओ...... वरना रहन दो.....।"

शायद यही आत्मविश्वास और आस्था थी जिसके कारण लालचंद जैन का श्रीफल दूर-दूर तक मशहूर हो गया।

सलेमी ने बाबू के हाथों सौंप दिया श्रीफल।

बाबू ने बाप के हाथ से श्रीफल लेते हुए मनीराम की ओर देख कर बुरा-सा मुँह बनाया और चलते-चलते मनीराम को सुनाते हुए कह भी गया था, "बाप, पतो ना तू भी कस-कस के चक्कर में पड़ो रहवे है....... अरे, ई तो अल्लाताला की मरजी है......।"

सलेमी ने बेटे के इस वाक्य पर कुछ नहीं कहा। हाँ, उसने हलके से मनीराम की ओर देखा ज़रूर। मनीराम भी नहीं चूका, उसने भी तुरंत बाबू खाँ से कह दिया, "बेटा, अभी तो बाप की कमेर खा रो है...... अब आगे पतो चलेगी...... तैने बड़ी हरी-हरी चुगी हैं......।"

पता नहीं बाबू मनीराम के इस वाक्य का अर्थ कहाँ तक समझ पाया लेकिन सलेमी ने जैसे स्वयं को तसल्ली देते हुए कहा, "मनीराम, सुरा की अकल सब ठिकाणे लग जाएगी...... एक दिन तो कूढ़ में आनो ही पड़ेगो......।"

इतना कहकर सलेमी फिर रेशमी कल्पनाओं के तानों में उलझ गया। आज उसे बाबू का एक भी शब्द नहीं चुभा। चुभता भी कैसे जिस दिन का इंतज़ार, जितनी बेसब्री से उसे है, क्या बाबू को भी होगा?

सलेमी को छः-सात माह काटने मुश्किल हो गए। एक-एक दिन उसे काले पहाड़ की मानिंद लगने लगा। एक तरह से सलेमी ने उलटी गिनती गिननी शुरू कर दी और जैसे-जैसे नवाँ महीना नज़दीक आने लगा, वैसे-वैसे सलेमी कल्पनाओं

के ताने-बाने में इस तरह उलझने लगा कि उसकी समझ में नहीं आता वह जो कुछ भी करता है, वैसा नहीं होता जैसा वह चाहता है। उस दिन भी तो ऐसा ही हुआ था कि निकला तो था वह जुम्मा की नमाज़ पढ़ने के लिए जुम्मा महजत की ओर, और पहुँच गया गोहरवाली में। यह तो अच्छा हुआ जो रास्ते में नबी खाँ मिल गया वरना पता नहीं कहाँ पहुँच जाता।

तरकीला को उसने पहले ही साफ़ कह दिया था कि वह सिर पर कोई भारी चीज़ न उचे। बल्कि उसने उससे रात-बिरात बाहर आने-जाने के लिए भी मना कर दिया। ढोर-डंगरों की सानी से लेकर दूध काढ़ने तक का ज़्यादातर काम सलेमी ख़ुद करने लगा। बाबू खाँ के जी में आता तो वह कर देता वरना उसे ही करना पड़ता।

तरकीला ने बूढ़े ससुर को काम करते हुए देखा तो उसने बाबू से कहा भी, किंतु बाबू ने इस कान सुना और उस कान निकाल दिया। कभी-कभी तो यह होता कि ससुर से नज़र बचा कर वह ख़ुद काम करना शुरू कर देती और बाबू बेशरमी से उसे देखता रहता।

एक दिन सलेमी ने तरकीला को देख लिया तब सलेमी ने उसे डाँटते हुए कहा, "तेरी माँ का मूँड ए मारूँ....... तोसू कितेक बर कही है के काम-धंधा के लगण दे आग...... मैं मर ना गो हूँ......।"

शाम को सलेमी ने बाबू को बुलाकर बड़े प्यार से समझाते हुए कहा, "बाबू, बेटा अब तू डोलनो-फिरनो छोड़ दे....... बहू पूरा दिनन् सू है...... सातवों महीना खतम होगो है नाएँ तो ऐसो कर तू अपणी फूफी रहमती ए लिवा ला......।"

बाबू अगले दिन अपनी फूफी रहमती को लेने चला गया।

उस दिन दोपहर को सलेमी की पौली में और नहीं तो कम से कम सात-आठ जने होंगे। रोबड़ा, मनीराम, हरसाय, नबी खाँ, हुसैनदीन, सुलेमान, छोटेलाल, सुभान खाँ सब बुद्धन को घेरे हुए बैठे थे। सलेमी जब-जब बुद्धन की ओर देखता तब-तब उसकी धड़कनें और तेज़ हो जातीं।

बुद्धन चुपचाप बैठा न जाने कहाँ खोया हुआ था कि हुसैनदीन ने लगभग उसे झिंझोड़ते हुए कहा, "ताऊ, अगर तेरी ई बात सच्ची निकली न, तो ताऊ सलेमी की ओड़ सू लड्डू मैं खवाऊँगो.......।"

बुद्धन कुछ नहीं बोला।

"सलेमी, ई महीना कौन-सो है......?" बुद्धन ने पहली बार मुँह खोला।

"महीना......!" अँगुलियों पर हिसाब लगाते हुए सलेमी तुरंत बोला, "ई जो तिहारी मावस गई ही न दो-तीन पहले, वासू आठवों महीना लग्गो है।"

"हूँऽऽ!" एक लंबी हुंकार भरी बुद्धन ने।

"बुद्धन, वाड़ी आज ऐसी खबर सुणा दे जो सलेमी बावलो हो जाए.....!" नबी

खाँ बुद्धन से लगभग आग्रह करते हुए बोला।

"बहू कहाँ है?" बुद्धन ने फिर पूछा।

"भीतर है घर में.......।" सलेमी ने बिना एक पल गँवाए बताया।

"चल ठीक है सलेमी, आज तोहे बताई देएँ के बाबू की बोहड़िया के कहा होएगो......।"

बुद्धन की बात सुनते ही इस बार पूरी पौली की धड़कनें तेज़ हो गईं। पूरी पौली ही क्या पूरा मोहल्ला बुद्धन के अनुभव का कायल है। किसी वैद्य या डॉक्टर के पास जाने की ज़रूरत नहीं होती इस मोहल्ले को, बशर्ते एक बार पाँव भारी होने वाली औरत उसके सामने से गुज़र जाए बस।

बनवारी की घरवाली के पाँव भारी होने पर भी तो एक दिन इसी बुद्धन ने मनीराम के आगे बनवारी से कहा था, "बनवारी, बहू का पाँव भारी दीखे हैं......?"

"हाँ ताऊ हैं तो सही.......।" बनवारी ने अन्यमनस्क होते हुए कहा।

"तो फिर कहा सलाह है तेरी......?" बुद्धन ने बनवारी की आँखों में आँखें डालते हुए पूछा।

"कहा सलाह होती...... तुई बता?" बनवारी के बजाय इस बार मनीराम ने पूछा बुद्धन से।

'लड्डू मँगा ले तो फिर......।' बुद्धन ने बिना किसी भूमिका के कहा।

"लड्डू मँगा लूँ..... अरे, मेरे कै कोई पोतो हुओ है जो लड्डू मँगा लूँ?" मनीराम बोला।

"अरे हुओ ना है तो हो जाएगो......।"

"तो फिर जब हो जाए न, जभी खा लीजो......।"

"हे तेरे की मैं जब बता रो हूँ.....।" बुद्धन ने ज़ोर देते हुए बोला।

थोड़ी देर के लिए तो मनीराम और बनवारी को यक़ीन नहीं हुआ लेकिन जब बुद्धन ने पूरी गंभीरता के साथ कहा तो उन्हें हारकर यक़ीन करना पड़ा।

और जिस दिन मनीराम के घर पोता हुआ था, एकाएक मनीराम को बुद्धन की बात याद आ गई।

हुसैनदीन को भी तो बताया था इसी बुद्धन ने तीसरी बार घरवाली के पाँव भारी होने पर हुसैनदीन ने एक दिन बुद्धन को घेर ही लिया, "ताऊ, सारी दुनिया ए तू बताती फिरे है....... मैंने कौन-सी तेरी गधी के हाथ लगा दियो जो मोलू ना बता रो है......!" हुसैनदीन ने झुंझलाते हुए पूछा।

बुद्धन ने हुसैनदीन की बात को अनसुना करते हुए कहा, "कहा बताऊँ?"

"यही के अब के कहा होएगो?" हुसैनदीन ने पूरी आश्वस्ति के साथ पूछा।

"ठीक है सब बता देंगा......।" बुद्धन ने हुसैनदीन को फिर टलाने की कोशिश की।

"कद बता देएगो..... ताऊ, रुक जा, मैं अभी अपणी घरवाली ए लाऊँ......।" इतना कहकर हुसैनदीन जाने लगा, तो पीछे से उसे रोकते हुए बुद्धन बोला, "हुसैनदीन, इतेक तावली मत कर....... कोई जरूरत ना है घरवाली ए लाण की......।"

"तो फिर बिगर देखे कैसे बताएगो.......!"

"मैंने सब देख ली है.....।"

"कब?" हैरान होते हुए बोला हुसैनदीन, "तो ताऊ बताए न...... लाऊँ के लड्डू.......?" हुसैनदीन को लगा जैसे वह हवा में उड़ने लगा है।

"हुसैनदीन छोड़...... लड्डू-वड्डून की कोई जरूरत ना है......।" बुद्धन ने हुसैनदीन को इशारे में बता दिया था।

"याको मतलब है ताऊऽऽ अबके भी छोरीऽऽऽ......."

"हाँ, ऐसोई समझ ले......।" इतना कहकर बुद्धन आगे बढ़ गया।

बुद्धन का अंतिम वाक्य सुनते ही हुसैनदीन जैसे ज़मीन पर तड़ाक से आ गिरा।

बुद्धन का कहा एकदम सच निकला, जब दो महीना पीछे पूरे मोहल्ले को यह पता चला कि हुसैनदीन की घरवाली ने तीसरी बार फिर से लड़की जनी है।

उसी बुद्धन को आज फिर सभी घेरे बैठे हैं। उसी बुद्धन के अनुभव की आज फिर परीक्षा होने जा रही।

"सलेमी, तो फिर ऐसे कर बोहड़िया ए कहीं अड़ोस-पड़ोस में भेज दे!" बुद्धन बोला।

बुद्धन के इस कहे का अर्थ किसी की समझ में नहीं आया हो, ऐसा नामुमकिन है। बुद्धन प्रायः ऐसे मौक़ों पर ऐसी ही सांकेतिक भाषा का इस्तेमाल करता है। इस कहे का अर्थ तुरंत सभी समझ गए यानी तरकीला को उसके सामने से गुज़ारा जाए।

"सुभान खाँ, जल्दी कर...... बाबू की बोहड़िया सू कह के आ के वाहे रुमाली बुला री है।" हरसाय ने तुरंत सुमान खाँ से कहा।

सुभान खाँ ने उसी तत्परता से आदेश का पालन किया और तुरंत तरकीला को झूठा संदेश दे आया।

थोड़ी देर बाद तरकीला मुँह फेरते हुए पौली के सामने जैसे ही पहुँची कि कुछ देर के लिए पौली में सन्नाटा छा गया। सलेमी की धड़कनें तो इतनी तेज़ हो गई कि उसे अपने कानों में, अपने ही दिल की 'धक्-धक्' साफ़ सुनाई देने लगी।

तरकीला पौली के सामने से होती हुई रुमाली के घर की ओर मुड़ गई।

तरकीला के जाने के बाद सबकी नज़र बुद्धन के होंठों से चिपक गई और इंतज़ार करने लगीं उनके खुलने का।

बुद्धन थोड़ी देर तो यूँ ही आँखें बंद किए चुप्पी साधे रहा। फिर उसने धीरे-से आँखें खोलीं और गरदन उठा कर एक-एक कर सब पर नज़र डालने के बाद

अंत में जैसे ही उसकी आँखें सलेमी की आँखों से मिलीं कि सलेमी को लगा जैसे उसके चेहरे से किसी अदृश्य शक्ति ने सारा रक्त निचोड़ लिया है।

बुद्धन पहले तो धीरे-से मुस्कराया और फिर ज़ोर-से हँसते हुए बोला, "सलेमी, सेड़देसेनी लड्डू मँगा ले!"

बुद्धन के मुँह से लड्डुओं का नाम सुनते ही पूरी पौली मारे उल्लास और ख़ुशी के झूम उठी। सलेमी से तो मारे ख़ुशी के कुछ बोला ही नहीं गया। उसके होंठ तो बस फड़फड़ा कर रह गए।

सलेमी ने उसी वक़्त नौली से पचास का नोट निकाला और उसे सुभान खाँ को देते हुए बोला, "सुभान खाँ, दौड़ के एक किल्लू लड्डू लिया!"

सुभान खाँ ने सलेमी से पचास का नोट लिया और बाज़ार की ओर रवाना हो गया। जाते-जाते अपने साथ छोटेलाल को भी ले गया।

पूरी पौली में जहाँ थोड़ी देर पहले अंदाज़ों और आशंकाओं के डर से अजीब-सा तनाव पैदा हो गया था, अब चुहलबाजियों और ठहाकों से वही पौली सराबोर हो उठी।

"यार बुद्धन, एक बात तो बता....... तोहे कोई सुपना आवे है या सौण आवे है, जो तू ई बता देवे है के फलाणा की बोहड़िया के छोरा होएगो या छोरी.......?" रोबड़ा ने एक तरह से सबकी जिज्ञासा का प्रतिनिधित्व करते हुए पूछा।

"यामें सुपना या सौण की कोई बात ना है..... ई तो अपना-अपना तजरबा की बात है।"

"ना वाड़ी बुद्धन, है तो सही कुछ न कुछ!" इस बार मनीराम बोला।

"अब तमन्ने आम खाणा सू मतलब है या रूख गिन्ना सू!" बुद्धन ने टालते हुए कहा।

"खैर, है तो ई तजरबा की बात...... अब देख न, रोबड़ा भी तो बालक की अवाज सू बता देवे है के ई छोरी की अवाज है या छोरा की।" सलेमी ने तज़ुर्बे की बात पर कहा।

"चलो छोड़ो यार, यासू हमन्ने कहा मतलब......।" रोबड़ा ने अंततः बात यहीं ख़त्म करते हुए कहा।

थोड़ी ही देर बाद हुसैनदीन और छोटेलाल भी लड्डू लेकर आ गए।

बाईस

अंततः नवाँ महीना भी शुरू हो गया।

अब कभी भी सलेमी का आँगन नन्ही किलकारियों से गूँज सकता है। रात भर लेटे-लेटे सलेमी को लालटेन की मद्धिम रोशनी में अनेक छोटे-छोटे चेहरे दिखाई

देने लगे हैं। किसी चेहरे में उसे बाबू खाँ का प्रतिबिंब दिखाई देता है, तो किसी में तरकीला का। बल्कि किसी-किसी चेहरे को तो देखकर ऐसा लगता है जैसे वह उसी का प्रतिरूप है।

सोचते-सोचते सलेमी की साँसें तेज़-तेज़ चलनी शुरू हो जाती हैं क्योंकि उसे लगता है जैसे पाखे की ओट से किसी नवजात् शिशु के रोने की आवाज़ आ रही है।

ऐसी ही भविष्य की अनेक इबारतों को बनाने-बिगाड़ने की जद्दो-जेहद में नवाँ महीना भी बीत गया लेकिन जिस दिन का सलेमी को इंतज़ार है, वह अभी भी उससे दूर है।

सलेमी ने न केवल मनीराम से कहा बल्कि रोबड़ा, हरसाय, नबी खाँ, बुद्धन से भी कई बार नवाँ महीना बीत जाने का ज़िक्र किया। परंतु तसल्ली उसे तभी हुई जब बुद्धन ने बच्चों की तरह समझाते हुए कहा, "सलेमी, यार पतोई ना तेरी खोपड़ी काँई कू खराब हो री है......।"

"बुद्धन, मेरी खोपड़ी खराब ना हो री है...... मोहे पतो ना काँई लू रह-रह के डर-सो लग रो है.......।"

"यामें डर-वर की कोई बात ना है...... डर तो जब होवे है जब सतमासा ए छोड़ के बालक आगे-पीछे होवे है...... अरे, तेरी बोहड़िया तो पूरा दिनन् सू है...... घबराए मत..... ऊपरवाला पे भरोसा राख.....।"

"ठीक है, जब तू कह रो है तो ठीक ही होएगी......।"

"मैं सब समझ रो हूँ..... तोहे डर-वर कुछ ना लग रो है..... तेरे पोता देखणा की लक लग री है......।" बुद्धन ने सलेमी से चुटकी लेते हुए कहा।

"तू जाणे तो सब है पर जाण-बूझ के मजा ले रो है.....।"

"अब तोसू मजा भी ना लेएँ......।" हँसते हुए बुद्धन बोला।

आख़िर नवाँ महीना उतरते ही, आठ दिन पीछे सलेमी के लिए वह दिन आ ही गया।

इशा की अज़ान लगने के थोड़ी देर बाद ही तरकीला ने अपनी फुफिया सास रहमती को बता दिया कि उसके धीरे-धीरे दर्द उठ रहा है। रहमती ने सुना तो उसने तुरंत पौली में जाकर सलेमी को इसकी ख़बर दे दी। सलेमी लपक कर मनीराम के घर गया। वहाँ गया तो पता चला कि मनीराम तो घर पर नहीं है, रुमाली है।

"बनवारी की माँ, रहमती कह री है के बोहड़िया के चीस-सी मारन् लगी हैं...... तू जल्दी सू बुद्धन की घरवाली भौंरी सू कह आ के ऊ फटाफट आ जाए...... जापा की जो चीज होवें हैं उन्ने आके बता देए......।"

इसके बाद मनीराम एक-एक कर आस-पड़ोस की ज़्यादातर बड़ी-बूढ़ियों से भी कह आया। भीतर वाले घर में रहमती ने फटाफट एक तरफ़ खाट बिछा दी और आमने-सामने की भीतों में गड़ी खूँटियों से जेवड़ी बाँध कर उस पर लूगड़ा

डाल कर ओट कर दी। इसके बाद सिगरी में आँच जलाई तथा उस पर पानी की पतीली चढ़ा दी। इसके अलावा पौली की सिगरी से एक परात राख़ लाकर ढीब[1] में खाट के पास रख दी।

थोड़ी ही देर में एक-एक कर सब आ गईं।

तरकीला के जैसे-जैसे दर्द बढ़ने लगा वैसे-वैसे उसकी चीख़ भी तेज़ होने लगी। तभी भीतर से भौंरी, जिसने दाई का दायित्व सँभाला हुआ है बाहर आई और थोड़ी-सी घबराहट के साथ बोली, "बाबू का बाप, जल्दी काई ए भेज के गोयल डाकटर ए बुलवा ले...... बहू के चीस तो बढ़ती ही जा री हैं......।"

सलेमी ने इसके बाद कुछ नहीं सुना। वह तुरंत उठा और किवाड़ की ओट में रखी लाठी लेकर ख़ुद ही चला गया।

जब तक सलेमी घर से गोयल डॉक्टर को बुला कर लाता तब तक मारे दर्द के तरकीला दोहरी होती रही। गोयल ने आते ही तरकीला को इंजेक्शन लगाया। इंजेक्शन लगने के कुछ ही क्षणों के बाद तो तरकीला का दर्द और बढ़ गया।

भौंरी और रुमाली तरकीला को पकड़ कर खाट पर बार-बार लिटाने की कोशिश करतीं लेकिन तरकीला तड़पती हुई मछली की तरह रह-रह कर खाट से उछल-उछल जाती। बीच-बीच में कभी भौंरी, तो कभी रुमाली उसे तसल्ली देती रही।

"तरकीला घबराए मत, दादाखानू सब ठीक कर देएगो......।" रुमाली ने तरकीला के चेहरे से पसीना पोंछते हुए कहा।

"हाँऽऽ अब दादाखानू ठीक कर देएगो...... पहले तो गूँद का लड्डून का चाव में सो गी खसम के कनै......।" छोटेलाल की घरवाली रामदेई ने मुँह बनाते हुए कहा।

"अरे अल्लाऽऽऽ......!" तरकीला इस बार ज़ोर-से चीखी।

"बेटी, थोड़ी देर की बात और है..... अरी, पाणी गरम होगो के रहमती......?" रुमाली ने रहमती को टेरते हुए पूछा।

"हाँ होगो.....।" रहमती ने बाहर से ही जवाब दिया।

तभी रमजानो अंदर आई और तरकीला को दर्द से छटपटाते हुए देखकर बोली, "रंडी, अब सौं खा ले के खसम के पै अब ना सोऊँगी......।"

तरकीला ने रमजानो की आवाज़ सुन ली थी। उसे लगा शायद क़सम खाने से इस पीड़ा से मुक्ति मिल जाएगी।

"ताईऽऽ खुदा तोड़ी....... अब ना सोऊँगीऽऽऽ..... अरे अल्लाऽऽऽ......"

तरकीला की इस नादानी पर जापा वाला घर मारे ठहाके के गूँज उठा। थोड़ी देर के लिए तनाव और पीड़ा भरा माहौल जैसे ठहर गया।

सलेमी की पौली में बैठे मनीराम, हरसाय, नबी खाँ, सुलेमान, बुद्धन, रोबड़ा

---

1. ढीब : घड़े या मटके का टूटा हुआ निचला हिस्सा।

किसी प्रसंग में उलझे हुए हैं लेकिन सलेमी के कान भीतर से किसी भी क्षण आने वाले बाल-स्वर को सुनने के लिए बेताब हैं। उसे यह भी नहीं पता कि इस वक़्त यहाँ किस विषय पर बात हो रही है। रोबड़ा के अनुभवी कान भी उसी तरफ़ लगे हुए हैं। सलेमी का दिल तो इतनी तेज़ी-से धड़क रहा है जैसे उछल कर बाहर ही आ जाएगा। अचानक तरकीला की एक कर्णभेदी चीख़ के बाद कुछ पलों के लिए सन्नाटा छा गया। बाहर पौली में बैठी कई जोड़ी आँखों में दुश्चिंताओं की आड़ी-तिरछी रेखाएँ खिंच आईं लेकिन अगले ही पल भीतर से नवजात् के रोने की जैसे ही आवाज़ आई कि सलेमी मानो हड़बड़ा कर नींद से जाग उठा।

नवजात् की आवाज़ सुनते ही रोबड़ा मूढ़ी से लगभग उछलते हुए बोला, "सलेमी, मँगा ले लड्डू!"

सलेमी का मुँह मारे ख़ुशी के खुला का खुला रह गया।

और इससे पहले कि रोबड़ा आगे कुछ कहता भीतर से रहमती लगभग दौड़ते हुए आई और आते ही सलेमी से बोली, "बाप, छोरा हुओ है.....!" इसके बाद रहमती की ज़ुबान मारे ख़ुशी के लड़खड़ाने लगी।

रहमती के पीछे-पीछे रुमाली भी लपकी हुई आई और सलेमी को छेड़ते हुए बोली, "बाबू का बाप, अब तो पोता को दादा बणगो है.....!"

"मैं कहा झूठ बोल रो हो?" हँसते हुए रोबड़ा ने सलेमी से पूछा।

इसके बाद सलेमी के दोनों हाथ स्वतः ही आसमान की ओर उठते चले गए और पता नहीं होंठों ही होंठों में वह क्या बुदबुदाता रहा।

गोयल डॉक्टर सलेमी को मुबारकबाद देता हुआ बोला, "ला भई सलेमी, मेरी फीस......!"

"कितनी दूँ.....?" जेब में हाथ डालते हुए पूछा सलेमी ने।

"अब भी पूछण की कसर रहगी है..... मेरे यार पोता हुआ है......।"

सलेमी ने जेब से इक्कीस रुपए निकाले और गोयल डॉक्टर को देते हुए बोला, "ले तेरी फीस.....।"

"अच्छो तो मैं चलूँ.....।"

"ठीक है डाकटर साब.....।" सलेमी ने गोयल डॉक्टर को विदा करते हुए कहा।

रात की निस्तब्धता में नवजात् के रोने की आवाज़ साफ़ सुनाई देती रही। पास में बैठा बाबू खाँ पता नहीं कहाँ खोया हुआ है। हरसाय ने उसे टोकते हुए कहा, "बाबू, बेटी चो' अब तो बाप बणगो है..... कम सू कम मुँ ही मीठो करा दे...... चल खड़ो हो और गुड़ की भेली लिआ..... हम कहा अब अपणे घर खाली हाथ जांगा.....।"

"जा बेटा, कोठी में सू एक ढइया उठा ला......।" सलेमी ने मुद्दत बाद प्यार से

कहा।

बाबू तुरंत अंदर गया और ढइया भेली हरसाय को लाकर दे दी। हरसाय ने वहीं बोरी के टुकड़े पर उसे फोड़ा और सबको एक-एक डली दे दी।

"सलेमी, नीली छतरी वालो सबकी राखे है..... तू तो बेमतलब घबरा रो हो मेरे यार.....।" मनीराम बोला।

"अल्लाताला की सब पे नजर रहवे है......।" नबी खाँ ने मूढ़ी से उठते हुए कहा।

"ई सब दादाखानू की मेहरबानी है...... वाकी दुआ सू या मुहल्ला पे मजाल है कोई आसेब तो आ जाए..... चल भई मनीराम, घणी अमेर हो गी...... पतोई ना कहा बज रो होएगो.....?" बुद्धन जाते हुए बोला।

सबके जाने के बाद पौली में सलेमी और बाबू दोनों बाप-बेटे बच गए। पौली में एक बार फिर सन्नाटा छा गया। रह-रह कर भीतर से या तो किसी बरतन के खड़कने की आवाज़ आती रही या फिर नवजात् के रोने की। बीच-बीच में हरदेई, भौंरी और रमजानो की भी आवाज़ सुनाई दे जाती।

इन्हीं आवाज़ों के बीच सलेमी एक बार फिर भविष्य की कंदराओं में जा निकला। एक नई इमारत बनाने की कल्पना में लगभग पूरी रात विचरता रहा। उसे यह भी याद नहीं रहा कि उसकी आँखें कब लग गई। वह तो तभी हड़बड़ा कर जागा जब उपरलीघाँ की महजत से फ़जर की अज़ान के स्वर उसके कानों में पड़े।

अलस्सुबह पौ फटते ही पूरे चौधरी मोहल्ले में यह ख़बर फैल गई कि बाबू खाँ की घरवाली तरकीला के पहलौठी का लड़का हुआ है, और सलेमी को एक लंबे इंतज़ार के बाद पोते का मुँह देखने का सौभाग्य मिला है। गैत-बाड़ों में गोबर की हेल और घर-आँगन से सकेरे गए कूड़े-करकट को ले जाती बीरबानियों ने एक-दूसरे के मुँह पूरे मोहल्ले में इस ख़बर को पहुँचाने का काम किया। वही तरकीला जिसके बारे में अपने मोहल्ले से लेकर आसपास तक के मोहल्लों में तरह-तरह की बातें फैली हुई थीं, उसी की कोख ने पुत्र जना है अर्थात यह ख़बर कुछेक के लिए वास्तव में अच्छी ख़बर थी, तो उनके लिए बिलकुल नहीं जिन्हें दूसरों के भीत-पाखों के पीछे कान लगाकर बातें सुनने की आदत है।

सूरज निकलते ही सलेमी की पौली के आगे ठट्टा जमा हो गया। बच्चों को तो जैसे इस दिन का पहले से इंतज़ार था ही बल्कि पकी उम्र के लोग भी इसी ठट्टे का हिस्सा बन गये। पूरा चौधरी मोहल्ला सलेमी की पौली पर आ धमका। खाट पर रखी गुड़ की डलियों से भरी परातें इस ठट्टे को और उद्वेलित किए जा रही हैं। मनीराम वहीं परातों के नज़दीक बैठा सारा दृश्य देखकर धीरे-धीरे मुस्कराता रहा और सलेमी, उसका तो जी चाह रहा है कि मनीराम इन परातों को लिए इसी

तरह बैठा रहे और बच्चों में मची धमाचौकड़ी यूँ ही चलती रहे। मनीराम और नबी खाँ के लिए परातों की रखवाली करना दूभर हो गया, ख़ासकर आसपास मँडराते बच्चों से।

जब मनीराम को लगा कि पूरा मोहल्ला आ गया है तभी उसने नबी खाँ से गुड़ बाँटने के लिए कहा। बस, फिर क्या था एकसाथ अनगिनत हाथों का पुंज नबी खाँ और मनीराम की ओर मुड़ गया।

"दादा मोलू......!"

"ताऊ मोलू......!"

"काका मोलू......!"

"दादा मेरी माँ कू और दे दे......!"

"काका मेरा बाप लू भी दीजो.......!"

चारों ओर से गुड़ लेने के लिए मनुहार, आग्रह और अधिकार से ओतप्रोत संबोधनों की झड़ी लग गई। मनीराम और नबी खाँ के हाथों में बिजली की-सी तेज़ी आ गई और देखते ही देखते एक के बाद एक कई परातें खाली होती चली गईं। इसके बाद भी जो आया वह सलेमी के घर से खाली नहीं गया। यह सिलसिला शाम तक चलता रहा बल्कि कुछ तो कई बार ले गए गुड़।

उस दिन सलेमी का चेहरा सचमुच देखने लायक था। थके हुए जिस्म से स्फूर्ति और ख़ुशी के पुष्प निरंतर झड़ते दिखाई दे रहे थे। उसे देखकर लग ही नहीं रहा था कि यह वही सलेमी है जो अपने इकलौते कपूत की आदतों को देख-सुन कर ख़ुद में घुला जा रहा है। बूढ़े जिस्म में जिस क़दर उत्साह और जोश की कलियाँ चटक रही थीं, उसे देखकर लग ही नहीं रहा था कि यह वही सलेमी है।

तेईस

दरअसल, सलेमी ने उसी दिन मन बना लिया था जिस दिन उसे यह पता चला कि वह दादा बनने जा रहा है, और उसी दिन उसने तय कर लिया था कि चाहे सूत का बिनौला हो जाए, वह छूछक पर पूरे मोहल्ले को दावत देगा। यही सोचकर तो उसने पिछले साल सरसों की सात-आठ बोरियों की धाँग घर में एक ओर लगा दी क्योंकि आगे का क्या पता पैदा ठीक हो भी या नहीं! हालाँकि बाबू खाँ ने बहुत कोशिशें की ~थीं कि उनमें से एकाध बोरी इधर-उधर सरका दे लेकिन सलेमी की चपलता और तेज़ निगाह के चलते बाबू का बस नहीं चला।

सात दिन की सोबड़[1] निकली है।

---

1. सोबड़ : बच्चा पैदा होने के एक सप्ताह बाद का वह पहला दिन, जिस दिन घर की सफ़ाई कर उसे शुद्ध किया जाता है।

पूरे घर को साफ़ कर उसको गुबरैटे से लीपा गया। सारे घर में सफ़ेदी कर उसे एक तरह से पाक कर दिया गया। पलैंढ़ी में पुराने मटकों को उतार, नए मटके रख दिए। आज सलेमी पोते को जी भर के निहारेगा। जी भर के वह यह देखने की कोशिश करेगा कि पोता गया किस पर है– अपनी माँ पर, अपने बाप पर, या अपने दादा पर?

सोबड़ निकलने के बाद सलेमी सचमुच पोते को देर तक निहारता रहा। इस निहारने के दौरान कई बार उसे लगा जैसे उसकी हथेलियों पर नन्हा-मुन्ना सलेमी आँखों को मिचमिचाए उससे बतिया रहा है। अपने हाथों में अपने ही प्रतिरूप को निहारते हुए सलेमी निहाल हो उठा।

अगले दिन सलेमी ने बाबू खाँ को भेज दिया तरकीला के पीहर कि वह छूछक न्यौत आए तथा उनसे कह आए कि उनका जितना जी चाहे छूछकिए ले आएँ और जब उनका ब्यौंत बने छूछक लेकर आ जाएँ।

बाबू जब वापस आया तब उसने बताया कि उसके ससुरालिया तो इसी महीने की आख़िरी तारीख़ को आ रहे हैं। सलेमी ने सुना तो पलभर के लिए उसे कुछ नहीं सूझा। उसने मन ही मन हिसाब लगाया तो पाया अभी पूरे बीस दिन बचे हुए हैं अर्थात चाँद की अट्ठाईस तारीख़ अभी बहुत दूर है–सोचकर सलेमी जैसे निश्‍चिंत हो गया।

ठीक अट्ठाईस तारीख़ को छूछकिया आ पहुँचे।

खूब जम के छूछक दिया बाबू के ससुराल वालों ने। अपने नाती के लिए कुर्ता-टोपी के साथ हाथों के लिए चाँदी के कड़ुले, गले के लिए सोने का चाँद और ढेर सारे खिलौने दिए। दादा को भला वे कैसे भूल सकते हैं। उसके लिए तीनों कपड़े दिए। सलेमी के समधी ने जहाँ उसे मान-सम्मान देने में कोई कसर नहीं छोड़ी, वहीं उसने अपने असनाव बाबू को भी असनाव की तरह मान दिया। इधर अपने कहे के मुताबिक़ सलेमी ने पूरे चौधरी मोहल्ले को दावत दी।

तरकीला के पीहरिया दो दिन रहे नगीना में और तीसरे दिन जब जाने लगे कि तभी सलेमी का जग्गा नत्थू अपनी पत्नी समेत आ धमका। तरकीला के पीहरिया जाते-जाते रुक गए। नत्थू जग्गा को ऐन मौक़े पर आया देख सलेमी अचंभित रह गया कि नत्थू को कैसे पता चला कि उसके यहाँ पोता हुआ है?

नत्थू ने जब अपना सामान पौली में रख लिया तो सलेमी ने हँसते हुए पूछा, "यार नत्थू, तोहे कैसे पतो लग्गी के मेरे पोतो हुओ है?"

"जिजमान, सब बाबा रामदेव की किरपा है....... खाँई, हमारा भाग में पोता के मामा-नाना को दाना-पाणी बदो हो सो चला आया.......।" नत्थू ने मुस्कराते हुए कहा।

"अच्छो करो जो तू आ गो...... पतो ना फिर कितना दिनाँ की जाती.....।"

"हाँ जिजमान, खाँई घणाई दिन होगा हा न नघीणा का चक्कर लगाए...... सो सोची अब की बेर या गाँव का सारा जिजमानन्ने निपटाई दूँ..... ऊ छोटेलाल कुम्हार है न वाके भी खाँई घणा दिन होगा हैं...... बस, यई मारे चलो आयो जिजमान...... मोहे तो मोहल्ला में ही आके पतो चली के मेरा सलेमी जिजमान के पोतो हुओ है..... चलो जिजमान भोत अच्छो हुओ...... बाबा रामदेव सबकी राखे है.......।"

"तो अबके अच्छो माल सकेर के ले जाएगो.....।" सलेमी ने हँसते हुए नत्थू से चुटकी ली।

"जिजमान, या बात ए मैं कैसे कह दूँ...... पर खाँई जो मेरो नेग है वाहे तो जिजमान पे छोडूँगा ना और वासू जादा जिजमान देएगो तो मना करुंगो ना...... जिजमान, जबरदस्ती काई सू ना है..... ई तो जिजमान दिल की बात होवे है..... ऐसे मौका बेर-बेर थोड़ेई आवे है.....।"

"नत्थू, तू सही कह रो है..... ठीक, है हम सू जितेक थोड़ो बहोत बणेगो, तोहे देंगा...... चल, हाथ-मुँह धो के, पहले कुछ खा-पी लेओ.....।"

"हाँ जिजमान, ऊ भी करेंगा.....।" इतना कहकर नत्थू वापस पौली की ओर बढ़ गया।

यह शायद पहला मौक़ा है जब नत्थू जग्गा संयोग से ठीक समय पर आया है और उसे अपने जिजमान से बहुत कुछ मिलने की संभावना है, वरना वह जब आता है तब या तो काज-करनी हुए काफ़ी दिन हो चुके होते हैं, या फिर होने में काफ़ी समय बचा होता है। नत्थू जब आता है तो पूरे इलाक़े में जितने भी उसके जिजमान हैं, सबको निपटा कर जाता है, यानी कोई अपने यहाँ किसी शादी-ब्याह को निपटा चुका है, तो किसी के यहाँ कोई बाल-बच्चा पैदा हो चुका होता है। कोई मकान बनवा चुका होता है, तो कोई खेत-बाड़ी ख़रीद चुका होता है। इस तरह नत्थू जब भी नगीना आता है उसके सामने एक लंबी फ़ेहरिस्त होती है अपनी पोथी में दर्ज करने के लिए।

चौधरी मोहल्ले का इसी नत्थू जग्गा के बारे में कहना है कि अगर यह नत्थू जग्गा नहीं होता तो आज छोटेलाल जिस जगह पर रह रहा है, वह उसके पास नहीं होती बल्कि सुलेमान के पास होती। नत्थू की पोथी में छोटेलाल के पुरखों का पूरा विवरण लिखा हुआ है जैसे, कब किसकी लड़की से किसके लड़के का ब्याह कौन-से सम्वत् में हुआ! किसने कब कौन-सी ज़मीन किससे कितने में ख़रीदी! कौन कब से किस ज़मीन पर रह रहा है..... आदि-आदि।

लगभग पाँच-छः बरस पहले की ही तो बात है जब सुलेमान अपने लड़कों के साथ ग़रीब छोटेलाल पर यह कहते हुए चढ़ आया था कि जिस जगह पर छोटेलाल रह रहा है, वह उसके परदादा ने छोटेलाल के परदादा को महज कुछ दिन रहने के लिए यूँ ही दे दी थी। छोटेलाल सुलेमान की नीयत को देखकर समझ

गया कि वह आसानी से मानने वाला नहीं है। उसने सुलेमान से खूब कहा कि ऐसा नहीं है बल्कि जहाँ तक उसे याद है यह ज़मीन उसके परदादा से बाक़ायदा ख़रीदी गई है। लेकिन सुलेमान नहीं माना, मानता भी कैसे क्योंकि इसका कोई पुख़्ता सबूत तो है नहीं और जिन्हें मालूम था वे अब इस दुनिया में रहे नहीं। छोटेलाल अजीब साँसत में फँस गया और जब उसी साल यही नत्थू जग्गा उसके यहाँ आया था, तब छोटेलाल ने बेमन से यूँ ही इसके बारे में ज़िक्र छेड़ दिया था।

नत्थू ने छोटेलाल की परेशानी को भाँपते हुए कहा, "जिजमान, खाँई अभी ले...... जरूर आपा की पुस्तक में लिखी होएगी सब.......।" कहते हुए नत्थू ने पोथियों से भरे हुए बस्ते को खोला और उसने छोटेलाल के कुनबे का शिजरा देखा, तो पता चला कि छोटेलाल के परदादा हंसा ने सुलेमान के परदादा झिमरू से यह ज़मीन एक क्विंटल चना और एक बैल में मोल ली थी।

छोटेलाल ने नत्थू की बात सुनी तो वह भागा-भागा गया सुलेमान के पास और उसे नत्थू के पास लाकर बिठा दिया। इससे पहले कि सुलेमान कुछ समझ पाता छोटेलाल तब तक सलेमी, हरसाय, रोबड़ा, बुद्धन, नबी खाँ सबको बुला लाया और सबके सामने नत्थू की पोथी से यह तथ्य बँचवाया कि यह ज़मीन जिस पर वह रह रहा है उसके परदादा ने कब और कितने में ख़रीदी थी।

सबने उस दिन सुलेमान को ख़ूब लानत-मलानत दी। छोटेलाल तो मारे ग़ुस्से के काँपने लगा।

सलेमी ने डाँटते हुए कहा, "सुल्ली, अन्यायी खुदा सू तो डर..... तैने तो यार गू में थोथरी गाड़ राखी है......।"

स्थिति को बिगड़ता देख नबी खाँ बोला, "छोटेलाल, माणस पे गल्ती होई जावे है......।"

"ठीक है छोटेलाल अब तो सुल्ली को पेट भरगो...... यासू बढ़िया और कहा बात होएगी......।" हरसाय ने नबी खाँ की बात को सहारा देते हुए कहा।

"सुल्ली, गरीब आदमी के हर कोई लट्ठ देण कू तैयार रहवे है...... अन्यायी, मेरी बात को तो तोहे भरोसाई ना हो..... अब तो होगी तसल्ली......?" छोटेलाल ग़ुस्से में बोला।

"पास-पड़ोस में ये सब ना खटावे हैं...... अरे ठीक है, ना खरीदी सही...... तू यही मान के तसल्ली कर लेतो के तेरा पड़दादा ने ई जमीन एक गरीब कुम्हार कू ही दे दी। मेरे यार, पहले आदमी गरीब-गुरबान कू ऐसेई जमीन-जादाद दान-पुन्न में दे देवे हा...... तू यही समझ लेतो के तेरा पड़दादा ने ई जमीन खैरात में दे दी ही।" बुद्धन ने सुलेमान को समझाते हुए कहा।

"अरे, मैं जभी तो कहूँ हूँ के ये सब बात इन जग्गान के पै हमन्ने जरूर लिखवाणी चहिएँ...... अब ले बताओ, अगर या नत्थू के पै सब बात ना लिखी होती, तो बजतो के ना लट्ठ.......।" रोबड़ा ने जग्गाओं की सार्थकता और उनके

महत्त्व पर ज़ोर देते हुए कहा।

"काका, ई तो या नत्थू की मेहरबानी होगी, नहीं तो मैं कहीं को न रहतो......।" छोटेलाल ने भविष्य में होने वाली किसी भी अनहोनी के भय से सहमते हुए कहा।

"छोटेलाल, ये सब तो पुरानी बात होगी...... बावला, अब तो ई जमीन तेरी ही रहेगी......।" सलेमी ने अंततः बात ख़त्म करते हुए कहा।

उस दिन के बाद सुलेमान, नबी खाँ, रोबड़ा, सलेमी सबने कान में अंटा लगा लिया कि अब जब भी उनका जग्गा आता है वे छोटी-छोटी काज-करनी तक को उनकी पोथियों में दर्ज कराना नहीं भूलते हैं। नत्थू जिसके यहाँ इस पुश्तैनी धंधे को आत्मसात् करते समय सबसे पहले यही बताया जाता है कि इन काज-करनियों को विवरण सहित दर्ज करने के साथ-साथ अपनी पोथी में एक-एक वस्तु से लेकर भोजन में खिलाए जाने वाले भोज्य पदार्थों को भी दर्ज करें। फिर चाहे वह कपड़ा-लत्ता हो या नकदी, सूखी रोटी खिलाई हो या खीर-पूरी। कुल-पुरोहिताई करने वाली और साल भर गाँव-गाँव घूमने वाली इस जग्गा जाति का यह धर्म है कि उसकी क़लम से कुछ भी छूट न पाए। क्योंकि अगर ऐसा नहीं होता तो छोटेलाल का इस रात-दिन की राँडा-नपूती से कैसे पीछा छूटता!

उस दिन नत्थू ने गर्व से छाती चौड़ाते हुए सबके सामने कहा था, "जिजमान, खाँई ई तो छोटी-सी बात है..... अजी, हमारे पुरखान्ने तो गोरी-गजनबी से लेके बाबर-बलबन और तिहारे हसन खाँ मेवाती तलक की पुरोहिताई करी है...... और जिजमान, आज ई देख के भोत खुसी होवे है के भारद्वाज रिसि की संतान ये जग्गा, जिन्ने जागा भी कहवे हैं अहीर, गूजर और कुम्हारों की कुल पुरोहिताई के साथ-साथ जादुबंसी, सूरजबंसी और चंदरबंसी मेवों के पालों और गोतों की पुरोहिताई भी करते डोले हैं..... जिजमान, हम तो मेवन की जब सू कुल पुरोहिताई करता आ रा हैं जब ये राजपूत क्षत्री है...... पर खाँई करे जिजमान, हौले-हौले ई हुनर भी अब खतम होतो जा रो है......।" नत्थू ने लंबी साँस भरते हुए कहा।

"खतम होतो जा रो है......?" आश्चर्य से पूछा हरसाय ने।

"हाँ जिजमान, जैसे-जैसे हमारे बाल-बच्चे पढ़ते जा रे हैं वैसे-वैसे ई हुनर भी खतम होतो जा रो है..... अब जिजमान, तुमीं बताओ जब हमारी या बेताल नागरी जामें हम सारी बात लिखे हैं..... याके इस्कूल ही ना रहे तो हमारे बाल-बच्चे कहाँ पढ़ें.....? हमारे राजगढ़ और अलवर जिला के सारे जग्गान के छरा-छोरेट तो गाँव छोड़-छोड़ के सहर जा रे हैं खान-कमान.....।" इतना कह कर नत्थू चुप हो गया। कुछ क्षण रुकने के बाद फिर बोला, "जिजमान, दूर खाँई जाओ, मेरे ही दोनों छोरान्ने साफ मना कर दी..... जिजमान, सही बात तो खाँई ई है कि अब मेरे भी बसकी ना रही..... ई बूढ़ी काया कब तलक गाँव-गाँव, ढाणी-ढाणी डोलती रहेगी......।" नत्थू जग्गा ने अपनी चिंता और असमर्थता जताते हुए कहा।

नत्थू जग्गा की चिंता सचमुच की चिंता थी। बल्कि उससे बड़ी चिंता तो

सलेमी, रोबड़ा, सुलेमान, नबी खाँ की है, क्योंकि आने वाले समय में जगाओं ने यदि यह कुल-पुरोहिताई सचमुच छोड़ दी—तब क्या होगा? तब कौन रखेगा बीते वक़्त का तरतीब से हिसाब-किताब? तब किससे पूछते घूमेंगे छोटेलाल जैसे लोग कि जिस ज़मीन पर वे रह रहे हैं, वह उनके पुरखों ने मेहनत-मजूरी करके ख़रीदी है या उन्हें दयानतदारी में मिली है? तब किसकी पोथी में देखेंगे अपने वंशों का इतिहास यानी यदि जगाओं से वास्तव में उनका यह पारंपरिक पुश्तैनी व्यवसाय छूट गया तब क्या एक परंपरा के साथ एक संस्कृति भी ख़त्म नहीं हो जाएगी? यदि व्यवसाय जीवित है तो परंपरा जीवित है और परंपरा जीवित है तो सब कुछ जीवित है—अर्थात कला, संस्कृति, इतिहास, समुदाय और धर्म।

बड़ी-बड़ी तथा भारी पोथियों को खोलने और उनके पन्नों पर उभरी काली स्याही की मोटी-मोटी इबारतों को पढ़ने से पहले नत्थू कुछ क्षणों के लिए अपनी आँखें मूँद अपने देवी-देवताओं का सुमरन करता है, और फिर हुमक-हुमक कर अपने इस पुश्तैनी व्यवसाय के ऊपर से ऐतिहासिकता और पुश्त-दर-पुश्त चली आ रही परंपरा की परतों को हटाता चला जाता है कि उसके पुरखों ने केवल मेवों और कुम्हार-कोलियों की कुल पुरोहिताई नहीं की है बल्कि ग़ौरी, गजनवी, मोहम्मद तुग़लक, गयासुद्दीन, दिलावर खाँ, हुमायूँ, अकबर, शाहजहाँ और बहादुरशाह ज़फ़र जैसे बादशाहों तक की कुल-पुरोहिताई की है।

नत्थू जब यह सब कह रहा होता है तो वाक्य के अंत में वह यह भी जोड़ना नहीं भूलता है कि इनके साथ-साथ वे आज भी ब्राह्मण, अहीर, गूजर और जाटों के कुल-पुरोहित हैं। अपने आपको भारद्वाज ऋषि का वंशज बताने वाले इस ब्राह्मण जगा की छाती तब और भी फूल जाती है जब वह मेवों के तेरह पालों और बावन गोत्रों की कुल पुरोहिताई का जिम्मा जगाओं पर बताता है। इसलिए जब-जब मेवों के शिजरे के पन्नों को वह पलटने लगता है तब-तब उसकी आँखों की चमक एकाएक बढ़नी शुरू हो जाती है और शब्दों को लोच-लोच कर बताता है कि आज भी जादुवंशी, सूरजवंशी, राठौर और चौहानों के वंशज मेवों के धूलोत, छिरकलोत, डेमरोत, बाघोरिया, बड़गूजर और पाहट आदि गोत्रों का पूरा विवरण उनकी पोथियों के गर्भ में छिपा हुआ है।

नत्थू की यह चिंता क्या महज़ व्यक्तिगत चिंता है या इतिहास के भुरभुरे काग़ज़ों पर नीली-काली स्याही से लिखे शब्दों के विलुप्त होने की चिंता है? देर तक सब इसी उधेड़बुन में उलझे रहे।

नत्थू अपनी बात ख़त्म कर काफ़ी देर तक मानो अतीत से कुछ टटोलने लगा था और सामने बैठे सलेमी, हरसाय, बुद्धन, नबी खाँ, रोबड़ा, छोटेलाल, सुलेमान सब जैसे इस टटोलने में उसकी मदद कर रहे थे। उन्हें लग रहा था जैसे पुरानी दीवार पर टँगे ऐतिहासिक कलैंडर को कोई जबरन उतारकर ले जा रहा है। एक-एक कर जब सब चले गए, तो नत्थू देर तक अपनी पोथियों के पन्नों से

प्रागैतिहासिकता के टुकड़े बीनता रहा।

आज वही नत्थू नगीना में एक बार फिर मौज़ूद है लेकिन छोटेलाल के नहीं सलेमी के घर। सबसे पहले सलेमी नत्थू को तीन सेर पक्का चून, आधा सेर बूरा, काँसे की कटोरी में पाव भर के क़रीब देसी घी और आधा सेर चावल देते हुए बोला, "नत्थू, ले पहले रोटी-पाणी को बंदोबसत कर....... बाकी तो पीछे देखी जाएगी...... बासण मैं अभी छोटेलाल के घर सू मँगवा रो हूँ...... बाबू, जा चार-पाँच पक्की ईंट उठा ला...... हीनी पौली में बणा लेंगा चूल्हा..... और हाँ, तरकीला ए छोटेलाल के घर भेज के वाकी बोहड़िया सू एक बाल्टी पाणी की कहवा दीजो के साग-रोटी पकाण लू चहिए......।"

"पर जिजमान, ये मेहमान......?" नत्थू ने थोड़ा संकोचवश कहा।

"अरे, मिहमान एक दिन और रुक जांगा...... इन पे कौन-सी आफत आ री है..... पहले तू अपनो जुगाड़ कर.....।" सलेमी ने बेफ़िक्री के साथ कहा।

"ठीक है जिजमान, खाँई जैसी तिहारी मरजी......।" नत्थू बोला।

सुबह उठते ही नत्थू ने सबसे पहले कुल्ला-दातून किया। सूरज ने क्षितिज से बाहर झाँकते हुए अभी दस्तक ही दी थी कि नत्थू ने बाहर खाट बिछाई और उस पर पोथियों का बस्ता तथा क़लम-दवात लाकर रख दी। सारी तैयारी के बाद नत्थू ने सलेमी, बाबू और तरकीला के मायके वालों को बुलवा लिया।

नत्थू ने एक-एक कर सिलेसिलेवार सब पोथी में दर्ज कर लिया कि सलेमी का पोता असलम किस दिन पैदा हुआ? कि छुछकिया ने छूछक में क्या-क्या दिया? अंत में नत्थू यह दर्ज करना भी नहीं भूला कि सलेमी ने पोता होने की ख़ुशी में नत्थू जग्गा को एक सौ एक रुपए और दोनों मरद-बीरबानी को तीनों लत्ते दिए। यहाँ तक कि शाम को सलेमी द्वारा दिया गया घी, बूरा, चावल, आटा भी लिख लिया अपनी पोथी में।

सलेमी का समधी भी पीछे नहीं रहा। जहाँ सलेमी ने पोता होने की ख़ुशी में नत्थू को एक सौ एक रुपए मान के रूप में दिये, वहीं नवासे होने की ख़ुशी में नाना ने भी नत्थू को इक्यावन रुपए दिए। नत्थू ने इन इक्यावन रुपयों को भी दर्ज कर लिया।

इस बार नत्थू का नगीना में आना सचमुच बेहद फ़ायदेमंद रहा और जिस दिन नत्थू जग्गा ने सलेमी के घर से विदा ली उस दिन असंख्य दुआएँ, अनगिनत आशीषें दादा-पोते और नाना के कल्याण तथा उनकी सलामती के लिए उसके मुँह से निकलती रहीं।

सबको विदा करने के बाद उस दिन सलेमी जी भर के ऐसा सोया जैसे वह एक लंबे अरसे से जागा हुआ था।

❑❑

घर में पोते के आते ही सलेमी जैसे सारे दुःख भूल गया। कपूत बेटे की हरकतों से उसका ध्यान कब हट गया, उसे पता ही नहीं चला। सलेमी पूरे दिन पोते के साथ खेल में लगा रहता। यहाँ तक कि वह घर से बाहर जाता तो भी पोते को गोद में उठाए रहता, और पोता वह भी जैसे दादा की क्रियाओं से परिचित हो गया। कभी-कभी सलेमी को लगता जैसे पोते के रूप में उसने दूसरा जन्म लिया है।

उस दिन भी ऐसा ही हुआ कि सलेमी पोते को डहले की पाटी में लूगड़ी से बने झूले में सुलाकर बाज़ार चला गया। वापस आकर देखा तो पाया कि नन्हा पोता लगातार रोए जा रहा है, बावजूद इसके कि बाबू उसे गोदी में लिए ज़ोर-ज़ोर से हिला रहा है। सलेमी ने आते ही पोते को बाबू से लिया और सीने से चिपका लिया। कुछ ही क्षणों के बाद अबोध शिशु न केवल चुप हो गया बल्कि सो भी गया।

बाबू यह देखकर तिलमिला उठा। सलेमी बाबू की भंगिमा से ही पहचान गया कि उसके भीतर क्या घुमड़ रहा है। सलेमी ने व्यंग्य करते हुए कहा बाबू से, "कमीण सीख ले कुछ...... ई भी तेरो ही खून है.......।"

बाबू से इसके बाद बाप के सामने रुका नहीं गया। वह बाप के व्यंग्य को कहाँ तक समझ पाया नहीं पता। बाबू के पौली से बाहर होते ही हरसाय आ गया। शायद हरसाय ने सलेमी का वाक्य सुन लिया था तभी तो वह बोला, "सलेमी, यामें कसूर बाबू को ना है...... अरे, दादा-पोता की तो आज सू ना सुरू सू ही बनती आई है......।"

"हरसाय, मैं वा कमीण ए यही तो समझा रो हूँ के या बालक सू कुछ सीख......।"

"सलेमी, बड़ा-बूढ़ा जभी तो कहगा हैं के मूल सू ब्याज प्यारो होवे है......।" हरसाय ने हँसते हुए कहा।

तरकीला भी ससुर के इस वाक्य को किवाड़ की ओट से सुन रही थी। घर के भीतर जाते ही तरकीला बाबू के पीछे-पीछे आई और बाबू को सुनाते हुए बोली, "दादा-पोता थोड़ाई दिनाँ में दूध-पाणी सा घुलगा हैं..... ढेड जब सारे दिन दादा की गोदी में हाँडतो फिरेगो तो फिर वाहे अपणो सगो बाप काँई लू अच्छो लगेगो......।" इतना कहकर तरकीला ने बाबू की आँखों में झाँका।

बाबू ने तरकीला के वाक्य पर किसी तरह की प्रतिक्रिया व्यक्त नहीं की, बस उसे देखकर मुँह दूसरी ओर फेर लिया।

पाँच-छः महीने के भीतर ही घर के आँगन से लेकर पौली तक पोते की किलकारियों से गूँजने लगी।

सलेमी ने ज़मीन इस बार बँटाई पर यह सोचकर नहीं दी कि इस बार तो बाबू

खाँ ही सारी ज़िम्मेदारी सँभाल लेगा—शायद औलाद के आने पर वह कूढ़ में आ गया हो!

लेकिन सलेमी का ऐसा सोचना जल्दी ही ग़लत साबित हो गया क्योंकि छः-सात दिन बाद जब सलेमी ने बल्लाकी वाले खेत से कड़बी भरकर लाने के लिए कहा तो बाबू ने दो टूक मना कर दिया। सलेमी ने सुना तो वह अवाक् रह गया बेटे का उत्तर सुनकर उसकी कनपटी सुलग उठी और मारे ग़ुस्से के मुट्ठियाँ भिंचती चली गईं किंतु वह इससे ज़्यादा और नहीं कह पाया, "कुत्ता की पूँछ बारह साल नली में रही, पर निकली ऊ टेढ़ी की टेढ़ी.......।"

बाबू खाँ को सबने खूब समझाया कि उसे अब अपनी ज़िम्मेदारियों को समझना चाहिए लेकिन न तो बाबू की समझ में आया और न ही उसने समझने की ज़रूरत महसूस की। हारकर एक दिन हरसाय ने कह ही दिया, "सलेमी, वाड़ी हमने तो बाबू सू खूब कह ली...... पर वाके मगज में कुछ भी ना बैठ री है.....।"

"अपणी ऐसी-तैसी कराए ना समझे तो......" सलेमी ने भी अंततः जैसे हथियार डाल दिए।

इसके बाद सलेमी ने जैसे मुँह पर ताला ठोंक लिया। उसके देर-सवेर आने पर सलेमी ने आँखें मूँद लीं। बस, पोते के साथ गपियाने और उससे बतियाने में ही वह अपने आपको व्यस्त रखने लगा। बाबू खाँ पूरे-पूरे दिन कहाँ रहता, क्या-क्या करता—सबसे सलेमी ने मानो नाता तोड़ लिया।

चौबीस

लगातार पिछले कई सालों से जाड़ों में जाड़ा और चौमासे में मेह जम के न पड़ने से लोगों को जँच गया कि मौसम का मिज़ाज पूरी तरह बिगड़ चुका है, वरना फूस के महीने में तो कभी-कभी घड़े-मटकों के ढीबों में पड़ा पानी तक जम जाता था। गैत-बिसवों में गोबर थेपनेवालियों के हाथ-पैर सुन्न पड़ जाते और लगता था जैसे भीतर ही भीतर ख़ून जमने लगा है।

मौसम के इस बदलते मिज़ाज के कारण इस बार चैत के ख़त्म होते-होते हवाएँ गरम हो उठीं। सरसों खेतों से उठकर न केवल पैरों[1] में आ गिरी बल्कि गहा-बरसा कर जिसे जितनी बेचनी थी बेच दी और बदले में सात-आठ महीने के लिए दूसरे नाज की बोरियों की धाँग घर के एक कोने में लगवा दी।

सलेमी ने भी यही किया, हालाँकि पिछले कुछ सालों की तरह इस बार भी चना-मटर लगभग न के बराबर हुआ। न हुआ, इसीलिए उसने खेत बँटाई पर नहीं दिए। पैर से सरसों जब तुलकर घर आई तो सलेमी ने उसमें से बीस मन सरसों तो

---

1. पैर : खलिहान।

लाला गिरधारी की दुकान पर लगे हाथ भिजवा दी और बदले में गेहूँ की बोरियाँ उठवा लीं। बाकी बची दस बोरियों की पिछले घर में यह सोच कर धाँग लगवा दी कि कुआर-कातक में जब सरसों चढ़ेगी, तब उसे बेचकर आगे के बचे महीनों का काम चल जाएगा।

चैत के ख़त्म होते-होते गरमी इस क़दर बढ़ने लगी कि लोगों का मन भीतर ही भीतर बैठने लगा। जब चैत में गरमी का यह आलम है तो भर जेठ में क्या होगा? जब अभी से खेत-बाड़ियों में ढोरों के लिए न्यार नहीं है तो जेठ में ढोर-डंगरों की क्या हालत होगी? यानी पिछले सालों की तरह इस साल भी ढोरों का चारा नाज से महँगा रहेगा। ऐसे में भला लोगबाग अपना पेट भरेंगे या ढोर-डंगरों का? चलो, जिनके पास दो-चार कूढ़ ज़मीन है वे तो अभी से कुट्टी-कड़बी इकट्ठा कर बचा लेंगे और किसी न किसी तरह खल-चूरी मिला कर गाय-भैंसों के थनों से धार खींच लेंगे लेकिन जिनके पास न तो जंगल की ज़मीन है और न ही कुट्टी-कड़बी ख़रीदने के लिए ज़र, वे अपने ढोर-डंगरों का क्या करेंगे? उनके लिए तो बस एक ही रास्ता बचा है कि उन्हें खूँटों से खोलकर काले पहाड़ की ओर हाँक दें—जहाँ वे अपना पेट भर सकें तो ठीक है वरना.....।

चैत का अंतिम सिरा जैसे-जैसे बैसाख के शुरू के हिस्से की ओर लपकने लगा, वैसे-वैसे लोगों के चेहरों पर चिंताओं की आड़ी-तिरछी रेखाएँ स्पष्ट दीखने लगीं। पूरी-पूरी रात नलों के मुँह को ताकते हुए बीतने लगी कि पता नहीं कब इनके मुँह से पानी आ टपके। जिस दिन नल रूठ जाते या नल वाले कर्मचारी किसी बात पर गाँव वालों से नाराज़ हो जाते उस दिन अलस्सुबह बोहराकी की ओर जाने की पनिहारिनों में होड़ लग जाती कि सबसे पहले कौन कुएँ में नेझू डाले, वरना देर से पहुँचने पर ऐसा न हो कि पानी के नाम पर कुएँ की उलीचन ही हाथ लगे।

लोगों को वर्षों बाद इस सच्चाई का पता चला कि विकास भी कभी-कभी आदमी को न घर का छोड़ता है न घाट का, वरना इन कुओं ने क्या बिगाड़ा है जो आदमी ने धीरे-धीरे इनसे मुँह ही फेर लिया। सिर्फ़ अपनी सुविधा के लिए यह नौबत यहाँ तक आ पहुँची, अन्यथा इन कुओं ने तो आदमी को इतना पानी दिया है कि वे दिन इन्हें अब याद आते हैं।

तेज़ी से गरम होती हवाओं के साथ आधे बैसाख के आते-आते पिछले कई सालों की तरह एक-एक कर कुनबे के कुनबे अपने सामान के साथ अलस्सुबह रिक्शों पर जाते दिखाई देने लगे। बैसाख के ख़त्म होने तक तो आधा से ज़्यादा चमरवाड़ा, कुम्हरवाड़ा बल्कि इस बार तो लुहारों के भी कई परिवारों को जाते हुए देखा गया। इस बार सुलेमान यानी सुल्ली अपनी बीरबानी के साथ लावनी करने के लिए अपने दोनों लड़कों हाकिम और बाक़ित के साथ-साथ हाकिम की घरवाली फ़जरी को तो ले ही गया बल्कि अपने साथ हुसैनदीन और सुभान खाँ को

भी ले गया। सबसे ज़्यादा ताज़्ज़ुब तो तब हुआ जब सलेमी को छोटेलाल भी एक दिन गधों पर सामान लादे गाँव से जाता दीखा।

छोटेलाल को देखते ही सलेमी को एक बेचैनी-सी महसूस होने लगी। पता नहीं क्यों छोटेलाल का जाना सलेमी को अच्छा संकेत नहीं लगा। फिर भी सलेमी की हिम्मत नहीं हुई कि वह छोटेलाल से सीधे-सीधे पूछ तो ले। आख़िर जब छोटेलाल बिलकुल पास आ गया तब वह अपने आपको रोक नहीं पाया, "छोटेलाल, कहाँ चल दियो धेरे-धेरे बालकन्ने ले के?"

"काका, जहाँ सब जा रा हैं।" छोटेलाल ने संक्षिप्त-सा जवाब दिया।

"और जिनका चाक पुजणा हैं वे कहाँ जांगा?"

"काका, हमारा ना रहण सू कौन-सा काई का बालक बिन बिहाया रह जांगा......।"

"अरे, बिन बिहाया तो ना रहेंगा, पर फिर भी जिनके तेरे सू बासण जावे हैं, वे कहान जाके मरेंगा.....।" सलेमी इस बार झल्ला गया।

"ठीक है काका ना जांगा..... पर ई बता याँ रहके हम खांगा कहा..... एक तो याँ वैसेई पैदा ना हो री है...... और जब पैदा-वैदा कुछ होई ना री है तो ये बिहा-बरात वाला हमन्ने कहाँ सू देंगा..... काका, पेट तो भरणो है ही, वाके बिना थोड़ेई काम चलोगे..... बालक तो पालना हैं ही.....।"

छोटेलाल के इस तर्क के आगे सलेमी से कुछ भी कहते नहीं बना।

"......और फिर काका, तिहारे पै तो मण दो मण दाणा हैं भी...... पर हम कहाँ सू खांगा...... हम कहाँ जाके मरेंगा......अरे, बोदो आदमी तो चाहे भूख सू मरे या प्यास सू, देस में मरे या परदेस में...... वाका मरणा सू कोई फरक ना पड़े है..... और फिर एक बंदरी का मरणा सू बिन्दाबन कहीं खाली ना होए.....।" इतना कहते हुए छोटेलाल आगे बढ़ गया।

अपने आपसे दूर होते छोटेलाल के छोटे-से काफ़िले को सलेमी तब तक देखता रहा, जब तक वह आगे जाकर एक मोड़ से नहीं मुड़ गया।

आग का सुर्ख़ गोला अब तक क्षितिज से काफ़ी ऊपर उठ चुका था।

छोटेलाल के आँखों से ओझल होने के बाद भी सलेमी देर तक अपनी जगह पर खड़ा रहा और ढूँढ़ता रहा छोटेलाल के उन शब्दों और वाक्यों का अर्थ जो उसने कुछ देर पहले कहे थे–छोटेलाल ने ग़लत कहाँ कहा था कि जब यहाँ कुछ है ही नहीं तब क्या करे यहाँ रह कर?

सलेमी देर तक ज़िंदगी के जमा-घटा में उलझा रहा। रह-रहकर छोटेलाल का चेहरा उससे विस्मृत होने का नाम न ले। उसे आज तक कभी सुलेमान, हुसैनदीन, सुभान खाँ जैसों का महीना-डेढ़ महीना बाहर रहना नहीं अखरता लेकिन जब भी छोटेलाल, बनवारी, छोटका जैसे नगीना छोड़कर जाते हैं, उसे भीतर ही भीतर

किसी अनघटे की आहट सुनाई-सी देती है। तब उसे हर बार ऐसा लगता है कि एक बार ये नगीना का डाँडा कूद गए तो फिर कभी वापस नहीं आएँगे।

गरम थपेड़ों को सहते-सहलाते बैसाख भी बीत गया लेकिन जैसे ही जेठ शुरू हुआ और लपलपाती गरम हवाओं का झोंका जिस्म से टकराने लगा वैसे ही लगने लगा जैसे गरम सलाख़ें देह से छुआ दी हों। काले पहाड़ की देह को छूता हुआ सुर्ख़ आग का गोला क्षितिज में समाने के घंटों बाद भी ऐसा लगता जैसे वह अभी भी काले पहाड़ की ओट में बैठा गरम साँसें छोड़ रहा है।

इशा की अज़ान के कुछ देर बाद ही इन्हीं गरम साँसों और धुँधलाती चाँदनी रातों में इधर-उधर से बन्ना के स्वर घुलते हुए चारों ओर बिखरने शुरू हो जाते हैं। यही स्वर जब-जब सलेमी के कानों में पड़ते हैं तो पूरे जिस्म की नसों में उल्लास और चाव का मिश्रित रक्त पूरी गति से दौड़ना शुरू हो जाता है। रह-रह कर सलेमी अतीत से बचने की बहुत कोशिश करता लेकिन जैसे ही किसी बन्ना का मुखड़ा उसके कानों में पड़ता, तो उसे लगता कि इसमें अपनेपन की वह आर्द्रता नहीं रही जो कभी इसी जेठ के तपते महीने में धुँधयाई चाँदनी के साथ रात भर सबको भिगोए रखती थी, और इस भीगने में पूरा चौधरी मोहल्ला शामिल होता था, लेकिन अब......।

"अरे सलेमी, इकल्लो बैठो कहा सोच रो है?" मनीराम ने सोच की शृंखला को झिंझोड़ते हुए कहा।

"मनीराम, यार देख बखत-बखत की बात है..... ई वही जेठ को महीना है जाकी गरमाहट में जब बन्ना-बनवारे के गीत गवे हा तो ऐसो लगो हो जैसे ई हवा गरम ना होके सीली होए।"

"वा बखत की बात ही और ही...... अरे, जब इतनी पैदा होवे ही के सारो कुणबा तो खावे होई, पीछे कू भी बच जावे हा एकाध मण दाणा...... अब तो इकलो पेट भी भरणो भारी हो रो है..... एक-एक करके आधो-सो मोहल्ला तो या पेट के चक्कर में बाहर चलोगो...... पहले एक ही कमेरा पूरा कुणबा को पेट भर देवे हो और अब कई-कई कमेरा भी थोड़ा पड़ रा हैं......" मनीराम ने लंबी साँस लेते हुए कहा।

"और तो और अबके तो छोटेलाल भी चलोगो अपना बाल-बच्चान समेत.....।"

"यार सलेमी, तू एक बात बता छोटेलाल के अपणी ऐसी-तैसी कराएगो याँ रह के..... अरे, बालकन् को पेट भी तो भरेगो कहीं सू...... अच्छो हुओ जो बिचारो चलोगो, नहीं तो याँ धूल फाँकतो डोलतो......।" मनीराम ने झुँझलाते हुए कहा।

"तू सही कहवे है मनीराम..... पर असल बात तो ई है के जो एक बर हीन् सू चलोगो मैंने तो ऊ उल्टो आतो देखो ना..... अरे, आज या इलाका में छोटी-मोटी नहर होती न तो छोटेलाल, सुलेमान, हुसैनदीन जैसान्ने ये दिन ना देखणा

पड़ता.....।" सलेमी ने आहत होते हुए कहा।

"यार, तू भी जब देखे इन नहर-नालान् में ही गुच्ची लगातो रहवे है..... पतोई ना तू इनमें सू कद बाहर निकलेगो.....!"

"बात नहर-नालान् की ना है..... बात है या मोहल्ला, गाँओं और इलाका ए बचाणा की..... अरे, कहीं ऐसो ना होए के एक-एक करके सब या इलाका सू चला जाएँ.....।"

"सलेमी, होणी तो होके रहेगी..... जब या गाँओं और इलाका का माथा पे भैमाता ने यही लिख दी है तो यही सही......।" मनीराम ने सब जैसे नियति के सहारे छोड़ दिया।

"चलो होएगी जो देखो जाएगी......।" इतना कहकर सलेमी उठा और हुक्का ताज़ा करने लगा।

"अच्छो सलेमी चलू हूँ.....!" मनीराम भी उठते हुए बोला।

"अन्यायी, बैठ जाए न...... घर जाके कौण-सी तोहे धार काढ़नी है......!" सलेमी ने बैठने के लिए आग्रह नहीं बल्कि आदेश देते हुए कहा।

"अरे यार, अब बस की ना रही धार काढ़नी। देह कुछ टूटी-टूटी-सी हो री है..... लोट लगाऊँगो घर जाके......।" इतना कहकर मनीराम चला गया।

जो लवणियाँ नगीना छोड़कर गए थे उन्होंने भी एक-एक कर वापस आना शुरू कर दिया। सुलेमान, हुसैनदीन, सुभान खाँ सबके चेहरों से साफ़ लग रहा है कि वापस लौटते समय वे कितने ख़ुश हैं। सबको वापस आता देख सलेमी के जिस्म में मानो रक्त का नए सिरे से संचार शुरू हो गया। अपने गाँव में घुसते ही धूप में कुम्हलाए चेहरों से लगा जैसे तपते रेगिस्तान में अंकुर फूटने लगे हैं।

आते ही शाम को हुसैनदीन सलेमी के पास आकर बैठा तो सलेमी ने पूछा, "और सुणा भई हुसैनदीन?"

"ताऊ, सही कहूँ..... हम तो या मेवात में यूँई पड़ा हैं..... असली दुनिया तो बाहर है..... अरे, दूर तलक बिछा गेहूँ का खेतन पे जब नजर पड़े है तो पतोई ना चले के ये खेत खतम कहाँ जाके होंगा..... ताऊ, एक-एक खेत में चालीस चालीस मण की पैदा होवे हैं.... और हीन्, थोड़ी-सी सिरसू होतेई मेवन् में आपस में लट्ठ बजनो शुरू हो जावे है।" हुसैनदीन ने हँसते हुए कहा।

"हुसैनदीन, हून् नहर होंगी..... जभी होती होएगी इतेक तगड़ी पैदा......।"

"और...... हमारा मेवात की तरह थोड़ेई है के दूर-दूर तलक जोहड़न् में पाणी तो कहा मिल जाए...... ताऊ सलेमी, वा इलाका ए देख के कदी-कदी तो ऐसो जी करे हो के हीनी आके बस जाएँ।" हुसैनदीन ने पुलकित होते हुए कहा।

सलेमी ने ग़ौर से हुसैनदीन के चेहरे को देखा तो उसके खिले हुए चेहरे को देखकर एकाएक उसके अंदर जैसे कुछ तड़कने लगा। सलेमी ने महसूस किया कि

हुसैनदीन जब पूरा वर्णन सुना रहा था तब वह किस तरह उसमें खोया हुआ था। सलेमी के भीतर एक सनसनाहट-सी दौड़ गई। उसे लगा जैसे हुसैनदीन भी एक दिन इस चौधरी मोहल्ले को छोड़कर चला जाएगा—हमेशा के लिए। उसे एक दिन अचानक यह सुनने को मिलेगा कि हुसैनदीन भी नगीना छोड़कर चला गया—ठीक मनीराम के दोनों लड़कों की तरह।

जेठ के महीने में दस बजते ही लगता जैसे हवाएँ किसी भट्टी से निकल रही हैं। बारह-एक बजे तक तो अलसायी हुई पसीने से तर देहों को सीधी करने के लिए किसी पौली-बैठक में, या फिर किसी शीशम नीम जैसे घने छायादार रूखों के नीचे खाटें बिछ जाती हैं। जलते हुए चूल्हों और अँगीठियों की आँच पर पानी छिड़क कर ऊपर से परात या कूँडा ढक दिया जाता, इस डर से कि पता नहीं पच्छिम में काले पहाड़ की ओट से आसमानी या पाली आँधी हरहराती हुई कब चढ़ आए?

इस महीने में कोई दिन ऐसा जाता होगा जब पच्छिम की ओर से आँधी न चढ़ती हो। आँधी के चढ़ते ही चहुँ ओर या तो बिजली के खम्बों से कसे तारों की साँय-साँय सुनाई देती है, या फिर आँधी में भरभरा कर गिरने वाले पेड़ों की आवाज़। और जब घंटे-डेढ़ घंटे बाद आँधी उतर जाती तब पता चलता है कि किस-किसकी छान उलटी हुई है। इसीलिए तो आँधी के चढ़ते ही छान-छप्परों के बलेंडों में रस्सी डाल पूरा का पूरा घर उससे लटका रहता है कि कहीं आँधी इसे उड़ा कर ले गई तो उसे फिर से बँधवाना कितना मुश्किल है।

जेठ के सही-सलामत बीत जाने के लिए पूरे इलाक़े के होंठों पर बस यही रहता है कि किसी तरह यह महीना बीत जाए बस। षाढ़ के लगते तो आसमान में बादलों के गुच्छे दिखाई देने शुरू हो जाते हैं अर्थात जब तक जेठ ख़त्म नहीं हो जाता और षाढ़ शुरू नहीं हो जाता, तब तक पूरे इलाक़े की साँस गले में ही अटकी रहती है।

लेकिन उस बार तो नगीना बल्कि यह कहिए कि चौधरी मोहल्ला के भाग में कुछ और ही बदा था, जिसका किसी को कुछ अंदाज़ा तक नहीं था। होता भी कैसे नियति मनुष्य की तरह किसी की ग़ुलाम थोड़े ही होती है जो सबको अपना भेद बता दे।

बिलकुल आख़िरी दिन थे जेठ के। एक दिन पहले नवमी थी और दशमी आधी ग़ुजर चुकी थी। देह निचोड़ने वाली गरमी अन्य दिनों की भाँति अपने पूरे उठान पर थी अर्थात दोपहर होते-होते जिधर भी नज़र जाती मरीचिका की कंपन भरी पर्त ही दिखाई देती।

जुह्र की नमाज़ हुए अभी घंटा भर ही हुआ होगा कि काले पहाड़ की पीठ पर गर्द की चादर देखते ही देखते तन गई। काले पहाड़ की ओर से आँधी से पहले उड़कर आने वाले भयातुर परिंदों को देखकर सबको जँच गया कि आँधी कितनी

भीषण होगी। जो सूरज मुक्त-भाव से इठलाता हुआ आग बरसा रहा था वह भी देखते ही देखते रेत के विशाल बादल में छिप गया। आँधी की भयावहता को देखते ही जगह-जगह से पूरे गाँव में हेला पड़ने लगा।

"अपने-अपने चूल्हा बुझा दीजो, आँधी चढ़ री हैऽऽऽ !"

आसमान की ओर मुँह उठाए, काले पहाड़ को जैसे ही आँधी ने लाँघा कि चारों ओर थार के मरुस्थल से आए भूड़ के बादल छा गए, और कुछ ही क्षणों में ज़्यादातर गाँव-खेड़े उसकी गिरफ़्त में आते चले गए। कहीं से घरों के किवाड़ों के भड़भड़ाने की आवाज़ आने लगी, तो कहीं से दनदना कर उड़ते हुए टीन के टुकड़ों की। बिजली के खम्बों से कसे तारों की साँय-साँय तेज़ आँधी को और भयानक बनाने लगी। जिन्हें अपने छान-छप्परों के उड़ने का डर था वे उनसे लटक गए। किंतु लटकने के बावजूद आँधी के तेज़ झोंकों से छान छाज की तरह फड़फड़ कर बेक़ाबू होने लगीं। लोगों ने घरों के किवाड़ों की साँकल-कुंडी चढ़ा ली वरना घरों में हवा भरने के बाद तो छानों के उड़ने का और भी खतरा बना रहता है।

आँधी अपने पूरे वेग के साथ चलती रही और इससे पहले कि इस प्रलयंकारी आँधी से निपटने के लिए अपने-अपने घरों में दुबके सहमे-डरे लोग कुछ उपाय सोचते कि उपरलीघाँ की थड़ी की ओर से एकाएक समवेत स्वर सुनाई पड़ा। कुछ ही क्षणों के बाद तेज़ आँधी की प्रचंडता के बीच से समवेत स्वरों में से अस्फुट शब्द जैसे ही एक-एक कर कानों में पड़ने लगे कि लगा उपरलीघाँ के पाँवों के नीचे से ज़मीन खिसकने लगी है।

देखते ही देखते आँधी के शोर और लोगों की चीख़-पुकार से पूरा गाँव दहल उठा। जिसकी भी नज़र पल भर के लिए थड़ी की ओर उठती, उसे ही अपना जिस्म हवा में झूलता हुआ दिखाई देने लगा।

उपरलीघाँ की थड़ी के सामने से उठने वाले धुएँ और आग की लपलपाती लपटों को देखते ही पूरा गाँव उसी ओर दौड़ पड़ा। आसपास से ही नहीं बल्कि पूरे गाँव में जितने भी पानी से भरे भाँडे-बर्तन थे, लोग उन्हें सिर पर उच कर थड़ी की ओर हो लिए।

आँधी और आग दोनों ने मिलकर जैसे उपरलीघाँ को निगलने का मन बना लिया। आग पर ज्यों-ज्यों क़ाबू पाने की कोशिश की जाती त्यों-त्यों वह बेक़ाबू और प्रचंड होने लगी, और पलक झपकते ही उसने एकसाथ कई घरों को अपनी गिरफ़्त में ले लिया। जब लोगों ने देखा कि एकसाथ कई जगह से आग की लपटें उठ रही हैं, तब लोगों ने आग बुझाने के बजाय अपने-अपने घरों की ओर वापस लौटना उचित समझा ताकि जब तक आग की लपटें उनके घरों तक पहुँचे, जिनके घर आँधी के रास्ते में पड़ते हैं, तब तक जो कुछ बचाया जाए बचा लें। जगह-जगह जलते हुए घरों से डीग[1] फूटने की आवाज़ें साफ़ सुनाई देने लगीं।

1. *डीग फूटना : जलते हुए बाँसों से पटाखों की तरह निकलने वाली आवाज़।*

पूरे चौधरी मोहल्ले के खटीक, कुम्हार, कँडेरा, कूँजड़ा, फ़क़ीर, नाई, ब्राह्मण, सन्नार्थी सब अपना-अपना सामान बचाने में लग गए। कुछ ने अपना सामान मनीराम के पक्के कोठे में उड़स दिया, तो कुछ ने कपड़े-लत्ते, खाट-पीढ़ी गाँव से बाहर दादाखानू के पास ले जाकर पटक दी। सलेमी, मनीराम, हरसाय, नबी खाँ, सुलेमान, हुसैनदीन, सुभान खाँ, बुद्धन, रोबड़ा सब आग बुझाने में अपना-अपना समय ज़ाया करने के बजाय घरों से सामान निकालने में जुट गए। कुछ ने तो घरों की छानों को उलट दिया ताकि वे घर पर जलने के बजाय एक तरफ़ पड़ी जलती रहें।

पूरे नगीना की समझ में नहीं आ रहा है कि इस आग से कैसे निपटा जाए? चारों ओर चीख़-पुकार के सिवाय कुछ सुनाई न दे और इस विभीषिका ने तभी दम लिया जब असख्य घरों को स्वाह करती हुई आग दूसरे सिरे पर नहीं उतर गई।

आँधी के कमज़ोर पड़ते ही गरज के साथ छींटे पड़ने शुरू हो गए लेकिन तब तक तो सब कुछ स्वाह हो चुका था। जिधर भी निगाह जाती कच्चे घरों से बस धुआँ ही धुआँ उठता दिखाई देने लगा। स्याह पड़ चुके नंगे भीत-पाखों पर जला हुआ गुबरैटा नज़र आने लगा। किसी-किसी घर में तो खूँटियों पर टँगी एल्यूमीनियम की देगची और पतीलियों का एल्यूमीनियम आग ठंडी पड़ने के बाद ऐसे लटका दिखाई देने लगा जैसे किसी ने पिघला हुआ मोम खूँटियों पर टपका दिया हो।

लगभग अस्र की अज़ान के समय जब लगा कि गैल-दगड़ों की रेत अब ठंडी पड़ चुकी है, तब लोग अपने-अपने घरों की ओर कुछ बचे होने की उम्मीद में लौटने लगे। सबकी आँखों में सिवाय ख़ाक हो चुके घरों की तस्वीरों के कुछ नहीं था। किसका कितना नुकसान हुआ है कहना मुश्किल है। आसपास के गाँवों से आए लोगों का ठट्टा जमा हो गया। इनमें बहुत कम थे जिनमें झुलस चुके सपनों के प्रति हमदर्दी थी वरना ज़्यादातर तमाशबीन ही थे।

सुलेमान तो जब भी अपने उस घर में जाता जिसमें लावणी में कमाई गई नाज की बोरियों की धाँग थी, जो अब महज राख़ की ढेरियों में तब्दील हो चुकी हैं, और जिनसे नाज के जलने की गंध के साथ-साथ धुआँ अभी भी रह-रह कर उठ रहा है तो एक हूक के साथ उसकी आँखें बरस उठतीं। वहीं बाखल में बैठी उसकी घरवाली अशरफ़ी तो बस पथराई आँखों से लगातार शून्य में ताके जा रही है। कुछ नहीं बचा सिवाय जली हुई छानों में लगे बाँस-बल्लियों के कोयलों और राख़ के ढेर के। यह तो ग़नीमत थी कि किसी की जान नहीं गई वरना नीली छतरीवाले ने अपनी करनी में कोई कसर तो छोड़ी नहीं थी।

क़ुदरत के इस अज़ाब ने उपरलीघाँ के लगभग डेढ़ सौ परिवारों का ऐसा

आसरा छीना कि जब-जब उनकी आँखें राख़ के ढेरों पर टिकतीं, तब-तब उनमें सिवाय आँसुओं के कुछ दिखाई नहीं देता।

उसी दिन नगीना के लोगों को एकाएक याद हो आई वे मोटर-गाड़ियाँ, जिनके बारे में उन्होंने केवल सुन भर रखा था कि वे आग बुझाती हैं। यदि उनसे सात मौतें हो जाएँ तो भी उनका कुछ नहीं होता है यानी इन मोटर-गाड़ियों को सात ख़ून तक माफ़ बताए जाते हैं। किंतु ये कैसी मोटरें हैं जो सब कुछ स्वाह होने के घंटों बाद भी कहीं दिखाई नहीं दे रही हैं?

अँधेरा होने तक आसपास के गाँवों में जिसकी भी आसनाई थी, वहाँ से वे अपनी हैसियत के अनुसार ज़रूरत का सामान लिए दौड़े-दौड़े आए। गाँव के बाकी हिस्सों से भी अपनी-अपनी बिरादरी से जितनी जिसकी हैसियत थी रोटी-पानी आने लगा। गुड़, चटनी, अचार, साग-भाजी, प्याज जैसा जिससे बना, इस अज़ाब के समय उसी ने भेजा।

रात भर वे लोग जिनके घर इस अज़ाब से बच गए थे पानी से भरे बर्तनों के साथ अपनी-अपनी छानों और आसपास की छतों पर बैठे रहे। जल चुके घरों के आसपास के छान-छप्परों को पानी से इस तरह तर कर दिया गया जैसे चौमासे के दिनों में हो जाते हैं।

तभी रात के दूसरे पहर के आसपास रतजगा कर रहे लोगों के कानों में टन्-टन् और मोटर-गाड़ियों का स्वर पड़ा और थोड़ी देर बाद देखा कि तेज़ रोशनी में नहायी दो लाल मोटरें दनदनाती हुई गाँव में घुस आई हैं। किंतु तब तक उनके लिए कुछ नहीं बचा बल्कि आग ख़ुद ही हार-थक कर बैठ चुकी थी।

ख़ाकी वर्दी, पैरों में घुटनों तक पहने रबड़ के बड़े-बड़े जूते और सिर पर टोपी पहने एक कर्मचारी से तो बुद्धन ने भरे हुए गले से कह भी दिया, "बाबूजी, अब के याँ अपणी ऐसी-तैसी कराण आया हो......!"

शायद अग्निशमन कर्मचारी कोई भला आदमी था जो बुद्धन की बात से नाराज़ नहीं हुआ बल्कि बेहद शिष्टता के साथ बोला, "बाबा, हमें तो जैसे ही पता चला हम दौड़े चले आए...... हमें क्या मालूम था कि यह गाँव डिस्ट्रिक्ट फायर स्टेशन से इतनी दूर पड़ेगा...... और अगर हमें टाइम से सूचना और आर्डर मिल जाता तब भी हम तभी पहुँचते जब सबकुछ खत्म हो चुका होता......।" अग्निशमन कर्मचारी ने बेहद साफ़गोई के साथ वस्तुस्थिति से बुद्धन को अवगत कराते हुए कहा।

"बाबूजी, तू सही कह रो है...... अगर बखत सू खबर पहोंच भी जाती तो कौण-सा हम जलणा सू बच जाता.....।" बुद्धन को अंततः अग्निशमन कर्मचारी की साफ़गोई से सहमत होना पड़ा।

अगले दिन पूरा सरकारी अमला टूट पड़ा जले हुए घरों से सहानुभूति जताने। क्या

तो खंड विकास अधिकारी और क्या तहसीलदार। क्या पटवारी और क्या गिरदावर–सबने अपनी-अपनी हैसियत और रुतबे के अनुसार तहक़ीक़ात शुरू कर दी। अपने-अपने स्तर पर भस्म हुए सामानों की सूची बननी शुरू हो गई।

खंड विकास अधिकारी और तहसीलदार ने तो अपनी सूची तैयार करते समय बेहद संयम और शिष्टाचार से काम लिया, किंतु पटवारी और गिरदावर की गिद्ध दृष्टि सूची तैयार करते समय एक-एक वस्तु के बारे में इस तरह खोजबीन करने लगी कि कभी-कभी तो अपने जले हुए घरों को देखकर आहत लोग तिलमिला कर रह जाते। शायद यह रुतबे का ही फ़र्क़ है कि बड़ा अधिकारी संयम से काम लेता है और छोटा अधिकारी तड़पते हुए जिस्म से भी कुछ न कुछ हासिल करने की फ़िराक़ में रहता है।

गाँव का पटवारी और गिरदावर जब दोनों जले हुए सामान की सूची बनाते हुए सुभान खाँ के घर पहुँचे, तो सुभान खाँ की हिलकियाँ बँध गई उन्हें देखते ही। पथरायी आँखों से वह रह-रह कर जब भी सबकुछ भस्म हो चुके को देखता, तो आँखों से आँसू रुकने का नाम न लें।

"हाँ भई, तेरा क्या-क्या नुकसान हुआ है?" बग़ल में दबी फाइल को खोलते हुए पूछा पटवारी ने।

"बाबू जी, ई पूछो के कहा ना हुओ...... काँई-काँई को नाम गिनवाऊँ.....।" इतना कह कर सुभान खाँ की हिलकियाँ फिर बँध गई।

"हाँ-हाँ, वही लिखवा जो जला है.....।" इस बार गिरदावर संयम बरतने की बजाय थोड़ा सख़्ती से बोला।

गिरदावर की इस सख़्ती का अनुकूल असर पड़ा। सुभान खाँ एकाएक चुप हो गया। गिरदावर ने अपनी इस सख़्ती का असर देख मुस्कराते हुए पटवारी की ओर ऐसे देखा जैसे उसे आँखों ही आँखों में बता रहा हो कि इन लोगों के साथ ऐसी ही सख़्ती करनी चाहिए।

"बाबू जी, सारा कपड़ा-लत्ता...... सारा बरतन-भाँडा..... सब कुछ जल के राख होगो.....।" सुभान खाँ ने एक ही वाक्य में सब बयान कर दिया।

"अरे, नुकसान कितने का हो गया होगा?" इस बार पटवारी झल्ला गया।

"बाबू जी, जो कुछ है सब तिहारे आगे है...... आप ही लिख लेओ के कितेक को नुकसान हुओ होएगो.....।"

"अरे, हम कैसे कह दें कि तेरा कितने का नुकसान हुआ है..... हजार-पाँच सौ का, कुछ तो हुआ होगा.....!" गिरदावर ने फिर उसी शस्त्र का इस्तेमाल करते हुए कहा।

"बाबू जी, कैसी बात कर रा हो..... हजार-पाँच सौ में आजकल कुछ आवे भी है..... अरे, सत्तर-अस्सी रुपिया सैंकड़ा तो छान का पूला हो रा हैं....... मैंने तो बाबूजी अभी छोरी का बिहा कू तीन हजार का गहणा बणवाया हैं, आठ सौ रुपिया

का लत्ता सिंवाया हैं....... कुछ ना बचो, सब जलगो.....।" सुभान खाँ ने मोटा-मोटा नुकसान बताने की कोशिश की।

"हाँ-हाँ, सारा जोड़ कर बता कि कितने का नुकसान होगा?" पटवारी ने फिर पूछा।

"बाबूजी, दस-बारह हजार सू कम को तो कहा हुओ होएगो.....।"

"क्या? दस-बारह हजाऽऽर........!" गिरदावर इस बार लगभग चौंकते हुए बोला।

"हाँ बाबूजी, दस-बारह हजार......."

"कमाल है भई, अभी तो कहाँ दो-तीन हजार का नुकसान था और अब दस-बारह हजार का हो गया......।" एकाएक पटवारी के माथे पर शुबहा के बल पड़ गए।

पटवारी के इस बर्ताव पर सुभान खाँ आपा खो बैठा, "तो बाबूजी, याको मतलब ई हुओ के मैं झूठ बोल रो हूँ..... मैं तिहारा रुपिया सू हवेली चिण लूँगो..... ठीक है मोहे ना चहिए तिहारी इमदाद.....।" इतना कहकर सुभान खाँ राख़ के एक ढेर की ओर चला गया।

चारों ओर खड़ी भीड़ का चेहरा देखकर पल भर के लिए पटवारी और गिरदावर घबरा गए लेकिन स्थिति को सँभालते हुए पटवारी ख़ुद सुभान खाँ के पास आया और उसे तसल्ली देते हुए बोला, "मेरा पूछने का मतलब है कि जितना नकद और कपड़े-लत्ते का नुकसान हुआ है......।"

"और बाकी का नुकसान ए कौन भरेगो, हमारो बाप..... बाबूजी, खुदा के वास्ते औरन् को नुकसान लिख लेओ..... मोहे तो खुदा तोड़ी तिहारी इमदाद ना चहिए..... मेरो जी वैसे भी ठिकाणे ना है। " इस बार सुभान खाँ ने दो टूक मना कर दिया।

पटवारी और गिरदावर खिसियाए हुए आगे बढ़ गए।

उसी दिन बारी-बारी से चौधरी करीम हुसैन और चौधरी मुर्शीद अहमद भी आए।

पहले चौधरी मुर्शीद अहमद आया। बिलकुल चुनावी अंदाज़ में। चौधरी मुर्शीद अहमद के नगीना में आते ही एक उम्मीद जाग उठी पीड़ितों के अंदर एक-एक घर से पूछताछ के बाद जब मुर्शीद अहमद सुलेमान के घर पहुँचा तो उसे देखते ही सुलेमान ढह-सा गया। गेहूँ की अधजली बोरियों के ढेर से सड़े हुए दानों को मुट्ठी में भर कर माथे पर मारते हुए बोला, "चौस्साब, बहोत मेहनत सू कमा के लाया हा.... पर अब सब राख होगा.....।"

"घबराए मत, तिहारो जितनो भी नुकसान हुओ है मैं वाहे सिरकार सू दिवाण की कोशिश करुंगो..... मिस्टर भाटिया, इनका जितना भी नुकसान हुआ है सब नोट कर लो.....।" चौधरी मुर्शीद अहमद ने लगे हाथ अपने पी.ए. को हिदायत देते

हुए कहा।

चौधरी मुर्शीद अहमद ने सरसरी तौर पर चारों ओर जले हुए कच्चे घरों पर निगाह दौड़ाई और सुलेमान के कंधे पर हाथ धरते हुए यह कह कर आगे बढ़ गया, "फिकर करणा की कोई बात ना है, जब तक ई मुर्शीद अहमद जिन्दो है...... या इलाका का आदमी ए घबराणा की कोई जरूरत ना है....।"

मुर्शीद अहमद के इस वाक्य पर सुलेमान के होंठों से कृतज्ञता के शब्द नहीं फूटे। दोनों हाथ बस, जुड़ते हुए माथे से जा लगे।

सलेमी को जैसे ही पता चला कि चौधरी मुर्शीद अहमद उसकी ओर चला आ रहा है, उसकी आँखों में ख़ून उतर आया। जब तक मुर्शीद अहमद उसके घर तक पहुँचता तब तक उसने मन ही मन तय कर लिया कि उसे क्या कहना है।

सलेमी ने झट से एक अधजली खाट बिछाई और उस पर बैठ गया। उसने दूर से ही देख लिया मुर्शीद अहमद को अपनी ओर आते हुए। चौधरी मुर्शीद जैसे ही उसके पास आकर कुछ कहने को हुआ कि सलेमी उससे पहले ही फट पड़ा, "चौस्साब, अल्ला के वास्ते हमारा हाल पे रहम खाओ.......!"

चौधरी मुर्शीद अहमद को इसकी क़तई उम्मीद नहीं थी, वह सकपका गया किंतु फिर भी अपने आपको संयत करते हुए बोला, "बूढ़ा, मोसू कहा नाराजगी है?"

"तम सू कहा नाराजगी हो सके है.....!" सलेमी पूरा वाक्य कहने से पहले ही चुप हो गया।

"बूढ़ा, बता तो सही कहा बात है?" इस बार चौधरी मुर्शीद अहमद खिसियाते हुए आग्रह पर उतर आया।

"चौस्साब, काँई लू या जली जुबान ए खुलवाओ हो..... कसूर तिहारो ना है..... बोटन् के बखत तो हम गोती भाई और उनसू पीछे हमारी सुध भी ना लेओ हो.....।" सलेमी ग़ुस्से से तमतमाते हुए बोला।

"बूढ़ा, फिकर मत कर...... तिहारो जितनो भी नुकसान हुओ है सबे दिवा के मानूँगो..... मैं मुख्यमंत्री सू आज ही जाके बात करुंगो.....।" चौधरी मुर्शीद अहमद ने अपने लंबे राजनीतिक अनुभव का इस्तेमाल करते हुए स्थिति को सँभालने की कोशिश करते हुए कहा।

"चौस्साब, तम कहा नुकसान दिवाओगा..... तिहारी आग बुझाण वाली मोटर तो आधी रात लू आई हैं और तम कह रा हो के आज ही मुखमंत्री सू बात करोगा...... जैसी टेम पे तिहारी ये मोटर आई हैं वैसी ही तम मुखमंत्री सू बात करोगा.....।"

"मिस्टर भाटिया, नोट इट......।"

"ओ. के. सर!" पी.ए. हड़बड़ाते हुए बोला।

"बूढ़ा, अच्छो हुओ जो तैने ई मोटरवाली बात और बता दी..... जितेक जल्दी होएगी..... मैं इन मोटरन् को भी पक्को इंतजाम करवाऊँगो..... फिकर मत कर....।"

"चौस्साब, फिकर तो हम पिछला पचास बरस सू ना करता आ रा हैं अब कहा करेंगा..... अरे, मुद्दत सू ई सुनणा में आ री है के या इलाका में रेल की पटड़ी बिछेंगी...... नहर निकलेंगी...... फैकटरी लगेंगी..... चलो, अब कम सू कम आग बुझाण की मोटर तो आ जांगी..... और नाएँ तो अब जब आग लगेगी बुझ तो जाएगी.....।" सलेमी न व्यंग्य करते हुए कहा।

"फैक्टरी लगवाई ना हैं बूढ़ा......? अरे, जब तम उनमें जाओगा ही ना तो कोई तिहारो हाथ पकड़ के तो ले जाणा सू रहो।" चौधरी मुर्शीद अहमद इस बार थोड़ा तल्ख़ हो गया।

"सही कह रो है चौस्साब, फैकटरी लगवा दी हैं..... पर कहान्...... अरे, तमन्ने तो बस अपणोई फायदो देखो है..... इन फैकटरीन् में हमारा कितेक छोरेट लग रा हैं तम सब जाणो हो...... ई तो हमीं बावला हैं जो तमन्ने बिरादरी और गोत के नाते बोट दे देवे हैं..... नहीं तिहारो इलाज तो जो है वाहे सब जाणे हैं...... इलाका तो एक-एक बूँद पाणी कू तरस रो है, और तम हो के तिहारा जी सू चाहे ई इलाको मरे या जीवे..... पाणी होतो तो आज ये दिन ना देखणा पड़ता..... ऊ कह करे हैं न के 'जल हीरा, जल जौहरी, जल दुनिया को माल; जल की माया मीर खाँ, जल बिन जगत कंगाल'.....।" इतना कहते हुए सलेमी वहाँ से उठ कर चला गया।

इसके बाद चौधरी मुर्शीद अहमद का वहाँ रुकना मुश्किल हो गया। अपने काफ़िले के साथ वह चुपचाप कब खिसक गया, किसी को पता तक नहीं चला। सलेमी के इस अंदाज़े-बयाँ पर सबने दाँतों तले अँगुली दबा ली।

इधर चौधरी मुर्शीद अहमद अपने काफ़िले के साथ रवाना हुआ और उधर चौधरी करीम हुसैन आ पहुँचा—जैसे वह चौधरी मुर्शीद अहमद के जाने की ही बाट देख रहा था। सबसे पहले करीम हुसैन चौधरी मोहल्ले में ही पहुँचा।

चौधरी मोहल्ले में करीम हुसैन के पहुँचते ही लोगों ने आपस में कहना शुरू कर दिया कि अभी तो लोहा ठंडा भी नहीं हुआ है और चौधरी करीम हुसैन सीधा इसी मोहल्ले में आ गया। अब उसे कौन बताए कि अभी कुछ ही देर पहले चौधरी मुर्शीद अहमद बड़े बे-आबरू होकर तेरे कूचे से हम निकले की तर्ज़ पर चुपचाप कैसे अपना पिंड छुड़ा कर यहाँ से गया है।

एक-एक कर सब चौधरी करीम हुसैन के पास आ पहुँचे। कुछ चौधरी करीम हुसैन की बातें सुनने और कुछ सलेमी की रौद्रता देखने के लिए।

चौधरी करीम हुसैन ने अपनी राजनीतिक व्यस्तता के कारण सभी जले हुए घरों में जाने के बजाय सबको एकसाथ निपटा देना बेहतर समझा। इसीलिए जब उसे लगा कि पूरा मोहल्ला इकट्ठा हो गया है तब उसने बोलना शुरू किया, "ई बड़ा ही दुख की बात है के मेरा इलाका में ई इतनो बड़ो हादसो हुओ है..... मैं अभी-अभी मुखमंत्री जी सू मिलके आ रो हूँ...... मुखमंत्री जी ने पूरो भरोसो दियो है के सिरकार सू जितनी भी या गाँओं लू मदद मिलेगी मैं दिवाऊँगो...... और

तमन्ने ई जान के बड़ी खुसी होएगी के मुख्यमंत्री जी ने अपना राहत कोस सू पच्चीस हजार रुपिया दे भी दिया है.....।"

चौधरी करीम हुसैन ने जैसे ही यह घोषणा की कि उसके साथ आए पार्टी के कार्यकर्ताओं ने तालियाँ बजानी शुरू कर दीं बल्कि एक ने तो चौधरी साहब की सफलता और राजनीतिक कौशलता से उत्साहित होकर नारा भी लगा दिया, "चौधरी करीम हुसैन!"

और उसके बाद एकाध के अलावा उसने ख़ुद ही कह भी दिया, "जिन्दाबाद।"

अपनी पार्टी के कार्यकर्ता के इस उत्साह पर चौधरी करीम हुसैन ने आँखें तरेरते हुए उसकी ओर घूरा तो वह सकपकाते हुए बग़लें झाँकने लगा।

"मैं अपणा इलाका की ई हालात कतई बरदास ना करुंगो..... घबराणा की कोई बात ना है तिहारा घर और दिलन् में आग सू जो फफोला पड़गा हैं, उन्ने मैं मिटाण की पूरी कोसिस करुंगो.....।" इसके बाद चौधरी करीम हुसैन रुक गया और अपने एक कार्यकर्ता को ढूँढ़ते हुए बोला, "ई इदरीस कहान् मरगो......!"

"आयो चौस्साब!" अपना नाम सुनते ही भीड़ में छिपा नाटे क़द का एक व्यक्ति लपकता हुआ चौधरी करीम हुसैन के नज़दीक आते हुए बोला।

"अन्यायी, ऐसा मौकान् पे तो संग रह कर.....!" चौधरी करीम हुसैन ने झुँझलाते हुए इदरीस नाम के इस व्यक्ति को डाँटा।

इदरीस नाम का यह व्यक्ति जो संभवतया चौधरी करीम हुसैन का बेहद क़रीबी होगा, इस डाँट पर एकदम चुप रहा।

"इदरीस, तू ऐसो कर जिन-जिनका घर जला हैं और जिनको जितनो-जितनो नुकसान हुओ है वाकी एक फेहरिस बना ले..... अभी, जल्दी कर.....!" चौधरी करीम हुसैन ने वहीं खड़े-खड़े आदेश देते हुए कहा।

"ठीक है चौस्साब, अभी लेओ....।"

इतना कह कर इदरीस सूची बनाता हुआ चौधरी मोहल्ले के अन्य अग्नि-पीड़ितों के पास से होता हुआ जैसे ही सलेमी के पास आया कि मारे ग़ुस्से के वह उबल पड़ा, "धेरे सू हम छत्तीस बर या फेहरिस ए बणवा चुका हैं..... समझ में ना आ री है के ई फेहरिस ना होके कोई तमासो होगो.....या सुरी फेहरिस ए बाती बणा के अपणे भीतर ले लेओ!"

चौधरी करीम हुसैन के कानों तक यह बात पहुँची, तो उसे जँच गया कि उसके आने से पहले मीर तो कोई और ही मार कर ले गया। चौधरी करीम हुसैन ख़ुद सलेमी के पास पहुँचा लेकिन सलेमी करीम हुसैन के कुछ पूछने से पहले ही दो टूक मना करते हुए बोला, "चौस्साब, खुदा के वास्ते हमन्ने बखस देओ..... हमें ना तिहारी इमदाद की जरूरत है और ना ही काई हमदरदी की.....।"

"बूढ़ा, ऐसी कहा बात होगी जो तम सब इतना नाराज हो रा हो..... काई ने कह दी कै कुछ......?" चौधरी करीम ने दाएँ-बाएँ देखते हुए पूछा।

"अरे, कह कहा दी..... अन्यायी, धेरे सू कदी तहसीलदार आरो है तो कदी बीडीओ..... कदी पटवारी आ रो है तो कदी गिरदावर..... अभी ऊ मुरसीद आयो हो और अब तू आ गो..... ई तो जैसे आग ना हुई कोई बिहा-सगाई होगी, जाकी फेहरिस हम सबका हाथ में पकड़ाता जावें.....।" सलेमी ने तमतमाते हुए कहा।

"बूढ़ा, यामें बुरा मानना की बात ना है..... हर आदमी अपणो फरज तो पूरो करेई है......।" चौधरी करीम हुसैन ने पूरे दार्शनिक अंदाज़ में कहा।

"ठीक है, तम अपणा फरज पूरा करता रहो और ई इलाको अपनी ऐसी-तैसी करातो रहे..... वा दिन सू तम एक भी ना आया..... अब थोड़ो सो मौको मिलो है तो सब दौड़ा-दौड़ा आ रा हैं.....।" सलेमी जैसे आपा खो बैठा।

"बूढ़ा, सरकारी काम में तो देर-सवेर होई जावे है..... तू चिंता मत कर चौधरी करीम हुसैन जो है....।"

"यही बात ऊ चौधरी मुरसीद अहमद कह के गयो है और यही बात तू कह रो है.... ठीक है हम ना करेंगा चिंता.... बस्स..... और ऐसो करियो मुखमंत्री ने जो रुपिया दिया हैं न उन्ने उल्टा दे दीजो..... हमारो खुदा अगर सूधो हुओ तो हम अपनी झोंपड़ीन्ने अपने आप बँधवा लेंगा.....।" सलेमी ने अंततः सबकी ओर से अपना निर्णय सुना दिया।

चौधरी करीम हुसैन भी मुर्शीद अहमद की तरह अपना-सा मुँह लेकर चला गया।

अपने बाप के इस आक्रामक तेवर को देखकर बाबू बौखला गया। वह तो मुर्शीद अहमद के जाते ही अपने बाप को कहना चाह रहा था किंतु वह चुप लगा गया। लेकिन अब जब सलेमी ने चौधरी करीम हुसैन को भी नहीं बख़्शा तब बाबू से रुका नहीं गया, "बाप, इतना बड़ा आदमी सू उलझन् की तोहे कहा जरूरत पड़ी....।"

"मैंने कौण-सी उनकू कोई गाली दी ही और फिर कहा गलत कह दी मैंने.....हें!"

"गलत तो ना कही, पर तैनेई या गाँओं को ठेका ले राखो है कै..... सब तो चुप खड़ा हा और तू....।"

"सारा गाँओं ने तो हाथन् में चूड़ी घाल राखी हैं....।"

"ठीक है, तोपे जो करो जाए, कर.....।" इतना कहकर बाबू पाँव पटकता हुआ चला गया।

पूरे गाँव में यह ख़बर फैल गई कि सलेमी ने चौधरी मुर्शीद अहमद और चौधरी करीम हुसैन जैसे बड़े आदमियों को जिस तरह खरी-खोटी सुनाई है वैसा सुनाने की कोई बिरला ही हिम्मत कर सकता है। पूरा गाँव सलेमी की वाह-वाह से गूँज

उठा कि अगर इलाक़े में ऐसे दो-चार सलेमी और हो जाएँ तो यह इलाक़ा कहीं का कहीं हो।

धीरे-धीरे समय कब दिन, सप्ताह और महीनों में तब्दील होता चला गया किसी का इस तरफ़ ध्यान नहीं गया। चौधरी करीम हुसैन और चौधरी मुर्शीद अहमद जो आश्वासन देकर गए थे, वे पूर्व में दिए गए आश्वासनों की तरह कोरे आश्वासन ही रहे। जहाँ एक ओर इस अग्निकांड के पीड़ितों को हज़ार-हज़ार रुपए देकर प्रशासन ने अपना पीछा छुड़ा लिया, वहीं पूरे चौधरी मोहल्ले ने इस राशि को लेने से साफ़ मना कर दिया। उपरलीघाँ की थड़ी पर लगे राहत शिविर में अधिकारियों के सामने चौधरी मोहल्ले की ओर से इस अनुग्रह राशि को लेने से सलेमी ने यह कहते हुए मना कर दिया, "अरे, जब सब कुछ जल के राख हो चुको है, तब इन हजार रुपल्लीन सू कौन-सा हमारा दिलद्दर धु जाँगा.....!"

इस तरह षाढ़ भी लग गया।

पच्छिम से आने वाली पछुआ हवाओं की दिशा भी अब थोड़ी-थोड़ी बदलने लगी यानी पछुआ हवा सीधी पच्छिम से आने के बजाय दक्षिण-पच्छिम की ओर से आने लगी। शायद यही वजह है कि हवा के साथ-साथ अब बादलों के बड़े-बड़े गुच्छे भी आसमान में तैरते दिखाई देने लगे हैं।

सलेमी पौली में बैठा हुक्का गुड़गुड़ा रहा था कि तभी उसे किसी बीरबानी के रोने की आवाज़ सुनाई दी। उसने लपक कर बाहर आकर देखा तो पता चला वह कोई और नहीं छोटेलाल की घरवाली रामदेई है।

"अरे, आगो कै छोटेलाल!" पास आने पर धीरे-से सलेमी ने छोटेलाल से कहा।

सलेमी का वाक्य सुनते ही छोटेलाल रेत की भीत की तरह ढहता चला गया, "हाँ ताऊ, आ तो गया हैं या राख का ढेर ए सकेरन.....।"

तब तक रामदेई रोती हुई आगे बढ़ गई।

"छोटेलाल, बीरा कुछ भी ना बचो..... सऽऽब जल के राख हो गो.....।" लंबी साँस भरते हुए सलेमी फिर पौली में आ बैठा।

छोटेलाल तेज़ी से अपने घर की ओर बढ़ गया।

पूरा मोहल्ला इकट्ठा हो गया छोटेलाल के राख़ हुए घर पर।

इस तरह एक बार फिर अन्य प्राकृतिक आपदाओं की तरह इस आपदा को भी शिरोधार्य कर उपरलीघाँ और चौधरी मोहल्ला पूरी सहजता के साथ जज़्ब कर गया। घरों के ऊपर पुनः नए छान-छप्पर तन गए और जली हुई दीवारों को खुरच-खुरच कर फिर से उन्हें गुबरैटे से लीप दिया गया। राख़ के ढेरों के साफ़ होते ही फिर से अपनी-अपनी जगह पर न्यार के बोंगे और बटेवड़े खड़े हो गए।

शुष्क आँखों में भविष्य से दो-दो हाथ करने की क़ूवत फिर से पैदा होने लगी यानी इस हादसे से उबरने के बाद फिर से आम ज़िंदगी की दौड़ में शामिल हो गया—चौधरी मोहल्ला।

पच्चीस

लेकिन अशरफ़ी इस सदमे से उबर नहीं पाई। रात-बिरात अक्सर ही वह चिल्लाना शुरू कर देती। एक बार आँखें खुलने के काफ़ी देर तक वह अँधेरे में नज़रें गड़ाए जैसे किसी को ढूँढ़ना शुरू कर देती। पूरा जिस्म पसीने से भीग चुका होता और साँसें इतनी ज़ोर से चल रही होतीं मानो कोसों दौड़ लगाकर आ रही हो। देर तक वह ख़ुद ही बड़बड़ाती रहती। इस तरह रात-रात भर जगने के कारण अशरफ़ी की आँखें सूज कर मोटी-मोटी हो गईं। सुर्ख़ पपोटे बाहर निकल आए।

सुलेमान को जिसने जैसा कहा, उसने वही किया। किसी ने कहा उसके गले में हाजी महताब का नक्कस लाकर बाँध दे, तो सुलेमान झट से नक्कस ले आया। किसी ने कहा डॉक्टर को दिखाए तो उसने डॉक्टर को दिखाया लेकिन अशरफ़ी की हालत सुधरने के बजाय उलटा बिगड़ती ही गई।

इस तरह साल भर के भीतर अशरफ़ी लगभग बौरा गई। अब तो उसे न खाने की सुध रहती, न पीने की। न हगने का पता रहता, न मूतने का। बस, जिधर मुँह उठता उधर चल पड़ती और जो भी रास्ते में उसे मिलता, उसी को रोककर बस एक ही वाक्य बार-बार दोहराती, "पूरो बीस मण नाज करके लाई हूँ, हाँऽऽऽ.....!"

शुरू में तो वह सीधी सलेमी के पास ही आने लगी और इतराते हुए कहती, "डोकरा, पूरो बीस मण नाज करो है...... अब कोई फिकर ना है..... पूरी कोठी भर जाएगी न डोकरा बीस मण नाज सू...... ?"

"हाँ बेटी!" स्नेह से अशरफ़ी के सिर पर हाथ फेरते हुए कहता सलेमी।

"मैं जाऊँ डोकरा..... ऊ कोठी में भी भरणो है..... देख डोकरा, कितनो बढ़िया नाज है......।" ज़मीन से रेत को मुट्ठी में भर कर उसे हवा में बरसाते हुए अशरफ़ी कहती।

"हाँ बेटी, बहोत बढ़िया नाज है....।"

और सलेमी के इस वाक्य के बाद अशरफ़ी 'पूरो बीस मण नाज करो है' कहती हुई चली जाती।

सुलेमान और दोनों लड़के हाकिम और बासित पूरी-पूरी रात अशरफ़ी की इस डर से रखवाली पर बैठे रहते कि रात-बिरात मुँह अँधेरे वह कहीं उठ कर न

चली जाए। किंतु इस भय और रखवाली की सलाखें उस दिन चरमरा कर दोहरी हो गई, जिस दिन टीक दोपहरी में रोबड़ा के बड़े छोरा की बहू बदहवास-सी यह कहते हुए मोहल्ले की ओर भागती आई, "अरे जल्दी करियो..... असरपी दादाखानू का कुआँ में कूद गी है.....।"

रोबड़ा के छोरा की बहू के शब्द जिसके भी कानों में पड़े वही घर से नेझू या बरही[1] जो भी हाथ लगा, लेकर दौड़ पड़ा। पूरा मोहल्ला उमड़ पड़ा दादाखानू की ओर।

दादाखानू के कुएँ पर जमा ठट्टे में से किसी की हिम्मत नहीं हुई कुएँ में उतरने की क्योंकि कुएँ में पानी तो था लेकिन काफ़ी नीचे जाकर। कुएँ में झाँकते हुए लगता मानो किसी पाताल लोक में झाँका जा रहा है। इससे पहले कि कुएँ में किसी के उतरने का फ़ैसला होता तब तक कई नेझू बिलाई[2] समेत कुएँ में उतर चुकी थीं। सुलेमान को नबी खाँ, हरसाय और मनीराम पकड़े हुए एक ओर बैठे हुए हैं और बार-बार उसे तसल्ली देने की कोशिश कर रहे हैं।

तभी हुसैनदीन ने ग़ुस्से में यह कहते हुए कपड़े उतार फेंके, "अन्यायीऽऽ जब तलक तम सोचोगा.... अशरपी तो...."

"हुसैनदीन, खुदा का बंदा.... ऐसो कुबोल तो मत बोल.....।" बुद्धन ने उसे डाँटते हुए कहा।

"कुबोल कै अपणी ऐसी-तैसी कराएगो..... सब हीन् मुँहचोदी तो कर रा हैं पर उतरणा की कोई ना कह रो है.....।" इतना कहते हुए हुसैनदीन एक लंबी और मज़बूत नेझू में लगभग एक-एक फुट के फ़ासले पर लगी गाँठों में पाँव के अँगूठों को फँसाकर कुएँ में उतर गया।

हुसैनदीन को कुएँ में उतरता देख सुभान खाँ ने भी उतरने की हिम्मत जुटाई और पीछे-पीछे वह भी कुएँ में उतर गया। इसके बाद लिच्छमन चमार का बड़ा लड़का भोला भी उतरने के लिए तैयार हो गया।

हुसैनदीन ने कुएँ में उतरकर रस्सी के सहारे गहरे पानी में दो-तीन गोते लगाए लेकिन अशरफ़ी उसके हाथ नहीं आई। तब तक सुभान खाँ और भोला भी पहुँच गए नीचे। तीसरा गोता लगाते-लगाते हुसैनदीन की साँसें फूलने लगीं। उसके बाद भोला ने पहला ही गोता लगाया कि उसके हाथ में अशरफ़ी की चोटी आ गई। भोला द्वारा साँस रोककर पानी से बाहर अशरफ़ी की देह के लाते ही उसे हुसैनदीन और सुभान खाँ ने फट से सँभाल लिया तथा कुएँ की मुँडेर पर मोरियों से बँधी नेझुओं को कसकर सावधानी से पकड़ने का निर्देश दे दिया।

---

1. बरही : मोटा रस्सा, यह बैलगाड़ियों में प्रायः पुआल आदि बाँधने के काम आता है।

2. बिलाई : लोहे के मुड़े हुए काँटों का बना वह गुच्छा, जिससे अक्सर कुओं में से रस्सी-बालटी को निकाला जाता है।

अशरफ़ी की देह को दो नेझुओं में सावधानी से लपेटने के बाद तीनों एक-एक कर पहले कुएँ से ऊपर चढ़ आए, और उसके बाद धीरे-धीरे सावधानीपूर्वक उसे ऊपर खींचने के लिए कह दिया।

अशरफ़ी को कुएँ से बाहर निकाल कर वहाँ खड़े पीपल की छाया में लिटा दिया। सलेमी सुलेमान के पास से उठकर तेज़ी से अशरफ़ी के पास आया और उसके हाथ की नब्ज़ को टटोल कर देखा, तो कुछ ही पलों के बाद उसने लंबा साँस खींच कर यह कहते हुए धीरे-से हाथ खींच लिया, "यामें तो कुछ भी ना रहो अब.....!"

सलेमी के इस वाक्य को सुनते ही सुलेमान चीख़ते हुए बोला, "काकाऽऽऽ..... ई तू कहा कह रो है.....!"

"हाँ बेटा, असरपी तो अब बस माटी है.....।"

"अरे, मैं तो लुटगो काकाऽऽ.... मैं तो बरबाद होगोऽऽऽ......" सुलेमान अशरफ़ी की देह पर गिरते हुए बोला।

अशरफ़ी के पार्थिव देह पर सुभान खाँ ने अपना तहमद डाला और फिर उसे खाट पर डाल कर घर ले आया गया।

पार्थिव देह के मोहल्ले में प्रवेश होते ही हाहाकार मच गया। किसी ने कल्पना भी नहीं की थी कि यह हादसा किसी की जान भी ले लेगा।

इस असामयिक मौत की ख़बर उपरलीघाँ में जिसने भी सुनी, वही दौड़ा आया। सुलेमान की पूरी बाखल भर गई शोक-संतप्त लोगों से। दोनों लड़कों हाकिम और बासित का रोते-रोते बुरा हाल हो गया। सुलेमान तो जैसे पत्थर हो गया। सलेमी, मनीराम, हरसाय, बुद्धन, नबी खाँ इधर सुलेमान को तसल्ली देते रहे और उधर रमजानो, रामदेई, भौंरी, तरकीला, हरदेई सब हाकिम की घरवाली फ़जरी को समझाती रहीं।

आख़िर सलेमी ने ही शोर को भेदते हुए कहा, "अरे, ऐसे कैसे गाड़ी चलेगी...... माटी को भी कुछ इंतजाम करोगा के ना.....!"

"जो कुछ होणो हो, ऊ तो हो चुको..... अब अमेर काँई लू कर रा हो.....!" बुद्धन बोला।

"वाका घर सू आज तलक कोई उल्टो आयो भी है....... अरे, जभी तो काई सायर ने कही है के 'उजड़ा खेड़ा फिर बसाँ, बिछड़ा भी मिल जाएँ; मरा न मिल साँ 'दानशा', चाहे जुग कितना हो जाएँ'..... खड़ा होओ.... खामाखाँ ऐसो ना होए के कोई पुलस-चौकी में चुगली कर आए..... बिचारी की और माटी खराब काँई लू करवाओ हो.....।" रोबड़ा ने एक और अनिष्टता से सबको चेताते हुए कहा।

"चलो, सेड़देसेनी करो...... आजकल काई को कोई भरोसो ना है.....।" नबी खाँ उठते हुए बोला।

"सुभान खाँ, तू हुसैनदीन ए लेके चलो जा दादीका का हदीरान् में.....।" सलेमी

ने निर्देश देते हुए कहा।

सुभान खाँ और हुसैनदीन तुरंत उठे और एक-एक फावड़ा लेकर हदीरा की ओर चल पड़े।

मग़रिब की अज़ान से थोड़ी देर पहले अशरफ़ी के पार्थिव शरीर को दादीका के हदीरा में दफ़ना दिया गया। हदीरा से चलते समय सलेमी अपने आपको रोक नहीं पाया और फफक कर रो पड़ा, "असरपी, बेटी अब कसे दिखाएगी अपणा नाज का दाणान्ने.....!"

सलेमी को इस तरह भाव-विह्वल होते हुए इससे पहले शायद ही किसी ने देखा हो, वापस लौटती भीड़ की अनगिनत आँखें डबडबा आई सलेमी को देखकर।

हदीरा से वापस लौटने के बाद भी चौधरी मोहल्ला को मानो यक़ीन नहीं हुआ कि वह अपने बीच से किसी को पंचभूत के हवाले भी कर आया है। रह-रह कर ऐसा लग रहा था जैसे अभी भी अशरफ़ी किसी का इंतज़ार कर रही है।

हाकिम की घरवाली फ़जरी का सबसे बुरा हाल था। वह भीतरले घर में जाकर अकेले में खूब रोती बल्कि कभी-कभी तो वह उस जगह जाकर, जहाँ उसकी सास अर्थात अशरफ़ी की खाट बिछी होती थी वहाँ लपक कर ऐसे जाती जैसे उसे उसने अभी पुकारा है। तरकीला, भौंरी, रमजानो, हरदेई, रामदेई सबने उसे खूब समझाया, लेकिन फ़जरी की यह कहते हुए रुलाई फूट पड़ती, "मैंने कहा सुख देखो है सासू को...... बुरी-बावली जैसी भी ही, हमारी आँखन् के आगे तो ही....।"

मगर कहते हैं न कि नियति के आगे किसी की नहीं चलती। वह अपनी योजना किसी को बताता थोड़े ही है। यदि वह बता दे तो यह मनुष्य नाम का प्राणी उसके लिखे को कैसे देख पाए?

अशरफ़ी की इस दर्दनाक और असामयिक मौत के बाद पूरे एक सप्ताह तक सलेमी बराबर सुलेमान के घर जाता रहा, उसे हिम्मत बँधाने और इस नश्वर देह के पंचभूत में मिलने की शाश्वतता का वास्ता देकर उसे समझाता रहा।

"सुल्ली, बेटा ई देह तो बस माटी को ढेर है, पतो ना कब ढह जाए..... अरे बावला, ई आस-असनाई तो बस जीते-जी की है...... बेटा, जब तू ही रात-दिन या बिरह में डूबो रहोगे तो ये बालक कहा करेंगा..... अरे, या हाकम की घरवाली की तो हिम्मत देख जापे सारो बोझ आ पड़ो है.....।"

सलेमी का अंतिम वाक्य ओसारे में चून माँड रही फ़जरी के कानों में पड़ गया था शायद तभी तो वह एक हूक के साथ रो पड़ी।

सलेमी ने उसके रोने की आवाज़ सुनी तो वह ओसारे की ओर जाते हुए बोला, "अरी चुप हो जा....... जो होणी है, ऊ कै काई पे मिटे है.....।"

इतना कहकर सलेमी बाहर जाते-जाते सुलेमान की ओर मुड़ कर बोला,

"सुल्ली, हिम्मत सू काम ले...... अभी तो घणी उमर पड़ी है..... ऐसे कब तलक काम चलोगे...... बावला भाई, ई जिन्नगी तो 'पाणी को सो बुलबुलो होवे और बण जाए, जैसे पलड़ा रहट को इत आवे उत जाए' जैसी है।"

कई बार सलेमी के साथ कभी हरसाय चला आता तो कभी मनीराम, कभी सुलेमान के घर पहले से रोबड़ा बैठा हुआ मिल जाता, तो कभी नबी खाँ। सबकी यही कोशिश रहती कि इस दुःख से सुलेमान का ध्यान ज़्यादा से ज़्यादा बँटा रहे।

अशरफ़ी का इस तरह इस दुनिया से असमय चला जाना किसी के लिए व्यक्तिगत आघात नहीं था बल्कि यह सलेमी, मनीराम, हरसाय, रोबड़ा, नबी खाँ, हुसैनदीन, सुभान खाँ, भौंरी, रामदेई, रमजानो, हरदेई, रुमाली यहाँ तक कि पूरे चौधरी मोहल्ला से लेकर पूरे गाँव के लिए गहरा आघात था क्योंकि अगर आग बुझाने वाली मोटरें समय पर पहुँच चुकी होतीं, तो शायद इस आघात से काफ़ी हद तक बचा जा सकता था। लेकिन लगता है मेवात इन आपदाओं को सहने के लिए ही अभिशप्त है।

छब्बीस

सलेमी ने जैसा सोचा था या मनीराम, हरसाय या अपनी-अपनी समझ के अनुसार जिसने भी उसे समझाया था, वैसा कुछ नहीं हुआ यानी बाप बनने से पहले बाबू जैसा था वैसा ही बाप बनने के बाद भी रहा। घर-परिवार की ज़िम्मेदारियों से उसे अभी भी कुछ लेना-देना नहीं है। उसके डील-डौल से लेकर आचार-व्यवहार में रत्ती भर का फ़र्क़ नहीं पड़ा है। हार कर अब सलेमी ने जैसे क़सम खा ली कि वह बाबू से कुछ नहीं कहेगा। पूरे-पूरे दिन कहाँ रहता है? रात में देर से क्यों घर आता है? किसके साथ उठता-बैठता है? सबसे सलेमी ने लगभग नाता तोड़ लिया, लेकिन भीतर ही भीतर उसे डर भी लगने लगा है अपने इसी बेटे बाबू खाँ से।

बाबू के देर-सवेर घर में आने-जाने के कारण और ज़्यादातर दादा की संगत में रहते-रहते असलम तो जैसे भूल गया कि वह किसी बाप का बेटा भी है। बस, दादा ही उसके लिए सब कुछ है जैसे। जब से असलम ने पाँव ले लिए हैं तब से सलेमी को छोटे-छोटे बहुत सारे कामों के लिए तरकीला से कहने की ज़रूरत ही नहीं पड़ती है। असलम दादा की सेवा के लिए तत्पर जो रहने लगा है।

हारकर एक दिन सलेमी ने बाबू से कह ही दिया।

"बाबू, बेटा या जगहँसाई सू अच्छो है कि मैं ही अपणा टँडीरा ए लेके नियालो क्यों ना हो जाऊँ...... अरे, इकल्लो पेट है, वाहे तो मैं माँग-माँग के भी भर लूँगो..... कम सू कम या रोज-रोज की कुत्ताफजीती सू पीछो तो छुटेगो......।"

बाप का निर्णय सुन कर पल भर के लिए बाबू खाँ विचलित तो हुआ लेकिन

बोला कुछ नहीं।

"अरे, सारा गाँओं में थू-थू हो री है...... अब और ना है मेरे बस की...... बाकी का दिन भी जैसे-तैसे कट ही जांगा......।" और इससे पहले कि बाबू कुछ कह पाता सलेमी पौली से बाहर उठ कर चला आया।

दोनों बाप-बेटों के बीच हो रही इस वार्तालाप को तरकीला पाखे में बनी मोखी से सुन रही थी। ससुर के पौली से बाहर जाते ही तरकीला बाबू खाँ पर बरस पड़ी, "अब तो राजी है ना ढेड, जब सारो गाँओं तोपे थूकेगो....... मैं तो समझाती-समझाती हारगी पर या निपूता का मगज मैं पतो ना कहा फितूर घुसो पड़ो है..... अब पतो चलोगे जब सारो गाँओं कहेगो के एक ही पूत ने कुणबा डुबो के धर दियो.......।"

तरकीला के उलाहने को चुपचाप सुनता रहा बाबू बिलकुल वैसे ही जैसे आज तक सुनता आ रहा है, यही सोचकर कि दो-चार दिन कह-सुन कर बाप ख़ुद ही चुप हो जाएगा लेकिन बावजूद इसके पहली बार बाबू खाँ थोड़ा-सा विचलित अवश्य हुआ।

"ढेड, अब तुई या घर में नंगो नाचतो डोलियो....... मैं भी काई कुआ-पोखर में गिर-गिरा के या रात-दिन का जलन सू पीछो छुड़ा लूँगी...... मैंने तो या घर में काई को सुख देखोई ना है...... एक ई खसम है याने भी छाती फूँक राखी है.....।" कहते-कहते तरकीला रो पड़ी।

माँ को रोता देख असलम भी रोने लगा।

"असलम, बेटा चल...... आज ई फैसला होके रहोगे..... मैं अभी दादाखानू का कुआ में गिरके जान दे दूँगी.......!"

इतना कहकर तरकीला असलम का हाथ पकड़ कर देहरी की ओर बढ़ी ही थी कि बाबू खाँ के हाथ-पाँव फूल गए।

वह तेज़ी से देहरी की ओर लपका और पसीने से भीगा हुआ देहरी को रोक कर खड़ा हो गया, "तरकीला तू ईऽऽईऽऽ कहा कर री है खुदा की बंदी..... बावली, हमारी नाक कट जाएगी......।"

"उतड़ा...... ढेऽऽड...... अपनी नाक कटणा की तो तोहे बहोत फिकर है और ऊ तेरो बाप....... वाकी तोहे तनक भी फिकर न। है...... सतलंडा, हट जा तू मेरे आगे सू...... आज मैं मर के रहूँगी......।"

तरकीला की आवाज़ इतनी तेज़ थी कि आस-पास के घरों से सभी बाहर निकल आए। उस दिन पूरे मोहल्ले ने बाबू को ख़ूब मलामतें दीं। भौंरी ने तो मुँह फोड़ कर बाबू से कह भी दिया, "बाबू, तरकीला जो भी कर री है सही कर री है...... निपूता, तोहे सरम तो न आती होएगी...... दुनिया तो अपना बड़ा-बूढ़ान् की सेवा-टहल कू तरसे है और एक तू है ढेड, जो अपना बाप ए जीते-जी मारण पे तुल रो है......।"

कहते हैं कि एक चुप सौ बोलों पर भारी पड़ता है, बाबू खाँ भी चुप सुनता रहा। ऐसे मौक़ों पर उसका यही तरीक़ा होता है। थोड़ी देर बाद एक-एक कर सब अपने-अपने घरों की ओर हो लिए।

जाते-जाते हरदेई तरकीला को समझाते हुए बोली, "तरकीला, या ढेड की बातन् पे मत जइयो..... देख, भूल के भी ऐसो काम मत करियो..... बेटी, कुआ-पोखर को नाम तो मन में भी लाणो पाप है......।"

"काकी, ई ढेड काई दिन या काम ए करवा के मानेगो.... याकी जभी आँख खुलेंगी जब थाणा-चौकी में ई चाखी पीसतो डोलेगो।" इतना कह कर तरकीला दीवार से सिर पटक-पटक कर रोने लगी।

"तरकीला, तू बावली तो ना होगी है...... चल खड़ी हो...... भीतर चल.....!" रमजानो उसका बाज़ू पकड़ कर उसे अंदर ले गई।

तरकीला के इस कठोर निर्णय के बारे में सलेमी को गोहरवाली में पता चला। सुनते ही सलेमी दौड़ा हुआ आया। साथ में मनीराम भी था।

मनीराम ने बाबू खाँ को अलग ले जाकर खूब समझाया। घर में स्त्री की महत्ता और परिवार की सार्थकता बताते हुए मनीराम ने बाबू को अपनी ओर से समझाने की पूरी कोशिश करते हुए कहा, "एक बात कह दूँ बेटा...... घर बिगड़ना में पल भी ना लगे है और बसना में पूरी उमर खप जावे है...... लाला, हमारो तो फरज समझाणा को है...... बाकी तेरी मरजी..... और हाँ जाते-जाते एक बात और सुन ले के 'ससि बिन सूनी रैन ज्ञान बिन हिरदे सूनो, गज सूनो बिन दंत हंस बिन सागर सूनो; कुल सूनो बिन पूत पात बिन तरुवर सूनो, बस्ती बिन सिरदार तेग़ बिन सूरा सूनो; घटा सूनी बिन दामिनी, 'गद्द' कहे सुण रे गुणी घर सूनो बिन कामिनी'।"

मनीराम इतना कह कर वहाँ से चल दिया क्योंकि पता नहीं जवाब में बाबू क्या कह दे।

बाबू खाँ पर कितना तो तरकीला का असर हुआ और कितना पड़ोसियों के समझाने का, इसे तो बाबू ही बेहतर जानता है लेकिन इतना अवश्य है कि बाबू पहले जहाँ जब चाहे देर-सवेर मुँह उठाकर चल देता और देर गए रात को वापस लौटता था—वह काफ़ी हद तक कम हो गया।

बाबू में हुए इस परिवर्तन से सलेमी की नसों में जैसे ख़ून दुगनी गति से दौड़ने लगा। इसीलिए मनीराम ने एक दिन सलेमी से चुटकी लेते हुए कह ही दिया, "सलेमी, देख रो है ई वही बाबू है...... अरे, लग जाए तो खाक की और ना लगे तो लाख की भी ना लगे.....।"

सलेमी हालाँकि ऊपरी तौर पर बेहद ख़ुश है किंतु अंदर ही अंदर उसे लग रहा है कि बाबू का यह परिवर्तन स्थायी नहीं है। इसलिए उसने बेहद उदासीनता के साथ कहा, "मनीराम, वाड़ी यापे तोहे भरोसा होएगो, मोहे तो है ना..... ।"

"यार सलेमी, मैं तोसू घणाई दिनाँ सू एक बात पूछणो चाह रो हूँ..... पूछू के

ना?" मनीराम ने संकोचवश कहा।

"पूछ।"

"ई बाबू पूरो-पूरो दिन कहाँ रहवे है...... किसके साथ रहवे है......?"

"यार, मेरी भी कुछ समझ में ना आरी है..... पतोई ना दिन पे दिन यामें कहा होतो जा रो है...... ।" सलेमी ने भी लगभग अनभिज्ञता प्रकट करते हुए कहा।

"फिर भी तो.......!"

"कहा बताऊँ मनीराम, मोहे तो अब यासू डर सो लगण लगो है...... याका तौर-तरीका कुछ ठीक सा ना लग रा हैं......।" सलेमी की पेशानी पर इस बार चिंता की लकीरें खिंच आई।

"खैर, अच्छो हुओ जो ई बखत सू सँभलगो......।" मनीराम ने जानबूझ कर विषय पर विराम देना उचित समझा।

"देखो, या माथा पे कहा लिखी है......।" सलेमी ने लंबी साँस लेते हुए कहा।

बाबू खाँ में हुए परिवर्तन ने सचमुच सलेमी की पौली को फिर से आबाद कर दिया। ख़ासतौर से मनीराम, हरसाय, बुद्धन, छोटेलाल की जहाँ पहले आसानी से हिम्मत नहीं पड़ती थी, उनमें भी धीरे-धीरे हिम्मत-सी बढ़ने लगी। हालाँकि अगर बाबू उन्हें घर में आता-जाता दिखाई दे जाता है तो लगता जैसे वह अभी इसी वक़्त उनसे पौली से बाहर जाने के लिए कह देगा लेकिन उनका संदेह केवल संदेह ही रहा। सचमुच बाबू ने ऐसा कुछ नहीं किया। हाँ, वह चुपचाप आता-जाता ज़रूर दिखाई देता। सलेमी को बाबू के इस तरह चुप रहने से अब और ज़्यादा डर लगने लगा है। बाबू के भीतर क्या घुमड़ रहा है उसकी आहट किसी को सुनाई नहीं देती। सलेमी ने इस आहट को टोहने की बेहद कोशिश भी की लेकिन हर बार वह इसे टोहने में नाकाम ही रहा। हारकर सलेमी ने अपने आपको यह सोचकर तसल्ली दे ली कि हो सकता है उम्र के बढ़ने के साथ-साथ उसकी श्रवण-शक्ति क्षीण होने लगी है और बाबू में धीरे-धीरे परिपक्वता और प्रौढ़ता आती जा रही है। सलेमी बार-बार कभी अपने कानों को छू कर देखता है, तो कभी छाती पर हाथ रख कर दिल की धड़कनों को सुनने की कोशिश करता है।

सत्ताईस

समय कब आँख बचाकर हमारे निकट से गुज़र जाता है, और कब दबे पाँव पास आकर चुपके से खड़ा हो जाता है इसका पता तभी चलता है जब वह अपनी उपस्थिति हमारे साथ हुए हादसों के पन्नों में दर्ज कराता है। लो बताओ, साल भर पहले जेठ में लगी आग लगता है जैसे कल की ही बात हो। जिन घरों की पूरी देह

देखते ही देखते अलफ़ नंगी हो गई थीं उन्हें भी नई छानों और गुबरैटे से लीप-पोत कर ढाँप दिया गया—यानी बड़े से बड़े घाव को भरने में समय देर नहीं लगाता है। इसीलिए तो पता नहीं चला कि जेट कब तो लग गया और कब आधे से ज़्यादा बीत गया। पता चलता भी कैसे, चौधरी मोहल्ले से इस बार गया ही कौन लावणी करने! इस बार न तो छोटेलाल गया और न ही हुसैनदीन। न सुभान खाँ गया, न सुलेमान। हाँ, वही सुलेमान जिसने चौधरी मोहल्ले के आधे से ज़्यादा परिवारों को गाँव-बस्ती का मोह त्याग कर बाहर लावणी करने के लिए प्रेरित किया था। वही सुलेमान न तो इस बार ख़ुद कहीं गया, और न ही उसने बहू-बेटों को कहीं भेजा।

यह सभी जानते हैं कि सुलेमान इस बार लावणी करने क्यों नहीं गया? लो भला यह भी कोई पूछने की बात है! पता तो है ही पूरे चौधरी मोहल्ले को, फिर पूछने से क्या फ़ायदा? पूछने का अर्थ है पुराने घावों को फिर से कुरेदना। लेकिन उस छोटेलाल को क्या हुआ, वह क्यों नहीं गया इस बार? हाँ, वही छोटेलाल जो पिछली बार सलेमी से यह कहते हुए रामदेई के साथ चला गया था, "काका, तिहारे पै तो मण दो मण दाणा हैं भी, पर हम कहाँ सू खांगा.......।"

सचमुच, यह सवाल किसी के मगज में नहीं घुसा कि कोई छोटेलाल से यह जाकर पूछे तो सही कि सुलेमान तो इसलिए नहीं गया कि उसके साथ इतना बड़ा हादसा हो चुका है लेकिन उसके साथ ऐसा क्या हुआ?

सलेमी कई दिनों तक इस सवाल को लेकर अजीब से भँवर में फँसा रहा। उसने एकाध बार बातों ही बातों में, मगर इशारे से छोटेलाल को इस सवाल का जवाब जानने के लिए कुरेदा भी। छोटेलाल उसके इशारे को या तो समझ नहीं पाया या फिर जानबूझ कर सलेमी को बताना नहीं चाहता। और जब सलेमी से रहा नहीं गया तब वह ख़ुद ही छोटेलाल के पास पहुँच गया एक दिन।

छोटेलाल के पास पहुँच कर पहले तो सलेमी इधर-उधर के प्रसंगों के बहाने असल बात को पूछने के लिए भूमिका बनाता रहा, और जब उसे लगा कि छोटेलाल अब जवाब देने के नज़दीक आ गया है, तब सलेमी ने सीधे-सीधे छोटेलाल से पूछ ही लिया, "छोटेलाल, अब के ना गयो तू लावणी करन?"

"हाँ ताऊ, अबके ना गयो......।" छोटेलाल कत्तरों की जेवड़ी को बटते हुए बोला।

"चलो जातो...... दो-चार मण दाणा तो होई जाता...... यामें बुराई कहा है.....।" सलेमी ने हलके-से कुरेदा छोटेलाल को।

"अरे, यई ठीक हैं काका।" छोटेलाल ने बेहद उदासीन होते हुए कहा।

"यई काँई लू ठीक है..... पुरके[1] तू गयो तो ऐसो हो जैसे मुड़ के या गाँओं में आएगो ही ना......।" सलेमी ने जान-बूझ कर कोंचा छोटेलाल को।

"ताऊ, सही बात तो ई है के जो सुख अपणा घर में है ऊ बाहर ना है..... अरे,

1. पुरके : पिछला वर्ष।

हम तो पहली बर या गाँओं ए छोड़ के गया हा और जब उल्टा आया तो याँ कुछ भी ना मिलो......।" छोटेलाल ने दीर्घ निःश्वास छोड़ते हुए कहा।

"चलो, तेरी समझ में आई तो सही..... अरे बावला, कह करे हैं न के 'परभूम बसणो कठन को, हो जाए अकल बुद्ध सारी; अपणी-अपणी भूम पे पत्थर भी भारी'......।" सलेमी ने अपनी भूमि की महत्ता बताते हुए कहा।

"सही कह रो है ताऊ...... अपणी भूम की बात ही और है......।" छोटेलाल सलेमी के तर्क से सहमत होते हुए बोला।

"छोटेलाल, अगर सारा गाँओं-देहात ऐसेई छोड़-छोड़ के जान लगा तो बावला ई दुनिया चलेई ना..... असली मरद की तो पिछाण ही बुरा बखत आण पे होवे है..... बखत-बेबखत ई जमीन भी आदमी ए परखती रहवे है.......।"

सलेमी की आस्था और विश्वास की इस परिभाषा ने छोटेलाल के पास आगे कहने के लिए कुछ नहीं छोड़ा। थोड़ी देर बैठकर सलेमी चुपचाप उठा और सीधा अपनी पौली में आ लेटा। वापस लौटते समय उसे लगा जैसे उसके फेफड़ों में एकाएक ताज़ा हवा भर गई है। पौली में लेटे-लेटे देर तक उसके अवचेतन में छोटेलाल का यह वाक्य गूँजता रहा—जो सुख अपणा घर में है ऊ बाहर ना है.....। सलेमी गया तो था कुछ और सोचकर लेकिन जो जवाब उसे मिला बेशक वह एकांगी हो सकता है किंतु उसमें यथार्थ, शाश्वतता और सनातनता का गहरा भावार्थ छिपा हुआ है। सलेमी की आँखों से देर तक ताज़गी की छोटी-छोटी चिनगारियाँ फूटती रहीं।

सच तो यह है कि इसी जवाब को सुनने के लिए पिछले कई दिनों से सलेमी बेचैन था, बल्कि जैसे उसे पता था कि छोटेलाल उसे यही जवाब देगा इसीलिए शायद उससे रुका नहीं गया छोटेलाल के पास गए बिना।

बैसाख लगते ही गैल दगड़ों में सिवाय उड़ती हुई गरम रेत के कुछ नहीं दिखाई देता है। इधर-उधर नीम-कीकर और पीपल-शीशम के नीचे या तो पसीने से लथपथ तथा अलसाए हाथों में बीजणे झलते हुए दिखाई देंगे, या फिर ब्याह-शादी वाले घरों की भीतों को लीपते-पोतते गुबरैटे और सफ़ेदी-बानी से संदे हाथ।

सलेमी पौली में अभी लेटा ही था कि सुलेमान का बड़ा लड़का हाकिम भी उसके पास आ बैठा। सलेमी ने बातों-बातों में यूँ ही पूछ लिया, "हाकम, तेरो बाप कहान् है? कई दिना सू दीख ना रो है......?"

"हाँ दादा, ऊ तो कई दिना सू हैई ना...... कह के भी ना गयो है...... कल बासित नाना के भी हो आयो पर ऊ हूँ भी ना मिलो...... हमन्ने भी अब फिकर-सी होन लगी है......।" हाकिम ने चिंतित होते हुए कहा।

"कह के भी ना गयोऽऽऽ फिर कहान् चलोगो.....?" सलेमी ने हैरान होते हुए जैसे ख़ुद से कहा।

"दादा, आज पाँच-छः दिन होगा हैं..... घर में ना तो पईसा हैं और ना माई का गहणा हैं।"

हाकिम की बात सुनकर सलेमी सोच में पड़ गया—घर से रुपए-पैसे तो जहाँ सुलेमान सारे ज़ेवर भी लेकर चला गया। सचमुच बात हैरानी वाली थी कि सुलेमान किसी को कुछ बता कर नहीं गया और अगर गया भी तो सारे ज़ेवर और नक़दी को क्यों लेकर गया?

"दादा, ई बात फूटणी ना चहिए..... मैं कल अपने सुसराड़ भी जाके देख आऊँ..... हो सके हूनी चलोगो होए.....!"

इतना कहकर हाकिम उठने लगा, तो सलेमी ने जाते-जाते कहा, "ऐसी बात फूटण की ना हो करे हैं बावला......।"

हाकिम के जाने के बाद सलेमी देर तक सभी कारणों के बारे में सोचता रहा—आख़िर ऐसी कौन-सी वजह है जिससे बचकर सुलेमान चुपचाप घर से नक़दी और ज़ेवर लेकर बेटों को बिना कुछ बताए चला गया? कहीं बहू-बेटों से तो कुछ कहा-सुनी नहीं हो गई? सलेमी ने आगे-पीछे, तर्क-कुतर्क हर तरह से विचार किया लेकिन सलेमी किसी भी कारण की तह को छू नहीं पाया।

तभी उसे एकाएक जैसे कुछ याद आ गया। वह तुरंत डहले से उतरा और पाँवों में पणहा डालकर सुलेमान के घर की तरफ़ चल दिया।

घर के बाहर ही मिल गया हाकिम।

"हाकम, सुणियो!"

"हाँ दादा.....।"

"तिहारे लत्ता-कपड़ा कौन-सा बणिया की दुकान सू आवे हैं?"

"दादा, मुसद्दी बणिया की दुकान सू.......।"

"तैने वासू पतो करी ही कै तेरो बाप वाकी दुकान पे कुछ चीज धर के तो ना गयो है.......?"

"दादा, ई बात तो मेरे ध्यान में आई ना.....।"

"चल, मेरे साथ चल मुसद्दी की दुकान पे.....।"

सलेमी ने हाकिम को साथ लिया और बाज़ार की ओर चल दिया।

हाकिम ने तो पाँवों में पणहा भी नहीं डाली जल्दी में। दगड़ों की झुलसती रेत को खूँदते हुए जब दोनों मुसद्दी की दुकान पर पहुँचे, तब मुसद्दी दुकान को बंद कर ताला लगाने की तैयारी में था।

"आ भई सलेमी, सब ठीक तो है...... अन्यायी टीक दुपहरी में तो घड़ी-दो घड़ी आराम कर लेए करो.......।" हँसते हुए मुसद्दी बोला।

"मुसद्दी काम ही कुछ ऐसो है...... तोसू थोड़ी-सी बात करनी है......।" सलेमी ने कहा।

"यई खड़े-खड़े ना हो जाएगी......?" ताले को बंद करते हुए पूछा मुसद्दी ने।

"क्यों, सेठाणी के पै जाण की जल्दी पड़ री है?...... मेरे यार, कदी-कदी हमारे पै भी बैठ जाए कर...... अरे, सेठाणी के पै तो तू रोज ही लोटे है.....।" सलेमी ने आँख दबाते हुए मुसद्दी को छेड़ा।

"कहाँ यार, ई उमर भी कोई लोटन की है:..... चल, आ जा भीतर.....!" दुकान पर लगे ताले को वापस खोलते हुए मुसद्दी बोला, "हाँ, बोल!"

"मुसद्दी, तू या छोरा ए जाणे है कै...... ?" दुकान में घुसते ही पूछा सलेमी ने।

"हाँ लगे तो कुछ देखो सो है......।" मुसद्दी ने अपनी स्मृति पर ज़ोर देते हुए कहा।

"ई सुल्ली को बड़ो छोरा है।" सलेमी ने मुसद्दी को हाकिम का संक्षिप्त-सा परिचय दिया।

"अच्छो-अच्छो सुल्ली को..... लाला, तैरो बाप अभी आयो है के ना?" मुसद्दी के मुँह से अनायास निकला।

"यार मुसद्दी, याही मारे तो हम आया हैं....... तोहे पतो है के ऊ कहाँ गयो है?" सलेमी को जैसे सूत्र मिल गया।

"कहा मतलब?" हैरान होते हुए पूछा मुसद्दी ने।

"हाँ यार, सुल्ली ए गाँओं छोड़े छः-सात दिन होगा हैं...... काई ए पतो ना है के ऊ गयो कहाँ...... सारो घर बावलो हुओ डोल रो है, और तो और घर सू नगदी तो गायब है ही बल्कि चीज-बसत भी ना हैं......।" सलेमी ने संक्षेप में सारा वाक़या सुना दिया मुसद्दी को।

"..........."

"मुसद्दी, तू चुप कैसे होगो?" सलेमी को दूसरा सूत्र मिल गया जैसे।

"हूँऽऽऽ अब समझ में आई......!" मुसद्दी ने हुंकारा भरते हुए कहा।

"कहा समझ में आई....... ?" सलेमी ने व्यग्र होते हुए पूछा।

"यार सलेमी, बात ई है के मैं बतातो तो ना...... पर तुम इतना परेशान होरा हो तो बताई दूँ...... सुल्ली सारा गहना ए मेरे कनै ही धरके गयो है...... मैं तो समझ रो हो के ऊ बता के गयो होएगो......."

"कहाँ बता के गयो है...... वाका सारा बालक तो परेसान होता डोल रा हैं।" कहते हुए सलेमी की पेशानी पर तनाव की रेखाएँ खिंच आई।

"कहाँ गयो है ई भी बता के गयो है कै...... ?" हाकिम ने उत्सुकतावश पूछा।

"ई तो ना बता के गयो, वैसे मैंने पूछी भी ना के इतनो गहणो धर के कहाँ जारो है..... भई, काई की घर की बात पूछण की मोहे कहा जरूरत पड़ी.......।" मुसद्दी ने तर्क दिया।

"चल हाकम...... अच्छो भई मुसद्दी......!" इतना कहकर सलेमी हाकिम को साथ लेकर दुकान से बाहर आ गया।

सुलेमान के घर से गए ज़ेवरों का तो पता चल गया कि वे मुसद्दी बनिया के पास गिरवी रखे हुए हैं लेकिन सुलेमान ने क्यों गिरवी रखे हैं यह अभी भी रहस्य बना हुआ है। इसका पता तो उसके आने पर ही चल पाएगा लेकिन एक प्रश्न यह भी है कि इतनी नक़दी को लेकर सुलेमान आख़िर कहाँ ग़ायब हो गया और क्यों हो गया? यह रहस्य और प्रश्न अभी भी अनुत्तरित बना हुआ है।

मुसद्दी की दुकान से वापस लौटते हुए सलेमी को रह-रह कर उसका एक वाक्य उसके मस्तिष्क में घूम रहा है, जिसे मुसद्दी ने बड़े बेमन से बताया था कि वह बताता तो नहीं लेकिन उन्हें परेशान होता देख कर बता रहा है कि सुलेमान सारा ज़ेवर उसके पास रखकर गया है।

सलेमी ने इसी वाक्य के सिरे को पकड़ा और एक बार फिर हाकिम के पास पहुँच गया।

"हाकम, तिहारी ओड़ सू सुल्ली ए कोई दुःख-तकलीफ तो ना ही?" सलेमी ने हाकिम से बिना किसी भूमिका के अपने संदेह की पुनः पुष्टि करनी चाही।

"दादा, तू भी कैसी बात कर रो है...... खुदा की सौं, जा दिन सू माई गुजरी है हम तो वाकी पूरी सेवा-टहल कर रा हैं...... और तो और मैंने तो हीन् तक कह दी के बाप अगर तेरो काम लू जी करे तो कर लेए कर..... नहीं तो अपणा पोता ए खिलाए जा और आराम सू छाछ-महेरी खाए जा......।" हाकिम ने अपनी तरफ़ से स्पष्टीकरण देते हुए कहा।

"......तोऽऽ फिर वाने मुसद्दी के पै जेवर काँई लू गिरवी धरा हैं..... जेवर भी थोड़ा-बहोत ना पूरा पाँच-छः हजार का धरा हैं......।" सलेमी ने चिंतित कम बल्कि आशंका भरे अंदाज़ में हाकिम को सुनाते हुए जैसे ख़ुद से कहा और फिर हाकिम से बोला, "हाकम, ई बात काई ए पतो ना चलणी चहिए के हम मुसद्दी के पै गया हा......!"

"ठीक है दादा!" हाकिम ने हामी भरते हुए कहा।

इसके बाद सलेमी सीधा अपने घर आ गया।

पूरी रात सलेमी अपनी कल्पनाओं के घोड़े चारों दिशाओं में दौड़ाता रहा लेकिन मंज़िल तक पहुँचने से पूर्व ही वे थक कर वापस हो लेते। हालाँकि कल्पनाओं के ये घोड़े कई बार तो किसी अनहोनी और त्रासद भरी चट्टान से टकरा कर घायल भी हो गए लेकिन सलेमी पुनः उन्हें किसी न किसी दिशा में फिर दौड़ा देता। इस तरह पूरी रात आशंकाओं और अन्य दुखांतों में उलझते-सुलझते बीत गई मगर कल्पना का एक भी घोड़ा सुलेमान तक नहीं पहुँच पाया।

पूरे दस दिन हो चुके हैं किंतु सुलेमान का कहीं पता नहीं चला। हाकिम और बासित अपनी सारी आसनाइयों में ढूँढ़-ढूँढ़ कर थक गए। कुछ आसनाइयों में वे दो-दो बार तक हो आए हैं। अब तो रह-रह कर सबको बुरे-बुरे ख़्याल आने लगे

हैं कि कहीं पैसे-धैले के चक्कर में किसी ने मार-मूर कर किसी कुआँ-पोखर में तो नहीं डाल दिया! कि कहीं किसी मोटर-ट्रक के नीचे न दब दबा गया हो! कि कहीं उलटा-सीधा कुछ खा-पी तो नहीं लिया, आदि-आदि।

रात-बिरात दगड़े में जब भी कोई पदचाप सुनाई देती, या फिर एकाएक कुत्तों के भौंकने की आवाज़ आती तब हाकिम और बासित लपक कर बाहर आ जाते कि कहीं बाप तो नहीं आ गया। एक तो देर रात तक सनसनाती गरम हवा के कारण वैसे ही आँखें नहीं लगती हैं और यदि घड़ी-दो घड़ी लग भी जाएँ, तो अवचेतन में रह-रह कर बाप को लेकर अनेक आशंकाओं के चलते थोड़ी-सी आहट पाते ही फिर खुल जाती हैं।

अब तो मोहल्ले के लोगों ने, जिन्हें पता नहीं था उन्होंने भी पूछना शुरू कर दिया कि पिछले कई दिनों से सुलेमान नहीं दीख रहा है? शुरू में हाकिम और बासित टाल जाते किंतु अब टालना भी मुश्किल हो गया है बल्कि बार बार सुलेमान को रिश्तेदारियों में बताते-बताते वे भी झूठे पड़ने लगे हैं क्योंकि पूछने वाला जब अगले ही पल यह सवाल करता कि ऐसी कौन-सी प्यारी आसनाई है जो दस-दस दिन तक किसी रिश्तेदार को अपने यहाँ ठहरा दे, तब हाकिम और बासित से कुछ जवाब देते नहीं बनता। यानी अब तो हालत यह हो गई कि चौधरी मोहल्ले से लेकर आधे से ज़्यादा गाँव में यह ख़बर फैल गई है कि सुलेमान लापता हो गया है। वह कहाँ गया है कोई जानता नहीं।

सुलेमान के घर में अजीब-सी ख़ामोशी छा गई। जितने मुँह, उतनी बातें होने लगीं। नाते-रिश्तेदारों में भी जहाँ-जहाँ ख़बर पहुँची सब दौड़े हुए आए। कुछेक ने उन्हें यह कह कर तसल्ली दी कि जब तक कोई ख़बर न मिले, कुछ भी कहना मुश्किल है। हो सकता है घरवाली की मौत से आहत होकर किसी जमात में ही चला गया हो! आख़िर बाकी बची ज़िंदगी को अकेले काटना कम मुश्किल थोड़े ही है। एकाध रिश्तेदार ने तो बेहद दार्शनिक भरे अंदाज़ में इस सनातन सूक्ति तक को अपने श्रीमुख से कई बार दोहरा दिया कि जो एक बार इस दुनिया से चला गया, वह आज तक भला वापस आया है! हालाँकि इन दोनों कथनों में से ज़्यादातर को जमात वाले कथन में अधिक दम दिखाई दिया क्योंकि दूसरे कथन को बर्दाश्त करना और पचा पाना थोड़ा मुश्किल है। पहले वाले कथन पर इसलिए आसानी से विश्वास किया जा सकता है कि हज़ारों रुपए लेकर आदमी आख़िर जमात में ही शामिल हो सकता है।

आख़िरकार इस तरह सबको मज़बूरन अपने-अपने मन को यह कहकर तसल्ली देनी पड़ी कि सुलेमान उर्फ़ सुल्ली जब जमात में ही गया है तब बाकी की तफ़तीश उसके आने पर ही हो पाएगी। इसलिए आओ हम सब मिलकर यही दुआ करें कि सुलेमान सही-सलामत लौट आए और उससे पूछें कि वह बग़ैर बताए जमात में क्यों चला गया? आमीन!

आसमान में चारों ओर धूल के आवरण के बावजूद जेठ की तपती धूप और देह को झुलसा देनेवाली गरम हवाएँ जब रह-रहकर पसीने से लथपथ औंधी पड़ी अलसायी देह से आकर टकरातीं, तब पल भर के लिए ऐसा लगता मानो टकरानेवाले हवा के झोंके काले पहाड़ से नहीं बल्कि हिमालय के बर्फ़ीले खोहों से निकलकर आ रहे हैं। दूर तक जैसे काले पहाड़ की तलहटी में रेत नहीं बल्कि बर्फ़ की सिल्लियाँ बिछी हुई हैं। लेकिन अगले ही पल वही हवा के झोंके पसीने को सोख, जब सूखे जिस्म से टकराते तब पता चलता कि क्षणभर के लिए मिलनेवाला सुख कितना स्थायी है!

सूरज के चौतरे पर बैठी रमजानो, उसकी दोनों बहुएँ, रामदेई, तरकीला, हरदेई, फ़जरी, रुमाली सब चंगेरी और बीजणों के साथ अठखेलियाँ करती हुई पता नहीं किस गपड़चौथ में उलझी हुई हैं। दूसरी ओर सुलेमान की झोपड़ी में हरसाय, मनीराम, नबी खाँ, बुद्धन के बीच ढकपत्ती अपने पूरे चरम पर है। पास में बिछी एक खाट पर सुभान खाँ सिरहाने गुदड़ी रख, उस पर ठोड़ी टिकाए और ऊपर की ओर चूतड़ किए नीचे लगे पत्तों को ग़ौर से देखते हुए गंभीर होकर हरसाय की मदद कर रहा है।

उधर दूसरी खाट पर सूरज पाटी से पाँव लटकाए, दोनों जाँघों पर कुहनी टिका कर दोनों हथेलियों के बीच चेहरे को फँसाए, इस जुगाड़ में है कि अगर हरसाय पान की तुरप बोलता है, तो वह नबी खाँ से चिड़ी की तुरप के लिए कह देगा। उसने मन ही मन हिसाब लगा लिया कि अगर हरसाय पान की तुरप बोलता है तो उसके आठ हाथ बनने से कोई माई का लाल नहीं रोक पाएगा। नबी खाँ के हाथों में और नीचे पड़े पत्तों को जोड़ कर अगर उसने उससे नौ हाथ बुलवा दिए तो उसके यानी नबी खाँ के नौ हाथ बन भी सकते हैं और नहीं भी। इसी शंका-आशंका से जद्दोजेहद करते हुए सूरज ने नबी खाँ के कान में फुसफुसाते हुए, पूरी स्थिति से अवगत कराते हुए अंततः उसे अपनी योजनानुसार राज़ी कर लिया।

नीचे ज़मीन पर बिछी पल्लियों के थोड़े-से बचे कोने पर एक ओर बुद्धन की बग़ल में इधर रोबड़ा जबरन धँसने की कोशिश कर रहा है, तो वहीं मनीराम की अँगुलियों के बीच फँसे ताशों को उससे लगभग छीनते हुए हुसैनदीन पूरी रणनीति बनाने में जुटा हुआ है। उधर हाकिम पल्लियों पर सजे रंग-बिरंगे पत्तों के बीच शोभित बावन पत्तों के अभिजात पत्तों अर्थात इक्का, ग़ुलाम, बेगम और बादशाह का मन ही मन में एक-दूसरे की काट का हिसाब लगाने में व्यस्त है।

"बुद्धन, सेड़देसेनी बोल..... वाड़ी काँई की तुरप है......?" नबी खाँ अपने पत्तों को ग़ौर से देखने के बाद नीचे उलटा रखते हुए बोला।

बुद्धन ने पहले अपने हाथ के पत्तों को बेहद बारीकी से देखा और फिर नीचे बिछे पत्तों को थोड़ी देर देखने के बाद कहा, "ना भई नबी खाँ, मैं ना बोल रो

हूँ...... हरसाय बोलेगो....... बोल भई हरसाय, कितना हाथ हैं...... ?"

"मेराऽऽऽ....." हरसाय ने तुरप बोलने से पहले नीचे बिछे सारे पत्तों को एक बार फिर ग़ौर से देखा और अंत में हाथ के पत्तों को देखते हुए बोला, "आठ हाथ हैं और तुरप......."

"रुक जा, इतेक तातो मुल्ला मत बण...... मेरा नौ हाथ हैं...... तुरप है चिड़ि की और चाल है हुकम का इक्का की.....।" हरसाय के तुरप बोलने से पहले ही चारों ओर बिछे पत्तों के बीच हुकम का इक्का डालते हुए नबी खाँ बोला।

अभी नबी खाँ का लगातार तीसरा हाथ बना ही था कि कई साल पहले बनी पंचायती नालियाँ, जो अब लगभग रेत-माटी से अटी हुई हैं, के किनारों को धता बताते हुए गंदे पानी में पूँछ दबाए कुत्तों को एकाएक भौंकते हुए देख सबकी एकाग्रता भंग हो गई। खाट की पाटी से सीधा होते हुए सूरज की निगाह जैसे ही बग़ल में कुछ दबाए उस राहग़ीर पर गई, जो अभी खटीकवाड़े में घुसा ही था कि सूरज नंगे पाँव ही झुलसती रेत को खूँदते हुए उसकी ओर दौड़ पड़ा। और जब तक सूरज उस तक पहुँचता तब तक लीलू, लीलू की घरवाली, सूरज की घरवाली संजा, सूरज का बड़ा लड़का, यहाँ तक कि ख़ुद हरसाय भी जो कुछ देर पहले तक आठ हाथ बनाने की चिंता में सूखा जा रहा था, पत्तों को वहीं पल्लियों पर फेंक उसी तरफ़ दौड़ पड़ा।

देखते ही देखते कुछ ही क्षणों में राहगीर की बग़ल में दबी पोटली से लगभग दर्जन भर हाथ इस तरह चिपट गए कि जब तक पोटली वाला कुछ समझ पाता, पोटली उससे छिनकर इन दर्जन भर हाथों के हवाले हो गई, और इससे पहले कि अन्य हाथ उसे छू पाते तब तक पोटली में लिपटी बकरी की खाल खुलकर बाहर आ गई। क्षणभर के लिए लगा जैसे बेचारी बकरी को इतनी पीड़ा तो उस समय भी नहीं हुई होगी, जिस समय क़साई की छुरी उसकी गर्दन को हलाल करते समय रेत रही होगी। लेकिन पोटली में लिपटी उसकी खाल की जो हालत थोड़ी देर पहले इस छीना-झपटी में हुई है, अगर कहीं जन्नत में बैठी बेचारी बकरी की आत्मा इस दृश्य को देख रही होगी तो पलभर के लिए वह भी घबरा गई होगी कि वह किन क़साइयों के हाथ में पड़ गई है। वह लत्ता जिसमें खाल लिपटी हुई थी उसको तो इस छीना-झपटी में वह दिन देखना पड़ गया, जिसकी कल्पना उसने थान से कटते वक़्त भी नहीं की होगी।

पोटली में लिपटी इस खाल को न छूने का सबसे अधिक मलाल उन्हें था, जो या तो इस पोटली के पास देर से पहुँचे, या जो पहुँच तो गए थे किंतु इससे पहले कि उनका हाथ उसे छू पाता पोटली उनकी पहुँच से बाहर हो चुकी थी। सूरज की घरवाली संजा भी उन्हीं में से एक थी जिसका हाथ पोटली को छूते-छूते रह गया था। कहने का तात्पर्य यह है कि जिसका हाथ इस पोटली अर्थात खाल को छू गया उसका इस खाल को बेचने के बाद जो नफ़ा-नुक़सान होगा उसमें बराबर का हिस्सा

होगा। हालाँकि ऐसा बहुत कम होता है जब ऐसे सौदे में किसी को नुक़सान हुआ हो। यह बात दूसरी है कि ज़्यादा हिस्सेदार होने के कारण इसमें होने वाले लाभ के रूप में अठन्नी-अठन्नी ही क्यों न बचे। इसलिए यथासंभव हरेक की यही कोशिश होती है कि किसी भी तरह खाल से उनका कोई भी हिस्सा छू भर जाए, चाहे किसी अँगुली का पोर ही क्यों न हो।

थोड़ी देर के लिए बोरियों और पल्लियों पर बिछे इक्का, बेगम, बादशाह के अरमान धरे के धरे रह गए। नफ़ा कमाने के चक्कर में हुई इस छीना-झपटी में सब भूल गए कि तुरप किसकी थी और किसने बोली थी।

सुलेमान की झोपड़ी में आकर सूरज ने खाल को ज़मीन पर बिछाया और उसे बेहद बारीक निगाहों से देखने के बाद खाल के मालिक की आँखों में लगभग अपनी आँखें धँसाते हुए बोला, "हाँ मियाँजी बोल, कितेक पईसा लेएगो?"

"अरे, मैं कहा बोलूँ, लेण वाला तम हो...... तिहारे जितना की जचे, तम बोलो......!" खाल के मालिक ने गेंद को सूरज के पाले में धकेलते हुए कहा।

"यार मियाँजी, खाल तोहे बेचनी है, माल तेरो है...... हम कैसे कह देएँ के कितना की है......।" खाल को पलटते हुए सूरज ने गेंद अपने पाले से खाल के मालिक के पाले में वापस धकियाने की कोशिश की।

"अगर मैं कहूँ के मेरो माल तो सौ रुपिया को है, तो तम देओगा.....?" खाल के मालिक ने इस बार सूरज को घेरते हुए कहा।

खाल के मालिक की बात सुनते ही सूरज इस बार भड़क उठा, "अन्यायी काई का घर में घुस जा..... कदी देखा भी हैं सौ रुपिया..... हें!"

"देख लेओ, मियाँजी कैसे आबा का बाबा माँग रो है!"

सूरज की घरवाली संजा ने जैसे ही अपने पति के पक्ष को मजबूत करने की कोशिश की कि हरसाय ने लगभग संजा को इतने लोगों के सामने डाँट दिया, "अरी तू चुप रह..... जब मरद-माणस आपस में बात कर रा होएँ न, तो बीरबानी ए चुप रहणो चाहिए...... तू जा..... घर जाके अपनो काम देख.....।"

हरसाय से इस तरह ख़ुद को अपमानित होता देख संजा भीतर ही भीतर तिलमिला कर रह गई लेकिन घूँघट से ढका चेहरा न दीखने के कारण आक्रोश और तिलमिलाहट घूँघट के भीतर ही दब कर रह गई। संजा को इसीलिए तो हरसाय फूटी आँख नहीं भाता है कि वह जब चाहे मुँह फोड़ कर किसी को भी डाँट देता है......।

"हे त्तेरे की...... अरे, जभी तो मैं कह रो हूँ के तमन्ने ई जितना की जचे बताओ, बौपारी तम हो या मैं हूँ....." खाल का मालिक बेहद शालीनता के साथ मुस्कराते हुए काम की बात पर आ गया। वहाँ उपस्थित खाल को घेरे हुए लोगों को जब लगा कि माल आसानी से पटनेवाला नहीं है तो सबके भीतर एक बेचैनी शुरू हो गई। सूरज बार-बार खाल को उलटने-पलटने लगा। उसे भी जब लगा कि

खाल का मालिक आसानी से मानने वाला नहीं है, तब उसने पहले तो वहाँ खड़े सभी संभावित हिस्सेदारों की ओर देखा और फिर उसकी नज़रें लगभग लुढ़कने के अंदाज़ में धीरे-से हरसाय की अनुभवी आँखों से टकरायीं।

"काका हरसाय, बोल न!" सूरज ने दायीं आँख को हौले-से इस तरह दबाया कि सिवाय हरसाय के उसके संकेत को कोई और नहीं पकड़ पाया।

हरसाय सूरज के संकेत को तुरंत समझ गया कि जो आदमी खटीकों के मोहल्ले में आकर उन्हीं को चूतिया समझ रहा है वह शायद भूल रहा है कि उस जैसे को तो वे खड़े-खड़े कब बेच दें, इसकी ख़बर उसके फ़रिश्ते तक को न लगे। हरसाय एकाएक मुस्तैद हो गय। कि इस चुग़द की क़ायदे से हजामत बनानी है।

हरसाय ने अपनी छोटी-छोटी अनुभवी आँखों को लगभग तरेरते हुए पहले खाल के मालिक की ओर देखा। फिर भिनभिनाती मक्खियों को हाथ से उड़ाते हुए खाल को अलग-अलग कोणों से निरखा तथा फिर हुए सूरज को सुनाते हुए जैसे ख़ुद से बोला, "लिपड़ी तो अच्छी है पर बज्जा थोड़ो निकात है[1]।"

हरसाय के इस सांकेतिक वाक्य को सुन केवल सूरज ही नहीं बल्कि उसकी घरवाली संजा, सूरज का बड़ा लड़का, लीलू समेत सबके चेहरे खिल उठे। संजा तो थोड़ी देर के लिए भूल ही गई कि जो हरसाय नाते में उसका ससुर लगता है, उसने थोड़ी देर पहले सबके सामने उसे डाँटा भी था। उसने मन ही मन हिसाब लगाना शुरू कर दिया कि अगर यह सौदा सस्ते में पट गया तो अकेले उसके घर में कुल लाभांश में से दो हिस्से तो आएँगे ही। इसलिए बावजूद हरसाय की डाँट खाने के उसने अपनी ज़ुबान पर यह सोचकर ताला लगाना बेहतर समझा कि क्या हुआ जो थोड़ा-सा डाँट दिया, है तो बड़ा-बूढ़ा ही।

सूरज के लिए इतना ही इशारा काफ़ी था। उसने एक बार फिर खाल को उलटने-पलटने का नाटक किया और उसकी तह बनाते हुए खाल के मालिक से बोला, "मियाँजी, जल्दी कर...... अगर देनी है तो फटाफट बता, कहा लेएगो?" सूरज ने इस अंदाज़ में कहा जैसे उन्हें खाल की दरकार है ही नहीं।

लेकिन खाल का मालिक तो जैसे अपनी पर अड़ गया, "मैंने कह दी न..... तमीं बताओ कितना में लेणी है।"

"मैं बताऊँ कितना में लेणी है..... हाँ भई काका हरसाय बता दूँ......!" हरसाय की ओर मुख़ातिब होते हुए सूरज फिर बोला, "मियाँजी, तेरी ई खाल पंद्रह रुपिया सू जादा की ना है।"

खाल का मालिक पंद्रह रुपए का नाम सुनते ही इस बार हत्थे से उखड़ गया और खाल को तहमद में लपटते हुए बोला, "खटीको, काई का घर में घुस जाओ..... ठीक है, मोहे ना बेचणी है अपनी खाल......।"

इतना कहकर वह उठकर जाने लगा तो लीलू ने उसका हाथ पकड़ कर बैठाते

---

1. *"खाल तो अच्छी पर खाल का मालिक थोड़ा चालाक है।"*

हुए कहा, "मेरे यार, बैठ तो सही...... अरे, हम जभी तो तोसू कह रा हैं के अगर तोहे खाल बेचणी है तो ठीक-ठीक पईसा बता दे!"

"ऐसो है, अगर तमन्ने ई खाल सच्ची में लेणी है न तो मैं याका लूँगो पचास रुपिया......।" खाल के मालिक ने अपना निर्णय सुनाते हुए कहा।

"तीन सल्ले में सट ले, सटी जाए तो.....।"[1] हरसाय ने सूरज की बग़ल में कुहनी मारते हुए कहा।

सूरज ने हरसाय के इशारे को समझते हुए तुरंत कहा, "मियाँजी, यार देख...... यामें जिगह-जिगह तो छुरी लग री हैं और तू याका माँग रो है पचास रुपिया..... देख, अगर तोहे बेचणी है तो याका मिलेंगा पच्चीस रुपिया...... नहीं तो जाण दे..... जहाँ तोकू पचास रुपिया मिलें वाँ बेच दीजो।"

सूरज ने अपना फ़ैसला एक झटके में ऐसे सुना दिया जैसे सचमुच उन्हें खाल पच्चीस से ऊपर लेनी ही नहीं है।

खाल के मालिक ने उन्हें अपने फ़ैसले पर अडिग होते देखा तो वह थोड़ा-सा नरम पड़ गया, "लाओ, पैंतालीस निकालो!"

"कह दी ना, पच्चीस सू एक आना भी फालतू ना मिलेगो..... बाकी तेरी मरजी.....।"

सूरज ने सचमुच इस बार जैसे सबकी ओर से दो टूक फ़ैसला सुना दिया।

खाल का मालिक इस बार थोड़ा-सा और मुलायम हो गया, "यार, तम जादा ही जिद कर रा हो...... तो लाओ निकालो चालीस रुपिया......।" इतना कहकर वह सचमुच जाने के लिए खड़ा हो गया।

"ले, जिद हम कर रा हैं..... अरे अन्यायी, जिद तो तू कर रो है......।" इस बार हरसाय चढ़ गया उस पर राशन-पानी लेकर।

"एक खम्मस और जोड़ दे.....।"[2] सूरज ने भी जैसे क़सम खा ली कि वह खाल लिए बिना मानेगा नहीं।

लीलू ने खालवाले के हाथ से खाल लेकर एक बार फिर ज़मीन पर फैला दी, "वैसे मियाँजी, एक बात है तू तो बेमतलब की जिद कर रो है नहीं तो ई खाल पच्चीस रुपिया सू जादा की है ना......।"

"मियाँजी, तोहे खाल बेचणी है?" हरसाय ने जैसे अंतिम बार पूछा।

"और हीन् तक धूप में तपतो हुओ मैं काँई लू आयो हूँ......!" पसीने से तर खाल का मालिक लगभग पस्त होते हुए बोला।

"तो सुन, तीस रुपिया सू एक आना भी जादा ना मिलेगो......।" हरसाय ने खाल को बग़ैर तह बनाए खाल के मालिक की ओर लगभग फेंकते हुए कहा।

"ना भई, तीस में पड़ता ना खाए है.......।" खाल के मालिक ने भी खाल को

1. *"दस-दस के तीन नोटों अर्थात तीस रुपए में ले ले, अगर दे देए तो।"*
2. *"पाँच का एक नोट और जोड़ दे......।"*

तह बनाते हुए जैसे अंतिम बार कह दिया।

"तोसू कह दी न तीस सू जादा एक कौड़ी भी ना मिलेगी....... अगर तेरी ठिक्कर सू खुजाए तो देख ले, नहीं तो तू अपणे घर और हम अपने घर....... चल यार नबी खाँ, काँई की तुरप ही.......!" अंततः हरसाय ने जैसे पटाक्षेप करतें हुए कहा।

"हरसाय, देख ले!" खालवाला इस बार लगभग टूट गया।

"यार मियाँजी, एक बार कह तो दी..... हाँ भई नबी खाँ कितना हाथ बोला हैं.....।" पत्तों को अँगुलियों के बीच तरतीब से फँसाते हुए हरसाय बोला।

खालवाला एकदम अनिर्णय की स्थिति में आ गया। उसकी समझ में नहीं आ रहा है कि वह क्या करे? थोड़ी देर तक वह कुछ सोचते हुए पल्लियों पर बिछे पत्तों को देखता रहा। हालाँकि वह नीचे बिछे पत्तों पर इस तरह नज़र गड़ाए हुए है जैसे सारे बावन के बावन पत्ते उसके ज़ेहन में छपे हुए हैं लेकिन सच्चाई यह है कि न तो उसकी नज़र पत्तों पर है, और न ही उसकी दिलचस्पी किसी पर दून लगाने में है। वह तो बस इसी जमा-घटा से मुक्त होने की कोशिश में है कि कैसे उसे इस खाल के उतने दाम मिलें, जितने वह सोच कर आया था?

"बज्जा सट तो रो है......।"[1] लीलू ने खालवाले के उतरे हुए चेहरे को देखकर, पास खड़ी संजा से फुसफुसाते हुए कहा।

लीलू की टिप्पणी पर हरसाय ने आँखें निकालते हुए कहा, "निकात कर......!"[2]

"ठीक है हरसाय, ला तीस ही देओ.....।" अंततः खाल के मालिक ने समर्पण कर ही दिया।

"लाओ भई लाओ...... छः-छः रुपिया लाओ.....!" लीलू ने सौदा पटता देख तुरंत उन सबसे कहा जिनका इसमें हिस्सा था।

हरसाय ने छः-छः रुपयों का इंतज़ार किए बिना अपनी बंडी की जेब से तीस रुपए निकाले और खालवाले को देकर चलता किया।

तब तक ढकपत्ती में जिसे बिकना था, वह बिक गया लेकिन जैसे ही ताश खेलनेवाले खेल को विसर्जित करने की नीयत से उठकर जाने लगे तो उठते ही तीस रुपए देने की बात आई, तभी यह बखेड़ा खड़ा हो गया। बिलकुल वैसा ही जैसा कि आए दिन इस मोहल्ले में खड़ा रहता है।

बखेड़ा यह कि सूरज की घरवाली संजा का कहना है कि इस खाल में उसका भी बराबर का साझा है क्योंकि खालवाले से खाल छीनते समय उसकी अँगुली का एक पोर खाल को छू गया था। जबकि दूसरी ओर लीलू का कहना है कि खाल जब खालवाले से छूटकर उसके हाथों में आ गई थी, संजा ने तब उसे छुआ था अर्थात जब तक खाल खालवाले के पास थी तब तक सिर्फ़ पाँच ही नहीं, अगर

---

1. *"मियाँजी पट तो रहा है।"*
2. *"चुप रह.....!"*

पूरा खटीकवाड़ा भी उसे छू लेता तो पूरे खटीकवाड़े का उसमें साझा हो जाता, जबकि ऐसा हुआ नहीं। संजा का हाथ तब लगा था जब खाल लीलू के कब्ज़े में आ गई थी, फिर संजा का उसमें साझा कैसे हो गया? लेकिन जब संजा यह मानने को राज़ी नहीं हुई, तब लीलू ने हारकर सच्चाई जानने के लिए मामला हरसाय के सुपुर्द कर दिया।

हरसाय ने दोनों तरफ़ की पूरी बात सुनकर बेहद गंभीरता के साथ लगभग लीलू के तर्क का समर्थन करते हुए कहा कि उसके हिसाब से, संजा ने खाल को नहीं छुआ है। बस फिर क्या था हरसाय की बात सुनते ही संजा आपे से बाहर हो गई। एक तो संजा हरसाय से वैसे ही खुन्नस खाती है दूसरे हरसाय ने उसे खाल में साझेदार न बना कर जले पर नमक छिड़क दिया। नतीजतन संजा ने आव देखा न ताव और नाते में ससुर लगने वाले हरसाय पर धावा बोल दिया, "ई हरसाय तो जनम को ही झूठो है...... याने तो सदा हराम की खाई है......!"

संजा के आरोप को सुनते ही हरसाय के जिस्म में मानो आग लग गई। पूरा शरीर मारे ग़ुस्से के काँपने लगा, "बिगड़ा खानदान की...... रंडी राँड...... हम हराम की खावे हैं...... दारीकी के ऐसा रहपटा उडाऊँगो के छेल ई छेल मूतेगी.....।" हरसाय मुक्त कंठ से गालियों की बौछार करते हुए बोला।

संजा ने जब अपने ख़ानदान को बिगड़ा हुआ सुना, तब उसने भी किसी तरह की कंजूसी न बरतते हुए पहले तो सूरज को ही ढेर सारी मलामतें दीं कि घरवाली ने तो खुल्लम-खुल्ला जंग की घोषणा कर दी है और वह चुपचाप तमाशा देख रहा है, और फिर हरसाय के आगे-पीछे के कई पुरखों की ख़बर लेते हुए फट पड़ी, "सुन ले, मैं बिगड़ा खानदान की हूँ..... ई मेरे रहपटा उडाएगो..... ऐ डूब मर सूरज खटीक काई कुआ-पोखर में...... ले, तू मेरी घाघरी पहर ले...... कैसो खड़ो सुण रो है.....।" अपने पति सूरज को मलामत देने के बाद संजा फिर हरसाय की ओर पलटी, "मेरे रहपटा उडाएगो...... अरे, तू अपणी तो कह...... जब कहाँ गयो हो तेरो खानदान...... जब तू अपनी चीकली को पेट चुपचाप अलवर का अस्पताल में गिरवा के आयो हो....... और जो अबके मेरा खानदान के बारा में कुछ कही न तो भडुआ, तेरी मूँछन्ने उपाड़ के चूतड़न पे लगा दूँगी...... नाता में सुसरो है जभी तलक है..... हाँ......।"

सचमुच संजा हरसाय पर भारी पड़ गई। हालाँकि संजा की लानत-मलामतों से सूरज को भी थोड़ा-सा जोश आ गया लेकिन धीरे-धीरे यह झगड़ा हरसाय और संजा का न होकर, हरसाय के दोनों लड़कों की बहुओं और संजा के बीच का हो गया। देखते ही देखते संजा और हरसाय के लड़कों की बहुओं ने एक-दूसरे के पुरखों के जो छिलके उतारे उन्हें सुनने के लिए न केवल आधा से ज़्यादा चमरवाड़ा इकट्ठा हो गया बल्कि पूरा चौधरी मोहल्ला तथा आसपास के जितने भी मोहल्ले थे सब आ गए।

उपरलीघाँ को अपने ऊपर जिन पर नाज़ है उनमें से एक चौधरी मोहल्ले का यह खटीकवाड़ा भी है। दोनों ओर से जब तक अपनी-अपनी स्मृति के अनुसार सार्वजनिक न करने वाली जानकारियों का भंडार ख़त्म नहीं हो गया, तब तक एक-दूसरे की कुँआरी कन्याओं से लेकर बेचारी विवाहितों पर ही कहर बरपता रहा। सुनने वालों को इस बीच जहाँ एक-दूसरे के ख़ानदानों के बारे में कुछ निषेधात्मक जानकारी मुफ़्त में मिलती रही, वहीं लगभग डेढ़ घंटा मज़े से कट गया।

❑❑

पता नहीं यह चौधरी मोहल्ले की तासीर है, या उसके जीने का एक तरीक़ा कि ऐसी नोंक-झोंक और तथाकथित मनमुटावों का इस मोहल्ले की दिनचर्या पर कोई असर नहीं पड़ता है। अगर ऐसा होता तो न सुलेमान की झोपड़ी में अन्य दिनों की भाँति बोरियाँ और पल्लियाँ बिछतीं और न ही सूरज के चौतरे पर पूर्व की भाँति गपड़चौथ चलती। ऐसा लग ही नहीं रहा है कि महज एक दिन पहले इसी झोपड़ी में सिर-फुटव्वल की नौबत आ गई थी–बल्कि ऐसा लग रहा था जैसे न तो इस झोपड़ी में कभी ताश फेंटे जाएँगे, और न ही सूरज के चौतरे पर चंगेरी और बीजणे शक्ल लेते नज़र आएँगे।

अन्य दिनों की भाँति पल्लियों पर एक बार फिर ढकपत्ती का बाज़ार सज गया। सड़ाँध मारती नालियों में पूँछ दबाए कुत्ते लार टपकाती जीभ से हाँफते हुए ठंडी-ठंडी साँस लेने में मस्त थे। इधर अभी सुलेमान की झोपड़ी में बुद्धन के बिकने का नंबर आया ही था कि उन्हीं हाँफते हुए कुत्तों के भौंकने का स्वर सुनाई दिया, जिन्होंने कल इसी समय ठीक दोपहरी में भौंकते हुए एक लघु महाभारत का शंखनाद किया था। सबने गर्दनें उठाकर दगड़े की ओर देखा तो सबकी निगाहें खिरामाँ-खिरामाँ उसी ओर चले आ रहे उन दो रिक्शों पर जा टिकीं जिनमें से एक पर बुर्क़ा ओढ़े कोई स्त्री बैठी है। दोनों रिक्शों को खटीकवाड़े में घुसता देख सूरज के चौतरे पर भगदड़-सी मच गई। अपने-अपने सामान को समेटते हुए सब रिक्शों की ओर दौड़ पड़ीं।

एकाएक इन रिक्शों से पूरे मोहल्ले में जैसे हड़कंप मच गया। जिसकी भी निगाह इन रिक्शों पर जाती वही लपकते हुए रिक्शे के साथ-साथ हो लेता, महिलाओं के कौतुक का तो जैसे कोई ठिकाना ही न था। बच्चों और महिलाओं से घिरे दोनों रिक्शे भौंकते हुए कुत्तों के साथ जैसे ही सुलेमान की झोपड़ी के सामने पहुँचे कि ताश खेलनेवाले हाथ जहाँ थे, वहीं ठहर गए। हाकिम की निगाह भी रिक्शों पर पड़ी तो उसके मुँह से बेसाख़्ता निकला, "अरेऽऽऽ, ई तो हमारो बाप है!" हाकिम पुलकित होते हुए बोला।

"तेरो बाप यानी सुल्ली?" नबी खाँ ने हैरान होते हुए पूछा।

"हाँ, मेरो बाप!" हाकिम ने पुष्टि करते हुए कहा।

वास्तव में, सुलेमान यानी सुल्ली मुश्किल से पहचान में आया। आता भी कैसे, दूल्हे की मानिंद जो सजा-सँवरा हुआ है।

दोनों रिक्शे खटीकवाड़े से होते हुए आगे बढ़ गए चौधरी मोहल्ले की ओर। कइयों ने तो तभी पहचाना जब सुलेमान ने उनको सलाम किया वरना डीलडौल और वेशभूषा से एकदम बे-पहचाना हो गया था सुलेमान।

इस कौतुक ने पूरे चौधरी मोहल्ले के सारे अंदाज़ों और आशंकाओं को मटियामेट कर दिया। कहाँ तो पूरा मोहल्ला तरह-तरह के अंदाज़ों और आशंकाओं में आकण्ठ डूबा हुआ, भिन्न-भिन्न तस्वीरों को बनाता-बिगाड़ता रहा और कहाँ सुलेमान ने सबको एक अजीब-से लिजलिजेपन में धँसा दिया। जहाँ कुछ लोग यह आशंका जता रहे थे कि सुलेमान किसी कुआँ-पोखर या ट्रक-मोटर के नीचे आकर जन्नत में जा बैठा होगा, वहीं कुछ ने यह कह कर अपने आपको सवाब का भागीदार बना लिया था कि ज़रूर वह जमात में गया है और जिस दिन लौटेगा एक दूसरा सुलेमान बनकर लौटेगा। किंतु थोड़ी देर पहले के दृश्य ने सारे अंदाज़ों और आशंकाओं का मुँह बंद कर, उनकी अदूरदर्शिता और नासमझी पर ऐसा तमाचा मारा कि सब मुँह के बल औंधे आकर गिरे। इस दृश्य ने कुछ देर पहले ढकपत्ती में बिकने वाले बुद्धन को अभयदान दे दिया। पल्लियों पर बिछे ताशों को इकट्ठा कर बुद्धन ने अपनी जेब में डाला और सब अपने-अपने चूतड़ों को झाड़ते हुए उठ कर खड़े हो गए तथा उस कौतुकता में शामिल होने के लिए चल पड़े, जिसमें पूरा मोहल्ला अब तक लगभग शामिल हो चुका है। देखते ही देखते सूरज का चौतरा और ख़ुद सुलेमान की झोपड़ी सूनी हो गई।

अस्र की अज़ान के आसपास तक आग बरसाती धूप और गरम हवा में सिर पर ओन्ना, साफ़ी और लूगड़ी डाले स्त्री-पुरुष सब सुलेमान के घर की ओर दौड़ते दीखे।

मनीराम, बुद्धन, हरसाय, नबी खाँ सबने सुलेमान को घेर-सा लिया और उसे अपनी-अपनी जानकारी के अनुसार बताने लगे कि उसके अचानक ग़ायब होने से लोगों ने क्या-क्या अंदाज़े लगाए? उसके न होने से उन पर कैसी गुज़री?

"सुल्ली, यार तेरा बालक तो तोहे ढूँढता-ढूँढता बावला होगा...... सारी असनाई छान मारी और तू......।" हरसाय कहते-कहते रुक गया यह सोचकर कि अभी तो उसने आकर दम ही लिया है।

"अरे अन्यायी, हीन् तो पूरा मोहल्ला का मगज में बुरा-बुरा खयाल आ रा हा।" नबी खाँ ने मोहल्ले की ओर से चिंता जताते हुए कहा।

"ना यार नबी खाँ, मोहे तो पूरी उम्मीद ही के सुल्ली जरूर जमात में या हज्ज करण गयो है.......।" रोबड़ा ने लगभग व्यंग्य किया सुलेमान पर।

सुलेमान ने हाँ-हूँ के अलावा किसी की बात पर कोई प्रतिक्रिया व्यक्त नहीं

की। थोड़ी देर के लिए सुलेमान के सकुशल लौटने पर सब भूल गए कि उन्हें उसके बारे में भी तो कुछ पूछना चाहिए जो उसने किया है।

सुलेमान की पौली से लेकर चौक में आने-जाने वालों का ताँता लग गया। जिसे भी पता चला वह सुलेमान की ख़ैरियत पूछने दौड़ा चला आया। इन्हीं आने-जाने वालों में पौली के भीतर बायने से होते हुए सलेमी को अंदर आता देख सुलेमान अपनी खाट से उठते हुए बोला, "काका सलामालैकुम..... आ बैठ......!"

"अल्ला कू सलाम......" थोड़ी देर रुक कर सलेमी फिर बोला, "अरे सुल्ली, मैंने जो सुणी है ऊ ठीक बात है कै?" सलेमी ने न तो सुल्ली से इतने दिनों तक घर से बाहर रहने का कारण पूछा, और न ही उससे उसके सकुशल घर लौटने पर किसी तरह की प्रसन्नता व्यक्त की।

"हाँ काका, तैने जो सुणी है ठीक ही सुनी है।" सुलेमान ने भी किसी तरह का स्पष्टीकरण देने के बजाय, सीधे ही स्वीकारोक्ति भाव से कह दिया।

"......बेट्टी का बाप, तैने ई जुलम ना कर दिओ है कै..... तेरा धौलान् में धूल पड़े तैने ई कहा सोची.....!" सलेमी सीधे-सीधे सुलेमान को लानत-मलामत देने पर उतर आया।

"सुल्ली, नपूता ई तो तेरी उमर सू भी आधी है.....।" घर के भीतर से बाहर आते हुए रमजानो बोली।

"अन्यायी, ऐसो कौण-सो तेरो जोबन फूटो जा रो हो जो तेरो रँडापा ना कट रो हो.....।" इस बार नबी खाँ भी कहने से नहीं चूका।

"यार सुल्ली, तेरा गोडान् में तो जान है ना और तेरो मन कर रो है के तू हूर की परीन् के साथ सोए....... अन्यायी, जुआन बेटा-बहू वाला घर में या नौसी ए लाण सू पहले तैने कुछ सोची तो होती। अरे, तू ई तो सोचतो के तू कर कहा रो है......मेरे यार, कम सू कम यापे तो ध्यान देतो के 'मत करियो कोई जामनी, मत करियो दो नार; मत रहियो सुसराड़ में होए जिंदगी ख्वार'।" सलेमी बोला।

लेकिन आज सुलेमान ने जैसे क़सम खा ली मुँह न खोलने की। आज न वह सलेमी के सवाल पर उत्तेजित हुआ और न ही उसने नबी खाँ की बात का बुरा माना, बस चुपचाप सुनता रहा एक-एक की बातें।

हाकिम और बासित के चेहरों को देखकर ही कहा जा सकता है कि बाप के सकुशल वापस लौट आने से वे कितने खुश हैं? जब तक मनीराम, बुद्धन, सलेमी, हरसाय, रोबड़ा और नबी खाँ सुलेमान के पास बैठे रहे दोनों लड़कों में से उनके बीच कोई नहीं आया। लेकिन जैसे ही सुलेमान उनके पास से उठकर गया, मौक़ा पाते ही हाकिम पौली में आया और आते ही फट पड़ा, "यासू तो अच्छो होतो ई जो कहीं मर-खप जातो.......!"

हाकिम के इस वाक्य पर किसी ने कोई प्रतिक्रिया व्यक्त नहीं की। भला करते भी कैसे? जवान बेटों के भीतर बाप द्वारा किए गए इस कृत्य को लेकर जो लावा

अभी से धधकना शुरू हो गया है, उसकी तपिश ऐसे ही जुमलों के बाहर आने पर तो कम होगी।

सलेमी ने उठते हुए दीर्घनिःश्वास के साथ बस इतना भर कहा, "खुदा ही खैर करे.....!"

धीरे-धीरे लोगों का आना-जाना सुलेमान के घर बेहद कम हो गया। बस, कभी-कभार रमजानो, भौंरी या रुमाली ही एकाध चक्कर लगा आतीं। लेकिन सबसे त्रासदी भरा पहलू तो यह है कि जिस सुलेमान के दोनों लड़के हाकिम और बासित आज्ञाकारी पुत्रों की तरह हमेशा सुलेमान के इशारों पर चलते थे, उन्हीं आज्ञाकारी पुत्रों की आँखों से जैसे आक्रोश की चिंगारियाँ फूटने लगी हैं। जिस घर में कभी सुलेमान के प्रति 'बाप' का संबोधन इतराता फिरता था, उसी घर में मौन सबके होंठों पर आकर बैठ गया। पूरा घर ख़ामोशी का बियाबान हो गया जैसे।

सुलेमान के वापस आने की ख़बर न केवल पूरे चौधरी मोहल्ले में आग की तरह फैल गई बल्कि आधे से ज़्यादा गाँव को यह पता लग गया कि सुलेमान वापस तो लौट आया ही है अपितु अपने साथ हैदराबाद से दूसरी घरवाली भी लाया है। जिसने भी सुना वही हैरान कि भला जवान बहू-बेटों के उसे घरवाली लाने की क्या सूझी? पूरे मोहल्ले में ख़ूब छीछालेदर हुई सुलेमान की लेकिन सुलेमान पर इसका कोई असर नहीं हुआ बल्कि एकाएक इसी सुलेमान में जो गुणात्मक परिवर्तन आया वह सबको स्तब्ध कर देने वाला था। वही सुलेमान जिसने कभी इस ओर ध्यान ही नहीं दिया कि जिस तहमद-क़मीज़ को उसने पहना हुआ है, उसे धुले हुए कितने दिन हो गए हैं, वही सुलेमान जिसने कभी यह परवाह ही नहीं की कि पाँवों में पणहा हैं भी या नहीं--वही सुलेमान जब से दूसरी घरवाली लाया है तब से मजाल है तहमद या क़मीज़ पर कोई दाग़ तो लग जाए। उन्हीं पाँवों में कुरम की पालिश की हुई जूतियाँ डाले रहने लगा है जिन्हें कुछ दिन पहले तक मामूली वी-शेप की चप्पलें भी मुश्किल से मयस्सर होती थीं। वही सुलेमान जिसे आज तक किसी ने पान खाते नहीं देखा, उसी के कल्लों में पान की गिलौरी ठिठोली करती देखी जा सकती है।

पूरे चौधरी मोहल्ले के अंतस में सुलेमान के प्रति सहानुभूति की जो हिलोरें उसके न आने की चिंता में ठहाटा मार रही थीं, सुलेमान के हैदराबाद से वापस लौट आने पर एकाएक शांत होकर बैठ गई। पूरे मोहल्ले से सहानुभूति और अपनत्व का भाव ऐसे ग़ायब हो गया जैसे गधे के सिर से सींग। पूरा मोहल्ला ही नहीं बल्कि पूरे गाँव में जिसने भी सुना, उसी के अनुसार सुलेमान ने यह ठीक नहीं किया। हालाँकि ऐसा नहीं है कि सुलेमान ही पहले-पहल हैदराबाद से दूसरी घरवाली लाया है बल्कि ऐसे अनेक उदाहरण हैं यहाँ।

रमजानो ने तो उसी दिन सुलेमान की नई घरवाली से कह भी दिया था,

"निगोड़ी, तेरा माँ-बाप का बिलकुल ही दीदा फूट रा हा कै, जो तू याका गला में बाँध दी...... रंडी, ऐसे तो कोई अपना डंगर ए भी ना हाँके है काई के गैल जैसे तू हाँक दी......।"

"अरी, देख तो सही अभी तो याकी छाती भी पूरी ना आई हैं......।" औरतों के हुजूम में से तरकीला बोली।

"दारी, पतोई ना...... हैदराबाद में भी जाने कैसा कसाई माँ-बाप हैं, जो अपणा छाती का टूक ए मनचाए जाके साथ हाँक देवे हैं..... अरी, पाँव की जूती टूट जावे हैं न ऊ भी जल्दी सू ना उतरे हैं...... पर पतोई ना ये तो कैसा माँ-बाप हैं?" रुमाली की आँखें गीली हो गई यह कहते हुए।

"ताई, बेटी तो हैई ढोर-डंगर, जाको जी करे वही हाँक ले जाए है...... अरी, जभी तो कही है काई ने के 'बाबल तेरा देस में, एक बेटी एक बैल; हाथ पकड़ के दीनी जामें परदेसी के गैल'.....।" कहते-कहते तरकीला का गला रुँध आया।

"यासू तो याको बाप याहे काई कुआ-पोखर में धकेल देतो तो भी अच्छो रहतो....... ढेड़ ने कहा देखो है या सुल्ली में, जो अपणी छाती को टूक याके संग खिंदा दी......।" रमजानो के शब्द एकाएक बेहद सख़्त हो गए।

जब तक वे सब सुलेमान के घर बैठी रहीं तब तक वे या तो सुलेमान के भाग को सराहती रहीं, या फिर इस बेज़ुबान मेमना-सी मेमन के भाग को कोसती रहीं कि कैसे इस पहाड़-सी ज़िंदगी को वह काले पहाड़ की तलहटी में बिछे इस पराए रेतीले समंदर के किनारे काट पाएगी?

इस तरह जहाँ कभी सहानुभूति की ठंडक सुलेमान पर उँडेली जाती थी, उसका मुँह अब मेमन की ओर हो गया। धीरे-धीरे सुलेमान के अपने ही घर में विद्रोह और आक्रोश की कोंपलें फूटकर बाहर आने लगीं। हाकिम की घरवाली फ़जरी के तेवर भी तेज़ी से बदलने तथा व्यंग्य-बाण और नुकीले होने लगे। इस नुकीलेपन का इसी से अंदाज़ा लगाया जा सकता है कि उस दिन जब तरकीला को अपने पिछवाड़े वाले गैत में फ़जरी मिली, तो मिलते ही उसने अपने ससुर सुलेमान को परोक्ष-रूप से खूब भला-बुरा कहना शुरू कर दिया।

"हमारा सुसरा को ही रँडापा ना कट रो हो...... याहे थोड़ी-सी भी हया ना आई के घर में जुआन बहू की उमर वाली सास कैसे ले चलूँ!"

"फजरी, दारी बखत ही बुरो आगो है...... अब तो जेठ-सुसर पे भी भरोसा ना रहो......।" तरकीला बोली।

"सही कह री है तरकीला, निगोड़ी मैं तो जब ई देख लूँ हूँ न के मेरी ई नई सासू घर में इकल्ली है...... मैं तो जभी बाहर चली जाऊँ हूँ...... और निगोड़ी, मेरो सुसरो भी पतोई ना याही बाट में बैठो रहवे है के कद मैं घर सू बाहर जाऊँ और कद ऊ घुसे......!" हालाँकि फ़जरी निंदा तो कर रही थी अपनी सौतेली सास की

लेकिन निंदा के बावजूद उसके जिस्म में भी सनसनाहट रह-रह कर दौड़ रही थी।

"चल छोड़ फजरी, तिहारो कहा लेएगो, अपणा धौलान में आप धूल पड़वाएगो.......।" तरकीला ने फ़जरी को तसल्ली देते हुए कहा।

"बहाण, ऊ हमारो लेए तो कुछ ना है..... पर सारा गाँओं में थू-थू तो होई री है.....।" तरकीला के साथ चलते हुए फ़जरी बोली।

"बहाण, अब आगी है तो निभाणी भी पड़ेगी।" तरकीला ने लंबा साँस छोड़ते हुए कहा।

दरअसल, सुलेमान ने यह कोई ऐसा कृत्य नहीं किया जिसको लेकर ऐसी हाय-तौबा मच गई। यहाँ तो हर बरस न जाने कितने सुलेमानों के घर में हैदराबाद, बिहार, आसाम से कितनी मेमन दाख़िल होती हैं। बस, सुलेमान के मामले में इसलिए बवेला मच गया कि वह अपनी उम्र से आधी उम्र की दूसरी पत्नी जो ले आया। वह भी ऐसी कि जिसने अभी घर-गृहस्थी और दुनियादारी के ककहरों की शक्ल भी देखनी शुरू नहीं की है। जबकि सच यह है कि मक्का जाकर हाजी बनने की चाह लिए तसबीह के मणकों के सहारे, या फिर कुरान की तिलावत करते हुए उस जैसा व्यक्ति ज़िंदगी के बाकी दिनों को बिता देता है। सच्चाई यह भी है कि दूसरी ओर ऐसे कितने घर हैं जिनमें निर्धनता के कारण ज़िंदगी के सुनहरे पल बस आँखों में सुखद कल्पनाओं की रोशनी लिए बीत जाते हैं। इन्हीं कल्पनाओं की रोशनी के रेशों को मुट्ठियों में भरने की लालसा लिए इस इलाक़े से हर बरस काफ़ी तादाद में जाते हैं हैदराबाद, बिहार और आसाम।

पिछले बरस की ही तो बात है जब सईदा का जुम्मेखाँ भी हैदराबाद से बाक़ायदा निकाह करके नौसी लाया था, तब किसी ने नहीं कहा कुछ। हालाँकि बाद में जब धीरे-धीरे बात खुली तो पता चला कि सईदा का जुम्मेखाँ निकाह करके नहीं बल्कि उसके माँ-बाप को पैसे देकर लाया था। लेकिन जुम्मेखाँ का यह कृत्य उस समय चौधरी मोहल्ले को अनैतिक नहीं लगा बल्कि जब रमजानो ने भौंरी को बताया तब भौंरी ने भी यही कहा, "चल अच्छो है, बिचारी सईदा का छोरा को घर तो बस गो...... वाका घर में देर है, अंधेर ना है...... दादाखानू सबकी इच्छा पूरी करे है एक दिन......।" और मौक़ा पाते ही अगले दिन भौंरी दौड़ी-दौड़ी गई थी सईदा के पास। जाते ही सईदा से तुनकते हुए बोली, "सईदा, रंडी चुपचाप सासू बणगी..... ना बन्ना, न बनवारा......।"

"हाँ भौंरी, दारी गरीब माणस का कहा तो बन्ना और कहा बनवारा..... अरी, मैंने तो सोच ही ली ही के अपने जीते-जी पोता-पोती को मुँ ना दीखतो दीखे है......।"

"ना सईदा, लीली छतरीवालो सबन्ने देख रो है..... तोहे तो अब बतासा बाँटणा चहिएँ...... निगोड़ी, पुआ ना पापड़ी, गद्द बहू आ पड़ी.......!" ज़ोर से हँसते हुए

भौंरी बोली।

लेकिन अब इसी भौंरी ने शायद सुलेमान को सबसे अधिक गरियाया है और उससे अधिक गरियाया रहमत के उस धनसिंह को जो अब इस दुनिया में नहीं है। इसी भौंरी ने मरहूम धनसिंह को खूब लानत-मलामत देते हुए कहा, "निपूता धनसिंह, तू तो चलोगो और बता गो अपणे पीछे हैदराबाद सू बीरबानीन्ने खरीदन की राह......।"

भौंरी ही नहीं पूरा चौधरी मोहल्ला बल्कि यह कहिए कि पूरे नगीना के आसपास तक के लोगों को यह अच्छी तरह याद है कि लगभग तीन दशक पहले रहमत का धनसिंह पहले-पहल हैदराबाद से लड़कियों और औरतों को लाकर इस नगीना को ऐसा सुलभ तरीक़ा बता गया कि अब जिसका जी चाहता है वही हैदराबाद जाकर अपने साथ एक अनजाना नया चेहरा ले आता है। वास्तव में इस गाँव में यह श्रेय उसी मरहूम धनसिंह को जाता है, जिसका चेहरा तक चौधरी मोहल्ला विस्मृत कर चुका है।

उस दिन सुलेमान से कहने में किसी ने कसर नहीं छोड़ी बल्कि अगले दिन सलेमी ने मनीराम और बुद्धन के आगे अपनी पौली में उसे बुलाकर पूछा भी, "यार सुल्ली, तू अपणी छाती पे हाथ धर के सच्ची-सच्ची एक बात बतइयो के तैने ई जो करो है ठीक करो है?"

"मैंने बुरो भी कहा करो है?" सुलेमान ने उलटा सलेमी से प्रतिप्रश्न किया।

"तैने कहा बुरो करो है..... तोहे ई बुराई ना लग री है...... अरे, तू ई तो सोचतो के घर में बहू के होते ऐसी कहा जरूरत आ पड़ी जो तू हैदराबाद सू या बीरबाणी ए कर लायो.....?" इस बार मनीराम ने तमतमाते हुए पूछा।

सुलेमान से इस सवाल का कोई जवाब देते नहीं बना। बस उसने मनीराम, सलेमी और बुद्धन से यह कह कर अपना पिंड छुड़ा लिया, "काका, तोहे पतो तो है के हमारा दीन में चार निकाह जाइज हैं......।"

सुलेमान की बात सुनते ही सलेमी के तन-बदन में जैसे आग लग गई लेकिन उसने ज़्यादा कुछ कहा नहीं सिवाय इसके, "अन्यायी, तेरा जैसान्ने तो या दीन की ऐसी-तैसी कर राखी है, तोहे सरम ना आ री है ई कहते बखत के हमारा दीन में चार निकाह जाइज हैं....... मामा, एक का पेट भरणा में तो नानी याद आ जावे है और तू चार-चार निकाह करेगो......।"

सलेमी का ग़ुस्सा देखकर सब सकते में आ गए। किसी को उम्मीद नहीं थी कि सलेमी ऐसा जवाब देगा। इसके बाद सुलेमान अपना-सा मुँह लेकर चला गया। सलेमी ने तो फिर भी उससे इतना सब कह दिया बाकी मनीराम और बुद्धन से कुछ भी कहते नहीं बना। भला कहते भी कैसे, आख़िर किसी के दीन या धर्म के बारे टिप्पणी करने का उन्हें क्या हक़ है? ख़ामख़ाँ आपस में बदमज़गी फैलने से तो अच्छा है कि ऐसे विषय पर चुप ही रहा जाए, वरना बक़ौल बुद्धन के इसका

जवाब वह ऐसा देता कि सुलेमान ज़िंदगी भर याद रखता।

इसके बाद सलेमी की पौली में सन्नाटा बिछ गया—एक ऐसा सन्नाटा जिसे बींधने के लिए शब्द भी नहीं बचे थे उनके पास।

अट्ठाईस

जैसा कि पूरे चौधरी मोहल्ले में पहले से ही यह आशंका जताई जा रही थी और अंदाज़ा लगाया जा रहा था कि सुलेमान ने अपना घर तो बसा लिया लेकिन अपने ही परिवार के बीच उसने एक नहीं अनेक मोटी-मोटी दरारें पैदा कर दी हैं, वे अब एक-एक कर सही प्रतीत होने लगी हैं।

हाकिम और बासित ने खुल्लम-खुल्ला विद्रोह कर अपने बाप से स्पष्ट कह दिया कि उनके हिस्से में जितनी-जितनी जंगल की ज़मीन आती है, वह उन्हें बाँट दी जाए लेकिन सुलेमान इसके लिए क़तई राज़ी नहीं हुआ। उसने भी छाती ठोंकते हुए उसी अंदाज़ में बेटों से साफ़ कह दिया कि अपने जीते-जी वह ज़मीन-जायदाद के हिस्से नहीं होने देगा। उसके मरने के बाद बेशक वे उसका कुछ भी करें। आख़िर पुरखों की निशानी और इस अमानत को अपने जीते-जी वह ऐसे छिन्न-भिन्न होते नहीं देखेगा।

हारकर एक दिन हाकिम और बासित ने मोहल्ले के सभी बड़े-बुज़ुर्गों को इस मसले के समाधान हेतु इकट्ठा कर लिया। किंतु सुलेमान ने उनके सामने भी साफ़ कह दिया कि चाहे वे पूरे मोहल्ले को इकट्ठा कर लें, या पूरे गाँव को—अपने जीते-जी वह एक कूढ़ भी किसी को नहीं देगा।

इस पर बासित ने धमकी देते हुए कहा कि वे थाने-कचैड़ी में जाएँगे मगर सुलेमान अपने फ़ैसले पर चट्टान की तरह अडिग रहा और पुनः दोटूक जवाब देते हुए बोला कि चाहे वे थाने में जाएँ या कचैड़ी में, ज़मीन के हिस्से तो वह किसी भी हालत में होने नहीं देगा।

आख़िर बाप की इस अडिगता पर हाकिम ग़ुस्से से जैसे पागल हो गया तथा बाप की ओर लपका। यह तो अच्छा हुआ कि बीच में उसे हुसैनदीन ने यह कहते हुए पकड़ लिया, "हाकम, तू बावलो होगो है...... अन्यायी, आखिर तिहारो बाप है ई..... कुछ तो सरम करो......"

"यार हुसैनदीन, तू हट जा..... आज मैं याका टेंटुआ ए दबा के रहूँगो..... ई हमारो बाप ना दुसमन है......।"

"लाला हाकम, ई तो तमन्ने अब निभानी पड़ेगी..... चाहे खुसी-खुसी निभाओ या रो-पीट के निभाओ..... पर हाँ, इतनी बात जरूर है के सुल्ली को घर अब जितनो बिगड़नो हो बिगड़ लियो..... अब या जग हँसाई सू अच्छो है मिल-बैठ

के या मामला ए अपणा घर में ही सुलटा लेओ..... मेरे यार, या उमर में पतो ना सुल्ली की कैसे मति मारी गई......!" इकट्ठे किए गए लोगों को एक तरह से विसर्जित कर मनीराम उठते हुए बोला।

"दादा, या गाँओं में हम मुँ दिखाण लाक भी ना रहा हैं...... सारो गाँओं हमारा या बाप पे माटी गेर रो है...... पूरा गाँओं में थू-थू हो री है हमारी......।" हाकिम रुआँसा हो गया इस बार।

"याकी कहा थू-थू हो री है, ई तो मजा सू नौसा बणो घूम रो है......!" बासित ने बेहद हिक़ारत के साथ बाप पर व्यंग्य करते हुए कहा।

"लालाओ, अब तिहारा बाप ने जो बोई है, ऊ तो तमन्ने ही काटनी पड़ेगी...... अब ई तमन्ने सोचनी है के कैसे काटोगा.......!" इतना कहते हुए बुद्धन भी सुलेमान की बाखल से चला आया।

इसके बाद सुलेमान के घर में रात-दिन का कलह इतना बढ़ गया कि पड़ोसी भी अब इससे आजिज़ आ गए। आए दिन बाप-बेटों में जम कर झगड़ा होने लगा और नतीजतन नौबत गाली-गलौच और हाथापाई तक आ गई। सारे रिश्ते, सारी संवेदनाएँ और सारी भावुकता देखते ही देखते बबूल के काँटे की तरह नुकीले हो गए। अंततः बाप का बेटों से और बेटों का बाप से लगभग संवाद ख़त्म हो गया।

और एक दिन हाकिम सुलेमान से यह कह कर अलग हो गया, "बाप, हमारी तो अब तेरे साथ निभेगी ना....... यासू तो अच्छो है या रात-दिन की राँडा-नपूती सू हम दोनू भाई न्याला हो जाएँ......।"

सुलेमान ने प्रतिक्रियास्वरूप एक शब्द भी नहीं कहा अर्थात एक मौन स्वीकृति मिलने के साथ ही दोनों लड़के बाप से अलग हो गए।

बाप-बेटों के बीच रात-दिन होने वाला यह कलह पहले तो मेमन की कुछ समझ में नहीं आया क्योंकि एक तो जिस बोली में यहाँ बातचीत होती, उसमें से बहुत कम उसके पल्ले पड़ता और जब बाद में उसे कुछ-कुछ समझ में आने लगा तब तक काफ़ी देर हो चुकी थी। हालाँकि शुरू में तो फ़जरी ने भी अपनी इस सौतेली सास से कुछ नहीं कहा किंतु धीरे-धीरे मेमन भी सुलेमान के साथ-साथ उनके इस अघोषित एजेंडे में शामिल हो गई।

मेमन जब भी फ़जरी के सामने पड़ जाती तभी फ़जरी उसे सुनाते हुए कुछ न कुछ कहना शुरू कर देती, "रंडी ए सारा हैदराबाद में खसम ना मिलो, ई बूढ़ो लोग ही याहे अच्छो लगो...... हमारा या सुसरा ए पतो तो जब चलेगी, जब धसड़ी पड़ोसीन् के पै सोती फिरेगी......।"

देखते ही देखते दुनिया के सबसे निकटतम माने जाने वाले इस रिश्ते के बीच ऐसी बैरकसी हो गई कि जब भी वे एक-दूसरे के सामने पड़ते, आँखों से मानो ख़ून टपकना शुरू हो जाता। घृणा के रेशों में इतनी गाँठें पड़ गई कि उन्हें सुलझाते-सुलझाते वे आपस में और उलझने लगे। पूरे मोहल्ले ने भी आख़िरकार

किसी के पक्ष में, किसी भी तरह की टिप्पणी न करने की क़सम खा ली।

फ़जरी तो मेमन से ऐसा व्यवहार करने लगी जैसे वह सास न होकर कोई दौर-जिठानी है। इसीलिए एक दिन हरदेई ने फ़जरी को टोकते हुए कह भी दिया, "फजरी बेटी, मेमन ए ऐसे मत गलियाए कर...... आखिर है तो ऊ तेरी सासू!"

"बूढ़ी, याही सासू ने तो हमारा घर में पाड़-तिवाड़[1] करवा राखो है।"

"ना फजरी, यामें मेमन को कोई कसूर ना है..... रंडी, अपणा सुसरा का माथा ए फोड़ न...... या बिचारी मेमन ए सारे दिन काँई कू कोसती रहवे है......?" फ़जरी को लगभग थोड़ा डाँटते हुए और थोड़ा समझाते हुए हरदेई बोली।

इसके बाद फ़जरी ने हालाँकि घर के बाहर मेमन के बारे में टिप्पणी तो करनी बंद कर दी लेकिन रमजानो का कहना है कि फ़जरी अभी भी मौक़ा पाते ही खूब भला-बुरा कहती है मेमन से।

सुलेमान यानी सुल्ली ने भी अब सबसे दुआ-सलाम छोड़ दी। यहाँ तक कि घर से भी कभी-कभार ही निकलता है। हाकिम और बासित गैत में अलग घर चिनकर रहने लगे। इस तरह बाप-बेटों में लगभग एक अनौपचारिक बँटवारा हो गया।

सुलेमान ने घर से लोक-लाज की वजह से निकलना बंद कर दिया, या उसने जान-बूझकर पड़ोसियों से अपने आपको अलग कर लिया, कोई नहीं जानता। हाँ, कुछ को इतनी ख़बर ज़रूर मिली थी कि जिस दिन हाकिम अपने बाप को मारने के लिए दौड़ा था, उसी दिन उसे तेज़ बुख़ार चढ़ा था। यह बात भी पड़ोसियों को मेमन से ही पता चली थी। इस बीच मेमन ही उसके लिए दौड़-धूप करती रही और जब अगले दिन तक बुख़ार नहीं उतरा और सुलेमान की हालत ज़्यादा ही ख़राब होने लगी तब मेमन फ़जरी के पास दौड़ी हुई आई। मगर फ़जरी ने अपनी सास से दोटूक मना करते हुए कह दिया, "या ढेड़ के कीड़ा पड़ेंगा...... याको बुढ़ापो ऐसे ही रो-रो के कटेगो....... ऊतड़ा और ले-ले जुआन लुगाई को मजा...... वैसे तो गोडान् में जान ना है और घर में लियायो या घोड़ी ए.......।"

मेमन चुपचाप सुनती रही। वह जब तक फ़जरी के पास खड़ी रही, फ़जरी ने उसको खूब भला-बुरा कहा। अंततः जब मेमन को लगा कि यहाँ से कोई सहायता मिलने वाली नहीं है तब वह चुपचाप वापस चली आई।

शुरू में सुलेमान की बीमारी को मोहल्ले के लोगों ने गंभीरता से नहीं लिया। मामूली बुख़ार समझ कर उसे अनदेखा करते रहे लेकिन जैसे-जैसे उसकी हालत बिगड़ने लगी और उसे घर से बाहर निकले कई दिन हो गए तब पास-पड़ोसियों ने टोह लेनी शुरू की कि सुलेमान आख़िर इतना बीमार कैसे है? क्या सचमुच वह इतना बीमार है भी?

पूरा एक सप्ताह रहा सुलेमान खाट पर।

---

1. पाड़-तिवाड़ : बँटवारा।

ऐसे ही एक दिन सलेमी टहलता हुआ चला गया सुलेमान के पास हालचाल पूछने, तो सलेमी को देखते ही सुलेमान कच्ची भीत-सा भरभरा कर ढह गया, "काका, मैंने ऐसो कौण-सो गुनाह कर दियो जो आज मेरी ही औलाद ने मोसू आँख फेर ली हैं......!"

"सुल्ली, तू ही तो याहे गुनाह ना मान रो है...... पर पतो है सारो गाँओं कह रो है कि सुल्ली ने ई ठीक ना करो.......।" सलेमी ने एक तरह से लोगों की प्रतिक्रियाओं से उसे अवगत कराते हुए कहा।

"पर याको ई मतलब तो ना है के बाप तो हीन् खाट में पड़ो है और मजाल है बहू-बेटान्ने एक बर भी सुध ली होए........ काका सलेमी, तोहे ना पतो मेरो हंस वा बखत कितनो रोवे है जब बेटा-बहू मेरा घर के आगे सू मुँ फेर के निकल जावे हैं।" कराहते हुए सुलेमान बोला।

"सुलेमान, बखत ही बहोत बुरो है...... बिना लालच के आज अपणी औलाद भी माँ-बाप की ना करे है.......।" सलेमी बहुत कम सुलेमान को सुलेमान कहता है, आज उसी दार्शनिक अंदाज़ में सलेमी ने सुलेमान को सुलेमान कहते हुए समझाने की कोशिश की, और उसे तसल्ली देते हुए कहा, "सुलेमान, सब ठीक हो जाएगो, खुदा पे और अपना करम पे भरोसा राख....... अब जो होगो वाहे कहणा सू कहा फायदो...... अरे बावला, तू इतनी-सी बात ए पहले ही समझ लेतो तो आज ई नौबत ना आती...... आराम कर, अल्लाताला सब ठीक कर देएगो...... और हाँ, काई चीज की जरूरत पड़े तो या मेमन ए भेज देए कर......।" जाते-जाते सलेमी ने सुलेमान से कहा।

घर जाकर सलेमी ने हाकिम और बासित को अपने यहाँ बुलवा लिया। दोनों के आ जाने के बाद सलेमी ने बिलकुल अनजान बनते हुए हाकिम से पूछा, "हाकम, तेरे बाप के कुछ हो रो है कै?"

"दादा, मोहे तो पतो है ना।" हाकिम अनभिज्ञता प्रकट करते बोला।

सलेमी समझ गया कि हाकिम जान-बूझ कर झूठ बोल रहा है, इसलिए उसने हाकिम को ज़्यादा कुरेदना ठीक नहीं समझा। फिर वह बासित की ओर मुड़ा, "बासित, तोहे तो पतो होएगी?"

शायद बासित भाँप गया कि सलेमी को सब पता है, इसलिए उसने हाकिम की तरह अनजान बनना उचित नहीं समझा और सीधे-सीधे बताने के बजाय बोला, "दादा, हो कहा रो है...... आदमी जैसो करेगो, वैसो भरेगो।"

बासित का जवाब सुनते ही सलेमी ने दोनों को डाँटते हुए कहा, "कमस्सलो, आखिर ऊ तिहारो बाप है...... ऐसो ना करे हैं जैसा तुम कर रा हो......।"

"दादा, हम तो चाहवे हैं कि हमारो बाप जहाँ कल मरे हूँ आज ही मर जाए....... कम सू कम कलेश तो कट जाएगो......।" हाकिम ने दाँत पीसते हुए गुस्से

से कहा।

"अरे कमीणों! इतेक कैड़ो दिल मत करो...... बाप आखिर बाप होवे है......।" सलेमी ने अंततः रिश्ते की नाज़ुकता पर अँगुली रखते हुए कहा।

"ना दादा, हमारो बाप ई जब हो, तब हो...... पर अब, हमारी ओड़ सू ई मरगो और वाकी ओड़ सू हम।" हाकिम के जवाब देने से पहले ही बासित बोला।

"बासित, ऐसो मत सोचो...... अरे, मरते बखत कौण-सो जमीन-जादाद ए ऊ अपणी छाती पे धर के ले जाएगो...... है तो सब तिहारोई......।"

"और दादा, जो औलाद हमारी या दूसरी माँ सू होएगी, वाको हिस्सो कहान् जाएगो?" हाकिम ने तर्क के साथ-साथ सवाल भी किया सलेमी से।

हाकिम के इस अप्रत्याशित सवाल और तर्क को सुनकर सलेमी अनुत्तरित हो गया। उसे अब पता चला कि अपने ही बाप के प्रति जो आक्रोश और विद्रोह बेटों में पैदा हो गया है उसका असली कारण क्या है! सलेमी ने तो इतनी दूर जाकर कभी सोचा ही नहीं था जो हाकिम और बासित आज सोच रहे हैं। सलेमी का मगज घूम गया थोड़ी देर के लिए कि जो सवाल हाकिम ने किया है, उसका वह क्या जवाब दे? जो तर्क हाकिम ने दिया है उसकी धार को किस वितर्क की रेती से भोंथरा करे? हाकिम के तर्क और सवाल में सलेमी को सचमुच वज़न दिखाई दिया। एक यही मौक़ा था बाप के प्रति पनप चुकी घृणा, विद्रोह और आक्रोश की तपिश को कम करने का किंतु सलेमी को लगा जैसे वह इस रणभूमि में निहत्था ही चला आया है, जहाँ भावना और संवेदना से नहीं बल्कि वास्तविकता से सामना हुआ। काफ़ी देर तक सलेमी से कुछ भी कहते नहीं बना। हाँ, सिर्फ़ इतना की कहा, "ठीक है बेटा, जैसी तिहारी मरजी...... जो ठीक लगे है, करो।"

सलेमी से माक़ूल जवाब न मिलने से हाकिम और बासित उठ कर चले गए। सलेमी ने डहले से उठ कर चिलम ताज़ा की। कुछ देर बाद हुक्के की नै से गुड़ैला धुआँ छोड़ते हुए उसे लगा जैसे वह किसी धुएँ के जंगल में कुछ अनजान लोगों से पीछा छुड़ाने की कोशिश में तेज़ी से दौड़ा जा रहा है। बीच-बीच में हुक्के की गुड़-गुड़ से लगता मानो थोड़ी-थोड़ी दूर पर छोटे-छोटे विस्फोट हो रहे हैं। वह लगातार दौड़ा जा रहा एक अनंत धुएँ के घने पेड़ों के बीच से होते हुए लेकिन उसे कहीं छिपने की कोई जगह नहीं मिल रही है।

एकाएक हलक़ में अटके धुएँ के बगूले से वह वर्तमान में लौट आया और उसने पौली में ग़ौर से देखा तो लगा कि सचमुच पूरी पौली हुक्के के धुएँ से अटी पड़ी है। बहुत कोशिश करने के बाद उसे एक-एक कर खूँटी पर टँगी लालटेन, एक ओर कोने में रखा फावड़ा, अलगनी पर टँगा तहमद तथा बमुश्किल छान का वह हिस्सा दिखाई दिया, जिसे वह अक्सर नितांत अकेले में निहारता रहता है, और अपनी कल्पना के अनुरूप बनने वाले

चित्रों में रंग भरता रहता है।

उनतीस

बनवारी का दिल्ली से नगीना आना संभव नहीं है, इसलिए उसने बाप को चिट्ठी लिख दी कि वह चौथे पोते का दादा बन गया है। चिट्ठी मिलते ही मनीराम ने यह ख़बर सबसे पहले सलेमी को जाकर सुनाई। ख़बर सुनते ही सलेमी हँसते हुए बोला, "मनीराम, अन्यायी तू तो रीतो हाथ चलो आयो... न कोई लड्डू न वड्डू।"

"आन् तो दे बनवारी ए, तोकू लड्डू भी खवांगा....।" मनीराम बोला।

"यार सलेमी, कदी-कदी अपणी गाँठ सू भी रुपया-धेली खरच कर देए कर...... अन्यायी, दो-दो बेटा कमावे हैं फिर भी भींचू-भींचू करे है...... अरे, तैने तो ऊ बात कर दी के कद मरी सासू और कद आया आँसू......।" सलेमी ने ज़ोर का ठहाका लगाते हुए फिर कहा, "तेरा छोरान्ने देख के मैं तो खुदा सू यही दुआ माँगू हूँ के तेरा जैसा बेटा सबकू देए.....।" वाक्य के अंतिम शब्द तक पहुँचते-पहुँचते सलेमी की आँखें नम हो आईं।

"सलेमी, या पोता को भी मैंने गलेप बोल राखो है, अभी तो ऊ भी चढ़ानो है..... सोच रो हूँ के वाहे दीवाली पे चढ़ा दूँ....।" मनीराम ने सलेमी को भावुक होते देख तुरंत विषय बदल दिया।

"ई ठीक रहेगो, लगे हाथ एक पंथ दो काज हो जांगा...... अरे, दीवाली भी मन जाएगी और पोता को गलेप भी चढ़ जाएगो.......।" सलेमी ने मनीराम की योजना का समर्थन करते हुए कहा।

"हाँ, यही ठीक रहेगो, मैं आज ही ओमी मास्टर सू चिट्ठी लिखवाके गेर दूँगो के दीवाली पे ऊ जरूर आ जाए बालक-छोटान्ने लेके.....।" चिट्ठी को मोड़कर जेब में डालते हुए मनीराम बोला।

"मनीराम, वाड़ी वैसे तीज-तौहार पे ही लगे है जैसे गाँओं में माणस बसे हैं...... अरे, तीज-तौहार तो अपणा घर का ही अच्छा लगे हैं......।"

"तू सही कह रो है...... बहू-बेटा जब बाल-बच्चान् समेत आ जावे हैं तो लगे है जैसे सारो सुरग यई है।"

"हाँ मनीराम, सारा सुरग-नरक याही धरती पे हैं...... अरे, अब मोई ए देखले, इकला कपूत ने मेरी नाक में दम कर राखो है और एक तू है जो रात-दिन तेरा दोनू छोरा तेरे आगे-पीछे डोले हैं...... एक बात है सगा-संबंधी, नाता-रिसता सऽऽब लालच का वाड़ी हैं.......।" सलेमी ने दीर्घ निःश्वास लेते हुए कहा।

"सब भाग की बात है सलेमी..... तू दूर काँई कू जाए, अपना चौधरी मोहल्ला में ही देख ले..... तैने कदी सोची ही के सुल्ली की ऐसी माटी खराब होएगी......!"

"मैं जभी तो कह रो हूँ मनीराम के आज का बखत में सब या लालच का वाड़ी है....... सुल्ली पे तो जीते-जी पड़गी के ना माटी।"

"एक बात है, या सुल्ली ने तो अपनी माटी खुदी खराब करवाई है..... अपना पाँव पे खुद कुरहाड़ी मारी है...... नहीं तो वाका छोरेट ऐसा ना हाँ..... खूब बढ़िया घर-गिरस्ता की गाड़ी खिंच री ही।"

"याहे कहवे हैं भाग को खेल...... अरे, आज वाही सुल्ली ए कोई एक कूलड़ा पानी भी देण वालो ना है...... अपनी तो खैर छोड़ वाने वा बीरबाणी की जिंदगी और खराब कर दीनी है...... मेरो सुरो अब रोवे है डकार मार-मार के...... मैं तो एक दिन कह भी आयो के अगर तू पहले ही या बात ए सोच लेतो तो आज ई नौबत ना आती......।"

"यार सलेमी, तू एक बात तो बता..... अन्यायी, खुदा ना खास्ता या सुल्ली के कुछ होगो तो याकी या दूसरी घरवाली की कहा गत बणेगी, जाहे ई हैदराबाद सू लायो है......?" मनीराम ने आहिस्ता से सलेमी से पूछा।

"मोहे यही तो डर लग रो है...... अरे, हाकम और बासित की ओड़ सू तो सुल्ली जहाँ कल मरे हून् ऊ आज ही मर जाए....... और खुदा ना खास्ता ऐसो हो भी गयो तो मनीराम या बिचारी की माटी कम खराब ना होएगी.....।" सलेमी के माथे पर चिंता की लकीरें खिंच आईं।

"फिर कहाँ जाएगी ई?" मनीराम ने अगला सवाल किया।

"अरे, जाएगी कहाँ..... जहाँ याको खुदा ले जाएगो......।" आख़िर सलेमी ने भी नियति पर छोड़ दिया।

इसके बाद दोनों के बीच कुछ पल के लिए कोई बात नहीं हुई।

"अच्छो चलूँ...... ओमी मास्टर सू चिट्ठी लिखवाके गेर ही आऊँ...... दो-चार दिन में हौले-हौले पहोंच जाएगी......।" मनीराम ने ऐसे कहा जैसे चिट्ठी को डाक विभाग द्वारा नहीं बल्कि ख़ुद चलकर पहुँचना है।

मनीराम के जाते ही सलेमी फिर सोच और चिंताओं की खंदक में धीरे-धीरे उतरता चला गया। मनीराम कहने को तो सलेमी के पास से चला गया लेकिन अपने पीछे और सलेमी के समक्ष छोड़ गया एक ऐसा प्रश्न, जो धीरे-धीरे विशाल और अनसुलझी शक्ल अख़्तियार करने लगा-

–ख़ुदा ना ख़ास्ता सुलेमान सचमुच जन्नत-नशीं हो गया तो?

–सुलेमान के बाद इस मेमन का क्या होगा?

–क्या प्रताड़ित कर इसे इस घर से चलता कर दिया जाएगा?

—और अगर चलता कर दिया गया तो इस अनजाने जंगल में वह कहाँ-कहाँ भटकती फिरेगी?

मेमन की शक्ल अवचेतन पर उभरते ही उसे ढेर सारी दुश्चिंताओं ने आ घेरा—किसी भी तरह हाकिम और बासित को मनाना पड़ेगा कि उन्हें मेमन को एक माँ के रूप में न केवल स्वीकारना पड़ेगा बल्कि उसे सम्मान भी देना होगा। लेकिन, यदि उन दोनों ने दोटूक मना कर दिया तब—सलेमी सोच कर भीतर ही भीतर बैठने लगा। किंतु अगले ही पल जैसे उसने तय कर लिया कि वह हिम्मत नहीं हारेगा। इसीलिए बहुत सोच-विचार के बाद सलेमी ने एक बार फिर सबको इकट्ठा करने का मन बनाया।

इसकी ख़बर सलेमी सुलेमान को नहीं पड़ने देना चाह रहा था। इसलिए इस बार न केवल हाकिम और बासित को बुलाया गया बल्कि साथ में फ़जरी को भी बुलवा भेजा। इधर औरतों में भौंरी, रमजानो, हरदेई, रुमाली, रामदेई सब सलेमी की पौली के दरवज्जे से लगकर इकट्ठी हो गईं और उधर पौली में ख़ुद सलेमी, हरसाय, नबी खाँ, मनीराम, बुद्धन, हुसैनदीन, छोटेलाल सब आ गए।

हालाँकि ऐसा नहीं है कि हाकिम और फ़जेरी या बासित अपने बुलाए जाने को भाँप नहीं पाए थे, उन्हें सारा अंदाज़ा था बल्कि उन्होंने तभी अंदाज़ा लगा लिया था कि उन्हें सलेमी की ही पौली में क्यों बुलाया गया है। किंतु बावजूद इसके वे एकदम अनजान बने रहे। उन्होंने अपने चेहरों पर एक अजीब तरह की कठोरता ओढ़ ली, जिसे देखकर यह समझना मुश्किल है कि इन्हें कुछ पता भी है, या नहीं।

बात शुरू करने के लिए पहले एक विस्तृत भूमिका बनाई गई। मनीराम ने जहाँ पितृ-भक्त श्रवण का उदाहरण देकर वातावरण को गंभीर बनाने की कोशिश की, वहीं रोबड़ा ने इस्लाम में पाए जाने वाले इस तरह के उदाहरणों को अपनी समझ और जानकारी के अनुसार प्रस्तुत कर इस गंभीरता को और गाढ़ा करने का प्रयास किया। कहने का मतलब यह है कि असली मुद्दे पर आने से पहले ज़्यादातर ने अपनी-अपनी दार्शनिकता और तर्कों के आधार पर पिता-पुत्र के शाश्वत रिश्ते को इतना व्यापक और गरिमापूर्ण बनाने की कोशि ग की कि शायद हाकिम और बासित इन तर्कों को सुनकर पसीज ही जाएँ।

विषय पर बात करने से पहले ही भूमिका ने सलेमी की पौली का वातावरण इतना आर्द्र बना दिया कि सिवाय हाकिम, बासित और फ़जरी के सबके चेहरे पिता-पुत्र के रिश्तों में आई इस शुष्कता से लगभग भीग से गए लेकिन बावजूद इस भीगेपन के सब चुप रहे। सबको एक ही डर भीतर से जकड़े हुए था कि कहीं हाकिम पहले की तरह साफ़ मना कर चलता बना तब? सलेमी, हरसाय, बुद्धन, नबी खाँ, भौंरी, रमजानो, हरदेई, रुमाली सब इसी जकड़न से मुक्त होने की कोशिश में देर तक निर्लिप्त भाव से बैठे रहे।

आख़िर सलेमी ने ही सारी कटी-जली अपने ऊपर लेते हुए शुरुआत की,

"हाकम, ई तो तमन्ने पतो ही चलगी होएगी के हमने तम काँई लू बुलाया हैं.....!"

"बेटा, बहोत उम्मेद सू बुलाया हैं हमन्ने तम........।" हरसाय ने विषय को अनुनय के शब्दों से गीला करते हुए कहा।

"दादा, अगर बात हमारा बाप की है तो खुदा के वास्ते हम लू माफी देओ और......"

"हाकम, थोड़ी देर तोपे चुप्प ना रहो जाए.......!" बासित ने बड़े भाई को लगभग डाँटते हुए, अपनी परिपक्वता का परिचय देते हुए कहा, "हाँ दादा बोल.......!"

"बेटा, बात तो तिहारा बाप की ही है...... पर हाकम ने जब पहले ही ना कर दी तो हम आगे कहा कहें.......।"

"दादा, छोड़े न....... आगे बोल तो सही..... हाकम तो बावलो है......।" बासित ने फिर कहा।

अपने पति की बुराई सुन फ़जरी फूट पड़ी, "हाँ, ई तो बावलो है...... सियाणो तो बस्स तुई है या गाँओं में।"

"डोकराकी चुप्प ना रहेगी...... कैसी लपालप्प जुबान चल री है, तोहे सरम ना आ री है बूढ़ा-बड़ान के बीच में बकवाद करते हुए...... जब पाँच आदमी आपस में बतला रा हैं तो जरूरी है तोहे बोलणो.......।" इस बार हाकिम ने फ़जरी को डाँटते हुए कहा।

"चल छोड़, बीरबाणीन् के कहा मुँ लगणो।" बुद्धन ने फ़जरी की बात को रफ़ा-दफ़ा करते हुए कहा।

"देखो बेटा, हमारी तो बस यही कहण है के घर की आग घर में ही बुझ जाए तो वासू बढ़िया कोई बात ही ना है...... और फिर ई गाँओं-बस्ती की बात है...... अरे, अच्छी-बुरी जैसी भी है मेमन तो अब तमने ओटणी पड़ेगी...... यही बात हमन्ने पहले कही ही और यही अब कह रा हैं।" इतना कहकर सलेमी चुप हो गया।

सलेमी के चुप होते ही फ़जरी लपक कर बोली, "पर डोकरा, जब हमन्ने सबर कर लियो के हमलू ऊ मरगो और वालू हम, तो फिर बात ही कहा है......।" फ़जरी का इशारा अपने ससुर की ओर था।

"निगोड़ी, तू तो कुछ जादा ही बोला बण री है...... तेरी जुबान ही तलवा के ना लग री है.....।" इस बार रमजानो ने फ़जरी को डाँट दिया।

"दादी, मेरी भावज ठीक कह री है...... हमारा बाप ने वा दिन ना सोची के मैं कहा सोच के याहे ले जा रो हूँ।" बासित ने फ़जरी का समर्थन करते हुए कहा।

"सलेमी, हम तो पीछे बोल लेंगा, पहले इन्ने बोलण दे...... फजरी बोल ले जितेक तोपे बोलो जाए...... जब सारो गुब्बार निकल जाए तो बता दीजो......।" मनीराम इस बार तमतमा उठा।

"हाकम ठीक है, जब तम सुल्ली ए अपणो बाप मान ही ना रा हो तो ई ले

पणहा और वाकी टाँट में मारी जा भड़ाभड़.......।" नबी खाँ ने मनीराम की बात पर ध्यान दिए बिना अपने पाँव से पणहा निकाली और उसे हाकिम की तरफ़ फेंक दिया।

"अरे, हमारी बला सू तम चूल्हा में पड़ो........ सलेमी छोड़ ई तो कह करे हैं न के कुत्ता की पूँछ बारह साल नली में रही...... सुरी फिर भी टेढ़ी की टेढ़ी निकली...... इन्ने कितेक ही समझा लेओ...... कोई फायदा ना है.......।" गुस्से में हरसाय जाने के लिए खड़ा हो गया।

"हरसाय, बैठ तो सही...... हाकम, हम बावला हैं रे जो तमन्ने इतेक दिनाँ सू समझा रा हैं...... अरे मूँड़ पकड़ के रोओगा...... हम तो तमन्ने याही मारे समझा रा हैं के तिहारो घर ना बिगड़े।" सलेमी थोड़ा शांत भाव से समझाते हुए बोला।

"दादा, मोलू माफी दे दे..... बासित, अबके जो तू बोलो न तो मोसू बुरो कोई ना होएगो समझी......।" हाकिम ने भाई को चेतावनी दी और फिर सलेमी की ओर मुड़ते हुए बोला, "ठीक है दादा, हम साँझ तलक सोच के बता देंगा।"

"बोल-बतला के जुआब दीजो।" जाते-जाते सलेमी ने हाकिम और बासित को समझाया।

तीनों के जाने के बाद काफ़ी देर तक सबके बीच सलेमी की पौली में मंत्रणा होती रही कि अगर इस बार भी हाकिम, बासित और फ़जरी ने उनकी बात नहीं मानी तब क्या किया जाएगा? कैसे रात-दिन की इस जग-हँसाई से पिंड छुड़ाया जाए? कैसे सुलेमान के घर में आने वाले उस प्रलय को रोका जाए जिसकी भयावहता के संकेत आने से पहले ही मिल रहे हैं। और अगर वे मान भी जाते हैं तब उसकी क्या गारंटी है कि वे मेमन को वही दर्जा दे पाएँगे जो अशरफ़ी को मिला हुआ था? सबके सब अपने आपको एक ऐसे भँवर में फँसता हुआ महसूस करने लगे, जो लगातार चक्कर खाता हुआ उन्हें अपने साथ गहरे पानी में लिए जा रहा है।

बाबू को अपने बाप का इस तरह दूसरों के मामलों में दख़ल देना अच्छा नहीं लगा। हालाँकि उस वक़्त सबके बैठे होने के कारण उसने सलेमी से कहा कुछ नहीं लेकिन सबके पौली से जाते ही बाबू खाँ से रुका नहीं गया। वह सीधा सलेमी के पास आया और आते ही बोला, "बाप, ई सुल्ली की घर की लड़ाई है..... पतोई ना तोहे काई की जलती में हाथ देण में कहा मजा आवे है!"

"तो याको मतलब पड़ोसीन को थोड़ो-बहोत फरज ना बणे है.......?" सलेमी ने उलटा बाबू से सवाल करते हुए फिर कहा, "पास-पड़ोस में रह के ये सब बात देखी ना जाए हैं।"

"बाप, हमार पे अपणी तो बुझे ना है और हम दूसरान् की बुझाता डोले हैं......।" बाप के सवाल का उत्तर दिए बिना बाबू खाँ उसे फिर एक नये प्रश्न के समक्ष खड़ा करके चलता बना।

बेटे की बात सुनकर सलेमी जैसे सनाका खा गया। बाबू कब पौली में आया और कब अपनी बात कह कर चला गया—उसे पता नहीं चला। बल्कि बाबू की अनुपस्थिति के बावजूद उसके कानों में बाबू के वाक्य खदबदाते रहे। वह देर तक बाबू के वाक्य से अर्थों की परतों को उचेलता रहा और उनके नीचे ढूँढ़ता रहा बाबू के कहने का तात्पर्य कि क्या सचमुच उससे अपने ही घर की आग तक नहीं बुझ रही है?

बाबू खाँ के अंतिम वाक्य के शब्द सलेमी के अवचेतन में आकर ठिठक से गये। धीरे-धीरे उसके अवचेतन में इस वाक्य का अर्थ खुलने लगा। सोचते-सोचते सारे सवाल और उनसे पैदा हुए जवाब आपस में गड्डमड्ड हो गए। सलेमी यह भूल गया कि शाम को जब हाकिम और बासित सबके सामने सिर झुका कर अपनी ग़लती स्वीकारते हुए सुलेमान के पाँवों को पकड़ेंगे और मेमन को माँ के रूप में स्वीकारेंगे, तब ख़ुद बाबू खाँ उससे कैसे आँखें मिला पाएगा? तब क्या बाबू भी सबके सामने अपने बाप से इस कृत्य के लिए माफ़ी माँगेगा?

एक सुखद कल्पना का सिरा पकड़े सलेमी डहले पर लेट गया क्योंकि अभी तो शाम बहुत दूर है। जुह की अज़ान लगे अभी थोड़ी ही तो देर हुई है जबकि शाम को इशा की नमाज़ पढ़कर ही हाकिम और बासित आएँगे।

डहले पर लेटे-लेटे सलेमी ने साफ़ी को झलते हुए पौली में घुस आई उमस को थोड़ा-सा कम करने की कोशिश की, तो कुछ ही देर बाद उसकी आँखें लग गईं।

सलेमी की जब आँखें खुली तो अस्र की अज़ान लगे थोड़ी ही देर हुई थी। दरअसल, नींद से तो वह अज़ान को सुनकर ही जाग गया था लेकिन नींद के हिचकोले में कुछ क्षण ऐसे ही निकल गये। सलेमी तुरंत डहले से उठा और सीधा नमाज़ पढ़ने के लिए महजत की ओर बढ़ गया।

नमाज़ पढ़कर वह वापस पौली में आया और पौली में रखी जेघड़, जिसके चारों ओर बोरी के टुकड़े को लपेट कर उसे गीला कर दिया था, में से एक भोबला (कुल्हड़नुमा मिट्टी का बर्तन) पानी पीकर फिर उहले पर लेट गया। काफ़ी देर तक सलेमी अन्यमनस्क-सा लेटा रहा। शाम की सुखद कल्पना में पता नहीं वह क्या-क्या चित्र उकेरता रहा और उन चित्रों में रंग भरने की कोशिश करता रहा।

सलेमी ने मग़रिब की नमाज़ पढ़ी और एक बेहतर फ़ैसले के सुखद अंत के लिए दोनों हाथों को उठा कर दुआएँ माँगीं। मग़रिब की नमाज़ के बाद हरसाय और बुद्धन तो आ ही गए बल्कि मनीराम और रुमाली तो इशा की नमाज़ से पहले ही आ बैठे। सलेमी ने इशा की नमाज़ पढ़ी और मुसल्ला लपेट कर ताखे के ऊपर रख दिया।

इशा की नमाज़ के थोड़ी देर बाद नबी खाँ व रोबड़ा के साथ-साथ हुसैनदीन और सुभान खाँ भी आ गए। एक-एक कर सभी मरद-औरत पौली में एक बार

फिर इकट्ठे हो गए।

भर जेठ में इशा के वक़्त भी पच्छिम की ओर काले पहाड़ की पीठ पर लालिमा का विशाल धब्बा सुरमई कैनवास पर छाया रहता है। हवा भी इतनी गरम होती है कि नहाने के बाद पता ही नहीं चलता कि आदमी थोड़ी देर पहले नहाया भी था, या नहीं। यह तो छान-छप्पर और कच्चे गारे से चिनी भीतों की ही हिम्मत है जो जेठ की इस आग बरसाती धूप और हवाओं से देह को झुलसने से बचाती हैं, वरना पक्के मकानों की छत से लेकर दीवारें तो पूरी-पूरी रात गरम लोहे-सी तपती रहती हैं।

सलेमी ने नहाने के बाद दो बालटी पानी का छिड़काव बाहर दगड़े में कर दिया। हालाँकि कुछ देर तो रेत से निकली भभकी और गंध वातावरण में तैरती रही, किंतु थोड़ी ही देर बाद रेत फिर वैसी हो गई जैसी वह छिड़काव से पहले थी।

जब सब आ बैठे तो हारकर मनीराम को ही कहना पड़ा, "अरे सुभान खाँ, मेरे यार जइयो...... हम याँ कब तलक बैठा रहेंगा.....!"

"हाँ जल्दी जा और उन्ने बुला के ला!" रोबड़ा ने भी सुभान खाँ से कहा।

"ठीक है ताऊ..... मैं बुलाके ला रो हूँ.......।"

अभी सुभान खाँ पौली की देहली लाँघ कर बाहर ही गया था कि वह यह कहते हुए वापस आ गया, "लेओ, दोनों भाई आ ही रा हैं।"

"अरे अन्यायी, हम तो हीन् बाट देखता-देखता सूखा जा रा हैं और तम अब आ रा हो नौसान की ताँई......।" उनके आते ही नबी खाँ हाकिम और बासित पर चढ़ बैठा।

"चल छोड़ आतो गा...... आ जा हाकम, भीतर आ जा...... ले, मूढ़ी ले-ले.....।" हाकिम की तरफ मूढ़ी सरकाते हुए सलेमी बोला।

"हाँ दादा, थोड़ी-सी देर होईगी......।" हाकिम ने एक तरह क्षमा माँगते हुए कहा।

"हाँ तो भई हाकम, कुछ सोची के ना तमन्ने?" बुद्धन ने बिना किसी भूमिका के शुरुआत करते हुए पूछा।

"दादा, सोच तो हमन्ने ली है पर......." इतना कहकर हाकिम ने पहले फ़जरी की ओर देखा और फिर बासित की ओर।

"हाँ-हाँ, सोच ली है तो फिर बोल.....?" नबी ख़ाँ ने हाकिम को रुकता हुआ देखकर कहा।

"........दादा, एक सरत पे हम फैसला करन लू राजी हैं......।" हाकिम का अधूरा वाक्य 'एक शर्त' के साथ उसके छोटे भाई बासित ने पूरा किया।

"सरत! कैसी सरत.....! अरे, ई कोई हिन्दस्तान–पाकस्तान को फैसलो हो रो है जामें सरत धरी जा री हैं..... अन्यायी, कहीं बाप-बेटान् में भी सरत होवे हैं?"

मनीराम ने उपेक्षा और व्यंग्य के साथ चौंकने का स्वाँग भरते हुए पूछा।

"हाँ दादा, ई सरत ही है के अगर हमारो बाप सारी जमीन-जादाद ए या तो हम दोनू भाईन् में बाँट देए, या फिर हमारे नाम कर देए तो हम तिहारी बात मानन् लू तैयार हैं।" हाकिम ने अपनी शर्त के साथ-साथ अपना निर्णय भी सुना दिया।

हाकिम की शर्त और निर्णय सुनते ही सलेमी की पौली में बैठे होंठ जैसे आपस में चिपक गए। जेठ की गरमी से भीग आए जिस्मों में हलचल-सी रुक गई और एक सन्नाटा छा गया पौली में—किसी को कुछ नहीं सूझा कि प्रत्युत्तर में कोई क्या कहे? किसी ने कल्पना भी नहीं की थी कि सगे बेटे यानी अपने ही ख़ून इस तरह अपने बाप से सीधे-सीधे सौदेबाज़ी पर उतर आएँगे। थोड़ी देर के लिए सब भूल गए कि वे बाप-बेटों में समझौता कराने नहीं बल्कि दो पड़ोसियों का समझौता कराने बैठे हैं।

सलेमी का तो मानो हलक़ ही सूखने लगा। सामने बैठा बाबू खाँ उसे लगातार घूरे जा रहा है। सलेमी की आँखें जैसे ही बाबू खाँ की आँखों से टकराई कि लालटेन की मद्धिम रोशनी में सलेमी ने बेहद सफ़ाई के साथ बाबू खाँ से नज़रें बचा लीं। लेकिन बावजूद इसके सलेमी को लगता रहा जैसे बाबू खाँ की आँखें पौली में व्याप्त मटमैले अँधेरे और मद्धिम रोशनी की मिली-जुली पर्त को चीरती हुई लगातार उसका पीछा कर रही हैं। इसके बाद जब-जब बाबू की आँखें उसकी आँखों से टकरातीं, तब-तब उसे लगता मानो कोई अदृश्य शक्ति उसके जिस्म से ख़ून को निचोड़ रही है।

"सलेमी, बोल भई अब कहा करें?"

"ऐंऽऽ!" हरसाय का सवाल सुन सलेमी जैसे किसी डरावने और भयानक सपने की जकड़न से मुक्त होते हुए बोला। कंधे पर पड़ी साफ़ी से भीगे हुए माथे से पसीना पोंछते हुए, सलेमी ने सुझाव देने के बजाय उलटा वहाँ बैठे लोगों की ओर प्रतिप्रश्न उछाल दिया, "तमीं बताओ, तिहारी अब कहा सलाह है?"

"यार सलेमी, मेरी मानो तो या झगड़ा सू हम दूर ही रहाँ तो अच्छो है...... बेमतलब काई का फटा में पाँव देणा सू बढ़िया है हम अपणा घर में बैठा रहें...... हमारी बला सू चाहे कोई चूल्हा में पड़े, या भाड़ में निकले......!" नबी खाँ ने इस मामले से एक झटके के साथ पीछा छुड़ाने की सलाह दे डाली।

नबी खाँ की सलाह सुनकर सलेमी को लगा जैसे बाबू खाँ ने अपने बाप को, उसके बूर्जुआ और जीवनानुभवों के शीशे में उसका चेहरा दिखा दिया। सलेमी को लगा कि उस शीशे में उसका चेहरा तो दीख रहा है लेकिन चेहरे की आकृति ऐसी हो गई है जो उससे ख़ुद ही नहीं पहचानी जा रही है। सलेमी ने हलके-से बाबू की ओर देखा तो वह यह देखकर लगभग सहम-सा गया कि बाबू की आँखें उसी पर टिकी हुई हैं लेकिन उसने भी जैसे हार न मानने की क़सम खा ली थी उस दिन।

"नबी खाँ, ऐसो ना करें के एक बर सुल्ली सू भी बात कर लेंए के वाके मन में

कहा है?" सलेमी ने संभावना का दूसरा दरवाज़ा खोलते हुए कहा।

"मेरी तो एक बात समझ में ना आ री है के जब हाकम और बासित ए अपना खानदान की फिकर ना है तो हमन्ने कहा जरूरत पड़ी...... अरे, हमारो कौन-सो पड्डा कीच में पड़ो है जाकी हमन्ने फिकर लग री है......।" नबी खाँ की बजाय इस बार मनीराम बोला झुँझलाते हुए।

"हाकम, अन्यायी कुछ तो सोचो...... एक तो पूरो गाँओं तिहारा बाप की करनी पे वैसेई थू-थू कर रो है, और रही-सही कसर तम पूरी कर रा हो..... अरे, हम तो सोच रा हैं के जो थोड़ी-बहोत ढकी पड़ी है, ऊ बची रहे..... पर तम सारी ए उघड़वा के मानोगा।" सलेमी ने अंतिम अस्त्र इस्तेमाल करते हुए कहा।

"दादा, जब हमारा बाप ने ही कुछ ना सोची, तो हमन्ने ही कोई ठेका थोड़ो ले राखो है.......।" हाकिम ने अपने निर्णय पर अडिग रहते हुए कहा।

"मनीराम, तो फिर ऐसो करो, सुल्ली सू अभी जाके बात कर लेओ..... हो सके ऊ इनकी सरत ए मंजूर कर ही लेए...... हो सके वही पसीज जाए...... और अगर ना माने तो जहन्नम में जाए......।" सलेमी ने संभावना के दरवाज़े को हलके से खोला।

मनीराम तुरंत मूढ़ी से उठा और अपने साथ बुद्धन और नबी खाँ को भी साथ ले गया।

तीनों यानी मनीराम, बुद्धन और नबी खाँ लगभग आधे घंटे के भीतर वापस लौट आए।

"हाँ भई मनीराम, कुछ बात बणी के?" आते ही मनीराम से सलेमी ने पूछा।

"सलेमी, कुछ भी बात ना बणी.......।" बेहद ठंडेपन के साथ दीर्घनिःश्वास लेते हुए मनीराम ने कहा।

"अरे, बेटा तो जैसा हैं सो हैं, पर बाप भी कम ना है।"

"कहा मतलब?" बुद्धन की पहेली पर सलेमी ने चौंकते हुए पूछा।

"मतलब ई के सुल्ली ने भी साफ मना कर दी के अपणे जीते-जी मैं अपनी जमीन में सू काई कू एक टूक भी ना दूँगो...... चाहे वे मेरा बेटा ही क्यों न होंए।" बुद्धन ने सबके सामने सुलेमान का फ़ैसला सुना दिया।

"तमन्ने कही ना के अगर ऊ जमीन ए आधी-आधी हाकम और बासित में बाँट देए तो ई रात-दिन की रामाण मिट जाएगी!"

"खूब कही ही सलेमी, पर ऊ मानो होए जब न...... और फिर वाकी बात भी ठीक है के जमीन बटणा के पीछे हाकम और बासित की कहा गारंटी है के जो सलूक ये अब कर रा हैं, पीछे ना करेंगा...... वाकी गारंटी कौन लेएगो...... अरे, जब बाप पे बेटान् को अकीन ना है तो बाप ही कैसे अकीन कर लेएगो।"

"तमन्ने कही ना के वाकी गारंटी हम ले रा हैं?"

"सारी बात कह ली सलेमी, सब अच्छी-बुरी समझा ली..... पर बोलो के जो माणस मेरे जीते-जी काई की बात ना मान रा हैं, मरे पीछे कौन काई की मानेगो...... अरे, आज माँ-बाप की तो कोई माने ना है, अड़ोसी-पड़ोसीन्ने कौन पूछे है।"

"बुद्धन, एक हद तक सुल्ली ई बात तो ठीक कह रो है.......।" सलेमी ने एक तरह से सुलेमान के तर्क को वाजिब ठहराते हुए कहा।

"........आगे कहन लगो के जो बालक या मेमन सू होंगा वे किसकी देहली पे जाके झोली फैलांगा...... मेरे मरे पीछे मेमन कू कौन खवाएगो....... अरे, अगर या जमीन-जादाद का हिस्सा ही करणा है तो तीन हिस्सा करो–हाकिम, बासित और मेमन का......।" आगे मनीराम ने बुद्धन की बजाय सुलेमान द्वारा कही गई सारी बात बता दी।

"मनीराम, सुल्ली की ई बात भी सोलह आने ठीक है..... हाकम, सुन लियो अपणा बाप को फैसलो......।" सलेमी ने हाकिम की ओर देखते हुए कहा।

"दादा, हम कहा सुणें...... तम सुन लेओ.......!" और इससे पहले कि बात कुछ और आगे बढ़ती हाकिम और बासित फ़जरी को लेकर ग़ुस्से में पाँव पटकते हुए सलेमी की पौली से बाहर निकल गए।

".......और तो और सुल्ली ने मुँ फोड़ के याँ तक कह दी के जो बेटा अपना बाप पे खुल्लम-खुल्ला हाथ उठाण कू तैयार रहवे हैं उनसू मेरो कोई रिसतो ना है, ना वे मेरा बेटा हैं और न मैं उनको बाप। मेरी ओड़ सू वो मरगा और उनकी ओड़ सू मैं मरगो.....।" बुद्धन ने उन तीनों को जाते-जाते सुलेमान का अंतिम वाक्य भी सुना दिया।

सलेमी की पौली में थोड़ी देर के लिए फिर सन्नाटा छा गया लेकिन इस बार इस सन्नाटे में तनाव के बजाय काफ़ी हद तक एक ढीलापन और लालटेन की रोशनी में पुते चेहरों पर एक संतुष्टि-भाव की व्याप्ति थी। बस, एक चेहरा ऐसा था जो शुरू से ही सख़्ती ओढ़े हुए था और अंत तक उसी तरह सख़्त रहा–वह चेहरा था बाबू खाँ का।

सलेमी ने कंधे पर पड़ी साफ़ी से मुँह पोंछ कर एक बार फिर बाबू की ओर देखा, तो इस बार सलेमी के चेहरे का कसाव बढ़ा नहीं बल्कि एक अजीब-से ढीलेपन के कारण चेहरे का घनत्व उसे बढ़ता हुआ महसूस हुआ। दिन में कहे गए इसी बाबू खाँ के वाक्यों की कुटिलता धीरे-धीरे सलेमी को ग़ायब होती दिखाई देने लगी।

एक-एक कर सब उठ कर चले गए, यहाँ तक कि बाबू भी। पौली में बच गया केवल सलेमी। हाँ, वही सलेमी जो अपने ही बेटे की नज़रों में एक लड़ाई हार चुका है लेकिन बेटे को क्या पता कि जिसे वह पराजय समझ बैठा है, वह पराजय नहीं बल्कि एक ऐसी विजय है जिसकी कल्पना भी नहीं की थी सलेमी ने।

उसी सलेमी को लगने लगा जैसे कुछ देर पहले तक उसकी जिन शिराओं में रक्त का बहाव एकदम रुक-सा गया था, उसी रक्त का बहाव उसके भीतर इतना तेज़ हो गया है कि उसकी समझ में नहीं आ रहा है कि वह उसकी इस तेज़ी को कैसे क़ाबू में करे? उसी सुलेमान का क़द उसे उस विशाल प्रतिमा की तरह लगने लगा, जिसे देखने के लिए एक हाड़-मांस का जीता-जागता मनुष्य जब उसके पास आकर खड़ा होता है तब उसे महसूस होता है कि वास्तव में वह कितना बौना है! सुलेमान सचमुच सुलेमान निकला जिसने एक बेबस और अकेली मेमन के भविष्य के लिए इतने नाजुक और महीन रिश्ते की परिभाषा को इतना पारदर्शी बना दिया कि उसके आर-पार इन रिश्तों के अनेक प्रतिबिम्ब दिखाई देने लगे हैं।

'वाह सुल्ली, आज तेरा फैसला ए सुण के मेरी छाती सीली होगी।' सलेमी जैसे ख़ुद से बातें करने लगा। डहले से फुर्ती के साथ उठते हुए उसने पौली के बाहर खाट बिछाई और साफ़ी का सिरहाना लगा कर लेट गया।

जेठ की धुंध भरी रात में उसे ऐसा लगने लगा जैसे पसीने से भीग आए जिस्म पर बर्फ़ से भीगे फाहे लपेट दिए हों!

सुबह पूरे चौधरी मोहल्ले में यह बात फैल गई कि सुलेमान ने अपनी ज़मीन-जायदाद में से कुछ भी अपने बेटों के नाम करने से साफ़ मना कर दिया है। अपने ही बेटों की शर्त और अपेक्षाओं को एक झटके के साथ मटियामेट कर दिया सुलेमान ने।

सुलेमान के इस फ़ैसले पर पूरे मोहल्ले में ज़्यादातर तीखी प्रतिक्रिया हुई। कुछेक ने तो यहाँ तक कहना शुरू कर दिया कि आज तक जिस कहावत को वे महज एक-दूसरे से सुनते आ रहे हैं कि फ़साद की जड़ में तीन चीज़ें यानी ज़र, जोरू और ज़मीन होती हैं, उस कहावत को सुलेमान ने चरितार्थ करके दिखा दिया, वरना इस मोहल्ले में ऐसा कभी नहीं हुआ कि एक औरत के लिए कोई अपने बहू-बेटों तक को बिसरा दे। मोहल्ले के कुछ घरों की ज़्यादातर उन आँखों में सुलेमान और मेमन शूल की तरह चुभने लगे, जहाँ स्थिति कमोबेश सुलेमान के घर जैसी है। बल्कि जिनके अंदर सुलेमान के प्रति सहानुभूति के दो-चार क़तरे बचे हुए थे और जिन्होंने सुलेमान के इस कृत्य पर तटस्थता बरतने की क़सम खा ली थी, वे भी सुलेमान के इस निर्णय की खुलकर आलोचना करने लगे। लेकिन बावजूद इन आलोचनाओं और प्रतिक्रियाओं के सुलेमान अपने निर्णय से टस से मस नहीं हुआ बल्कि सुलेमान के साथ-साथ बहुतों को लगने लगा जैसे उनके सीने से कोई भारी पत्थर हट गया है......।

भारी! अरे, यह क्या कह गया सलेमी ख़ुद से...... भारी कैसे हो गया..... इसने भी तो सुलेमान को खूब डाँटा था। खूब मलामतें दी थीं इसी सुलेमान को, और अब जब इसी सुलेमान ने मेमन को हिस्सा देने के मामले में अपना दोटूक फ़ैसला सुना दिया तब इसे ही सबसे ज़्यादा ख़ुशी हो रही है..... उसी सुलेमान का क़द इसे बेहद

विशाल दिखाई दे रहा है..... जबकि होना यह चाहिए था कि इसी सुलेमान को तड़प-तड़प कर मरना चाहिए....... मरते वक़्त क़ायदे से इसके जिस्म में कीड़े पड़ने चाहिए..... लो भला, जिस बाप ने अपनी जायदाद को दो हिस्सों की बजाय तीन हिस्सों में बाँटने की बात कही हो, वह भी कोई बाप कहने लायक है....... वाह रे सलेमी! अब तू ख़ुश इसलिए हो रहा है कि यह मेमन नाम की औरत जात हाकिम और बासित की छाती पर मज़े से दाल दलेगी और और तू मज़े से अपनी जात पर यह सब होते देखेगा..... कितनी शर्म की बात है..... यानी अब तू सुलेमान के घर में होने वाले इस थुक्का-फ़ज़ीहत का जम कर मज़ा लूटेगा....... वाह भई सलेमी, वाह!

सलेमी के भीतर जैसे सबकुछ गड्डमड्ड हो गया। थोड़ी देर के लिए उसका मगज घूम गया कि सुलेमान के इस फ़ैसले से आख़िर जीत किसकी हुई—मेमन की? हाकिम-बासित की? सुलेमान की? बाबू खाँ की, या फिर ख़ुद उसकी?

यह बाबू कहाँ से आ गया बीच में? अरे, झगड़ा तो यह बाप-बेटों का है, इसमें बाबू कहाँ से घुस आया.......। सोचते-सोचते अचानक सलेमी को लगने लगा जैसे यह सुलेमान और उसके बेटों के बीच का झगड़ा नहीं, वास्तव में बाबू और उसके बीच का झगड़ा है। एकाएक वही दृश्य उसकी आँखों के आगे फिर घूमने लगा, जिसमें हाकिम अपने बाप की ओर ग़ुस्से में झपट रहा है। उसे लगा जैसे हाकिम की जगह हाकिम नहीं बल्कि बाबू खाँ है, जो उसी की ओर झपट रहा है।

सलेमी ने ज़ोर-से अपनी मुंडी को झटका और यह सोचते हुए लेट गया—'सुल्ली, तेरो फैसला सोलह आना सही है..... अगर तू ऐसो ना करतो, तो पतो ना या मेमन की आगे जाके कहा हालत होती, भेड़ियान् सू बचणा का चक्कर में या तो बावली हो जाती या काई कुआ-पोखर में गिर के जान दे देती......तेरे पीछे ऊ किसकी देहली पे जाके मूँड़ फोड़ती...... ना सुल्ली, आज तैने मरदन् की सी बात करके दिखा दी...... अरे बावला, दुनिया की तो आदत जलता में घी गेरन् की है...... आज कोई काई का चिरा पे ना मूते है....... वा सुल्ली, जुग-जुग जिए...... आज तैने एक गाय की जान बचाके सवाब कमा लियो......।' सोचते-सोचते न जाने कब सलेमी की आँखें लग गईं।

तीस

वैसे तो पिछले कई सालों से ही सलेमी को यह आभास हो चुका है कि इलाक़े के लक्षण कुछ ठीक नहीं हैं लेकिन जब पिछली दीवाली पर सुभान खाँ ने मनीराम द्वारा बोले गए अपने चौथे पोते के नाम का गलेप दादाखानू पर चढ़ाने से मना कर दिया, तब उसे लगा जैसे जर्जर और पुरानी पड़ चुकी इमारत की दीवार से कोई

ईंट हलके से खिसक कर नीचे आ गिरी है। थोड़ी देर के लिए मनीराम भी सुभान खाँ के मना करने पर ठगा-सा रह गया। समय के पहिए के साथ मनुष्य की प्रवृत्तियाँ कैसे बदलती हैं सुभान खाँ अपवाद के रूप में मनीराम के आगे है। उसे सुभान खाँ के मना करने पर न केवल हैरानी हुई बल्कि कुछेक पल के लिए विस्मृतियों के छींटे उसके भीतर ताज़ा हो उठे। सुभान खाँ के दादा भरपूला का तो ख़ैर सवाल ही नहीं उठता कि उसने कभी झूठे से ना तो की हो, बल्कि उसके बाप ने भी कभी ऐसा नहीं किया। दादा भरपूला तो ख़ुद ही आकर याद दिला देता कि किस जुम्मेरात को गलेप चढ़ाना है यानी गलेप बोलने वाला बेशक भूल जाए किंतु मजाल है दादा भरपूला कभी भूला हो। फिर अब इस सुभान खाँ ने गलेप चढ़ाने से क्यों मना कर दिया?

एकाएक क्या हो गया है इस सुभान खाँ को?

मनीराम ने यह सूचना जब सलेमी को आकर दी तब उसे भी थोड़ी देर के लिए कुछ नहीं सूझा। पहले तो उसे लगा कि मनीराम ऐसे ही उससे मज़ाक़ कर रहा है लेकिन मनीराम जब देर तक कुछ बोला नहीं, सलेमी को तब कहीं जाकर यक़ीन हुआ। सलेमी ने मनीराम की भंगिमाओं से ही भाँप लिया कि सुभान खाँ के इस तरह दोटूक मना करने से वह कितना आहत है।

सलेमी ख़ुद ही बड़बड़ाने लगा।

एक-एक कर भविष्य की सारी आशंकाएँ उसे आकार लेती हुई लगीं। सच तो यह है कि उसे इन आकृतियों से डर-सा लगने लगा है। सलेमी का डर है भी वाजिब क्योंकि उसी सुभान खाँ ने मना कर दिया जो बचपन से लेकर किशोर होने तक कभी अपने दादा भरपूला के साथ, और कभी अपने बाप ईसब के साथ दादाखानू पर जाता रहा है। और जब दादाखानू पर गलेप चढ़ाया जाता तब यही सुभान खाँ पूरे उल्लास के साथ उसके पल्लुओं को पकड़ कर उसे दादाखानू की मज़ार पर चढ़वाने में अपने दादा का सहयोग करता था। कभी जलती हुई अगरबत्तियों को मज़ार के सिरहाने टाँगता, तो कभी सकोरे में धधकते अंगारों के टुकड़ों पर लोबान डालता। कभी अपने दादा के होंठों से फूटने वाले कलमा की देखादेख ख़ुद भी बुदबुदाने लगता, तो कभी मज़ार पर माथा टेकने वाली दादी, ताई, काकी या चाचियों के साथ ख़ुद भी ढोक खाने लगता। जब गलेप चढ़वा कर सबके साथ वापस लौटने लगता तब पीछे मुड़कर गलेप की हरीतिमा को तब तक निहारता रहता, जब तक दादाखानू की मज़ार पर चढ़ा गलेप आँखों से ओझल नहीं हो जाता था।

आज उसी सुभान खाँ ने, दादाखानू पर गलेप चढ़ाने से मना कर दिया—सलेमी को अभी भी जैसे यक़ीन नहीं है।

यह तो अच्छा हुआ जो मनीराम ने तीन-चार दिन पहले पूछ लिया वरना ऐन मौक़े पर सुभान खाँ मना करता तब क्या होता?

इसी अप्रत्याशित-सी दीखने वाली घटना के पात्रों और स्थितियों की गहराइयों के विभिन्न पहलुओं पर विचार करने में डूबे हुए हैं—मनीराम, सलेमी और हरसाय। दादाखानू की मज़ार पर चढ़ने वाले गलेप के उस हरेपन को पूर्व की तरह बरक़रार रखने की चिंता में तीनों गुमसुम बैठे हुए हैं, जो अब धीरे-धीरे फ़ीका पड़ता जा रहा है।

"मनीराम, वाड़ी मोहे तो अकीन आ ना रो है!" सलेमी ने ऐसे कहा जैसे यह किसी दूसरे लोक की बात हो।

"सलेमी, पहले तो मोहे भी अकीन ना आ रो हो, पर जब वाने दोटूक मना ही कर दी फिर तो अकीन करनोई पड़ो......।" मनीराम ने विश्वास दिलाते हुए कहा।

"यार सलेमी, मोहे कुछ-कुछ मनीराम की बात में दम नजर आ रो है...... आज ही एक ऐसी बात मोकू छोटेलाल ने बताई ही........।" हरसाय ने एक ओर रहस्य से छिलका हटाते हुए कहा।

"कौन-सी बात?" इस बार एकसाथ मनीराम और सलेमी के मुँह से निकला।

"अरे यही के सुभान खाँ की घरवाली ने छोटेलाल की घरवाली रामदेई सू दीवा लेण सू मना कर दी।"

"कहा? दीवा लेण सू मना कर दी..... पर काँई लू...... अरे, हमारी बोहड़िया ने तो कल ही रामदेई सू घणाई सारा दीवा लिया हैं......।" हैरान होते हुए सलेमी ने पूछा।

"ई तो सुभान खाँ की घरवाली ही जाणे...... पर रामदेई सू भी तो पूछ लेंए के सुभान खाँ की घरवाली ने दीवा काँई लू ना लिया हैं?" हरसाय ने सच्चाई की तह तक पहुँचने का रास्ता सुझाते हुए कहा।

"ई बात ठीक है, पहले रामदेई सू पूछ लेएँ...... मैं अभी वाहे बुलवा रो हूँ....... वासू पूछके सुभान खाँ के पै चलंगा।"

रामदेई के आने तक सलेमी का मगज लगातार घूमता रहा—एक के एक बाद उसे क्या-क्या सुनने को मिल रहा है। पहले सुभान खाँ ने दादाखानू पर गलेप चढ़ाने से मना कर दिया, और अब हरसाय बता रहा है कि उसकी घरवाली ने दीवाली के दीये लेने से मना कर दिया। सचमुच सलेमी को ये लक्षण कुछ शुभ नज़र नहीं आ रहे हैं। उसे रह-रह कर लग रहा है जैसे काले पहाड़ की पूरी तलहटी में बिछे भूड़ के समंदर में एक-एक कर अनर्थ के डूह उगने शुरू हो गए हैं। ऐसे डूह जिन्हें देर तक खोदा जाए तो सिवाय शुष्कता के नमी शायद ही नज़र आए। एकाएक इस पहाड़ के आँचल में ये कैसी ध्वनियाँ शुरू हो गई हैं?

"आ भई छोटेलाल...... अरी आ जा रामदेई......!" छोटेलाल और रामदेई को आया देख मनीराम बोला।

"काका सब ठीक तो है, ऐसी कहा आफत आ पड़ी जो धुपराई में बुलवा भेजा हैं?" छोटेलाल ने पूछा।

"अरे, हमने तू थोड़ी बुलवायो हो, हमने तो तेरी बोहड़िया बुलवाई ही......।" हरसाय ने उसके आने को व्यर्थ बताते हुए कहा।

"पतोई ना ऐसी कहा बात है...... यही सोच के मैं भी चलो आयो......।" छोटेलाल ने सफ़ाई देते हुए कहा।

"हाँ री रामदेई, सुणी है सुभान खाँ की घरवाली ने तोसू अबके दीवा लेण सू मना कर दी ही?" सलेमी ने सीधे-सीधे पूछा।

"डोकरा, ई तो वाकी राजी है।" रामदेई ने घूँघट की ओट से कहा।

"ई तो ठीक है, अपर वाने मना काँई लू कर दी?" सलेमी ने फिर पूछा।

"डोकरा, ना पूछे तो ठीक है...... हम तो सारी जात के कनै या मारे चला जावे हैं के मण-सवा मण नाज हो जाए है बस्स......।"

"अरी तो बावली, ई बता के वाने तोसू कही कहा ही?" इस बार मनीराम ने ज़ोर देते हुए पूछा।

"यही बोली के बहाण तेरा देवर ने अब के दीवा लेण सू साफ मना कर दी है वाने तो कुल्हिया भी मुसकल सू लेण दी ही....... अगर सेर-डेढ़ सेर नाज चहिए तो वैसेई ले जा...... जब मैंने कही के खैरात में तो हम कंचन भी ना उठाएँ हैं, तो बोली के बहाण पतोई ना अबके तेरा देवर ने दीवा लेण सू मना काँई लू कर दी है?" रामदेई से सुभान खाँ की घरवाली ने जैसा कहा उसने वैसा बता दिया।

"पर सुभान खाँ ने दीवा लूण सू ना काँई लू करवा दी?" सलेमी ने जैसे सबको सुनाते हुए स्वयं से पूछा।

"हाँ डोकरा, मैंने जब वासू ई कही के दिवाली पे बालक खेल लेंगा तो बोली रामदेई बालकन् लू तो मैं कुछ और मँगा लूँगी।"

"मनीराम, कुछ समझ में ना आ री है...... अरे, जब इतना मुद्दत सु ऊ दिवाली पे दीवा लेतो आ रो हो तो वाने अब के कैसे मना करवा दी...... और रामदेई, या बात ए तू बता अब री है?" लगभग झल्लाते हुए कहा सलेमी ने।

रामदेई ने इसका कोई जवाब नहीं दिया।

"ठीक है, अब तू जा।" सलेमी ने रामदेई को जाने के लिए कह दिया।

"यार सलेमी, मोहे तो कुछ दाल में कालो दीख रो है......!" हरसाय ने अंदाज़े का सहारा लेते हुए कहा।

"कहा मतलब?" सलेमी ने हैरान होते हुए पूछा।

"तिहारी एक बात समझ में ना आ री है के सुभान खाँ ने पहले दीवा लेण सू मना कर दी..... और अब वाने दादाखानू पे गलेप चढ़ाण सू मना कर दी।"

"हरसाय, तेरी कुछ-कुछ बात मेरी भी अब समझ में आ री है......।" सलेमी गरदन हिलाते हुए बोला।

"कहा समझ में आ री है?" मनीराम ने चौंकते हुए पूछा।

"सब बता दूँगो...... ऐसो करें पहले सुभान खाँ के पै चलें..... हो सके थोड़ी-

बहोत तेरी हूँ समझ में आ जाए।" डहले से उठते हुए बोला सलेमी।

"ले चल, वाँ भी चल के देख लेएँऽऽऽ।"

इसके बाद हरसाय और मनीराम दोनों सलेमी के साथ हो लिए।

उन तीनों को अपनी बाखल की ओर आता देख सुभान खाँ दूर से ही उनके आने का मन्तव्य भाँप गया और इससे पहले कि वह ख़ुद उठकर बाखल से बाहर आता, पहले ही उसके नाम को हेला पड़ गया।

"अरे सुभान खाँ है कै?" मठराते हुए सलेमी ने मनीराम और हरसाय के साथ सुभान खाँ की बाखल में दाखिल होते हुए पूछा।

"आ जा ताऊ.....!" खाट बिछाते हुए सुभान खाँ बोला।

"हाँ रे भरपूला का पोता..... सुणी है तैने मनीराम को गलेप चढ़ाणा सू ना कर दी है?" खाट की पाटी पर दोनों हाथों को टेक कर उस पर बैठते हुए बिना किसी भूमिका के सलेमी ने पूछा।

"हाँ ताऊ।" सुभान खाँ ने मुस्कराते हुए कहा।

"कहा मतलब?" सलेमी ने हैरानी से पूछा।

"ताऊ, हमारा बाप-दादान्ने जिंदगी दादाखानू पे गलेप चढ़ाते-चढ़ाते बिता दी..... पर अब हमारो मन ना करे है या काम ए करन् लू।"

"काँई लू ना करे है मन..... अरे, ई तो तिहारो पुस्तैनी काम है और फिर गलेप चढ़ाणा में कहा बुराई है..... मेरे यार सुभान खाँ, दो-ढाई मीटर लत्ता...... दाल...... चावल...... चून..... तेल मिल जावे है तो यामें कहा बुरी बात है...... अन्यायी, यासू भी घणोई धक्का लगे है घर-गिरस्ती को......।" सलेमी ने तर्क देते हुए समझाया।

"ताऊ, तू वा मीटर-सवा मीटर हरा-सा पोतड़ा ए लत्ता कह रो है, जासू चूतड़ भी ठीक सू ना पुछे हैं...... और सेर-आध सेर दाल-चावल सू कहीं घर-गिरस्ती चलती देखी है...... ताऊ, हम तो खूब फकीरी कर लेएँ पर अब ऊ बखत ना रहो जाकी तम बात कर रा हो.....।" सुभान खाँ ने सलेमी के तर्क को भोंथरा करते हुए कहा।

"सलेमी, काई हद तक ई छोरा ठीक कह रो है.....।" हरसाय ने सुभान खाँ के तर्क का समर्थन करते हुए कहा।

"...... और सुणी है के तैने रामदेई सू भी दीवा लेण सू ना कर दी ही?" सलेमी ने सुभान खाँ को घेरते हुए पूछा।

"हाँ ताऊ, दीवा लेके कहा करें..... रामदेई कौण-सा मुफत में देएगी...... वाहे ना देनो पड़ेगो सेर-आध सेर नाज....... और फिर ताऊ सही बात तो ई है के हमारे कौण-सी होली-दिवाली मने है जो हम दीवा लेएँ......?"

"देख सुभान खाँ, तेरी और बात तो ठीक है पर ई बात ना जमे है के हमारे होली-दिवाली ना मने है...... अरे, मैं कद कह रो हूँ के हमारे हदीस में होली-

दिवाली मने है..... पर ई भी तो सही है के हमारे मेवन् में कदी तो मने ही..... मेरे यार, इन चीजन् सू काई को दीन खराब ना होवे है..... अरे, या बहाने काई बोदी जात के धक्का लग जाए और काई का बालक पल जाएँ तो यामें कौण-सी बुरी बात है?" सलेमी ने बेहद दार्शनिक अंदाज़ में सुभान खाँ को समझाने की कोशिश की।

"सुभान खाँ, काई का लिया-दिया सू दिन ना कटे हैं..... अरे बावला, या बहाने हम भी अपना बेटा-बहून् को मुँ देख लेवे हैं...... आज का बखत में काई के पै इतेक टेम ना है के ऊ अपना माँ-बाप की खैर-खबर लेण भगो चलो आवे...... पर ऊ बहानो भी अब खतम हो जातो दीखे है.....।" मनीराम ने चिंतित होते हुए कहा।

"और फिर कौण-सी तिहारी जात या गलेप ए लेण सू घटे है?"

"ताऊ सलेमी, जात-वात तो ना घटे है पर......." कहते-कहते रुक गया सुभान खाँ।

"फिर काँई लू नखरा कर रो है?" सलेमी ने लगभग डाँटते हुए साधिकार पूछा।

"बात ई है ताऊ, चिमार-चुहड़ा तलक तो हौले-हौले अपनी पुस्तैनी धंधान्ने छोड़-छोड़ के दिल्ली मऊँ भगा जा रा हैं...... फिर हम कद तलक एक ही खूँटा सू बँधा रहेंगा.......!" सुभान खाँ ने अंततः अपने मन की बात कह दी।

"ठीक है सुभान खाँ, जैसी तेरी मरजी..... तू क्यों बँधो रह या खूँटा सू! चल भई मनीराम, खड़ो हो......!" इतना कहकर सलेमी मनीराम और हरसाय को लेकर सुभान खाँ की बाखल से चला आया।

घर आते-आते सलेमी को लगने लगा जैसे उसके घुटने टूट रहे हैं। आते ही वह डहले पर आ पसरा। लेटे-लेटे वह देर तक पौली की छान को देखता रहा। पूरी पौली में जगह-जगह भीत से लेकर छान में जहाँ-जहाँ मकड़ियों को जगह मिली वहीं जाला पूर लिया। जिस खूँटी पर रोज़ाना लालटेन लटकी रहती है उसके आसपास भी काले धुएँ का एक बड़ा धब्बा बन गया है। यहाँ तक कि जिस ताखे में जुज़दान में लिपटी कुरान और रेहल रखा रहता है उसके नीचे और भीतर भी मकड़ियों ने जाला पूर लिया है। बस, अगर कहीं जाला नहीं है तो ताखे के ऊपर नहीं है, जहाँ जा-नमाज़ रखा रहता है।

सलेमी ने पहली बार पौली में जगह-जगह बने हुए मकड़ियों के जालों को ग़ौर से देखा। उसने पहली बार आज उस खूँटी के आसपास बने काले धब्बे को ध्यान से देखा जहाँ वह सूरज छिपते ही लालटेन की चिमनी को राख़ से माँज कर बेहद सावधानी के साथ उसे बाहर निकालता और लगाता है। धीरे-धीरे उसने महसूस किया जैसे मकड़ी का जाला उसी के चारों ओर पुरता जा रहा है, और साथ में लालटेन की बाती से निकलता काला धुआँ भी पूरी पौली में फैलता जा रहा है। वह तेज़ी-से पुरते जा रहे जाले और निरंतर गहराते जा रहे काले धुएँ को

हाथ से हटाने की कोशिश करने लगा लेकिन वह इसमें अपने आपको असहाय-सा महसूस कर रहा है। अब तो धीरे-धीरे उसे यह भी महसूस होने लगा जैसे लालटेन का गहरा धुआँ उसके हलक़ में उतरने लगा है। हलक़ में उतरते हुए इस धुएँ को बाहर निकालने के लिए सलेमी ने ज़ोर-से खँखारा तो पल भर के लिए उसे लगा जैसे किसी अनर्थ की घाटी से वह वापस लौट आया है। लगभग चौंकते हुए उसने पौली में नज़र घुमाकर देखा तो उसने पाया कि जिस धुएँ और जाले में वह अपने आपको फँसा हुआ महसूस कर रहा था, वह मात्र एक कल्पना थी। उसने लंबा साँस लेकर उसे इस तरह छोड़ा मानो अभी भी उसके फेफड़ों में काला धुआँ भरा हुआ है।

एकाएक सलेमी को न जाने क्या सूझा कि वह डहले से उठा और कोने में पड़े सरकंडों की तुलियो से बने बुहारे को उठाकर, उसने पूरी पौली में लगे जालों को हटाना शुरू कर दिया। सलेमी ने तभी जाकर दम लिया जब उसे लगा कि अब सारे जाले हट गए हैं। उसी बुहारे से सलेमी ने खूँटी के चारों ओर बने धुएँ के काले धब्बे को साफ़ करने की कोशिश की तो कालिख पूरी तरह हटने के बजाय भीत पर और पुत गई। बुहारे की तुलियों से खूँटी के आसपास श्यामपट्ट की तरह खींच दी गई असंख्य आड़ी-तिरछी लकीरें दिखाई देने लगीं।

सलेमी डहले पर फिर आ लेटा। उसे रह-रहकर लगता रहा कि जिन बातों और जिन प्रसंगों को वह इतना मामूली मानकर चल रहा है उनमें इतनी आक्रांतता और भयावहता छिपी होगी कि उन्हें सुनकर कानों के महीन पर्दे इतने भारी हो जाएँगे कि जब-जब उनके शब्दों की चोट उन पर पड़ेगी, तब-तब लगेगा जैसे उन पर किसी भारी घन की चोट पड़ रही है। उसे लगा मानो वह एक-एक कर सारे युद्धों को हारता जा रहा है। डहले पर लेटे-लेटे ही सलेमी के अवचेतन में सुभान खाँ के वाक्य एक बार फिर गूँजने लगे–'ताऊ, वा मीटर-सवा मीटर हरा-सा पोतड़ा सू चूतड़ भी ठीक सू ना पुछे हैं...... सेर-आध सेर दाल-चावल सू कहीं घर-गिरस्ती चलती देखी है...... सब तो हौले-हौले अपना पुस्तैनी धंधा छोड़-छोड़ के दिल्ली मऊँ भगा जा रहा हैं, फिर हम कद तलक एक ही खूँटा सू बँधा रहेंगा.......!'

अंतिम वाक्य तक पहुँचते-पहुँचते सलेमी की साँसें तेज़-तेज़ चलनी शुरू हो गई। लगने लगा जैसे मगज में कुछ ज़ोर-ज़ोर से बज रहा है। सब हौले-हौले अपने पुश्तैनी धंधों को छोड़ कर दिल्ली भागे जा रहे हैं–इस वाक्य पर आकर सलेमी ठिठक-सा गया। बल्कि 'दिल्ली' शब्द ने जैसे उसे कस कर जकड़ लिया। सलेमी ने बहुत कोशिश की उस शब्द से पीछा छुड़ाने की लेकिन वह इसमें सफल तभी हुआ जब उसने तमतमाते हुए ख़ुद से कहा, 'दिल्ली! दिल्ली!! दिल्ली!!! ई दिल्ली आखिर है कहा बला, जाहे देखो बस वही दिल्ली मऊँ मुँ उठा के भगो जा रो है......!'

सलेमी की सोच के ठिठके हुए पाँव वापस मुड़े तो अतीत की अक्षांश और देशांतर रेखाएँ एक-एक कर स्मृतियों के हुचके से खुलती चली गईं। इन्हीं रेखाओं के बीच से रह-रहकर सूनी पड़ी हवेलियों से बाहर आती कबूतरों की गुटर-गूँ, या फिर कच्चे आँगनों के अधखुले वक्षों से टूटे हुए छान-छप्परों की सिसकियाँ सुनाई देती हैं। दोपहर बाद ढलती हुई धूप-सी पता नहीं इन हवेलियों, छान-छप्परों और बद-शक्ल हो चुके कच्चे घरों से स्मृतियों के चित्र कैसे ओझल होते चले जाते हैं।

वही जीवन, ओमी, मूलचंद, ज्ञानी, गिरधारी, श्री किशन पंजाबी जो पाकिस्तान से बँटवारे के समय शरणार्थी बनकर, और जिनकी औरतें अपने दुधमुँहों को छाती से चिपटाए काले पहाड़ के आँचल तले आई थीं, वे भी अपनी-अपनी हवेलियों को औने-पौने दामों में बेचकर बहुत पहले एक-एक कर उसी दिल्ली की ओर जा चुके हैं, जिस दिल्ली में बनवारी और छोटका जाकर समा गए हैं। इनको जिस काले पहाड़ ने आश्रय दिया उसी का ये इस तरह परित्याग कर चुके हैं जैसे उसकी घाटियों से डर और आगत की आशंकाएँ उन्हें लील लेंगी।

शायद इन्हीं की देखादेख आधे से ज़्यादा चमरवाड़ा खाली हो चुका है। धीरे-धीरे, एक-एक कर कब कच्चे-पक्के घरों के दरवाज़ों पर ताले लटकने शुरू हो गए। इसका पता तभी चलता है जब छठे-चौमासे उधर जाकर देखा जाता है और इसी का परिणाम है कि चमरवाड़े के जिस चौक में कभी सुल्ताना डाकू की भूमिका निभाने वाले मास्टर श्यामलाल को देखने के लिए पूरा गाँव टूट पड़ता था, उस मोहल्ले का वह चौक आज निर्जनता का प्रतीक बन कर रह गया है। अब इस नाटक के इन पात्रों के संवादों की सिर्फ़ अनुगूँज ही सुनाई देती है इस चौक में।

दूर क्यों जाया जाए—बनवारी और छोटका भी तो अब होली-दीवाली जैसे त्यौहारों पर आने में टाल-मटोल करने लगे हैं। बल्कि अब तो यह भी सुनने में आ आने लगा है कि किसी भी दिन इसी चौधरी मोहल्ले का बगू सन्नार्थी अपनी पुश्तैनी ज़मीन-जायदाद को बेचकर यहाँ से जा सकता है अर्थात इसका अर्थ यह हुआ कि एक दिन इस चौधरी मोहल्ले से बनवारी, छोटका और बगू सन्नार्थी की तरह सुभान खाँ भी इस नगीना को अंतिम सलाम कर चलता बनेगा...... नहीं-नहीं सुभान खाँ ऐसा हरगिज़ नहीं करेगा..... वह क्यों जाएगा इस नगीना को छोड़कर....... उसे क्या डर है इस नगीना में? वह कोई पकिस्तान से आया हुआ सन्नार्थी थोड़े ही है? वह भी तो उसी बिरादरी का है जिसका चौधरी करीम हुसैन, चौधरी मुर्शीद अहमद और जिसका ख़ुद बाबू खाँ है..... वह भला क्यों जाएगा इस काले पहाड़ के आँचल को तिलांजलि देकर.......! सोचते-सोचते सलेमी अपने भीतर एक बेचैनी-सी महसूस करने लगा। इसी बेचैनी के होते उसने थोड़ी देर में कई बार करवटें बदल लीं।

सलेमी की पलकों से संशय और आशंकाओं का भारीपन हटने का नाम न ले। आँखों में ख़ुमारी के बावजूद नींद जैसे कोसों दूर है। वह बार-बार कोशिश करता

है कि किसी तरह सुभान खाँ उसके अवचेतन से दूर हो जाए लेकिन उसके वाक्य रह-रहकर उसे फिर झिंझोड़ जाते हैं। पता नहीं सुभान खाँ के इन वाक्यों में कौन-सा अनर्थ छिपा हुआ है? शायद एक दिन सुभान खाँ भी इस खूँटे से अपने को तुड़ाकर उस जंगल में शामिल हो जाएगा, जहाँ से वापस लौटने का कोई नाम नहीं लेता है। यानी एक दिन इस नगीना में सिर्फ बाबू खाँ, हाकिम, बासित, हुसैनदीन ही रह जाएँगे और उन हवेलियों, कच्चे घरों और जर्जर हो चुके छान-छप्परों में सिर्फ़ स्मृतियों की वह गंध रह जाएगी, जिससे मिलकर कभी चौधरी मोहल्ला, नगीना यहाँ तक कि इस काले पहाड़ की संरचना हुई थी।

सलेमी अच्छे-बुरे ख़्यालों से जूझता हुआ पता नहीं कब नींद के आग़ोश में समा गया।

इकतीस

दीवाली पर बनवारी और छोटका दोनों पूरी तैयारी के साथ दिल्ली से आ गए। ऐसा बरस में एकाध बार ही होता है जब मनीराम का घर सचमुच घर नज़र आता है। पूरे परिवार के इकट्ठा होते ही लगता है जैसे घर में मौसम आकर ठहर गया हो। बच्चों की चिल्ल-पों से अरसे से उनींदी दीवारें एकाएक गूँजनी शुरू हो जाती हैं और अलसाए आँगन चहकने लगते हैं।

बनवारी ने आते ही सबसे पहले बाप को बड़े उत्साह के साथ यह सूचना दी कि इस बार उसका जैसा जी चाहे इस आख़िरी पोते का, चाहे तो पहले पोते की तरह बड़े धूमधाम से कुआँ पुजवा ले। दादाखानू पर गलेप चढ़वाने पर दादा भरपूला के पोते सुभान खाँ को तीनों लत्ते दे दे क्योंकि इसके बाद उसकी ओर से न तो कभी कुआँ पुज पाएगा, न ही दादाखानू पर गलेप चढ़ पाएगा।

बनवारी की इस सूचना ने मनीराम और रुमाली दोनों को स्तब्ध कर दिया कि बनवारी क्यों ऐसा कुबोल बोल रहा है। थोड़ी देर के लिए पूरे घर में सन्नाटा-सा छा गया। रुमाली के चेहरे से तो इस सूचना ने थोड़ी देर पहले पुते उल्लास तक को धो दिया। उन दोनों की कुछ समझ में नहीं आया कि बनवारी क्यों यह पहेली बुझा रहा है।

मनीराम ने ही आख़िर इस स्तब्धता को बींधते हुए पूछा, "बनवारी, आते ही तू ई कैसी बात कर रो है..... अरे, हमारी तो कुछ समझ में आ ना री है?"

"यामें समझणा की क्या बात है...." कहते-कहते रुक गया बनवारी। उसका ताँबई चेहरा मारे शर्म के और सुर्ख़ हो गया।

"बनवारी, बेटा तू इतेक सरमा कैसे रो है?" रुमाली के चेहरे से स्तब्धता का आवरण थोड़ा हलका हो गया इस बार।

"मैं बताऊँ माँ?" इस बीच छोटका ने मुस्कराते हुए कहा।

"हाँ, चल तुई बता दे.....!" रुमाली ने इस बार छोटका से पूछा।

"माँ, भाभी ने नसबंदी करवा ली है.....।" छोटका ने ज़ोर का ठहाका लगाते हुए कहा।

छोटका का वाक्य सुनते ही रुमाली ने माथा पीट लिया, "नपूता तैने हद कर दी...... अरे, कम सू कम हम सू तो पूछ लेतो...... हम कोई मर थोड़ेई गया हैं...... तैने ई बंस-बेल कटवा के ठीक ना करी है।"

"माँ, तू तो बावली बात कर री है..... चार-चार पोता कोई कम होवे हैं....... और फिर अभी या छोटका के भी तो होंगा.....।" बनवारी ने माँ को समझाने की कोशिश करते हुए कहा।

"बनवारी की माँ, जो होगी सो होगी..... अरी, बाकी का चोचला छोटका के बालकन् पे पूरा कर लीजो......!" इस बार मनीराम ने रुमाली को तसल्ली बँधाते हुए कहा।

"माँ, अब कलपना सू कोई फायदो ना है...... अब तो तू अपने या पोता ए आसीरवाद दे.......!" अपनी माँ की गोद में मासूम बच्चे को डालते हुए बनवारी बोला।

"बनवारी की माँ, सपूत बेटा तो एक ही बहोत है....... अरी, धिरतरास्ट के सौ-सौ बेटान्ने वाहे कौन-सो सुख दियो और फिर दूर काँई कू जाए, अपणा सलेमी ए देख ले...... चल छोड़, जो होगो वाको कहा जिकर......!" मनीराम ने अंततः परिस्थितियों से समझौता करते हुए कहा।

"अम्मा जी, अब तो तुम छोटका लालाजी के बालकों के गलेप चढ़ाने की तैयारी करो...... हमारी ओड़ सू तो ई आखरी गलेप है.....।" बनवारी की घरवाली जो अपनी सास की बग़ल में बैठी है, फुसफुसाते हुए धीरे-से बोली।

"दारी, ई तो वैसे भी आखरी गलेप लगे है...... अब के तो सुबान खाँ ने भी गलेप चढ़ान सू ना कर दी है......!" रुमाली के मुँह से सहज ही निकल गया।

"क्या मतलब माँ?" चौंकते हुए पूछा बनवारी ने।

"अरे, मतलब कहा..... जब अगला ने मना कर दी, तो कर दी।"

"माँ, फिर अब कौन चढ़वाएगो गलेप?"

"कौन चढ़वाएगो? अरे, बिना फकीर के हमीं चढ़ाएँगा......।" मनीराम ने ख़ुद ही समाधान ढूँढ़ते हुए कहा।

"और कहीं दादाखानू रूसगो तो?" बनवारी ने चिंतित होते हुए पूछा।

"कहीं ना रूसेगो...... अरे, आज तलक जाकी दया सू हमारी ई बंस-बेल खिजूर की ताँई बढ़ी जा री है...... ऊ हमसू कहा नाराज होएगो....।" मुस्कराते हुए बोला मनीराम।

इसके बाद मनीराम बाहर निकल गया और रुमाली बहू-बेटों से घिरी बैठी रही।

सुभान खाँ ने वाक़ई जैसा कहा, वैसा कर दिखाया। हालाँकि मनीराम तो इसकी उम्मीद पहले ही छोड़ चुका था लेकिन सलेमी को अभी भी किसी अप्रत्याशित की उम्मीद है, इसीलिए वह मनीराम को लेकर दादाखानू पर जाने से पहले एक बार फिर सुभान खाँ के पास गया किंतु सुभान खाँ अपने कहे पर अड़ा रहा, और इस उम्मीद का पटाक्षेप तभी हुआ जब उसने हाथ जोड़ कर सलेमी और मनीराम से आने के लिए साफ़ मना कर दिया।

अंततः जब सभी संभावनाओं के रास्ते बंद हो गए तभी हार कर भौंरी, हरदेई, रामदेई अपनी दोनों बहुओं और पड़ोस की अन्य महिलाओं को लेकर रुमाली दादाखानू की ओर चल पड़ी।

भजनों के समवेत स्वरों के साथ दादाखानू तक पहुँचते-पहुँचते एक बार फिर साँझ के झुटपुटे में उसी वैराग्य, अध्यात्म और आस्था के तार बज उठे जो बरसों से जलती हुई अगरबत्तियों की ख़ुशबुओं, लोबान की गंध और पक्षियों के कलरव के साथ मिलकर बज उठते थे। लेकिन इस बार इस झुटपुटे में न तो वे दो हाथ थे जो गलेप चढ़वाते समय, गलेप चढ़ाने वाले की ख़ुशहाली के लिए दुआओं के लिए आसमान की ओर उठा करते थे, और न ही थे वे कलमा पढ़ने वाले होंठ, जिनसे देर तक उनकी फुसफुसाहट फूटती रहती थी।

रुमाली और भौंरी के साथ मिलकर बनवारी की घरवाली ने गलेप के पल्लुओं को पकड़कर ख़ुद ही उसे दादाखानू की मज़ार पर चढ़ाया और सारी प्रक्रिया बिना किसी फ़क़ीर के ख़ुद ही पूरी कर ली। सास-बहू दोनों देर तक मज़ार पर माथा टिकाए किसी भी ग़लती के लिए क्षमा माँगती रहीं। मज़ार पर बनी छोटी-सी कुंडी में पड़े पानी, जिसमें छोटे-छोटे असंख्य कीड़े बिलबिला रहे हैं, बनवारी की घरवाली ने उसमें अँगुलियाँ डुबोकर पहले अपने ऊपर छींटे मारे और उसके बाद गीली अँगुलियों को आँखों से छुआ कर, दादाखानू से अपने इस अंतिम गलेप के साथ-साथ अपने बेहतर आगत के लिए मन ही मन न जाने क्या-क्या माँगती रही!

गलेप चढ़ाने के बाद औरतों का हुजूम भजन गाता हुआ पहले की तरह वापस लौट आया। औरतों के हुजूम को दूर से वापस आता देख, मनीराम एक बार फिर अतीत में लौट गया—उसी अतीत में जहाँ उसने बरसों पहले अबोध बनवारी को दादा भरपूला की गोद में डालते हुए कहा था, "ले दादा, अपणे पोता के फूँक मार दे, जासू ई ऊपर की हवा और उल्टी-सूधी अलसेट सू बचो रहे......!" और दादा भरपूला ने मासूम बनवारी, जिसने अभी आँखें भी पूरी तरह नहीं खोली थीं, के चेहरे से कपड़ा हटाकर फूँक मारते हुए कहा था, "मनीराम, अल्ला ने चाही तो छोरा को बाल भी बाँको ना होएगो.......!"

उस समय मनीराम के पास था ही क्या दादा भरपूला को देने के लिए—कुछ भी तो नहीं। लेकिन दादा भरपूला को जितना मिला उसी को पाकर वह धन्य हो उठा

था और देर तक बनवारी की दीर्घायु के लिए दादा भरपूला अशीषें देता रहा। काश! दादा भरपूला आज होता तो मनीराम उसकी झोली भर देता किंतु सिर्फ़ उसके चाहने से क्या होता है। क्या समय का चक्र विपरीत दिशा में इससे पहले कभी घूमा है, जो आज घूमेगा?

बच्चों के शोर को सुनकर मनीराम वर्तमान में लौट आया और अतीत में वह जिस दादा भरपूला से बतिया रहा था वर्तमान में अब कोई नहीं था, सिवाय शाम के झुटपुटे में भजनों के स्वरों के साथ मंद-मंद क़दमों से वापस लौटती औरतों के।

यह पहला मौक़ा है जब दादाखानू पर गलेप बिना किसी फ़क़ीर के चढ़ाया गया। मनीराम की बड़ी इच्छा थी कि वह इस बार सुभान खाँ को बहुत कुछ देता लेकिन इसे या तो सुभान खाँ का भाग्य कहिए या विडंबना कि देने वाले हाथ तो हैं किंतु लेने वाले नहीं हैं। मनीराम ने सुभान खाँ को देने के लिए क्या-क्या मंसूबे बनाए हुए थे, इसे वही जानता है। तीनों लत्ते (तहमद, क़मीज़ और साफ़ी) एक सौ एक रुपये और ढेर सारा सीधा देने का मन बनाया हुआ था सलेमी ने। अगर सुभान खाँ झूठमूठ कुछ और भी देने के लिए रिस करता तो मनीराम थोड़े-बहुत मान-मनौव्वल के बाद वह भी दे देता लेकिन मनीराम के मंसूबे धरे के धरे रह गए। उसके हाथ बग़ैर कुछ दिए रह गए।

मनीराम ने कभी कल्पना भी नहीं की थी कि सुभान खाँ दादाखानू पर गलेप चढ़ाने से इस तरह साफ़-साफ़ मना कर देगा। हालाँकि बाद में जब मनीराम ने अकेले में बैठ कर सुभान खाँ के तर्क का मनन किया, तब उसे भी लगा कि सुभान खाँ ने जो कुछ कहा है उसमें ग़लत क्या है? आख़िर वह कब तक अपने बाप-दादा की तरह दादाखानू की मज़ार पर गलेप चढ़ा-चढ़ा कर ज़िंदगी ढोता रहेगा। वह कब तक उस खूँटे से बँधा रहेगा जिसे तुड़ा-तुड़ा कर सब बस दिल्ली की ओर मुँह उठाए चले जा रहे हैं? और अगर सुभान खाँ ग़लत है तो बनवारी और छोटका को उसने जाने से क्यों नहीं रोका? क्या ऐसा हो सकता था कि बनवारी उसके रोके से नहीं रुकता? ज़रूर बनवारी के जाने में कहीं न कहीं उसकी स्वीकृति भी शामिल थी।

लेकिन सुभान खाँ के इस कहे को जिसे मनीराम अभी तक सही माने बैठा हुआ था, उस वक़्त तीर की मानिंद भीतर तक धँसता चला गया, जब रुमाली ने आकर यह बताया कि सुभान खाँ ने सेनक[1] भी लेने से साफ़ मना कर दिया है।

रुमाली की इस सूचना ने मनीराम को भीतर तक झिंझोड़ दिया। मनीराम जैसे किसी गहरी खाई में उतरने लगा। मनीराम के पास इसे स्वीकारने के अलावा कोई रास्ता भी नहीं है, किंतु रुमाली के समक्ष उसने ऐसा दर्शाने की कोशिश की जैसे सुभान खाँ ऐसा कर ही नहीं सकता।

"सुभान खाँ ने साफ ना कर दी।" रुमाली ने बताना शुरू किया।

---

1. सेनक : मज़ार पर चढ़ाई जाने वाली सामग्री।

"साफ ना कर दी?" अपने चेहरे पर कौतुकता ओढ़े पूछा मनीराम ने।

"हाँ, बोलो के ताई जब मैंने गलेप चढ़वायो ही ना तो मैं कैसे तिहारी सेनक ले लूँ......?"

"तैने कही ना के कोई बात ना है, हमारो तो फरज बने है।" मनीराम ने सुझाते हुए कहा।

"खूब कह ली मैंने, पर वाकी कुछ समझ में ना आई....... उल्टो बोलो....... ताई, अब हमारो मन ना करे है काई सू माँग के खाणा को।" रुमाली ने अक्षरशः सुभान खाँ का कहा बयान कर दिया।

सुनते ही मनीराम सकते में आ गया। सिवाय रुमाली के चेहरे को देखने के उसे जैसे कुछ नहीं सूझा। मनीराम तुरंत उठा और सीधा गया सलेमी के पास। सारी व्यथा सुना डाली मनीराम ने सलेमी को। मनीराम की बात सुन सलेमी को जैसे पूरा ब्रह्माण्ड घूमता-सा लगने लगा। कुछ भी कहते नहीं बना सलेमी से और फिर कहता भी क्या? शनैः-शनैः अभिव्यक्ति के शब्द सूखने जो लगे हैं।

मनीराम के जाते ही सलेमी की आशंकाएँ एक-एक कर अब सचमुच के डर में तब्दील होती दिखाई देने लगीं। उसी सुभान खाँ ने सेनक लेने से इनकार कर दिया जिसे मावस और हर सोमवार को पूजी जाने वाली खेड़ादेवत के लिए उतारे गए रुमाली के हाथ के पुआ-पूरियों का इंतज़ार रहता था। उसी सुभान खाँ ने सेनक लेने से मना कर दिया जो हर मंगलवार को बँटने वाले प्रसाद को लेकर तभी हटता था, जब उसे अपने अलावा माँ, बाप और सारे भाई-बहनों का नहीं मिल जाता था।

सलेमी को लगने लगा जैसे वह किसी गहरी खाई में उतरता जा रहा है।

सलेमी को अपनी अप्रासंगिकता का आज भान होने लगा—शायद इसी अप्रासंगिकता के कारण आज इतनी बुरी ख़बर सुनने के बाद भी, न तो उसकी कनपटी की नसों में उभार पैदा हुआ और न ही जिस्म में कँपकँपी पैदा हुई।

अगले दिन सवेरे बनवारी टहलता हुआ सलेमी की ओर निकल गया। वहाँ जाकर देखा तो पाया कि मनीराम भी पहले से वहाँ बैठा हुआ है।

बनवारी को आता देख सलेमी ने दूर से ही उसे आवाज़ देकर बुला लिया। बनवारी जब तक पहुँचता सलेमी ने जलती हुई पूर पर दो-तीन उपले तोड़कर और डाल दिए। जाते हुए कातक के महीने की ठंड को उपलों की आग ने कम कर दिया। थोड़ी देर के लिए पूरी पौली सफ़ेद धुएँ से भर गई।

"बनवारी, अन्यायी दिल्ली में जाके सबन्ने भूलगो....... ना काई सू दुआ, न सलाम!" सलेमी ने सरकंडे की मूढ़ी को बनवारी की ओर सरकाते हुए एक तरह से शिकायत की।

"कहा करें ताऊ, काम-धंधा सू फुरसत मिले जभी न!"

"हाँ भई लाला, अब तम दिल्लीवाला हो गा हो...... ई गाँओं तमन्ने अब काँई लू

अच्छो लगेगो......।"

"ना ताऊ, ऐसी कोई बात ना है।"

"अच्छो ई तेरो बाप कहा कह रो है के तैने अपनी बोहड़िया की नसबंदी करवा दी है...... ?"

बनवारी ने प्रत्युत्तर में कुछ नहीं कहा, बस शरमाकर रह गया।

".......तो याको मतलब ई हुओ के साल-छह महीना में तेरो जो चक्कर लग जावे हो, ऊ भी अब ना लगेगो..... और फिर एक दिन पतो चलोगे के बनवारी ने भी आणो छोड़ दियो है...... ठीक है लाऽऽला...... तिहारो कसूर ना है, दिल्ली को पानी ही ऐसो है......।" लंबी साँस लेते हुए सलेमी बोला।

"ताऊ, छोड़ंगा तो ना पर छुड़वा दियो जाएगो...... अब तो या इलाका को वैसे ही कोई भरोसा ना है...... ना तो अब पहले वाली बात रही, और ना ही पहले वाली आपसदारी रही...... ताऊ, हमने तो पहले ही अपना बाप सू कह रक्खी है कि जब याँ कुछ हैई ना तो रहन सू क्या फायदा...... ये टूटा-फूटा ढोंड ही तो बचा हैं। अरे, इन्ने बेच-बूच के हमारे साथ ही दिल्ली चल...... पर ई माने जब न......।" बनवारी ने आगत के प्रति अपनी आशंका प्रकट करते हुए कहा।

"बनवारी, तू ई कैसी बात कर रो है अन्यायी...... या इलाका पे भरोसा ना रहो...... बावला, जिन्ने तू ढोंड बता रो है ऊ तेरा पुरखान को ठिया है....... इन्हीं में तू पैदा हुओ हो, खेलो-कूदो हो और आज वाई ठिया ए तू बेचण की कह रो है......।" सलेमी ने बनवारी को पैतृक-घर की महत्ता बताते हुए कहा।

"भई सलेमी, मैंने और याकी माँ ने यासू दोटूक मना कर दी के जब तलक हमारा गोडान् में जान रहेगी, हम ना तो या गाँओं ए छोड़ंगा और ना ही अपना पुरखान की जिगह ए बेचेंगा..... हाँ, जब हम मर जाएँ तो वाके पीछे चाहे या ढोंड ए बेचयो या राखियो......।" मनीराम ने सलेमी के आगे एक बार फिर अपना निर्णय सुनाते हुए कहा।

"मोहे तो ई लगे है के जब तलक तम दोनू मरद-बीरबाणी जी रा हो, जभी तलक तेरा बालक या गाँओं में आ रा हैं...... तिहारे मरे पीछे ये या गाँओं में झाँकेंगा भी ना.....।" सलेमी मनीराम को सुनाते हुए बनवारी के आशय को स्पष्ट करते हुए बोला।

"ताऊ, काई हद तक तू ठीक कह रो है...... इनके मरे पीछे हम यहाँ आके भी क्या करेंगा?"

बनवारी के इस वाक्य पर सलेमी भीतर तक तिलमिला गया, "या गाँओं में इनके मरे पीछे कहा करोगा! अरे, हम तो ना मरगा हैं..... तेरो मुहल्ला है, गाँओं है...... सब हैं हीन्..... और तू कह रो है हम हीन् कहा करेंगा आके......।"

सलेमी को तिलमिलाता देख बनवारी तुरंत सँभल गया। उसने महसूस किया उसे यह बात इस तरह नहीं कहनी चाहिए थी। उसने उसी समय अपने कहे को सुधारते

हुए कहा, "ताऊ, मेरा मतलब वो ना है जो तू समझ रो है...... मेरा मतलब है कि या इलाका और गाँव में पहले वाला मेल-मिलाप नहीं रहा......।"

"बनवारी, या पहले वाली बात ए तू घणी देर से गा रो है...... अरे, बता तो सही कैसे ना रही पहली वाली बात...... बावला, सही बात मुँ सू काई न काई रूप में बाहर आई जावे है...... ई तो तेरो ना आणा को बहानो है......।" सलेमी ने बनवारी की आँखों में झाँकते हुए कहा।

"ताऊ, तू तो ऐसे पूछ रो है जैसे तोहे कुछ भी पतो ना है...... अरे, रोज तो अखबारों में आ रही है या इलाके के बारे में......।" बीच-बीच में बनवारी अपने वाक्यों में ठेट बोली के साथ शुद्ध हिंदी के शब्दों को मिलाकर बोलने लगा।

"अखबारन् में आ री है...... अरे, बता तो सही, कहा आ री है रोज अखबारन् में....... हद्द है जो हीन् रह रा हैं उन्ने तो कुछ पतो ना है और तू जो सैकड़ोन् कोस दूर रहे है, बता रो है के रोज अखबारन् में छप री है?" सलेमी ने अकबकाते हुए बनवारी से पूछा।

"यार सलेमी, ई कह तो मोसू भी रहो हो...... पर मोहे कुछ जची ना....... अरे, ऐसी छोटी-मोटी धूमसबाजी तो हर जिगह होती रहवे हैं......।" मनीराम ने हलका-सा संकेत दिया।

"ताऊ, यही छप रही है के मेवात में कभी भी कुछ हो सकता है....... बल्कि एक अखबार ने तो यहाँ तक लिक्खा है कि कोई बड़ी बात नहीं यह इलाका आने वाले टैम में दूसरा पाकिस्तान ही बन जाए.......।"

"बनवारी, तेरो मूँड तो बावलो ना हो गो है....... अन्यायी, कहीं ई बात तोहे जचे है?" सलेमी ने बनवारी की बात का उसी से जवाब जानना चाहा।

"ताऊ, जँच तो मोहे भी ना रही है पर अगर मेवात में यही हालात रहा तो इस इलाके का ऊपर वाला ही मालिक है...... अरे, कहीं तो मूर्ति तोड़ी जावे हैं...... और कहीं हमारे साधू-संतों के ऊपर हमले होवे हैं...... यह बात तो हम सब जाने ही हैं के आए दिन मेवात में गाय कटे हैं....... दो महीना पहले अपने इसी काले पहाड़ से सैकड़ों की तादाद में गाय की खालें पकड़ी गई ही!" एक ही साँस में कह गया बनवारी।

"मनीराम, तैने सुनी हैं कदी ये खबर?" सलेमी ने हैरान होते हुए मनीराम से पूछा इस बार।

"सलेमी, मैं तो इतनो पढ़ो-लिखो हूँ ना के अखबार-सखबार पढ़ लूँ...... पर हाँ, गोहरवाली में ई बात जरूर हो री ही के साकरस में एक मंदर का आला में धरी मूर्ति नीचे गिरी मिली ही....... अब ई ऊपरवालो जाने के ऊ काई ने गिराई ही, या अपने आप गिरी ही।" मनीराम ने सलेमी को एक नई सूचना दी।

"और ऊ साधू-महात्मा वाली बात?"

"ई वही बात है जो घाटा-बसई के कनै हुई ही।"

"देख मनीराम या साधू-महात्मान् की तो मोहे पतो ना, पर साकरस वाली बात मैंने भी सुनी ही।"

"तो फिर मैं कोई झूठ कह रो हूँ ताऊ?" बनवारी ने तुरंत अपनी बात की पुष्टि होते देख सलेमी से पूछा।

"पर लाला, मैंने तो या मूर्ति का बारा में ई सुनी ही के ऊ मूर्ति एक बालक का हाथ लगणा सू गिर पड़ी ही....... अरे, किस्सा ई बतायो के वा मंदर में एक दिन तीन-चार छोटा-छोटा बालक खेलण कू घुसगा...... जब वे खेलता-खेलता मूर्ति के पै पहोंचा तो हून् दो-चार चौन्नी-अठन्नी पड़ी ही...... बस, उन पईसान् का चक्कर में एक मूर्ति सू एक बालक को ऐसो हाथ लगो के मूर्ति आला में सू नीचे आ गिरी....... अब बालक़न्ने इतनी सुध होती के या मूर्ति का गिरना सू इतनो बड़ो बखेड़ो खड़ो हो जाएगो, तो वे वाहे उल्टी आला में ना रख देता...... पर वे तो पईसान् का चक्कर में ऐसा पड़ा के सबे भूल गा..... मेरे यार बनवारी, बालक तो खुदा की नैमत होवे हैं...... अरे, वाका हाथ सू गिरगी तो कहा होगो....... बालक तो बालक होवे हैं, फिर चाहे वे हिंदून का होएँ या मेवन् का, यासू कहा फरक मारे है.......।" सलेमी कथित मूर्ति-भंजन के पीछे की सारी कथा बनवारी को सुनाकर उसकी पुष्टि करते हुए फिर बोला, "ई सारी बात मोहे सूरज ने बताई ही...... अगर तोहे अकीन ना है तो वाहे अभी बुलवा के पुछ्वा दूँ!"

"चल छोड़ न सलेमी, अरे गिर पड़ी तो गिर पड़ी..... कोई जरूरत ना है वाहे बुलाण की....... जिन्ने जरूरत है वे पुछ्वाता डोलें।" मनीराम ने बेहद लापरवाही के साथ कहा।

मनीराम के इस वाक्य पर बनवारी ने उसे कनखियों से घूरकर देखा।

"बनवारी, हमने भी या गाँओं में पूरी उमर बिता दी है और थोड़ी-बहोत तैने भी बिताई है, पर ऐसी बात अब सू पहले तो सुण्णा में आई ना ही...... अरे, छोटी-मोटी तकरार तो होती रहवे हैं.......।" सलेमी ने विषय को हलका कर उसे बदलने की कोशिश करते हुए कहा।

"ताऊ, चल छोड़..... पर ये कोई छोटी-मोटी तकरार ना हैं....... अरे, सोची जाए तो ये बहोत बड़ी बात हैं, पर जब हमारा नगीना से कोई वास्ता ही नहीं रहेगा तो फिर इन बातों से क्या फायदा....... जिस रास्ता जाना ही नहीं है, उसके कोस गिनने से क्या फायदा.......।" कहते-कहते बनवारी का चेहरा सख़्त हो गया और बोली-बानी से वह एकाएक दिल्ली का हो गया।

"अच्छो, नघीणा सू तेरो अब वास्तो ना रहो...... लाला, अभी याही रास्ता पे जाणो है और याही का कोस गिनना हैं...... ऐसी बात मत कहे......।" सलेमी इस बार बेहद अपनेपन पर उतर आया।

"ताऊ, मैंने कह दी ना कि इस इलाके का अब कोई भरोसा नहीं रहा...... अरे, आज तो हमारे मंदिरों की मूर्तियाँ तोड़ी जा रही हैं, हमारे साधू-संतों को मारा-

पीटा जा रहा है...... कल को हमें भी मारा जाएगा...... हमारे ही सामने हमारी बहन-बेटियों पर हराम किया जाएगा...... अगर यही हालात रहे तो वह दिन दूर नहीं जब यह मेवात सचमुच दूसरा पाकिस्तान बन जाएगा...... इसलिए अच्छा है कि हम जैसे लोग जो यहाँ इतने कम हैं, पहले ही छोड़कर चले जाएँ..... इस इलाके में हिंदुओं का रहना एकदम मुश्किल है..... मैं बार-बार इसीलिए कह रहा हूँ......।" इस बार बनवारी पूरी तरह दिल्ली का होते हुए बोला। वह जैसे भूल ही गया कि वह किसके सामने बातें कर रहा है।

बनवारी के अंतिम वाक्य तक आते-आते सलेमी को अपनी पौली घूमती दिखाई देने लगी। उसे लगने लगा जैसे वह भी धीरे-धीरे इसके साथ घूम रहा है। बनवारी का एक-एक शब्द उसे अपनी देह में चुभता लगा। सलेमी की सोचने की शक्ति जैसे ग़ायब हो गई। वही बनवारी जिसने कभी सिर उठाकर बग़ैर ताऊ के बात नहीं की, और जो कभी ऊँची आवाज़ में नहीं बोला वही बनवारी संयम और शालीनता की सारी वर्जनाओं को तोड़कर इतना उग्र होकर बोलेगा—सलेमी ने इससे पहले कभी सोचा ही नहीं। सलेमी को आज पहली बार अपने बाबू खाँ और इस बनवारी के बीच कोई भेद नज़र नहीं आया। उसी सलेमी को, जिसे आज से पहले सिर्फ़ बाबू खाँ से डर लगता था, आज उसमें बनवारी भी शामिल हो गया।

सलेमी ने एकाध बार पास में बैठे मनीराम की आँखों में आँखें डाल कर इस अप्रत्याशित और बेहद डरावने प्रसंग के बारे में पूछने की कोशिश भी की लेकिन जब-जब सलेमी ने उसकी ओर देखा, तब-तब उसे लगा मनीराम जैसे जानबूझ कर उससे बचने की कोशिश कर रहा है। आज सलेमी को पहली बार महसूस हुआ जैसे नगीना के गली-मोहल्लों में टहलते शक और आशंकाओं के पुतलों में जान पड़नी शुरू हो गई है। उसी चौधरी मोहल्ले के बीचों-बीच काँटेदार तार उग आए हैं, जिस मोहल्ले में किसी ने एक मेंड़ तक की कल्पना नहीं की थी।

काफ़ी देर तक सलेमी की पौली में सन्नाटा ऐसे बिछा रहा जैसे उसे इसी पल का इंतज़ार था। पता नहीं क्यों आज उसे कुछ क्षणों की यह ख़ामोशी ऐसे लगने लगी जैसे मुद्दत से वह यहाँ छिपी बैठी है। पौली की देहरी को लाँघकर बाहर जाते हुए मनीराम और बनवारी को सलेमी तब तक देखता रहा, जब तक वे थोड़ी दूर जाकर दाएँ ओर मुड़ नहीं गए तथा पदचापों के स्वर कानों से टकराने बंद नहीं हो गए।

उनके जाने के बाद सलेमी ने तरकीला को आवाज़ देकर पानी लाने के लिए कहा।

मुँह धोने के बाद सलेमी फिर पूर के पास आ बैठा और हुक्का ताज़ा कर ठंडी चिलम से ही कश खींचने लगा।

चिलम में रखे आँच के अंगारे काफ़ी तेज़ थे। इसलिए चिलम ने गरम होने में ज़्यादा समय नहीं लिया। सलेमी ने एक के बाद एक कई कश भरे लेकिन हर बार

उसे हुक्के की नै से निकला धुआँ आज बेहद कड़वा लगा। सलेमी ने खँखारते हुए गले को साफ़ भी किया लेकिन धुएँ का स्वाद और भी कड़वा होता चला गया। सलेमी को कुछ वहम-सा हुआ, उसने कुछ देर पहले ताज़ा किए हुक्के से चिलम उतारी और उसे वहीं उलटा करके रख दिया।

तो क्या सलेमी को सचमुच पिछले कुछ दिनों से वहम-सा होने लगा है। अगर नहीं तो फिर बनवारी ने ग़लत क्या कहा है? सुभान ख़ाँ की बात पर भी उसे कई दिनों तक यक़ीन क्यों नहीं हुआ?

सलेमी ने अपने जिस्म को हिला-डुला कर देखा किंतु सब कुछ सामान्य होने के बावजूद क्यों उसे अपना जिस्म टूटा, हारा, थका और बेजान-सा दिखाई दे रहा है? सलेमी देर तक इसी उधेड़बुन से अपने आपको मुक्त करने की कोशिश में लगा रहा।

इसके बाद एक-एक कर सलेमी के भीतर सुभान ख़ाँ और बनवारी के कहे वाक्यों के अर्थ विस्तार पाने लगे। उसे पूरा मेवात एक निर्जन और बीहड़ जंगल दिखाई देने लगा, एक ऐसा जंगल जिसमें सिवाय काले पहाड़ के कुछ भी नहीं है। जो उसकी खोह में अपने आपको छिपाए हुए हैं वे भी बनवारी और कुछ समय बाद सुभान ख़ाँ की तरह एक-एक करके निकल जाएँगे। एक बार निकल जाने का मतलब है कभी वापस लौट कर न आना। बनवारी का यह वाक्य बार-बार सलेमी के अंतस में चुभता रहा कि अब इस इलाक़े का कोई भरोसा नहीं है। यानी सलेमी, रोबड़ा और नबी ख़ाँ जैसों पर भरोसा न होना। बाबू ख़ाँ, हुसैनदीन और सुभान ख़ाँ की तो बात ही नहीं है, वे तो इस अविश्वसनीयता की हद में पहले ही क़ैद हो चुके हैं। अगर ऐसा हो गया तो सचमुच एक दिन मेवात, मेवात नहीं रहेगा--सिवाय एक बीहड़ जंगल के।

सलेमी ने बार-बार बनवारी के वाक्यों को आगे-पीछे घुमा-फिरा कर देखा, और उनमें से उस सच्चाई को निथारने की कोशिश की जिसका ज़िक्र बनवारी ने इतना उग्र होकर किया था। क्या सचमुच मेवात से बाहर यह ख़बर खूब ज़ोरों से प्रचारित की जा रही है कि यहाँ हिंदुओं की अस्मिता सुरक्षित नहीं है? लेकिन इलाक़े में तो ऐसा कुछ भी नहीं दीखता है सिवाय इसके कि बड़कली चौक पर रिक्शों की तादाद दिन पर दिन बढ़ती जा रही है, और खेतों में दूर-दूर तक सिवाय धूल उड़ने के कुछ नहीं दिखाई देता है! सलेमी के भीतर सब गड्डमड्ड हो गया। वह ख़ुद ही हँस पड़ा और बड़बड़ाने लगा–'हमकू कू तो जैसे हीन् रजवाड़ा मिला पड़ा हैं.....।'

उसकी खुली आँखों के आगे एक विचित्र-सा दृश्य उभरने लगा। एकदम डरावना दृश्य कि नगीना से बड़कली तक चींटियों की एक काली क़तार रेंग रही है।

सलेमी अपने आपसे धीरे-धीरे दूर होती जा रही इस काली क़तार को टकटकी लगाए देख रहा है। तभी उसने देखा कि इसमें सुभान खाँ, छोटेलाल, सूरज, हाकिम, बासित यहाँ तक कि बाबू खाँ भी शामिल हो गया है और वही पुश्तैनी घर जो सचमुच कभी घर हुआ करते थे, देखते-देखते खँडहरों में तब्दील हो गए हैं। जो कुछ साबुत बच गए हैं उनके किवाड़ों पर भारी-भारी ताले लटके हुए हैं। इस डरावने दृश्य के बीच सलेमी को लगने लगा है कि वह खँडहरों के बीच एकदम पसीने से तर हुआ, घुटनों के बल बैठ कर सुनहरे लेकिन चिंदी-चिंदी हो चुके सपनों को सकेर रहा है।

एकाएक सलेमी को लगा जैसे उसकी क़मीज़ देह से चिपक गई है। उसने धीरे-से अपने आपको छूकर देखा तो वह हैरान कि इतनी ठंड के बावजूद उसकी पूरी देह पसीने से भीगी हुई है। वह चाह कर भी ज़ोर-से चीख़ नहीं पाया। मूढ़ी पर बैठे-बैठे उसकी देह काठ की हो गई जैसे। पाँव इतने भारी हो गए मानो किसी ने भारी-भारी पत्थर बाँध दिए हैं।

सलेमी देर तक एक अनजाने डर से डरा हुआ अपने आपसे टकराता रहा।

हारकर उसने फिर से आँच सुलगाई और चिलम ताज़ा कर उसके गरम होने का इंतज़ार करने लगा। हुक्का पीते हुए उसने दरवाज़े से बाहर उचक कर देखा तो पाया सूरज काफ़ी ऊपर आ गया है। दो-तीन लंबे-लंबे कश मारकर उसने चिलम को फिर से उलटा किया और दोसूती को जिस्म पर लपेट कर पौली से बाहर निकल आया।

बत्तीस

सलेमी अब जब भी अकेला होता है तब उसे लगता है जैसे उसके भीतर धीरे-धीरे कुछ खदबदा रहा है। वही गली-मोहल्ले अब उसे कुछ अपरिचित-से लगने लगे हैं, जिनमें वह निर्बाध रूप से जब जी चाहता था आया-जाया करता था। कई बार तो उसे लगता है जैसे पूरे चौधरी मोहल्ले में उससे कोई भी खुलकर बात नहीं करना चाहता है। कभी-कभी तो उसका जी चाहता है कि वह सुभान खाँ, हाकिम, बासित सबसे खुलकर बातें करे किंतु वह फिर यह सोचकर चुप लगा जाता है कि जब उससे कोई बात ही नहीं करना चाहता है तब वह उनसे क्या बात करे? बाबू की बात ही अलग है, उसकी तो वाणी में पता नहीं ऐसा क्या घुला हुआ है कि उससे तो बातें करने का उसका मन ही नहीं करता है, बल्कि बाबू को देखकर तो वह ख़ुद ही बड़बड़ाना शुरू कर देता है–

कग्गा कसको धन हड़े, कोयल कसकू देय
बोली में इमरत बसे, जासू जग अपणो कर लेय।

जब-जब सलेमी का मन उदासी के पंख लिए इधर-उधर पुरानी स्मृतियों के खँडहरों में भटकने लगता है, तब सलेमी को कुछ नहीं सूझता है सिवाय इसके कि वह चुपचाप पौली से निकलकर बाहर आता है और एक-एक कर उन जगहों पर जाकर उनसे जुड़ी खट्टी-मीठी यादों को ढूँढ़ने की कोशिश करता है, जिनके बीच से होते हुए वह उम्र के इस पड़ाव तक पहुँचा है।

आज भी वह चुपचाप पौली से निकला और चल दिया विस्मृत हो चुके चित्रों से बतियाने।

सबसे पहले उसने पाटोड़ में जाकर उस चिकने पत्थर को खोजने की कोशिश की जिसके जिस्म पर पता नहीं कितने हुचकों के लिए शीशा पीसा गया था। सलेमी ने उस पत्थर को खोजने से पहले देर तक एक तरफ़ खड़े होकर पूरे पाटोड़ पर नज़र डाली। एक-एक कर पूरा दृश्य उसकी आँखों के सामने सजीव हो उठा। जगह-जगह खड़ी घनी दखनी कीकरों के बीच, छोटी-छोटी कीकरों के मध्य पिस रहे शीशे की कर्कश आवाज़ उसके कानों में बजने लगी। दखनी कीकरों के भीतर जबरन घुसते हुए छोटे-छोटे काँटों से जगह-जगह पूरे जिस्म पर आड़ी-तिरछी रेखाएँ खिंच आई हैं, और उनमें रक्त के स्राव के कारण हलकी-हलकी चीस होने लगी है मानो।

सलेमी धीमे-धीमे क़दमों से पूर्व की तरह उजाड़ पाटोड़ का चक्कर काट आया। वह मुद्दत से जाने-पहचाने छोटे-बड़े पत्थरों के पास थोड़ी देर रुका और फिर आगे बढ़ गया, बिलकुल ऐसे जैसे वह उनके कान में फुसफुसा कर उन्हें पुराने दिनों की याद दिलाने की कोशिश कर रहा हो। वह पत्थरों से इस तरह बचकर चलता है कि कहीं उनसे पाँव न छू जाए। वह देर तक बूढ़ी हो चुकी उस कीकर के नीचे बैठा रहा, जो कभी भी तेज़ हवा से भरभरा कर गिर सकती है। सलेमी बार-बार उस जगह पर जाता है जहाँ वह पत्थर गड़ा हुआ था लेकिन वह पत्थर उसे कहीं नहीं मिला। एक लंबा साँस भरते हुए वापस हो लिया सलेमी और फिर क़दम अपने आप उपरलीघाँ की थड़ी की ओर बढ़ गए।

सलेमी जैसे-जैसे पाटोड़ से दूर होता गया उसने कई बार पीछे पलट कर उसे देखा और तब तक देखता रहा जब तक पाटोड़ उसकी नज़रों की गिरफ़्त से मुक्त नहीं हो गई।

उपरलीघाँ की थड़ी की सीढ़ियों को पार करते हुए सलेमी को हर बार लगता है मानो उसकी सीढ़ियों की संख्या कम होती जा रही है। क्या ये वही सीढ़ियाँ हैं जब पूरी फुर्ती के साथ इन पर चढ़ा-उतरा जाता था तो हाँफते हुए छाती देर तक ऊपर-नीचे होती रहती थी? सीढ़ियों को पार कर वह थड़ी के दाएँ ओर बने उस बुर्जी की ओर गया जहाँ वह पत्थर है, जिसकी देह शीशे की घिसाई से गहरी हो गई है। सलेमी पहले तर्जनी से उस पत्थर को हलके से छूकर बरसों पहले की चिकनाई को महसूस करने की कोशिश करता है, और बाद में धीरे-धीरे उसे ऐसे

सहलाता है मानो नींद में सोए हुए किसी बच्चे को सहला रहा हो।

काफ़ी देर तक सलेमी उसी बुर्जी पर बैठा रहा जिस पर कभी बैठने के लिए बच्चों से लेकर बड़ों में होड़ लगी रहती थी। बुर्जी से उठ कर वह थड़ी के भीतर गया और एक-एक कर उन सोलह खम्बों को छूकर देखता है जिन पर सन् चौंतीस में बनी इस थड़ी का वजूद टिका हुआ है। इसके बाद सलेमी उन चौंसठ खूँटियों को गिनने की कोशिश करता है जिनमें से ज़्यादातर या तो तोड़ दी गई हैं, या फिर जो बची हुई हैं वे भी जगह-जगह से चटखी हुई हैं। कई खूँटियों की जगह तो सिर्फ़ एक छोटा-सा खाँचा भर बचा है।

पूरी थड़ी पर एक विहंगम दृष्टि डाल सलेमी सीढ़ियों से नीचे उतरने लगा, तो एकाएक उसने देखा कि जिन सीढ़ियों की संख्या उसे चढ़ते-उतरते वक़्त कम लगी थी, वास्तव में वह कम नहीं है बल्कि दगड़े में पत्थरों का खड़ंजा बिछने से दगड़ा ऊँचा हो गया है और कई सीढ़ियाँ मिट्टी में खड़ंजे के नीचे दब गई हैं।

सीढ़ियों से उतरकर सलेमी बीच दगड़े में आकर खड़ा हो गया। लगभग छः दशक पहले बनी इस थड़ी की भव्यता पर बरबस ही मुस्करा उठा तथा उसी दोहे को बुदबुदाता हुआ बाज़ार की ओर चल पड़ा, जिस दोहे की दो पंक्तियों में पूरी थड़ी का मानचित्र और इतिहास समाया हुआ है—

चौंसठ तो नारी बणी, सोलह इनका लोग
आमई-सामई पीवणी, है ई चौंतीसा को जोग।

छोटे-छोटे क़दमों से सलेमी उन्हीं रास्तों से होता हुआ बाज़ार में पहुँच गया, जिन रास्तों से अगर सलेमी की आँखों पर पट्टी बाँध कर गुज़ारा जाए, तो सलेमी के पैर वहीं पड़ेंगे जहाँ पट्टी बँधने से पहले पड़ते थे। इन रास्तों से पता नहीं सलेमी ने उम्र की कितनी ऋतुओं को गुज़रते हुए देखा है। इन्हीं रास्तों से होते हुए कोमल एड़ियों में पड़ी बिवाइयों में जब-जब चीस उठती है तो उम्र के सारे दृश्य उसकी आँखों के आगे तैर जाते हैं। एक-एक कर बुग्गल की चक्की, जिसकी जगह अब ख़ूबसूरत कोठीनुमा इमारत खड़ी हो गई है, कब पीछे चली गई पता ही नहीं चला। और जैसे-जैसे सलेमी लाला नौबत राय की हवेली के नज़दीक पहुँचने लगा, वैसे-वैसे उसे लगने लगा मानो भादों के उमस भरे महीने में पछुआ हवा का ठंडा झोंका उससे रह-रह कर टकरा रहा है।

सलेमी लाला नौबत राय की हवेली के सामने जाकर ठिठक गया। उसने धीरे-से गर्दन घुमाकर चारों ओर देखा तो जो लोग बाज़ार में सौदा-सुलफ़ के लिए आ-जा रहे हैं वे उसे ऐसे लगे मानो वे ख़रीदारी करने नहीं बल्कि मँगतू की अँगुलियों का जौहर देखने आए हैं। एकाएक किसी की आवाज़ पर वह अतीत से लौट आया। उसे अपनी नादानी पर हँसी भी आई। इसके बाद वह लाला नौबत राय की हवेली के उस प्रवेश द्वार के नज़दीक पहुँचा, जिसके विशाल दरवाज़े पर लगे छोटे-से खिड़कीनुमा दरवाज़े से एक पल्लेदार झुक कर निकल रहा है। पलभर के

लिए इस पल्लेदार में, जिसे वह पहचानता तक नहीं है, दीना पल्लेदार का अक्स दिखाई दिया। विशाल दरवाज़े में लगे इस छोटे-से दरवज्जे के पास जाकर, वह झुक कर धीरे-से उसके अधखुले पाट से अंदर झाँक कर लाला नौबत राय की घरवाली यानी उसी चाची को टोहने की कोशिश करने लगा जिसकी भारी-भारी गालियों के शब्द अभी भी उसके कानों में खदबदा रहे हैं। सलेमी देर तक उसी चाची और उसकी उसी आवाज़ को टोहने की कोशिश में जुटा रहा, जिस आवाज़ को पिछले कई बरस से इस हवेली में किसी ने सुना ही नहीं है।

बाहर खड़ा सलेमी लाला नौबत राय की हवेली को देर तक निरखता रहा। सलेमी का मन रह-रह कर इस हवेली की छत पर पहुँच जाता है। बार-बार सलेमी का मन करता है कि इस हवेली की दीवार को अपनी छाती से चिपका ले और अपनी पूरी व्यथा उसे सुना डाले।

सलेमी को जब लगा कि न तो लाला नौबत राय की हवेली उसे भूली है और न ही वह उसे भूला है तभी वह आगे बढ़ा।

लगभग पचास क़दम की दूरी पर स्थित चंदू परधान की हवेली के सामने जाते ही सलेमी की नसों में तेज़ी के साथ ख़ून दौड़ने लगा। वह चुपचाप हवेली के मुख्य दरवाज़े के पास जाकर रुक गया। उसे याद है न जाने कितनी बार वह इस हवेली की सीढ़ियों को नापते हुए ऊपर जा चुका है लेकिन अब चाहकर भी उसकी हिम्मत नहीं पड़ रही है। एक-एक कर इस हवेली की विशाल छत उसकी आँखों में बिछ जाती है। जगह-जगह से काली पड़ चुकी मुँडेर और छत पर सावन-भादों में जमी काई जैसे अभी भी उसके भीतर जमी हुई है। सलेमी ने बाज़ार में आते-जाते लोगों से नज़रें बचाकर ऊपर जाने की हिम्मत जुटाई और छत तक पहुँचाने वाली सीढ़ियों पर रुक-रुक कर, और बार-बार फूल जाने वाली साँस को नियंत्रित करता हुआ, वह हवेली की छत पर आख़िरकार पहुँच ही गया।

छत पर पहुँच कर सलेमी मुँडेर पर एक ओर बैठ गया। पहले उसने फूल आई साँस को नियंत्रित किया और उसके बाद उसने चंदू परधान की हवेली से पूरे नगीना पर दृष्टि दौड़ाई। दूर-दूर तक फैले कच्चे घरों, आसपास की पुरानी हवेलियों और उससे आगे खुले मैदान का एक विहंगम दृश्य सलेमी की आँखों में उतर आया। पूर्व की ओर स्थित बड़ा स्कूल, इस्लामी मदरसा और उससे आगे बड़कली पर स्थित छोटी-बड़ी इमारतें। उत्तर की ओर अस्तल, कुम्हारों का बग़ीचा, दूर करहेड़ा के दगड़े के किनारे स्थित छतरी, पच्छिम में धवल चहारदीवारी की चादर लपेटे तथा दाएँ-बाएँ दो पतली मीनारों के साथ एकदम चुप और शांत खड़ा दुकाना, जिसके बाहर वकील साहब चिरनिद्रा में लीन हैं, और उसके बाद वही तकिया जहाँ बड़े-बड़े बेर के पेड़ों की जगह अब चारों ओर सफेदों से घिरी पानी की टंकी अपना सीना ताने खड़ी है। दक्षिण में बँगला डोक, छीतर डोक और वही दादाखानू जहाँ बड़े-बड़े पेड़ तो अब नहीं हैं बस उसके

सिरहाने कैशोर्य को लाँघ, अपनी मौज़ूदगी का अहसास कराता वह पीपल ज़रूर है, जो दूर से यह इशारा करता दिखाई देता है कि दादाखानू जहाँ था अभी भी वहीं है। सलेमी उत्तर से लेकर दक्षिण में पसरे हुए उस काले पहाड़ को तो देर तक निहारता रहा, जिसकी देह पर सावन और भादों के महीनों में तेज़ बारिश के कारण बहने वाले खोलों[1] को देखकर लगता है जैसे विषपान करने वाले शिव की देह पर दूध की अनेक रेखाएँ खिंच आई हों।

बारी-बारी से सलेमी नगीना के एक-एक दृश्य को जी भर कर देखता है। जगह-जगह महजतों और मंदिरों पर उगे कँगूरों, पुरानी और जर्जर हो चुकी इमारतों तथा नए-नए मकानों को देखकर सलेमी भीतर तक एक रोमांच से भर गया। सबसे अंत में सलेमी देखता है अपने से महज पचास क़दम दूर स्थित लाला नौबत राय की उसी छत को जिसे देखने की चाह उसे यहाँ तक खींच लाई है। वह सिलसिलेवार देखता है छत के काई लगे उन कोनों को, जहाँ सीलन से बचने के लिए चादर बिछा कर पतंगों तथा रील के हुचकों को रखा जाता था। वह देर तक देखता रहा उस जगह को जहाँ खड़ा होकर मँगतू की चपल अँगुलियाँ अपना करतब दिखाती थीं। उसके बाद सलेमी की निगाह उस ओर गई जहाँ-जहाँ से रील गुज़रती थी। पता नहीं रील वाले रास्तों में कितनी नई शाखाएँ तन आई हैं, और कितने बूढ़े दरख़्त काल-कवलित हो चुके हैं।

सलेमी को लगा जैसे लाला नौबत राय की हवेली की छत लोगों से पटती जा रही है और आने वाले हरेक चेहरे पर विजयी भाव पहले से ही पुता हुआ है। वह देर तक चंदू परधान की हवेली से लाला नौबत राय की हवेली की उस छत को निरखता रहा, जिसकी मुँडेर और छत अभी भी बरसों पुरानी काई की परतों से लिपटी हुई हैं और जिसकी फिसलन और सीलन अभी भी सलेमी के तलुओं से चिपकी हुई है।

सलेमी चंदू परधान की हवेली से नीचे उतरा तो उसे लगा मानो उसके फेफड़ों में ताज़ा हवा भरी हुई है। उसने सोचा कि जब वह यहाँ तक आया ही है तब क्यों न जुम्मा से भी मिल लिया जाए। क्योंकि ऐसा प्रायः होता है कि जब-जब सलेमी जुम्मा के पास आता है तब-तब अतीत के हुचकों से पतंग की रील इस तरह खुलनी शुरू हो जाती है कि बाद में उसे लपेटते-लपेटते बहुत देर हो जाती है।

सलेमी चंदू परधान की इसी हवेली के एक कोने पर बिछे तख़्त की ओर बढ़ गया, जहाँ जुम्मा अपने पुश्तैनी धंधे में जुटा हुआ है। हालाँकि जुम्मा ने ताँगा जोतना तो आज से नहीं सालों पहले छोड़ दिया है लेकिन घर में घोड़े की लगाम, जीन और दूसरी चीज़ें अभी भी रखी हुई हैं।

सलेमी चुपचाप जुम्मा के तख़्त के पास आकर खड़ा हो गया। तख़्त के चारों ओर जमी औरतों की भीड़ में यह पहचानना मुश्किल है कि कौन हिंदू है और

1. *खोला : बरसात में बहने वाले अस्थायी झरने।*

कौन मेव। शायद कोई त्यौहार है जिसकी वजह से तख़्त औरतों से घिरा हुआ है। पूरे तख़्त पर रखी चूड़ियों को देखकर सलेमी ने ख़ुद ही अंदाज़ा लगा लिया कि ताँगा जोतने के बजाय यह धंधा कितना मुफ़ीद है।

सलेमी देर तक जुम्मा के झुर्रियों से पटे हाथों की चपलता को देखता रहा। बीच-बीच में चूड़ियों के भावों को बताते हुए और झल्ला कर मौल गई चूड़ियों के टुकड़ों को एक ओर करते हुए, जुम्मा चूड़ियाँ पहनने वाले हाथों की कोमलता के अनुसार उनमें चूड़ियाँ पहनाने में लगा रहा। सलेमी जुम्मा के अनुभव को देर तक बाँचता रहा कि जिन हाथों की कलाइयों में चूड़ियाँ जाने से मना करती हैं, उन्हीं चूड़ियों को जुम्मा इन कलाइयों में पहनाए बिना नहीं मानता है। उसने जुम्मा के कार्य में व्यवधान डालना उचित नहीं समझा लेकिन घर से इतनी दूर आकर उससे मिलने का लोभ भी वह संवरण नहीं कर पाया। इसलिए वह यही सोचकर कि थोड़ी-बहुत देर में भीड़ कम हो जाएगी, वह सामने पड़े एक ख़ाली तख़्त पर बैठ गया और इंतज़ार करने लगा जुम्मा के तख़्त से ग्राहकों के छँटने का।

काफ़ी देर हो गई सलेमी को तख़्त पर बैठे-बैठे और एक बार जैसे ही उसे लगा कि ग्राहकों की संख्या काफ़ी कम है, तो वह लपक कर तुरंत गया जुम्मा के तख़्त की ओर। जाते ही उसने धीरे-से जुम्मा को पुकारा। जुम्मा ने धीरे-से अपनी गर्दन उठाई और सफ़ेद पड़ चुकी पलकों के बीच से सलेमी को देखते हुए बोला, "सलेमी, वाड़ी आज तो घणी भीड़ है...... दुकानदारी को बखत है...... कल अइयो....... इत्मिनान सू बैठ के बोल-बतियाएँगा.......।" इतना कहकर जुम्मा फिर अपने काम में जुट गया।

सलेमी ने सोचा जुम्मा सही कह रहा है। उसे ऐसी भीड़ देखकर ख़ुद ही चला जाना चाहिए था।

सलेमी ने अपने क़दमों को वापस घर जाने के लिए मोड़ लिया लेकिन चलने से पहले उसने सोचा कि क्यों न बाज़ार से होते हुए जाया जाए। उसके क़दम उन्हीं सूनी हवेलियों के सामने से जाने के लिए बढ़ गए, जिनके सामने बने चौतरों पर अक्सर बैसाख और जेठ के तपते महीनों में आसपास के गाँवों से आने वाले लोगों को आराम करते हुए देखा जाता है।

सलेमी जब इन हवेलियों के सामने से गुज़रा तो उसे लगा जैसे वह किसी जंगल की ऊँची-नीची पगडंडी से गुज़र रहा है। सूनी हवेलियों से रह-रह कर आती कबूतरों की गुटर-गूँ और उनके सूनेपन की भाँय-भाँय सुनकर सलेमी के पाँव घर की ओर ऐसे बढ़ने लगे, जैसे वह इस बीहड़ और निर्जन जंगल से जल्दी से जल्दी बाहर आ जाना चाहता है।

सलेमी घर आते ही पौली में बिछे डहले पर लगभग गिर पड़ा। उसकी समझ में नहीं आ रहा है कि वह क्यों इतना टूटा और थका हुआ-सा अपने आपको

महसूस कर रहा है? क्यों उसकी वही साँसें जो थोड़ी देर पहले चंदू परधान की हवेली की सीढ़ियों पर चढ़ते वक़्त फूली जा रही थीं, अब एकदम शिथिल पड़ती जा रही हैं? बार-बार सलेमी जैसे ख़ुद से पूछने लगा।

तैंतीस

घर आते ही सलेमी फिर उसी गुंजलक में फँसने लगा।

जैसे-जैसे अतीत के चित्र उसके अवचेतन से विस्मृत होने लगे, वैसे-वैसे उसका जिस्म मानो अकड़ने लगा। उन्हीं चिर-परिचित चेहरों और विडम्बनाओं के बीच अपने को घिरा देख, उसे अपने भीतर एक कंपन-सी महसूस होने लगी।

डहले पर लेटे-लेटे उसे लगा जैसे पौली में धीरे-धीरे धुआँ भरता जा रहा है। सिर को झटकते हुए वह इस धुएँ से अपने आपको मुक्त करने की कोशिश करने लगा क्योंकि उसे पता है कि जब-जब पौली में धुआँ भरने लगता है, उसे अपने भीतर एक घुटन-सी महसूस होने लगती है। इसीलिए रह-रह कर अब उसे वहम-सा रहने लगा है कि पौली में हर समय धुआँ ही धुआँ भरा रहता है। इसी धुएँ के परिणामस्वरूप एक डरावना चित्र उसके अवचेतन में बनना शुरू हो जाता है। एक ऐसा चित्र जिसमें बाबू, बनवारी, सुभान खाँ, छोटका, हुसैनदीन के अलावा चौधरी करीम हुसैन और चौधरी मुर्शीद अहमद के अक्स एक-दूसरे में गुँथे हुए हैं।

सलेमी जैसे-जैसे इस गुंजलक से अपने आपको बचाने की कोशिश करता है, वैसे-वैसे वह इसमें और फँसता जाता है। कभी सुभान खाँ के कहे शब्द उसके कानों से टकराने लगते हैं, तो कभी बनवारी के। बाद में उसने ख़ुद महसूस किया कि बनवारी ने झूठ नहीं कहा था। बनवारी का कहा उसे अब सही प्रतीत होने लगा है कि कोई बड़ी बात नहीं यह इलाक़ा ज़ल्दी ही दूसरा पाकिस्तान बन जाए। लेकिन इसे दूसरा पाकिस्तान बनवा कौन रहा है—मनीराम, हरसाय, बुद्धन या नबी खाँ, रोबड़ा और ख़ुद उस जैसे लोग? नहीं, अगर उस जैसे लोग चाहते तो पता नहीं ऐसा कब का हो चुका होता। उस जुम्मा ने तो कभी नहीं चाहा होगा जिसे अपने धंधे से ही फ़ुरसत नहीं है, और न ही कभी उस दादा भरपूला ने सोचा था जिसकी पूरी उम्र दादाखानू पर गलेप चढ़ाते-चढ़ाते बीत गई। न कभी उस मँगतू ने सोचा होगा, जिसकी अँगुलियाँ इस नगीना की नाक को बचाते-बचाते रील से लहूलुहान हो जाया करती थीं, और जो इसी नगीना का नाम ऊँचा करते हुए कृष्णाबाई के भारी-भरकम प्रस्ताव को भोंदू के नोहरे में लात मारकर, पान चबाता हुआ घर चला आया था।

अगर इनमें से कोई भी नहीं है जो चाहता है कि मेवात दूसरा पाकिस्तान बन जाए, तब फिर वे कौन हैं जो ऐसा चाह रहे हैं और ऐसा करने पर आमादा हैं?

इसी गुंजलक से अपने आपको मुक्त करने की कोशिश में सलेमी छटपटाने लगा कि तभी उसने मनीराम और हरसाय को पौली में घुसते हुए देखा। सलेमी डहले पर उठकर बैठ गया। मनीराम और हरसाय सामने बिछी खाट पर बैठ गए।

कुछ पलों की निस्तब्धता के बाद हरसाय बोला, "सलेमी, तैने कुछ सुणी है?"

सलेमी जानता है कि जब भी इस तरह की ख़ामोशी के बाद ऐसा कोई सवाल उछलता है, उसमें ज़रूर कोई न कोई अनिष्टता समाई होती है।

"कहा?" सलेमी ने निर्लिप्त भाव से उलटा हरसाय से पूछा।

"कहा बताऊँ सलेमी...... बात कुछ बताण की होए तो बताऊँ.....।"

"फिर भी, होएगी तो सही कुछ!" इतना कह कर सलेमी डहले से उठा और सिगरी की राख़ में दबे धीरे-धीरे सुलग रहे उपले को चिलम में बँधी चिमटी से कुरदने लगा।

"यार बताते बखत, छाती फटी-सी जावे है......।"

"अरे अन्यायी, होएगी भी कुछ बात......?" इस बार सलेमी सुलगते हुए उपले से एक आँच का टुकड़ा, चिमटी के मुँह से पकड़ कर उसे चिलम में डालते हुए झल्ला उठा।

"ना माने, तो ले सुन..... आज ही एक अखबार में ई खबर छपी बताई के या इलाका ए हिंदू एक-एक करके छोड़ता जा रा हैं.....।" हरसाय ने पूरी गंभीरता के साथ यह जानकारी दी सलेमी को।

हरसाय की बात सुनते ही सलेमी आपे से बाहर हो गया, "देख हरसाय, चाहे बुरो मान या भलो मान...... तू इन अखबार-वखबारन को किस्सो मत सुनाए कर...... समझी!"

"सलेमी, मैं तो एक बात बता रो हूँ।" हरसाय झेंपते हुए बोला।

"घंटा बता रो है...... कहा बता रो है..... तोहे अकीन है इन अखबारन पे....... अन्यायी, ई बता कौन छोड़ के जारो है या इलाका ए.....तू छोड़ के जा रो है या ई मनीराम छोड़ के जारो है....... हें?"

"ना, हम तो ना छोड़ के जा रा हैं परऽऽ......." हरसाय कहते-कहते रुक गया।

"तू छोड़ के ना जारो है...... ई मनीराम छोड़ के ना जा रो है...... तो फिर कौन छोड़ के जा रो है...... हरसाय, मेरी तो समझ में ई ना आ री है के आखर ऐसी खबरन् सू इन अखबारवालान् ने मिला कहा है...... अरे, या इलाका में कुछ अच्छी बात भी तो होंगी...... उन्ने काँई लू ना छापाँ ये अखबार!"

"सलेमी, हमने जो सुणी है हम तो वाहे बतान् आया हैं.......।" मनीराम ने बेहद ठंडेपन के साथ कहा।

"मनीराम, मैं मानू हूँ तेरी बात..... पर अन्यायी, इन बातन् पे कोई अकीन करेगो?"

"सलेमी, झूठ तो कोई ना लिखे है...... कुछ न कुछ बात होएगी जभी तो लिखी है अखबारन्ने।"

"मैं कद मना कर रो हूँ..... पर ऐसो लगे है के उतनी बात है ना जितनी ये अखबार बढा-चढ़ा के लिखे हैं...... मेरे यार, दो-चार आदमी काई काम-धंधा पे गया होंगा तो वही इन्ने खबर बणा दी.....।" सलेमी ने एक हलके-से तर्क का सहारा लेते हुए कहा।

"तू आगे तो सुन...... वामें ई भी लिख री ही के करीम हुसैन ने मेवन् की काई पंचात में ई कही है के अब ऐसो बखत आगो है जब मेवन्ने अपनी लाठी तैयार रखणी है........ अब तुई बता सलेमी जब मेवात में ऐसी कोई बात ही ना है तो करीम हुसैन ने कैसे ई बात कह दी?"

"और याही डर के मारे हिंदू......।"

मनीराम ने हरसाय की बात को आगे बढ़ाते हुए जैसे कुछ कहना चाहा कि सलेमी बीच में टोकते हुए बोला, "मनीराम, एक बात कहूँ चाहे तो ऊ करीम होए या मुरसीद...... इन लीडरन्ने तो अपणी रोटी सेकना सू मतलब है..... ये तो चाहवे हैं के या इलाका में ऐसी बात होती रहें...... अरे, जब कोई बुरो बखत आएगो न तो ई करीम और मुरसीद ना आंगा हमारे पै..... हमीं एक-दूसरान् के काम आंगा......" कहते-कहते सलेमी का स्वर भीग आया, "....... और मनीराम ये अपणे आप ए मेवात का चौधरी तो बतावे हैं पर या चौधर ए इलाका की भलाई कू क्यों ना चलावे हैं....... ये या बात ए तो कहीं कहवेई ना हैं के या इलाका में नहर तो कहा छोटो सो नालो भी ना है....... जा रेल ए देखण लू हमारी आँख तरस गी हैं वाकी पटड़ी तो आज तक इलाका में बिछी ना....... अरे, आज ये सब या इलाका में होती न तो ये खबर जिन्ने तम ढूँढ़-ढूँढ़ के ला रा हो...... ढूँढ़ा सू भी ना मिलती.......।"

सलेमी के इस तर्क के जवाब में हरसाय और मनीराम से कुछ कहते नहीं बना। बस चुपचाप उसकी बातें सुनते रहे।

"हरसाय, मैं मानू हूँ के हमारा हिंदू या इलाका ए छोड़ के हौले-हौले जा रा हैं....... पर ई बताओ वे ना जाएँ तो कहा करें...... जब या इलाका में कोई रुजगार, कोई काम-धंधा ही ना है तो हीं के वे धूल फाकंगा...... और हरसाय ऊ कह करे हैं न के आदमी लू हूनी जन्नत है जहाँ वाको काम-धंधो बढ़िया चले...... हाँ, इन मेवात का लीडरन्ने ऐसी बात कहणी ना चहिए...... अरे, जो तम जैसा दो-चार माणस बच रा हैं उन्ने भी ये भगा के छोड़ँगा।"

"सलेमी, मैं यही तो कह रो हूँ के इन लीडरन्ने ऐसी बात ना कहणी चाहिए।"

"हरसाय, एक बात बता...... मेरे यार, जूँ का डर सू कोई घाघरी छोड़ी जावे है....... तम भी पतो ना जैसे कोई कह देए, वाही पे अकीन कर लेओ हो!"

"यार सलेमी, तू तो सच्ची में बुरो मानगो...... अरे, या इलाका ए छोड़ के जाए हमारो ई.......!" धोती की लाँग उठाते हुए हरसाय फिर बोला, "अन्यायी, हमारो

इलाको है....... ई हमारो पुरखान को गाँओं है...... तू कहा समझ रो है याहे हम ऐसे ही छोड़ के चला जांगा.....।" हरसाय ने वातावरण को एकदम हलका बनाने की कोशिश करते हुए कहा।

"हरसाय, मैं कहा-कहा समझ रो हूँ वाकी बात छोड़...... पर ई बात तो पक्की है के आज ना तो कल ई नौबत आएगी जरूर, जब या गाँओं सू ही ना या इलाका सू एक-एक करके ऐसेई सारा हिंदू चला जांगा....... और या बात ए भी मैं गारंटी के साथ बता दूँ के अगर या इलाका का यही हालात रहा तो कोई बड़ी बात ना है गरीब-गुरबा मेव भी हीन् सू एक-एक करके चला ना जाएँ तो....... और अगर ऐसो हुओ न तो या इलाका में या तो धूल उड़ती दीखेगी या फिर ई कालो पहाड़ ही दीखेगो।" सलेमी ने अंततः सच्चाई स्वीकारते हुए कहा।

"या बात ए तो तू सही कह रो है....... इन हालातन् सू तो सारा बोदा आदमी याँ सू चला ही जांगा चाहे वे हिंदू होएँ या मेव....... और फिर ई तो बहाना है के या इलाका में हिंदून पे कोई जोर-जुलम हो रो है....... अरे, कोई जातो हुओ काई पे रुको है कै....... सलेमी कह करे हैं के जब बहू भगण हार होए है तो ऊ बलेंडा में साँप बताए है....... हम जा तो अपणी मरजी सू रा हैं और कालो मुँ हो रो है तिहारो।" मनीराम लगभग सलेमी के तर्क को मज़बूत बनाते हुए बोला।

"मैं भी तो यही कहणो चाह रो हूँ..... मेरा भाई, मैं तो या मारे चुप लगा गो के अगर यही बात मैं कहतो तो हो सके के तमीं कहण लग जाता के मैं मेवन् की हिमात ले रो हूँ।"

"चल छोड़ सलेमी, बखत आण दे..... वाहे भी भुगतंगा.....।" सलेमी को बीच में ही टोकते हुए हरसाय बोला।

"हाँ यार, हम खामखाँ दिमाग खराब कर रा हैं....... चल हरसाय, जब होएगी देखी जाएगी...... अच्छो सलेमी चलाँ...... अपणी ऐसी-तैसी करा लें ये करीम और मुरसीद।"

मनीराम और हरसाय सलेमी की पौली से उठकर चले गए।

उन दोनों के जाते ही सलेमी एक बार फिर अकेला रह गया। एक बार फिर से पौली में निस्तब्धता पसर गई। हरसाय और मनीराम के शब्द अभी भी उसे अपने कानों में सुनाई दे रहे हैं। ख़ासकर अंतिम वाक्य के कुछ शब्द कि जब होगा, तब देखा जाएगा। सलेमी बहुत अच्छी तरह जानता है कि ऐसे जुमलों का इस्तेमाल हमेशा भीतर से डरा हुआ आदमी ही करता है। वह अच्छी तरह जानता है कि हरसाय और मनीराम उससे कहीं ज़्यादा भीतर से डरे हुए हैं। इसलिए उन्होंने इन जुमलों का इस्तेमाल सिर्फ़ अपने और उसके मन को तसल्ली देने के लिए किया है। अनिष्टता और आशंका का घोल जब डरे हुए आदमी के भीतर घुलना शुरू होता है तब हर तर्क महज उसके डर को थोड़ा कम करता है, ख़त्म नहीं। उसके भीतर भी तो यही घोल तेज़ी से घुलता जा रहा है। अगर ऐसा नहीं होता तो वह

क्यों बार-बार इस वाक्य को दोहराता है कि इस इलाक़े में ऐसा कुछ भी होने वाला नहीं है। वह वास्तविकता को जानबूझ कर क्यों झुठला रहा है? और अगर ऐसा है तो वह क्यों हरसाय और मनीराम को मुग़ालते में रख रहा है? वह क्यों उन्हें झूठी तसल्ली दे रहा है? वह साफ़-साफ़ क्यों नहीं कह देता है कि मेवात, अब पहले जैसा मेवात नहीं रहा है? वह क्यों नहीं अपने मन की बात साफ़-साफ़ कह देता है कि बँटवारे के समय गाँधी द्वारा मेवों को पाकिस्तान जाने से रोकना अब उसे भी बेमानी लगने लगा है?

निस्तब्ध पौली में सलेमी को अपने सामने अख़बारों की असंख्य कतरनें उड़ती हुई दिखाई देने लगीं। उन्हीं अख़बारों की कतरनें दिखाई देने लगीं जिन्हें सलेमी थोड़ी देर पहले झूठा साबित करने की कोशिश कर चुका है। लेकिन कुछ देर बाद वह ख़ुद यह भी स्वीकार कर चुका है कि आने वाले वक़्त में यही कतरनें इस सच्चाई को सच साबित करके रहेंगी, जिन्हें वह आज झुठला रहा है। यानी कोई बड़ी बात नहीं कि यह इलाक़ा एक दिन दूसरा पाकिस्तान बन ही जाए। सलेमी एक अजीब-से अंतर्द्वंद्व में धँसने लगा। उसकी समझ में नहीं आ रहा है कि आख़िर वह कैसे इस गुंजलक से बाहर निकले?

सलेमी से जैसे भी होता है सिर झटक कर या आँखें बंद कर, यहाँ तक कि आने-जाने वालों से बतिया कर अपने आपको इस डर से मुक्त रखने की कोशिश करता है। मगर लगता है दिल और दिमाग़ दोनों ने मिलकर ऐसा समझौता कर लिया है कि रह-रह कर वे उसे उसी ओर लेकर चल पड़ते हैं, जिस ओर जाते हुए सलेमी को डर लगता है।

आगत के मानचित्र पर एक बार फिर भयावहता की अक्षांश और देशांतर रेखाएँ सलेमी को साफ़ दिखाई देने लगीं। इन रेखाओं के बीच भूमध्य रेखा-सा स्थिर खड़ा काला पहाड़ भी नज़र आता है जिसकी साँवली देह से उतरा चौमासे का पानी कभी अपनी तलहटी में बसे गाँवों को भिगो जाता था, वही काला पहाड़ मूक-दर्शक बना चुप्पी साधे बैठा है। इसी पहाड़ की तलहटी में बसे मेवात में जब जेठ की गरम हवाएँ उसके जिस्म से निकल कर चहुँ ओर फैलती हैं, तो असंख्य आँखें उसके आसपास काँपती हवाओं के बीच से पानी के सोते खोजने लगती हैं।

अब तो दूर-दूर तक जंगल में जहाँ भी नज़र जाती हैं वहाँ भूरे रंग की चादर ही बिछी दिखाई देती है। ऐसा लगता है जैसे दूर तक रेतीला प्रांतर पसरा हुआ है। इसलिए यही वजह है कि जिन घरों के कोनों में कभी गोचनी, बेझड़ या फिर गेहूँ, चना और मटर की बोरियाँ दिखाई देती थीं, वहाँ अब सरसों की बोरियों की धाँग के कुछ नज़र नहीं आता है। यहाँ तक कि जिस बल्लाकी, बोहराकी के कुएँ, दुकाना, अस्तल, इस्लामी मदरसा, छीतर डोक, और बँगला डोक के आसपास के खेत कभी हरी सब्ज़ियों और टमाटरों की बाड़ियों से अटे रहते थे, वे भी अब निरे

बाँझ दिखाई देते हैं। हरेपन से भरा एक दृश्य सलेमी की आँखों में लहलहा उठता है। इन्हीं कुओं और जोहड़ों के जो होंठ बारहों महीना ठहाटा मारते पानी से भीगे रहते थे, उनके ज़्यादातर पेंदों में या तो थोड़ा-बहुत गीलापन दिखाई देता है या फिर मोटी-मोटी दरारें। इन्हीं कुओं की जगत पर बैठ कर जब कभी आसमान के प्रतिबिम्ब को देखा जाता था, तो लगता था अपनी अंजुरियों में पूरा आसमान छिपा लिया है और आज इन्हीं कुओं में झाँकते हुए डर लगता है। वही आसमान जिसकी अनंत ऊँचाई इन कुओं की अतल गहराइयों में लीन रहती थी, अब महज एक चकत्ता भर नज़र आने लगा है।

पल भर के लिए सलेमी के होंठों पर एक कुटिल मुस्करान तैर कर ग़ायब हो गई कि ऐसे इलाक़े में आदमी की जात सिवाय दिन काटने के कर भी क्या कर सकती है। ऐसे में अगर फिर भी हम उससे यह उम्मीद रखें कि वह इन प्राकृतिक अभावों के सूखे स्तनों को चिचड़ता रहे, तो इससे बड़ी नासमझी और क्या हो सकती है– यानी सब एक-एक कर इस इलाक़े से पलायन कर जाएँ और इसे एक निर्जन द्वीप बनाकर छोड़ जाएँ—यही न?

चौंतीस

जिस सुलेमान को पूरा चौधरी मोहल्ला भला-चंगा माने हुए है वैसा दरअसल है नहीं। चुपचाप वह कई डॉक्टरों को दिखा चुका है लेकिन पता नहीं ऐसी कौन-सी बीमारी है जो अभी तक डॉक्टरों की भी समझ से परे है। वही मेमन जिसे कुछ दिन पहले तक ज़िंदगी के ककहरों का पता नहीं था, उसी मेमन ने सुलेमान की सेवा में अपने आपको पूरी तरह झोंक दिया और भरा हुआ मेमन का वही तांबई जिस्म जिससे ताब फूट रही थी, एकदम आधे के क़रीब रह गया। बावजूद इसके सुलेमान सँभलने के गिरता चला गया यानी दूसरे शब्दों में कहा जा सकता है कि मर्ज़ बढ़ता गया, ज्यों-ज्यों दवा की।

मेमन तो फिर भी पता नहीं चलने देती अगर उस दिन रामदेई संयोग से उसके भीतरले घर में दराँत लेने नहीं जाती। रामदेई ने खाट से लगे सुलेमान को देखा तो उसका कलेजा मुँह को आ गया। ऐसा पहली बार इस मोहल्ले में हुआ है कि कोई गंभीर रूप से इतना बीमार हो और मोहल्ले को इसकी कानों-कान ख़बर न लगे। हालाँकि बाद में इसे कुछ लोगों ने मेमन के स्त्रीत्व की संज्ञा देकर उसके जीवटपन को खूब सराहा लेकिन पहले तो सब दाँतों तले अँगुली दबा कर रह ही गए थे। जिनको किसी तरह की आशंका थी उन्होंने यह कहकर पीछा छुड़ा लिया कि सुलेमान के घर के आपसी मन-मुटाव के कारण उन्होंने ज़्यादा जानने की कोशिश

नहीं की, क्योंकि इससे पहले भी तो सुलेमान पूरा एक पखवाड़ा बिना किसी को बताए घर से ग़ायब रह चुका है, और जब आया तो इसी मेमन के साथ।

रामदेई ने सुलेमान की यह ख़बर पूरे मोहल्ले में रोप दी, जिसने भी सुना वही लपका हुआ आया। देखते ही देखते सुलेमान की पौली अट गई मोहले के लोगों से। सुलेमान की खाट को भीतरले घर से निकाल कर बाहर खुली हवा के लिए पौली में लाकर बिछा दिया गया। सुलेमान को जिसने भी देखा पहले तो उसने मेमन को प्रत्यक्ष और परोक्ष रूप से खूब डाँटा कि उसने बताया क्यों नहीं? लेकिन बाद में वही डाँट एक आत्मीयता और सहानुभूति में बदल गई।

मुँह पर कपड़े का ढाटा लगाए हुसैनदीन ने अंदर से दवाइयों की ढेर सारी शीशियाँ जैसे ही पौली में लाकर रखीं कि उन्हें देखते ही हैरत से सबकी आँखें खुली की खुली रह गईं। ज़्यादातर शीशियाँ जैसी थीं वैसी ही हैं यानी सुलेमान ने दवाई ली ही नहीं। लोगों की समझ में अब आया कि सुलेमान जानबूझ कर मौत की ओर बढ़ रहा है। किंतु उसने ऐसा क्यों किया, यह प्रश्न अभी भी अनुत्तरित है।

खाट के बान से लगे जिस्म के अनेक हिस्सों पर जैसे मांस है ही नहीं। चेहरे में धँसी हुई आँखों से सिवाय सफ़ेद पपोटों के कुछ नज़र ही नहीं आ रहा है। रह-रहकर उखड़ती हुई साँसों को देखकर नबी खाँ ने धीरे-से मनीराम के कानों में फुसफुसाते हुए कहा, "ई तो जादा दिन ना जीतो लगे है मनीराम!"

"जादा दिन कहा, दो-चार दिन खींच जाए वही बहोत है।" मनीराम ने आशंका जताई।

सुलेमान की साँसें जब उखड़ना शुरू होतीं तो लगता आँखें बाहर आ जाएँगी। और तभी जैसे ही उसने खाँसते हुए मुँह खोला कि खाट के नीचे रखे राख़ से भरे कूँडे में ख़ून के बड़े-बड़े चकत्तों को गिरता देख सबकी समझ में आ गया कि सुलेमान को क्या बीमारी है।

यौवन और परिपक्वता के किनारे खड़ी असहाय मेमन की आँखों में तैर आए भविष्य की दुश्चिंताओं के डोरे किसी से छिपे नहीं रहे। पिछले छः-सात महीनों से निरंतर नियति से जूझते हुए सारे गुणनफल जैसे गड्डमड्ड हो गए। सुलेमान के सिरहाने रखी जुज़दान में लिपटी कुरान की ओर मेमन ने जैसे ही हाथ बढ़ाया कि एक बार फिर खाँसते हुए ख़ून का बड़ा चकत्ता राख़ से भरे कूँडे के किनारे को छूता हुआ ज़मीन पर आ गिरा। कुछेक के कपड़ों पर तो एकाध छींट भी पड़ गई।

ख़ून के सुर्ख़ चकत्तों को देखकर कइयों को तो मितली-सी आने लगी। ज़्यादातर नाक और मुँह ढाटों से ढँप गए और थोड़ी ही देर में आधी से ज़्यादा पौली खाली हो गई। इस बार मेमन की हिम्मत भी जवाब दे गई और उसकी रुलाई फूट पड़ी।

सुलेमान की हालत को बिगड़ता देख सलेमी ने हाकिम और बासित को तुरंत बुलवाने के लिए सुभान खाँ को भेज दिया, लेकिन थोड़ी ही देर बाद सुभान खाँ वापस लौटते हुए बोला, "ताऊ, उन्ने तो आण सू मना कर दी है।"

"हाँ, मना तो करेंगा ही...... अरे, वे तो चाहवे हैं के जहाँ ई कल मरे, हूँ आज ही मर जाए और या मेमन के धक्का मारके सबका मालक बण जाएँ..... कोई बात ना है बेटी...... जो या माथा पे लिखी पड़ी है, ऊ ना मिटे काई सू...... हिम्मत सू काम ले!" सलेमी हिम्मत बँधाते हुए बोला।

"जी तो केड़ो करणो ही पड़ेगो बेटी......।" रमजानो ने भी तसल्ली बँधाते हुए कहा।

सलेमी प्रायः यह भूल जाता है कि बाबू खाँ ऐसे मौक़ों पर अब अक्सर मौजूद रहने लगा है। अपना वाक्य ख़त्म कर वह जैसे ही पीछे की ओर पलटा कि देखा बाबू खाँ सचमुच पिछली भीत से लगा खड़ा है। बाप से आँखें मिलते ही बाबू की कनपटी सुलगने लगी। पता नहीं क्यों ऐसे मौक़ों पर सलेमी बाबू खाँ को देखकर ध्वस्त-सा हो जाता है। इस बार भी उसे लगा जैसे उसने मेमन से जो कुछ कहा है बाबू को वह ठीक नहीं लगा। बाबू की सुर्ख़ आँखों से ही उसने सब भाँप लिया। यह तो ग़नीमत है कि बाबू ने इस बार भी सबके सामने उससे कहा कुछ नहीं।

सलेमी बेटे की इस भंगिमा को देखकर भीतर तक सिहर उठा लेकिन बेटे के उग्र तेवरों के बावजूद सलेमी स्वयं रोबड़ा, हरसाय और मनीराम को लेकर हाकिम तथा बासित के पास चला गया।

खाँसते-खाँसते जब सुलेमान निढाल हो गया तो मेमन ने जुज़दान से कुरान खोली और उसे रेहल पर रख तिलावत करने लगी। वहाँ खड़े लोगों की समझ में नहीं आ रहा है कि आख़िर इस समय किया क्या जाए? कैसे इस मेमन को आने वाली अँधेरी सुरंग से एक तरफ़ किया जाए?

हाकिम और बासित को सबने मिल कर समझाने की आख़िरी कोशिश की लेकिन न तो हाकिम ही पसीजा और न ही बासित माना। दोनों ने ज़िंदगी और मौत से जूझते बाप के पास जाने ने साफ़ इनकार कर दिया। हाकिम ने तो मुँह फोड़कर कह भी दिया, "दादा, हमन्ने तो अपणो बाप वाई दिन मरो समझ लियो हो, जा दिन ई हैदराबाद सू या बीरबाणी ए करके लायो हो।"

"हाकम, बेटा ऊ बात तो अब पुरानी होगी...... अरे, अब या आखरी बखत में वाकी काँई लू माटी खराब करणा पे तुल रा हो!" सलेमी लगभग याचक की मुद्रा अपनाते हुए बोला।

"आखिर ऊ तिहारो बाप है...... अरे, वाका मरणा के पीछे सारी दुनिया तम पे थूकेगी के फलाँ आदमी बेटा-बहू के होते भी बे-औलाद की ताँई मरगो।" रोबड़ा ने दुनियादारी का हवाला दिया।

"हाकम, एक बात बता, ऊ कै अपणी छाती पे धरके ले जाएगो..... अरे, वाकी जमीन-जादात का तम दोनों भाई ही तो मालक हो..... और रही वा बिचारी मेमन की बात, तो अन्यायी जहाँ तिहारी परात में पहले दिन में सेर चून मँढ़े हो, हून्

अब सवा सेर मँढ़ जाएगो......।"

मनीराम ने भावावेश में अपना तर्क कुछ इस तरह प्रस्तुत किया कि वह भूल गया कि वह यह क्या कह गया है! यह तो अच्छा हुआ कि हाकिम और बासित ने उस पर ध्यान नहीं दिया और इस ध्यान न देने का फ़ायदा उठाते हुए सलेमी ने मनीराम की बात को तुरंत संतुलित करते हुए आगे कहा, "बाप, आखिर बाप होवे है..... अरे, ई मेमन बेसक तिहारी उमर की है पर रिस्ता में तो तिहारी माँ ही लगे है..... और फिर मैं तो एक बात जाणू हूँ के 'राजू' दुनिया बावली पक्का चिणे मकान, सभी पड़ा रह जांगा जा दिन निकल जाएगी जान'..... बावला बेटा, सब कुछ हीनी धरो रह जाएगो, कोई या माया ए अपणी छाती पे धर के ना ले जाएगो.... हमारो तो फरज समझाणा को है, बाकी तिहारी मरजी......।"

इतना कहकर सलेमी जाने के लिए उठने लगा तो मनीराम ने मूढ़ी से उठते हुए जैसे अंतिम बार पूछा, "हाँ भई लाला, कुछ समझ में आई के ना?"

"ठीक है दादा, अब तम कह रा हो तो तिहारी बात मान लेवे हैं...... पर हमारा बाप ने ई करो बहोत बुरो है।" हाकिम ने अंततः बात मानते हुए कहा।

सबके सीने से मानो एक वज़नी पत्थर हट गया। बिलकुल वही कहावत चरितार्थ हो गई कि जल और कुल को मिलते हुए कुछ भी देर नहीं लगती है, बेशक यह मिलन किसी स्वार्थ के वशीभूत था। हालाँकि यक़ीन तो किसी को भी नहीं हो रहा है कि उन्हें अपने इस प्रयास में थोड़ी-सी मशक़्क़त के बाद ही सफलता मिल जाएगी। जो फ़जरी अपने ससुर के जीते-जी उस पर हमेशा माटी डालने पर आमादा रहती है, वही फ़जरी अपनी ज़ुबान पर इस तरह ताला लगा लेगी और मोम की तरह नरम तथा वाणी से इतनी मधुर हो जाएगी कि थोड़ी देर के लिए जो आदमी उसकी प्रकृति से वाक़िफ़ है वह भी गच्चा खा जाए।

हाकिम के घर से बाहर आते ही सलेमी मनीराम पर बिगड़ते हुए बोला, "यार मनीराम, तोहे ई कहण की कहा जरूरत ही के बाकी जमीन-जादात का तम दोनों भाई मालिक हो?"

"अरे, मैंने तो या मारे कह दी के चलो याही लालच में कदी वे तैयार हो जाएँ.....!"

"और मान लेओ, कल वे याही बात ए पकड़ लेंगा तो कहा होएगी......?" सलेमी ने मनीराम से पूछा।

"कूढ में आया तो सही...... या लालच में थोड़ा-सा दिन बाप की सेवा-टहल तो करेंगा..... अरे, सुल्ली ए तो एक न एक दिन खुदा कू प्यारो होणोई है...... कम सू कम मरणा पे बेटा वाहे कंधा तो देई देंगा......।" रोबड़ा ने अपने तर्क का सहारा लिया।

"घंटा कूढ में आगा...... मैं अच्छी तरह जाणू हूँ इनकी आदत..... और फिर

रोबड़ा, आज या बखत में काई पे अकीन ना करो तो अच्छो है...... चाहे फिर बेटा होएँ या बहू।" सलेमी ने वास्तविकता की ओर इशारा करते हुए कहा।

"रोबड़ा, तू तो थोड़ा-सा दिन की कह रो है..... पर मोहे ऐसो लग रो है के सुल्ली आज की रात ए काट जाए वही बहोत है।" बुद्धन ने आशंका जताई।

"पर यार बुद्धन, मोहे तो बस एक ही डर लग रो है के सुल्ली के पीछे या बीरबाणी को कहा होएगो..... अन्यायी, ये हाकम और बासत तो मोहे याकू रोटी खवाता दीख ना रा हैं...... उनकी नीत तो अपणा बाप की आठ-दस कीला जमीन पे धरी है।" सलेमी ने चिंतित होते हुए कहा।

"सलेमी, ई तो तू सही कह रो है...... बिचारी या लाचार बीरबाणी कू टूकन् का भी लाला पड़ जाता दीखें...... अरे, ई तो ऊ बात होगी के खसम करो हो सोण कू, होगी फत्थर ढोण कू।"

"खैर, बिचारी का भाग में जो लिखी ही है ऊ तो याहे भुगतणो ही पड़गो......।"

"सही कही है सलेमी के भैमाता ने जाके भाग में जो लिख दियो है, ऊ ना मिटे है काई सू।" बुद्धन बोला।

इस तरह सब मेमन को नियति के भरोसे छोड़ कर और ख़ुद को इस तनाव से उक्तियों तथा सूक्तियों के सहारे मुक्त कर सुलेमान के स्वस्थ होने की एक बेमानी-सी दुआ व प्रार्थना करने लगे।

सबके वापस लौटने के थोड़ी देर बाद ही पूरे चौधरी मोहल्ले में यह ख़बर फैल गई कि हाकिम और बासित जीवन की अंतिम साँस गिन रह अपने बाप की सेवा-टहल के लिए राज़ी हो गए हैं। इस ख़बर को सुनकर सबसे ज़्यादा ख़ुशी उन बड़े-बूढ़ों को हुई जो ख़ुद ज़िंदगी के तने हुए कच्चे धागे पर धीरे-धीरे चल रहे हैं। उन्हें ख़ुशी इस बात की नहीं है कि हाकिम और बासित हठ छोड़कर बाप की सेवा के लिए राज़ी हो गए हैं बल्कि इस बात की है कि इस मोहल्ले में एक ऐसी रिवायत बनते-बनते रह गई जिसकी अगर एक बार शुरुआत हो जाती, तो भविष्य में पता नहीं कितने सुलेमानों को ऐसे दिन देखने पड़ जाते।

सलेमी को भी एक बार तो उस समय अपनी साँसें गले में ही रुकती-सी लगीं, जब हाकिम ने उनकी बात मानने से दोटूक मना कर दिया था क्योंकि हाकिम का फ़ैसला सुनते ही उसे अपनी आँखों के आगे बाबू खाँ का चेहरा घूमता दिखाई दिया। किंतु अब वह बाबू को कम से कम हाकिम और बासित का उदाहरण देकर यह तो कह ही सकता है कि जिन बेटों ने जीते-जी अपने बाप को मरा हुआ मान लिया था, अंतिम समय में वे भी उसकी सेवा-टहल के लिए राज़ी हो गए।

सोचते हुए सलेमी ने एक लंबी साँस ली और पिता-पुत्र के शाश्वत रिश्ते के गाढ़ेपन को मन ही मन नमन करते हुए कंधे से साफ़ी उतारी तथा चेहरे पर चू आई पसीने की बूँदों को पोंछने लगा।

आख़िरकार बुद्धन और सलेमी ही क्या पूरे चौधरी मोहल्ले की आशंका सच साबित हो गई। फ़जर की अज़ान के आधे घंटे बाद ही सुलेमान के घर से एकाएक रोने की आवाज़ आई, तो पास-पड़ोसियों को समझते देर नहीं लगी कि सुलेमान जन्नत-नशीं हो चुका है। अलस्सुबह होने वाले इस विलाप ने बड़े तो क्या कुनमुनाते हुए बच्चों की नींद तक उड़ा दी।

सूरज निकलने से पहले ही उपरलीघाँ की महजत के लाउडस्पीकर से सुलेमान के गुज़र जाने की उद्घोषणा कर दी गई और साथ में यह सूचना भी दे दी गई कि सुलेमान का जनाज़ा नौ बजे के क़रीब दादीका के हदीरा में दफ़नाने के लिए ले जाया जाएगा।

पिछली कई रातों से पूरी-पूरी रात जगे होने के कारण मेमन की आँखें सुर्ख़ हो आईं। सबसे पहले रोने की आवाज़ भी उसी की आई थी लेकिन थोड़ी देर के लिए। उसके बाद जब तक सुलेमान का जनाज़ा पौली से उठ नहीं गया, तब तक वह सुलेमान के पार्थिव शरीर के निकट बैठ कर उसकी रूह की शांति और जन्नत-नशीं के लिए रेहल पर कुरान रख तिलावत करती रही। किंतु जैसे ही सुलेमान का जनाज़ा पौली से बाहर लाया गया कि एक बार फिर मेमन की हिम्मत जवाब दे गई। अपने आपको वह रोक नहीं पाई और हीकरी देकर ज़ोर-से रो पड़ी। मेमन के इस विलाप ने पूरे वातावरण को इतना बोझिल और ग़मग़ीन बना दिया कि शायद ही कोई बचा हो, जिसकी आँखें गीली न हो आई हों। फ़जरी उसे कंधे का सहारा देकर अंदर ले आई।

लोगों के दादीका के हदीरा से वापस लौटने तक यौवन और ज़िंदगी की पानी की तरह पतली धार पर निश्चल खड़ी मेमन को सभी औरतें अपने-अपने तरीक़ों और दर्शन का हवाला देकर ढाढ़स बँधाती रहीं। हालाँकि सब जानती हैं कि इस ढाढ़स में सिवाय मन हलका करने के और कुछ नहीं है। मेमन का तो किसी को अंदाज़ा नहीं किंतु पूरा चौधरी मोहल्ला अभी भी इस भय और आशंका से बैठा जा रहा है कि जल्दी ही आने वाले समय में मेमना-सी निश्छल और सांसारिक ऊहापोह से बेख़बर मेमन को वह सब झेलना पड़ सकता है जिसकी कल्पना उसने अभी तक शायद नहीं की होगी।

मेमन पौली की भीत से लगी सूनी आँखों से बस या तो छान की ओर देखती रहती या फिर आकाश की ओर। विगत के स्पर्शों से वह रह-रह कर चौंक जाती। फ़जरी उसे सांत्वना देने की कोशिश करती तो लगता जैसे फ़जरी की आँखों में मेमन कुछ ढूँढ़ रही है। रह-रह कर फ़जरी के सांत्वना देने वाले हाथ मेमन की देह पर जब-जब फिसलते, तब-तब लगता जैसे फ़जरी के हाथ मेमन की देह का मुआयना कर रहे हैं, लेकिन सामाजिकता को ढोने और उसे दिखाने का ढोंग, पूरी ईमानदारी, फ़र्ज़ और नैतिकता का कवच ओढ़े बेहद शालीनता के साथ चुपचाप

आगे बढ़ता रहा।

शोक और सहानुभूति के बादल एक न एक दिन तो छँटने ही थे लेकिन इतनी जल्दी छँट जाएँगे यह किसी ने नहीं सोचा था। न तो सलेमी ने सोचा, न ही मनीराम ने। न रोबड़ा ने इसकी कल्पना की थी और न ही हरसाय ने। भला जिस घर में सिर से एक बाप का साया उठ गया हो और एक असहाय जिसकी दुनिया और जिसके सपनों में कथित शौहर की बदौलत जो थोड़े-बहुत रंगीन छींटे थे, वे इतनी जल्दी रंगहीन तथा स्याह पड़ जाएँगे, उसके बारे में ऐसा सोचा जा सकता है—बिलकुल नहीं। बल्कि हैदराबाद से सैकड़ों मील दूर काले पहाड़ की तलहटी में बसे नगीना के चेहरों में मेमन धीरे-धीरे अपने उन्हीं अब्बा-अम्मीं और ख़ाला-आपा के चेहरों तक को विस्मृत कर गई, जिनके हाथ अभी भी उसकी सुख-समृद्धि के लिए सिजदा में उठते होंगे। गालों पर बनने वाली आँसुओं की आड़ी-तिरछी लकीरों के साथ सूनी आँखों को दीवार पर गड़ाए वह इन चेहरों को याद करने की कोशिश भी करती लेकिन स्मृतियों के ऊपर विस्मृति की इतनी मोटी परत चढ़ चुकी है, और उन पर इतनी खरोंचें आ गई हैं कि उसे एक भी चेहरा साफ़ दिखाई नहीं देता है।

पता नहीं हाकिम और बासित ने एक महीना कैसे काटा?

अब तो सुबह से लेकर शाम तक हाकिम, बासित और फ़जरी तीनों में से कोई न कोई पूरे-पूरे दिन मेमन के आसपास साए की तरह मँडराता रहता है। फ़जरी तो एक-दो बार मौक़ा पाकर पूरे घर को खँगाल भी चुकी है लेकिन उसके हाथ ऐसी कोई चीज़ नहीं लगी, जिसे देखकर कहा जाए कि सुलेमान मेमन के लिए कुछ इंतज़ाम करके गया है। बावजूद इस सबके फ़जरी ने अपनी कोशिश जारी रखी और जब उसे बिलकुल ही सफलता नहीं मिली, तो एक दिन वह मेमन से झल्लाते हुए बोली, "मेमन, बाबा ने खेतन् का कागद कहान् धर राखा हैं......?" हमउम्र होने के कारण फ़जरी मेमन को नाम लेकर ही बुलाती है।

"उनकू तो ताऊ सलेमी कै पास रखे हुए हैं।" मेमन ने निश्छल भाव से जवाब दिया।

"सलेमी के पै धरा हैं...... पर काँई लू, हम कै उन्ने खा जाता?" फ़जरी की कनपटी तप उठी इस बार।

"उनकू तो हाकिम के अब्बा ने ही रखे हैं......।" मेमन की आवाज़ लरज़ उठी फ़जरी की भंगिमा देखकर।

तब तक हाकिम भी आ पहुँचा।

"कहा बात है?" आते ही हाकिम ने फ़जरी से पूछा।

"बात कहा है, खेतन् का कागद तो तिहारो बाप डोकरा सलेमी के पै धर गो।" फ़जरी ने बिना एक पल गँवाए असल बात बता दी।

"हम कै मरगा हैं जो हमारे पै ना धरा गया!" हाकिम ने फुँफकारते हुए कहा।

"मेमन, डोकरा सलेमी अभी घरी होएगो...... जा उन्ने लिया!" फ़जरी मेमन से आदेशात्मक अंदाज़ में आग्रह करते हुए बोली।

मेमन उठ कर जाने लगी तो हाकिम ने उसे रोकते हुए समझाया, "और अगर पूछे न, तो कह दीजो के इनकी जरूरत है।"

आज्ञाकारी बच्ची-सी मेमन चुपचाप सलेमी के पास चली गई।

थोड़ी देर बाद जब मेमन आई तब वह अकेली नहीं बल्कि साथ में सलेमी और मनीराम भी थे।

दोनों को मेमन के साथ आता हाकिम और फ़जरी ने दूर से ही देख लिया। उन दोनों को देखते ही हाकिम के नथुने मारे ग़ुस्से के फड़फड़ाने लगे लेकिन उनके आने तक अपने ग़ुस्से को हाकिम ने ज़ाहिर नहीं होने दिया।

वहाँ तक पहुँचने से पहले हाकिम और फ़जरी को देखकर काफ़ी हद तक मामला सलेमी और मनीराम की समझ में आ गया।

"अरे हाकम, ऐसी कहा जरूरत आ पड़ी जो खेतन् का कागदन्ने मँगा रो हो?" सलेमी ने बिना किसी भूमिका के पूछा।

सलेमी के पूछते ही हाकिम ने मेमन की ओर घूर कर देखा।

"दादा, जरूरत कहा आ पड़ी...... बाप को फातिया करनो है तो पईसा-धैलान् की भी जरूरत पड़ेगी ही।" हाकिम ने तुरंत खड़े-खड़े आधार घड़ लिया।

"फातिया पे ऐसे कितेक खरच करोगा जो कागदन् की जरूरत आ पड़ी?" सलेमी ने हाकिम की आँखों में आँखें डालते हुए पूछा।

"दादा, पईसा तो चहिए ही...... हमारे पै नोटन् की कौन-सी धाँग लग री है...... अरे काई खेत ए बणिया के पै गिरवी धर के पईसा-धैला लिआंगा.....।" हाकिम ने तुरंत ऐसे जवाब दिया जैसे वह पहले से ही सोचे बैठा था।

"ठीक है, जितेक पईसा चहिएँ मोसू ले लीजो और ठाठ सू अपणा बाप को फातिया करियो।" सलेमी ने बेहद सतर्कता बरतते हुए कहा।

सलेमी के इस वाक्य को सुनते ही हाकिम एकाएक हत्थे से उखड़ गया।

"दादा, हमारी चीज चाहे हम वाहे बेचें या गिरवी धरें...... बस, हमन्ने हमारा कागद चहिएँ!"

"लाला हाकम, कागद तो तिहारा और तिहारा बाप-दादा का....... पर बात ई है के ई बेवा कहाँ-कहाँ ठोकर खाती फिरेगी..... ऐसा करो जितेक तिहारे पै कीला हैं उनमें सू एक कीला बिचारी मेमन के नाम लिखवा देओ...... अरे, ई भी वाके सहारे अपना दिनन् के धक्का मार लेएगी!" सलेमी ने शांत भाव से हाकिम को समझाते हुए अपना तर्क दिया।

"दादा, बात ई है के कायदा सू तो हमारी या दूसरी माँ को कोई हक बने ना

है...... पर हाँ, जब तम कह रा हो तो एक कीला तो ना, जब तलक ई हमारे पै रहेगी, याहे दोनू बखत टूक-टेरा मिलतो रहेगो.......।" सलेमी के तर्क को ध्वस्त करते हुए हाकिम बोला।

हाकिम की बात सुनकर सलेमी और मनीराम थोड़ी देर के लिए सकपका गए। उनका चेहरा एकाएक सफ़ेद पड़ता चला गया। उन्हें जिस बात का डर था उसी को हाकिम ने इस तरह छाती ठोंककर कह दिया कि उन दोनों से कुछ भी कहते नहीं बना। मेमन को तो अपने पाँवों के नीचे से ज़मीन ही खिसकती लगी। उसने मनीराम और सलेमी की तरफ़ कातर दृष्टि से इस तरह देखा जैसे किसी गहरी खाई में गिरने से पहले बचाव के लिए उनसे गुहार कर रही है। मनीराम और सलेमी समझ गए कि हर तर्क का जवाब है हाकिम के पास।

उन दोनों को अनुत्तरित होता देख हाकिम ने मौक़े को हाथ से गँवाना उचित नहीं समझा। तपते लोहे पर चोट करने का इससे बेहतर अवसर और क्या हो सकता है। हाकिम ने विद्रूप मुस्कराहट के साथ कहा, "दादा, मैं साथ चलूँ या फिर आप ही कागदन्ने भिजवा देओगो?"

सलेमी का मगज घूम गया। वह हाकिम को जितना सीधा समझे बैठा था, दरअसल उतना वह है नहीं। सलेमी ने फिर भी अपना संतुलन नहीं खोया, "हाकम, ठीक है हक ना बणे है...... पर मरते बखत तिहारो बाप मोसू ई कह के गयो हो के इनमें सू एक कीला मेमन के नाम करवा दीजो।"

"दादा, हमारा बाप का कहणा सू कहा बणे है...... हम तो असूल की बात कह रा हैं।"

"अरे, असूल तो ई भी है के ई तिहारी माँ है और माँ को जमीन-जादात में पूरो-पूरो हक बणे है।" सलेमी ने प्रतिरोध करते हुए कहा।

"ना दादा, याको कोई हक ना बणे है...... अरे, हमारा बाप की यासू कोई आस-औलाद होती, तो भी थोड़ी देर कू मान लेता, पर जब कुछ हैई ना तो कैसे याको हक होगो........ और फिर याको कहा सबूत है के हमारो बाप याहे निकाह करके ही लायो हो...... कहाँ है निकाह-नामा..... तिहारे पै होए तो तुम दे देओ?"

हाकिम ने जिस तरह तथ्यों के साथ यह तर्क दिया उसके आगे सलेमी चारों खाने चित्त होता चला गया। उसके अनुभव के तरकश से तर्कों के तीरों को मानो कोई ज़बरदस्ती छीन कर ले गया लेकिन बावजूद इसके सलेमी ने संभावनाओं के छोर फिर भी नहीं छोड़े।

"हाकम, फिर ई कहाँ ठोकर खाती फिरेगी....... किसकी देहली पे झोली फैलाएगी?" इस बार सलेमी विनय और याचना पर उतर आया।

"दादा, कह तो दी के जब तलक याको मन करे ई हमारे पै रहे...... जैसो हमसू बन पड़ेगो याहे भी रूखी-सूखी देता रहेंगा और जब याको जी भर जाए तो पौली का किवाड़ खुला पड़ा ही हैं..........।" हाकिम ने इस बार एक विजेता की

भाषा बोलते हुए कहा।

अंतिम वाक्य सुनते ही सलेमी जैसे तड़ाक् से ज़मीन पर आ पड़ा। उसे समझते देर नहीं लगी कि हाकिम के लगातार एक के बाद एक बदलते हुए वाक्यों के अर्थों में यह पैनापन क्यों आता जा रहा है। मनीराम चुपचाप सलेमी और हाकिम के बीच चल रही वार्तालाप को सुनता रहा।

सलेमी से इसके बाद कुछ भी कहते नहीं बना सिवाय इसके, "ठीक है लाला, तिहारा कागदन्ने अभी भिजवा दूँगो।"

इतना कह कर सलेमी और मनीराम वापस जाने के लिए मुड़े तो धीरे-से पलट कर सलेमी ने मेमन को देखा। लगभग काँप रही मेमन के ज़र्द चेहरे को देखकर सलेमी की आँखें भर आई। मेमन की सूनी स्थिर आँखों में उसे लगा कि अब इनमें गीलापन भी नहीं बचा है। सुलेमान की पौली से निकलते हुए सलेमी मनीराम को सुनाते हुए बोला, "भुगत बेटी मेमन, तेरा भाग में फत्थर ही लिखा हैं।"

कहने को मेमन के लिए पूरे चौधरी मोहल्ले में उम्मीदों के सारे पुल ढह गए लेकिन मेमन को अभी भी लगता है कि अगर कोई शहतीर बचा हुआ है तो वह है सलेमी। यह शहतीर ही अपनी पीठ पर मेमन को बैठाकर इन थपेड़ों से बचा कर साहिल तक पहुँचा सकता है। उम्मीद का एक छोटा-सा जुगनू अपने आगे छा गए घटाटोप अँधेरे में धीरे-धीरे अभी भी उसे टिमटिमाता-सा दीख रहा है और वह जुगनू है सलेमी। वही सलेमी जिसकी जर्जर होती काया में अभी भी हौसलों की कीलें ठुकी हुई हैं।

इशा की नमाज़ पढ़ने के बाद मेमन ने खाट को बाहर आँगन में बिछाया और उस पर निढाल होकर लगभग गिर पड़ी। देर तक आँखें बंद किए वह उनमें समाए भविष्य के ऊँचे पहाड़ को नापती रही। आसमान में बिछे तारों के सघन जाल को वह देखती रही और देर तक सोचती इस जाल से बाहर आने का रास्ता। हर बार उसे लगता है कि रास्ता तो इस जाल से बाहर निकलने का है लेकिन उसे वह गिरह नहीं मिल रही है जिसे खोलकर वह इससे बाहर आ सके।

तभी वह खाट से उठी और किवाड़ भेड़कर सलेमी की ओर चल पड़ी। वहाँ जाकर देखा कि मनीराम, बुद्धन, नबी खाँ, रोबड़ा और हरसाय पहले से ही बैठे हुए हैं। वह चुपचाप पौली के बाहर भीत से लगकर खड़ी हो गई। धुएँ से पुती चिमनी से छनकर आ रही रोशनी में बुद्धन की निगाह बाहर खड़े साये पर पड़ी, तो उसने टेरते हुए पूछा, "अरे कौन है भाई?"

हलके-हलके क़दमों से चुपचाप बग़ैर कुछ बोले मेमन थोड़ा और आगे आ गई।

"ई तो मेमन दीखे है!" रोबड़ा ने पहचानते हुए कहा।

"हाँ री बेटी, अब कहा लेण आई है हीन्?" सलेमी ने भरे हुए गले से पूछा।

"बाबू कै अब्बा, अब मैं किदर कू जाऊँ..... किदर जाके मरूँ मैं....." इससे पहले कि मेमन आगे कुछ और कहती मेमन फफक कर रो पड़ी।

थोड़ी देर के लिए लालटेन की मद्धिम रोशनी में ख़ामोशी भी ठहर गई।

किसी को कुछ नहीं सूझ रहा है कि आख़िर इस मेमन के लिए क्या किया जाए? किसी से कुछ नहीं कहते बन रहा है मेमन के लिए। कहें भी क्या, सारे शब्द तो ये हाकिम को दे आए। पौली में व्याप्त इस ख़ामोशी से कुछ डर-सा लगने लगा सबको।

"बाबू कै अब्बा, मैरा तो इस गाँव में कोई नई....... अपनी अम्मीं-अब्बा की शक्लाँ भी मैं भू.......भूल गई....... मैरा तो जों था वौ भी खुदा कू पियारा हौ गया....... बाबू कै अब्बा, मैरे कू अपनी अम्मीं कै पास ही पऊँऽऽचा दो.......।" रह-रहकर मेमन के वाक्यों के शब्द विशृंखलित होने लगे। सिर पर पड़ी मैली और मुसी लूगड़ी से बार-बार आँखों को पोंछते हुए निरीह मेमन गुहार करते हुए वहीं ज़मीन पर बैठ गई।

"बेटी, कहा करेंऽऽऽ सारी जुगत भिड़ा ली पर कोई गैल ना सूझ री है...... सारा मीजान बिगड़ रा हैं।" रोबड़ा ने पराजय को लगभग स्वीकारते हुए कहा।

"या कम्बखत के एकाध बालक हो जातो, तो भी देख ली जाती....... पर या इकली बला कू कहा करें!" मनीराम ने खीजते हुए कहा।

"पतोई ना, राँड कहा लिखा के लाई है?" सलेमी ने सिर झुकाए हुए ही कहा।

"बाबू कै अब्बा मैं...... क्या करूँ...... दादाखानू कै कुआँ मैं जा गिरूँ?" मेमन को भी अंततः मुक्ति का यही रास्ता दिखाई दिया।

मेमन का निर्णय सुन कर सब सन्न रह गए कि अगर इसने ऐसा कर लिया तब?

और आख़िरकार सलेमी अंतिम अस्त्र इस्तेमाल करते हुए मेमन को ढाढ़स बँधाते हुए बोला, "बेटी, जादा सू जादा एक काम हो सके है और ऊ ई है के गाँओं का दस-बीस मोजज आदमी भेला कर लिया जाएँ....... हून् बात बन गी तो ठीक है, नहीं बेटी तेरा जो जी में आए करियो अ र या सलेमी और पौली में बैठा इन बड़ा-बूढ़ान्ने कदी माफ मत करियो जो एक बेवा को हक भी ना दिवा सका....... जा बेटी मेमन, अब घर जाके वाहे कोस जाने तेरा माथा पे ये दिन देखणा लिख दिया हैं!" सलेमी ने भी पूरी तरह हथियार डाल दिए।

"हाँ बेटी, बस एक यही रास्तो बच रो है......... वैसे तो आजकल पंच-सरपंचन् को भी कोई भरोसो ना है...... पर कहा पतो तेरो भाग ही जोर मार जाए!" बुद्धन ने तसल्ली देते हुए कहा।

"ठीक है बेटी, धेरे मैं मानक सरपंच के पै जाऊँगो...... वासू भी सलाह-मसौरा लूँगो के कहा करो जाए....... जा आराम सू सो जा....... अल्ला ताला पे भरोसा राख....... ऊ जो करे है ठीक ही करे है।"

"जा बेटी, सलेमी ठीक कह रो है वासू बढ़ के कोई ना है......।" मनीराम ने भी सलेमी के शब्दों को लगभग दोहराते हुए कहा।

सलेमी से पूरा क़िस्सा सुनने के बाद पहले तो मानक सरपंच थोड़ी देर चुप रहा लेकिन बाद में इस मसले पर सोचने के लिए थोड़ा और समय चाहिए कहकर, ऊपर चाय लेने के लिए चला गया। लगभग दस मिनट बाद वह ख़ुद ही चाय लेकर आ गया।

चाय का कप हाथ में लेते हुए सलेमी ने इस पर उसकी राय जानने को कहा, तो चाय का घूँट भरते हुए मानक ने पहले सलेमी की ओर देखा और फिर आँखों को हलका-सा मूँदते हुए बोला, "यार सलेमी, मामला थोड़ो टेढ़ो-सो है?"

"टेढ़ो सो?"

"हाँ यार, अच्छो है अगर तुम याहे अपनी बिरादरी लेवल पे ही निपटा लेओ.......।" मानक ने समस्या का समाधान बताने के बजाय उलटा सलेमी को सुझाव ही दे डाला।

"बिरादरी लेवल पे........ पर काँई लू........ अरे, पंचात में ना हैं के बिरादरी का आदमी और फिर बिरादरी कोई पंचात सू बड़ी थोड़ी होवे है?"

"देख सलेमी, बिरादरी बड़ी तो ना होवे है पर ई मामला मेरी समझ सू बाहर है।" मानक ने बात को थोड़ा उलझाते हुए कहा।

"यार, साफ-साफ कह...... जो कुछ कहणो है खुल के कह!"

"साफ-साफ क्या...... यार देख, ई मामला सिर्फ जमीन-जादाद को ना है, यामें कई चक्कर हैं...... अगर हमने फैसला सुल्ली की बेवा औरत के हक में कर दियो तो कल कू तिहारा ही आदमी कहेंगा के ई हमारो शरीअत को मामलो है...... और अगर उसके हक में ना किया तो तुम जैसा आदमी ना जीन देंगा....... हमारी तो दोनों तरफ सू मुसीबत है।" मानक ने अपना असली डर व्यक्त कर दिया।

"छोड़े न मानक....... या सरीअत का बारा में हमारा ये मेव कहा जाणे हैं अभी।" सलेमी ने हँसते हुए कहा।

"सलेमी, आज या समय में सब जाने हैं..... और ना जाने हैं तो बताने वाले दस हो जावे हैं।"

"तू याकी फिकर मत कर...... कुछ ना होए....... पंचात आखिर पंचात होवे है।" सलेमी ने हिम्मत बँधाई।

"देख ले यार, ऐसो ना होए कहीं बेमतलब या गाँओं में और बदमजगी फैल जाए....... एक तो आजकल वैसे ही टाइम ठीक ना है और ऊपर सू.......।"

"कुछ ना होएगो....... बता कद रखें पंचात?" सलेमी ने बीच में टोकते हुए जबरन पंचायत के लिए दिन तय करते हुए पूछा।

"जब ना माने तो बेसक कल साँझ में रख लेओ।"

"ठीक है, कल साँझ लू उपरलीघाँ की थड़ी पे आदमी भेला हो जांगा, ठीक है न!" चलते-चलते सलेमी ने मानक सरपंच से हामी भरवाते हुए कहा।

घर आकर सलेमी अभी पौली में डहले पर लेटा ही था कि बाहर अपने पीछे-पीछे उसे हाकिम और फ़जरी आते दीखे। सलेमी को समझते देर नहीं लगी कि पंचायत वाली बात कहीं न कहीं से फूट कर इनके पास पहुँच गई है लेकिन यह समझ में नहीं आया कि फूटी कहाँ से? उसकी तो यही कोशिश थी कि इस बात का पता हाकिम को एकदम अंतिम समय में चले। किंतु उसने मन ही मन यह सोच कर ख़ुद को हिम्मत बँधाई कि जब ओखली में सिर दे ही दिया है तब मूसली से क्या डरना! बात तो आज नहीं कल खुलनी ही थी।

हाकिम के भीतर आते ही सलेमी डहले से उठते हुए बोला, "आ भई हाकम, सुना कहा हाल है?"

"दादा, उल्टो हम सू ही हाल पूछ रो है।" हाकिम ने ऐसे कहा मानो उससे कुछ भी छिपा हुआ नहीं है।

"ना पूछूँ फिर?" सलेमी ने जानबूझ कर बात लंबी खींचते हुए कहा।

"खैर छोड़...... दादा सुणी है धेरे हमारी ई माँ उपरलीघाँ की थड़ी पे पंचात कर री है?" हाकिम ने अपने आने का प्रयोजन बताते हुए पूछा।

"तो बता, फिर ऊ बिचारी कहा करे....... इकल्ली ऊ राँड कहान् जाके मरे?" सलेमी ने प्रतिप्रश्न करते हुए हाकिम से सीधे-सीधे पूछा।

"डोकरा, हमने कद मना करी है...... हमने तो पहलेई तिहारी बात मान ली ही....... हम फिर कह रा हैं के जब तक ई हमारे पै रहेगी, याहे दोनू बखत रोटी-टूक मिलतो रहेगो।" इस बार हाकिम के जवाब देने के बजाय फ़जरी बोली।

"अरी बावली, हम कद कह रा हैं के तम मना कर रा हो, पर ई बताओ तम वाहे कहान् तक खवाओगा...... इतनी बड़ी जिंदगानी ए ऊ काई के सहारे भी तो काटेगी.......!"

"दादा, याको मतलब ई हुओ के तमन्ने हमारे ऊपर भरोसा ना है!" हाकिम इस बार थोड़ा सख़्त होते हुए बोला।

"हाकम, बेटा हम भरोसा की बात ना कर रा हैं, हम तो वाकी और तिहारी भलाई की बात कर रा हैं।" सलेमी ने बेहद शांत भाव से कहा।

"या बात ए हम ना जाणे हैं दादा के हमारी भलाई काँई में है?"

"तम ना जाणो हो जभी तो ई पंचात भेली करी जा रही है।" सलेमी ने अंततः पंचायत बुलाने की पुष्टि करते हुए कहा।

सलेमी की बात सुनते ही फ़जरी तमतमाते हुए बोली, "ठीक है डोकरा, जब तमन्ने ई फैसला कर ही लियो है तो तिहारी मरजी....... पर एक बात कह दूँ, अब

वा रंडी ए एक कीला तो दूर रहो...... एक बिलाँद[1] जमीन भी मिल जाए तो मेरो नाम फजरी ना है।"

"हाँ दादा, अभी तलक तो हम भाईबंदी की बात कह रा हा....... पर जब हमारी माँ अपणी जिद पे अड़ री है तो हमन्ने भी ई फैसला कर लियो है के देखें पंचात कैसे हमारा बाप की जादात में सू वाहे हिस्सा दिवा देएगी...... हमन्ने भी अब वाका हेजवाल[2] ही देखणा हैं।"

हाकिम और फ़जरी यानी दोनों पति-पत्नी एक तरह परोक्ष रूप से चुनौती के साथ-साथ सलेमी को धमकी देकर चले गए। आज एक ख़ास बात यह रही कि हाकिम ने अपने बजाय मोर्चे पर फ़जरी को खड़ा कर दिया। शायद यह एक कूटनीति ही थी कि हाकिम जहाँ आज उग्र होने के बजाय शांत रहा, वहाँ वह कमी फ़जरी ने पूरी कर दी।

इधर अभी हाकिम और फ़जरी पौली से निकले ही थे और उधर बाबू खाँ आ गया। उसने भी शायद पंचायत वाली बात कहीं से सुन ली थी। आते ही बाबू सलेमी पर चढ़ बैठा, "बाप, पतो ना तू भी कस-कस की फटी में पाँव देतो फिरे है....... तोसू कितेक बर कही है के धेरे सू साँझ तलक हीन् पंचात जमाके मत बैठो रह कर....... पर पतोई ना तेरी समझ में एक ना आ री है........ अरे, ई इनको घर को झगड़ो है, अपने आप निपटा लेंगा तू काँई कू बीच को भड़ाम्ची[3] बण रो है....... तैने भी जैसे सारो मुलक को ठेका ले राखो है।"

"बाबू, हमारी माँ का मगज में तेरा बाप ने पतोई ना कहा फितूर भर दियो है......।" वापस पौली में आते हुए हाकिम बोला।

"पतो ना, तेरा बाप ए कहा मिले है काई का घर बिगाड़ना में......।" इस बार फ़जरी ने सीधे-सीधे सलेमी पर आरोप लगा दिया।

फ़जरी की बात सुनते ही सलेमी की आँखों से मानो ख़ून टपकने लगा। पूरा जिस्म मारे ग़ुस्से के काँपने लगा, "तेरी माँ का मूँड में, हम तिहारो घर बिगाड़ रा हैं...... काई का हक-हकूक की बात करनी भी गुनाह है।"

"डोकरा, इतेक ही तरस आ रो है तो पहरा दे वाहे चूड़ी....... वा राँड को रँडापा कट जाएगो और तेरो बुढ़ापा।" फ़जरी फुँफकारते हुए बोली।

सलेमी तिलमिला कर रह गया लेकिन क्या करे जब ख़ुद अपना ख़ून खड़ा चुपचाप सुन रहा है? बाबू पर फ़जरी के आरोप और व्यंग्य का यह असर हुआ कि उसने हाकिम और फ़जरी से कुछ भी कहने के बजाय उलटा सलेमी को ही आड़े हाथों लिया, "ले और सुन ले....... अब तो राजी है न, जब भड़ाईभड़ टेंट पे पणहा पड़ री हैं...... पतोई ना, या बला सू कद हमारो पीछो छुटेगो.......!" इतना

---

1. बिलाँद : अँगूठे से लेकर कनिष्ठा तक का माप।

2. हेजवाल : हमदर्द।

3. भड़ाम्ची : बीच-बचाव या फ़ैसला कराने वाला।

कह कर बाबू गुस्से में पाँव पटकते हुए पौली से बाहर निकल गया।

हाकिम और फ़जरी भी उसके पीछे-पीछे हो लिए। हाकिम, फ़जरी और बाबू खाँ के पौली से बाहर होते ही तरकीला पहुँच गई पौली में। उसने किवाड़ की ओट से सब सुन लिया था। हालाँकि पता उसे भी सारी बात का था लेकिन उसने आज तक ससुर से कहा कुछ नहीं।

वह दबे पाँव पौली तक आई और किवाड़ की ओट लेते हुए बोली, "बाप, मरन् देए न....... तू काँई लू अपना मगज ए खराब करे है।" तरकीला भी हिम्मत बँधाने के बजाय चुप रहने की सलाह देते हुए बोली।

सलेमी ने जवाब में कुछ नहीं कहा। वह तो डहले पर ऐसे बैठा रहा जैसे धीरे-धीरे उसकी शिराओं से ख़ून निचुड़ रहा है। उसने लेटते हुए गुदड़ी का सिरहाना बनाया और आँखें मूँद लीं।

पता नहीं क्या बजा होगा? सलेमी ने पाँवों में पणहा डालीं तथा चहुँ ओर पसरे हुए अँधेरे को चीरता हुआ सीधा मानक सरपंच के घर जा पहुँचा।

मानक सोने की तैयारी में था कि किसी से अपने नाम की आवाज़ सुन वह बाहर आ गया।

मानक ने सलेमी की बात सुनी तो मुस्कराते हुए बोला, "सलेमी, तैने ई ठीक सोची है....... मैंने तो पहले ही कही ही के ऐसे मामलों में बहुत सारी बातें होती हैं...... खैर, ठीक है अभी कुछ ना बिगड़ो है....... अभी तो पंचों के पास भी खबर नहीं पहुँचवाई है।" मानक ने अपना वाक्य ख़त्म करते हुए ऐसे लंबी साँस भरी जैसे वह किसी दलदल में जाते-जाते बच गया।

वापस लौटते हुए वही रास्ते जिनसे सलेमी भली-भाँति परिचित है, उसे अपरिचित-से लगने लगे। उन्हीं रास्तों से लौटते हुए लगने लगा जैसे रह-रह कर उसके पाँव मुद्दत से छितरे पड़े उन पत्थरों से टकरा रहे हैं, जिन्हें सलेमी इससे पहले अँधेरे में भी पहचान लेता था। सलेमी अँधेरे को बींधता हुआ जैसे-तैसे घर आ पहुँचा।

पैंतीस

मेमन को अब पूरा यक़ीन हो गया कि संभावनाओं के सभी मुहाने उसके लिए बंद हो चुके हैं। आशाओं के थोड़े-बहुत बचे पतले धागे भी एक-एक कर टूट चुके हैं। इसलिए जब तक वह इस नगीना में रहेगी तब तक इन बंद मुहानों में व्याप्त अँधेरे से रोशनी के क़तरे हासिल करने का असफल प्रयास करती रहेगी। अपने सामने अधर में झूलते हुए आशाओं के इन महीन धागों को देखती रहेगी। एक यही आशा

बची थी कि शायद पंचायत उस पर रहम खाकर उसका हक़ दिलवा दे लेकिन यह आशा भी उसे महज एक छलावा ही दिखाई दी। भविष्य के श्यामपट्ट पर वह जब-जब आँखें गड़ा कर देखती है, तब-तब यह श्यामपट्ट और भी काला दिखाई देने लगता है।

हाकिम, बासित और फ़जरी ने मेमन का पारिवारिक बहिष्कार शुरू कर दिया और धीरे-धीरे उन्होंने ऐसी परिस्थितियाँ पैदा कर दीं कि सिवाय उन पर निर्भर रहने के मेमन के पास कोई रास्ता नहीं बचा। मेमन ने भी अंततः मजबूर होकर अपने भविष्य की सारी डोर हाकिम, बासित और फ़जरी के हाथों में सौंप दी इसलिए फ़जरी और भी आक्रामक हो गई। बात-बात पर व्यंग्य कसना दिनचर्या का एक हिस्सा बन गया।

आख़िर मेमन से जब नहीं रहा गया तो एक दिन फिर जा पहुँची सलेमी के पास और रोते हुए बोली, "बाबू कै अब्बा, मैरे कू मैरे अम्मीं-अब्बा के पास पऊँचवा दो....... मैं आपके पैराँ पड़तीं......"

इतना कहकर मेमन सचमुच सलेमी के पाँवों की ओर झुकने लगी, तो सलेमी ने लगभग डाँटते हुए उसे उठाया और भरे मन से सिर पर हाथ फेरते हुए बोला, "ठीक है बेटी, कम सू कम अपणा माँ-बापन् की आँखन् के आगे तो रहेगी...... पईसा-धैला की फिकर मत करियो....... दिल्ली सू हैदराबाद की रेल में बिठाण को भी तेरो जुगाड़ हो जाएगो..... पर बेटी, एक अरज है....... अपना मुलक ए छोड़ के इतनी दूर फिर काई के साथ ऐसे मत जइयो.....।" कहते-कहते सलेमी भर्रा उठा।

"बाबू कै अब्बा, फिर क्या करैं मैरा अम्मीं-अब्बा....... हम गरीबाँ के किस्मत में यई लिक्खा है....... अगर उनकै पास ई कुछ होइता तो ऊ ना भैजता इस दोजख में......।" मेमन ने दो वाक्यों में पूरी दास्तान कह सुनाई।

मेमन के जाने के बाद नबी खाँ ने सलेमी को सुझाव देते हुए कहा, "सलेमी, नाएँ तो काई गरीब घर की याके चूड़ी घलवा देएँ?"

"ना, ऐसो पाप मैं बिलकुल भी ना करुंगो...... अन्यायी, कोई हजार-पाँच सौ में या बिचारी ए बेच-बूच खाएगो..... या रेत का डूह में ई किस-किसके पीछे धूल फाँकती डोलेगी।"

"ई भी सही है, आजकल काई पे भरोसो करनो मुसकल है..... कल कू कोई और आफत आ खड़ी हुई तो जुआब देणो मुसकल हो जाएगो।" नबी खाँ ने लंबी साँस लेते हुए कहा।

उसी दिन शाम को सलेमी ने मनीराम को सारी योजना बता दी। मनीराम भी तुरंत तैयार हो गया कि किसी तरह एक अज़ाब से तो वे बच जाएँगे। दोनों ने मिलकर अगले दिन बनवारी को चिट्ठी डलवा दी कि वह हैदराबाद जाने के लिए एक रेल का टिकट ले आए। सलेमी ने यह काम इतने गोपनीय तरीक़े से किया

कि इसकी ख़बर मनीराम के अलावा किसी को भी नहीं लग पाई। यहाँ तक कि रोबड़ा, हरसाय, बुद्धन, नबी खाँ को भी।

इस तरह योजना के मुताबिक़ लगभग दो सप्ताह बाद बनवारी एक टिकट लेकर आ गया। बनवारी के आने पर अगले दिन सलेमी ने हाकिम को बुलवाया और उसकी टोह लेते हुए बोला, "हाकम, या मेमन ए तम उल्टा हैदराबाद काँई लू ना भिजवा देओ!"

सलेमी का सुझाव सुनते ही हाकिम का चेहरा खिल उठा। उसे जैसे मुँहमाँगी मुराद मिल गई लेकिन फिर भी बेहद गंभीर होने का स्वाँग भरते हुए बोला, "दादा, हम वाहे कौन-सा दुःख दे रा हैं....... जैसी रूखी-सूखी हम खा रा हैं, वैसी ऊ भी खा री है..... और अगर ऊ जाणो चाहे तो वाकी मरजी...... हम कैसे काई ए रोक सके हैं।" हाकिम ने अपनी प्रसन्नता छिपाने की कोशिश करते हुए कहा।

"तो ऐसो कर, वासू जाके पूछ ले अगर ऊ जाणो चाहे तो परसू बनवारी जा रो है वाके साथ खिंदा देंगा...... दिल्ली सू बनवारी वाहे हैदराबाद की रेल में बिठा देएगो..... जा, मेमन सू अभी पूछ के आ!" सलेमी ने उसे घर भेजते हुए कहा।

थोड़ी देर बाद हाकिम वापस आया और चहकते हुए बोला कि मेमन हैदराबाद जाने के लिए तैयार है।

सारी तैयारी योजनाबद्ध तरीक़े से होती रही और ठीक जाने वाले दिन पूरे चौधरी मोहल्ले में एक अजीब-सी ख़ामोशी छायी रही। फ़जरी ने तो अपने आप को ऐसा बना लिया मानो मेमन के जाने का अगर सबसे अधिक दुःख है तो उसे ही है। हाकिम ने पूरी उदारता दिखाते हुए रास्ते के लिए ढेर सारा सामान बनवा दिया। तीन जोड़े सलवार-क़मीज़ सिलवा दिए। पाँवों के लिए नेवरी, हाथों के लिए हलके से बाँकड़े और गले के लिए चाँदी का तोड़ा भी बनवा दिया ताकि नगीना से मेमन की इस अंतिम विदाई के समय हाकिम लानत-मलामत से बचा रहे। कहने का मतलब है कि कुछ घंटों पहले तक जिस मेमन के लिए यह चौधरी मोहल्ला तथा नगीना नरक बना हुआ था, आज ऐसा लग रहा है मानो मेमन से अधिक सौभाग्यशाली इस नगीना में और कोई नहीं है।

मेमन की विदाई के समय पूरा चौधरी मोहल्ला सुलेमान के घर टूट पड़ा। कुछ औरतें इसलिए आ गई कि नरक भोग रही इस मेमन को वे अंतिम बार नज़दीक से देख लें, तो कुछ इसलिए चली आई कि अपनी आँखों के सामने वे उसे कम से कम गोहरवाली तक छोड़ आएँ। भौंरी, रामदेई, रुमाली, तरकीला, रमजानो, हरदेई, सब आ गई मेमन को विदा करने के लिए। कुछेक चेहरों पर एक परिचित चेहरे के हमेशा के लिए बिछड़ने के कारण विषाद की लकीरें खिंच आई, तो कुछेक चेहरों पर मेमन की मुक्ति की ख़ुशी की इबारतें साफ़ दिखाई दे रही हैं। कुछेक की आँखों में अभी भी किसी तरह के अप्रत्याशित होने का डर है, तो कुछेक के माथे पर 'पता नहीं आगे क्या होगा' की चिंता के बल पड़े हुए हैं। लेकिन जो भी

है मेमन के इस नरक से मुक्त होने की दुआएँ और प्रार्थनाएँ लगभग सभी के होंठों पर एक-सी हैं।

मरहूम सुलेमान के घर से विदा लेते समय मेमन बारी-बारी सबसे गले लग कर मिली। अपने कंधे से देर तक चिपकाए हुए रामदेई ने भर्राते हुए धीरे से कहा, "अभागी जा, या नरक सू तो काई कुआँ-पोखर को मुँ देख लीजो।"

रमजानो सिर पर हाथ फेरते हुए रुँधे गले से बोली, "अच्छो लिखा के लाई है राँड...... सुसराड़ सू जा री है तो ऐसे के कहीं ओर-छोर है भी के ना.......?"

गोहरवाली पहुँचने तक ज़्यादातर औरतें वापस मुड़ लीं अपने-अपने घरों की ओर। गोहरवाली तक जाने वालों में भौंरी, रामदेई, रमजानो, मनीराम, रोबड़ा, सलेमी के अलावा हाकिम, फ़जरी और बासित भी हैं।

गोहरवाली में बनवारी के साथ रिक्शे में चढ़ने से पहले मेमन ने सलेमी की ओर अंतिम बार देखा, तो सलेमी अपने आपको रोक नहीं पाया। बाढ़ में डूबे कच्चे मकान की मानिंद ढह गया, "बेटी मेमन, मोहे माफ कर दीजो...... आज तलक या सलेमी ने काई सू हार ना मानी ही........ पर आज मैं सच्ची में हारगो हूँ...... आज मोपे अपणो मुँ भी ना ढको जा रो है सरम के मारे....... जा बेटी, अपणा माँ-बाप के पै अगर सही-सलामत पहोंच जाए तो हमारी ओड़ सू उन्ने दुआ-सलाम कह दीजो...... जा, अल्लाताला तेरी उमर ए दराज करे.....।" कँपकँपाते हाथों को मेमन के सिर पर रखते हुए सलेमी ने मुँह फेर लिया।

मेमन और बनवारी को लेकर रिक्शा बड़कली की ओर बढ़ गया। धीरे-धीरे बड़कली की ओर बढ़ते हुए वह अपने पीछे कुछ स्मृतियों के कच्चे निशानों को छोड़ गया, तो कुछ स्थायी यादों को मेमन के साथ चस्पाँ कर गोहरवाली की हद से बाहर हो गया लेकिन मेमन ने नगीना का परित्याग कर दिया या नगीना ने मेमन का, यह सवाल गोहरवाली में चुपचाप अकेला खड़ा रह गया।

चौधरी मोहल्ले से आज एक अध्याय समाप्त हो गया। निस्पंद हो चुका चौधरी मोहल्ला अपनी देह पर एक खुरदरे अध्याय के फड़फड़ाते हुए पन्नों की झुरझुरी चुपचाप सहता रहा।

छत्तीस

एक और लड़ाई हार गया सलेमी।

यह हार सिर्फ़ सलेमी की नहीं बल्कि मनीराम, रोबड़ा, बुद्धन, हरसाय, रमजानो, रुमाली, हरदेई, भौंरी, नबी खाँ यहाँ तक कि पूरे चौधरी मोहल्ले की हार थी। हार भी ऐसी कि जिसकी प्रतिछाया केवल अतीत के पर्दे को ही धुँधला नहीं कर गई अपितु आगत के चेहरे पर भी छोटे-छोटे चकत्ते छोड़ गई। पूरे चौधरी

मोहल्ले के अस्तित्व की जड़ों को हिलाकर रख दिया इस हार ने। उसी मोहल्ले के अस्तित्व को जिसके आसपास की भीतों तक पर अपनत्व और आत्मीयता की आकृतियाँ उकरी हुई हैं, और जिसके गैल-दगड़ों में बिछी रेत पर पाँवों के साँझे निशान मँढ़े हुए हैं।

एक के बाद एक हारी जाने वाली इन लड़ाइयों के बीच से आए दिन ऐसी-ऐसी ख़बरें भी सुनने को मिल रही हैं जिनसे सलेमी की इस आशंका की पुष्टि हो जाती है कि इस इलाक़े को दूसरा पाकिस्तान बनाने के लिए कौन-से तत्व सक्रिय हैं! कभी सलेमी को हुसैनदीन आकर बताता है कि इलाक़े में रह रहे अल्पसंख्यक हिंदुओं पर होने वाले तथाकथित अत्याचारों के ख़िलाफ़ कोई विश्व हिंदू परिषद् जलसा करने जा रहा है, तो कभी सूरज आकर सूचना देता है कि किसी जमालगढ़ गाँव में एक हरिजन युवक को जबरन मेव बनाया गया है। ऐसी ख़बरों की एक-एक परत को सूरज ऐसे खोलता जाता है जैसे इन प्रकरणों का वह साक्षात् गवाह रहा है—मसलन, जिस हरिजन युवक को मेव बनाया गया है उसे गाय का मांस खिलाया गया। उसका तुरंत किसी मेवणी से निकाह कर दिया गया। उसकी उसी समय सुन्नत कर दी गई आदि-आदि, यानी इन प्रसंगों को वह इतने प्रामाणिक तरीक़े से प्रस्तुत करता है कि सुनने वाला एक बार गच्चा खा जाए कि इस घटना में कितना प्रतिशत सच है और कितना प्रतिशत झूठ। इन सूचनाओं, ख़बरों और प्रसंगों के बारे में कोई यह नहीं कहता है कि वह जिस घटना का वर्णन कर रहा है उसे उसने अपनी आँखों से देखा भी है या नहीं—बस, सुनी-सुनाई बातों पर ये सूचनाएँ और ख़बरें आधारित होती हैं।

अब तो ऐसी सूचनाओं, ख़बरों और घटनाओं को नियमित रूप से सुनने का सलेमी जैसे आदी हो गया है। इसलिए जिस दिन उसे ऐसा कुछ सुनने को नहीं मिलता है, उस दिन वह बेचैन हो उठता है। उस दिन उसे जो भी मिलता है उसी को रोक कर वह ऐसी ख़बर सुनाने का आग्रह करता है लेकिन जब सामने वाला इससे इनकार कर देता है, तब सलेमी के आगे निराशाओं के बादल छाने लगते हैं।

किंतु जब एक दिन उसी के पोते असलम ने उसे यह आकर बताया कि तीस तारीख़ को हिंदू-मुसलमानों में झगड़ा होने वाला है तब इस ख़बर को सुनकर सलेमी की न तो बेचैनी कम नहीं हुई और न ही उसकी निराशा कौतुकता में बदली बल्कि सच बात यह है कि वह भीतर तक काँप कर रह गया। उसने असलम द्वारा सुनाई गई ख़बर पर किसी तरह की प्रतिक्रिया व्यक्त नहीं की। अपने पोते के समक्ष यह प्रकट ही नहीं होने दिया कि उसके भीतर कुछ दरक भी रहा है। वह चुपचाप धीरे-से ऐसे उठा जैसे इन बातों से उसे कुछ लेना-देना नहीं है और सीधा मनीराम के पास पहुँच गया।

"मनीराम, तैने कुछ सुणी है कै?" लड़खड़ाती ज़बान से सलेमी ने जाते ही पूछा।

"कहा?"

"सुणी है...... तीस तारीख कू कुछ झगड़ो-वगड़ो होएगो।"

"झगड़ो होएगो...... पर काँई कू?" मनीराम ने अचरज के साथ पूछा।

"यार ई तो पतो ना, पर सुणी जरूर है......।"

"अन्यायी छोड़े न.... सुणी-सुनाई बात को कहा अकीन!" इस बार मनीराम ने बेहद लापरवाही के साथ कहा।

अभी मनीराम ने अपना वाक्य पूरा ही किया था कि तभी उन्हें हरसाय आता दीखा।

"ले, हरसाय भी आरो है, वाहे पतो होएगी......!" इतना कह कर मनीराम ने हरसाय को आवाज़ देते हुए जल्दी-से पास आने के लिए कहा।

"हरसाय, तैने भी कुछ सुणी है कै?" आते ही जैसे सलेमी ने मनीराम से पूछा था वैसे ही मनीराम ने हरसाय से पूछ लिया।

"कहा?" अनभिज्ञता प्रकट करते हुए हरसाय बोला।

"यार, ई सलेमी कुछ कह रो है...... सलेमी तुई बता कहा बात है!" सलेमी की ओर मुख़ातिब होते हुए मनीराम ने कहा।

"किं रे हरसाय, ई सही बात है कै तीस तारीख कू कोई झगड़ा-फिसाद होतो बतायो?" सलेमी ने एक बार फिर दोहराया।

"अच्छो-अच्छो, वा रथयात्रा की बात कर रा हो कै.....!"

"हाँ-हाँ, कुछ ऐसी ही बात है।"

"हाँ यार सलेमी, अफवाह तो कुछ ऐसी ही है...... पर झगड़ा-फिसाद की ऐसी कोई बात ना है। हाँ, ई तो सुणी है के बीजेपी वाला अजोध्या में काई महजत-वहजत पे झंडा-वंडा गाड़ना की बात कर रा हैं.....।" हरसाय ने जो कुछ सुना उसी के आधार पर बता दिया।

"फिर यामें झगड़ा-फिसाद की कहा बात है, ऊ तो याके बिना भी गड़ जाएगो?" सलेमी ने शाइस्तगी से कहा।

"अरे, झगड़ा-वगड़ा कुछ भी ना है...... इन नेतान्ने काम तो कुछ है ना सिवाय झगड़ा-फिसाद करवाणा के...... ऐसा ही हमारा ये करीम हुसैन और मुरसीद अहमद इकट्ठा हो रा हैं..... ये भी चाहवे हैं के या इलाका में कुछ न कुछ होतो रहे...... अरे, इलाका की फिकर तो इन्ने है ना उल्टा एक-दूसरान्ने लड़ाता डोले हैं।" हरसाय बोला।

"और अगर ऐसी बात होगी तोऽऽ?" सलेमी ने आशंका जताई।

"अरे जब होएगी, तब देखी जाएगी......तू भी सलेमी पतोई ना बखत-बेबखत कहा रामाण ए लेके बैठ जाए है...... मेरे यार, झंडो गड़ेगो अजोध्या में...... झगड़ा-फिसाद होएगो अजोध्या में, या मेवात में कौन-सो तेरो कोई बाल उखाड़ लेएगो...... अपनी ऐसी-तैसी में जाएँ ये मंदर-महजत..... हमन्ने जैसे कोई और

काम ही ना है....... चल छोड़, होएगी जो देखी जाएगी।" हरसाय ने उठते हुए सलेमी को हलकी-सी झिड़की लगाते हुए कहा।

हरसाय और मनीराम तो सलेमी के पास से उठ कर चले गए लेकिन सलेमी की आँखों के आगे एक और ही मंज़र बनने-बिगड़ने लगा। सलेमी को अब इस बात में ज़रा-सी भी गुंजाइश बची नहीं दीखी कि उसकी आशंकाएँ महज आशंकाएँ भर नहीं हैं। एक-एक कर सारी वटें धीरे-धीरे अपने आप खुलती जा रही हैं और दुरुयोग से उन सबके चेहरे इतने वीभत्स और कुत्सित हैं कि कल्पना-मात्र से ही एक सिरहन-सी दौड़नी शुरू हो जाती है पूरी देह में। उसे अपने आत्मविश्वास से यथार्थ के छिलके उतरते नज़र आने लगे हैं और स्मरण-शक्ति धीरे-धीरे कम होती दिखाई देने लगी है। बार-बार किसी उलझे हुए धागे को सुलझाने के बजाय वह उसमें ख़ुद उलझता जा रहा है यानी झंडा तो टँगना है अयोध्या में और अंदेशों के गिद्ध मँडरा रहे हैं वहाँ से सैकड़ों कोस दूर बसे गाँव-खेड़ों में—क्यों?

सलेमी अपने आप बड़बड़ाने लगा। उसने दोनों हाथ ऊपर की ओर उठाए और किसी भी अनिष्टता से बचने के लिए दुआ माँगता हुआ खाट पर आ लेटा।

अभी नींद के हलके-से झोंके ने आकर उसे दबोचा ही था कि लगा पौली में आकर किसी ने उसे पुकारा है। भारी पलकों को उसने खोला तो देखा सामने बाबू और सुभान खाँ खड़े हैं।

बाबू खाँ कुछ पल रुक कर, बिना किसी भूमिका के सलेमी से बोला, "बाप, एक सौ एक रुपिया दीजो!"

"एक सौ एक रुपिया! कहा करेगो?" सलेमी ने हैरान होते हुए ऐसे पूछा जैसे बाबू की आवाज़ किसी गहरे कुएँ से आ रही है।

"मदरसा लू चहिएँ।"

"मदरसा लू..... कौण-सा मदरसा लू?"

"बड़कली पे बणनो है एक मदरसा...... मदरसा तालीमुल कुरान का नाम सू।"

"वाकी कहा जरूरत आ पड़ी...... हून् तो पहले सू ही एक मदरसा है...... और फिर एक इस्लामी मदरसा याँ भी तो है?"

"हाँ जरूरत आ पड़ी है जभी तो...... कल जुम्मा महजत में देवबंद सू आई जमात के आगे ई फैसला हुओ है के मेवात का मुसलमान्न लू कुरान की जादा सू जादा तालीम मिलनी चहिए...... याही मारे या मदरसा लू चंदा इकट्ठो करणो पड़ रो है।" बाबू खाँ ने संक्षेप में एक सौ एक रुपए लेने का मक़सद बता दिया।

बाबू खाँ के प्रयोजन को जान लेने के बाद सलेमी ने पल भर सोचा और फिर कहा, "मेरे पै तो हैं ना इतेक पईसा...... अरे, पाँच-सात रुपिया की बात होए तो मैं दे भी दूँ...... पर एक सौ एक रुपिया मैं कहान् सू लाऊँ।"

बाप द्वारा सीधे-सीधे असमर्थता प्रकट करने पर बाबू खाँ का चेहरा सुर्ख़ हो

गया, आँखें ग़ुस्से से जलने लगीं लेकिन फिर भी उसने संयम बरतते हुए कहा, "बाप, कौम और मजहब का नाम पे कदी तेरी जेब सू दोन्नी ना निकले है...... अरे, हाजी असरप ने पूरा पाँच हजार, दादीका दीन मोहम्मद ने ग्यारह सौ और दानसिंह ने पाँच सौ रुपिया वाही बखत जमात के आगे धर दिया, और तो और या सुभान खाँ ने भी पूरा इक्यावन रुपिया दिया हैं....... ई तो सवाब को काम है और.......।"

"बेटा, वे तो ठाडा आदमी हैं...... अरे, हाजी असरप के पै पूरा डेढ़ सौ कीला खेत हैं और बारह मास ब्याज पे रुपिया उठावे है....... दीन मोहम्मद की बड़कली पे दस-बारह दुकान किराया पे उठ री हैं...... दानसिंह ने जिंदगी भर गरीबन् को गला काटो है..... उन्ने कोई फरक ना मारे है..... हम तो बोदा आदमी हैं..... अरे, कौम और मजहब का नाम पे मैं पाँच रुपिया दे तो रहो हूँ.......।" सलेमी ने शांत भाव से बाबू की बात का जवाब देते हुए, जेब से पाँच का नोट निकाल कर बाबू की ओर बढ़ा दिया।

इस बार सलेमी की बात सुन बाबू की कनपटी सुलग उठीं, "बाप, तू तो या सुभान खाँ फकीर सू भी गई-गुजरी बात कर रो है।"

"ई सुभान खाँ फकीर ना है अब याने तो फकीराई वा दिन सू खतम कर दी, जा दिन सू याने मनीराम का पोता को गलेप दादाखानू पे चढ़ान सू मना कर दीनी ही और तू याहे फकीर बता रो है....... कोई बात ना है अगर सुभान खाँ ने इक्यावन रुपिया दिया हैं तो ई खुसी की बात है...... पर मेरे पै तो एक सौ एक रुपिया हैं ना...... तेरे पै होएँ तो तू दे दे.......!" सलेमी ने अंततः बाबू खाँ के क़ाबू में आने से साफ़ इनकार कर दिया।

सलेमी के साफ़ इनकार करते ही बाबू आपा खो बैठा, "तो कहा या सुभान खाँ ने जिंदगी भर हिन्दून का पोतड़ान् सू चूतड़ ढकणा को ठेका ले राखो है...... अभी ऊ मेमन होती न तो वा लू पट्ट निकाल के दे देतो........ और आज जब मजहब का नाम पे सौ रुपल्ली माँग रा हैं तो ना कर दी...... चल रे सुभान खाँ, मैं दूँगो तोहे एक सौ एक रुपिया.......!" ग़ुस्से में पाँव पटकते हुए बाबू सुभान खाँ को लेकर पौली से बाहर निकल गया।

उन दोनों के जाने के बाद सलेमी ने बहुत कोशिश की कि थोड़ी देर आँख लग जाए, पर ऐसा हुआ नहीं। वह देर तक बड़कली पर बनने वाले इस नए मदरसे 'मदरसा तालीम-उल-कुरान' के बारे में ही सोचता रहा कि आख़िर एकाएक इसकी क्या ज़रूरत आ पड़ी? इलाक़े के ज़्यादातर गाँव-क़स्बों में पहले से ही कोई न कोई मदरसा है और फिर सभी महजतों में कुरान की तालीम दी तो जाती है? काफ़ी सोचा सलेमी ने लेकिन इस बनने वाले मदरसे का तर्क उसके मगज में घुसा ही नहीं।

सलेमी जब चारों ओर से तर्कहीन हो गया तब वह सीधा पहुँच गया रोबड़ा के

पास, किंतु वहाँ जाकर देखा तो पाया कि सुभान खाँ और बाबू पहले से ही वहाँ मौजूद हैं। अपने बाप को आया देख बाबू सुभान खाँ को साथ लेकर जाने के लिए उठ गया और जाते-जाते सलेमी को सुनाते हुए बोला, "काका, हमारा या बाप ए भी समझइयो....... याने काफर भी पेल राखा हैं!"

उनके जाने के बाद सलेमी ने अपनी ओर मूढ़ा सरकाया और उस पर बैठते हुए सीधा ही पूछ लिया, "कितेक पईसा दे दिया हैं मदरसा लू?"

"यार सलेमी, मैं तो इक्कीस रुपिया की कह रो हो पर छोरा-छापरा पीछे ही पड़गा के काका मजहब को काम है, कम सू कम इक्यावन तो दे।"

"और तैने दिया होंगा....... तू भी पक्को मजहबी है!" सलेमी ने रोबड़ा पर व्यंग्य करते हुए कहा।

"कहा मतलब, तैने ना दिया...... अच्छोऽऽ, अब समझ में आई के बाबू जाते-जाते काँई लू कह गो हो के हमारा बाप ए भी समझइयो.......।" हँसते हुए रोबड़ा आगे बोला, "यार सलेमी, एक बर तो मेरा जी में भी आई ही के ना दूँ, पर फिर सोची के मजहब का काम में देणा सू सवाब ही मिलेगो।" रोबड़ा के वाक्य से आस्था की गंध आने लगी।

"रोबड़ा, पर मैंने तो साफ मना कर दी...... अरे, या इलाका में महजत-मदरसा पहले ही कम हैं कै...... अन्यायी, जहाँ लोगन्ने दान-पुन्न करणो चहिए हून् तो करे ना हैं....... अब देख न, वा बड़ा इस्कूल की छत अभी तक ना बणी है...... और तो और यही हालत छोरीन् का इस्कूल की है..... मुद्दत होगी पर वाका कोठान् पे आज तक छत ना गिरी है...... अरे, एक तो या इलाका में हमारा बाल-बच्चा वैसे ही ना पढ़े हैं और अगर उन्ने पढ़ाण भेजें तो बैठन् लू जिगह ना है......।"

"खैर, ई तो तू सही कह रो है...... पर कहा करो जाए मजहब और दीन को काम भी जरूरी है...... मेरे यार, इन इस्कूल-विस्कूलन्ने तो सिरकार वैसे ही आज ना तो धेरे बणवाई देएगी..... पर महजत-मदरसा लू कौन इमदाद देएगो, अरे हमीं तो देंगा.....।"

"मेरी समझ में धीरे-धीरे अब आ री है के बनवारी ने जो ई बात कही ही के ताऊ अब तो या इंलाका को कोई भरोसा ना है, झूठ ना कही...... अरे, मंदर-महजतन् लू तो हमारी जेब सू फट नोट निकल जावे हैं, और जब इन इस्कूल-कोलजन की बात आवे है जिनमें पढ़-लिख के हमारा बालकन्ने नौकरी मिले है, उनकी जिंदगी बणे है, उनका नाम पे हम झट कह देवे हैं के ऊ सिरकार को काम है।" सलेमी ने चिंतित होते हुए दुःखी स्वर में कहा।

"तो तेरो कहा मतलब है या इलाका में बस महजत-मदरसा ही बणता जारा हैं...... मंदर ना बण रा हैं...... अन्यायी, रोज तो हिंदून का मंदरन पे मिस्तरी चढ़ा रहवे हैं......।"

"यार मेरो ई मतलब ना है...... मैं तो सबन् की बात कह रो हूँ।" इस बार

सलेमी झल्ला उठा।

"सलेमी, कोई फरक ना मारे है...... अरे, अच्छोई है जो हमारी जेब सू दीन-धरम का काम पे कुछ निकल जाए...... अन्यायी, संपत्त और सपूत में सबको साझो होवे है।" रोबड़ा ने अंततः दर्शन का सहारा लेते हुए कहा।

"रोबड़ा, जा काम ए हम कदी-कदी अच्छो समझे हैं ऊ हमेंई अच्छो लगे है..... दूसरा तो या बात ए ना सोचे हैं...... अरे, जब पहले ये मंदर-महजत, इस्कूल-मदरसा बणे हा तो सातू जात इनमें दान देवे ही, और अब कोई आनजात बिचारो दे देए तो वाहे सब ऐसे देखे हैं जैसे वाने कोई बुरो काम कर दियो होए, वाको हुक्का-पाणी तक लोगबाग बंद कर देवे हैं।"

"यार, एक बात तो है कदी-कदी तू ऐसी बात कह देवे है के वाको तोड़ काई ज्ञानी-ध्यानी के पै भी ना होतो होएगो.......।" रोबड़ा ने सलेमी के तर्क पर उसकी प्रशंसा करते हुए कहा।

"अन्यायी, यही तो दुख है के हम जैसान्ने कोई मोठ के भाव भी ना पूछे है...... अरे, मेरो यही तो मतलब है के एक तो या इलाका में रुजगार, काम-धंधा ना होण सू हिंदू एक-एक करके हीन् सू जा रा हैं...... और जो थोड़ा-बहोत मनीराम-हरसाय जैसा बच रा हैं वे अब या डर सू चला जांगा।"

"मेरे यार, तू तो ऐसे कह रो है जैसे इन्ने मेव ही भगा रा होएँ!"

"रोबड़ा, ऊ बात ना है..... कोई काई ए कहीं सू ना भगाए है...... पर जहाँ जा कौम की तादात कम होवे है न, उन्ने यही लगे है।"

"फिर कहा करो जाए, हमारी बाबू और सुभान खाँ जैसान् के आगे कुछ चले-पिले तो है ही ना..... कौन सुणेगो तेरी इन दलीलन्ने..... यासू तो अच्छो है चुप लगा के बैठ जा, और जो होएगो वाहे चुपचाप देखी जा।"

सलेमी के पास सिवाय रोबड़ा की सलाह को स्वीकार करने के कोई और दूसरा रास्ता है भी नहीं। वह रोबड़ा के पास से उठकर जाने लगा तो जाते-जाते रोबड़ा ने टेरते हुए कहा, "तो फिर मदरसा का नाम पे कितेक की परची कटवा दूँ..... एक सौ एक की या पाँच सौ एक की?"

सलेमी ने पलट कर इसका कोई जवाब नहीं दिया। बस, धीमे-धीमे क़दमों से रोबड़ा की पौली से दूर होता चला गया।

सलेमी एक बार फिर अतीत की ख़ंदक़ में धीरे-धीरे उतरने लगा। उसे अच्छी तरह याद है जब पूरे नगीना में सिर्फ़ चार या पाँच महजतें थीं उपरलीघाँ की महजत, जुम्मा महजत, निचल्लीघाँ की महजत और कसाईन वाली वही महजत जिसके कँगूरों पर चढ़े सोने के पत्तरों से आज भी सर्वशक्तिमान, सर्वव्यापी और सर्वकल्याणी स्वर्णिम चमक दूर से दिखाई देती है। लगभग इतने ही मंदिर थे यानी दो पुजारियों के मंदिर, जैन मंदिर, उत्तर में स्थित अस्तल और कुम्हारों की बग़ीची

वाला मंदिर।

आज भी उस पल को याद कर लगता है पूरा जिस्म जैसे कपास का गोला बन आसमान में उड़ रहा है। मुँह-अँधेरे जब फ़जर की अज़ान के स्वर जाड़ों में उपरलीघाँ की महजत से फूटकर रज़ाई से होते हुए कुनमुनाते कानों में पड़ते थे, तब लगता मानो कोई फ़क़ीर आँखें बंद कर धीरे-धीरे फुसफुसा रहा है–

अल्लाह बहुत बड़ा है
मैं गवाही देता हूँ कि अल्लाह के सिवाय कोई दूसरा नहीं है,
जिसकी इबादत की जाए
मैं गवाही देता हूँ कि सल्लल्लाह अलैहि वसल्लम ही
ख़ुदा की ओर से भेजा गया दूत है
आओ, नमाज़ पढ़ने के लिए चलें
आओ निजात पाने के लिए चलें
अल्लाह बहुत बड़ा है
अल्लाह के सिवाय कोई दूसरा नहीं है
नमाज़ नींद से बेहतर है..... आओ, नमाज़ पढ़ने के लिए चलें।

दूर कहीं चाकी के पाटों के बीच दानों के पिसने की घरड़-घरड़, जब अपनी पूरी लय के साथ कानों में गूँजती, तब लगता मानो कच्ची नींद में सोए बच्चे को माँ लोरी सुनाते हुए थपथपा रही है। और आज, जब इन्हीं महजतों के कँगूरों पर टँगे लाउडस्पीकरों के मुँह से उसी अज़ान के स्वर भोर के सन्नाटे को चीरते हुए कानों से टकराते हैं, तो अलस्सुबह की कुनमुनाती ओस से भीगी ठंड में आदमी हड़बड़ा कर खड़ा हो जाता है। इसके बाद तो फिर आर्य समाज मंदिर और जैन मंदिर पर टँगे लाउडस्पीकरों में भी मानो प्रतिद्वंद्विता शुरू हो जाती है कि उनमें से कौन ज़्यादा भोर की शांति व शालीनता से चुहलबाजी करे।

इन स्पीकरों के मुँह से अलस्सुबह फूटने वाले आरती और मंत्रोच्चारण के स्वर सुबह की गुनगुनी वेला को गहरी नींद में सोते बच्चों को जबरन झिंझोड़ कर जगाने जैसा लगता है, और उन्हीं चक्कियों के पाटों को, जिनके घर्षण से पिसने वाले दानों से फूटने वाले स्वर किसी वाद्य-यंत्र की झंकार लगते थे, या तो एक ओर खड़ा कर दिया गया है, या फिर उनका नहाने से लेकर अन्य कामों के लिए सदुपयोग होने लगा है। चक्कियों के सूने पड़े गरंड में चून के बजाय चूहों को कुल्लाबाती खाते देखा जा सकता है।

नवंबर माह से एक-एक कर दिन जैसे-जैसे कम होने लगे वैसे-वैसे लगने लगा जैसे साढ़े चार इंची दीवार से ईंटें खिसकनी शुरू हो गई हैं, और दीवार की दूसरी ओर बैठे चेहरे इन मोखियों से साफ़ नज़र आने लगे हैं। ज़्यादातर चेहरों पर डर की इबारतें साफ़-साफ़ पढ़ी जा सकती हैं।

धीरे-धीरे अनेक घरों का कीमती सामान नाते-रिश्तेदारों में पहुँचना शुरू हो गया। बड़कली से गुज़रने वाली हर उस बस की छत इन सामानों से लदी देखी जाने लगी, जो कभी खाली कनस्तर-सी बजती हुई पास से गुज़र जाती थी। दिल्ली-अलवर मार्ग पर अनेक हाथ बसों को रोकने के लिए हिलते दिखाई देने लगे। जगह-जगह जहाँ उनके रुकने की संभावना है, वहाँ लोगों का ठट्टा नज़र आने लगा।

सलेमी को जब-जब कोई इनके बारे में आकर बताता, तब-तब उसे लगता जैसे वह जानबूझ कर विभाजन की कतरनों को उसके आगे फैला रहा है। सलेमी तुरंत उठता और तहमद को कस कर बाँधते हुए सीधा पहुँच जाता खटीकवाड़े में। कभी वह बुद्धन को तसल्ली बँधाता तो कभी हरसाय को। कभी वह छोटेलाल को भरोसा दिलाता, तो कभी मनीराम को समझाने की कोशिश करता लेकिन उसे हर बार लगता कि वह जितनी इन्हें तसल्ली देने की कोशिश करता है, जितना वह भरोसा दिलाता है, उनके भीतर के डर का घनत्व उतना ही फैलता जाता है। बल्कि अब तो उसे लगभग यक़ीन हो चुका है कि दिन पर दिन अफ़वाहों का बाज़ार गरम होने से ये भरोसे और तसल्लियाँ इस डर को बस कम कर सकती हैं, ख़त्म नहीं। वह जानता है कि उस वक़्त महज भरोसों और तसल्लियों से काम नहीं चलेगा।

सलेमी को तेज़ी से महसूस होने लगा है कि बाबू की आँखों ने उसकी हर गतिविधि पर जैसे पहरा बिठा दिया है--वह खटीकवाड़े में कब जाता है, क्यों जाता है और कितनी बार जाता है बाबू को इस सबकी पूरी ख़बर है। एक-एक कर घरों के दरवज्जों पर पड़ने वाले तालों की ताक़त का अंदाज़ा बाबू अपनी आँखों में तह करके रखता जा रहा है।

चँद्रमा की कलाओं से घटते-बढ़ते दिनों ने पूरे नगीना ही नहीं अपितु पूरे इलाक़े की दिनचर्या को कस कर जकड़ लिया है। गुनगुनी धूप से देह सेंकने के लिए सलेमी ने अपनी खाट दगड़े के किनारे बिछाई और अभी लेटा ही था कि असलम ने आकर उसे बताया, "बाप, ताऊ सूरज खटीक है न....... ऊ भी जा रो है!"

अपने पोते के इस छोटे से वाक्य के बीच 'ऊ भी' अर्थात 'वह भी' शब्द को जुड़ा सुन सलेमी अकबका गया यानी एक और नाम जुड़ने जा रहा है पलायन करने वालों की फ़ेहरिस्त में।

"कौन कह रो है?" सलेमी ने जानबूझ कर यह सवाल किया।

"मैं अभी तो देख के आरो हूँ..... टम्पू में घर को सारो सामान भरो पड़ो है और पूरो मोहल्ला हून् जमो खड़ो है...... दादा मनीराम, दादा बुद्धन सब हैं।" असलम ने तथ्यों समेत जानकारी देते हुए कहा।

सलेमी ने पोते के मुँह से मनीराम और बुद्धन का नाम सुना तो उसे एक झटका-सा लगा--यानी मनीराम, बुद्धन, हरसाय सब पहले से जानते हैं? फिर

उन्होंने उसे क्यों नहीं बताया?

सलेमी ने खाट से उठ कर पाँवों में पणहा डाली और तेज़-तेज़ कदमों से खटीकवाड़े की ओर बढ़ गया। वहाँ जाकर देखा तो सचमुच वह हतप्रभ रह गया कि असलम ने झूठ नहीं कहा है—सूरज के घर के आगे सामान से लदा टैम्पो खड़ा है। साथ में मनीराम, हरसाय, बुद्धन, छोटेलाल भी खड़े हैं। आसपास के घरों के दरवाज़ों से लगे और इधर-उधर खड़े चेहरे खिंचे हुए-से हैं। ज़्यादातर की आँखों में रह-रह कर बस एक ही प्रश्न आ-जा रहा है कि अगला टैम्पो किसके दरवज्जे पर लगेगा?

सलेमी ने वहाँ किसी से बात नहीं की—न मनीराम से, न बुद्धन से, न हरसाय से न किसी और से। बस, चुपचाप सामान से भरे टैम्पो को ही देखता रहा। तभी उसे अंदर से सूरज आता दिखाई दिया और इससे पहले कि वह सूरज की ओर बढ़ता सूरज ख़ुद चलकर उसके पास आ गया। सलेमी ने अनजान बनते हुए लगभग ऐसे कहा जैसे उसने न तो टैम्पो पर लदे सामान को देखा है और न वहाँ खड़े लोगों को, "सूरज, ई कहा है?"

"काका, कहा है टम्पू है...... और ई हमारो घर को सामान है।" सूरज पहले ही समझ चुका था कि सलेमी क्यों, सबकुछ देखकर भी अनजान बन रहा है।

"अच्छो-अच्छो सामान है...... तो फिर कहान् जारो है इन्ने लेके?"

"काका, या गाँओं में हमारो दाणा-पानी बस यहीं तक लिखो हो।" सूरज ने झेंपते हुए लेकिन पूरी दृढ़ता के साथ कहा।

"दाणा-पानी....... पर काँई लू...... ऐसी कहा आफत आ पड़ी तेरे सिर पे...... तोहे कोई या गाँओं सू भगा रो है?"

"काका, अभी तो ना पर सात-आठ दिन पीछे जानो ही पड़ेगो या मारे अच्छो है बखत सू निकल जाएँ.....।"

सलेमी और सूरज को बतियाते देख और भी आ गए उनके पास।

"सात-आठ दिन...... कहा मतलब?" सलेमी ने पूछा तो सूरज से लेकिन इसके बाद उसने देखा सबकी ओर, जैसे वह सिर्फ़ सूरज से ही नहीं बल्कि वहाँ खड़ी ख़लकत से भी पूछ रहा है।

"यार काका तू तो ऐसे पूछ रो है, जैसे तोहे कुछ पतोई ना है......।" सूरज ने उलटा सलेमी पर बात डालते हुए कहा।

"हे त्तेरे की...... मैं कोई तोसू झूठ बोलूँगो।" सलेमी ने सचमुच झूठ बोलते हुए कहा।

"काका, यासू पहले कोई खून-खच्चर होए...... अच्छो है चुपचाप पहले ही चला जाएँ।"

"तो याको मतलब ई हुओ के तमन्ने हमारे ऊपर भरोसा ना है...... यानी हमारी आँखन में अपणा-पिराया की पिछाण ही खतम होगी?" सलेमी ने एक तरह से

सूरज के बजाय वहाँ उपस्थित पूरे मोहल्ले से पूछा।

"ई कौन कह रो है काक़ा के तेरे ऊपर भरोसा ना है...... पर फिलहाल काई और को गारंटी थोड़ेई है।" सूरज ने आशंका जताते हुए कहा।

सूरज के इस वाक्य पर पल भर के लिए सलेमी से कुछ बोलते नहीं बना।

सही तो है उसी पर या फिर नबी खाँ, रोबड़ा पर तो भरोसा किया जा सकता है लेकिन किसी और की क्या गारंटी है!

एकाएक सलेमी ने जैसे ख़ुद से पूछा—इस 'किसी और' से सूरज का क्या मतलब है? इस और में कौन शामिल है—बाबू, सलेमी, हाकिम, बासित या फिर उसी का पोता असलम...... नहीं-नहीं यह कैसे हो सकता है?

सलेमी के भीतर जैसे कुछ घरघराने लगा। उसने कातर दृष्टि से मनीराम, हरसाय यहाँ तक कि सबकी ओर देखा जैसे सबसे पूछ रहा है कि क्या सूरज ठीक कह रहा है?

और इससे पहले कि कोई कुछ कहता हरसाय सूरज का समर्थन करते हुए बोला, "सलेमी, ठीक कह रो है सूरज।"

"हरसाय, अन्यायी तू भी ऐसो सोच रो है।" सलेमी का मुँह खुला का खुला रह गया और इससे पहले कि वहाँ खड़े मनीराम, बुद्धन, हरसाय में से पलट कर पुनः कुछ कहता टैम्पो के स्टार्ट होने का शोर, होंठों से फूटे शब्दों को अधबीच में ही पी गया।

"अच्छो काका, कोई गल्ती होगी होए तो माफ कर दीजो!" हाथ जोड़ते हुए सूरज ने टैम्पो का दरवाज़ा खोला और उसमें अंदर घुस गया। बच्चे और पत्नी तो पहले से ही पीछे लदे सामान के बीच में धँस कर बैठे हुए थे।

धीरे-धीरे कभी हार्न बजाते हुए, तो कभी घर्र-घर्र करता हुआ टैम्पो आसपास के चौतरे-चबूतरों और छान-छप्परों से अपने आपको बचाता हुआ तेज़ी के साथ खटीकवाड़े से बाहर हो गया। खटीकवाड़े में टैम्पो के धुएँ के छोटे-छोटे गुच्छों को हवा में उड़ते हुए दहशतज़दा आँखें देर तक देखती रहीं।

टैम्पो के जाते ही इधर-उधर छिटक गई आँखों तथा मन में भय और गहरा हो गया। सलेमी की ज़ुबान जैसे तलुए से चिपक गई। उसके अवचेतन में लंबी होती इस फ़ेहरिस्त में एक और नाम जुड़ गया। सलेमी, हरसाय, बुद्धन सब मनीराम के बँगले में आकर बैठ गए। देर तक संवादों के नाम पर जैसे कुछ बचा ही नहीं। पूरे बँगले में एक ख़ामोशी बिछ गई।

इस ख़ामोशी को बींधा भी तो सलेमी ने ही, "हरसाय, आज कौन-सी तारीख है?" सलेमी ने हरसाय से ऐसे पूछा जैसे इस फ़ेहरिस्त में जुड़ने वाला अगला नाम उसी का है।

"तारीख तो मोहे पतो ना है...... पर हाँ, आज आठे है।" हरसाय ने बताया।

"अरे, आठे तो है पर ई बता के तीस तारीख कितेक दूर है?" सलेमी ने

झुंझलाते हुए पूछा।

"मेरा खियाल सू तीऽऽऽस तारीख..... आठे नौमी दसमी ग्यारस बारस तेरस चौदस और मावस....... तीस तारीख आज सू आठ दिन पीछे पड़ेगी।" अँगुलियों के पोरों पर हिसाब लगाते हुए हरसाय ने सलेमी को बताया।

"हूँऽऽ......!" सलेमी ने एक लंबा हुंकारा भरा और फिर सबको सुनाते हुए जैसे ख़ुद से कहा, "याको मतलब है सूरज की तरे सात-आठ दिनाँ में पूरो मोहल्लो खाली हो जाएगो!"

"सलेमी, कुछ ना कही जाए अभी...... वैसे हालात ठीक ना दीख रा हैं।" बुद्धन बोला।

"और अगर ऐसेई लोगबाग गाँओं छोड़ के जाता रहा तो कहाने सलेमी के ई मोहल्लो ही ना, आधो-सो गाँओं खाली हो जाएगो......!" मनीराम ने दबी ज़ुबान से सलेमी के संदेह की पुष्टि करते हुए कहा।

न जाने मनीराम के बँगले में क्या-क्या बातें होती रहीं। कितनी तरह की आशंकाएँ प्रकट की जाती रहीं और आने वाली तीस तारीख़ को लेकर पता नहीं कितने काल्पनिक रेखाचित्र बनते रहे लेकिन सलेमी ने किसी तरह की प्रतिक्रिया व्यक्त नहीं की यानी वह जब तक वहाँ बैठा रहा, तब तक सबकी सुनता रहा। सिवाय हाँ-हूँ के मजाल है उसने और कोई लफ़्ज बोला तो हो।

सलेमी जाने के लिए उठने लगा तो सबने उससे बैठने का आग्रह ज़रूर किया लेकिन इस आग्रह में वह आत्मीयता, अपनापन और अधिकार नहीं था जैसा वह पहले महसूस किया करता था। बस, इस आग्रह की आड़ में महज एक औपचारिकता-सी निभाई गई थी। सलेमी ने भी जैसा आग्रह था वैसा ही सधा हुआ बहाना बनाया और लंबा साँस लेते हुए मनीराम के बँगले से निकल आया।

मनीराम के बँगले से थोड़ी दूर जाकर सलेमी ने वापस धीरे-से पीछे पलट कर देखा, तो उसे लगा जैसे उसे देखकर सबके चलते हुए होंठ आपस में चिपक गए हैं। हालाँकि यहाँ से चलते समय सलेमी ने यह सोचा था कि उसके साथ-साथ हरसाय और बुद्धन भी उठकर चल देंगे, किंतु वे वहीं बैठे रहे, जैसे वे सब उसी के जाने का इंतज़ार कर रहे थे।

मनीराम के बँगले से निकलने के बाद सलेमी को अपनी पौली तक पहुँचना मुश्किल हो गया। रह-रह कर आँखों के आगे अँधेरा छाने लगा लेकिन बावजूद इसके वह वहाँ तक पहुँच ही गया। जाते ही उसने हुक्का ताज़ा किया और गरम होने के बाद धीरे-धीरे कश खींचने लगा। पौली में उड़ते हुए धुएँ के अनेक रेखाचित्र बनने लगे। ये सब एक-दूसरे में इस कदर गुँथे हुए हैं कि बहुत ध्यान से देखने पर पता चलता है कि जिसमें उसे आदमी की शक्ल नज़र आती है, वही धीरे-धीरे थोड़ी देर बाद जानवर की शक्ल में परिवर्तित हो जाती है। जिस आकृति में उसे जानवर होने का अहसास होता है, वह अपने आप भाले, बरछे,

त्रिशूल के साथ तेज़ धारदार हथियार की शक्ल लेता हुआ एक सुर्ख़ धुएँ में बदल जाता है। उड़ता हुआ धुआँ अनेक शक्लों को चित्रित करता हुआ ऊपर तनी छान से टकरा कर फिर विलीन हो जाता है। इन्हीं अमूर्त शक्लों में एक बार सलेमी को सूरज की शक्ल भी दिखाई दी थी लेकिन वह शक्ल उसे सूरज की हू-बहू शक़्ल तो नहीं लगी बल्कि उसमें अन्य शक्लें भी शामिल हो गई थीं। जिनके सिर पर दो बड़े-बड़े सींग उगे हुए हैं और दाँतों की जगह दो लंबे-लंबे कीलों[1] ने ले ली है। यानी कुल मिलाकर सूरज सलेमी को कोई दैत्य नज़र आ रहा है। आगे जाकर यही दैत्य धीरे-धीरे फिर से आदमी की शक्ल में तब्दील होना शुरू कर देता है। कई बार इस शक्ल में कभी उसे बाबू का प्रतिबिम्ब दिखाई देता है तो कभी सुभान खाँ का। कभी हाजी अशरफ़ का तो कभी चौधरी करीम हुसैन का। सबसे ज़्यादा ताज्जुब तो उसे तब हुआ जब उसे अपनी ही शक्ल उसमें दिखाई दी—एकदम डरावनी, बिलकुल काले पहाड़ की तरह। जिसकी पूरी देह गहरी कालिख से पुती हुई है और जिस पर टेसुओं और ढाक की टहनियों की जगह असंख्य त्रिशूल और भाले उगे हुए हैं।

बिलकुल ठंडी हो चुकी चिलम से भी सलेमी जबरन कई कश खींच गया। जब उसे लगा कि चिलम अब बिलकुल ही जवाब दे गई है तब उसने हुक्के की नै को दूसरी ओर फेर दिया।

उसने यह सोचा ज़रूर था कि इलाक़े के हालात धीरे-धीरे बदलते जा रहे हैं लेकिन इतनी जल्दी बदलने शुरू हो जाएँगे यह नहीं सोचा था। कुछ ही सालों में उसी के सामने पूरा परिदृश्य बदल गया। उन्हीं आँखों ने जिन्होंने नगीना और पूरे चौधरी मोहल्ले के गली-कूचों में अपनेपन और आत्मीयता के असंख्य चित्र खींचे थे, वही आँखें अब चुपचाप इस परिवर्तन की पुरानी पड़ चुकी चूलों को उखड़ता हुआ देख रही हैं। उन्हीं आँखों के सामने सूरज भी चला गया जिन आँखों ने बड़ी-बड़ी हवेलियों को रफ़्ता-रफ़्ता सूना होते हुए देखा है। वह चाहते हुए भी सूरज को रोक नहीं पाया, और हो सकता है आने वाली तीस तारीख़ तक वह औरों को भी न रोक पाए। तो क्या वह चुपचाप एक-एक करके सबको जाता हुआ देखता रहेगा?

लेटे-लेटे सलेमी को लगा जैसे उसकी देह में दौड़ता हुआ ख़ून पानी होने लगा है, वरना सूरज को वह रोके और सूरज चला जाए—कदापि नहीं। फिर भी ऐसा हुआ क्यों? सलेमी पूरी दोपहरी अपने आपसे जद्दोजेहद करता रहा और अपने भीतर के सलेमी को बार-बार मज़बूत बनाने की कोशिश करता रहा।

---

1. कीले : लंबे-लंबे दाँत, जैसे प्रायः हम काल्पनिक राक्षसों की तस्वीरों में देखते हैं।

सैंतीस

सिर्फ़ चौधरी मोहल्ला या नगीना में ही नहीं बल्कि पूरे इलाक़े में वातावरण ऐसा हो गया जैसे किसी अदृश्य हाथों ने इनके सिरों को कस कर पकड़ लिया। आने वाली तीस तारीख़ को लेकर ज़्यादातर आँखों में बस एक ही सवाल तैर रहा है कि आख़िर उस दिन होगा क्या? और दिन जैसे-जैसे तीस तारीख़ के किनारे को छूने लगे वैसे-वैसे स्थिर और शांत पानी में होने वाली हलचल और तेज़ हो गई। दरवज्जों के बाहर लगी साँकल-कुंडियों पर अनेक आकार के तालों की तादाद बढ़नी शुरू हो गई। एक दिन पता चला कि आज पौ फटने से पहले उसी बग्गू पंजाबी ने अपने बच्चों को अपनी ससुराल भेज दिया, जिस बग्गू को उसकी माँ छाती से लगाए (बावजूद सिर पर भारी सामान होने के) न जाने कैसे-कैसे लगभग पाँच दशक पहले मुल्तान से यहाँ लाई थी। इसी बग्गू की माँ इस सारे माहौल को देखकर काँप-क़ाँप जाती है और घबराते हुए कहती है कि मैं तो एक पाकिस्तान से चल कर दूसरे पाकिस्तान में आ फँसी। उसकी आँखों के आगे रह-रह कर वही दृश्य ताज़ा हो उठते हैं जिन्हें वह अभी भी विस्मृत नहीं कर पाई है। वे अभी भी गाहे-बगाहे सपनों में हरे हो उठते हैं।

अगले दिन अपने सारे सामान को (सिवाय ज़ेवर और कपड़े-लत्तों के) एक घर में बंद कर, तथा उस पर ताला ठोंक सोहन चमार भी दिल्लीवाली बस में बैठ कर सपरिवार चला गया। लेकिन जब सलेमी को यह मालूम हुआ कि रूपा बनिया का परिवार भी नगीना छोड़कर चला गया है, तब सलेमी को पक्का यक़ीन हो गया कि इस इलाक़े पर अवश्य ही कोई प्रेत-छाया पड़ चुकी है। उसी रूपा बनिया के दोनों लड़के ओम प्रकाश और राधेश्याम अपने बाल-बच्चों समेत नगीना छोड़कर जा चुके हैं, जिस रूपा बनिया ने सलेमी के बाप भूरे खाँ को पाकिस्तान जाने से यह तर्क देते हुए रोक लिया था, "भूरे खाँ, बावलो मत बन..... अन्यायी, हम जैसान् कू तो घर सू बाहर निकलते ही सब पाकिस्तान है...... इन आठ-दस कीलान्ने तू क्यों आग में झोंक रो है।"

"रूपा, जमीन-जादात तो फिर भी पैदा हो जाएगी, पर औलाद ना पैदा होएगी...... अरे, ये जीवता रहेंगा तो गल्लेन कीला बण जांगा......।" अपने साथ लाए सलेमी के सिर पर हाथ धरते हुए कहा भूरे खाँ ने।

"ये सब बेकार की बात हैं...... तू ऐसो कर खेतन् का कागज अपने कनै ही धर ले और तोहे जितना पईसा चहिएँ वैसे ही ले जा....... हराम है या बणिया का बेटा पे जो तोसू एक धेला ब्याज तो ले जाए.....।" रूपा ने सिर्फ़ दिल ही चीर के नहीं दिखाया वरना बात तो उसने इससे भी बड़ी कह दी थी।

भूरे खाँ थोड़ी देर चुप रहा। कुछ नहीं बोला।

"ठंडा दिमाग सू सोच भूरे खाँ, कोई काई ए ना निगले है...... और ना माने, तो ऐसो कर चलो जा पाकिस्तान अगर तेरो जी करे तो उल्टो आ जइयो...... नहीं तो जब तेरे कनै पईसा हो जाएँ, बस मूल भेज दीजो......।"

भूरे खाँ ने रूपा का हाथ अपने हाथों में ले लिया। उससे कुछ कहते नहीं बना बल्कि ऐसा लगा जैसे होंठों तक आते-आते शब्द पिघल गए हैं। आँखों के कोर भीग आए भूरे खाँ के।

"यार भूरे खाँ, मौत सू भी ऐसो क़हा डरनो...... अरे, मौत तो याँ ना कहीं और भी आनी है, पर ई कहा मतलब के आदमी अपनी मातरभूमि ए छोड़ देए...... अन्यायी, ई मुलक हमारा बुजरगन् की जादाद तो है ना, यापे तिहारो भी उतनो ही हक है जितनो हमारो है......।"

इसके बाद भूरे खाँ ने रूपा का एक भी शब्द नहीं सुना। धीरे-से अपने दोनों हाथों की मुलायम पकड़ को ढीला किया और रूपा के हाथों को अपने हाथों से मुक्त करते हुए, सलेमी को अपनी अँगुली थमा कर घर जाने के लिए उठ कर खड़ा हो गया।

सलेमी को वह दृश्य आज भी वैसा ही याद है जैसा उसने अपने बाप के साथ रूपा बनिया के घर देखा था।

इस तरह एक ओर जहाँ पूरे मेवात में अफ़रा-तफ़री मची हुई थी और बसों-ट्रकों से लेकर पैदल ही जत्थे के जत्थे बड़कली से होते हुए दिल्ली की ओर बढ़ रहे थे, वहीं दूसरी ओर भूरे खाँ एकदम निस्पंद, आराम से पौली में लेटा रहा। घर-कुनबे के लोगों ने कितना समझाया, कितने सब्ज़बाग़ दिखाए लेकिन भूरे खाँ टस से मस नहीं हुआ। बल्कि रोबड़ा के बड़े ताऊ ने तो ग़ुस्से में यहाँ तक कह दिया कि इसे तब पता चलेगा जब हिंदुओं की धाड़[1] इसका सिर क़लम करके, उसे भाले की नोंक पर रख पूरे गाँव में उठाए फिरेगी। लेकिन भूरे खाँ, उसका तो ख़ून ही मानो पानी हो गया। इस तरह पता नहीं कितनों के भाई-भतीजे, चाचा-ताऊ पाकिस्तान चले गए लेकिन भूरे खाँ ने न जाने की जैसे क़सम खा ली थी।

और दो दिन बाद जब पूरे मेवात में यह ख़बर आग की तरह फैल गई कि घासेड़ा में बीच सड़क पर महात्मा गाँधी यह कह कर लेट गया कि मेवों की हिफ़ाज़त करना हमारा फ़र्ज़ है, और हम इन्हें पाकिस्तान किसी भी हालत में नहीं जाने देंगे, तब कहीं जाकर यह आवाजाही रुकी। लेकिन जो लोग एक बार पाकिस्तान चले गए वे लौट कर फिर कभी नहीं आए। आते भी क्यों? वे आने के लिए थोड़े ही गए हैं।

आज फिर सलेमी को लग रहा है जैसे उसी आवाजाही की एक बार फिर

1. *धाड़ : दंगाइयों की भीड़।*

पुनरावृत्ति हो रही है।

अट्ठाईस की शाम को असलम ने अपने दादा को एक और सूचना लाकर दी, "बाप, ऊ चाचा बनवारी है न, दिल्लीवालो...... दादा मनीराम को छोरा..... ऊ आयो है!" बाबू की देखादेख असलम भी सलेमी को बाप ही कहता है।

"कद?" सलेमी ने चौंकते हुए पूछा।

"मैंने अभी देखो हो दादा मनीराम के साथ।"

पोते की यह सूचना सचमुच चौंकाने वाली है क्योंकि इससे पहले जब कभी बनवारी या और कोई इस मोहल्ले में आता था तब पूरे मोहल्ले को इसकी ख़बर लग जाती थी। उस समय इन्हें आया देखकर लगता था जैसे भोर के छूटे पंछी अपना-अपना दाना-पानी लेकर घोंसलों की ओर लौटे हों। किंतु आज इसी बनवारी के आने पर सलेमी ख़ुश नहीं है, बल्कि संदेह की अनेक गाँठें उसके भीतर लगनी शुरू हो गई हैं। आज उसे कुछ अजीब-सा लग रहा है इसी बनवारी का आना। अजीब इसलिए कि यह मौक़ा किसी तीज-त्यौहार या किसी शादी-ब्याह का थोड़े ही है, और बेमौक़ा बनवारी का आना हो नहीं सकता...... तो फिर यह आज क्यों आया है? सलेमी को बनवारी का आना किसी अपशकुन की दस्तक से कम नहीं लगा।

उसने हुक्के की नै होंठों से अलग की और पाँवों में पणहा डाल धीमे-धीमे क़दमों से मनीराम के घर की ओर चल पड़ा।

मनीरांम की देहली तक पहुँचते-पहुँचते सलेमी वहीं रुक गया। उसका एक पाँव देहली के उस पार और दूसरा इस पार, जैसा था वहीं रह गया। उसने अगला पाँव वापस देहली के बाहर बिना आहट किए खींच लिया और कान भीतर से आ रही आवाज़ पर टेक दिए।

".....हमारी बला से, चूल्हे में पड़ो-भाड़ में निकलो..... मैं तो समझाता-समझाता पागल हो गया....... पर तुम्हारी समझ में कुछ ना आ री है।" यह बनवारी की आवाज़ थी।

सलेमी ने कानों के पर्दों को और ढीला छोड़ दिया यह जानने के लिए कि बनवारी क्या समझाता-समझाता पागल हो गया है?

"बनवारी, बेटा समझ में तो हमारे सब आ री है, पर ई घर कोई सूनो थोड़ेई छोड़ो जावे है......।" मनीराम ने अपनी आदत के अनुसार बिलकुल शांत भाव से वही पुराना घिसा-पिटा तर्क दोहराते हुए कहा।

"आखिर या घर में है क्या सिवाय टूटे छान-छप्परों के...... अरे, आधा-सा गाँव तो छोड़ के चला गया और तुम अब भी इसी से चिपके हुए हो।" बनवारी झल्लाते हुए बोला।

"तू कह रो है या घर में कुछ ना है.....? सही कह रो है...... अरे, गाँओं तो

कुआँ में गिरेगो याको मतलब हम भी गिरें।"

"तो फिर ठीक है मत गिरो कुआँ में..... जभी राजी रहियो जब तुम्हारी लाश पे कोई लत्ता डालना वाला भी नहीं मिलेगा.......।"

"ऐसे कोई लूट थोड़े ही मच री है..... और फिर सब तो हैं याँ सलेमी, नबी खाँ, रोबड़ा...... फिर काँई की चिंता है।"

चारों ओर घिर आए अँधेरे में बाहर दरवज्जे से लगे सलेमी ने मनीराम का यह वाक्य सुना, तो पल भर के लिए लगा मानो तपते जंगल में ठंडी बयार से भीग गया वह।

"बखत पड़ने पर कोई किसी के चिरे पर नहीं मूतता है आज.... बल्कि अब तो पहला जैसा टेम ही नहीं रहा..... अब किसी के अंदर क्या है, कुछ पता नहीं चलता.... और फिर इस कौम पर तुम्हें भरोसा होगा, मुझे तो है नहीं..... अरे, ये कौम तो खाते-खाते दगा दे जाती है।"

बनवारी के इस वाक्य को सुन सलेमी गिरते-गिरते बचा। लगा जैसे सिर्फ़ उसे ही नहीं बल्कि नबी खाँ और रोबड़ा के साथ-साथ पूरे चौधरी मोहल्ले को निर्वस्त्र करके खड़ा कर दिया है बनवारी ने।

"बनवारी का बाप, बनवारी गलत थोड़ेई कह रो है.......।" इस बार रुमाली ने बनवारी का समर्थन करते हुए कहा।

"ठीक है, तमन्ने भरोसो ना होएगो पर मोहे तो है..... और फिर तोहे जाणो होए तो तू चली जा मैं तो अपना पुरखान का थान ए सूनो छोड़ के जाऊँगो ना चाहे कुछ भी हो जाए।" मनीराम ने अपना निर्णय सुनाते हुए रुमाली से कहा।

मनीराम का निर्णय सुन सलेमी के भीतर रूपा बनिया और अपने बाप भूरे खाँ के बीच दशकों पहले हुए संवाद एक बार फिर हरे हो उठे।

"ठीक है माँ, तू अपना कपड़ा-लत्ता तैयार कर लीजो..... हमारा बाप तो अपनी बदी पर उतरा हुआ है।" बनवारी ने आख़िरकार माँ को ही साथ ले जाने के लिए कहा।

मनीराम, बनवारी और रुमाली के बीच हो रही इस गरमा-गरमी से अब तक सलेमी भली-भाँति समझ गया कि मुद्दा वही है, जिससे पूरे इलाक़े में माहौल एकदम तनावपूर्ण बना हुआ है, किंतु उसकी समझ में यह अभी भी नहीं आया कि वह क्या है जिसे समझाते-समझाते बनवारी पागल हुआ जा रहा था? इसका मतलब यह हुआ कि वह बात पहले हो चुकी है। सलेमी को जब लगा कि सब अपने-अपने तर्क-वितर्कों से थक चुके हैं तभी उसने अंदर जाना उचित समझा।

बाहर से ही खँखारते हुए सलेमी ने देहली लाँघी और मनीराम को टेरते हुए अंदर चला गया।

"आ भई सलेमी, आ जा......!" चौक में बिछी खाट पर एक ओर सरकते हुए मनीराम बोला।

"ताऊ सलाम!"

"अरे कौन है, बनवारीऽऽ!" सलेमी ने ऐसे कहा जैसे न तो उसकी बनवारी पर नज़र पड़ी है और न ही उसे उसके आने की ख़बर है।

"हाँ ताऊ, मैंई हूँ।"

"तू कद आयो दिल्ली सू?"

"बस ताऊ, अभी आके ही बैठा हूँ।" बनवारी ने सरासर झूठ बोलते हुए कहा।

"बालक भी आया हैं कै?" सलेमी ने बच्चों के बहाने चारों ओर नज़र दौड़ाते हुए जैसे पूरे चौक को आँखों ही आँखों में तौला।

"ना ताऊ, मैं ही आया हूँ।"

"चल चोखो, मिलता को मेलो है बेटा...... और सब ठीक तो है?" सलेमी ने जानबूझ कर बनवारी को कोंचा।

"हाँ, सब ठीक सा है!" बेहद उदासीनता भरे अंदाज़ में जवाब दिया बनवारी ने।

"सब ठीक-सो है..... कहा मतलब?" इस बार सलेमी ने चौंकने की मुद्रा बनाते हुए कहा।

"हाँ ताऊ, सब ठीक-सा ही है..... अरे, आधा-सा गाँव तो छोड़ कर पता नहीं कब का चला गया और.....।"

"बनवारी, जातो हुओ कोई काई सू रुको है आज तलक?" हँसते हुए सलेमी ने पहले से खिंचे हुए माहौल को थोड़ा-सा ढीला करने की कोशिश करते हुए कहा।

"सलेमी, ऊ बात ना है..... दरअसल, बनवारी हमन्ने लेण आयो है।" मनीराम ने बनवारी के आने का कारण बताया।

"अरेऽऽ, फिर यामें सोचना की कहा बात है..... बावला, मरणा सू पहले दोनों मरद-बीरबाणी कम सू कम एक बर दिल्ली ए तो देख आओ।"

सलेमी की बात सुनते ही एक बार तो सब चौंक-से गए कि उसे कैसे पता चला कि यहाँ क्या-क्या बात हुई है?

"सलेमी, कहा करेंगा दिल्ली जाके..... फिर कदी चला जांगा, जरूरी है कै अभी जाणो.....।" मनीराम ने विषय को बदलने की कोशिश करते हुए ऐसे कहा मानो उनके बीच ऐसी कोई बात हो ही नहीं रही थी।

"हाँ, ई देख लोओ के जाणो कद है।" सलेमी बोला।

"ना यार सलेमी, ऊ बात ना है जो तू समझ रो है.... ई बनवारी या बात ए कह रो है के ऐसा माहौल में याँ सू चलणो ही ठीक है।" मनीराम ने अंततः कह ही दिया।

"ताऊ, पूरे इलाके के ज्यादातर हिंदू छोड़-छोड़ कर बाहर चले गए हैं कि पतो ना तीस तारीख को क्या होगा यहाँ?" बनवारी ने आशंका जताते हुए कहा।

"बनवारी, तू बावलो होगो है और फिर अन्यायी, अभी हम कोई मरा थोड़ेई हैं।" सलेमी ने बनवारी को तसल्ली बँधाते हुए कहा।

"मैं भी यही कह रो हूँ सलेमी, पर बनवारी ए काई पे भरोसाई ना है।" मनीराम ने सलेमी की बात को बड़ा करते हुए कहा।

"ताऊ, भरोसा कैसे होए..... तरह-तरह की अफवाहें तो फैली हुई हैं पूरे इलाके में..... और फिर चलो तेरी बात मान भी लें कि हमन्ने तुझ पर भरोसा है लेकिन बाबू खाँ जैसों पर कैसे भरोसा करें, उसके बारे में हम सब अच्छी तरह जानते तो हैं।" बनवारी ने अपनी आशंका को साफ़-साफ़ ज़ाहिर कर दिया।

"बनवारी, अगर एक आदमी ऐसो है तो याको मतलब ई थोड़े ही है के सभी वैसाई हैं।"

"वो बात ना है ताऊ, ऐसे आदमी ही माहौल को ज्यादा खराब करे हैं और अब वह कोई बच्चा थोड़े ही है..... सही बात तो ये है ताऊ कि हमन्ने ऐसे ही आदमीन् से डर लगता है।"

"घबराए मत, दादाखानू ने चाही तो कुछ भी ना होएगो।" मनीराम ने दादाखानू का सुमरन कर उसके प्रति आस्था प्रकट करते हुए कहा।

"ताऊ, इस तरह भूड में सिर छिपाने से आफत थोड़े ही टल जाएगी.... आदमी को अपने बचाव का पहले से इंतजाम करने में क्या बुराई है।" बनवारी ने सलेमी की ओर पलटते हुए कहा।

"ठीक है मनीराम, जैसे बनवारी कहे कर लेओ।" सलेमी ने इतना कहा और अँधेरे में रास्ते को टटोलता हुआ बाहर आ गया। उसे जँच गया कि बनवारी उनकी तसल्लियों और तर्कों से अब मानने वाला नहीं है।

सवेरे-सवेरे उठते ही सलेमी के पाँव मनीराम के घर की ओर हो लिए, परंतु दूर से ही मनीराम के दरवज्जे पर लटके ताले को देखकर उसे एक धक्का-सा लगा। सलेमी ने मोहल्ले में इधर-उधर नज़र दौड़ाई लेकिन उसे कई दरवज्जों पर ताले ही लटके दिखाई दिए। सलेमी चुपचाप वापस हो लिया। मनीराम, हरसाय, सूरज और दूसरे घरों के दरवज्जों पर लटके तालों को देखकर सलेमी के भीतर एक हूक-सी उठने लगी। एक मनीराम ही तो बचा था जिसने आशंकाओं की डोर को कस कर पकड़ा हुआ था लेकिन आज वह भी चला गया। वही मनीराम जो अतीत और इतिहास के कई अध्यायों का गवाह रहा है। एक यही मनीराम तो था जिससे वह जब चाहे गाहे-बगाहे अपना गुबार निकाल लेता था। आज वही मनीराम सलेमी को अकेला छोड़ गया। पता नहीं बनवारी उसे अब वापस आने भी देगा, या नहीं?

भरे मन से लौट आया सलेमी। घर तक पहुँचते-पहुँचते दगड़ा ऐसा हो गया जैसे किसी मरुस्थली पगडंडी पर भूड़ का डूह पड़ा हो जिसमें सलेमी के पाँव रह-रह कर धँस रहे हैं। उसे रह-रह कर लगने लगा कि ज्यों-ज्यों वह इस भूड़ से पाँव को उठा कर आगे धरता है पिछला पाँव उतना ही इस डूह में धँसता चला जाता है। घर आने तक ऐसा लगने लगा मानो घुटने टूट रहे हैं और पिंडलियों में

चीस मार रही है।

सलेमी ने मटके से एक गिलास पानी लिया और पीने के बाद बाकी बचे पानी से मुँह धो लिया। मुँह धोने के बाद उसने कंधे पर पड़ी साफ़ी से मुँह पोंछा और वापस पौली में लौटने लगा तो उसके कानों से एक जानी-पहचानी-सी आवाज़ टकराई। सलेमी ने पीछे मुड़ कर देखा तो मारे उच्छ्वास के उसके फेफड़ों में ताज़ा हवा भरती चली गई। दूर जाती आकृति को उसने पीछे-से हेला देते हुए कहा, "अरे छोटेलाल!"

अपने नाम की आवाज़ सुनकर छोटेलाल ने पलट कर देखा तो सलेमी ने उसे हाथ के इशारे से अपने पास आने को कहा।

छोटेलाल तुरंत वापस मुड़ा और सलेमी के पास आते हुए बोला, "काका, तावली बोल..... फुरसत ना है!"

"अरे तू ना गयो?" सलेमी ने हैरानी से कम, अंदर से ज़्यादा ख़ुश होते हुए पूछा।

"कहाँऽऽ?"

"कहाँ, अरे सारो तो मुहल्ला चलोगो और तू कह रो है कहाँ।"

"बात ऐसी है काका, जातो तो कोई काई पे रुके है ना..... और फिर हम जैसा गरीब-गुरबा कहाँ जाएँ.....? अरे, जब मौत आएगी न तो ऊ कहीं भी ना छोड़ेगी, चाहे पाताल में चला जाओ।" छोटेलाल ने निर्लिप्त भाव से जवाब दिया।

"तोहे डर ना लग रो है?" सलेमी ने छोटेलाल को कुरेदने की कोशिश करते हुए उसकी आँखों में झाँका।

"काका कैसो डर! कहीं अपणा आदमीन् सू डर लगे है..... डर तो उन्ने लगे है जिनके पै हुंडी गड़ री हैं..... हमारे पै है कहा जाहे लेके जाएँ..... हमने तो ताऊ एक बर ई गाँऔं छोड़ के देख लियो।" छोटेलाल एकाएक अतीत में जाते हुए बोला।

"छोटेलाल, अब तोसू कहा कहूँ..... अन्यायी, हमारे ऊपर सू तो जैसे अकीन ही उठगो...... अब बता, मनीराम और हरसाय जैसा माणस भी छोड़ के चला गा..... मैंने खूब हाथ जोड़-जोड़ के कह दी के मनीराम मेरे जीते-जी या मुहल्ला का एक भी हिंदू को बाल बाँको हो जाए तो ई सलेमी जीते-जी माटी ले जाएगो..... पर वाने एक ना सुणी।" सलेमी ने आहत होते हुए कहा।

"काका, मनीराम और हरसाय का तो बेटा-बहू दिल्ली में रहवे हैं जिनके पै वे फट्ट चला जाएँ हैं..... पर मेरा जैसा बोदा आदमी कहा जाएँ..... कौन हम जैसान्ने पलोथणी पका-पका के देएगो और फिर काका बात ई है के बाहर धूल फाँकना सू अपणा घर में मरणो ठीक है...... जब सिर पे आएगी तो देखी जाएगी, हमने भी हाथन् में कोई चूड़ी थोड़ेई घाल राखी हैं.....।" इतना कहकर छोटेलाल ने इतनी ज़ोर का ठहाका लगाया कि आसपास की निस्तब्धता थरथरा कर रह गई।

इसके बाद उसने धोती की लाँग ठीक की और जिस तरफ़ से वह आया था, तेज़ी के साथ उसी तरफ़ बढ़ गया।

अपने आपसे दूर होता ठिगना, बेसहूरा, कुलखणा और एकदम सूगला दीखने वाला यह व्यक्ति सलेमी को आज इतना बड़ा व्यक्ति नज़र आने लगा, जिसका आकार उसे अपनी आँखों में समाता नज़र नहीं आया। छोटेलाल जिसकी एड़ियों में लम्बवत् बिवाइयों की दरारें, मुसे हुए सिर के बाल, कभी-कभार महीने में बनाई जाने वाली छितरी दाढ़ी और अक्सर गधों के साथ काम करने के कारण आने वाली उसकी देह से वैसी ही गंध, जिसके पास से गुज़रते हुए मुँह पर ढाटा लगाए बिना नहीं रहा जाता– उसी छोटेलाल की देह से सलेमी को कस्तूरी गंध फूटती दिखाई देने लगी। पूरे मोहल्ले में बस यही छोटेलाल उसे आग बरसाती दोपहरी में शीतलता का चँवर हिलाता प्रहरी लगा।

उनतीस तारीख़ का पूरा दिन इसी ऊहापोह में बीत गया कि पता नहीं चंद घंटों के बाद शुरू होने वाली तीस तारीख़ को प्रलय का कौन-सा रूप देखने को मिलेगा। जो नगीना में किसी तरह रह गए हैं उनकी प्रश्नाकुल आँखों में डर और आशंकाओं के असंख्य डोरे देखे जाने लगे तथा बड़कली की ओर से आता हुआ जो भी गोहरवाली में प्रवेश करता, उसके पास अफ़वाहों की एक नई फ़ेहरिस्त होती।

इशा की नमाज़ पढ़ने के बाद सलेमी ने खाना खाया और हुक्के को ताज़ा कर उसे साथ लेकर छोटेलाल की ओर चला आया। उसी छोटेलाल के पास जिसकी बातों में सलेमी को कभी रस नहीं आया। आज उसी छोटेलाल के पास सलेमी चला आया, जो किसी जज़ीरे पर छूटे हुए अकेले मनुष्य की तरह बच गया है।

सलेमी को इस तरह अचानक अपने घर आया देखकर छोटेलाल को बेहद हैरानी हुई। उसने लपक कर पास में खड़े खटोले को बिछा दिया। आते ही सलेमी ने हुक्के की नै से कश खींचते हुए पूछा, "छोटेलाल, वाड़ी डर तो ना लग रो है?"

"काका, तू आज काँई कू मोसू बेर-बेर में या बात ए पूछ रो है...... अरे, याँ कै माणस ना बसे हैं?" छोटेलाल ने उलटा उसी से पूछा।

"ना-ना, मैं तो ऐसे ही पूछ रो हूँ....... रोटी-टूक पका-खा लियो कैसे?" सलेमी ने तुरंत विषय को बदलते हुए कहा।

"हाँ काका, पका भी ली और खा भी ली।"

"चल, रात भर की तो बात है...... धेरे मैं तेरे पै आ ही जाऊँगो......।" सलेमी ने इस बार ज़ोर का कश खींचा। हुक्के की नै को रगड़ता हुआ गुड़ैला मीठा धुआँ सलेमी के गले को चीरता हुआ कलेजे तक पहुँच गया इस बार।

"धेरे कहा बखत?" छोटेलाल ने पूछा।

"अरे, धेरे को मतलब है...... यहीऽऽ कलेऊ-वलेऊ करके।"

"पर काका, धेरे तो मोहे हाजी असरप की कचैड़ी को भरत करणो है...... वाको कई दिन को बौरो[1] आयो पड़ो है, सोच रो हूँ के कल फुरसत-सी है, दस-बीस गधा माटी गिर जाएगी तो पीछे कू ही पड़ेगी..... तू ऐसो कर और काई दिन आ जइयो।" छोटेलाल ने अगले दिन का अपना कार्यक्रम बताते हुए कहा।

"तो याको मतलब है तू धेरे काम पे जाएगो?" हैरान होते हुए पूछा सलेमी ने।

"काम पे ना जाऊँगो तो खाएँगा कहा।" छोटेलाल विद्रूप हँसी हँसते हुए बोला।

"छोटेलाल, मेरी माने तो कल कहीं मत जइयो.......आराम सू अपणा बालकन् के पै लोट लगा........।" सलेमी के माथे पर चिंता और आशंका की एकसाथ कई लकीरें खिंच आईं।

"काका, तू तो बावली बात करे है...... कुछ ना होएगो...... और फिर जब तलक हमारो ई काका सलेमी जिन्दो है, हमें कहा फिकर है।" छोटेलाल एक बार फिर अपनी आदत के अनुसार यह कहते हुए इतना तेज़ हँसा कि पल भर के लिए सलेमी सहम गया कि चारों ओर फैल चुके अँधेरे में गड़ी आँखें कहीं उसे ही तो नहीं देख रही हैं।

"छोटेलाल, बेटा मेरी माने तो तू......"

"काका छोड़े न......।" इसके बाद छोटेलाल उसारे में बैठी रामदेई से बोला, "सुन, दूध औंटगो होए तो एक गिलास दूध बणा दे!"

"छोटेलाल, रहन दे.......।"

"वा भई काका कैसे रहन देएँ...... अरे, छठे-चौमासे तो भूलो-भटको तू हमारे घर आवे है...... और कह रो है के रहन दे...... हुँ, कैसी बात करे है!" छोटेलाल अपने चिर-परिचित अंदाज़ में आत्मीयता घोलते हुए बोला।

जब तक सलेमी के लिए रामदेई दूध लाती, तब तक दुनिया-जहान की बातें होती रहीं। दूध पीने के बाद सलेमी जाने के लिए उठने लगा तो जाते-जाते एक बार फिर कहने लगा, "वैसे तू फिकर मत करियो...... आराम सू फटकार के सो!"

इतना कहकर सलेमी बाहर दगड़े में आया तो सोचा कि क्यों न खटीकवाड़े से होते हुए चला जाए? लेकिन अगले ही क्षण वह यह सोचकर ठिठक गया कि वहाँ उसे मिलेगा कौन? दरवज्जों पर तो ताले लटके हुए हैं। भायँ-भायँ करते सूने मोहल्ले में मौन खड़ी गारे की भीतों और जगह-जगह पूँछ दबाए कुत्तों के कुकियाने के जैसे कुछ भी नहीं है। जो मोहल्ला आदमियों की चिल्ल-पों से दम नहीं लेता था, आज वही मोहल्ला जैसे दम साधे खड़ा है। जिन घरों के दरवज्जों से दीए-बाती और लट्टुओं की छनी हुई रोशनी बाहर दगड़े में दूर-दूर तक फैली रहती थी, उन्हीं बंद दरवज्जों से लग रहा है मानो उनके अंदर सहमी हुई आँखें कल होने का इंतज़ार कर रही हैं कि कब तीस तारीख़ गुज़रे और कब वे

1. *बौरा : संदेश।*

भड़भड़ा कर बाहर निकलें।

सलेमी धीरे-धीरे कदमों से इस तरह बढ़ने लगा कि किसी को पदचाप न सुनाई दे किंतु उसकी यह कोशिश तब विफल हो गई, जब रात की निस्तब्धता और सूनेपन में पदचाप रह-रहकर और साफ़ सुनाई पड़ने लगी।

सलेमी पौली में घुसा तो लगा बाबू भीतर तरकीला से किसी बात पर बहस कर रहा है। सलेमी मठारते हुए गला साफ़ करने के बहाने भीतर चौक में पहुँचा तो बाबू उसे आता देख चुप हो गया।

"अरी, ई काँई बात पे उलझ रो है तोसू?"

"अब देय न जुआब...... अब या फूटा मुँ सू कह कुछ...... अब काँई लू ई थोथरो बंद कर लियो!" तरकीला ग़ुस्से में बोली।

"अरे, कहा बात है असलम?" इस बार सलेमी ने पूछा तो असलम से लेकिन सबको सुनाते हुए।

"बाप, ई माई सू कह रो है के तू ताऊ छोटेलाल के पै काँई लू गयो हो?" असलम ने माँ-बाप के बीच हो रही तकरार का कारण बताते हुए कहा।

"हून् जाण की मना है?" इस बार सलेमी ने सीधे बाबू से पूछा।

"हाँ मनाई है...... बड़कली का मदरसा लू तो तेरी जेब सू सौ रुपल्ली भी ना निकली और आज जब सारा हिंदू मिलके अजोध्या की महजत पे झंडी गाड़न की तैयारी करे बैठा हैं, तो उनीं के घर तू लपक-लपक के जारो है...... जैसे वे तेरा गोती भाई होएँ।" बाबू ने दाँत पीसते हुए बाप से कहा।

"तो छोटेलाल ही वा झंडी ए गड़वा रो है कै?" सलेमी ने बेहद शांत भाव से पूछा।

"हाँ, ये जैसाई गड़वा रा हैं......ये सारा हिंदू भीतर सू एक हैं....... अरे, हीन् तो सारा मुसलमानन् पे अजाप आयो पड़ो है और ई उल्टो उनीं के पै घुसतो डोल रो है...... ई तो ना है के या अजाप सू खुदा सही-सलामत पीछो छुड़वा देए या मारे खुदा सू दुआ माँगू।"

"ले, ई भलो अजाप हुओ...... अरे, इन झंडी-वंडीन् का गड़ना सू अगर अजाप आन लगो तो फिर या मुलक को खुदा ही मालक है।" सलेमी बेहद हलके अंदाज़ में बोला।

"जब पतो चलेगी, जब धेरे ई सुणेगो के झंडी गाड़ना का बहाना सू हिन्दून ने महजत पे कब्जा ही कर लियो है।" बाबू ने आगत में घटने वाली घटना के प्रति आशंका व्यक्त करते हुए कहा।

"कुछ ना होएगो, चल सो जा आराम सू.......।"

"हाँ कुछ ना होएगो...... तू तो या छोटेलाल के पै बड़ो रह!"

"तू या बिचारा छोटेलाल के पीछे काँई लू पड़ रो है...... अरे, पूरा मुहल्ला में वही तो बचो है...... वा बिचारा बोदा आदमी सू कहा बैर...... और फिर कदी तोहे

मदरसान् लू पईसा उगाण की फिकर लगी रे है, और कदी तोहे महजत पे झंडी गड़ना की...... तोपे और कोई काम ना है...... डोले है या चौधराहट ए सिर पे उचे।" सलेमी ने इस बार उसे लगभग डाँट दिया।

"फिकर काँई लू ना होए...... तोहे जब पतो चलेगी जब हौले-हौले सारा मुलक में हमारी सारी महजतन् पे इनकी झंडी गड़ जांगी...... आज तेरा जैसा आदमीन् की वजे सू तो ई मुसलमान की कौम जिगह-जिगह धक्का खाती डोले है........ और तू कह रो है ई अजाप ना है।" बाबू ने इस बार बाप पर लानत भेजते हुए कहा।

"मेरी वजह सू.....?" सलेमी इससे आगे कुछ नहीं बोला। बस मुस्कराते हुए पौली में बिछे डहले पर आ लेटा।

अड़तीस

रात भर सलेमी अच्छे-बुरे ख़्यालों से घिरा रहा। नींद तो जैसे आँखों से उड़ ही गई। यह पहला मौक़ा है जब पता नहीं सलेमी ने कितनी बार हुक्के को ताज़ा किया और कितनी बार पौली से बाहर जा-जाकर देखा? कभी-कभार जब कुत्ते अपनी आदत के अनुसार बेमतलब भौंकने लगते, तब उसे लगता जैसे उसका दिल उछल कर बाहर आ जाएगा। वह तुरंत पाँवों में पणहा डाल, सिरहाने रखी लाठी को उठाता और बाहर जाकर पूरे दगड़े को स्याह रात में चौकस नज़रों से दूर तक देखकर वापस आ लेटता। बार-बार इस तरह कुत्तों का भौंकना न जाने क्यों उसे आज बुरा नहीं लग रहा है, बल्कि उसे रह-रह कर लग रहा है जैसे वे किसी अनजान प्रहरी की भूमिका निभा रहे हैं। कई बार बीच में उसे ऐसा लगा जैसे बाहर दगड़े में दबे पाँव आकर कोई भीतों से कान सटाए भीतर का जायज़ा ले रहा है। उसे जब भी ऐसा लगा वह लपककर बाहर आता और नीम अँधेरे को बींध कर उन पदचापों का पीछा करने की कोशिश करता जो रह-रहकर उसके कानों से टकराते हैं। कई बार वह ख़ुद पर ही झुँझला उठा कि कहीं उसके कान तो नहीं बजने लगे हैं!

तीसरा पहर ख़त्म होने के बाद उसे नींद का एक लंबा झोंका आया लेकिन इस झोंके में न जाने कितने डरावने दृश्य उसके सुप्त अवचेतन में आते रहे—कभी काले पहाड़ की देह के पीछे से उठती हुई काली आँधी के विशाल बगूले दिखाई देने लगते हैं, तो कभी हरहराती भीड़ का शोर सुनाई देने लगता है। कभी उसे रेत से पटा पूरा दगड़ा लाल रंग से नहाया नज़र आता है तो कभी उसे मनीराम, हरसाय, सूरज, बुद्धन के घरों से धुआँ उठता दिखाई देता है। लेकिन अगले पल जैसे ही उसे 'अल्लाह ओऽऽ अकबर' बोलती भीड़ छोटेलाल पर टूटती दिखाई दी कि

सलेमी की आँखें एकाएक खुल गईं। लेकिन यह क्या? अल्लाह ओऽऽ अकबर के शब्द तो उसे जागने के बाद अभी भी सुनाई दे रहे हैं। सलेमी ने हड़बड़ा कर चारों ओर देखा तो सामने धुएँ से लिपटी चिमनी से छनती हुई मद्धिम रोशनी पूरी पौली में बिखरी दिखाई दी। उसे लगा जैसे उसके पाँव खाट की पाटी से बँधे हुए हैं।

कुछ ही क्षणों के बाद अपने आपको संयत कर वह चेतन मुद्रा में लौटा, तो उसने लंबी साँस छोड़ते हुए राहत महसूस की।

पसीने से भीग आए चेहरे को उसने साफ़ी से पोंछा और छाती पर हाथ रखकर देखा, तो उसे लगा दिल अभी भी ज़ोर-ज़ोर से धड़क रहा है। वह अपनी नादानी पर देर तक मुस्कराता रहा कि 'अल्लाह ओऽऽ अकबर' के जो शब्द उसने सपने में सुने हैं, वे दरअसल फ़जर की अज़ान के स्वर थे, जो अभी भी उपरलीघाँ की महजत पर टँगे लाउडस्पीकर से आ रहे हैं-

अश्हदुअल्ला इलाह इल्लल्लाह
अश्हदुअल्ला इलाह इल्लल्लाह
अश्हदुअन्न मुहम्मदर्रसूलुल्लाह
अश्हदुअन्न मुहम्मदर्रसूलुल्लाह
हय्य अलस्सलाह
हय्य अलस्सलाह
हय्य अलल फ़लाह
हय्य अलल फ़लाह
अस्लातु ख़ैरुम-मिनन्नौम
अस्लातु ख़ैरुम-मिनन्नौम!

उसने मन ही मन ऊपर वाले को लाख-लाख शुक्रिया अदा किया कि यह महज एक सपना था, वास्तविकता नहीं।

सलेमी ने तुरंत दोसूती देह पर डाली और नमाज़ पढ़ने के लिए महजत की ओर बढ़ गया।

अन्य दिनों की भाँति नमाज़ियों से दुआ-सलाम हुई और सबने एक-दूसरे के साथ सामूहिक नमाज़ अदा की। अन्य दिनों की भाँति आज भी महजत में पूरी श्रद्धा और अक़ीदत के साथ आयतें गूँजती रहीं।

नमाज़ पढ़ने के बाद सलेमी वापस आया तो सिगरी के बजाय उसने हारे में उपलों को तोड़-तोड़ कर जमाया और पीपी में रखा मिट्टी का तेल छिड़क कर उसे तीली दिखा दी। तीली दिखाते ही उपलों से भक्-से उठी लौ पूरी पौली को भिगो गई। थोड़ी देर बाद सलेमी ने हुक्का ताज़ा किया और जल्दी-जल्दी कश खींचने लगा ताकि चिलम जल्दी गरम हो जाए।

हुक्का पीते हुए सलेमी भोर की वेला में आए इन सपनों का अर्थ खोजने लगा। यह तो उसने कई बार आज़मा रखा है कि अलस्सुबह आने वाले सपने ज़्यादातर

सच होते हैं और ऐसा कई बार हो चुका है कि उसने इस समय जितने भी सपने देखे हैं, वे सब सच ही साबित हुए हैं।

जैसे-जैसे पूरब में लालिमा बिखरने लगी, वैसे-वैसे आसपास के पेड़ों से परिंदों की चहचहाट भी सुनाई देने लगी। इस तरह तीस तारीख़ को आज अपने ही डर से उन लोगों का स्वागत नसीब नहीं हुआ, जिनके घरों के दरवज्जों पर ताले लटके हुए हैं तथा जो मीलों दूर डरे-सहमे इस तारीख़ के सही-सलामत गुज़र जाने का इंतज़ार कर रहे हैं।

आसपास के घरों से झाड़ू-बुहारी की सर्र-सर्र अब साफ़ सुनाई देने लगी है। अन्य दिनों की तरह कहीं से गायों का रँभाना सुनाई देने लगा है, तो कहीं से भैंसों का एड़ाना। कहीं से भेड़-बकरियों का मिमियाना, तो कहीं से बछड़ा-बछियों और छोटे-छोटे पड्डे-पड्डियों के कुलाँचें भरने की धप्-धप् सुनाई देने लगी है। कहीं से दूध दोहती गाय-भैंसों के थनों से फूटती तेज़ धार की सर्र-सर्र सुनाई देने लगी है, तो कहीं जगह-जगह पड़े कूड़े के ढेरों से मुर्गे-मुर्गियों की कुड़कुड़ सुनाई देने लगी है। कहीं किसी पेड़ पर पाँखें खुजलाते कव्वे की काँव-काँव सुनाई देने लगी है, तो कहीं इधर-उधर दुम दबाए एकाध कुत्ते उदरपूर्ति की चिंता में दरवज्जों पर अपनी उपस्थिति दर्ज कराने के बाद वापस कुकियाते हुए अपनी जगह आकर लेट गए हैं। यानी इस तीस तारीख़ ने अंततः अपने चेहरे से अँधेरे के उस आवरण को हटा दिया, जिसकी भयावहता की कल्पना करते-करते कुछेक होंठ तो पपड़ा ही गए हैं और कुछेक आँखों में अनिष्टताओं की अनेक तहें जमी हुई हैं। बस, इस दिन की शुरुआत और अन्य दिनों की शुरुआत में अंतर है तो केवल इतना कि जहाँ इससे पहले प्रायः रोजाना आर्य समाज मंदिर या जैन मंदिर के ऊपर टँगे लाउडस्पीकरों से मंत्रोच्चार और कवि प्रदीप के लिखे 'पिंजरे के पंछी रे, तेरा दरद न जाने कोय' और 'देख तेरे इनसान की हालत क्या हो गई भगवान, कितना बदल गया इनसान' जैसे समधुर भजनों में घुली हुई शाश्वतता और अध्यात्म के स्वर सुनाई देते थे, वे आज नहीं हैं। जबकि बाकी सब अन्य दिनों की तरह यथावत् है।

पूरब से सूरज मंथर गति से अपने लिहाफ़ को त्याग कर जैसे-जैसे ऊपर खिसकने लगा, वैसे-वैसे सुबह का गुलाबीपन भी बढ़ने लगा। सलेमी ने पौली से खाट बाहर निकाल कर अभी बिछाई ही थी कि सामने से उसे छोटेलाल अपने गधों के पीछे-पीछे आता दिखाई दिया। एकदम अपने सामने आते ही सलेमी ने मुस्कराते हुए पूछा, "अरे, कहान् जा रो है छोटेलाल?"

"काका, साँझ कू बताई तो ही के हाजी असरप की कचैड़ी को भरत करनो है, या मारे पचबीरन का जोहड़ मऊँ जा रो हूँ।" छोटेलाल ने रुकते हुए बताया।

"अन्यायी, आज तो कम सू कम छुट्टी कर लेतो।"

"कैसी छुट्टी...... अरे, याँ तो ई किस्सो है के कमांगा तो खाएँगा।"

"और काई ने तू छेड़छाड़ लियो जब?" किसी भी आशंका के प्रति सचेत करते हुए सलेमी बोला।

"काई को मूँड बावलो ना हो रो है काका, जो बेमतलब मोहे छेड़ेगो।" इतना कहकर दूर जाते गधों की ओर भाग लिया छोटेलाल।

छोटेलाल की पीठ फिरते ही उसकी सलामती के लिए सलेमी के होंठों से अपने आप ही दुआएँ फूटनी शुरू हो गईं। सलेमी ने साफ़ी को सिरहाने लगाया और करवट लेकर लेट गया। आने-जाने वाले हर किसी से वह पूछने लगा कि कहीं से कोई ऐसी-वैसी तो ख़बर नहीं मिली है और हरेक के ना कहने पर, हर बार उसके फेफड़ों से ढेर सारी हवा बाहर आकर वातावरण में घुल जाती है।

थोड़ी देर बाद रोबड़ा और नबी खाँ भी आकर बैठ गए सलेमी के पास। जब तक जुम्मे की नमाज़ का वक़्त होता तब तक वे तीनों वहीं बैठे रहे, और राह से गुज़रने वाले हरेक आदमी को निस्तेज आँखों से निहारते रहे।

जुम्मे की नमाज़ पढ़ने के लिए बाहर से आने वाले नमाज़ियों के लिए आसपास के गाँवों में पहले ही ख़बर पहुँचवा दी कि ख़ुदा के वास्ते आज वे जुम्मे की नमाज़ अपने-अपने गाँवों की महजतों में ही पढ़ लें। आसपास के गाँव वालों ने भी इस तारीख़ की संवेदनशीलता का पूरा ख़्याल रखा और सचमुच जुम्मे की नमाज़ के लिए कोई नहीं आया। इसका अंदाज़ा इसी से लगाया जा सकता है कि जुह्र की अज़ान के बाद जब वे तीनों जुम्मा महजत में गए, तो वहाँ सिवाय गाँव के नमाज़ियों के दो-चार ही आसपास के गाँवों के नमाज़ी दिखाई दिए।

आज यह पहला मौक़ा है जब जुम्मा महजत का आँचल लगभग खाली-सा है। नमाज़ियों की आँखें जब महजत के परिसर में एक-दूसरे से अस्सलावालैकुम के लिए टकराने लगीं, तो वालैकुमअस्सलाम कहने वाले नमाज़ी की आँखें कुछ क्षणों तक यह पूछने के लिए स्थिर हो जातीं कि कहीं से कोई ख़बर तो नहीं आई है? लेकिन किसी तरह का जवाब न पाकर जैसे भीतर तक एक शीतलता से नहा जाता सामने वाला नमाज़ी।

नमाज़ पढ़ने के बाद तीनों गोहरवाली और गोहरवाली से बाज़ार होते हुए वापस लौटने लगे, तो उन्हें बीस-पच्चीस दुकानों के अलावा पूरा बाज़ार बंद दीखा। वही बाज़ार उन्हें बंद दिखाई दिया, जिस बाज़ार में जुम्मे के दिन सौदा-सुलफ़ वालों का मेला-सा दिखाई देता है।

घर आकर सलेमी बाहर बिछी खाट पर आ लेटा। ढलते हुए सूरज की असहनीय धूप से बचने के लिए सलेमी ने खाट पाखे के पास सरका ली और आँखें बंद करके लेटा ही था कि तभी उसे किटकिट सुनाई दी। सलेमी ने पलट कर देखा, तो पाया छोटेलाल और रामदेई गधों को किटकारते हुए आ रहे हैं। छोटेलाल का पूरा जिस्म तो जैसे रेत से ढका हुआ है।

इस बार पास आते ही छोटेलाल ने कोंचा सलेमी को, "हाँ भई काका, आगा के

ना हम जिंदा-जीवता?"

"यार छोटेलाल, मैं तो वैसे ही मजाक कर रो हो।" सलेमी ने अपनी झेंप मिटाते हुए कहा। हालाँकि यह झेंप मिटाना नहीं था, बल्कि रह-रह कर पैदा होने वाली आशंकाओं के मात खाने की पहली प्रतिक्रिया थी। सलेमी कुछ पल तो चुप रहा फिर बोला, "बाकी सब ठीक तो है?"

"सब ठीक है...... हमारा या गाँओं पे पतो ना कौन-सी आफत टूट री है।" इतना कहकर उसने पास रखी मूढ़ी सरकाई और उस पर बैठते हुए थोड़ी दूर निकल चुकी रामदेई को टेरता हुआ बोला, "गधान् का पलाण[1] खोल के इन्ने चरन कू छोड़ दीजो....... और रोटी-टूक बणा लीजो...... मैं नेक-सी देर में आ रो हूँ।"

"हाँ भई काका, और सुणा कहा खैर–खबर है?" अब जैसे छोटेलाल की बारी थी, सलेमी से मज़ा लेने की।

सलेमी कुछ नहीं बोला बस उसे देखता रहा। इससे पहले सलेमी की आँखों ने छोटेलाल को इस तरह कभी छूकर नहीं देखा, जैसे आज देख रही हैं। पता नहीं क्यों सलेमी का मन आज इस बिवाई पड़ी एड़ियों वाले ठिगने, मुसे हुए सिर के बालों वाले, महीने में मुश्किल से एकाध बार दाड़ी बनाने वाले और जिसकी देह से हमेशा गधों की लीद व उनके मूत की दुर्गंध आती रहती है, छोटेलाल को छाती से चिपटा कर ज़ोर-ज़ोर से हूक मारकर रोने को कर रहा है? क्यों सलेमी की अँगुलियों के पोर आज कुलखणा, बेसहूरा और सूगला-सा दीखने वाले इस छोटेलाल के जिस्म को स्पर्श करके देखना चाहती हैं? पास बैठे छोटेलाल के अंग-प्रत्यंग को सलेमी की आँखें तब तक टटोलती रहीं जब तक वह उसके पास बैठा रहा। छोटेलाल को जब लगा कि उसे यहाँ बैठे हुए अब काफ़ी देर हो गई है, तब वह वहाँ से यह कह कर उठ गया, "अच्छो काका, घर जाके नहाणो-धोनो भी है।"

सलेमी ने चुपचाप बग़ैर कुछ कहे मौन स्वीकृति दे दी। उसने मुँह से कुछ नहीं कहा।

छोटेलाल के जाने के बाद सलेमी को पहली बार महसूस हुआ कि मनीराम, हरसाय, बुद्धन और सूरज के गाँव छोड़ने के बाद अभी भी अनेक छोटेलाल उसे घेरे बैठे हैं। अकेले छोटेलाल की उपस्थिति ने उसे यह अहसास ही नहीं होने दिया कि चौधरी मोहल्ले के खटीकवाड़ से कोई गया भी है। एक दिन पहले तक जिस मोहल्ले के गैल-दगड़ों से भयानक आवाज़ सुनाई दे रही थी, उन्हीं गैल-दगड़ों से चुहलबाजियों और ठिठोलियों की खनक सुनाई दे रही है। डर और आशंकाओं के बीहड़ में बचे जिन चेहरों पर आज की इस तीस तारीख़ ने ख़ून से सनी अफ़वाहों की परतें चढ़ा दी थीं, उन्हीं परतों को इस ना-माकूल छोटेलाल ने नोंचकर चिंदी-

1. *पलान : घोड़े की जीन की तरह गधे की पीठ पर रखी जाने वाली गद्दी।*

चिंदी कर दिया।

खाट पर लेटे-लेटे ही सलेमी ने लंबा साँस खींचो और फिर साफ़ी से मुँह ढाँप कर सोने का प्रयास करने लगा। अभी उसे नींद का हलका-सा झोंका ही आया होगा कि तभी उसे कुत्तों के भौंकने की आवाज़ सुनाई दी। सलेमी ने मुँह से साफ़ी हटाकर खटीकवाड़े की ओर उचक कर देखा, तो पाया कि तीस-पैंतीस लोगों का हुजूम धूल उड़ाता हुआ उसे अपनी ओर आता दिखाई दिया।

हुजूम को अपनी ओर आता देख सलेमी खाट से उठकर बैठ गया। कुछ ही क्षणों के बाद हुजूम उसके पास आकर रुक गया। हुजूम का प्रतिनिधित्व कर रहे एक साफ़-सुथरे व्यक्ति ने आते ही सलेमी से कहा, "बूढ़ा सलाम!"

सलेमी को इसे पहचानने में थोड़ी-सी देर लगी कि यह व्यक्ति और कोई नहीं वही मुर्शीद अहमद है, जो एक बार नगीना में आग लगने के बाद यहाँ बचे अलाव पर हाथ सेंकने आया था।

"अल्ला कू सलाम!" सलेमी ने बेहद उदासीनता के साथ कहा।

"बूढ़ा, हीन् सब ठीक तो है?" चारों तरफ़ नज़र डालते हुए पूछा मुर्शीद अहमद ने।

"जब हीन् कोई है ही ना, तो कहा ठीक और कहा गलत।"

"कहा मतलब!" खिसियाते हुए लगभग चौंकने की मुद्रा बनाते हुए पूछा मुर्शीद अहमद ने।

"मतलब कहा! अरे, सारा मुहल्ला में तो ताला ठुका पड़ा हैं और तू पूछ रो है के हीन् सब ठीक तो है।" सलेमी ने टका-सा जवाब दिया।

"अच्छो-अच्छो ई बात है।"

मुर्शीद अहमद इस बार अपने खिसियानेपन को पूरी तरह छिपा नहीं पाया, और उन घरों का मुआयना करने के बहाने सलेमी से पीछा छुड़ाकर चल पड़ा, जिनके दरवज्जों पर ताले लटके हुए हैं।

एक घर के सामने पहुँच कर और उसके दरवज्जे पर लटके ताले को पकड़ कर उसने यूँ हिलाया मानो वह इस तथ्य की पुष्टि करना चाह रहा है कि सलेमी कहीं झूठ तो नहीं बोल रहा। ताले को पकड़ कर इस तरह हिलाने लगा जैसे वह उसकी मज़बूती को भाँप रहा है। जब मुर्शीद अहमद को तसल्ली हो गई, तब यह कहकर वह वापस लौट पड़ा, "बूढ़ो ठीक कह रो है।"

चौधरी मुर्शीद अहमद के इस वाक्य पर उसके साथ चल रही भीड़ में से कई जोड़ी आँखें एक-दूसरे से टकराईं और इस प्रतिक्रिया के बाद झुक गई कि इससे बढ़िया मौक़ा और क्या हो सकता है। मुर्शीद अहमद वापस सलेमी के पास आया और कहने लगा, "बूढ़ा, चिंता की कोई बात ना है....... अगर कोई गड़बड़ होए तो थाणा में जाके खबर कर दीजो!"

"चौस्साब, आप फिकर मत करो जब तक......."

और इससे पहले कि सलेमी आगे कुछ और कहता भीड़ में से छोटेलाल लपक कर बाहर निकला और ख़म ठोंकते हुए बोला, "चौस्साब, गड़बड़ कैसे होएगी अभी या मुहल्ला में छोटेलाल जो बच रो है।"

छोटेलाल के वाक्य को सुनते ही लोग अपनी हँसी नहीं रोक पाए। चौधरी मुर्शीद अहमद, वह तो जैसे भीतर ही भीतर पानी हो गया।

"ई पहलवान कौन है?" हिक़ारत और व्यंग्य से सने शब्दों के साथ मुस्कराते हुए एक तरह भीड़ से पूछा मुर्शीद अहमद ने।

"कोई ना है चौस्साब, एक गरीब कुम्हार है।" इस बार जवाब मुर्शीद के साथ खड़े बाबू खाँ ने दिया।

"ई ना गयो गाँव छोड़ के?" मुर्शीद अहमद ने तिलमिलाते हुए पूछा।

"चौस्साब, आप कहो तो छोड़ के चलो जाए!" बेहद विनम्रता के साथ सलेमी मुस्कराते हुए बोला।

"ना-ना, मेरो मतलब ई ना है बूढ़ा। मैं......मैं...... तो......." इस बार चौधरी मुर्शीद अहमद सकपका गया।

"मैं सब जाणू हूँ चौस्साब, तेरो कहा मतलब है।" सलेमी ने आज फिर धर दबोचा चौधरी मुर्शीद अहमद को।

सलेमी के व्यंग्य पर हलकी दाढ़ी में छिपा चौधरी मुर्शीद अहमद का चेहरा ज़र्द पड़ता चला गया। उसे उम्मीद नहीं थी कि यह बूढ़ा सबके सामने इतना सब कह देगा। एकाएक मुर्शीद अहमद को जैसे याद आ गया कि हो न हो यह वही व्यक्ति है, जिसके हत्थे वह पहले भी एक बार चढ़ चुका है, शायद इसीलिए उसके मुँह से एक शब्द तक नहीं फूटा।

चौधरी मुर्शीद अहमद की पतली होती हालत को देखकर बाबू खाँ तुरंत बोला, "चौस्साब, आप फिकर मत करो हमारे होते कोई गड़बड़ ना होएगी या मुहल्ला में।"

बाबू खाँ ने जैसे मुर्शीद अहमद को सहारा दे दिया और इससे पहले कि सलेमी या छोटेलाल दोनों में से कोई कुछ कहता मुर्शीद अहमद ने यह कहते हुए पीछा छुड़ा लिया, "बूढ़ा, तोसू तो ज्यादा समझदार तेरो छोरा है।"

इसके बाद चौधरी मुर्शीद अहमद ने पीछे मुड़ कर नहीं देखा और तेज़-तेज़ क़दमों से न जाने कब हुजूम को लेकर आगे बढ़ गया।

हुजूम के जाने के बाद सलेमी के पास रोबड़ा, नबी खाँ, छोटेलाल और हुसैनदीन रह गए। हुसैनदीन पौली में से दो-तीन मूढ़े ले आया और बाहर लाकर पटक दिए।

बात हुसैनदीन ने ही शुरू की, "एक बात है, एक बर आदमी ताऊ सलेमी के नीचे आ जाए, वाकी तो फिर ऐसी गत बणा देय के दारी को याद करतो रह जाए।"

"ई मुरसीद भी कहा याद राखेगो...... दारी का की चौधराहट रह जाती आज धरी के धरी अगर थोड़ी देर और रुक जातो।" हँसते हुए रोबड़ा बोला।

"अरे तो यार, हमसू कह रो है के चिंता ना करें...... कुछ गड़बड़ होए तो थाणा में खबर कर दीजो...... अब यासू ई पूछो के जब हम थाणा में खबर कर ही देएँगा तो याकी कहा जरूरत पड़ेगी।"

"और तो और सलेमी, सूरज का तालाए ऐसे हला-हला के देख रो हो, जैसे तू झूठ बोल रो होए।"

"रोबड़ा, ऊ ताला ए या मारे हला के देख रो है के हून् जो खलकत खड़ी ही न, उन्ने ई बता रो हो के डूब मरो तम सू ये ताला भी ना टूटा.......।"

"सलेमी, तू सही कह रो है, मोहे भी ताला टटोलनो ठीक ना लगो......।" रोबड़ा ने सलेमी के तर्क का समर्थन करते हुए कहा।

"अरे, असली तो या इलाका सू हिंदून्ने ये लीडर ही भगा रा हैं...... याद है या गाँओं में जब आग लगी ही तो याही मुरसीद ने या मुहल्ला में ई कही ही के मैं सिरकार सू कह के मुआवजो दिवा दूँगो....... आज तलक आ रो है ऊ मुआवजो।"

"और मिलो भी होएगो तो खा गो होएगो खुद!" छोटेलाल ने सलेमी के वाक्य के साथ क्षेपक जोड़ते हुए कहा।

"और देखी ना, डोल तो ऐसे रो है जैसे हीन् माणस मर रा हैं......।" रोबड़ा ने विद्रूप हँसी हँसते हुए कहा।

"अन्यायी, ये यही तो चाहवे हैं के या इलाका में दो-चार माणस मरता रहँ...... हिंदू-मेव आपस में लड़ता रहँ जासू इनका पौ बारह होता रहँ..... ।" सलेमी ने राजनीतिज्ञों का असली मक़सद उजागर करते हुए कहा।

"सलेमी, ई तो सही बात है....... बस, रात-दिन ये यही सोचता होंगा के कद या इलाका में माणस मरें और कद इनकी चाँदी होए।"

"नबी खाँ, ऐसा कागन का कोसना सू, कहीं ढोर मरता देखा हैं......?" सलेमी ने अंततः बात को ख़त्म करते हुए कहा।

इस परिसंवाद में सब भूल ही गए कि आज वही तीस तारीख़ है जिसकी कल्पना ने इस चौधरी मोहल्ले, नगीना और पूरे इलाक़े के गाँव-खेड़ों से लोगों को पलायन पर मजबूर कर दिया था। पिछली कई रातों से जिसके इंतज़ार ने आपसी विश्वास और सौहार्द को ऐसा झीना पैरहन पहना दिया, जो थोड़ा-सा खींचते ही तार-तार हो गया।

सलेमी के पास बैठे लोगों में देर तक घर-मोहल्ले से लेकर देस-परदेस के बारे में, जिसकी जितनी जानकारी थी उसी के मुताबिक़ बहस-मुबाहिसा और तब्सिरा होता रहा, और रह-रह कर चुहलबाजी भी कि किस तरह सलेमी ने मुर्शीद अहमद की बोलती बंद कर दी। कि किस तरह बाबू ने मुर्शीद अहमद से भलाई लूटने के लिए सलेमी से अधिकार छीन कर ख़ुद उसका जवाब दिया। कि

किस तरह छोटेलाल ने मुर्शीद जैसे आदमी के सामने मुँह फोड़कर अपने होने का अहसास कराया।

यह परिसंवाद तभी थमा जब महजतों के कँगूरों और गुंबदों पर टँगे लाउडस्पीकरों के मुँह से अस्र की अज़ान के स्वर उनके कानों में पड़े। सब लगभग चौंककर वर्तमान में लौट आए कि हाँ, आज वही तीस तारीख़ है जिसके जिस्म से अफ़वाहों और आशंकाओं की गर्द कब झड़ गई, किसी को अहसास ही नहीं हुआ।

"रोबड़ा ले, असर की अजान भी हो गी...... और सुरी तीस तारीख भी खतम-सी होगी......।" सलेमी ने लंबी साँस लेते हुए कहा।

"वाकी मरजी के बिना एक पत्ता भी ना हिले है.....।" तर्जनी को आसमान की ओर उठाते हुए रोबड़ा बोला।

"और उनको कहा हुओ, जिनकी झंडी महजत पे टँगनी ही?" नबी खाँ ने असल मुद्दे की ओर सबका ध्यान आकर्षित करते हुए पूछा।

"हम्बै यार, काई ने रेडियो पे कुछ खबर-वबर सुणी है कै?" सलेमी ने नबी खाँ के प्रश्न को और विस्तार देते हुए कहा।

"चल हून् महजत में निवाज भी पढ़ आंगा और आन सू पहले गोहरवाली सू पतो भी कर लेंगा के अजोध्या में कहा हुओ है!" रोबड़ा ने सलेमी और नबी खाँ को सुझाव दिया।

इसके बाद तीनों अस्र की नमाज़ पढ़ने के लिए चल दिए लेकिन नज़दीक होने के बावजूद उपरलीघाँ की महजत की ओर नहीं, बल्कि जुम्मा महजत की ओर क्योंकि गोहरवाली जुम्मा महजत के ज़्यादा क़रीब पड़ती है।

सलेमी, रोबड़ा और नबी खाँ नमाज़ पढ़ने के बाद गोहरवाली से होते हुए वापस लौटने लगे, तो घर पहुँचते-पहुँचते मग़रिब की नमाज़ का वक़्त भी काफ़ी क़रीब आ गया। सलेमी के चेहरे को देखकर लग रहा है जैसे मुद्दत बाद आज उसके फेफड़ों में ताज़ा हवा गई है। थोड़ी देर पहले तक जिन गली-मोहल्लों और गैल-दगड़ों में सन्नाटा और मनहूसियत पूरी निर्लज्जता के साथ घूमती दिखाई दे रही थी, उन्हीं गैल-दगड़ों में अब उच्छ्वास के वाद्य-यंत्रों के स्वर साफ़ सुनाई दे रहे हैं।

रास्ते में उन्हें जो भी मिला उससे यह कहे बिना रुका नहीं गया कि वे अभी-अभी गोहरवाली में यह ख़बर सुन कर आ रहे हैं कि महजत पर झंडा गाड़ने जा रहे रथ को बीच में ही रोक लिया गया है और उस पर सवार नेताओं को गिरफ़्तार कर लिया गया है। कि पूरे मुल्क से किसी तरह की बुरी ख़बर सुनने में नहीं आई है। कि जो लोग मारे डर के अपने-अपने घरों में ताला मार कर चले गए थे वे फिर से वापस आ जाएँगे। कि पहले जैसा माहौल एक बार फिर पैदा हो जाएगा आदि-आदि।

सलेमी ने घर आते ही सबसे पहले नबी खाँ को भेजकर छोटेलाल को

बुलवाया।

छोटेलाल के आने पर सलेमी ने उसे यह ख़बर सुनाते हुए कहा, "छोटेलाल, अब घबराणा की कोई बात ना है...... रथ तो अधबीच ही रोक लियो है।"

सलेमी की बात सुनते ही छोटेलाल असमंजस में पड़ गया और बेसहूरा, कुलखणा तथा सूगला-सा दीखने वाला छोटेलाल एक अजीब-सी साँसत में फँस गया कि सलेमी किस रथ की बात कर रहा है? फिर भी उसने समझदारी का परिचय देते हुए अपनी जिज्ञासा को शांत करने की गरज से बेहद शाइस्तगी से पूछा, "काका कौण-सो रथ रोक लियो है, और घबराणा की कौण-सी बात ना है?"

"हे त्तेरे की..... अरे, सारी रात रामाण बाँची और धेरे ई पूछ रो है के सीता कसको बाप हो........ वा भई छोटेलाल।" छोटेलाल के भोलेपन पर सलेमी अपनी हँसी नहीं रोक पाया।

"सलेमी, या बिचारा छोटेलाल ए अपणा पेट पालणा सू ही फुरसत ना है...... याहे वा रथ-वथ सू कहा लेणो...... ई गरीब छोटेलाल तो उनमें सू है के 'तू गधी कुम्हार की, तोहे कहा राम सू हेत'!"

"छोटेलाल, यार तू भी है बहोत भोलो...... चल छोड़, पहले हुक्का ए ताजो कर ला!" सलेमी ने साधिकार छोटेलाल को आदेश देते हुए कहा।

इस तरह हुक्का गुड़गुड़ाते हुए पता ही नहीं चला कि सूरज कब पच्छिम में अलमस्त नाग की तरह लेटे काले पहाड़ की देह में समा गया और कैसे इस नाग ने सूरज को आत्मसात कर लिया? आज काले पहाड़ को सूरज के मुँह से पूरे दिन की व्यथा-कथा सुनते हुए कितनी पीड़ा हुई होगी- इसका तो किसी को अंदाज़ा नहीं, किंतु इतना अवश्य है कि जैसे-जैसे सूरज काले पहाड़ की देह को स्पर्श करने के लिए तेज़ी से उसकी ओर बढ़ रहा था, वैसे-वैसे काले पहाड़ की बेचैनी भी लगातार बढ़ती जा रही थी।

उनतालीस

धूल भरी हवा के एक तेज़ झोंके की मानिंद तीस तारीख़ आई और चली गई। उस दिन न कोई पेड़ गिरा और न कोई शाखा टूटी। यहाँ तक कि छोटे-छोटे पौधे भी अपनी-अपनी जगह स्थिर रहे। हालाँकि एक बार ऐसा अवश्य लगा था कि कहीं यह झोंका अपने साथ इन पेड़-पौधों को जड़ समेत उखाड़ कर न ले जाए, क्योंकि जब यह झोंका आया था तो अपने साथ छोटे-छोटे काग़ज़ के टुकड़े और धूल के साथ अनेक झाड़-झंखाड़ों को उड़ाता हुआ लाया था। लेकिन ऐसा कुछ भी

नहीं हुआ, सिवाय इसके कि जिनकी जड़ें भीतर तक अगर हिल गईं थीं तो इसलिए कि वे जड़ें पहले से ही कुछ कमज़ोर थीं। शायद इसी का परिणाम है कि बनवारी मनीराम को ज़िद करके अपने साथ ले गया था, मनीराम ख़ुद अपनी मरज़ी से नहीं गया उसके साथ।

सलेमी को अब जब भी इस झोंके से पूर्व की बातें याद आती हैं तब वह मन ही मन मुस्कराने लगता है, और उसी मनीराम को अपने सामने याचना की मुद्रा में पाता है, जिसने स्वयं ही कहा था कि जब बहू को भागना होता है तो वह बलेंडे में साँप बताती है। आज वही मनीराम उसके सामने नहीं है। जिस दिन वह वापस लौटकर आएगा तब किस मुँह से उसका सामना कर पाएगा? वही हरसाय और बुद्धन जो मृत्यु की शाश्वतता का बखान करते हुए नहीं अघाते थे, कैसे इस मोहल्ले में पाँव धर पाएँगे?

कई दिनों तक सलेमी को लगता रहा मानो पौली के बाहर दगड़े से कभी उसे मनीराम पुकार रहा है, तो कभी हरसाय। कभी उसे बुद्धन हेला दे रहा है, तो कभी सूरज टेर रहा है। उसका पोता असलम जो पहले उसे लोगों द्वारा मोहल्ला छोड़ने की सूचना देता था, अब वही असलम मोहल्ले के साथ-साथ आसपास की सूचनाएँ भी अपने दादा को दे रहा है कि आज कुम्हरवाड़े से गए फलाँ-फलाँ आदमी वापस लौट आए हैं। कि आज चमरवाड़े में अमुक आदमी वापस आ गया है। किंतु सलेमी के कान जिस ख़बर अथवा सूचना को सुनने के लिए बेताब, और आँखें जिस दृश्य को देखने के लिए बेचैन हैं, वह ख़बर और दृश्य अभी भी जैसे कोसों दूर है। पता नहीं दिन में कितनी बार वह चुपचाप खटीकवाड़े की ओर निगाह उठा कर देख लेता है। कभी-कभी तो वह किसी मामूली-से खटके से चौंक जाता है।

जाड़ों में सूर्य महाराज जिस बेताबी से काले पहाड़ को छूने के लिए पच्छिम की ओर दौड़ लगाता है, उतनी ही व्यग्रता से ठंडक शाम होने का इंतज़ार करती है। दिन छिपते ही गैल-दगड़ों से लेकर पौली-बाखल और थड़ी-बँगलों से लेकर गली-मोहल्ले में गैत-बाड़ों से सकेर कर लाए गए ईंधन के ढेर से धुआँ उठना शुरू हो जाता है, और बीच-बीच में रह-रह कर लपटें भकभका कर उठने लगती हैं। पूर के चारों ओर जमे जिस्म गरमी पाते ही स्वतः ढीले पड़ने शुरू हो जाते हैं और एक-एक करके कंबल, दोसूती, लूगड़ी, ओन्ना, खेस में छिपे हाथ बाहर निकल आते हैं, बल्कि तेज़ आँच के कारण कभी-कभी तो खेस, कंबल और दोसूती जिस्म से उतर कर आसपास बिछी खाटों पर रख दिए जाते हैं। इसके बाद शुरू हो जाता है धीमी-धीमी जलती पूर की उदास और पीली रोशनी में हारी-थकी ज़िंदगी का आख्यान। लालटेन और पूर का मिश्रित उजाला जब-जब पूर के चारों ओर बैठे चेहरों पर पड़ता, तो देखने वाला हक्का-बक्का रहे बिना नहीं रह पाता कि ज़िन्दे-जीवते आदमी कैसे ताँबई हो गए हैं?

उस दिन भी साँझ का झुटपुटा घिरते ही अन्य दिनों की भाँति पूरी पौली

लालटेन और पूर से फूटने वाली सुर्ख़ी से नहा गई। पूर के पास बैठे होने के बावजूद सलेमी के कान बाहर ही होते हैं आजकल। बार-बार आज उसे लग रहा है कि उसके कान जैसे दोपहर से ही बज रहे हैं। बल्कि सवेरे-सवेरे तो वह उस कव्वे को उड़ाते-उड़ाते परेशान हो गया, जो घूम-फिर कर उड़ता हुआ वापस नीम की टहनी पर आकर काँव-काँव करना शुरू कर देता। इस वक़्त भी उसे लगा जैसे उसके कान एक बार फिर बजने लगे हैं। सलेमी ने पूर्व की तरह कोई ध्यान नहीं दिया, बल्कि मन ही मन वह झुँझला गया कि उसे अब ज़रूरत से ज़्यादा वहम होने लगा है।

शाम के झुटपुटे ने अपनी पाँखें खोल कर पूरी तरह चारों ओर फैला दीं। इसलिए पौली के बाहर अँधेरा होने के कारण कुछ नहीं दिखाई दे रहा है। सलेमी को लगा जैसे धीमे-से एक चिर-परिचित आवाज़ उसके कानों में पड़ी है। इस बार सलेमी के कान खड़े हो गए। पाँवों में बिना पणहा डाले वह बाहर झुटपुटे को टटोलता हुआ इस आवाज़ को टोहने की कोशिश करने लगा लेकिन खीजते हुए वापस पौली में घुसने लगा कि पीछे से फिर वही चिर-परिचित आवाज़ उसके कानों से टकराई, "सलेमी, अन्यायी आठ-दस दिनाँ में ही भूल गो?"

"कौन, मनीराम?" सलेमी ने तेज़ी से वापस पलटते हुए पूछा।

"चल, सुकर है, पिछाण तो लियो.......।" अब तक मनीराम सलेमी के एकदम क़रीब आ गया।

"तू फिर आगो या गाँओं में?" खाट पर बैठते हुए सलेमी ने कोंचा।

मनीराम कुछ नहीं बोला।

"वा भई मनीराम, देख ली तिहारी मरदानगी...... अन्यायी, तम जैसा आदमी तो माणसन्ने खड़ी चोट मरवा देओ..... अरे, वैसे तो तम बड़ी-बड़ी बात करो हो और बखत आण पे ऐसा उडगा जैसे गधा का सिर सू सींग।"

"यार, मैंने तो बहोत मना करी ही...... तू भी तो हो वा दिन, पर औलाद के आगे एक ना चली....... अरे, मैं याही सरम के मारे तो मुँ अँधेरा में आयो हूँ।" मनीराम ने प्रायश्चित भाव से कहा।

"अन्यायी, तम सू तो ऊ छोटेलाल ही हिम्मत वालो निकलो...... जाहे सब निरा भाँडी तोड़ माने हा...... मेरे यार, ऐसे कहीं गाँओं-बस्ती में सू भगो जावे है.....।"

मनीराम शुरू से ही समझ रहा है कि सलेमी आज क्यों एक के बजाय 'तुम' शब्द का इस्तेमाल कर रहा है। इस तुम में सिर्फ़ वही शामिल नहीं है बल्कि हरसाय, बुद्धन, सूरज जैसे वे सभी लोग शामिल हैं, जो तीस तारीख़ के भय के कारण इलाक़ा छोड़कर इधर-उधर चले गए थे।

"तू ठीक कहवे है सलेमी, पास-पड़ोस में आँख मिलते ही आदमी को आधो पाणी तो जभी हो जावे है, माणस मारना तो बड़ी बात रही..... अगर तू मेरा जी सू सही पूछे है न तो मेरो मन दिल्ली में रह के भी तिहारे कनै धरो रहवे हो..... ये

सात-आठ दिन मैंने कैसे काटा हैं...... यह मैं ही जाणू हूँ...... और वही बनवारी की माँ जो ठाड सू मोहे भी लिवा के लेगी ही, ऊ तो दो दिन पीछेई बोलण लगी के चल नघीणा......।"

"मनीराम, अपनी जमीन सू कहीं ऐसे दूर भगो जाए है.....? अरे, काई बड़ा आदमी ने कही तो है के 'भूम का तो काँटा भला परभूम कैसा बाग, जिनका भूम-भाई दोनू छुटगा वे जला जाएँ बिन आग'.....।"

"सही कहवे है सलेमी, परदेस तो परदेस ही रहवे है।"

"मनीराम, तू तो दिल्ली चलोगो और हीन् सात-आठ दिनाँ में कितनो कुछ होगो...... तू सुणेगो तो अचंभा करेगो.......!"

"कहा होगो?" सलेमी ने धड़कते दिल से लगभग चौंकते हुए पूछा।

"मनीराम, ना पूछे तो ही ठीक है।" सलेमी ने उदास मन से लंबी साँस खींचते हुए कहा।

"अरे कुछ हुओ भी होएगो?" इस बार मनीराम ने ऐसे पूछा कि अगर उसने थोड़ी देर और नहीं बताया तो उसका दिल उछल कर बाहर आ जाएगा।

"अरे यही, के तेरा पोता की सगाई होगी है।" सलेमी ने निर्लिप्त भाव से कहा।

"यार, तैने तो मैं डरा ही दियो..... अन्यायी, इतेक खुसी की खबर ए ऐसे सुणा रो है जैसे तेरा घर का मरगा होएँ।" हँसते हुए मनीराम फिर बोला, "ला फटाफट, लड्डू-वड्डू मँगवा ले!"

"मनीराम, या सगाई सू खुसी जिन्ने है, उन्ने है..... मोलू तो घर का-सा ही मरगा हैं!"

सलेमी की बात सुनते ही मनीराम का चेहरा ऐसा बुझ गया जैसे हवा से भरे गुब्बारे में सूई चुभो दी हो, "तू आज ई लहकी-लहकी-सी बात कैसे कर रो है?"

"तू सही कह रो है मनीराम, मैं कैसी बात कर रो हूँ..... पर पहले सुण तो ले के ई सगाई कहाँ हुई है, लड्डू तो जभी खाएगो।" सलेमी ने फिर रहस्य की चादर तान दी।

"अरे, काई मेव की छोरी सू ही हुई होएगी, आनजात सू तो होणा सू रही?" मनीराम ने अपने तर्क से रहस्य को कम करने की कोशिश की।

"हाँ, हुई तो मेव की छोरी सू ही है, पर कसकी छोरी सू हुई है जब पतो चलेगी न तो लड्डू-वड्डू सब धरा रह जांगा।" सलेमी ने जबरन मुस्कराते हुए कहा।

"वाड़ी सलेमी, तैने इतनी लंबी बात करके लड्डून् को सारो मजा माटी में मिला दियो.... अब रुको ना जा रो है, जल्दी बोल!"

"अरे, बाबू को ऊ बड़ो सालो है न इसलामू....."

"हाँ-हाँ, जाहे सुंडल-सुंडल कहवे हैं......!" मनीराम ने अधबीच में अपनी जानकारी को पुख़्ता करते हुए कहा।

"हाँ वही...... वाकी छोरी सू हुई है।"

"कहाऽऽऽ?" सुनते ही मनीराम का मुँह खुला का खुला रह गया।

मनीराम को लगा जैसे पूरी पौली में लालटेन की रोशनी के छोटे-छोटे उल्का पिंड फूटने लगे हैं। कानों के परदों से बड़े-बड़े घन टकराने लगे हैं। उसे लगा मानो कुछेक क्षण पहले सलेमी के मुँह से निकले शब्द किसी अँधेरी सुरंग से निकल, फिर उसके कानों में पड़ रहे हैं। क्षण भर के लिए मनीराम की आँखें लालटेन की गदलाई रोशनी में भीगे सलेमी के चेहरे पर चस्पाँ हो गईं। पूरी पौली में ख़ामोशी बिछ गई—बिलकुल ऐसी ख़ामोशी कि अपने नथुनों से निकलने वाली साँस तक उसे साफ़-साफ़ सुनाई देने लगी।

मनीराम ने एक बार फिर हिम्मत की और सलेमी से पूछा, "स.... सलेमी तू कहीं मजाक तो ना कर रो है?"

"मैंने आज तलक तोसू कदी झूठ बोली है?"

"पर सलेमी मैंने तो पहली बर मेवन् में ई रीत सुणी है....।" मनीराम ने हैरान होते हुए कहा।

"मनीराम, अभी आगे-आगे देख्यो और कहा-कहा सुणना में आएगी!" सलेमी की पेशानी पर दुश्चिंताओं की एकसाथ कई लकीरें खिंच आईं।

"तेरी बोहड़िया ने या रिसता पे कोई एतराज ना करो हो?"

"यही तो रोनो है मनीराम....." लंबी साँस लेते हुए सलेमी कहने लगा, "मैंने और बोहड़िया ने तो बहोत ना करी ही, खूब अपणा नात-गोतन् की दुहाई दी ही..... पर बाबू के आगे एक ना चली।"

"याको मतलब ई हुओ के कल तलक जो जीजा-साला हा आज वे समधी हो जांगा....... पहले जो बहाण-भाई हा वे आज समधी-समधण हो जांगा...... और तो और जो बालक यासू पहले भाई-बहाण हा, अब वे मरद-बीरबाणी हो जांगा...... ना भई सलेमी, मेरी समझ तो तिहारो ई मीजान आयो ना है..... बाकी तिहारी मरजी......।"

"मैंने तो खूब रौल मचाई...... पर बाबू एक ही बात पे अड़ो रहो के ऐसो हिन्दून में ना होतो होएगो..... हमारा हदीस में तो ई जाइज है...... हमारा दीन में माँ का खून ए छोड़ के सब का रिस्ता जाइज हैं।"

"वा भई सलेमी, कहाँ तो दादी-नानी तक को गोत बचे हो और कहाँ अब भाई की छोरी ही घर में बहू बण के आ री है।"

"कहा करूँ यार, सारा गाँओं में थू-थू हो री है..... पर करो कहा जाए!" सलेमी ने एकदम थक चुके योद्धा की तरह ज़मीन पर हथियार डालते हुए कहा।

एक बार फिर पूरी पौली ख़ामोशी से सराबोर हो गई। मनीराम के अंतसः में धीरे-धीरे जैसे सलेमी के शब्द फुसफुसाने लगे कि आगे-आगे देखना और क्या-क्या सुनने में आएगा!

"खैर सलेमी, जो होगी सो होगी..... अब करो भी कहा जाए..... अच्छो चलूँ, बनवारी की माँ घर में इकल्ली है......।" मनीराम सलेमी को रणक्षेत्र में अकेले योद्धा की तरह तड़पता हुआ छोड़ कर चला गया।

मनीराम के जाते-जाते सलेमी को बस यही सुनाई दिया, "मेरे यार सलेमी, आते ही तैने अच्छी खबर सुनाई!"

सलेमी अकेला बच गया पौली में।

खूँटी पर लटकी लालटेन की बाती से निकलते हुए धुएँ ने काफ़ी हद तक पूरी चिमनी को ढाँप लिया।

शायद उसने आज चिमनी साफ़ नहीं की है।

लेकिन नहीं...... चिमनी तो उसने ख़ुद अपने हाथों से साफ़ की है, और अगर साफ़ की है तो आज इतनी जल्दी कैसे मिट्टी के तेल को चूसती बाती से निकले धुएँ ने चिमनी को घेर लिया?

नहीं उसने आज चिमनी साफ़ की ही नहीं है।

इसी ऊहापोह में सलेमी देर तक पौली की भीत पर लालटेन की रोशनी में लहराती अपनी ही छाया को देखता रहा। भिड़े हुए किवाड़ों के बीच से सर्द हवा का हलका झोंका जब पौली में घुस कर देह से टकराता, तब एक-एक रोंआँ खड़ा हो जाता। पूर की ऊपरी परत भी लगभग राख़ में परिवर्तित हो चुकी है। उसके गर्भ में उपले का सुलगता हुआ कोई टुकड़ा अभी है—उम्मीद कम ही है। सलेमी ने पहले पूर को चिमटे से चारों ओर से दबोचा और फिर लालटेन को खूँटी से उतार कर अपने उस वहम की दरियाफ़्त की जो उसे काफ़ी देर से परेशान कर रहा है।

सचमुच चिमनी का भीतरी हिस्सा पूरी तरह धुएँ से पुता हुआ है। सलेमी ने बेहद सावधानी के साथ जलती हुई बाती के बावजूद चिमनी को बाहर निकाला और राख़ में सँदे कपड़े को तर्जनी और बीच की अँगुली में लपेट कर पोंछने के लिए जैसे ही अंदर डाला कि तभी धीरे-से उसके चटखने की आवाज़ आई। सलेमी को समझते देर नहीं लगी कि चिमनी आज बेमौक़े जवाब दे गई है। उसने सावधानी से चटखी हुई चिमनी को यथावत् रखने की कोशिश की, तो इस बार चिमनी टुकड़ों-टुकड़ों में बिखरती चली गई। सलेमी हतप्रभ उसे देखता रहा। थोड़ी देर तक तो बाती भी बग़ैर चिमनी के अलग-अलग नृत्य-शैलियों में लहराती रही और फिर भक् के साथ वह भी लालटेन का साथ छोड़ गई।

पौली में ऐसा घुप्प अँधेरा छा गया कि हाथ को हाथ न सूझे। सलेमी ने अँधेरे में ही डहले पर गुदड़ी बिछाई और पाँयते की ओर रखी रज़ाई को फैला कर उसमें पाँव सिकोड़ लिए।

घर पहुँचकर मनीराम ने जब यह ख़बर रुमाली को सुनाई तब थोड़ी देर के लिए जैसे रुमाली को भी मनीराम के कहे पर यक़ीन नहीं हुआ, किंतु जब उसने सारी बात सविस्तार बताई तब रुमाली को मनीराम की बात पर यक़ीन करना पड़ा।

रुमाली ने थाली में खाना लाकर रख दिया। मनीराम ने पहला ही कौर लिया कि लगा सात-आठ दिनों में ही नगीना के नाज का जैसे स्वाद बदल गया है। मनीराम ने बमुश्किल चार-पाँच कौर ही लिए कि ऐसा लगा मानो पेट भर गया। पाँयते के बीच फँसा कर रख दिए गए पानी के गड़ुए को मनीराम ने निकाला और न चाहते हुए भी उसे रीता कर गया।

रुमाली को समझते हुए देर नहीं लगी कि चार-पाँच कौर के बाद ही थाली क्यों उसकी ओर सरका दी गई है। उसने थाली में बची बाकी रोटियों को खाया और बरतनों को धो-माँजकर ओसारे में रख आई।

रात को सोने से पहले मनीराम और रुमाली के बीच कोई ख़ास बात नहीं हुई। हालाँकि इन सात-आठ दिनों में बतलावन के लिए इतना कुछ इकट्ठा हो गया था कि अगर सारी रात इस पर चर्चा होती फिर भी इसका अंत नहीं होता। बतलावन होए भी तो कैसे? पहले तो नगीना वापस आने की शर्मिंदगी और बाद में सलेमी द्वारा सुनाई गई ख़बर। दोनों की आँखों से नींद को जैसे छीन लिया गया। घर की भीत पर दीए की लौ से बन रही अलग-अलग तरह की अमूर्त कलाकृतियों को दोनों देर तक निरखते रहे। कभी-कभी तो जब दीए की लौ मात्र साँस लेने और छोड़ने से लहराती तो लगता जैसे पूरे घर की दीवारें थरथरा रही हैं। जगह-जगह भीत में गड़ी खूँटियों पर लटके कपड़े-लत्तों से लेकर आलों और ताखों में रखी चीज़ें इन सात-आठ दिनों में उन्हें भूल-सी गई हैं। ऐसा नहीं है कि इससे पहले इन्होंने इस घर को कभी सूना नहीं छोड़ा, बल्कि कई बार तो पूरा-पूरा महीना यह घर अपने अकेलेपन से बतियाता रहा है किंतु ऐसी निष्ठुरता इस घर ने इससे पहले कभी नहीं दिखाई। लेकिन अब ऐसा क्यों हो रहा है? अपनी ही चीज़ें उन्हें क्यों पहचानने से मुकर रही हैं? क्या परिचित दीवारों से अपरिचित गंध आ रही है?

"घनी रात होगी है, दीवा बुझा दूँ?" करवट बदलते हुए रुमाली ने पूछा। शायद पलकें भारी होने लगी हैं रुमाली की।

"पतोई ना, सुसरी नींद ही ना आ री है।" मनीराम ने दूसरी ओर करवट लेकर सोने का प्रयास करते हुए कहा।

"सात-आठ दिनाँ में ही घनी चीज बदल गी हैं।"

"चल छोड़, सो जा, दीवा ए बुझा दीजो।" सोड़ में मुँह दुबकाते हुए सलेमी बोला।

दीए के बुझते ही पूरे घर में अँधेरा ऐसा ठस कर बैठ गया कि लगने लगा जैसे चारों ओर भीत नहीं, स्याह परतें जमी हुई हैं। इसके बाद दोनों को कब नींद आ गई, पता ही नहीं चला।

अलस्सुबह सारे चौधरी मोहल्ले में यह ख़बर फैल गई कि सबसे आख़िर में नगीना छोड़ने वालों में से मनीराम और रुमाली सबसे पहले वापस लौट आए हैं। सबने सुनी यह ख़बर। कुछेक चेहरों पर इनके लौटने से प्रसन्नता छा गई, तो कुछेक के चेहरे अजीब-से खिंचाव से सफ़ेद पड़ गए। कुछेक तो मनीराम और रुमाली से ऐसे मिलने आए जैसे कोई बच्चा रूठ कर घर से चला जाए और अनायास एक दिन बिन बताए वापस लौट आए।

तरकीला ने तो उलाहना भरे लहज़े में कह भी दिया, "बूढ़ी, तिहारे जातेई पूरो मुहल्लो खाली-खाली सो हो गो!"

लेकिन रुमाली से जवाब में कुछ भी कहते नहीं बना। बस चुप रही।

एक-एक कर सब इकट्ठे हो गए मनीराम के बँगले में। मनीराम का बँगला एक बार फिर आबाद हो गया। एक बार फिर गपड़चौथ और ठहाके-ठिठोलियाँ बँगले की भीतों से टकरा-टकरा कर मुँहजोरी करने लगीं।

मनीराम ने एक टोकरी ईंधन लाकर बीच बँगले में डाल दिया और उसे सुलगा दिया। पूरे मोहल्ले में एक बार फिर लगने लगा कि कोमल पत्तियों की बरसात होने लगी है। ऐसा लगने लगा इस उदास और चुपचाप रहने वाले चौधरी मोहल्ले में पुनः अठखेलियों की चौपड़ बिछनी शुरू हो गई हैं।

थोड़ी देर बाद सलेमी भी चला आया हाथ में कली[1] लिए।

शुरुआत नबी खाँ ने ही की, "हाँ तो मनीराम, सुणाए न तेरी दिल्ली को हालचाल के हून् कितना माणस मरा हैं!" नबी खाँ ने व्यंग्य करते हुए छेड़ा मनीराम को।

"अन्यायी, दिल्ली की तो सेड़क ही लाहसन् सू पटगी होंगी!" बनावटी आश्चर्य प्रकट करते हुए बोला रोबड़ा।

मनीराम रोबड़ा और नबी खाँ के व्यंग्य पर कुछ नहीं बोला। उसे पता है ये सब जान-बूझकर उसे उद्वेलित करने के लिए उसकी दुखती रग पर अँगुली रख रहे हैं।

"........और हमारा या गाँओं में..... याँ तो लाहस उठान कू माणस भी ना मिला हा..... अरे, सारा हिंदू और मेवन्ने मैं ही तो उठा-उठा के लेगो हो चिंहटा[2] और हदीरान् में......।" इस बार छोटेलाल ने भी नहले पर दहला जड़ दिया।

"ऐसो तो हैई तू टुट्टी पहलवान.....।" पूर को घेर कर बैठे हुओं में से एक बच्चे ने क्षेपक जोड़ते हुए कहा।

इस वाक्य को सुनते ही मनीराम का बँगला सुबह के अलसाएपन के बावजूद एक ज़ोरदार ठहाके से सराबोर हो गया। मनीराम भी हँसे बिना नहीं रह पाया इस बार। सभी यही तो चाहते हैं कि किसी तरह विषाद की धुंध छँटे। उद्विग्न मनों से

---

1. कली : छोटा हुक्का।

2. चिंहटा : श्मशान।

उच्छ्वास के पराग बिखरने लगे। सब इसमें सफल हो भी गए किंतु मनीराम अभी भी सबसे पूरी तरह खुलकर आँखें नहीं मिला पा रहा है।

उसने उचटती नज़र से पूर को चारों ओर से घेरे चेहरों को देखा तो उसे लगा जैसे किसी की कमी महसूस हो रही है। कुछ ही पल के बाद तुरंत उसे इस कमी का बोध हो गया और सलेमी की ओर देखकर पूछा, "हुसैनदीन ना दीख रो है?"

"अरे हाँ, वाका बारा में तो मैं बताणो ही भूलगो के ऊ तो पाकस्तान गयो है।" सलेमी ने बताया।

"हुसैनदीन तो बावला या बखत पाकस्तान में बैठ के माल उड़ा रो होएगो.....।" नबी खाँ ने ईर्ष्या और अंदाज़े के वाक्यों को मिश्रित करते हुए कहा।

"पाकस्तान में बैठके...... कहा मतलब?" मनीराम ने हैरानी से पूछा।

"हाँ यार, वाकी छोटी फूफी है न पाकस्तान में, वाने बुलायो है.......।" रोबड़ा ने खुलासा करते हुए कहा।

"अच्छो-अच्छो, ऊ जो भग्गी में अपणा आदमी के साथ पाकस्तान चली गी ही..... जभी तो....... याको मतलब ई हुओ के आजकल ऊ महमानी के सिर है।" जैसे ख़ुद से कहा मनीराम ने।

"काँई की महमानी मनीराम, मामा-फूफी को तो एक बहानो है..... अरे हम भी ई सोचें है के जब तलक ये जिंदा-जीवता हैं, एकाध बर हो आएँ..... बिना लालच के ना तो कोई बुलावे है और ना कोई कहीं जावे है.......अरे, जब अपणा या मुलक सू हम ढेर सारा कपड़ा-लत्ता लेके पाकस्तान जावे हैं न, तो हमारा इनीं मामा-फूफीन् का बाल-बच्चा जो हमन्ने न जाणे हैं, न पिछाणे हैं....... तब तलक हमारे आगे-पीछे खालूजान-खालूजान करता डोले हैं, जब तलक हमारा थैला-अटैची खाली ना हो जावे हैं...... और कपड़ा-लत्ता हाथ पड़े पीछे तो वे हमारी राजी-खुसी की भी ना पूछे हैं......।"

"ई बात तो रोबड़ा सही कह रो है, पिछली साल जब यही रोबड़ा पाकस्तान गयो हो तो याका ताऊ का बालकन्ने भी ऐसी ही करी ही के जब तलक याकी सिंदूकड़ी उनके हाथ न लग्गी ही तब तलक वे पीछे-पीछे डोलता रहा......."

"....... और मनीराम जैसेई मेरी सिंदूकड़ी उनके हाथ लग्गी...... वैसेई उन्ने या मुलक कू गाली देणी सुरू कर दी...... अन्यायी, मेरी तो आँख फटी की फटी रहगी के कहाँ तो थोड़ी देर पहले हिन्दस्तान ही हिन्दस्तान हो री ही और मतलब निकलते ही झट्ट दीदा बदल लिया.....।" रोबड़ा ने सलेमी के बजाय ख़ुद आगे का वाक़या पूरा करते हुए आश्चर्य से कहा।

"रोबड़ा, कहा करी जाए...... अरे, नाता-रिस्ता भी तो निभाणा जरूरी हैं...... जब तलक पाकस्तान में ये काका-भतीजा, मामा-माँवसा और फूफा-फूफी हैं...... ये नाता-रिस्ता भी जभी तलक हैं....... बावला, इनके और हमारे मरे पीछे कोई काई के कनै ना आएगो, ना जाएगो।" सलेमी ने लंबी साँस लेते हुए कहा।

"तू सही कह रो है...... अरे, अपणा छाती का टूक ए ही देखण लू आदमी सैकड़ोन् कोस ए खूँद के जावे है..... नहीं तो आज का बखत में किसे फुरसत है।" रोबड़ा ने हलके से अतीत में झाँकते हुए कहा।

इसी बीच रुमाली तीन-चार खाली कप और स्टील के जग में चाय बना कर ले आई।

"ले भई सलेमी, पहले गरमागरम चाय पी...... बाकी बात पीछे करंगा।" खाली कपों में चाय उँडेलते हुए मनीराम बोला।

"ला यार, रुमाली का हाथ की चाय पिए वैसे भी घणाई दिन हो गा हैं।" चाय से भरे कप को लेते हुए सलेमी बोला। शायद परोक्ष रूप से ये रुमाली की तारीफ़ में कहे गए शब्द थे।

"एक बात है रोबड़ा, हून् वैसे तो हिन्दस्तान ए खूब गाली बके हैं और जब हीन् सू कोई चीज जावे है, तो वापे राल भी टपकाता डोले हैं.....।" नबी खाँ मुस्कराते हुए बोला।

"राल टपकाता डोले हैं...... अन्यायी, जब तलक अटैची को ताला ना खुले है, तब तलक कान बस यही सुनते-सुनते पक जावे हैं..... खालूजान मेरे लिए कुरम की जूतियाँ लाए हो?...... खालूजान मेरे लिए एचएमटी की घड़ी लाए हो? मेरे यार, हमारा मुलक की चीजन् पे वे ऐसे टूट के पड़े हैं जैसे करख[1] पे चील टूट के पड़े हैं......!" रोबड़ा ने हिन्दुस्तान की वस्तुओं के प्रति पाकिस्तान के लोगों के आकर्षण के बारे में बताते हुए कहा।

"सलेमी, कहवे हैं न के दूर का ही ढोल अच्छा लगे हैं..... पर सही बात को जभी पतो चले है जब कनै जाके देखे हैं...... अरे, हमारो ई मुलक जैसो भी है याकी कोई होड़ थोड़ेई होवे है...... हीन् हम बेसक गरीबी में जी रा हैं, पर काई की धौंस में तो ना रह रा हैं..... और फिर छोटी-मोटी कुबद तो हर जगह होती रहवे हैं।" मारे गर्व के नबी खाँ की छाती फूल गई यह कहते हुए।

"वैसे आज ई बात महसूस तो होवे है के अच्छोई रहा जो हम पाकस्तान ना गया.... नहीं तो हम भी हून् मोहाजर बण के रहता......।"

सलेमी भावातिरेक में यह भूल ही गया कि गाँधी द्वारा मेवों को पाकिस्तान जाने से रोकने का निर्णय उसे अब बेमानी लगने लगा है।

"दादा सलेमी, या मोहाजर को मतलब होवे कहा है...... याका बारा में हम रोज सुणता आवे हैं?" हाकिम ने उत्सुकता से पूछा।

"मोहाजर! जैसे हम आज तलक पाकस्तान सू आन वाला बिचारा इन पंजाबीन्ने सन्नार्थी कहवे हैं, मोहाजर को भी यही मतलब है....... मेरो कहणा को मतलब है के मोहाजर और सन्नार्थी एक जैसा होवे हैं...... भगी में हिन्दस्तान सू जो मुसलमान पाकस्तान में जाके बसगा हा, वे सब मोहाजर हैं।" सलेमी ने मुहाजिर का अर्थ स्पष्ट करते हुए बताया।

---

1. करख : मरे हुए पशु की हड्डियों का ढाँचा।

सलेमी के मुँह से मुहाजिर शब्द की परिभाषा सुनने के बाद मनीराम के बँगले में बैठे ज़्यादातर चेहरे वक्र होते चले गए। अपमान और उपेक्षा-मिश्रित इस शब्द का अर्थ जानने के बाद सब चुप हो गए। संवादों के होंठ सिल गए एकाएक।

इसके बाद एक बार भी किसी ने नहीं पूछा कि हुसैनदीन पाकिस्तान से लौट कर आएगा कब?

देर तक न जाने कितने विषयों पर बातचीत होती रही। सूरज क्षितिज से निकल कर जब काफ़ी ऊपर आ गया, तब सबको लगा कि उन्हें यहाँ आए तो काफ़ी देर हो गई है। कहाँ तो सब आए थे मनीराम को शर्मसार करने और कहाँ छिड़ गया यह पाकिस्तान-पुराण।

मनीराम सिवाय हाँ-हूँ के कुछ नहीं बोला। बस, चुपचाप उनकी बातों पर सवार होकर एक काल्पनिक पाकिस्तान का भ्रमण करता रहा।

पता नहीं यह कैसी शर्मिंदगी थी कि जब-जब तीस तारीख़ की स्मृतियों के अक्स मानस-पटल पर उभरते, तब-तब मनीराम की हिम्मत नहीं होती कि वह आँखों में आँखें डाल कर किसी से सीधी तरह बात तो कर ले। सलेमी को जब भी मौक़ा मिलता वह मनीराम और रुमाली को कोंचे बिना नहीं रहता। जबकि वही छोटेलाल जिसे महज एक भाँडी तोड़ और बक़ौल पूरे मोहल्ले के कि तू 'गधी कुम्हार की, तोहे कहा राम सू हेत' वाला सीधा-सादा कुम्हार माना जाता था, जिसके जीवटपन ने उसकी जिस मज़बूती का परिचय दिया है, सलेमी उसका बार-बार आख्यान इस तरह प्रस्तुत करता कि मनीराम का जिस्म कभी-कभी बर्फ़ की सिल्लियों-सा हो जाता।

उस वक़्त कितना समझाया था सबने। कितनी तसल्ली दी थी और कितना आश्वासन दिया था सबने मिलकर, किंतु मनीराम को तो इन तसल्ली और आश्वासनों के आवरण में आशंकाओं के अनेक छिद्र दिखाई देने लगे थे, जिनमें से बाबू और सुभान खाँ जैसों की आँखें उन्हें अपने जिस्म पर गड़ी दिखाई देती थीं। इन छिद्रों को और बड़ा बना दिया बनवारी ने, जिनका वास्ता देकर वह मनीराम और रुमाली को नगीना से उड़ा कर ले गया।

सबने मिलकर मनीराम, हरसाय और बुद्धन के वापस आने पर उन्हें शर्मसार करने की योजना बना ली थी। मगर इन्हें भी जैसे इस योजना का पूर्वानुमान हो गया था क्योंकि अगर ऐसा नहीं होता तो मनीराम की तरह हरसाय और बुद्धन भी क्यों आते एकदम अँधेरा होने के बाद? क्यों बिल्लियों की तरह पंजों के बल बिना किसी आहट के गाँव में घुसने के बाद, चुपचाप मोहल्ले से होते हुए, गर्द जमे तालों को खोलकर अपने-अपने घरों में घुस गए?

हालाँकि अगले दिन सलेमी, रोबड़ा, नबी खाँ ने उन्हें खूब छेड़ा भी

लेकिन इस मौक़े पर चुप रहने में ही भलाई समझी हरसाय और बुद्धन ने। सलेमी ने हरसाय की सुबह खूब ख़बर ली, बिलकुल मनीराम की तरह और उसके पुरुषार्थ को धिक्कारते हुए कहा भी, "हरसाय, असली मरद तो ऊ होवे है के 'मरणा सू डरपे नहीं झोकी डोले जान, हिम्मत वालो आदमी ढहा देए पाखाण[1]......।"

"सलेमी, तोहे तो सात खून भी माफ हैं...... तेरो पूरो हक है, जो जी में आए कह ले..... और कुछ बचो होए तो वाहे भी कह ले!" हरसाय ने अंततः आत्मसमर्पण कर दिया सलेमी के आगे।

इसके बाद सलेमी के मुँह से एक शब्द नहीं फूटा। फूटता भी कैसे, हरसाय ने कुछ कहने के लिए छोड़ा हो तब न? और फिर इसके पीछे इनकी मंशा मनीराम या हरसाय को सबके सामने ज़लील करने की थोड़े ही थी, यह तो गिला-शिकवा की एक ऐसी पाती थी, जो बाँची ही अपनों के सामने जानी थी। सलेमी के प्रतिनिधित्व में रोबड़ा और नबी खाँ ने यही पाती हरसाय के आगे बाँच भी दी और अपना गुबार भी निकाल लिया। दूसरी ओर हरसाय ने भी अंतिम वाक्य कह कर जहाँ सलेमी का क़द बौना नहीं होने दिया, वहाँ उसने अपनी सदाशयता का परिचय भी दे डाला।

तो क्या सलेमी, रोबड़ा और नबी खाँ हरसाय के मुँह से इसी वाक्य को सुनने के लिए आए थे? क्या वे इस वाक्य के एक-एक शब्द में मिले अपनत्व और आत्मीयता की शीतलता से अपने आपको भिगोने आए थे?

बिलकुल सही, यही सोचकर तो आए थे ये तीनों। इसी अपनत्व की मधुरता को महसूस करने के लिए तो आए थे वे। इसीलिए तो सलेमी तब तक प्रत्यक्ष और परोक्ष रूप से हरसाय को खरी-खोटी सुनाता रहा, जब तक हरसाय के मुँह से गंगा-जमुनी बौछारें पड़नी शुरू नहीं हुईं।

चालीस

पूरे नगीना में ही नहीं बल्कि आसपास के सभी गाँवों तक में हाजी अशरफ़ के पोते के ब्याह में मिले दहेज का एक तरह से डंका पिट गया। उसी हाजी अशरफ़ के पोते के ब्याह का डंका, जिसने क़ौम और मज़हब की भलाई के लिए बड़कली पर बनने वाले 'मदरसा तालीम-उल-कुरान' के निर्माण हेतु सबसे पहले अपनी जेब से पूरे पाँच हज़ार रुपए देकर मज़हब और दीन की सेवा करने वालों में अपना नाम दर्ज करा लिया था। उसी हाजी अशरफ़ को कुछ ही घंटों में पूरा इलाक़ा जान गया, जिसके पास बक़ौल सलेमी के अंदाज़न

1 पाखाण : पर्वत।

डेढ़ सौ कीला खेत हैं, और इस्लाम में वर्जित होने के बावजूद धड़ल्ले से ब्याज़ पर पैसा उठाना जिसका मुख्य धंधा है।

कई दिनों तक चाहे वे बड़कली पर खड़े रिक्शों के झुंड हों, या जगह-जगह गड़े चाय के खोखों पर चाय सुड़कने वाले हारे-थके जिस्म; चाहे वह सलेमी की पौली हो या मनीराम का बँगला हर जगह यह ब्याह चर्चा के केंद्र में रहा। चर्चा से ज़्यादा आश्चर्य तो इस गिरह को लेकर है कि एक ओर जहाँ यह इलाक़ा दिन पर दिन रेत का समंदर बनता जा रहा है, वहाँ दूसरी ओर शादी-ब्याहों में इस तरह भारी दान-दहेज देना एक आम बात हो गई है, इलाक़े के जिस मानचित्र पर पिछले बीस साल से नहर का निशान चिह्नित है, वह अभी भी वैसा ही है। जिन स्थानों से गुज़रनेवाली रेलवे लाइन के लिए जो नक़्शा मुद्दत से पास हो चुका है वह भी अभी वैसा ही है, और उद्योग-धंधों के नाम पर जिस तरह की घोषणाएँ आए दिन होती रहती हैं, वे भी यथावत् हैं। अब सवाल यह उठता है कि हाजी अशरफ़ के पोते के ब्याह में मिलने वाला इतना भारी दहेज कहाँ से पैदा हो गया?

लेकिन ऐसा सोचने वालों को शायद नहीं मालूम कि अर्थशास्त्र का नियम भी कितना क्रूर और विचित्र है कि न तो वह उत्तराखंड देखता है और न गोरखालैंड, न तराई का इलाक़ा देखता है न बुंदेलखंड। बस, उसे तो जहाँ भी मौक़ा मिलता है अपना नियम लागू कर वहीं से कुछ न कुछ हासिल करना शुरू कर देता है। भाषाई, सांस्कृतिक और अन्य वर्जनाओं के होने न होने से उसका कोई सरोकार नहीं होता। इस नियम ने मेवात में भी कोई रियायत नहीं बरती और बक़ौल पैसे को पैसा खींचता है वाला सिद्धांत ही हाजी अशरफ़ के इस मौक़े पर काम आया, वरना इतना दहेज मरहूम सुलेमान के लड़के हाकिम या बासित को क्यों नहीं मिला?

वास्तव में, किसी को अंदाज़ा नहीं था कि हाजी अशरफ़ जब पोते को ब्याह कर वापस नगीना में घुसेगा, तब वह सोने से लदी बहू और मारुति के साथ घुसेगा। बारात के वापस लौटने से पहले ही भेली का नेग पाने वाले की सूचना के तुरंत बाद पूरी गोहरवाली कौतुकता और बेचैनी के साथ बारात का इंतज़ार करने लगी। बारात के वापस आते ही उसमें गए लोगों से इस पुष्टि के लिए होड़ लग गई कि क्या सचमुच बेटीवाले ने इतना दहेज दिया है? इस सच्चाई को जानने की कोशिश में गोहरवाली में जगह-जगह छोटे-छोटे मानव टापू बन गए।

—सचमुच हाजी अशरफ़ के पोते को दहेज में मारुति मिली है!

—बीऽऽऽस तोला सोना चढ़ाया है अपनी बेटी पर बेटीवाले ने!

—टी.वी., फ्रिज, कूलर, वाशिंग मशीन से लेकर छोटी से छोटी चीज़ें तक दी हैं।

—सवा लाख नौसा के लिए और समधी के लिए इक्कीस हज़ार की विदाई मिली है।

बारात में गए बाराती जब एक-एक दृश्य और उपर्युक्त वाक्यों को पूरी अतिरंजता के साथ चित्रित करते, तो सुनने वाले का मुँह खुला का खुला रह जाता। पूरे गाँव में जिसने भी सुना उसी ने हाजी अशरफ़ के पोते के भाग को

सराहा। कइयों ने तो ईर्ष्या के वशीभूत होकर यह तक डाला कि हो ना हो हाजी अशरफ़ कोई कच्चा कलमा पढ़ कर बेटीवाले को लूट लाया हो। जबकि सच बात यह है कि हाजी अशरफ़ को सिवाय नमाज़ पढ़ने के न तो कुछ और आता है, और न ही उसकी इसके अलावा किसी तरह की कोई दिलचस्पी है, कच्चे कलमा तो दूर की बात रही। शक तो यहाँ तक है कि नमाज़ की पूरी आयतें हाजी जी को आती भी हैं? हाजी तो इसलिए बन गया क्रि धींग होने के कारण वह बहुत पहले ही हज कर आया था। क़ौम तथा मज़हब के कामों के लिए वह दिल खोलकर इसलिए पैसा देता है कि एक तो उसके पास पैसा है, और दूसरा उसकी कोशिश से क़ौम और मज़हब दोनों महफ़ूज़ रहते हैं। हाजी जी कहलाता है वह अलग। जैसाकि प्रायः होता आया है धार्मिक अनुष्ठानों में सबसे अधिक पैसा लगता भी उन्हीं का है जिनके पास न तो कड़ी मेहनत का पैसा होता है, और न ईमानदारी का। शायद यही वजह है कि इस पृथ्वी पर अगर धर्म बचा हुआ है तो ऐसे ही लोगों की वजह से बचा हुआ है।

बैसाख और जेठ के तपते माह में ऐसी ख़बरें सुनना अब आम बात हो गई है।

शाम को मग़रिब की नमाज़ के बाद पौली के बाहर गरम थपेड़ों के बावजूद दो-तीन खाटें डाल दीं सलेमी ने। लगे हाथ चार-पाँच पानी की बाल्टियाँ भी औंधा दी ताकि ज़मीन से निकलने वाली भभकी कम हो जाए। जैसे-जैसे रोटी-टूक का समय ख़त्म होता गया, वैसे-वैसे खाटों पर जगह भी कम होती चली गई और पता नहीं कैसे घूम-फिर कर चर्चा फिर हाजी अशरफ़ के पोते के ब्याह पर आ टिकी।

सिर और पाटी के बीच गमछे को गुड़ीमुड़ी कर उस पर सिर टेकते हुए नबी खाँ बोला, "अरे, ई खुदा भी वाहे देवे है जाके पै पहलेई भुतेरी माया है..... यासू तो काई गरीब माणस लू देतो, तो कम सू कम वाका दिलद्दर तो धु जाता।"

"वैसे एक बात है नबी खाँ, धौण-धैं सेर ए तो आजकल कोई पूछेई ना है..... अब तो मारूति और फटफटी सू नीचे बात ही ना होवे है।" रोबड़ा वर्तमान परिप्रेक्ष्य में अपना मत प्रकट करते हुए बोला।

"रोबड़ा, सब बखत की बात है..... अरे, आज सू तेरह-चौदह साल पहले जब दादीको दीन मोहम्मद अपणा छोरा ए बिहा के लायो हो तो पूरा गाँओं में ई रौल मचगी ही के दीन मोहम्मद का छोरा कू एक कोंटल (क्विंटल) रुपिया और एक फटफटी मिली है...... दीन मोहम्मद तो एक बर इतना माल ए देख के बौरा-सो गो हो.... और अब इन कोंटल-वोंटलन्ने कौन पूछे है।" मनीराम ने पिछला संदर्भ दोहराते हुए कहा।

"यार, वा बखत एक कोंटल की कीमत ही....... इन आठ हजार रुपियान् में छोटो-सो एक कोठा टब जावे हो, और अब इन आठ हजार रुपल्लीन में बाबा जी भी ना पुते है।" रोबड़ा हँसते हुए बोला।

"पर रोबड़ा, ई कोई अच्छी बात ना है..... अरे, इन हालातन् सू तो एक बखत ऐसो आएगो जब गरीब-गुरबान की बेटीन्ने कोई ओटेगो ही ना.....।" सलेमी ने चिंतित होते हुए कहा।

"कोई ना ओटेगो, कहा मतलब?" चौंकते हुए पूछा रोबड़ा ने।

"और, ना गरीब माणस के पै देण लू ई फटफटी होएगी और ना वाकी छोरी ए कोई बिहा के ले जाएगो।"

"ई बात तो ठीक कह रो है.... धींग माणसन्ने देख-देख के बोदा माणस भी चाहेंगा के उनका छोरान् लू मोटो दान-दहेज मिले।" रोबड़ा ने सलेमी के तर्क का समर्थन करते हुए कहा।

"चलो, अब तो असलम का बिहा की बाट है..... वैसे तो तोहे पतो होएगी के बिहा में पोता लू कहा-कहा माल मिलेगो?" नबी खाँ ने विषय परिवर्तन करते हुए सीधे-सीधे सलेमी से पूछा।

"मोहे तो खुदा तलक कुछ ना चहिए...... बस, बरातीन् की आव-भगत चोखी कर देए बेटीवालो..... अरे, हम तो हून् आता-जाता रहेंगा...... पर बराती बिचारा कौण-सा रोज-रोज जावे हैं।"

"जभी तो कहवे हैं के 'परदेसी और पावणा, ये कै बास बसाएँ; इन्ने नीको राखियो, सारी गैल सिराता जाएँ'....... तो भई सलेमी, जब परदेसी और पावणा की अच्छी खातर होएगी न, जभी वे सारी गैल सिराहता जांगा।" रोबड़ा ने परदेसी और मेहमान की सामाजिक महत्ता की व्याख्या करते हुए कहा।

"पर सलेमी, ई तो बता के पोता को बिहा कर कद रो है?" नबी खाँ ने पूछा।

"यार, हम तो चैत सू ही बाट देख रा हैं के कद बेटीवालो बिहा की चिट्ठी भेजे और कद हम या बोझ सू हलका होएँ।"

"तोपे कौण-सो बोझ है...... अन्यायी, बोझ तो बेटीवाला पे होए करे है!"

"मनीराम, गरीब माणस तो चाहे बेटीवालो होए या बेटावालो...... वाके लेके तो सभी बोझ हैं।"

"यार सलेमी, नीली छतरीवालो सबकी पार लगावे है, तेरी भी लग जाएगी..... बखत पे सब ठीक हो जाओगो।" उठते हुए मनीराम ने सलेमी को हिम्मत बँधाते हुए कहा।

एक दिन पहले ही तो सलेमी सबके आगे ज़िक्र कर रहा था कि वह चैत से ही पोते के ब्याह के आने का इंतज़ार कर रहा है। और अगले दिन जुह्र की नमाज़ पढ़ कर सलेमी पौली में लेटा ही था, और अभी उसकी आँख ही लगी थी कि अस्सलावालैकुम की आवाज़ सुनकर हड़बड़ा कर जाग गया।

"चौधरी, सो रो है कै?"

"ना-ना वैसेई थोड़ी-सी आँख लग्गी ही।" सलेमी ने अजनबी चेहरे को

पहचानने की कोशिश करते हुए संक्षिप्त-सा जवाब दिया।

"चौधरी, ना पिछाणो होए तो बता दूँ के मैं तेरो पोता को बिहा लेके आयो हूँ...... मतीन नाई नाम है मेरो।" अपना संक्षिप्त-सा परिचय देकर मतीन नाई वहीं सामने बिछी खाट पर बैठ गया।

सामने बैठे अजनबी के मुँह से पोते के ब्याह की बात सुनते ही सलेमी की आँखों से नींद जैसे ग़ायब हो गई। तुरंत तरकीला को आवाज़ देकर बुलाया और एक नई गुदड़ी लाने को कहा।

तरकीला तुरंत अंदर अलगनी पर टँगी नई गुदड़ी ले आई और जैसे ही पौली में घुसी कि उसने अपने मायके से आए मतीन नाई को पहचानने में तनिक भी देरी नहीं की। तरकीला ने घूँघट के भीतर से ही सलाम किया, तो मतीन ने हालचाल पूछते हुए कहा, "तरकीला, बीरा सब राजी-खुसी है?"

तरकीला ने जवाब देने के बजाय सिर्फ़ सिर हिला दिया।

"जा बेटी, मतीन लू फटाफट चाय-पाणी को बंदोबसत कर।" सलेमी ने बहू को एक तरह से आदेश देते हुए कहा। जब तक तरकीला चाय-पानी का इंतज़ाम करती, तब तक आधे से ज़्यादा मोहल्ले में यह ख़बर फैल गई कि सलेमी के पोते का ब्याह आ गया है।

बाबू और तरकीला जहाँ थोड़ी देर पहले तक गरमी में पसीने से लथपथ भीतरले घर में भविष्य के उलझे हुए तानों को सुलझाने में अलसाए-से पड़े हुए थे, एकाएक मतीन नाई के आने से चौधरी मोहल्ले के सबसे अधिक व्यस्त लोग हो गए।

वही तरकीला जिसे एक बार रोबड़ा और बुद्धन के छोरों की घरवालियों ने इसी असलम के पेट में पड़ने से पहले, खिजाते हुए एक तरह से बाँझ घोषित कर दिया था और उस पर बाबू का मन न भरने का खुल्लम-खुल्ला आरोप लगाया था, सबसे पहले वह उन्हीं को यह ख़ुशख़बरी देने गई। तरकीला के स्मृति-पट्ट से जैसे यह प्रसंग एकदम मिट गया। आज वही तरकीला बुलावा देते वक़्त यह भी ताकीद कर आई कि शाम को बिहा लेते समय इस नाई के चोदे को, जो वैसे तो मायके के नाते काका लगता है, ऐसी-ऐसी गालियाँ बकनी हैं कि जब यह नगीना से वापस जाए तो याद करता हुआ जाए कि ऐसी गालियाँ उसने इससे पहले कहीं नहीं खाईं।

पूरे मोहल्ले की बड़ी-बूढ़ियों को बुलावा दे आई तरकीला। उसने किसी को नहीं छोड़ा।

सलेमी ने मतीन की ख़ातिर-तवज्जह में कोई कसर नहीं छोड़ी। एक डहले पर पिछले चौमासे में सिली नई गुदड़ी बिछा दी, तथा अपने पीहर से लाई रेशमी गोटा वाला बीजणा भी तरकीला ने भिजवा दिया। मेलू सन्नार्थी की दुकान से रेड एंड व्हॉइट का छोटा पैकेट और नई माचिस भी लाकर सिरहाने रखवा दी। हालाँकि यह बात दीगर है कि इस पैकेट को ख़त्म करने में मतीन से कहीं अधिक

मोहल्लावासियों का योगदान रहा। मौक़ा पाते ही बाबू भी इस योगदान से अपने आपको वंचित नहीं रख पाया। एकाध बार जब भी सलेमी पौली से बाहर मूतने या किसी और काम से जाता, तभी बाबू उस पैकेट से सिगरेट निकाल कर फटाफट सूत जाता। लेकिन बावजूद इस सबके सलेमी ने किसी तरह की कंजूसी नहीं बरती क्योंकि जब तक वह ज़िंदा है तब तक उसी की नाक का डर है। बाबू को तो वैसे भी कोई नहीं गिनता है कि वह आख़िर है किस बाड़ी का बथुआ।

मग़रिब की अज़ान लगने तक सलेमी का घर-आँगन ख़ुशियों का संग्रहालय बन गया। बस, सलेमी और तरकीला को मलाल है तो यह कि अगर ब्याह के आने की ख़बर पहले लग जाती, तब वह कम से कम अपनी फुफिया सास रहमती को तो बुलवा ही लेती। बहरहाल......। तीन-चार खाट और पाँच-छः मूढियाँ पौली के बाहर डाल दी गई। दो फ़र्शियाँ भी ताज़ा करके उनके बीच में रख दी गई। भीतर से औरतों की चिल्ल-पों और बासनों के खड़कने की बाहर साफ़ आवाज़ सुनाई दे रही है।

रह-रहकर अंदर से रमजानो की आवाज़ कानों से टकराने लगी—अरी तरकीला, चावल कहान् धरा हैं?...... दारी, दाल कौन-सी पकेगी?...... बूरा कितेक लायो है तेरो सुसरो...... घी कितेक तपाणो है..... आदि-आदि। और बीच-बीच में तरकीला का जवाब फूटता रहता। रह-रहकर तरकीला के उच्छ्वास का इसी से अंदाज़ा लगाया जा सकता है कि चक्करघिन्नी की तरह एक-एक चीज़ बिना किसी देरी के झट से वह रमजानो के आगे लाकर धर देती है।

पौली के बाहर बिछी सभी खाट और मूढ़ियाँ एक-एक कर के घिर गईं। फ़र्शियों की नै से निकलने वाले धुएँ और दूर-दूर तक दगड़े में कर दिए गए छिड़काव से उठने वाली माटी की महक पूरे वातावरण में घुल गई। हँसी-ठट्ठों और चुहलबाजी के बीच मतीन को हर कोई उकसाने की कोशिश करने लगा कि बेटीवाला दान-दहेज में क्या-क्या देगा? लेकिन मतीन बेहद चतुराई से अपने आपको बचाता रहा बल्कि एक बार तो उसने कह भी दिया कि पूछने वाले तरकीला से ही क्यों नहीं पूछते हैं आख़िर बेटी का बाप यानी इसलामू उर्फ़ सुंडल है तो तरकीला का भाई ही। किंतु सच तो यह है कि इसलामू ने भी लेन-देन की थाह बिलकुल नहीं लेने दी बाबू और तरकीला को। मतीन बिलकुल भी विचलित नहीं हुआ। अगर ऐसे मौक़ों पर नाई ही फूट जाए तो फिर उन्हें कौन भेजे? इसीलिए तो कहते हैं कि नाई के पूत को और किले की भीत को फोड़ना इतना आसान नहीं है, जितना ये चौधरी मोहल्ले के लोग समझ रहे हैं।

इशा की अज़ान के स्वर सुनते ही सब धुंध की मानिंद वहाँ से छँट गए और नमाज़ पढ़ने के बाद फिर इकट्ठे हो गए। बच्चों की धमा-चौकड़ी तो तब भी बदस्तूर जारी थी जब खाटों पर जगह तक नहीं थी, बल्कि तब तो और भी बढ़ गई जब ज़्यादातर बड़े-बूढ़े नमाज़ पढ़ने चले गए।

पूरा चौधरी मोहल्ला इकट्ठा हो गया बिहा लेते वक़्त। मनीराम, रोबड़ा, नबी खाँ, बुद्धन, सुभान खाँ, हरसाय, छोटेलाल, हुसैनदीन–कोई नहीं बचा। भीतर चूल्हों पर चढ़े बड़े-बड़े देगों के मुँह से चावल और दाल की ख़ुशबू बाहर बैठे लोगों के नथुनों से रह-रहकर टकराने लगी।

इशा की नमाज़ के बाद ब्याह लेने की रस्म शुरू हो गई। पूरे चौधरी मोहल्ले की उपस्थिति में मतीन नाई ब्याह की निश्चित तारीख़ की विधिवत् घोषणा करते हुए बोला कि जेठ के लगते ही चाँद की आठ तारीख़ यानी जून की चौदह तारीख़ को असलम वल्द बाबू खाँ वल्द सलेमी का निकाह तय हुआ है। बारात में किसी तरह का ढोल-ताशा नहीं होगा....... बेटीवाला गरीब आदमी है इसलिए बारात साठ-सत्तर आदमी से ज़्यादा नहीं हो यानी ब्याह पूरी तरह शरीअत और हदीस के मुताबिक़ ही होगा।

इससे पहले कि कोई बड़ा-बूढ़ा कुछ कहता बाबू खाँ बीच में तड़ से बोला, "चिंता मत करियो मतीन, अल्ला ने चाही तो बालकण् को निकाह सरीअत और हदीस के बीच ही होएगो।"

बाबू खाँ का इस तरह बीच में बोलना सलेमी से लेकर किसी भी बड़े-बूढ़े को अच्छा नहीं लगा लेकिन यह मौक़ा ऐसा नहीं है कि ग़ुस्से को प्रकट किया जाए। सबको बाबू खाँ का इस तरह बीच में बोलना नागवार लगा कि जब मोहल्ले के सारे बड़े-बूढ़े मौजूद हैं तब उसे इस तरह नहीं बोलना चाहिए। आख़िरकार मोहल्ले के बड़े-बूढ़े अभी मरे थोड़े ही हैं लेकिन किसी ने कुछ नहीं कहा। चुप रहना ही बेहतर समझा।

ब्याह लेने की सारी प्रक्रिया पूरी होने के बाद मतीन नाई खड़ा हुआ और हाथ जोड़ते हुए बोला, "चौधरी साब, कोई और बात होए तो बता दीजो, मैं बेटीवाला के पै पहुँचा दूँगो।" इतना कहकर मतीन चुप हो गया और वापस अपनी जगह पर बैठ गया।

"ना भाई मतीन, हमारी ओड़ सू कुछ भी बात ना है।" इस बार सलेमी ने कहा। वह समझ गया कि मतीन का इशारा लेन-देन की ओर है।

सलेमी के चुप होते ही हुसैनदीन खड़ा हुआ और पूरी गंभीरता के साथ बोला, "कीं ना है ताऊ, अभी असली बात तो रह री है!"

हुसैनदीन के इस वाक्य को सुनते ही एकाएक चारों ओर सन्नाटा छा गया। सबकी गरदनें हुसैनदीन की ओर तन गई तथा आँखें उस पर चस्पाँ हो गईं।

"अब कौन-सी रहगी?" रोबड़ा ने सबकी ओर से पूछा।

"अरे यही के ताऊ सलेमी को सलाम, बूढ़ी चौधरण सू बोल दीजो!"

हुसैनदीन ने अपना वाक्य इतनी गंभीरता के साथ बोला कि जहाँ कुछ क्षण पहले सन्नाटा छाया हुआ था, इस वाक्य को सुनते ही हँसी का इतना तेज़ फव्वारा छूटा कि सब हँसते-हँसते लोटपोट हो गए।

"हाँ यार सलेमी, छोरा बात तो सही कह रो है।" रोबड़ा ने मुश्किल से अपनी हँसी को रोकते हुए कहा।

"और हाँ, ई भी कह दीजो के याहे बूढ़ी चौधरण की बहोत याद आवे है।" इस बार नबी खाँ भी हुसैनदीन के साथ हो लिया।

"अरे, कोई बूढ़ी-ठेकरी चौधरण होए तो देख लीजो, लगे हाथ दादा को भी पोता के साथ निकाह हो जाएगो।" मनीराम भी इस बार पीछे नहीं रहा।

नबी खाँ, मनीराम और रोबड़ा तक को लौंडो-लपाड़ों की जमात में शामिल होता देख, सलेमी मारे शर्म के दोहरा होता चला गया।

"चौधरी साब, जब बिहाण आओ न, तो तिहारो जितेक जी करे निकाह पढ़वा लइयो।" मतीन ने पूरी सदाशयता और खुले दिल से कहा।

तभी भीतर से खाना तैयार होने का संदेश आ पहुँचा।

"मनीराम-बुद्धन, चलो रोटी-टूक खा लेओ!" सलेमी ने उठकर जाने वालों से आग्रह करते हुए कहा।

"सलेमी, पहले मेहमानन्ने खवा हम तो घर का आदमी हैं..... खाता रहेंगा।" बुद्धन ने औपचारिकता निभाते हुए कहा।

इसके बाद जब तक मतीन खाना खाता रहा सलेमी की दर-ओ-दीवार गीतों से गूँजती रही।

सलेमी ने मतीन नाई की मेहमानी में कोई कसर नहीं छोड़ी।

अगली सुबह मतीन नाई को पूरे सम्मान के साथ विदा करते हुए, सबको सलाम कहने के लिए कह दिया गया।

सलेमी की अनुभवी आँखों और कानों में पड़े शब्दों की क्या मजाल कि वे कोल्हू में पड़े दानों की तरह साबूत तो निकल जाएँ। मजाल है इन शब्दों में अर्थ का मामूली-सा सत तो बच जाए। इन्हीं अनुभवी आँखों और कानों ने बाबू के तेवर और वाक्य जब सुने-देखे, तो तभी उसे चुपचाप पंजों के बल दबे पाँव धीरे-धीरे अपने पास खिसक कर आने वाली उस अनिष्टता की आहट सुनाई दे गई थी, जिसकी आहट ख़ुद बाबू ने भी महसूस नहीं की होगी। किंतु बावजूद इसके सलेमी इस आहट को अनसुना करता रहा।

सच तो यह है कि सलेमी पोते के ब्याह तक सारे भले-बुरे को भूल जाना चाहता है। वह चाहता है कि ब्याह तक अपनी आँखें मूँद ले और कानों में अँगुलियाँ डाल ले। वह चाहता है कि इस अंतिम उत्सव में अपने सारे लाड़-चोचले पूरे कर लें। इसीलिए उसने बाबू और तरकीला को भी एक दिन साफ़ कह दिया कि वे अपनी इच्छानुसार जैसा चाहें रस्मों को पूरा करें। सारे नेग-ठेग वे ख़ुद पूरा करें। अगर उनका जी चाहे तो उसकी राय ले लें, और न चाहे तो कोई बात नहीं।

अपनी तरफ़ से सलेमी ने सब, दोनों मरद-बीरबानी के ऊपर छोड़ दिया।

ससुर से स्वीकृति मिलने के बाद तरकीला सबसे पहले छोटेलाल के घर गई और रामदेई से कह आई कि दोनों मरद-बीरबानी चाक पुजवाने के लिए तैयार रहें। लेकिन दावत कितने लोगों को जिमानी है, उसके बारे में पूरा हिसाब लगा कर उसका ससुर ही बताएगा कि उसके लिए कितनी ढूमरी बननी हैं।

रहमती तो पंद्रह दिन पहले ही आ गई अपनी बहू के साथ, क्योंकि वह जानती है कि तरकीला की सास की भूमिका भी इस मौक़े पर उसे ही निभानी है। आते ही दोनों सास-बहू तरकीला के साथ जुट गईं। घर की भीतों और पाखों से जगह-जगह से उचले लेवड़ों[1] की जगह तूड़ी मिली माटी भरी जाने लगी। साळ और पौली की छानों को भजनी चमार से बँधवा कर उनमें चार-चार, पाँच-पाँच गधा माटी डलवा कर दुरमच से कुटवा दिया गया।

सलेमी ने तीन मन गुड़ की भेलियों का पहले ही बंदोबस्त कर लिया और अब सिर्फ़ यही काम बचा है कि वहीद नाई को बुला कर बाबू खाँ के ब्याह की बही से उन नामों की फ़ेहरिस्त तैयार करवा ली जाए, जिन पर कम से कम चढ़ाऊ तो बनता ही है। इसके अलावा आवता वालों के नाम भी उसके अंत में जुड़वा दिए जाएँ। वहीद को बुलाकर सलेमी ने सभी दिशा-निर्देश दे दिए और अपनी तरफ़ से यह कहकर अलग हो गया, "वहीद, अब तू जाने और तेरो काम जाणे!"

इसके बाद वहीद इसे अपनी ज़िम्मेदारी समझते हुए अपने काम में जुट गया।

वहीद ने समय से पहले ही न्यौता डालने वालों के यहाँ गुड़ पहुँचा कर अपनी ज़िम्मेदारी से मुक्ति पा ली तथा खूब ज़ोर देकर हर न्यौताधारी से कह भी दिया कि समय पर यानी शादी होने तक न्यौता ज़रूर डाल आएँ।

बहुत बड़ी भूमिका होती है इन न्यौतों की ग़रीब-गुरबों के बच्चों के हाथ पीले करने में। इसीलिए तो देव उठनी, आखा तीज, भड़रिया नौमी, फुलेरा दौज जैसे सावों[2] और बैसाख-जेठ के तपते महीनों की चाँद की तारीख़ों पर होने वाले निकाह-फेरों से पहले हर न्यौताधारी के घर गुड़ का न्यौता समय से पहले ही पहुँचा दिया जाता है। जिनके पास आदमी होते हैं वे खुद ही न्यौता बाँट आते हैं और जो नाई से बँटवाना चाहते हैं वे नाई के द्वारा बँटवा देते हैं। हालाँकि नाई को नेग के साथ-साथ इन न्यौतों की बँटाई पर भी कुछ न कुछ देना होता है। इसीलिए कि गाँठ से ज़्यादा खर्च न हो ज़्यादातर ब्याहवाले अब ख़ुद ही न्यौतों को बाँटने लगे हैं। भला बाँटें क्यों नहीं? अच्छा है इस महँगाई के समय में ज़्यादा से ज़्यादा बचत हो जाए।

हरेक की यही कोशिश रहती है कि जब तक कोई बच्चा शादी-ब्याह लायक न हो जाए, तब तक वह चढ़ाऊ पर चढ़ाऊ देता रहे क्योंकि समय आने पर इसी चढ़ाऊ के बदले दुगनी नहीं, तो बराबर की जो राशि वापस आएगी उससे आधी

---

1. लेवड़ा : कच्ची भीतों से उतरने वाले गुबरैटे की छोटी-छोटी परतें।

2. सावा : शादी-विवाह का अवसर।

मुश्किल वैसे ही आसान हो जाएगी। किसी-किसी के लिए तो ये शादी-ब्याह के महीने इतने भारी पड़ जाते हैं कि आवता देते-देते उसकी ज़बान बाहर खिंच आती है। पर करा क्या जाए? जब दूसरे से लिया है तब उसे देना भी तो लाज़िमी है। समाज की इस संयुक्त धुरी पर ऐसे ही तो अमीर-ग़रीब सबकी गाड़ी खिंचती है।

पता नहीं किस समझदार समाजशास्त्री और अर्थशास्त्री ने यह परंपरा शुरू की होगी? यह सिलसिला कब से चला आ रहा है कोई नहीं जानता? लेकिन जिसने भी यह परंपरा शुरू की है और सिलसिला चलाया है उसका यह इलाक़ा हमेशा ऋणी रहेगा। अलग-अलग क़िस्मों की नकल बही, रोकड़ बही और हाथ बही में दर्ज हिंदी और उर्दू हस्तलिपियों में पिछली कई पीढ़ियों के शादी-ब्याह की तारीख़ों का अगर पता लगाना हो, तो इन बहियों से अच्छा और कोई गवाह नहीं हो सकता है।

ऐसा नहीं है कि सलेमी केवल न्यौतों को लेकर ही सचेत है बल्कि कपड़े-लत्तों से लेकर ज़ेवर-गहनों तक का उसने चुपचाप इंतज़ाम कर लिया है, क्योंकि वह जानता है कि बाबू को घर-गृहस्थी से अधिक क़ौम और मज़हब की चिंता रहती है। अल्लाहताला पर उसे इस हद तक भरोसा है कि उसके अनुसार समय आने पर वह सब काम अपने आप कर देता है, बेशक यह ना-चीज़ इनसान हाथ पर हाथ धर कर बैठा रहे। सलेमी ने ज़िंदगी से यही तो सीखा है कि अपने सिवाय किसी और पर भरोसा करना, अपने ऊपर से भरोसा ख़त्म करना है- यानी सलेमी ने पोते के ब्याह के इंतज़ाम में किसी भी तरह की कोताही नहीं बरती। कितने चावल लेने हैं, कितनी बूरा उठानी है, घी के कितने टीन लगेंगे इन सबकी ज़िम्मेदारी सलेमी ने मनीराम पर सौंप दी। और फिर यह ज़िम्मेदारी सौंपी भी किसे जाए? इस संबंध में सलेमी का दोटूक कहना है कि अगर शादी-ब्याह में खाने-पीने की ज़िम्मेदारी पूरी तरह किसी मेव पर छोड़ दी, तो हो गई काज-करनी यानी खाएँगे-खिलाएँगे कम, पहले भर-भर बासन अपने घर भिजवाएँगे।

रोबड़ा की सबसे छोटी छोरी के ब्याह में हुई थू-थू के बाद सलेमी ने उसी वक़्त तय कर लिया था कि अपने पोते के ब्याह में वह कोठियार का मुक़द्दम किसी मेव को तो हरगिज़ नहीं बनाएगा। चाहे वह कितना ही प्यारा क्यों न हो! भला ऐसे प्यारे का क्या फ़ायदा जो भरी बिरादरी में नीयत ख़राब होने पर नाक ही कटवा दे।

सलेमी की आँखों के आगे रोबड़ा की सबसे छोटी छोरी की बारात को जिमाते समय का दृश्य सजीव हो उठा—

लगभग सारी बारात जीम चुकी थी लेकिन जैसे ही अंतिम पंगत जीमने बैठी कि नबी खाँ बदहवास-सा लपका हुआ रोबड़ा के पास आया और कान में हड़बड़ाते हुए बोला, "रोबड़ा, अन्यायी पोलाव तो खतम् हो गो....... अब?"

सुनते ही रोबड़ा का सारा जिस्म तो पसीने से तर हो गया कि अधबीच में यह अच्छी थू-थू हुई।

"हाँ, खतम होगो..... मैंने अभी कोठियार में जाके देखो है के पोलाव का सारा देग तो खाली पड़ा हैं.......।" नबी खाँ ने पूरी बात बताते हुए कहा।

नबी खाँ की बात सुनते ही रोबड़ा के दिमाग़ ने जैसे काम करना बंद कर दिया। उसने चारों ओर देखते हुए नबी खाँ से पूछा, "सलेमी कहान् है?"

"अभी ढूँढ के लारो हूँ।" इतना कहते हुए नबी खाँ सलेमी को ढूँढने चला गया। थोड़ी देर बाद सलेमी के आते ही रोबड़ा घबराते हुए बोला, "य......यार सलेमी, पोलाव तो निबड़गो बतायो, अब कैसे होएगी?"

"ना यार!" सलेमी ने चौंकते हुए कहा, "रोबड़ा, मेरा हिसाब सू जितनो पोलाव बनो हो, वा हिसाब सू तो अभी पचास आदमी और खा लेता...... मेरो हिसाब आज तलक गलत बैठो तो ना है, पर अगर नबी खाँ कह रो है तो ऊ झूठ थोड़ी बोल रो है।" सलेमी आश्चर्य प्रकट करते हुए बोला।

"पर अन्यायी, अब तो कुछ करो...... मेरी तो भरी बिरादरी में नाक कट जाएगी।" आस्तीन से पसीना पोंछते हुए रोबड़ा ने लगभग गुहार लगाते हुए कहा।

रोबड़ा का कहना सही है कि अगर कुछ नहीं किया गया तो सचमुच आज खूब मिट्टीपलीद होगी, किंतु करा क्या जाए? ऐसा पहली बार हुआ है जब उसका अंदाज़ा उसे सबके सामने धोखा दे गया। रोबड़ा की मिट्टीपलीद तो होगी ही, उसकी भी साथ में होगी। सलेमी ने हर तरह से घटा-जमा करके देख लिया कि किसी भी हालत में पुलाव कम नहीं होना चाहिए । सलेमी को पता नहीं क्यों रह-रह कर लग रहा है कि उसका अंदाज़ा ग़लत हो ही नहीं सकता। डेढ़ सौ आदमी की बारात के लिए दस-दस किलो के तीन बकरे कम थोड़े ही होते हैं। हालाँकि कम तो दो बकरे भी नहीं थे लेकिन इसी डर की वजह से सलेमी ने तीन बकरों को हलाल करने के लिए कह दिया।

बारात की अंतिम पंगत जब जीमने बैठी तो बैठते ही सारी पंगत हत्थे से उखड़ गई कि जब बस की नहीं था तो क्यों पुलाव बनवाया? क्या पुलाव के बिना नाक फटी जा रही थी? क्या इस नगीना का यही रिवाज़ है कि आधी बारात को पुलाव खिलाओ और आधी को नहीं।

रोबड़ा की भरी बिरादरी और बारात के आगे खूब छीछालेदर हुई। बेटेवाले को जब पता चला तब वह थड़ी से लपका हुआ आया और अपने बारातियों को समझाने लगा। रोबड़ा हाथ जोड़ कर खड़ा हो गया और सिर से फेंटा उतार कर अपने समधी के पाँवों में धरते हुए बोला, "चौधरीऽऽ मेरी पत ए काई तरे बचा ले आऽऽज!" कहते-कहते रोबड़ा का गला भर आया।

रोबड़ा के समधी ने दोनों कंधों को पकड़ कर रोबड़ा को उठाया और तसल्ली देते हुए कहा, "चौधरी, कोई बात ना है....... ऐसी ऊँच-नीच तो हो ही जावे है।"

इसके बाद उसने अपने बारातियों को समझा-बुझा कर जीमने के लिए राजी कर लिया।

इस घटना से सबसे ज़्यादा आहत सलेमी हुआ क्योंकि बारातियों को खाने-पिलाने की ज़िम्मेदारी उसी की ही थी, किंतु उसके अंदाज़े और मीजान इस तरह सार्वजनिक रूप से चिंदी-चिंदी हो जाएँगे, यह अकल्पनीय था।

सारी बारात के जीमने के बाद जब मोहल्ले के जीमने का नंबर आया, तो यह देखकर नबी खाँ की आँखें फटी की फटी रह गईं कि अचानक यह पुलाव कहाँ से आ गया? नबी खाँ पुलाव से भरी बाल्टी को लेकर पंगत के बजाय सीधा सलेमी के पास गया और इस रहस्य की जानकारी दी।

पुलाव से भरी बाल्टी को देखते ही सलेमी की देह में जैसे आग लगती चली गई। उसने तुरंत रोबड़ा को बुलवाया और उसे बाल्टी दिखाते हुए बोला, "ले, देख ले.... मोहे तो पहलेई दाल में कुछ कालो दीख रो हो।"

"कोठियार को मुकद्दम कौण है?" हैरान होते हुए सलेमी ने रोबड़ा से पुनः पूछा।

"जुहर खाँ।" जवाब नबी खाँ ने दिया।

जुहर खाँ का नाम सुनते ही सलेमी को समझते देर नहीं लगी कि यह खेल वही खेल सकता है। जुहर खाँ की शक्ल याद आते ही पता नहीं क्यों सलेमी के भीतर उसके प्रति विश्वास की परतें दरकनी शुरू हो गईं। जुहर खाँ की बदनीयती से वह शुरू से ही वाक़िफ़ है।

सलेमी, नबी खाँ और रोबड़ा तीनों जब कोठियार में पहुँचे तो देखा जुहर खाँ एक देग से बाल्टी में पुलाव भर रहा है। जुहर खाँ ने पलट कर जैसे ही उनकी ओर देखा कि उसका चेहरा सफ़ेद पड़ता चला गया। ऐसा लगा जैसे एकाएक किसी अदृश्य शक्ति ने उसके जिस्म से ख़ून निचोड़ लिया।

"जुहर खाँ, ई कहा मामलो है....... पोलाव तो खतम् होगो बतायो.......?" सलेमी ने सीधे ही पूछ लिया।

"मैं...... मैं...... भी ई समझ रो हो के पोलाव खतम् होगो है प..... पर अब जब ई देग उघाड़ के देखो तो पतो चलो के ई तो पोलाव सू भरो पड़ो है......।" किसी तरह जुहर खाँ ने अपने आत्मविश्वास को बटोरते हुए जवाब दिया।

"झूठ मत बोल...... तैने जाण-बूझ के ई ओछोपन दिखायो है...... भला आदमी, तैने तो खरतवा वाली बात साबत करके दिखा दी के 'खेत बिगाड़े खरतवो, सभा बिगाड़े कूढ़; बिहा बिगाड़े लालची, केसर कर दे धूल'।" सलेमी ने दाँत पीसते हुए कहा।

"अन्यायी, तैने तो अपणी करनी में कोई कसर ना छोड़ी, पर मेरी जो माटी खराब हुई है वाको भी तोहे अंदाजो है।" रोबड़ा शांत भाव से बोला।

"मेरे यार जुहर खाँ, वैसे तो तू पेश-इमाम बणो घूमे है..... सारे दिन मजहब को ढोल पीटतो डोले है...... एक भी रोजा-रमजान ए ना छोड़े है और वैसे तेरी नीत में दुनिया भर को खोट भरो पड़ो है...... बेट्टी का बाप, यासू तो काई कुआ-

पोखर में जाके डूब मर......।"

जुहर खाँ का मुँह नहीं खुला। सलेमी ने सगे-संबंधियों से लेकर नाते-रिश्तेदारों के सामने जुहर खाँ को इस कदर ज़लील किया कि उसका वहाँ से जाना मुश्किल हो गया।

वहाँ उपस्थित सबके सामने सलेमी ने ज़मीन पर थूकते हुए कहा, "ई मेव की कौम तो बस खाणा पे मरी डोले है...... अरे, हिन्दून की काज-करनी में मजाल है थोड़ी-सी भी उन्नीस-बीस हो जाए...... और एक हम हैं के बस अपणो पेट भरणो चहिए...... ना काई की इज्जत को खियाल हैऽऽ ना आबरू को...... अरे, ऐसा मिंत सू तो दुसमन चोखो...... ऐसा माणस की कहा भली के 'पेट कतरणी लग रही ऊपर को ही प्यार, तुलसी ऐसा मिंत सू ना मिलणो दरकार'.......।"

"सलेमी, ऐसा कढ़ी बिगाड़ ही माटी पलीद करवावे हैं......।" नबी खाँ ने बात को सँभालते हुए कहा।

"जुहर खाँ, तैने तो ऊ बात कर दी के 'कायर सू कहा दोस्ती, बखत पड़े हट जाए; ओछा के संग बैठ के, पत पूरा की जाए'।" रोबडा ने अंततः बात को इस अंदाज़ में ख़त्म करते हुए कहा कि जो हो गया सो हो गया, बस आगत में सचेत और सतर्क रहना चाहिए।

इकतालीस

बैसाख के ख़त्म होते ही सलेमी के जितने भी नज़दीक के नाते-रिश्तेदार हैं एक-एक कर सबने आना शुरू कर दिया। औरतों ने पूरे घर से लेकर साळ को सफ़ेदी से पोत कर उनके ताखों और आलों के किनारों को बानी से पोत-चीत दिया। कोठी और पलैंढ़ी की भीतों में उकेरे गए बेल-बूटों में रंग भर दिया गया।

इधर तरकीला रामदेई के घर कई चक्कर लगा आई और यह तसल्ली कर आई है कि चाक में दिए जाने वाले बर्तन तैयार हैं भी या नहीं। इसी तरह एक दिन समय निकालकर पीहर जाकर वह भात भी न्यौत आई। पौली में मम्मन चमार के सबसे छोटे लड़के को, जिसने हाल ही में मैट्रिक की परीक्षाएँ दी हैं, पचास रुपए में तय करके बैठा दिया ताकि न्यौता डालने वालों का वही हिसाब रखे। थाली में एक पैन और एक नीली स्याही की दवात मँगवा कर रखवा दी। इसके अलावा एक बाईस की बीड़ी का पुड़ा रखवा दिया ताकि न्यौताधारियों को यह महसूस न हो कि वे सलेमी की पौली से बिना हुक्का-पानी के लौट आए।

इधर जैसे-जैसे ब्याह नज़दीक आने लगा, उधर वैसे-वैसे न्यौताधारियों की संख्या बढ़ने लगी और तेज़ी से बही में दर्ज होने वाले न्यौतों से पृष्ठ दर पृष्ठ भरने लगे यानी—नबी खाँ वल्द जैमन ने बाबू वल्द सलेमी के छोरा असलम के बिहा में

दिए 10) आवता 20) चढ़ाऊ।

—छोटेलाल वल्द छुट्टन कुम्हार 10) चढ़ाऊ।

—हरसाय वल्द घीसा खटीक ने बाबू वल्द सलेमी के छोरा के बिहा में दिए 20) आवता 30) चढ़ाऊ।

—हुसैनदीन वल्द हमीद खाँ 5) आवता 10) चढ़ाऊ।

लेकिन इस बीच इतना कुछ बदल चुका है कि यह पता ही नहीं चला कि कब और कैसे इतना सब बदल गया?

उस दिन तो रामदेई को जैसे धरती ही उलटी दिशा में घूमती दिखाई दी, जिस दिन वह चहकती हुई तरकीला को यह सूचना देने गई और जाते ही अपनत्व से भीगे शब्दों के साथ बोली, "तरकीला, बहाण मैं तो पूरी तैयार बैठी हूँ...... तेरो जब जी चाहे आ जइयो!"

"भावज, कहाँ की तैयारी होगी जो असलम की माँ ए बुलाण आई है...... हम भी तो बैठा हैं हीन्!" खाट पर लेटे-लेटे ही करवट लेते हुए बाबू ने मुस्कराते हुए पूछा।

"ले, मैं कै काई के साथ भगके जा री हूँ....... मैं तो चाक की कहण आई हूँ......।" रामदेई ने दीदों को मटकाते हुए बाबू के द्वि-अर्थी सवाल को स्पष्ट करते हुए कहा।

"पर भावज, हम तो अबके चाक ना पुजवा रा हैं......।" बाबू ने मुस्कराते हुए सहजता के साथ कहा।

"चाक काँई कू पुजवाएगो...... नेग और सीधो जो देणो पड़ेगो......।" बाबू से नज़र फेरते हुए रामदेई तरकीला की ओर मुड़ी और फिर बोली, "रंडी, छोरा को बिहा ऐसेई ना करो जावे है...... टका खरच होवे हैं, टका!"

तरकीला जो अब तक ख़ुद भी बाबू खाँ की बात को बेहद हलके ढंग से ले रही थी, वह भी रामदेई का समर्थन करते हुए बोली, "हाँऽऽ दारी, बिहा-छूछक कोई बालकन् को खेल थोड़ेई है जो बातन सू हो जाएगो....... असलम का बाप की तो मजाक करण की ऐसीई आदत है...... याकी बातन पे कहा जाए।"

"मैं कोई मजाक थोड़ेई कर रो हूँ....... खुदा तोड़ी, मैं ना पुजवाऊँगो कोई चाक-वाक.......।" इस बार बाबू ने पूरी गंभीरता के साथ कहा।

बाबू के कहने के तरीक़े और उसकी मुद्रा को देखकर तरकीला समझ गई कि न तो वह यूँ ही बोल रहा है, और न ही कोई ठट्ठा-मज़ाक कर रहा है। वह जानती है कि कुछ मामलों में वह कितना ज़िद्दी है। तरकीला ने बाबू के चेहरे को पूरी तरह पढ़ लिया। वह भीतर तक हिल गई लेकिन उसने अपने चेहरे से इसकी कंपन तक महसूस नहीं होने दी। उसने बेहद सफ़ाई से विषय बदल दिया, इतनी सफ़ाई से कि मजाल है रामदेई को लेशमात्र भी इसका अहसास तो हुआ हो।

तरकीला रामदेई को बाहर तक छोड़ने आई। इस डर से कि कहीं रामदेई

वापस आकर फिर से इसी विषय पर बात न शुरू कर दे।

जाते-जाते हँसते हुए रामदेई बोली, "तरकीला, असलम को बाप कहीं सच्ची तो ना कह रो है!" पता नहीं रामदेई को बाबू के कहे पर कैसे शक हो गया?

"इन मरदन् की बात को कहा भरोसो...... तू तो बेमतलब घबरा री है......रंडी, ई तरकीला अपना कौल की बहोत पक्की है....... मैं देखूँगी के कैसे ना पुजेगो चाक।" तरकीला ने भी हँसते हुए कहा।

रामदेई को बाहर छोड़कर तरकीला वापस भीतर आ गई।

यह तो ग़नीमत है कि सारी छोरी-छापरी से लेकर बहू-बेटी सब बँगला डोक से मिट्टी लेने गई हैं वरना आज ही खुल जानी थी सारी बात। वह धड़कते हुए कलेजे के साथ बाबू के पास आई और हिम्मत जुटाते हुए जैसे ही कुछ कहने को हुई कि उसे बाहर बायने से सलेमी की आवाज़ सुनाई दी, "ई तो छोटेलाल की बोहड़िया दीखे ही...... कैसे आई ही?" बायने के पास खड़े-खड़े ही पूछा सलेमी ने।

"वैसेई आई ही।" इतना कहकर तरकीला भीतर चली आई और सलेमी वापस पौली में।

तरकीला की समझ में नहीं आ रहा है कि वह ससुर के सामने क्यों झूठ बोल गई? क्यों नहीं उसने साफ़-साफ़ बता दिया कि रामदेई क्या कहने आई थी? यह आज उसकी ज़ुबान में कैसी आँट लग गई कि वह चाहते हुए भी सही बात नहीं कह पाई? रह-रह कर तरकीला को लगने लगा जैसे उसके भीतर कुछ घुमड़ने लगा है। उसकी पेशानी पर दुश्चिंताओं की अनेक इबारतें खिंच आईं और मस्तिष्क में अनहोनियों के छोटे-छोटे थक्के जमने लगे।

बाबू के पास जाते हुए तरकीला की शिराओं में बहता हुआ ख़ून मानो बाहर टपकने लगा। सफ़ेदी और बानी से पुती-चिती दीवारें उसे बदरंग दिखाई देने लगीं।

तरकीला ने सहमते हुए एक बार फिर बाबू खाँ के मन्तव्य की टोह लेनी चाही, "तू भी बखत-बेबखत जो मुँ में आए है बकतो ही होवे है!"

"यामें बकणा की कहा बात है...... अरे, मेवन् में अब कौन पुजवाए है चाक-वाक...... पाँच-सात घड़िया-मटका वैसेई लिअइयो...... और फिर ये सब तो हिंदून का चोचला हैं, हमारा हदीस में कहान् लिक्खी है के मुसलमान का बालकन् का बिहा में चाक पुजवायो जाए...... तैने सुनी ना ही के तेर' भाई ने बिहा भिजवाते बखत मतीन नाई सू साफ-साफ कहवा दी ही के बिहा सरीअत और हदीस के बीच होणो चहिए......।" एक ही साँस में बाबू ने सब साफ़ कर दिया।

तरकीला से कुछ नहीं बोला गया। बस, हलका-सा प्रतिवाद करते हुए बोली, "मैं कद रोक री हूँ के तू बिहा हदीस सू मत कर...... पर हम अपणा चाव-चोचला भी पूरा ना कराँ....... पतो ना ई इसलामू बिहा में ऐसो कौन-सो कंचन बरसाएगो जो सब बातन् पे पाबंदी लगातो डोल रो हैं...... यासू पहले थोड़ेई हुआ हैं हमारे हीन् बिहा.......।" तरकीला अपनी सारी झुंझलाहट अपने भाई पर उतारती हुई कई

अनसुलझे सवालों को छोड़कर, परात उठा कर बाहर चली आई।

शाम को तरकीला ने जब बाबू का निर्णय अपने ससुर और फुफिया सास रहमती को सुनाया, तो पल भर के लिए उन दोनों को भी लगा जैसे उनके हलक़ में कुछ अटक-सा गया है, किंतु किया क्या जाए? बाबू की ज़िद और उसके स्वभाव के आगे किसी की हिम्मत नहीं पड़ती है।

काफी देर तक पौली में चुप्पी छाई रही। सलेमी की समझ में अब आया है कि मतीन नाई से ब्याह लेते समय बाबू ने मतीन के इस अंतिम वाक्य–यानी ब्याह शरीअत और हदीस के मुताबिक़ ही होगा, के प्रत्युत्तर में तपाक् से क्यों कहा था कि चिंता मत करियो मतीन, अल्लाह ने चाही तो निकाह मुसलमान शरीअत और हदीस के बीच ही होएगो......!

बाबू के निर्णय का किसी ने खुलकर प्रतिवाद नहीं किया–न तरकीला ने, न सलेमी ने। और तो और फूफी रहमती की भी हिम्मत नहीं हुई कि वह बाबू को समझा कर तो देखे। रहमती अपने भतीजे को अच्छी तरह जानती है कि वह कब किसका पानी उतार दे, कोई भरोसा नहीं उसका? इसलिए रहमती ने भी चुप रहना ही बेहतर समझा।

सलेमी को जब कुछ नहीं सूझा तब वह डहले से उठा और यह कहते हुए बाहर निकल गया, "जैसी तेरी मरजी, तेरा जो जी में आए वैसो ही कर!"

सलेमी का 'तेरा' से आशय बाबू से है जो इस समय उसके सामने उपस्थित नहीं है।

बैसाख के अंत तक पहुँचते-पहुँचते आसमान में धूल-गोलों की चमक और धमाकों के स्वर और तेज़ हो जाते हैं। काले पहाड़ की खोह में बसे नाँगल, साँठावाड़ी, गुमट, खोयरी, नौटकी, सरेटा, करहेड़ी, घाघस, मूलथान, नावली में आने-जाने वाली बारात की ओर से जब भी कोई धूल-गोला लोहे की नाल को छूता हुआ सर्र से निकलकर सुलगता हुआ आसमान में जाकर फटता है, तब उसकी प्रतिध्वनि पहाड़ के वैराग्य को छेड़ती हुई देर तक उसकी घाटियों में गूँजती रहती है। पहले जहाँ रथ, बहली और लडहों में जुते बैलों के खुरों और पहियों से उड़ती हुई गैल-दगड़ों की धूल में सना सूरज बार-बार अपने चेहरे को छिपाने की कोशिश करता था, वहाँ अब कंकरीट की सड़कों को रौंदती हुई मारुतियों में लगे स्टीरियों से सिंघलवाटी[1] और अन्य लोक-गीतों की धुनों पर वही सूर्य चुपचाप धीरे-धीरे थिरकता रहता है।

बैसाख की गरम हवाएँ जब-जब जिस्म से टकराती हैं तब-तब मारे उच्छ्वास के पूरा जिस्म एक शीतलता से नहा उठता है। सलेमी ने सबसे पहले यही किया कि मनीराम, हरसाय, बुद्धन और छोटेलाल से उसने साफ़-साफ़ कह दिया कि

1. *सिंघलवाटी : अश्लील मेवाती लोक–गीत।*

अगर उन्होंने बारात में चलने से किसी भी तरह की नाई-नुकर की तो उससे बुरा कोई नहीं होगा। इसलिए उसने इन्हें ही नहीं बल्कि पूरे चौधरी मोहल्ले को चूल्हा-न्यौत दे दिया ताकि भविष्य में लोग उसका मुँह यह न कह कर काला करें कि इकलौते पोते के ब्याह के नाम पर चिरी की चिट्‌ठी आ गई। जब पूरा मोहल्ला उसे हर काज-करनी में पूछता है तब उसका भी फ़र्ज़ बनता है कि अपने सामने वह पूरे मोहल्ले को खिला कर जाए पोता ब्याहने। इस बाबू का क्या भरोसा कि उसके मरने के बाद मोहल्ले से उसकी बनती भी है या नहीं? इसी का नाम रुसूख़ है कि जब कोई आपको दो बार अपने यहाँ बुलाए, तब आपका भी यह फ़र्ज़ बनता है कि आप भी उसे अपने यहाँ कम से कम एक बार तो बुलाएँ। क़ायदा तो यही कहता है। बाकी आदमी-आदमी की समझ है।

जिस दिन मतीन नाई पोते का ब्याह लेकर आया था, उसके अगले ही दिन मतीन को विदा करने के बाद सलेमी मनीराम और रोबड़ा को लेकर सीधे टपल्लिया चमार की दुकान पर पहुँच गया—धूल-गोलों, अनार, चरखी और दूसरी आतिशबाजियों का आर्डर करने। आर्डर बुक कराने के बाद दुकान से चलते वक़्त सलेमी ने टपल्लिया से दोटूक कह दिया, "रिस्तेदार, पईसान् की चिंता मत करियो......पर एक बात याद रखियो के एक भी गोला फुस्स ना होणो चहिए।"

"फुस्स की तो बात ही छोड़ दे नातेदार, ऐसे गोरा दूँगो के जाकी अबाज नगीना में उल्टो आके सुन लीजो......या बात की ओड़ सू बेफिकर रह...... पूरे समधानै में टपल्लिया के गोरा ई गोरा फूटते दीखेंगे।" टपल्लिया ने भी आर्डर बुक करते हुए पूरा आश्वासन देते हुए कहा।

"रिस्तेदार, पोता ए बिहान जारो है सलेमी, या मारे अच्छी आतिसबाजी होणी चहिए।"

"मनीराम, तू फिकर मत कर...... या नगीना की आन पे कोई आँच ना आएगी मेरी ओड़ सू।"

"ठीक है सलेमी, ला सौ रुपिया दे!"

सलेमी से सौ का नोट लेकर उसे अग्रिम के रूप में टपल्लिया को देते हुए मनीराम बोला, "ले, साई ले!"

साही देने के बाद तीनों वापस चले आए।

इस नगीना के बारे में ख़ुद सलेमी ही नहीं पूरा नगीना भी कहता है कि यह गाँव बाहर से आने वालों के लिए बहुत लहना है। यहाँ के मूल-वाशिंदों की हालत तो बद से बदतर होती जा रही है और बाहर से आए लोगों को यह न केवल दौड़कर ओटता है बल्कि उनकी कार-कमेर में भी ख़ूब बरकत करता है। ऐसे एक नहीं कई उदाहरण हैं—हरसरूप डॉक्टर को कौन नहीं जानता है! जब इसने

इस नगीना की शरण ली थी तब इसके पास क्या था? वही गोयल डॉक्टर जो क्लिनिक पर मरीज़ के क़दम रखते ही उसकी माँ-बहन की ऐसी-तैसी करना शुरू कर देता है, क्या था? लेकिन बावजूद इसके उसके क्लिनिक पर ऐसी भीड़ लगी रहती है कि हारकर उसे ही मना करना पड़ता है। आज वही गोयल डॉक्टर है, जिसकी दुकान मरीज़ों से ज़्यादा ताश खेलने वालों से भरी रहती है। दिन में पट्ठा डॉक्टरी के साथ-साथ ताश खेलता है और शाम को माता के मंदिर में खड़ताल लिए पाँच-छः नए-नए लौंडो-लपाड़ों के साथ चंचल के फिल्मी गानों की तर्ज़ पर भजनों में बिलकुल बाल-ब्रह्मचारी की तरह रमा रहता। एक यह टपल्लिया चमार है जो उत्तर प्रदेश के टप्पल जैसे भरे-पूरे क़स्बे को छोड़कर काले पहाड़ की तलहटी में बसे इस गाँव में मज़े से गुजर-बसर कर रहा है।

और तो और कौन नहीं जानता डॉ. नसीर और डॉ. शफ़ीक़ आज़ाद को, जिन्होंने आज अपने आपको इसी नगीना में बाली के पाँव से भी अधिक मज़बूती के साथ जमा लिया है। कौन नहीं जानता है इसी डॉक्टर नसीर की हवेली का दिन पर दिन आसमान छूने का राज़? सब जानते हैं कि इस हवेली पर टँगे हरे और केसरिया झंडे के बीच में बने कमल का पैसा इस हवेली की दीवारों में लगे चूने-मसाले में किस क़दर घुला हुआ है। और यह डॉक्टर शफ़ीक़, दिन में या तो क्लिनिक पर आने वाले भोले-भाले मेव मरीज़ों की नसों में इलाज़ के साथ-साथ इस मुल्क और हिंदुओं के ख़िलाफ़ साम्प्रदायिकता का धीमा ज़हर घोलता रहता है या फिर कभी चौधरी करीम हुसैन, तो कभी चौधरी मुर्शीद अहमद के लिए बड़ी सफ़ाई से पूरी तटस्थता के साथ दलाली करता रहता है—क्या था इसके पास, जब इसने पंचायती दुकानों में अपना क्लिनिक खोला था?

डॉ. नसीर फ़ितरतन डॉ. शफ़ीक़ से कम नहीं है। दोनों में अगर अंतर है तो केवल इतना कि डॉ. नसीर ने समय से पहले एक ऐसी पार्टी की पूँछ पकड़ ली, जिसका अस्तित्व और आधार इस इलाक़े में बिलकुल नहीं है। देश में अल्पसंख्यक होने के नाते पार्टी से चुनावों के दौरान खूब पैसा मिलता है और चुनावों के बाद उसमें से जो पैसा बचता-बचाता है, इस हवेली को ख़ूबसूरत तथा और ऊँचा करने में लग जाता है। ताकि झंडा ऊँचा रहे हमारा की तर्ज़ पर केसरिया झंडा और ऊँचा हो जाए। लेकिन डॉ. शफ़ीक़ का दुर्भाग्य यह है कि जब तक वह किसी पार्टी के कमज़ोर छेदों को ढूँढ़ पाता है तब तक उस पार्टी की गाड़ी पटरी से उतर चुकी होती है, किंतु फिर भी वह भागते भूत की लँगोटी से बहुत कुछ हासिल करने में कामयाब हो जाता है। सलेमी को कभी-कभी इन विस्थापितों से बेहद डर लगता है लेकिन इसके बावजूद इस बेमुरव्वत और बेग़ैरत नगीना को जब यही सब पसंद है तब वह क्या कर सकता है? इस नामुराद नगीना ने एक नहीं ऐसे दर्जन भर विस्थापितों को पनाह दी हुई है—कहीं लपाड़िया, तो कहीं झुपड़िया, कहीं रहणिया

तो कहीं घाघसिया, कहीं घासेड़िया तो कहीं नूहइया, अर्थात जो जिस गाँव-खेड़े से उजड़ा हुआ है वह मज़े से इस नगीना में पौ-बारह कर रहा है। इसलिए धीरे-धीरे यह नगीना निर्वासित-विस्थापितों का जज़ीरा बनता जा रहा है और इसके मूलवासी एक-एक करके इसका परित्याग करते जा रहे हैं—अपनी जड़ों से उखड़े हुए रूखों की तरह।

इसी टपल्लिया को बारह महीना जैसे बिलकुल फ़ुरसत नहीं रहती है, जिसकी अँगुलियों के बीच अभी भी सौ का नोट फँसा हुआ कसमसा रहा है।

टपल्लिया ने नोट को जेब के हवाले किया और बाहर दगड़े में खुदे हारे के पास रखी चिलम को ताज़ा करने के लिए उठ गया।

बयालीस

जिस दिन से रामदेई तरकीला के घर होकर आई है उसी दिन से उसे न जाने क्यों कुछ अजीब-सा लग रहा है। हालाँकि उसे अभी भी यक़ीन नहीं है कि बाबू ने उस दिन जो कुछ उससे कहा था वह महज हँसी में कही गई बात थी, या उसने सचमुच ऐसा न करने के लिए कहा था? उसने घर आकर यह बात छोटेलाल तक को नहीं बताई। बता कर करेगी भी क्या? क्या छोटेलाल के कहने से बाबू मान जाएगा? रामदेई इसी ऊहापोह में उलझी रही और अंततः उसने यही कहकर मन को समझाने की कोशिश की कि जब होगा देखा जाएगा।

चाँद की आठ तारीख़ जैसे-जैसे नज़दीक आने लगी वैसे-वैसे रामदेई ही नहीं तरकीला की शिथिलता भी बढ़ने लगी। हालाँकि तरकीला के जिस्म में तो उच्छ्वास और उल्लास का वेग होना चाहिए कि वह सास बनने जा रही है लेकिन हो इसके ठीक उलटा रहा है। अनेक आशंकाओं और अनहोनियों के ढेले उसे अभी से फूटते दिखाई देने लगे हैं। उसने कई बार सोचा भी कि वह रामदेई को जाकर बता आए कि बाबू ने चाक न पुजवाने की जो बात कही थी वह मज़ाक में नहीं, पूरी गंभीरता के साथ कही थी। किंतु हर बार उसके पाँव रामदेई की ओर जाते-जाते यह सोचकर रुक गए कि व्यर्थ में बेचारी का उत्साह क्यों ठंडा किया जाए!

उधर रामदेई भी किसी न किसी काम के बहाने तरकीला के पास कई बार जा चुकी है लेकिन हर बार वह यह पूछते-पूछते रह जाती कि बाबू ने उस दिन सच में हँसी में कही थी न चाक न पुजवाने की बात! वह जब भी तरकीला के घर से वापस लौटती है तभी वह मन ही मन दादाखानू का सुमरन कर कहती है, 'हे दादाखानू, के तो बाबू की बात मजाक ई होए!'

अपनी ओर से सारी तैयारी कर ली रामदेई ने। ख़ुद अपने हाथों से सुर्ख़ और

सुघड़ मटकों को छाँट कर भीतर चौक में एक ओर रख दिया। छोटेलाल तो सबसे बेख़बर इसी कल्पना में गोते लगाने में मस्त है कि वह काका सलेमी से इस बार पूरे इक्यावन रुपए लेगा। इसी कल्पना में गोता लगाते हुए छोटेलाल ने पूरे दगड़े को बुहारे से झाड़कर पानी की छः-सात बालटियाँ औंधा दीं ताकि चाक पुजवाने के वक़्त धूल न उड़े।

जेठ की आग बरसाती गरम हवाओं की परवाह किए बिना छोटेलाल पूरी दोपहरी दगड़े की साफ़-सफ़ाई में लगा रहा। जोश और उल्लास में वह यह भी भूल गया कि सिर पर कम से कम कोई लत्ता तो डाल ले। पूरे दगड़े में इधर-उधर फैले हुए ठीकरों को उसने बुहारे से झाड़ कर एक ओर कर दिया। बर्तन बनाने वाले मिट्टी के डूह पर उसने तीन-चार टाट के टुकड़ों से जोड़ कर बनाए गए उस पर्दे को लाकर ढाँप दिया, जो जाड़ों में उस दीवार का काम करता है जिसके एक ओर छोटेलाल का परिवार सोता है, तथा दूसरी ओर गधों के मूत और लीद की दुर्गंध से सनी दुलत्तियाँ पूरी रात चलती रहती हैं।

मिट्टी को ढाँपना इसलिए भी ज़रूरी है कि चाक पूजने के लिए सिर्फ़ बड़ी-बूढ़ियाँ, प्रौढ़ और नवोढ़ाएँ ही नहीं आती हैं बल्कि उनसे कहीं ज़्यादा बच्चों की वह वानर सेना आती है, जिनसे निपटना कोई आसान काम नहीं है। फिर ये बच्चे यह थोड़े ही देखते हैं कि इस मिट्टी में कूड़ा-करकट या कंकर-पत्थर के टुकड़े मिलने का क्या मतलब होता है। तीन दिन पहले ही लीला मैंबर के चाक पूजने का ख़ामियाजा वह अभी तक भुगत रहा है। उसे क्या पता था कि चाक में होने वाले नाच को देखने के लिए पूरा चौधरी मोहल्ला तो क्या पूरा चमरवाड़ा तक टूट पड़ेगा।

इसीलिए छोटेलाल आज किसी तरह की कोताही नहीं बरतना चाहता है।

अपनी ज़िम्मेदारी से निवृत्त होकर छोटेलाल वहीं पाखे की ओट में उतर आई छाया में बिछी खाट पर लेट गया, और इंतज़ार करने लगा आग के गोले को काले पहाड़ की देह के नज़दीक आने का।

आग बरसाता हुआ सूरज जैसे-जैसे पच्छिम की ओर तेज़ी से लुढ़कता जा रहा है, वैसे-वैसे रामदेई भी किसी न किसी काम के बहाने चोर नज़रों से सलेमी के घर की ओर जा रही गैल को कई बार देख आई है। पाखे की ओट में लेटे-लेटे ही छोटेलाल ने करवट लेकर यह देखने की कई बार कोशिश की कि दिन छिपने में अभी कितनी देर है। उसने कई बार रामदेई से कहा भी, "तू एक बर तरकीला के कनै जा तो सही के अभी कितनी देर और लगेगी?"

लेकिन रामदेई हर बार जानबूझ कर टाल गई। उसे उस दिन वाली आशंका सच प्रतीत होती-सी लग रही है क्योंकि मजाल है तरकीला एक बार भी उसके पास आज आई तो हो, वरना अब तक तो वह दगड़े को कई बार खूँद चुकी होती।

दिन का तीसरा पहर ख़त्म होने के बाद भी गरम हवाओं की प्रचंडता में किसी

तरह की कोई कमी नहीं आई। खाट पर लेटे-लेटे ही छोटेलाल ने महसूस किया जैसे उसका जिस्म धीरे-धीरे अकड़ता जा रहा है। होंठों पर उसने अँगुली फेर कर देखी तो वे भी उसे खुश्क-से दिखाई दिए। गरमियों में प्रायः इस तरह देह हो ही जाती है। वह अलसाया-सा माटी के डूह की ओर देखता है तो उसने देखा कि उसके ऊपर बिछे टाट पर जगह-जगह तिनकों के छोटे-छोटे ढेर लग आए हैं। वह यही सोचकर लेटा रहा कि चाक पुजने के बाद वह सारी सफ़ाई एक बार ही कर देगा, कौन बार-बार कसाला करे!

उपरलीघाँ की महजत की गुम्बद पर टँगे लाउडस्पीकर से फूटे अस्र की अज़ान के स्वर भी उसे कहीं दूर से आते लगे। उसने दाएँ हाथ की अँगुलियों से बाएँ हाथ की कलाई की नब्ज़ को टटोलते हुए ख़ुद ही देखा तो उसे लगा उसकी नाड़ी की गति कुछ बढ़-सी गई है। इसके बाद उसने पसीने से चिपचिपा गए माथे को छूकर देखा तो उसे वह भी कुछ गरम-सा लगा। उसने आवाज़ देकर रामदेई को बुलाया। रामदेई पता नहीं क्या सोचकर बाहर लपकी हुई आई लेकिन बाहर ऐसा कुछ भी न पाकर, वह वापस भीतर जाने लगी तो छोटेलाल ने करवट बदलते हुए धीरे-से कराहते हुए कहा, "एक गडी पानी लइयो!"

रामदेई ने कल ही जेघड़ बदली है, उसमें से वह एक गडी ठंडा पानी लाई और उसे छोटेलाल को देकर वहीं बैठ गई।

छोटेलाल ने पहले आधी गडी पानी पिया और बाकी बचे पानी से मुँह धोकर, गडी को ज़मीन पर टेक दिया। वह फिर खाट पर लेट गया और लेटे-लेटे ही पूछा, "कितनो टेम होगो होएगो?"

"टेम कहा, दिन ही छिपन वालो है।" रामदेई ने बताया।

"कहाऽऽ! दिन छिपन वालो है!" चौंक कर खाट से उठते हुए छोटेलाल फिर बोला, "दिन छिपन वालो है, और तू याँ बैठी है?"

"और, झाँझ बजाऊँ!" रामदेई इस बार झुँझलाते हुए बोली।

"अरे, काका सलेमी को चाक आन वालो है और तू......"

"कोई चाक-वाक ना आ रो है..... चुपचाप लेटो रह!" रामदेई ने खीजते हुए आख़िर कह ही दिया।

"कहा मतलब?" हैरत और झुँझलाहट के साथ छोटेलाल ने पूछा। इस बार जैसे वह भूल ही गया कि उसका जिस्म धीरे-धीरे अकड़-सा रहा है। माथा गरमा रहा है और हाथ की नाड़ी की गति बढ़ती जा रही है।

"मतलब यहीऽऽ के बाबू ने अब के मना कर दी है चाक पुजवाणा सू।"

"तोहे कैसे पतो?"

"मैं गई भी ही एक दिन तो बाबू बोलो के हम न पुजवाएँगा अब के कोई चाक-वाक....... मैं पहले तो समझी के ऊ मजाक कर रो है....... पर कल तरकीला ने दोटूक मना करी दी के बहाण, असलम को बाप कह रो है के ये सब

तो हिंदून् का चोचला हैं...... हमारा हदीस में कहीं ना लिख री है के मुसलमानन् में चाक पुजे है।" रामदेई ने सारी असलियत कह डाली एक ही साँस में।

"पर तैने तो आज तलक मोकू कुछ ना बताई.......।" छोटेलाल के नथुनों से गरम-गरम साँसें निकलनी तेज़ हो गई।

"मैं कहा बताती तोहे...... और फिर बता देती तो तू कहा करतो...... जब काई को मन कर ही ना रो है तो कोई मरो थोड़ेई जावे है।"

इतना कहकर रामदेई उठकर जाने लगी तो कराहते हुए एक बार फिर छोटेलाल बोला, "सुन, माटी पे ढकी या पल्ली ए हटा दे और मोहे एक गडी पानी और दे जा!"

मिट्टी पर ढकी टाट की पल्ली को उठाकर रामदेई अंदर जाने लगी, तो छोटेलाल को लगने लगा जैसे उसकी आँखें धीरे-धीरे चढ़ने लगी हैं। उसने महसूस किया जैसे धीरे-धीरे उसकी खाट हवा में उठ रही है। रामदेई के हाथ में लटकी पल्ली में उसे असंख्य छेद दिखाई देने लगे। झाड़ू लगे दगड़े में छिड़काव कर दिए गए पानी से उठती भाप की माटी मिली गंध से उसका सिर फटने लगा, और अगले ही पल छोटेलाल की गर्दन खाट की पाटी पर एक ओर झूल गई। मुँह से राल टपकने लगी।

रामदेई जब पानी का गडुआ लेकर वापस बाहर आई तो छोटेलाल की हालत देखकर घबरा गई। उसने लपक कर पानी से भरे गडुए को रखा तथा उसे सँभालने की कोशिश करने लगी। उसने कई बार पास रखे गडुए से चुल्लू में पानी लेकर छोटेलाल के मुँह पर छींटे भी मारे लेकिन पहले की तरह छोटेलाल की गर्दन इस बार दूसरी ओर झूल गई। पूरा जिस्म जैसे लुहार की भट्टी से निकला हुआ लगा।

रामदेई के हाथ-पाँव फूल गए।

रामदेई दौड़कर सबसे नज़दीक पड़ने वाले बुद्धन के घर गई तो वहाँ सिर्फ़ भौंरी ही मिली। रामदेई भौंरी से बमुश्किल कह पाई कि छोटेलाल की हालत एकाएक ख़राब हो गई है। भौंरी ने सुना तो वह भी सहम गई। वह लपक कर छोटेलाल के पास आई तो देखा सचमुच छोटेलाल की हालत ख़राब है। तब तक रामदेई लपक कर रमजानो और रुमाली को भी बुला लाई।

इसके बाद तो पूरे चौधरी मोहल्ले में छोटेलाल की अचानक ख़राब हुई हालत की ख़बर आग की मानिंद फैल गई। जिसने भी सुना वही दौड़ा आया। सलेमी, रोबड़ा, मनीराम, नबी खाँ, हुसैनदीन, हरसाय, सुभान खाँ ही नहीं बल्कि सलेमी के जितने भी नाते-रिश्तेदार थे सब दौड़े चले आए।

छोटेलाल की हालत देख कर थोड़ी देर के लिए तो सब घबरा गए।

"छोटेलाल के तो झगर[1] लगी है.... रुमाली, सेड़देसेनी जा और छान में पोदीना की जो झुट्टी उड़सी पड़ी है न, वाहे लिया..... रमजानो, तिहारे घर दो-चार

1. झगर : लू।

प्याज की गाँठ पड़ी होएँ तो उन्ने निचोड़ ला.......!" मनीराम की जिस पर भी नज़र पड़ी, उसी से बोला।

"मनीराम, प्याज-व्याज का चक्कर ए छोड़...... याकी तो हालत जादा खराब है..... याहे जल्दी गोयल डाकधर के पै ले चलो.....।" सलेमी ने छोटेलाल की नब्ज़ को टटोलते हुए कहा।

सलेमी की सलाह सबको उचित लगी। तुरंत उसी खाट पर छोटेलाल की मूर्छित देह को सीधा किया और डॉक्टर के पास ले जाने की तैयारी होने लगी। तब तक इधर-उधर से ढेर सारा पोदीना और प्याज की अनेक गाँठें भी आ गई।

छोटेलाल को खाट समेत उठाकर जैसे ही सब चलने लगे कि रामदेई की हिलकियाँ बँध गई, "अरी काकी, मेरा सुहाऽऽग ए काई तरे बचा लेओऽऽ!"

"रामदेई, बावली होगी है...... अल्ला सबकी सुणे है।" रमजानो अपनी बाज़ू को आड़ा कर रामदेई को सहारा देती हुए बोली।

"रामदेई घबराए मत..... दादाखानू पे भरोसा राख।" भौंरी ने तसल्ली देते हुए कहा।

"बेटी, ऐसी हारी-बीमारी तो चलती रहवे हैं..... सब ठीक हो जाएगो......।" रोबड़ा जाते-जाते बोला।

छोटेलाल को लेकर वे अभी जुम्मा महजत के पास ही पहुँचे होंगे कि तभी मग़रिब की अज़ान लग गई। अज़ान सुनकर सलेमी ने मनीराम से कहा, "मनीराम, तम छोटेलाल ए गोयल के पै ले के चलो..... मैं निवाज पढ़के अभी आ रो हूँ।" इतना कहकर सलेमी महजत की सीढ़ियों पर चढ़ने लगा तो एकाएक जैसे उसे कुछ याद आ गया। वह तुरंत उलटे पाँव सीढ़ियों से उतरा और मनीराम को हेला देते हुए बोला, "अरे मनीराम, सुनियोऽऽ!"

मनीराम वापस लौट आया सलेमी के पास।

"ले, कुछ पईसा ले जा!" इतना कहते हुए सलेमी ने कुर्ते की जेब से पचास का नोट निकाला तथा मनीराम की ओर बढ़ा दिया।

"रहन दे, पईसा तो हैं मेरे कनै!"

इतना कहकर मनीराम गोहरवाली की ओर वापस मुड़ने लगा, तो पीछे से सलेमी उसके हाथ पर पचास का नोट जबरन धरते हुए बोला, "ले, धर लेए न..... अरे, और जरूरत ना पड़ेगी?"

"सलेमी इतना तो हैं मेरे कनै...... तू निवाज पढ़ के तावली आ जा।"

इतना कहकर मनीराम जाने लगा तो सलेमी ग़ुस्सा होते हुए बोला, "मनीराम, मान लेए करे हैं काई की बात!"

मनीराम से कुछ भी कहते नहीं बना। उसने पचास का नोट क़मीज़ की जेब में रखा और तेज़-तेज़ कदमों से गोहरवाली की ओर बढ़ गया।

जिस वक़्त यह छोटा-सा हुजूम छोटेलाल को लेकर गोयल डॉक्टर के क्लिनिक पर पहुँचा, उस वक़्त भी वहाँ अन्य दिनों की तरह लगभग आधा दर्जन लोग ताश के बावन सिपाहियों के साथ जद्दोजेहद में जुटे हुए थे। इन जद्दोजेहद करने वालों में ख़ुद गोयल डॉक्टर भी था और शायद इन बावन सिपाहियों के संग्राम में वह एकाध बार पटकनी खा चुका था। इसीलिए झुँझलाते हुए उसने पत्तों को फ़र्श पर फेंका और बग़ैर कुछ कहे स्टेथस्कोप जैसे ही छोटेलाल के सीने पर रखा और दूसरे हाथ की अँगुलियाँ नब्ज़ पर रखीं कि अँगुलियाँ रखते ही वह मनीराम पर चढ़ गया, बिना टिकट, "अभी और मत लाते इसे दस-पाँच मिनट बहनचो...... तब चलते हैं डॉक्टर के पास जब लगता है कि अब अपनी माँ की ऐसी-तैसी कराए बिना काम नहीं चलेगा...... अबे ओ बोसा! मादरचोद फटाफट स्टैंड पर ग्लूकोज लगा...... उल्लू के पट्ठे, तू भी पूरा चैंपियन बना हुआ है आजकल.....।"

गोयल डॉक्टर ने सारी झुँझलाहट अपने उसी शागिर्द बोसा पर उतारते हुए कहा, जो दिन में तो उसके क्लिनिक में कम्पाउंडरी के साथ-साथ ताश के सिपाहियों की चुपचाप इशारों में जासूसी करता है, और सुबह-शाम माता के मंदिर में अपने इसी परम गुरु के साथ चिमटा खड़काता रहता है। हालाँकि कहा तो यह जाता है कि बोसा का पाठशाला के रजिस्टरों के अनुसार असल नाम सुनील दत्त पाहवा है, किंतु पता नहीं उसका नाम बोसा किस नामुराद ने रख दिया। अगर इसे यह पता होता कि 'बोसा' शब्द का अर्थ नगीना के हिसाब से कितना अश्लील है, तो वह इस नाम से बुलाने वाले का टेंटुआ दबा देता। लेकिन अब बहुत देर हो चुकी है क्योंकि न तो आधे से गाँव को इस बोसा का मूल नाम पता है और न ही इसे इस पर कोई एतराज है। हाँ, घर में इस नाम से इसे कोई नहीं पुकारता है, ख़ासकर तब से, जबसे इसकी शादी हुई है। पत्नी तो इसे सुनील जी ही कहकर बुलाती है।

बोसा ने फटाफट किसी प्रशिक्षित कम्पाउंडर की तरह स्टैंड पर ग्लूकोज़ की बोतल लटकाई और आगे के काम के लिए वह अपने परम गुरु गोयल डॉक्टर के आदेश का इंतज़ार करने लगा। इस बीच वहाँ जमा पूरा ठट्टा गोयल डॉक्टर की गालियों को सुनता रहा। मजाल है प्रतिवाद में किसी ने एक शब्द तो कहा हो। हालाँकि थोड़ी देर बाद यही गोयल डॉक्टर जिस तरह मनीराम, रोबड़ा और बुद्धन से बातें करने लगा, उसे देखकर लगा ही नहीं कि यह वही सनकी डॉक्टर है, जो थोड़ी देर पहले मरीज़ से लेकर उसे लाने वालों, और अपने शागिर्द बोसा जिसे कभी-कभी स्नेहपूर्वक गोयल डॉक्टर बोसा राम के नाम से पुकारता है, की माँ-बहन की ऐसी-तैसी कर रहा था।

"ठीक है, घबराने की कोई बात नहीं है, मादरचो, के लू लग गई है'...... अब मजे से रहो!"

अभी गोयल डॉक्टर और भी कुछ कहने जा रहा था कि तब तक सलेमी भी

आ पहुँचा। आते ही उसने छोटेलाल के बारे में पूछा।

सलेमी को देखकर गोयल डॉक्टर एकदम उलटे अंदाज़ में बोला, "घबराने की कोई बात नहीं है, सब ठीक हो जाएगा।"

"सलेमी, तू बढ़िया रहो, नहीं तो आज तोहे खूब सुहाली मिलती।" मनीराम ने हँसते हुए सलेमी से कहा।

"यार मनीराम, सुहाली ही क्या करे लोगों को भी तभी बीमार होना होता है जब पपलू में मेरी माँ की....... चल छोड़ यार......।" इतना कह कर गोयल डॉक्टर फिर ताश के सिपाहियों की सेना में जा मिला।

जब तक छोटेलाल के ग्लूकोज़ चढ़ता रहा, रामदेई वहीं खाट की पाटी से सिर टिकाए बैठी रही। पूरी रात नींद के हलके-हलके झोंकों में निकाल दी रामदेई ने। सवेरे जब उसने छोटेलाल को आँखें खोले छत की ओर टकटकी लगाए देखा, तब उसकी साँस जैसे वापस लौट आई।

क़रीब नौ बजे गोयल डॉक्टर ने छोटेलाल को घर ले जाने के लिए कह दिया। छोटेलाल को रामदेई जब वापस घर ले आई तो रामदेई को एकाएक जैसे कुछ याद आने लगा, किंतु तब तक बहुत कुछ ख़त्म हो चुका था। अब तो एक दिन पहले की बातों को याद करते हुए लगता है, मानो उन बातों को बीते हुए एक युग बीत चुका है। घर आते ही रामदेई ने इधर-उधर बेतरतीबी से बिखरा हुआ सामान सकेरा और तरतीब से जहाँ जिसकी जगह थी, रख दिया। एक दिन पहले कुछ चाव से और कुछ आधे मन से जिन सुघड़-कोरे मटकों को रामदेई ने चौक में लाकर रख दिया था, उन्हें वापस घर में रख दिया।

पानी के एकदम शांत बहाव के बीच सलेमी अपने पोते असलम को बिहा लाया। अनेक नए-पुराने रीति-रिवाज़ों को लाँघता हुआ चुपचाप सम्पन्न हो गया यह विवाह लेकिन इसकी अंतिम यात्रा के दौरान मारुति से बुर्क़े में लिपटी हुई नई-नवेली नौसी ठीक बायने के आगे जब उतरी, तो पूरे चौधरी मोहल्ले में एक बार फिर कौतुक पूरी ताक़त के साथ दौड़ने लगा। यह पहला मौक़ा है जब कोई नौसी इस मोहल्ले में बुर्क़े में आई है। मारुति से उतरते वक़्त नौसी को देखकर कइयों ने मुँह पर ढाटा मार लिया, बल्कि कई तो बुक्का मार कर हँस भी पड़ीं।

रोबड़ा के छोरा की छोटी बहू तो अपने को कहने से भी नहीं रोक पाई, "ऐं रे बाबू, या मुल्लण कहान् सू लायो है?"

बाबू ने सुना तो उसके तन-बदन में आग-सी लग गई। उसने उससे कहा कुछ नहीं बस अपने आप यह बड़बड़ाता हुआ आगे बढ़ गया, "मेव तो मेव ही रहेंगा......!"

अपने चौतरे पर खड़ी औरतों के हुजूम में से फ़जरी तुनकते हुए बोली, "देख लेओ, ई बाबू कैसो मौलबी बणो डोल रो है!"

सचमुच पूरे मोहल्ले को एक बार फिर चर्चा का विषय हाथ लग गया। जिसने भी बुर्क़े में ढकी नई-नवेली नौसी को देखा, उसी की आँखें अचरज से कम ईर्ष्या और कुंठा से ज़्यादा फैलने-सिकुड़ने लगीं।

अगले दिन बुद्धन मिल गया सलेमी को, गोहरवाली से आते वक़्त। आते हुए रास्ते में बुद्धन बोला, "सलेमी, तू कब सू मौलबी साब बणगो?"

"मैं और मौलबी साब!"

"अन्यायी, पूरा मुहल्ला में तो ई हो री है के अब तो या चौधरी मुहल्ला में भी नौसी बुरकान् में आन लगी हैं।"

"अच्छो-अच्छो, वाकी कह रो है..... यार कहा करें, ई बाबू है न..... यही करतो डोले है ई सब......।"

"पर यार, ई तो या मुहल्ला में पहली बर देखण में आ री है..... यासू पहले तो कोई नौसी आई ना ही बुरका में! हाँ, सुल्ली तो जरूर लायो हो हैदराबाद सू......।"

"बुद्धन, मैंने एक दिन कही ही न, के या इलाका में आगे-आगे पतो ना कहा-कहा देखण कू और कहा-कहा सुणन कू मिलेगो.......।"

"अन्यायी, ई तो ऊ बात हो गी के देसी गधी और पूरबी चाल।" बुद्धन हँसते हुए बोला।

"कुछ ना कही जाए बुद्धन...... पतोई ना या इलाका का भाग में कहा-कहा लिखी पड़ी है।"

"मेरे यार, हम सू अपणा रीति-रिवाज तो सँभले हैं ना और हम होड़ करे हैं दूसरान् की...... अन्यायी, ई इलाको जैसो है याहे वैसो ही रहण देओ!"

"बुद्धन छोड़......!" इतना कहकर सलेमी ने विषय ही ख़त्म कर दिया।

बुद्धन और सलेमी चौधरी मोहल्ले की सीमा में कब प्रवेश कर गए, इसका पता ही नहीं चला।

अगले दिन तरकीला ख़ुद बुलावा देने आई रामदेई को कि चल कर वह बहू का मुँह देख आए। रामदेई बाद में जाने के बजाय तरकीला के साथ ही हो ली।

रामदेई ने नौसी के चेहरे से घूँघट हटाकर पहले जी भर के उसे निरखा और फिर क़मीज़ की बग़ल वाली जेब से पाँच रुपए निकाल कर नौसी के हाथ में देते हुए, जितनी भी आशीषें उसके पास थीं सारी उस पर वार दीं। हालाँकि वह छोटेलाल के बीमार होने के कारण जल्दी वापस लौट आई लेकिन रह-रह कर वह उन दिनों की ओर लौट पड़ती, जो इतने पीछे छूट गए हैं कि वह जितना उन्हें छूने की कोशिश करती वे मछली की तरह हाथों से फिसल कर फिर उतनी ही दूर चले जाते। पता नहीं क्यों आज रामदेई का जी इन फिसलन भरे दिनों को मुट्ठी में भींचने को कर रहा है? बार-बार न

जाने क्यों वह इन्हें मज़बूती से जकड़ना चाहती है, किंतु हर बार वे छिटक कर उसकी पहुँच से दूर हो जाते हैं? उसने अपनी ओर से कोई कसर नहीं छोड़ी लेकिन उसकी कोशिश महज कोशिश ही रह गई। वह चाहते हुए भी उन दिनों को पकड़ना तो दूर रहा, छू भी नहीं पाई।

तैंतालीस

ऐसा नहीं है कि सलेमी या मनीराम दोनों में से कोई नहीं जानता है कि इलाक़े का माहौल दिन पर दिन बदमज़ा होता जा रहा है, दोनों को पता है किंतु करा क्या जाए? अब तो आए दिन कोई न कोई ऐसी ख़बर सुनने को मिल ही जाती है कि जब-जब इन ख़बरों की तह तक पहुँचा जाता है तब-तब एक अनजाने भय और आतंक से साँस का गले में अटकना तो दूर रहा, लगता है जैसे रुक ही जाएगी। ख़ासकर तब से जब से इस इलाक़े ने अयोध्या का नाम जानना शुरू किया है, वरना इससे पहले यहाँ के लोगों ने न तो कभी यह जानने की कोशिश की, और न ही इनके पास जैसे समय था कि अयोध्या आख़िर है किस दिशा में?

अब कभी यह सुनने में आता है कि आज आर्य समाज मंदिर में बाहर से आए लोगों की, इलाक़े के हिन्दुओं की सुरक्षा को लेकर गुप्त बैठक हो रही है, तो कभी यह सुनने में आता है कि आज रात को हाजी अशरफ़ की कचैड़ी में चौधरी करीम हुसैन इलाक़े के कुछ ख़ास लोगों की मीटिंग बुला रहा है। कभी यह सुनने में आता है कि इलाक़े के कुछ हिन्दुओं ने मुख्यमंत्री से मिलकर काले पहाड़ की जड़ में सी.आर.पी.एफ. कैंप स्थापित करने की माँग की है, तो कभी यह सुनने में आता है कि डॉक्टर शफ़ीक़ चौधरी मुर्शीद अहमद के इशारे पर इलाक़े के कुछ नए-नए क़ौम और मज़हब के पहरेदारों को लेकर दिल्ली के इमाम के पास गया है। दरअसल, दोनों तबक़ों के इन अलग-अलग प्रतिनिधिमंडलों का मुख्यमंत्री और इमाम के पास जाने के अपने-अपने कारण और तर्क हैं।

जैसे, हिन्दुओं के प्रतिनिधिमंडल का मुख्यमंत्री के पास जाकर इलाक़े में सी.आर.पी.एफ. कैंप स्थापित करने की माँग का कारण और तर्क यह है कि इस कैंप से इलाक़े के मेवों, जिन्हें अब वे पूरी तरह मुसलमान मान चुके हैं, में डर बना रहेगा और इससे यहाँ साम्प्रदायिक संतुलन बना रहेगा। इस संबंध में प्रतिनिधिमंडल का यह मानना है कि यह मेव जाति अगर किसी से डरती है तो वह है पुलिस या सेना।

दूसरी ओर, डॉक्टर शफ़ीक़ तथा क़ौम और मज़हब के पहरेदारों का इमाम के पास जाने का तर्क और कारण यह है कि उनकी सूचना के अनुसार इलाक़े में इसके स्थापित होने से मेवों के उत्पीड़न की पूरी संभावना है। उनका यह मानना है कि

पुलिस, सेना और प्रशासन हमेशा से इस देश में हिन्दुओं का ही साथ देता आया है।

हालाँकि यह ख़बर कम अफ़वाह ज़्यादा थी, जो आए दिन दूसरी ख़बरों और अफ़वाहों की तरह इलाक़े में आई और उड़ गई। इसलिए राज्य के मुख्यमंत्री को इलाक़े में अचानक पैदा हुए इस तनाव को देखते हुए, अपने ख़ुफ़िया विभाग की रिपोर्ट के आधार पर यह बयान देना पड़ा कि न तो इस संबंध में कोई प्रतिनिधिमंडल उससे मिला है और न ही राज्य सरकार की ऐसी कोई योजना है, तब कहीं जाकर लोगों ने चैन की साँस ली।

अब तो कोई दिन ऐसा जाता होगा जिस दिन ऐसी अफ़वाहें और ख़बरें इलाक़े में सुनने को न मिलती हों। शायद इसीलिए दिन पर दिन भय और आशंकाएँ और भी गहरी होती जा रही हैं। इस गहरेपन की एक बानगी यह इलाक़ा तीस नवंबर के रूप में देख भी चुका है। आख़िर वह कौन-सी बुरी घड़ी थी जिसके कारण सूरज तो आज तक वापस लौट कर ही नहीं आया। केवल सूरज ही क्यों, ऐसे बहुत सारे लोग हैं जिन्होंने इलाक़ा तो छोड़ने का मन बहुत पहले बना लिया था लेकिन इंतज़ार उन्हें ऐसी ही अफ़वाहों, ख़बरों और कुछ बहानों का था, और यह बहाना पैदा हो भी गया जिसने मोहल्ले के मोहल्ले निर्वासित कर दिये। इन निर्वासितों में से जो लौट कर आए वे भी पूरे नहीं बल्कि ज़्यादातर परिवारों के कमेरे वहीं रुक गए। लौट कर वही आए जिनसे या तो अपनी माटी का मोह त्यागते नहीं बना, या उन्हें लौटा दिया गया जिनकी भूमिका कच्चे-पक्के सूने पड़े घरों की रखवाली करने से अधिक नहीं है।

इस तारीख़ के कारण इस इलाक़े में दो महत्त्वपूर्ण परिवर्तन देखने को मिले—एक तो यह कि सिर्फ़ नगीना में ही नहीं बल्कि आसपास के गाँवों में धीरे-धीरे एक ही समुदाय के अपरिचित चेहरों की संख्या निरंतर बढ़ने लगी है, और दूसरा यह कि यहाँ के हिन्दुओं में असुरक्षा, डर और आशंकाओं के प्रति जो आग्रह बनने शुरू हो गए थे, काफ़ी हद तक वे कम हो गए यानी जैसा उन्होंने सोचा था वैसा कुछ भी नहीं हुआ।

लगातार बढ़ रहे इन अपरिचित चेहरों से बात करके इस सच्चाई का अंदाज़ा लगाना मुश्किल नहीं है कि जैसे नगीना और पूरे इलाक़े से एक सुरक्षाभाव लिए सूरज जैसे लोग अपने समुदाय के किले की ओर चुपचाप बहाना बनाकर खिसक रहे हैं, उसी तरह का सुरक्षा भाव लिए ये चेहरे कहीं और से आकर एक विस्थापित ज़िंदगी जीने को विवश हैं।

जिन क्यारियों में सद्भाव की कभी हरी-हरी दूब दिखाई देती थी, अब जगह-जगह उनमें कँटीली झाड़ियों के अंकुर तेज़ी से फूटते नज़र आने लगे हैं। इन क्यारियों में उग रही इन झाड़ियों को चौधरी करीम हुसैन, चौधरी मुर्शीद अहमद से लेकर डॉक्टर नसीर, डॉक्टर शफ़ीक़ और हाजी अशरफ़ जैसे लोग खुलेआम ख़ाद तथा पानी से और हरा-भरा बनाने में लगे हुए हैं, बग़ैर यह सोचे हुए कि

एक दिन इन्हीं झाड़ियों के नुकीले काँटे उनकी अँगुलियों के पोरों को भी लहूलुहान किए बिना नहीं मानेंगे।

स्वामी रूपानंद सरस्वती, जो अपने आपको स्वामी दयानंद सरस्वती का दूसरा अवतार मानता है, वह भी इन्हीं झाड़ियों के बीच से लहलहाता हुआ ऐसा बबूल है, जिसके काँटों की चुभन परोक्ष रूप से अब महसूस होने लगी है। इसी स्वामी रूपानंद सरस्वती के बारे में आज भी ज़्यादातर लोग यह नहीं जानते हैं कि इस इलाक़े के हिन्दुओं का उद्धार करने वाला यह अवतार कहाँ से अवतरित हो गया? जबकि बोली-बानी से यह न तो कहीं से स्वामी ही नज़र आता है और न ही सरस्वती, उद्धारक की तो बात दूर रही। हाँ, बक़ौल आर्य बीज भंडार के मालिक, मेवात आर्य प्रचार सभा के प्रधान और नगीना के सम्मानित समाज-सेवी व सभ्य नागरिक लाला अभयचंद आर्य के मुताबिक़ यह रूपराम सैनी नाम का व्यक्ति, कभी आर्य समाज प्रचारक सभा की ओर से मेवात आर्य प्रचार सभा का साधारण-सा कार्यकर्ता हुआ करता था। चूँकि अकेला प्राणी होने के कारण इसके आर्य समाज मंदिर में ठहरने-रहने पर किसी को कोई आपत्ति नहीं थी, और न ही किसी को इससे मतलब था कि यह कहाँ का रहने वाला है तथा क्या इसकी पृष्ठभूमि है, इसलिए सारे मेवात में आर्य समाज के प्रचार की पूरी ज़िम्मेदारी इसी स्वामी रूपानंद सरस्वती अर्थात भूतपूर्व रूपराम सैनी के कंधों पर डाल दी गई। इसका मेवात आर्य प्रचार सभा के कार्यकर्ताओं को दोहरा लाभ यह हुआ कि एक तो मुफ़्त में उन्हें एक कर्मठ कार्यकर्ता मिल गया, और दूसरा इसके कारण वे अपनी घर-गृहस्थी से लेकर अपने निजी काम-धंधों में ज़्यादा समय देने लगे।

बाद में इसी रूपराम सैनी की कर्त्तव्यपरायणता और निष्ठा को देखते हुए आर्य समाज और स्वामी दयानंद सरस्वती के आदर्श, विचार तथा सिद्धांतों के प्रचार के लिए पूरे मेवात में, प्रमुख प्रचारक के रूप में इसे नियुक्त कर दिया गया। तब किसी ने सोचा भी नहीं था कि यही रूपराम सैनी नाम का साधारण-सा कार्यकर्ता मेवात में अपनी जड़ें इतनी गहरी कर लेगा। नगीना से महज दो किलोमीटर दूर भादस गाँव में न केवल अपना एक आर्य समाज मंदिर स्थापित कर लेगा, अपितु अपने आपको एक दिन स्वामी रूपानंद सरस्वती के रूप में स्वामी दयानंद सरस्वती का अवतार, बल्कि साफ़ शब्दों में यह कहें कि उनका उत्तराधिकारी घोषित कर देगा।

आर्य बीज भंडार के मालिक, मेवात आर्य प्रचार सभा के प्रधान और सभ्य नागरिक लाला अभयचंद आर्य से लेकर अन्य आर्यों को जब होश आया, तब तक बहुत देर हो चुकी थी। स्वामी रूपानंद सरस्वती मेवात आर्य प्रचार सभा के समानांतर सरस्वती आर्य प्रचार सभा धड़ल्ले से संचालित करने लगा। अपने मंदिर पर इलाक़े की महजतों की देखादेख इसने भी अपना अलग से लाउडस्पीकर टाँग लिया। गायत्री मंत्र और वेदमंत्रों के सरासर ग़लत उच्चारण के साथ-साथ खुल्लम-

खुल्ला इलाक़े की शांति और सद्भाव की रगों में आर्य समाज और स्वामी दयानंद जैसे महापुरुष के सिद्धांत और प्रचार के बजाय अलगाव और नफ़रत के मंत्र घोलने लगा।

यह स्वामी रूपानंद सरस्वती उन्हीं पलायन करने वाले निर्वासितों में से एक है, जो अब इनकी तरह सुरक्षा-भाव लिए निर्वासित जीवन जीने के लिए विवश नहीं है, बल्कि मेवात के गाँवों में जाकर 'अल्पसंख्यक' हिंदुओं के बीच यह प्रचार करता है, "इन सुसरे कटुओं के खातर जब अलग से पाकस्तान बणवा दिया तो फेर ये इस मुलक में क्योंकर पड़े हैं..... इन काफिरों का मुलक तो पाकस्तान है........ इन बाबरों की औलाद को तो अड़े ते भगाणा जरूरी है, जभी इस मुलक में सुख-समरद्धि आएगी..... तभी यो हिन्दू रास्टर बण सकेगा, और जभी इस मुलक पे आर्य पुत्तर राज कर सकेंगे.....।"

अपनी ज़मीन और अपने परिवेश की माटी को खूँद कर आने वाला स्वामी रूपानंद सरस्वती आपसी मान-मनौव्वल में तो क़तई यक़ीन नहीं करता है। यह न तो मनीराम-सलेमी, नबी खाँ-बुद्धन और हरसाय-रोबड़ा की तरह एक-दूसरे के सुख-दुःख का साक्षी हो सकता है, और न ही यह रमजानो, रुमाली, हरदेई, फ़जरी, तरकीला, भौंरी और रामदेई की तरह एक-दूसरे के मरहमों को सहला सकता है। यह तो चाहता है कि इनके मरहम जितने गहरे होंगे, उसकी अपनी जड़ें उतनी ही गहरी होंगी और शायद इसी मूलमंत्र के आधार पर धीरे-धीरे स्वामी रूपानंद सरस्वती का आर्य समाज मंदिर एक किले में परिवर्तित होता जा रहा है।

चौधरी करीम हुसैन, चौधरी मुर्शीद अहमद और स्वामी रूपानंद सरस्वती जैसे लोगों की क्या कहें, सलेमी को ख़ुद अपने ही बेटे बाबू से इस क़दर डर लगने लगा है कि अब तो उससे आँखें मिलाते हुए भी उसे उसकी आँखों में सिवाय चिंगारियों के कुछ दिखाई नहीं देता है। सलेमी की आँखों से नींद जैसे अब कोसों दूर रहने लगी है। कान बस किवाड़ों की चरमराहट और उसकी साँकल की आवाज़ सुनने के लिए उन पर धरे रहते हैं।

यह अब रोज़ाना का नियम-सा बन चुका है कि रात ग्यारह बजे से पहले मजाल है बाबू खाँ घर में पाँव तो रख जाए। पहले सलेमी एक बाप की तरह बेटे की नादानियों को अनदेखा करता रहा लेकिन अब उसकी शैतानियों को झेलने को विवश है। डर तो उसे उसी दिन लगना शुरू हो गया था जब बरसों पहले दादाखानू की कीकर काटने के मामले पर उसने उसे लगभग हड़का दिया था कि दादाखानू कोई हिन्दुओं का थोड़े ही है। हालाँकि पहले वह बाबू खाँ के ऐसे वाक्यों पर इतना विचलित नहीं होता था लेकिन उम्र और परिपक्वता की जैसे-जैसे वह पगडंडियाँ लाँघता गया, वैसे-वैसे सलेमी को अपने आपसे बाबू दिन पर दिन दूर होता दिखाई देने लगा। सलेमी बहुत दिनों तक इस सच्चाई से अपरिचित रहा कि

नगीना में सिर्फ़ एक नहीं बल्कि धीरे-धीरे अनेक बाबू पैदा होते जा रहे हैं। उसका मन तो अभी भी इस बात की गवाही देने को तैयार नहीं है कि बाबू इतना चालाक और परिपक्व भी हो सकता है। कई बार तो उसे उसकी बातों पर यक़ीन भी नहीं होता है लेकिन बाबू खाँ तर्क देने के साथ-साथ जैसे-जैसे हिंस्र होने लगता, तब उसे लगता है कि बाबू कम से कम पहले वाला बाबू नहीं रहा है।

और पिछले से पिछले पंचायती चुनावों के बाद से तो वह लगभग बौरा ही गया है। कई दिनों तक उसने घर में शक्ल ही नहीं दिखाई। शुरू में तो सलेमी को यही लगा कि वह किसी नाते-रिश्तेदारी में गया है लेकिन जब असलम ने रहस्योद्घाटन किया तो सुनकर उसका मगज ही भन्ना गया।

एक दिन उसने बाबू खाँ के ना दीखने पर असलम से यूँ ही पूछ लिया, "असलम, तेरो बाप काई असनाई में गयो है कै?"

"ना, ऊ तो हाजी असरप के साथ लगो डोले है।" असलम ने बाबू की तर्ज़ पर जवाब दिया।

पोते की सूचना के बाद सलेमी के मुँह का स्वाद थोड़ा-सा कसैला हो गया यानी हाजी अशरफ़ जैसे आदमी के साथ कई-कई दिनों तक रहना कोई अच्छा संकेत नहीं है। और फिर हाजी अशरफ़ जैसा आदमी सलेमी की नज़र में कभी विश्वसनीय हो ही नहीं सकता। भला हो भी कैसे? जो आदमी धड़ल्ले से ब्याज पर पैसा उठाता हो और बावजूद इसके मज़हब की दिन-रात दुहाई देता हो वह कैसे विश्वसनीय हो सकता है? तीर्थ या हज करने से आदमी की प्रवृत्ति थोड़े ही बदल जाती है बल्कि इसके बाद तो उसे और छूट मिल जाती है क्योंकि जिस सामाजिक-धार्मिक मान्यता की ज़रूरत उसे होती है वह उसे मिल ही चुकी होती है। इसलिए इस अवधारणा का वह उन डरपोक और धर्मभीरुओं की आड़ में दुरुपयोग करता है, जो उसे मज़बूती प्रदान करते हैं।

जब तीन दिन बाद बाबू खाँ सलेमी के सामने पड़ा तो उसने बाप से दोटूक कह दिया, "बाप, अबके बोट हाजी असरप लू देणी है"

हाजी अशरफ़ का नाम सुनते ही सलेमी के तन-बदन में आग लग गई लेकिन फिर भी अपने आपको संयत कर बोला, "हाजी असरप लू काँई लू...... माणक बणिया लू काँई लू ना देएँ?"

बाप की इस गुस्ताख़ी पर बाबू तिलमिला कर रह गया। इसके बावजूद वह उस वक़्त अपने आपको रोक गया और शालीनता का आवरण ओढ़ते हुए, सलेमी के पास आया तथा बेहद शांत होते हुए बोला, "बाप, चौधरी मुरसीद ने साफ कह दी है के नघीणा की सरपंची अबके काई भी हालत में हिन्दून् के पै ना जाणी चहिए...... रात कू हाजी असरप की कचैड़ी में चौस्साब के आगे ई फैसला हुओ है।"

बाबू खाँ की बात सुनकर सलेमी की समझ में अब आया कि बाबू पिछले कई

दिनों से कहाँ था। इसका मतलब यह हुआ कि अब इस नगीना में सरपंची का फ़ैसला हिन्दू-मेवों के आधार पर होगा। जिस नगीना में कभी मानक जैसे योग्य, कर्मठ और ईमानदार आदमी के पक्ष में पूरे नगीना की वोट झड़ के पड़ती थी, अब उसी नगीना में उसी आदमी को अपने ही मोहल्ले की वोट पड़ जाएँ, यही ग़नीमत है। एक विभाजक दरार लगातार गहराती जा रही है।

सलेमी एक अनजानी कल्पना के बदरंग चित्रों को याद करते ही काँप-सा गया कि अगर ऐसा ही हिन्दुओं ने सोच लिया तब..... सोच क्या लेंगे, सोचने पर मजबूर कर दिया जाएगा कि देखो अभी तक तो परोक्ष रूप से यहाँ के हिन्दुओं के साथ वह सब हो रहा था, जो इस देश के बहुसंख्यकों के साथ नहीं होना चाहिए किंतु अब तो खुलेआम आर्य पुत्रों पर ज़ुल्म हो रहे हैं! 'आर्य' शब्द याद आते ही स्वामी रूपानंद सरस्वती अर्थात स्वामी दयानंद सरस्वती के उत्तराधिकारी यानी भूतपूर्व रूपराम सैनी का चेहरा घूम गया सलेमी की आँखों के आगे।

सलेमी काफ़ी देर तक चुप रहा। वह कुछ क्षणों के लिए यह भूल ही गया कि बाबू भी सामने खड़ा है। बाबू की उपस्थिति का भान होते ही उसने उससे पूछा, "पर कल तलक तो पूरा गाँओं में माणक की बात चल री ही?"

"कल तलक ही ना...... अब तो ऊ है जो मैं बता रो हूँ..... साथ में पाँच-सात हिन्दू बोटन्ने तोड़न की कोसिस और करियो!" बाबू ने बासी ख़बर को ताज़ा करते हुए साथ में बाप को सलाह भी दे डाली।

"पर मेरी एक बात समझ में ना आ री है के तमन्ने असरप ही मिलो है पूरा नघीणा में...... कोई और भलो माणस ना मिलो?"

"बाप, ई हमारो फैसला ना है..... ई फैसला तो चौस्साब और पूरी बिरादरी को है...... सबन्ने मिल के हाजी असरप़ को नाम आगे करो है..... और फिर वासू भलो आदमी और कौन मिलेगो.....!" बाबू ने सफ़ाई देते हुए कहा।

बाबू की इस सफ़ाई पर सलेमी अपने आप पर क़ाबू नहीं रख पाया, "ई बिरादरी को फैसला है! तेरा चौधरी साब ने मोसू राय ली है, नबी खाँ सू ली है..... रोबड़ा, हुसैनदीन कौन सू राय ली है? ......और कह रो है के ई बिरादरी को फैसला है..... हाजी असरप ना होगो, खुदा की लाट होगी।"

"बाप, तू तो बेमतलब की बात कर रो है..... कहा कमी है हाजी असरप में..... अरे, मक्का सू हिजरात करके ऊ आयो है..... पाँचू बखत निवाज ऊ पढ़े है...... और दो-चार हजार की जरूरत पड़ जाए तो उन्ने भी फट्ट निकाल के दे देवे है।" बाबू ने हाजी अशरफ़ की कुछ विशेषताओं को गिनाते हुए बाप को समझाने की कोशिश की।

"मोहे सब पतो है के तेरा मुरसीद अहमद ने या हाजी असरप को नाम काँई लू आगे करो है, ई वही हाजी असरप है जो रात-दिन या मुरसीद की दलाली करतो डोले है..... तू कह तो रो है के ऊ पाँचू बखत की निवाज पढ़े है, पर ई ना कह

रो है कि रात-दिन बस हराम की दौलत सकेरना में लगो रे है..... जा दिन सू ई हज्ज करके आयो है वाई दिन सू बस याही जुगाड़ में लग रो है के कैसे या गाँओं पे फतह पाऊँ...... जा, मैं ना देऊँ काई हाजी-वाजी लू बोट...... मेरा जी मैं जहाँ आएगी हून् दूँगो!'' आख़िरकार सलेमी ने अपना दोटूक फ़ैसला सुना दिया।

बस फिर क्या था, बाप का फ़ैसला सुनने के बाद तो बाबू बेक़ाबू हो गया, "हाँ-हाँ तू काँई लू देएगो हाजी असरप लू बोट...... वा माणक बणिया लू देएगो, जो तेरो गोती भाई है..... अरे, तेरा जैसा आदमीन् की वजे सू इन काफरन् न हमारो जीणो हराम कर राखो है..... हाजी असरप जैसो भी है.... है तो अपणी बिरादरी, अपणी कौम को...... अरे, काल-कला कू अपणी बिरादरी ही काम आएगी...... आनजात कोई काई के कनै ना फटकेगो...... बाप, तेरा जैसा आदमीन्नेई हमारी कौम को बेड़ा गरक करवा राखो है।'' इतना कह कर बाबू पाँव पटकता हुआ बाहर निकल गया।

बाबू खाँ के जाते ही सलेमी का पूरा जिस्म जैसे ऐंठने लगा।

उसने यह कभी भी नहीं सोचा था कि बाबू मर्यादाओं की सारी सीमाओं क़ो लाँघकर उसके सामने अलफ़ नंगा खड़ा हो जाएगा। उसके सोचने-समझने की सारी शक्ति जैसे कुंद हो गई। बाबू का एक-एक शब्द उसके मस्तिष्क में हथौड़े की मानिंद बजने लगा कि क्या उस जैसे आदमी ने सचमुच अपनी क़ौम का बेड़ा ग़र्क़ करवा रखा है? क्या उस जैसे आदमी की वजह से हिन्दुओं यानी काफ़िरों ने उनका जीना हराम कर रखा है? बुरे वक़्त में सिर्फ़ अपने मज़हब, अपनी बिरादरी और अपनी क़ौम का व्यक्ति ही काम आता है? कुल मिलाकर बाबू के वाक्यों में से अगर कुछ ख़ास शब्दों को बीन कर इकट्ठा कर, उन्हें वाक्यों के रूप में जोड़ा जाए तो उनका यही सत निकलेगा कि मनीराम, हरसाय, बुद्धन, छोटेलाल, भौंरी, रामदेई, रुमाली, हरदेई जैसे सब लोग निर्दयी, हत्यारे, अमानवीय और किसी हद तक आदमी-जात के दुश्मन हैं।

सलेमी की आँखों के सामने धीरे-धीरे तीन दिन बाद होने वाले पंचायती चुनावों का ख़ाका बनने-बिगड़ने लगा। बाबू का पूरी-पूरी रात घर न आना अब किसी भी चमत्कार या आशंका का मोहताज नहीं रह गया है। साफ़ शब्दों में यह भी कहा जा सकता है कि हाजी अशरफ़ को सरपंच बनने से कोई नहीं रोक सकता।

लेकिन चुनावों से ठीक दो दिन पहले जैसे सब गुड़-गोबर हो गया। पता नहीं कैसे हाजी अशरफ़ की कचैड़ी में हुए उक्त फ़ैसले की भनक मेवात आर्य प्रचार सभा के प्रधान, नगीना के सम्मानित समाज सेवी और सभ्य नागरिक लाला अभयचंद आर्य को लग गई। बस, फिर क्या! दूसरा वर्ग जो अभी तक इस चिंता से परे हाथ पर हाथ धरे बैठा था कि मानक को इस बार भी सरपंच बनने से कोई

माई का लाल नहीं रोक सकता, तुरंत हरकत में आ गया और सूचना मिलते ही लगभग आधा दर्जन मारुतियाँ बीच गोहरवाली में लाकर खड़ी कर दी गई कि किसी भी वक़्त इनकी ज़रूरत पड़ सकती है।

उसी दिन रात को सन्नार्थियों की धर्मशाला में हिन्दू प्रतिनिधियों के नाम पर एक आपातकालीन मीटिंग बुलाई गई। सभी प्रतिनिधियों के हाथ में गंगाजल लेकर यह क़सम दिलाई गई कि कोई भी इस मीटिंग के बारे में कहीं अन्यत्र चर्चा नहीं करेगा। जो इसकी चर्चा करेगा, उससे बड़ा इस हिन्दुस्तान और हिन्दुओं का दुश्मन कोई नहीं होगा।

इस मीटिंग में सिवाय लाला अभयचंद आर्य, लाला ज्ञानचंद जैन, विभाजन के समय पाकिस्तान के मुल्तान से आए रामदयाल सन्नार्थी यानी रामदयाल मेहता का इकलौता बेटा बिसंभर दयाल मेहता और एकाध माली और कुम्हारों में से हिंदुओं के नाम पर और कोई नहीं था। मानक सरपंच का तो होना वैसे भी लाज़िमी है क्योंकि क़ायदे से देखा जाए तो उसी के लिए यह सारी मारामारी हो रही है, वरना बक़ौल बिसंभर दयाल मेहता के कि हम तो जैसे पाकिस्तान में थे वैसे ही इस मुल्क में हैं। हमारी बला से सरपंच मेव बने या हिन्दू, हमें क्या लेना-देना। लेकिन बावजूद बिसंभर दयाल मेहता की अपनी इस टिप्पणी के, वास्तव में इस मीटिंग का आयोजन और संचालन भी वही कर रहा है। आतताई मुसलमानों यानी मेवों के ख़िलाफ़ पूरे नगीना के हिन्दुओं को वही संगठित करने में जुटा हुआ है।

इस आपातकालीन मीटिंग में एकमत से यह फ़ैसला लिया गया कि चाहे सन् सत्तावन हो जाए किंतु पिछले चुनावों की भाँति इस बार भी अपने हिन्दू भाई मानक को ही सरपंच बनवाना है। इस सारे फ़ैसले के दौरान लाला मानक चंद पूरी गंभीरता ओढ़े एकदम मौन बैठा रहा। उसने तो मीटिंग में आते ही हाथ जोड़ कर बड़ी विनम्रता के साथ कह दिया था कि बिरादरी और पूरा हिन्दू समुदाय जो भी फ़ैसला लेगा वह उसे सिर-माथे पर ओट लेगा। हालाँकि वह मन ही मन बेहद ख़ुश भी है कि दो बिल्लियों की लड़ाई में उस जैसे बंदर की कैसी तान आई हुई है। काश! ऐसी हिन्दू एकता और मूर्ख बिल्लियों की लड़ाई हर चुनावों में होती रहे, तो इससे बढ़कर उसके लिए सौभाग्य की बात और क्या हो सकती है।

इस तरह जो लोग मानक के सख़्त विरोधी थे वे भी कुछ ही घंटों में हिन्दू राष्ट्र और हिन्दुओं की अस्मिता को बचाने के लिए उसके सबसे क़रीबियों में हो गए। ख़ासकर मेवात आर्य प्रचार सभा के प्रधान, नगीना के सम्मानित समाज सेवी और सभ्य नागरिक लाला अभयचंद आर्य जैसा व्यक्ति भी उसके अनन्यों में से एक हो गया। जबकि बक़ौल इसी लाला अभयचंद के मानक से अधिक भ्रष्टाचारी, दुराचारी और हिन्दू विरोधी इस पूरे नगीना में कोई नहीं है। लाला अभयचंद इस

संबंध में कल तक एक-एक आरोप को बेहद प्रामाणिक तरीक़े से सिद्ध करके बताता रहा है कि गाँव के विकास के लिए सरकार से मिलने वाली ज़्यादातर राशि को मानक ख़ुद ही हड़प कर जाता है, दूसरे को उसकी हवा तक लगने नहीं देता है। कोई दिन ऐसा जाता होगा जिस दिन यह मानक मदिरा सेवन न करता हो और हिन्दू विरोधी इसलिए है कि गाँव के ज़्यादातर लड़ाई-झगड़ों को यह हिन्दू-मेव दोनों समुदाय के लोगों को बुलाकर चुपचाप निपटवा देता है।

लाला अभयचंद आर्य ने अपने सिर कुम्हारवाड़े का यह कहते हुए ज़िम्मा ले लिया कि यह गारंटी उसकी है कि सारे कुम्हारों की एक-एक वोट मानक के डिब्बे में ही गिरेगी। लाला ज्ञानचंद जैन ने चमरवाड़े का ज़िम्मा ले लिया, तो उसी बिसंभर दयाल मेहता ने पूरी पंजाबी बिरादरी का ज़िम्मा ख़ुद ले लिया, जिसकी बला से सरपंच हिन्दू हो या मेव उसे क्या लेना-देना। बिल्लियों की इस पूरी लड़ाई और हिन्दू एकता के नाम पर बने इस नायक मानक चंद ने बनिया, बामन और अन्य छोटी-मोटी जातियों की कमान सँभाल ली।

इस तरह हिन्दुओं की अस्मिता की सुरक्षा के लिए चारों ने अपने-अपने घोड़ों की जीन कस ली कि इस बार भी नगीना की सरपंची रहेगी किसी हिन्दू के ही पास।

अगले दिन लाला अभयचंद आर्य ने कुम्हरवाड़े में और लाला ज्ञानचंद जैन ने चमरवाड़े में जाकर अलग-अलग फ़ेहरिस्त तैयार करनी शुरू कर दी कि कुल मतों में से ऐसे कितने मत हैं, जो इस समय नगीना में मौज़ूद नहीं हैं अर्थात जो तीस तारीख़ या इससे पहले गाँव छोड़कर जा चुके हैं, और जिनका राशन कार्ड यहाँ भी है और बाहर भी बना हुआ है। इसी तरह बिसंभर दयाल मेहता भी अपने मिशन में जुट गया।

नगीना को बरसों पहले त्याग कर दिल्ली के नजफगढ़ क्षेत्र में जा बसे जाटव मतों को लाने के लिए लाला ज्ञानचंद जैन, और उत्तम नगर की कुम्हार कालोनी में जाकर बस गए कुम्हारों को लाने के लिए लाला अभयचंद आर्य ख़ुद गए। हालाँकि पहले दोनों ने योजना तो यह बनाई थी कि वे नगीना में ही बैठकर कमान सँभालेंगे लेकिन बाद में सोचा कि ससुरी इन छोटी-मोटी जातों का कोई भरोसा नहीं होता है। पता नहीं बीच में कब धोखा दे जाएँ? इसलिए दिल्ली तो जाना ही पड़ेगा बल्कि इस बहाने दोनों दिल्ली में बसे अपने-अपने बेटे-बहुओं से भी मिल आएँगे—अर्थात लगे हाथ एक पंथ, दो काज हो जाएँगे। इधर बिसंभर दयाल मेहता अर्थात जिसे पूरा नगीना बिसंभर सन्नार्थी के नाम से जानता है, उसने भी अपना पूरा कार्यक्रम बना लिया। उसने भी मन ही मन सोच लिया कि पहले वह अपनी लड़की के ससुराल तिलक नगर जाकर वहाँ जो सामान पहुँचाना है, उसे पहुँचाएगा और बाद में अपनी बिरादरी के लगभग ढाई दर्जन

मतों के पास जाएगा उनके बड़े-बूढ़ों के साथ विभाजन के समय, पाकिस्तान में हुए अत्याचारों की याद दिला कर उन मतों को नगीना लाएगा कि अपने बड़े-बूढ़ों के साथ हुए अत्याचारों का बदला लेने का इससे अच्छा मौक़ा और कोई हो ही नहीं सकता।

लाला ज्ञानचंद जैन, लाला अभयचंद आर्य और बिसंभर दयाल मेहता इस तरह अपनी-अपनी ज़िम्मेदारियों को लादे, अपने-अपने मिशन पर रवाना हो गए।

चवालीस

नजफ़गढ़ जाकर लाला ज्ञानचंद जैन को जाटव मोहल्ला ढूँढने में कोई ख़ास परेशानी नहीं हुई। नगीना से रवाना होने से पहले ही लाला ज्ञानचंद ने कुछ बातें गाँठ बाँध ली थीं, जिनमें से पहली तो यह है कि वह भूल से भी चमार शब्द का इस्तेमाल नहीं करेगा। इस बात की वह पूरी कोशिश करेगा कि जाति विशेष के संबंध में कोई टिप्पणी नहीं करेगा और अगर इसकी ज़रूरत पड़ी भी, तो वह जाटव शब्द का इस्तेमाल करेगा। हालाँकि वैसे तो पर्याय के रूप में एक शब्द और है और वह है हरिजन, किंतु इस शब्द के पीछे जो मानसिकता और ज़लालत छिपी हुई है, उससे भी लाला ज्ञानचंद भलि-भाँति परिचित है। जबकि सच बात यह है कि अगर यह चुनावों का मौक़ा नहीं होता, तो जाटव और हरिजन जैसे शब्दों का कहीं पता भी नहीं होता। भला इन ढेड़ों को गाँवों में चमार के अलावा कौन कहता है जाटव या हरिजन?

इसके अलावा लाला ज्ञानचंद ने और भी कई गुर गाँठ बाँध लिए जिनका इस्तेमाल वह समय आने पर करेगा। इस तरह जाटव मोहल्ले में पहुँचने के बाद उसने बेहद सतर्कता से काम लेने पर ज़्यादा बल दिया। यही जगनी चमार, माफ़ करना जगनी जाटव वर्षों पहले उसके यहाँ सारा काम करता था लेकिन लड़कों के दबाव के कारण वह भी नगीना छोड़कर इसी मोहल्ले में बसा हुआ है कहीं?

अब इसे लाला ज्ञानचंद जैन का सौभाग्य कहिए या संयोग कि जैसे उसे नजफ़गढ़ में पहुँच कर जाटव मोहल्ला ढूँढ़ने में दिक़्क़त नहीं हुई, उसी तरह जाटव मोहल्ले में पहुँच कर उसे जगनी का मकान ढूँढ़ने में भी परेशानी नहीं हुई।

जगनी के घर पहुँचते ही लाला ज्ञानचंद जैन ने एक-एक कर उन्हीं गुरों का इस्तेमाल करना शुरू कर दिया अर्थात जो ज्ञानचंद जैन नगीना में इसी जगनी की बैठक में मूढ़ी पर बैठने से पूर्व देर तक सोचा करता था, आज वही जैन साब जगनी की बैठक में घुसते ही बड़ी बेतकल्लुफ़ी के साथ रामा-किसना के बाद खाट पर धप्प् से बैठ गया, और इससे पहले कि जगनी कुछ कह पाता पीने के लिए एक गिलास पानी की माँग कर बैठा।

पहले तो जगनी को अपनी आँखों पर यक़ीन ही नहीं हुआ कि जिस लाला ज्ञानचंद जैन के पास ज़ेवर-गहने गिरवी रख-रख कर उसने ब्याजू रुपयों से अपने सारे बच्चों के हाथ पीले किए हैं, वह कैसे यहाँ तक आ पहुँचा? और यदि आ भी पहुँचा तो बिना किसी बेतकल्लुफ़ी के खाट पर बैठते ही एक गिलास पानी की माँग कर बैठा? थोड़ी देर के लिए जगनी के हाथ-पाँव फूल गए, उसकी समझ में नहीं आया कि वह क्या करे और क्या न करे? पलभर के लिए उसे अपनी आँखों और कानों पर यक़ीन ही नहीं हुआ कि जिस लाला ज्ञानचंद जैन की दुकान की पैड़ियों पर चढ़ने से पहले अपनी पणहा नीचे ही उतारनी पड़ती थी। झकाझक सफ़ेद गाव-तकिए से दूर पाँयतों की ओर बैठना पड़ता था, उसी ज्ञानचंद जैन ने आते ही एक गिलास पानी माँगा है? हड़बड़ाते हुए जगनी ने इधर-उधर बिखरे चमड़े के टुकड़े, राँपी, सूत, रबर सोल्यूशन की शीशी और दूसरे औज़ार एक ओर सरकाए और घबराते हुए बोला, "ला.... लाऽला जी, सब ठीक तो है.....?"

लेकिन लाला ज्ञानचंद जैन ने किसी तरह का जवाब नहीं दिया। बस, खाट पर बैठा हुआ उसकी बैठक की एक-एक चीज़ को बेहद ग़ौर से निरखता रहा।

इसी बीच जगनी ने भीतर आवाज़ लगाई, "राम परसाऽऽद!"

कुछ ही देर में अंदर से रामप्रसाद यानी जगनी का मँझला लड़का लपका हुआ आया।

"बेटा, तू याहे जाने है?" रामप्रसाद के आते ही जगनी ने पूछा।

"ईऽऽऽ तो नगीना को लाला ज्ञानी ना है कै?" रामप्रसाद ने अपनी स्मृति को आगे-पीछे खिसकाते हुए उलटा जगनी से पूछा।

"हाँ है तो वही, पर बेटीचो, कम सू कम काई सू रामा-किसना तो कर लेए करे हैं!" दाँत पीसते हुए जगनी ने बेटे को ज्ञानचंद के सामने डाँटते हुए कहा।

इस बार राम प्रसाद झेंप गया।

लाला ज्ञानचंद ने राम प्रसाद को उचटती नज़र से देखने के बाद कहा, "जगनी कोई बात ना है, आजकल सबका ही बाल-बच्चा ऐसा हैं।"

तब तक लाला ज्ञानचंद ने जगनी की बैठक बल्कि कहिए दुकान को, जिसके बाहर 'जगन शू मेकर' का बोर्ड लगा हुआ था, पढ़ लिया था। भीतर ही भीतर एक बार फिर नज़र घुमाते हुए कहा, "जगनी, मकान तो अच्छो बना लियो है।"

"बस्स, लाला जी......सब आप जैसे सेठन् की किरपा है..... सिर छिपान लाक एक छोटो-सो ढोंड बनाई लियो है......।" जगनी की आँखों में एकाएक वर्षों पुरानी लाचारी और सामंती प्रवृत्ति का भय उतर आया।

"याहे तू ढोंड कहवे है, अरे ढोंड तो तेरे कनै नगीना में हो.....।"

यह वाक्य लाला ज्ञानचंद ने जगनी से उसके अतीत को खुरचने की ग़रज़ से कहा था, या उस पर व्यंग्य किया था यह तो लाला ज्ञानचंद ही जानें लेकिन एकाएक जगनी की आँखों के आगे अपने अतीत की आड़ी-तिरछी रेखाएँ ताज़ा हो

उठीं। अपने पैबंद लगे अतीत को विस्मृत करने की कोशिश करते हुए वह तुरंत वर्तमान में लौट आया।

"कहा करें सेठ जी, सहर को माहौल ही ऐसा है...... ना छोटा की इज्जत, न बड़ा की.... अब मुझे ही देखो, आज दिल्ली में आए दस-बारह साल हो गए होंगे, पर मजाल है अपनी बानी-बोली तो बदली होए........ अब खड़ा-खड़ा कहा देख रो है जा बाहर सू एक ठंडी बोतल लिया......." बीच में राम प्रसाद को हड़काते हुए जगनी फिर कहने लगा, "सेठ जी, कसूर इन बच्चों का ना है..... दिल्ली में आके भी कुछ सीखो तो हैई ना.......।" जगनी धीरे-धीरे अतीत से मुक्त होने लगा। उसकी इस मुक्ति का इसी से अंदाज़ा लगाया जा सकता है जहाँ वह शुरुआत में लाला ज्ञानचंद से खड़ी बोली में बातें कर रहा था, वहाँ अब परिष्कृत शब्दों की भरमार दिखाई देने लगी। कभी वह इसे लाला जी शब्द से संबोधित करता, तो कभी सेठ जी से।

इस बीच लाला ज्ञानचंद जैन एकदम चुप-सा रहा। पता नहीं वह बातचीत के लिए आधार ढूँढ़ रहा था, या फिर उसकी हिम्मत नहीं पड़ रही थी? ऐसे में अगर नगीना होता तो मिनट नहीं लगता बल्कि अब तक तो जगनी कोरे काग़ज़ पर लिख कर दे देता कि लाला जी बोट वहीं गिरेगी, जहाँ आप चाहोगे, बहरहाल.....।

लाला ज्ञानचंद जैन का यह मौन जगनी के भीतर को रह-रह कर छीलने लगा। इसीलिए मन ही मन वह इस मौन की गहराई में छिपे अर्थ को खँगालने की कोशिश करने लगा। उसे आज भी याद है कि समय पर ब्याज न मिलने पर यही लाला ज्ञानचंद उसके पुरखों तक की ऐसी खाल खींचता था कि जगनी कई दिनों तक अपने उन पुरखों को कोसता रहता था जिन्होंने इस जाति में जन्म लिया। इस वक़्त भी जगनी को लग रहा है जैसे लाला ज्ञानचंद के अंतर्मन में जमे हुए लगभग वही वाक्य निर्विकार भाव से उसकी आँखों से एक-एक कर टपक रहे हैं।

राम प्रसाद फटाफट एक कैम्पा और ढक्कन खोलने वाली चाबी ले आया। बाप के निर्देशों को अब तक वह पूरी तरह समझ चुका है, इसीलिए वह बोतल के ढक्कन को खुलवाकर नहीं लाया। कैम्पा और ओपनर को लाला ज्ञानचंद की ओर बढ़ाते हुए राम प्रसाद बोला, "लाला जी, लो!"

"बेटे, इसे खोल तो दे!" ज्ञानचंद ने बेहद अपनत्व के साथ कहा।

इस बार बेटे की इस नादानी पर जगनी ने कुछ नहीं कहा बल्कि आँखों ही आँखों में एक मौन स्वीकृति दे दी कि वह इसके ढक्कन को खोल दे।

राम प्रसाद ने पहले दोनों हाथों को पीछे पुट्ठों पर रगड़ते हुए साफ़ किया और फिर बड़ी ही सावधानी के साथ, बोतल को दोनों घुटनों के बीच दबाकर इतनी आहिस्ता से उसके ढक्कन को खोला कि पट्ट से आने वाली आवाज़ फुस्स में बदल कर रह गई।

"जगनी, यार पहले एक गिलास पानी और मँगा दे...... बहुत जोर की प्यास

लग री है!" लाला ज्ञानचंद ने साथ लाए गुर की पोटली में से एक और गुर का इस्तेमाल करते हुए कहा।

"सेठ जी, एक और बोतल आ जाएगी।" जगनी अचकचाते हुए बोला।

"ना-ना, पानी ही मँगा दे!" खुली हुई बोतल से घूँट भरते हुए कहा लाला ज्ञानचंद ने।

दरअसल, हिन्दुत्व की अस्मिता और उसकी रक्षा के लिए लाला ज्ञानचंद जैन आज सब कुछ सहने और भोगने के लिए तैयार होकर आया है, और इसीलिए राष्ट्रपिता महात्मा गाँधी की इस सूक्ति को चरितार्थ करने पर आमादा है कि अशपृश्यता मनुष्य और ईश्वर दोनों के प्रति अपराध है। आज लाला ज्ञानचंद ने मन ही मन तय कर लिया है कि गाँधी जी के इस तरह के जितने भी अस्पृश्यता, छुआछूत, जाति-धर्म और अमीर-ग़रीब की खाई को पाटने वाली उक्तियाँ और सूक्तियाँ हैं, उन्हें वह चरितार्थ करके छोड़ेगा। जबकि यही लाला ज्ञानचंद जैन गाँधी जी को कभी भी अपना आदर्श नहीं मानता है। इसके अनुसार इसी गाँधी के कारण आज मेवात और मेवात के हिन्दुओं की यह दुर्गत बनी हुई है, वरना आज यह मेवात सोने की चिड़िया कहलाता। पूरे मेवात का नक़्शा ही कुछ और होता अगर यही गाँधी मेवात के मेवों को पाकिस्तान जाने से नहीं रोकता। जैन साहब को गाँधी तो क्या उनकी तस्वीर तक से एलर्जी क़िस्म की ईर्ष्या है (जैन साहब हमेशा से घृणा को एलर्जी और नफ़रत को ईर्ष्या का पर्याय मानते आए हैं)। लेकिन सयाने लोग कह गए हैं कि वक़्त आने पर गधे को भी बाप बनाने में कोई नुक़सान नहीं है और फिर ये तो राष्ट्रपिता हैं!

अब की बार जगनी को कुछ नहीं सूझा सिवाय वहाँ खड़े अपने नालायक़ क़िस्म के मँझोले लड़के राम प्रसाद को देखने के।

"यार जगनी, तू तो दिल्ली में आके भी नही बदला..... मेरे यार, अब छुआछात का जमाना बहुत पीछे छूट गया.....।" काफ़ी देर बाद गाँधी की उक्ति काम आई लाला ज्ञानचंद जैन के।

"ना-ना, ऊ बात ना है सेठ जी..... आदमी को दरअसल अपना कद नहीं भूलना चाहिए।" जगनी पहली बार किसी तरह के तनाव से मुक्त होकर दार्शनिक मुद्रा अपनाते हुए विशुद्ध शहराती अंदाज़ में बोला।

"कैसा कद, आज के जमाने में सब बराबर हैं..... न कोई छोटा है, न बड़ा।" इस बार लाला ज्ञानचंद ने मन ही मन स्वर्गीय गाँधी का आभार प्रकट किया, जो आज इतने सही मौक़े पर उसके काम आ रहा है।

और जब तक राम प्रसाद दूसरी बोतल लाता, तब तक लाला ज्ञानचंद जैन पहले वाली पूरी बोतल हलक़ से नीचे उतार गया। राम प्रसाद इस बार बोतल को दुकान से ही खुलवा लाया।

"सेठ जी, हम तो आज भी वही हैं जो नगीना में हा कभी..... छोटे-बड़े की

इज्जत करना हमारे तो संस्कार में घुला हुआ है.... यह तो हमारा सौभाग्य है कि आज आप इस गरीब चमार की कुटिया तक चले आए।" जगनी ने बेहद प्रेम-भाव से सुदामा की मुद्रा में लगभग दोलड़ होते हुए कहा।

"हे त्तेरे की..... यार जगनी तोसू कितनी बार कह दी कि आज का जमाना में ना कोई छोटा है ना बड़ा, ना अमीर है ना गरीब....... यार, जनम से आदमी बड़ा नहीं होता, करम से होता है...... अरे, इसी छुआछात और छोटे-बड़े के खिलाफ तो गाँधी जी ने संघर्ष किया था..... और तू अभी भी वैसी ही बात कर रहा है.....।" लाला ज्ञानचंद ने कई दिनों से रटा हुआ जुमला उछाल दिया बेहद दार्शनिक भाव से।

इस बार जगनी लाला ज्ञानचंद जैन के बड़प्पन के आगे पानी-पानी हो गया। लाला ज्ञानचंद जैन को जँच गया कि लोहा गरम हो चुका है। उसने एक बार फिर मन ही मन गाँधी जी की महानता का सुमरन किया और अंदर ही अंदर जगनी के भोलेपन पर ख़ुश होता रहा कि बेटा कुत्ते की दुम मेरे ख़्याल से दस-बारह साल नली में रही, किंतु निकली फिर भी टेढ़ी की टेढ़ी। उसके भीतर मारे प्रसन्नता के इस तरह पटाखे फूटने लगे कि उसने मुश्किल से अपने आप पर क़ाबू पाया वरना इस बार महात्मा गाँधी ज़िंदाबाद का नारा उसके होंठों तक आ ही गया था।

लाला ज्ञानचंद जैन से इसके बाद रुका नहीं गया क्योंकि कैम्पा की दोनों बोतलें ख़त्म हो चुकी हैं, और अजीब-अजीब-सी डकारों के बीच राष्ट्रपिता महात्मा गाँधी की सूक्तियाँ और उक्तियाँ भी लगभग ख़त्म हो गईं। इसलिए वह सीधे-सीधे मुद्दे पर आ गया।

"जगनी, तोहे पतो है कल गाँव में पंचात के इलेक्शन होने जा रहे हैं?" लाला ज्ञानचंद ने जगनी को याद दिलाने की कोशिश की।

"लाला जी, सुनी तो है।" बेहद उदासीनता के साथ कहा जगनी ने।

जगनी की उदासीनता देखकर लाला ज्ञानचंद को अपने सारे किए-कराए पर पानी फिरता नज़र आया। महात्मा गाँधी की सूक्तियाँ और उक्तियाँ निरर्थक साबित होती दिखाई देने लगीं।

"तो फिर ई भी सुनी होगी कि अब के गाँव में हिन्दू और मेवन् के दो थोक बन गए हैं?"

"सेठजी, या बात की तो पतो ना है...... पर हाँ, इतनी जरूर सुनी है के अब के भी मानक ए सारा गाँव मिल के सरपंची के लिए खड़ा कर रा है।" जगनी ने लगभग एक ही वाक्य में बता दिया सब।

"जगनी, यह बात पहले की है....... कल पूरे गाँव के हिन्दुओं की पंचात हुई ही और उसमें यह बात छन के आई कि इस बार मेवों ने अपनी एक गुप्त मीटिंग में यह फैसला किया है कि अब की बार सरपंची काई हिन्दू के पास नहीं जानी चहिए।" ज्ञानचंद ने एक अहम् सूचना सरका दी जगनी की ओर।

"सही तो है सेठ जी, जब पिछले कई साल सू ई मानक सरपंच बनतो आ रो

है तो अब की बार कोई मेव ही सही...... अरे, मिल-बाँट के खाना सू बढ़िया बात तो कोई हैई ना...... और फिर मानक ने हर बार को कोई ठेका थोड़े ही ले राखो है......।"

लाला ज्ञानचंद को पहली बार महसूस हुआ कि जगनी ने देर आयद, दुरुस्त आयद वाली कहावत चरितार्थ कर ही दी।

"जगनी, मानक ने ठेका तो ना ले रक्खा है लेकिन अबकी बार हिन्दू-मेव की इस थोकबाजी ने सब कुछ गड़बड़ कर दिया......।" इस बार ज्ञानचंद जैन लगभग खीज उठा। इस खीज के कारण वह यह भूल गया कि उसने हाथ में जो बोतल पकड़ी हुई है वह तो पता नहीं कब की खाली हो चुकी है। उसने बोतल की तली में पेय पदार्थ समझकर उसे झटके से होंठों से लगाया कि वहाँ खड़ा राम प्रसाद खीं-खीं करते हुए मुश्किल से अपनी हँसी को रोक पाया। राम प्रसाद की इस हरकत पर जगनी ने उसे आँखों ही आँखों में डाँटा और फिर लाला ज्ञानचंद जैन से बोला, "लाला जी, एक बोतल और मँगा दूँ।"

इस बार लाला ज्ञानचंद अकबका गया, "ना-ना, अब पेट में गुंजास ना है।" और फिर बोतल को ज़मीन पर लगभग पटकते हुए बोला, "जगनी, मजबूरी का नाम महात्मा गाँधी है वरना मैं ही कौन-सा बुरा हूँ।" लाला ज्ञानचंद जैन के राष्ट्रपिता महात्मा गाँधी एक बार फिर काम आ गया।

"हाँ लाला जी, हमारे लिए इससे बड़ी खुसी और क्या होती...... एकदम अपना घर का-सा आदमी होता......।"

"चल छोड़ जगनी, अभी कौन-सा मुल्ला मरगा, या रोजा घटगा..... अब के ना सही अगला इलेक्सन में सही......" मन को थोड़ी तसल्ली देने के बाद कुर्ते की जेब से रुमाल निकाल कर पसीने से भीग आए माथे को पोंछते हुए आगे बोला, "लेकिन, समस्या तो फिलहाल अब की है..... अरे, मेवन्ने तो ये ठान ली है के अब के सरपंच मेव ही होगा...... और इधर हमने भी पक्का इरादा कर लिया है कि चाहे सन् सत्तावन हो जाए, सरपंची किसी भी हालत में मेवों के पास नहीं जाने देंगे।"

लाला ज्ञानचंद जैन की यह दृढ़ता नासमझ-निरक्षर जगनी की समझ से परे थी। इसलिए बेहद सीधेपन से बोला, "सेठ जी, इससे क्या फरक मारे है..... सरपंच तो सरपंच है चाहे ऊ मेव होए या हिन्दू।"

"फरक मारे है जगनी, बिल्कुल फरक मारे है....." इस बार लाला ज्ञानचंद दाँत पीसते हुए बोला, "हम हिन्दुओं में यही तो सबसे बड़ी कमजोरी है कि हम अपनों और दूसरों में कोई फरक नहीं देखते हैं..... इसी सोच के कारण हम हिन्दुओं की आज यह हालत हो री है..... तू तो इस दिल्ली में आ बसा है न....... तेरी बला से इलाके में कुछ भी होए...... पर उनकी सोच जो आज इस दूसरे पाकिस्तान में पड़े हुए हैं..... और फिर ये देस हिन्दुओं का है, हमारा है, तेरा है........!"

"पर सेठ जी, मैंने तो आज तलक ऐसी कोई बात सुनी ना है के मेवात में कोई ऐसी-वैसी बात हो री है......... हाँ, एक बार तीस तारीक की जरूर सुनी ही पर तब भी कुछ ना हुआ..... पर अब जब आप कह रे हो तो ठीक होएगी।" बेहद मासूमियत से कहा जगनी ने।

जगनी की इस मासूमियत पर लाला ज्ञानचंद जैन का जी चाहने लगा कि वह अपने सिर के बालों को नोंच ले, कपड़े फाड़ ले और चीख़-चीख़ कर कहे कि गाँधी जी पता नहीं तूने कैसे यह सब कह दिया। उसने मन ही मन गाँधी के बजाय ख़ुद को कोसना शुरू कर दिया कि बेकार ही उसने उसका सहारा लिया। इससे तो अच्छा होता यदि वह गाँधी के बजाय ख़ुद ही कुछ मौलिक कथनों, उक्तियों, और सूक्तियों का सृजन कर लाता। कम से कम उनका असर न होने पर उसे इतना दुःख तो नहीं होता, जितना गाँधी की इन उक्तियों और सूक्तियों को रटने के बाद हो रहा है। ख़ैर फिर भी लाला ज्ञानचंद जैन ने हिम्मत नहीं हारी। हालाँकि वह अब पछता रहा है कि ख़ामखाँ हिन्दुत्व के पचड़े में पड़कर वह अपनी ऐसी-तैसी करा रहा है। भगवान महावीर के जिओ और जीने दो के सिद्धांत पर चलने वाला उस जैसा सीधा-सादा, अहिंसक आदमी बेमतलब गाँधी जी के झमेले में पड़ कर उस सिद्धांत से विमुख हो रहा है।

"जगनी, इस नजफगढ़ में तेरी बिरादरी की ऐसी कितनी बोट होंगी, जो नगीना ए छोड़ के यहाँ बस री हैं?" इस बार लाला ज्ञानचंद जैन ने गाँधी दर्शन को एक तरफ़ रखते हुए पूछा।

"लाला जी, यही होंगी कोई पैंतीस-चालीस!"

"तो एक काम कर, ई ले हजार रुपिया और कल अपनी सारी बोटन्ने लेके नगीना पहुँच जइयो.....।" कुर्ते के नीचे पहनी बंडी की जेब से सौ-सौ के दस नोट निकाल कर, जगनी की ओर बढ़ाते हुए लाला ज्ञानचंद जैन बोला।

"सेठ जी, बुरा ना मानो तो एक बात कहूँ?"

"हाँ-हाँ, क्यों नहीं।" लाला ज्ञानचंद ने एक तरह से डरते-डरते कहा।

"बात ई है सेठ जी, के मैं तो बस अपनी ही गारंटी दे सकू हूँ..... अरे, आज का जमाना में अड़ोसी-पड़ोसी तो दूर रहा, खुद अपनी ही औलाद कहा में ना है।"

लाला ज्ञानचंद जैन को जँच गया कि चमार का जाम तुझे आज पागल करके भेजेगा लेकिन करा क्या जाए? अगर वह यहाँ से बैरंग लौट गया तो अगले चुनावों में उसकी जो मिट्टी ख़राब होगी, उसकी वह अभी से कल्पना कर सकता है, इसलिए अंतिम शस्त्र इस्तेमाल करते हुए कहा, "जगनी, इसमें हिंदुओं की नाक का सवाल है...... चौधरी मुरसीद अहमद ने हाजी असरफ की कचैड़ी में मेवन् से साफ कह दी है कि अगर अबकी बार नगीना में हिन्दू सरपंच हो गया न, तो हम मुसलमानों के लिए इससे बड़ी शरम की बात और कोई नहीं होगी...... हमें चुल्लू भर पानी में डूब के मर जाना होगा..... और जगनी तोहे पतो है, सारे मेवन्ने जभी

कुरान पे हाथ धर के कसम खा ली कि खुदा ने चाही तो चौस्साब अबके सरपंच बनेगो हाजी असरफ ही.......।" लाला ज्ञानचंद जैन ने हाजी अशरफ़ की कचैड़ी में हुई गुप्त मीटिंग का ऐसा दृश्य खींचा कि थोड़ी देर के लिए जगनी यह भूल गया कि वह इस समय अपनी बैठक में बैठा हुआ है, या हाजी अशरफ़ की कचैड़ी में। लाला ज्ञानचंद ने तथ्यों सहित ऐसा दृश्य प्रस्तुत किया जैसे वह सचमुच उस समय मौजूद था।

"सेठ जी, मैं सच्ची कह रो हूँ..... मेरा कहा सू कोई ना जाएगो..... हाँ, मेरे घर की पाँच बोट हैं, उनकी पक्की गारंटी है...... चाहे तो अभी कोरा कागद पे लिखवा लेओ।"

लाला ज्ञानचंद को जँच गया कि यह बंदा आज आसानी से क़ाबू में नहीं आने वाला। काफ़ी देर हो चुकी लाला ज्ञानचंद को रिरियाते हुए। आख़िरकार जैन साहब ने भी सोच लिया कि अब हत्थे से उखड़े बिना काम नहीं चलेगा, और देखते ही देखते लाला ज्ञानचंद सचमुच हत्थे से उखड़ गया।

"यार, तेरी पाँच बोट क्या हमन्ने चूतड़न् में लेनी हैं...... बेमतलब चूतिया बणारो है..... अरे, साफ-साफ कह के तेरी बला से चाहे हम मरें या जिएँ...... ठीक है मत अइयो कल...... अगर कल-कला को कोई ऐसी-वैसी बात होगी और सरपंच कोई मेव बणगो न तो फिर देख लीजो...... हिन्दुओं का सारा पाप तेरे सिर आएगो.....।" कहते-कहते लाला ज्ञानचंद जैन के मुँह में झाग आ गए, "ठीक है मैं....मैं जा रो हूँ......।"

इतना कहकर लाला ज्ञानचंद जैन उठ कर जाने लगा तो जगनी ने उसका हाथ पकड़ते हुए कहा, "सेठ जी, आप तो नाराज होगा!"

"यार, सेठ जी के अपनी ऐसी-तैसी कराए...... और फिर मैं क्या अपने लिए कर रा हूँ ये सब...... मेरे यार, ये तो पूरे हिन्दू समाज का फैसला है...... अरे, जब इस देस में हिन्दू ही ना रहेगा तो यह देस कैसे रहेगा और फिर तुम जैसे लोग ही ऐसा सोचोगे तो औरों की क्या कहें!" इस बार लाला ज्ञानचंद सीधा-सीधा प्रवचन देने पर उतर आया, इसलिए भाषा भी एकदम महापुरुषों वाली हो गई।

"ठीक है सेठ जी, जब आप इतनी जिद करी रहे हो तो कुछ न कुछ करना पड़ेगा।" इतना कहकर उसने राम प्रसाद को एक बार फिर आवाज़ मार कर बुलाया, तो राम प्रसाद एक झटके के साथ अवतरित हो गया जैसे वह किवाड़ की ओट में खड़ा अपने नाम का इंतज़ार कर रहा था।

"राम परसाद, अपने याँ नगीना के जितने भी चिमार हैं सबन्ने बुला ला...... उन्ने बता दीजो के अपणे गाँव के लाला ज्ञानचंद जैन जी आए हैं।" जगनी ने लड़के को आदेश और निर्देश दोनों एकसाथ देते हुए मोहल्ले में भेज दिया।

पंद्रह-बीस मिनट के अंदर ही पूरा मोहल्ला जगनी की बैठक में इकट्ठा हो गया और तुरंत, लगे हाथ फ़ैसला हो गया कि कल होने वाले पंचायती चुनावों में

पूरे मोहल्ले की वोट झड़के के जाएँगी नगीना।

"तो ठीक है फिर जगनी मैं चलूँ...... ध्यान रखियो!"

इतना कहकर लाला ज्ञानचंद जैन जाने लगा तो जगनी ने अंतिम निवेदन किया जैसे, "सेठ जी, रोटी-टूक खा जाता...... बहोत देर हो जाएगी गाँव जाते-जाते।"

लाला ज्ञानचंद जैन ने बड़ी सफ़ाई से इस मुद्रा में जगनी को टाला कि बेटा वह तो मेरी मज़बूरी थी वरना मैं तेरी खाट पर आकर बैठता और तुझसे पीने के लिए पानी माँगता? कभी नहीं।

"अच्छो जगनी, जै रामजी की!"

"जै रामजी की सेठ जी।"

लाला ज्ञानचंद जैन को विदा करके जगनी वापस अपनी बैठक अर्थात 'जगन शू मेकर' नाम की दुकान में आकर बैठ गया। लाला ज्ञानचंद जैन के जाने के बाद देर तक निस्तब्धता जगनी की बैठक में छाई रही। सामने रखे सौ-सौ के दस नोट और कैम्पा की ख़ाली बोतलें उसे जैसे अपने ऊपर मंद-मंद मुस्कराती-सी दीखीं।

तभी हवा का हलका-सा झोंका अंदर आया और जगह-जगह भीत पर टँगी डॉक्टर भीमराव अम्बेडकर, गुरु रविदास तथा पुरानी पड़ चुकी सीता स्वयंवर की एक तस्वीर, जिसमें दशरथ पुत्र राम और जानकी हाथों में वरमाला लिए एक-दूसरे को भावपूर्ण मुद्रा में निहार रहे हैं, धीरे से फड़फड़ाई और चुप हो गई।

तस्वीरों की फड़फड़ से जगनी की तंद्रा भंग हुई। सामने भीत पर टँगी गुरु रविदास और डॉक्टर अम्बेडकर की तस्वीरों को वह देर तक देखता रहा, जिनमें एक ओर धवल दाढ़ी ओढ़े गुरु रविदास उसकी भाँति राँपी से चाम को रेतते हुए मंद-मंद मुस्करा रहे हैं, तो दूसरी ओर डॉक्टर अम्बेडकर के चेहरे पर लगे गाँधी चश्मे के पीछे से उनकी आँखें तथा बराबर में भारी-भरकम 'भारत का संविधान' पुस्तक जैसे उसे सतर्क रहने का आह्वान कर रही हैं।

पता नहीं कितनी देर तक लाला ज्ञानचंद जैन के शब्द, वाक्य और संवादों से जगनी उन अर्थों को बीनने की कोशिश करता रहा, जिन्हें वह वर्षों पहले चुपचाप नगीना छोड़ आया है। आज फिर उसे रह-रह कर लगने लगा है कि वह इन अर्थों को तब तक बीनता रहेगा, जब तक मानक चंद, अभयचंद आर्य और ज्ञानचंद जैसे लोग उसे इस महानगर की ख़लकत में ढूँढ़ना नहीं छोड़ेंगे। और इससे पहले कि जगनी की सोच इन अर्थों के पीछे और दौड़ लगाती, उसके हाथ में कसमसाती राँपी तेज़ी के साथ चिकने पत्थर पर पड़े चाम को रेतने लगी।

लाला ज्ञानचंद जैन तो वापस नगीना लौट आया लेकिन जगनी को वह एक और ही भँवर में फँसा गया। शाम को जगनी ने जब एक बार फिर सबको अपनी बैठक में बुलाया, तो तब तक पूरा परिदृश्य जैसे बदल चुका था। जगनी को ताज्जुब तो यह देखकर हुआ कि जो लोग दोपहर को लाला ज्ञानचंद जैन के सामने दबी

ज़ुबान से जाने का वायदा कर चुके थे, उनमें से आधे से ज़्यादा एकदम मुकर गए। ख़ासकर युवाओं का एक वर्ग। उनका कहना है कि लाला ज्ञानचंद जैन किराए के रूप में हज़ार रुपए क्यों देकर गया है? क्या वह हमें ख़रीदने आया है? क्या हम इतने गए-गुजरे हैं कि अपना किराया भर के वोट डालने भी नहीं जा सकते? कइयों ने तो जगनी को इस कृत्य के लिए खूब मलामतें दीं कि हज़ार रुपए के पीछे इसने सारे चमारों की नाक कटवा दी।

जगनी ने खूब सफ़ाई दी कि उसे सेठ जी में ऐसा कोई मक़सद या स्वार्थ नज़र नहीं आया। उसने पूरे मोहल्ले को खूब समझाने की कोशिश की लेकिन युवा तुर्क उसके इस तर्क से क़तई सहमत नहीं हुआ।

लाला ज्ञानचंद जैन बेचारे जगनी को एक ऐसे धर्म-संकट में फँसा कर चला गया कि वह जितना इससे उबरने की कोशिश करने लगा, उलटा उतना ही उसमें उलझने लगा।

किसनलाल जाटव ने, जोकि इस रविदास मोहल्ला सुधार समिति का महासचिव भी है, सबके सामने जगनी से कह दिया, "चाचा, तुझे ये रुपए इस तरह लेने नहीं चाहिए थे।"

"इसमें बुरा मानने की बात नहीं है...... यह जैन साहब बहुत ऊँची चीज है, मैं इसे बहुत अच्छी तरह जानता हूँ...... और फिर, जिस बनिए के पूत का यह असूल हो कि चमड़ी जाए पर दमड़ी न जाए..... वह हजार रुपए यूँ ही देगा.....? बहुत सोच-समझकर देगा..... हमारा तो इस्तेमाल ये लोग हमेशा से करते आए हैं..... जब इन्हें लगता है कि इनका काम हमारे बिना नहीं चलेगा तभी ये हिन्दुवाद की दुहाई देते हैं, वरना बिना स्वारथ के तो ये अपने बाप को भी हाथ नहीं धरने देते हैं....... फिर हम तो ठहरे जात के चिमार!" परभाती ने पूरे आवेश में बरसों से धधक रहे अलाव को कुरेदते हुए कहा।

"अब देख न, बात हजार रुपए की नहीं है..... बात है इसके पीछे छिपी नीयत की...... थोड़ी देर के लिए मान लो कि मानक चंद एक बार फिर जीत जाता है, तो पता है यही लाला ज्ञानचंद जैन पूरे नगीना में पुकार-पुकार कर कहेगा कि हमने तो इलेक्सन वोट खरीद कर जीता है...... अब बता हजार रुपल्ली के पीछे हो गया न सारे चिमरवाड़े का मुँह काला.......।" किसनलाल ने बेहद तार्किकता के साथ अपनी बात रखी।

"और अगर हार गया तो?" परभाती ने मूढ़ी से उचकते हुए पूछा।

"हार गया तो और भी बुरा होगा।"

"क्या मतलब?" परभाती ने किसनलाल के वाक्य को बीच में ही लपकते हुए पूछा।

"कहेंगे कि सुसरे चिमारों ने पैसा लेके भी वोट नहीं दिया और इस बात की पूरे गाँव में डोंडी पिट जाएगी.....।"

"इसका मतलब यह हुआ कि यह तो आगे खाई और पीछे कुआँ वाली बात हो गी?" इस बार कहते हुए परभाती के होंठ सूख से गए।

सचमुच पूरे मोहल्ले को किसनलाल की बात में वज़न दिखाई दिया। किसनलाल का कहना ठीक भी है कि जगनी को इस तरह रुपए लेने नहीं चाहिए थे लेकिन अब लेकर अपने हाथ कटवा ही लिए हैं, तो हया को जुतने से बचाने के लिए कुछ तो करना पड़ेगा ही। वापस तो अब देने से रहे और अगर देने भी पड़े ते जो थोड़ी-बहुत हया बची हुई है, वह भी काम से जाएगी।

जगनी का मगज जैसे चकर्रधिन्नी की तरह घूमने लगा।

अगला-पिछला मानो वह सब भूल गया। इधर तीनों लड़के उस पर बिना टिकट चढ़े जा रहे हैं कि बिरादरी की सलाह-मशविरा के बिना ऐसी ही आफ़त गले पड़ती है।

जगनी की हिम्मत जवाब दे गई लेकिन फिर भी जो थोड़ी-बहुत बची है, उसे बटोरते हुए बोला, "किसनलाल, बेटा कोई ऐसी जुगत भिड़ाओ के साँप भी मर जाए और लाठी भी टूटना सू बच जाए।"

"भई चाचा, मेरी समझ में तो बस एक ही बात आ री है....." किसनलाल ने इतना कहकर जगनी की बैठक में बैठे लोगों पर एक सरसरी नज़र दौड़ाई और फिर कहने लगा, "वोट तो हमें मानक को ही देनी होगी और यही एक तरीका भी है अपने आपको बचाने का..... अगर मानक चंद हार जाता है तो यह मान कर चलो कि यह बदनामी हमारे सिर आनी ही है, क्योंकि आज भी हम चिमार-चूहड़ों को ये लोग मुसलमानों का वफादार ही मानते हैं..... और अगर वह जीत जाता है तो इक्कीस सौ रुपए की माला हम उसके गले में डाल देंगे...... इस तरह हमारे मन से हजार रुपए का बोझ भी उतर जाएगा और उन्हें यह लगेगा कि देखो इन लोगों के अंदर हमारे लिए कितना प्यार और इज्जत है...... मेरी समझ में तो यही एक बात आती है..... अगर किसी के दिमाग में कोई और बात है तो वह भी बता दे।" अपनी बात ख़त्म करके किसनलाल ने वहाँ उपस्थित लोगों की ओर देखा तो उसे सबके चेहरे, जो थोड़ी देर पहले तक अजीब-से तनाव से खिंचे हुए थे, ढीले पड़ते दिखाई दिए।

"बिल्कुल सोलह आना किसनलाल की बात सही है...... अरे, ग्यारह सौ रुपल्ली की ही तो बात है, लेओ पाँच सौ मैं अभी देता हूँ......।" इतना कह कर पेंट की जेब से तुरंत नोटों की एक गड्डी निकाली और उसे बीच में रखते हुए परभाती बोला।

"परभाती सबर से काम ले, इतनी जल्दबाजी मत कर!" किसनलाल ने बेहद शांत भाव से कहा।

"सही है भई, किसनलाल की बात एकदम सही है..... ये ग्यारह सौ रुपिया सबके बाँटे में आने चहिएँ।" जगनी तुरंत समझ गया किसनलाल के कहने का

मतलब।

"और क्या, मैं या किसनलाल अपनी जेब से थोड़े ही देंगे।" परभाती झेंपते हुए अपनी जल्दबाजी को सुधारते हुए बोला।

किसनलाल की कुशाग्रता पर सबके चेहरे खिल उठे। परभाती ने तो हँसते हुए कह भी दिया, "किसनलाल, हमने तुझे रविदास मोहल्ला सुधार समिति का महासचिव ऐसे ही थोड़े बनाया है।"

"लेकिन हाँऽऽ....!" किसनलाल के इस 'लेकिन' पर शुरू हुई खुसर-पुसर एकाएक ठिठक गई, "...... अपने वोटरों को अच्छी तरह समझा देना कि सारे वोट मानक के डिब्बे में ही डलने चहिएँ..... जिसने भी बिरादरी के इस फैसले की उदूली की उससे बड़ा बिरादरी का दुश्मन और कमीण कोई नहीं होगा।"

"हाँ-हाँ, बिल्कुल सही बात है!" उपस्थित लोगों ने समवेत स्वर में किसनलाल के सुझाव पर सहमति प्रकट करते हुए कहा।

"और चाचा जगनी, तू भी एक बात गाँठ बाँध ले कि आइन्दा ऐसे मामलों पर विचार करने से पहले, बिरादरी के लोगों को शामिल करना मत भूलियो!" किसनलाल ने एक तरह से जगनी के बहाने वहाँ उपस्थित सभी को चेताते हुए कहा।

जगनी ने बच्चों की तरह दोनों कानों को छूते हुए कहा, "मैंने आज ही कसम ले ली है अगर ऐसा फटा में कभी पाँव तो दे जाऊँ!"

इसके बाद एक-एक करके सब उठ कर चले गए।

सबके जाने के बाद जगनी ने लंबा साँस खींचा और किसनलाल की कुशाग्रता के प्रति मन ही मन आभार प्रकट करता रहा कि अगर आज किसनलाल नहीं होता, तो कोई बड़ी बात नहीं थी कि कल अच्छी मिट्टी ख़राब होती क्योंकि लाला ज्ञानचंद जैन तो उसे फँसा कर चला ही गया था।

जगनी को लगा मानो किसनलाल ने उसे किसी गहरे दलदल में धँसने से बचा लिया है।

ठीक चुनाव वाले दिन अपने क़ौल के मुताबिक़ जगनी अपनी बिरादरी की पूरी छत्तीस वोटों को लेकर नगीना पहुँच गया। इतने सारे मतों को एकसाथ आता देख मानक से अधिक लाला अभयचंद आर्य, लाला ज्ञानचंद जैन, बिसंभर दयाल मेहता और उनके उन समर्थकों की मारे ख़ुशी से बाँछें खिल उठीं, जो कल तक हिन्दू अस्मिता को बचाने की फ़िक्र में दुबले हुए जा रहे थे। इधर जैसे-जैसे मानक के मत थोक में एक-एक कर नगीना आने लगे, उधर हाजी अशरफ़ और उनके समर्थकों के चेहरों पर हवाइयाँ उड़ने लगीं।

हाजी अशरफ़ तो मारे ग़ुस्से के पागल हो गया। उसका कहना है कि यह तो उसके साथ सरासर गद्दारी हुई है। एक तरफ़ तो उससे यह कहा गया कि इस

योजना की ख़बर किसी को कानोंकान नहीं हुई है, और दूसरी तरफ़ एक के बाद एक हिन्दुओं की सारी वोटें खिंची आ रही हैं। दो बजते-बजते उसे जँच गया कि बाज़ी इस बार भी मानक के हाथ ही लगेगी। हिन्दुओं की एकता और मेवों द्वारा ख़ुद अपने ही उम्मीदवार के साथ की जाने वाली इस गद्दारी से हाजी अशरफ़ का मन इस क़दर खट्टा हो गया कि वह रोटी खाने के बहाने जो गया, तो बाद में शाम तक नहीं आया।

बड़कली से पैदल और रिक्शों द्वारा नगीना में पहुँचते ही सारे मत सबसे पहले अपने घर-कुनबे, चाचा-ताऊ, पूर्व के पड़ोसियों और स्मृतियों को आज तक ज़िंदा रखने वाले भीत-पाखों तथा उन गैल-दगड़ों से मिल-भेंटने के लिए दौड़ पड़े, जिनकी शक्लें धीरे-धीरे विस्मृति के धुँधलके में खोने लगी हैं। अगर पूछा जाए तो सच बात यह है कि इन छत्तीस मतों में से आधे से ज़्यादा मत तो वोट डालने कम, विस्मृत हो रही शक्लों से मिल-भेंटने अधिक आई हैं।

औरों की क्या कहे ख़ुद जगनी और उसकी घरवाली इमरती भी तो इसी नीयत से आए हैं। चुनाव तो एक बहाना है वरना असली मक़सद तो अपनों से मिल-भेंटना है।

गोहरवाली में पहुँचने के बाद तो इमरती का बस नहीं चला, अन्यथा वह उड़ कर कब की घर के आँगन में पहुँच चुकी होती और चिप्पल उतरी भीत-पाखों से बतियाना शुरू कर देती। उसका जी करने लगा कि वह देर तक उनकी आँखों में आँखें डाल उनकी बदहाली का हाल पूछती रहे। बुज़ुर्ग हो चुके उन रूखों की बाहों से लिपट-लिपट कर उनकी एक-एक पल की ख़बर अपने भीतर दर्ज करती रहे, जिन रूखों की गहरी छाँव में इमरती अपने ब्याह से लेकर इस नगीना को छोड़ने तक अकेले में अपने मन की व्यथा उन्हें सुनाती रही है। इमरती थोड़ी देर के लिए बौरा-सी गई कि आख़िर वह यहाँ ऐसा क्या छोड़ कर गई है जिसे सकेरने की चाह में उसका मन-पंछी फड़फड़ाता हुआ यहाँ उड़ कर चला आता है? ऐसा क्या छूट गया है उससे, जिसे महज छूने के लिए वह अपने भीतर उठती हुई हिलोरों को मुश्किल से शांत कर पाती है।

घर पहुँचने तक का रास्ता उसे गज़ और फलांग के बजाय कोसों में तब्दील होता दीखने लगा। जुम्मा महजत के आगे जैसे ही उसे रमजानो सामने से आती दिखाई दी और इससे पहले कि वह रमजानो से हालचाल पूछती, एकदम भादों की फुहार की तरह रमजानो उसे पहचानती हुई बरस पड़ी, "निगोड़ी, याद आगी कै या गाँओं की......!"

रमजानो के उलाहने मिश्रित सवाल पर इमरती अपनत्व और आत्मीयता से अंदर तक भीगती चली गई। इमरती आते वक़्त जिस छूटे हुए को पूरे रास्ते याद करती आ रही थी, वह यही तो है। इन्हीं उलाहनों को सुनने के लिए तो वह तरस रही थी और शायद इन्हें ही सुनने के लिए उसका मन-पंछी फड़फड़ाता हुआ यहाँ

उड़कर चला आता है।

एक पल तो इमरती के कानों में इस उलाहने की मिठास घुलती रही और फिर उसी मज़बूती से हँसते हुए बोली, "याद कैसे ना आएगी, रंडी या गाँओं में बिहाई ना हूँ...... हमारो ना है या गाँओं में कुछ!"

प्रत्युत्तर में इमरती के मुँह से फूटे 'मैं' की बजाय 'हम' शब्द को सुन कर रमजानो किसी हिमखंड की तरह पिघलती चली गई, "सही कहवे है इमरती, या गाँओं में अगर तेरो कुछ ना होतो तो तू काँई लू आती हीन्?"

"दारी, बस याही मारे चला आवे हैं.... अरी जब तक हमारी-तेरी उमर की काठी बच री हैं जभी तक याँ थोड़ो-बहोत कुछ बच रो है..... इनके मरे पीछे कोई काई ए ना पिछाणेगो......।" तभी एकाएक इमरती की निगाह रमजानो के बग़ल में दबी लूगड़ी-दराँती पर जा टिकी। इमरती से कहे बिना नहीं रुका गया, "दारी, तू कहाँ जा री है...... ले, हम तो बोट गेरन् इतनी दूर सू चल के आया हैं और तू चल दी खेतन् में.......।"

"बहाण, हम जैसान्ने कहा मिलेगो इन बोटन् सू..... हमन्ने कौन-सा रजवाड़ा मिल जांगा...... हमारी ओड़ सू चाहे बोट पड़ें, या मत पड़ें।"

"ठीक कहवे है रमजानो..... और बाल-बच्चा तो सब ठीक हैं?"

"खुदा को सुकर है बहाण......।" इतना कहकर रमजानो लंबे-लंबे डग भरती हुई, इमरती के विपरीत दिशा में आगे बढ़ गई।

घर तक आते-आते इमरती के कानों से दाएँ-बाएँ, आगे-पीछे से पता नहीं कितने सम्मानजनक संबोधन टकराते रहे। रिश्ते में लगने वाली कई बहुओं से तो इमरती के पाँव दबाकर आशीषें लेने का लोभ संवरण नहीं हो पाया। कुछ जानी और कुछ अनजानी आवाज़ों को इमरती पहचानने की कोशिश भी करती है। घर के आँगन में तो पाँव पड़ते ही उसे लगा जैसे गठिया बाय के दर्द से बिलबिलाते जोड़ों की नसों में दौड़ता रक्त ठहाठे मारने लगा है।

सच है अपने रूख, अपने पाखे और अपने गैल-दगड़े आदमी को कभी नहीं भूलते। बेशक आदमी की नज़र में फ़र्क़ आ जाए लेकिन ये सब दूर से ही उसे पहचान लेते हैं। पता नहीं अपने डाँडे में पाँव पड़ते ही चलचित्र की भाँति एक-एक कर कैसे वही संवाद, वही चेहरे और वही चित्र ताज़ा हो उठते हैं, जिन्हें पहचानने और याद करने की कोशिश में मकानों के जंगल में आदमी दौड़ लगा-लगा कर थक जाता है।

पंचायत के चुनाव वैसे तो ढेर सारी आशंकाओं और बदमज़गी के बीच सही-सलामत सम्पन्न हो गए और घोषित परिणामों के अनुसार आशा के अनुरूप मानक चंद बतौर सरपंच एक बार फिर चुन लिया गया, किंतु सारी घटा-जमाओं के बावजूद हाजी अशरफ़ को बक़ौल उसी के चौधरी मुर्शीद अहमद ले डूबा। हालाँकि

इसमें राजीतिक दृष्टि से चौधरी मुर्शीद अहमद को कोई नुक़सान नहीं हुआ क्योंकि नगीना के हिन्दुओं की वोट तो वैसे भी उसकी नहीं हैं। उनके बारे में तो चौधरी करीम हुसैन का कहना है कि सिर्फ़ एक छोटा-सा कॉलेज खुलवाने से वोट नहीं मिलती हैं, वोट तो मिलती हैं कुछ और ही कारणों से। इसीलिए नगीना की नब्बे फ़ीसदी हिन्दू वोट चौधरी करीम हुसैन के खाते में जाने वाली वोट हैं।

इन चुनावों से अगर सबसे ज़्यादा नुक़सान हुआ है तो वह है ख़ुद हाजी अशरफ़ क्योंकि पहले कम से कम इन बनिया-बामनों से दुआ-सलाम के बहाने दो-चार हज़ार रुपए ब्याज-बट्टे के लिए उधार तो मिल जाते थे लेकिन बेड़ा ग़र्क़ हो इस कम्बख़्त मुर्शीद अहमद का, जिसके चक्कर में आकर उसने बेमतलब इनसे आँखें भी मैली कर लीं। लेन-देन पर असर पड़ा वह अलग।

अरे, इन चुनावों ने तो यह कहावत चरितार्थ कर दी कि 'भली कचरिया बोई, तेरी राम-राम भी खोई।'

पैंतालीस

पिछले कुछ दिनों से जोड़ों का दर्द रात-बिरात, देर-सवेर जब उसके जी में आता है शुरू हो जाता है तथा जब उसके जी में आता है चला जाता है। लेकिन जब यह शुरू होता है तो पूरे जिस्म पर लगता है जैसे भारी-भारी घन बरस रहे हैं।

दिन में तो जैसे-तैसे इससे निपट भी लिया जाए लेकिन रात में क्या किया जाए? पूरी रात काटे नहीं कटती है। बड़ी बेचैनी के साथ फ़जर की अज़ान सुनने के लिए कान उपरलीघाँ की महजत की ओर धरे रहते हैं। रात-बिरात जब भी यह दर्द शुरू होता तब पूरी रात सलेमी मारे चीस के तड़पता रहता है, बल्कि दर्द जब ज़्यादा बढ़ जाता है तब ऐसा लगता है जैसे उसकी हड्डियों को कोई मरोड़ रहा है।

चलो, सलेमी इस दर्द से भी निपट ले किंतु उस दर्द का क्या किया जाए, जो जोड़ों के साथ-साथ उसके अंतस में उठता रहता है? उस दर्द का क्या किया जाए जो दिन पर दिन बढ़ता जा रहा है और जिसकी टीस जिस्म से अधिक दिमाग़ को बेचैन किए रहती है? एक बार आँखें खुलने के बाद लगभग सारी रात सुनहरे अतीत और खुरदरे आगत से सलेमी जद्दोजेहद करता रहता है। देखते ही देखते एक-एक कर बरसों पहले के दृश्य इस क़दर एक-दूसरे में गुँथने शुरू हो जाते हैं कि उन्हें सुलझाने में देर तक सलेमी उनसे हाथापाई करता रहता है और धीरे-धीरे जब वे सुलझने लगते हैं, तो ख़ुद उनमें उलझता चला जाता है। इस तरह आख़िरकार होता यह है कि उनसे उलझे हुए ख़ुद-ब-ख़ुद आँखें थक कर मुँदती चली जाती हैं।

अब तो यह भी होने लगा है कि इन दृश्यों के अस्फुट संवाद और फ़जर की

अज़ान के स्वर दोनों, बारी-बारी से उसके कानों में इस क़दर सरगोशी करते हैं जैसे आपस में बच्चे बतिया रहे हों।

मेमन द्वारा चौधरी मोहल्ले का परित्याग, बल्कि यह कहना उचित होगा कि नगीने का परित्याग, अपने ही बेटे द्वारा बात-बात पर बाप से मुँहजोरी करना और फिर दिन पर दिन आपसदारी में बदमज़गी का फैलना– इन सबको देख-देख कर और याद कर उसके भीतर एक प्रकंपन-सी शुरू हो जाती है। कभी-कभी उसे लगता है जैसे पच्छिम से काले पहाड़ को छूता हुआ, कोई आग का गोला उसकी ओर तेज़ी से लपका हुआ आ रहा है और सबको भस्म करता हुआ तेज़ी से लुढ़कता हुआ पूरब की ओर चला जाता है।

तीस तारीख़ के आसपास भी उसे पच्छिम से ऐसा ही आग बरसाता हुआ एक गोला अपनी ओर आता दिखाई दिया था और पूरब की ओर बढ़ गया था। अगले दिन जब परिंदों का कलरव और ढोर-ढंगरों का पूर्व की तरह रँभाना-एड़ाना सुनाई दिया, तब जाकर मालूम हुआ कि वह आग का गोला नहीं बल्कि लाल रंग से रँगा हुआ महज एक गोला था, जिससे न तो वनस्पति जली, न पशु-पक्षी ही आहत हुए। जो जहाँ था वैसा ही मिला। इसलिए पता नहीं क्यों रह-रहकर सलेमी को इन लाल और सुर्ख़ गोलों से अब बेहद डर लगने लगा है। बल्कि अब तो यह होने लगा है कि सूर्योदय के समय जो सुर्ख़ गोला कभी उसकी नसों में उमंग और उच्छ्वास का बहाव तेज़ कर दिया करता था, उसी गोले से उसे डर लगने लगा है।

गोयल डॉक्टर पिछले कुछ दिनों से दर्द कम करने की दवा दे रहा है। इसलिए सलेमी दर्द होते ही तुरंत दवा ले लेता है। इस प्रकार ज़िंदगी के कुछ और दिन इत्मिनान के सहारे कट जाते हैं। रात को जब भी उसकी आँखें खुल जाती हैं, तभी वह साँस रोक कर न जाने क्या सुनने की कोशिश करता है। कभी-कभी उसे लगता जैसे पौली की पीछे वाली भीत से चिपक कर उसे कोई डराने की कोशिश कर रहा है। अजीब-अजीब-सी आवाज़ें निकाल कर उसके भीतर डर पैदा करने की कोशिश कर रहा है। कई बार उसे ऐसा भी लगा जैसे बाहर दगड़े में असंख्य पाँव दौड़ लगा रहे हैं। सलेमी चुपके से बाहर दगड़े में जाकर देखता है लेकिन उसे दिखाई कुछ नहीं देता सिवाय इसके कि दूर तक व्याप्त सन्नाटा, गाढ़े अँधेरे को ओढ़े आकाश में तनी तारों की ओढ़नी में जड़े सलमा-सितारों को बस टकटकी लगाए देख रहा है।

दूर तक व्याप्त इस सन्नाटे और अँधेरे को देखकर एक बार तो सलेमी की पूरी देह में सनसनाहट-सी दौड़ जाती है। देह का एक-एक रोंआँ खड़ा हो जाता है कि कम्बख़्त कुत्ते भी पूँछ अंदर दबाकर ऐसे बेसुध सोए हुए हैं जैसे किसी ने जूता सुँघा दिया हो। वापस खाट पर आने के बाद देर तक उसे अपने कानों में, बाहर दौड़ लगा रहे पदचाप और भीत से चिपके होंठों से निकलने वाली खुसर-पुसर गजबजाने लगती है।

एक बार तो जैसे ही वह खाट पर आकर लेटा कि एकाएक शुरू हो गए जोड़ों के दर्द से बिलबिला उठा। वह न चाहते हुए भी दर्द को भीतर ही भीतर पी गया। मजाल है उसने कराहने की आवाज़ होंठों से बाहर तो आने दी हो। भीतर के डर ने सलेमी के बाहर के डर को बिलकुल ही भोंथरा बना दिया। इसलिए वह कभी-कभी कुछ भी नहीं समझ पाता है कि यह डर सचमुच उसके भीतर आकार ले रहा डर है या फिर, यह उसका कोरा वहम है! शायद इसी डर या वहम से मुक्त होने की कोशिश में वह हारे में उपलों को सुलगाकर चिलम को ताज़ा कर हुक्के को गुड़गुड़ाने लगा। किंतु यही गुड़गुड़ाहट और चिलम में रखी ताज़ा आँच कश खिंचते ही अपनी सुर्ख़ी जब-जब पूरी पौली में फैलाती है, तब-तब उसे लगता है जैसे अँधेरे को चीरता हुआ वही सुर्ख़ गोला लुढ़कता हुआ उसके सामने आकर रुक गया है। सलेमी ने तुरंत हुक्के से चिलम को उतारा और नीचे औंधा कर रख दिया।

जोड़ों के इस दर्द ने सलेमी का बाहर आना-जाना काफ़ी कम करवा दिया। हालाँकि उसने अंग्रेज़ी इलाज़ से लेकर देसी इलाज़ तक और गंडे-ताबीजों से लेकर झाड़-फूँक तक, जैसा भी जिसने बताया सारे इलाज़ करवा लिए लेकिन दर्द ख़त्म होने का नाम न ले। बल्कि हालत यह हो गई कि मर्ज़ बढ़ता गया, ज्यों-ज्यों दवा की। पूरे-पूरे दिन सिवाय पौली में लेटे रहने या बैठे रहने के जैसे सलेमी के पास कोई काम ही नहीं बचा। सारे दिन लेटे-लेटे हुक्का पीना और सूनी आँखों से छान की ओर ताकते हुए ज़िंदगी के बाकी बचे दिनों को आराम से कटने के इंतज़ार में, सूरज कब निकलता और टहलता हुआ कब काले पहाड़ की ओट में छिप जाता, इसका अंदाज़ा वह पाँचों वक़्त लगने वाली अज़ानों से ही लगा पाता।

पौली से बाहर न जाने के कारण कभी मनीराम उसके पास आ बैठता तो कभी हरसाय। कभी बुद्धन आ जाता तो कभी रोबड़ा। कभी आधा-पौन घंटा बैठकर छोटेलाल पूरे चौधरी मोहल्ला से लेकर आधे से गाँव की ख़बर दे जाता है, तो कभी नबी खाँ इलाक़े के ताज़े हालात पर तब्सिरा सुना जाता— सलेमी की यही दिनचर्या है अब।

अंततः हारकर सलेमी ने सब नियति पर छोड़ दिया। यह तो भला हो इस बेचारी तरकीला का जो रात-दिन ससुर के आगे-पीछे रहती है, वरना बाबू के भरोसा छोड़ दिया जाए तो वह जीते-जी माटी दिलवा दे। सलेमी रात-दिन तरकीला को आशीषें देते नहीं अघाता। ऐसा लगता है कि पिछले जन्म में इससे बहुत क़रीब का रिश्ता रहा है, इसलिए ऊपरवाले ने बेटी के रूप में तो नहीं बहू के रूप में भेजा है इसे।

सलेमी आते-जाते लोगों से तरकीला की तारीफ़ किए बिना नहीं रहता। इसीलिए एक दिन तो बुद्धन ने कह भी दिया, "सलेमी, तोहे तो बहू का रूप में बेटी मिलगी है...... नहीं आज का बखत में सास-सुसरा की कौन सेवा-टहल करे है......

अरे, बाबू तेरी परवा करे चाहे मत करे..... कम सू कम ई तो तसल्ली है के बेटा ना सही बहू तो कर री है।"

"सही कह रो है बुद्धन....... ई तो अल्ला को लाख-लाख सुकर है जो ऐसी भली बहू मिलगी..... नहीं तो कहाणे तेरे, बहू भी बेटा की ताँई होती तो एक कूलड़ा पाणी लू ही तरसतो रहतो...... जरूर मैंने पिछ्ला जनम् में कोई अच्छो काम करो है।" सलेमी ने दोनों हाथ उठाते हुए फिर कहा, "खुदा, ऐसी बहू सब सास-सुसरान् लू देए!"

एक तरह से अब यह दिनचर्या का एक हिस्सा हो गया है कि हर समय सलेमी के पास कोई न कोई बैठा रहता है। इसलिए उसे शुरू के कुछ दिनों के, अब यह महसूस ही नहीं होता है कि वह दीन-हीन या शारीरिक रूप से लाचार भी है। इसे अब किसी तरह की चिंता या फ़िक्र नहीं है। पोता का ब्याह भी उसने अपने हाथों से निपटा दिया। रही बात पोते की बहू लाने की सो अभी उसमें कई साल की गुंजाइश है। जब तक पोते का चाला होगा और जब तक पड़पोते या पड़पोती का मुँह देखने का समय आएगा, पता नहीं तब तक वह इस दुनिया में रहेगा भी या नहीं– इसके बारे में कुछ भी कहना मुश्किल है।

पिछले कुछ दिनों से सलेमी के पास जो भी आता है, जीवन-दर्शन के अलावा उससे यह और कोई बात ही नहीं करता है। इसीलिए एक दिन मनीराम ने सलेमी की पौली से निकलते हुए रोबड़ा से शंका व्यक्त करते हुए कहा भी "यार रोबड़ा, आजकल ई सलेमी कैसी बात करन् लगो है..... ?"

"मनीराम, यही बात मैं भी तोसू कहन् वालो हो....... पर आज तैने मेरा मुँ की बात छीन ली।"

"याही मारे तो मैं याहे एकलो ना छोडू हूँ के पतो ना एकलो पड़ो-पड़ो कहा-कहा सोचन लग जाए।"

"ई तो तू ठीक कह रो है..... ऐसा हालतन् में माणस कदी भी एकलो ना छोड़नो चहिए।"

उस दिन शाम को सब इकट्ठे हो गए सलेमी की पौली में। सबने महसूस किया कि आज सलेमी कुछ ज़्यादा ही प्रसन्न है। आज सबको झुर्रियों से पटे चेहरे पर फैली आभा की हलकी-सी परत का अहसास हो रहा है।

हँसते हुए छोटेलाल ने यूँ ही कह दिया, "काका, अब तो पोता को चालो कर दे फटाफट, जासू तू पड़दादा बन जाए।"

"अरेऽऽ...... छोटेलाल, जब बेटा ने ही निहाल ना करा तो पोता या पड़पोता कैसे करेंगा...... बस, अब तो खुदा उठा लेए....... अरे, 'चलणो है डटणो नहीं, चलणो पी के साथ; गुजर होएगी सासरे, पीहर थोड़ा दिन को साथ'.....।" सलेमी ने लंबी साँस लेते हुए कहा।

"यार काका, उठें तेरा दुसमन।" छोटेलाल ने हँसते हुए कहा।

"छोटेलाल, बेटा या देह को कोई भरोसा ना है...... ई जिंदगानी तो पानी को बुलबुलो है..... मेरे यार, जभी तो काई सियाणा माणस ने कही है के 'पाणी को सो बुलबुलो होवे और बण जाए, जैसे पलड़ा रहट को इत आवे उत जाए'.......।"

पूरा चौधरी मोहल्ला इस बात को जानता है कि सलेमी एक बार शुरू हो जाए तो फिर रोके से नहीं रुकता है। अपने आप तब भले ही रुक जाए, जब उसे लगता है कि कहने को उसके पास अब कुछ भी नहीं है। हालाँकि सबने आँखों के इशारे से छोटेलाल को डाँटा भी बहुत लेकिन तब तक सलेमी शुरू हो चुका था।

"......हाँ तो मनीराम, 'महल बणा मंदर बणा, काई चातर ने दियो उकेर; बणते-बणते जुग भया, ढहते लम्हो लगे न एक'..... 'एवज' मेलो भर रहो, मिलियो बाँह पसार; गुमराही में कुछ नहीं, कहा तोहे जीणो बरस हजार'...... बुद्धन, ओऽऽ बुद्धन...... ले, तू भी सुण मेरे यार, 'भगके परबत चहड़ती मेरे वे दिन अब सालाँ, हाथ लकड़िया ले लई अब टेक-टेक चालाँ'......"

"काका, अब लोट जा..... बैठे-बैठे घणी देर होगी है।" छोटेलाल ने सहारा देते हुए सलेमी को लिटाते हुए कहा।

"ला बेटा लुटा दे...... वाह रे बुढ़ापा...... जभी तो काई ने कही है के 'हाय बुढ़ापा तू बुरो, जैसे गाड़ी अटको सूत; के दिनड़ा धन सू कटाँ, के कोई बेटा होए सपूत'......।" कराहते हुए सलेमी खाट पर लेट गया।

काफ़ी देर तक बड़बड़ाने के बाद एकाएक सलेमी की आवाज़ जब आनी बंद हो गई, तो सबको लग गया कि सलेमी की आँखें लग गई हैं। थोड़ी ही देर बाद रुक-रुक कर जब पौली में खर्राटे गूँजने लगे, तब एक-एक कर सब उठ कर चले गए कि चलो अच्छा है कम से कम जिस्म के साथ-साथ दिमाग़ को भी शांति मिलेगी।

सलेमी के पास आकर बैठने वालों की ज़्यादा से ज़्यादा कोशिश रहती है कि उसको वे बातें कम से कम बताई जाएँ, जिनको सुन कर वह अक्सर भीतर ही भीतर दरकने लगता है। इसलिए इलाक़े से संबंधित बहुत-सी बातों को वे छिपा जाते हैं लेकिन सलेमी की आँखें इस बहुत कुछ में से, कुछ बातों को फिर भी सामने बैठे चेहरों से पढ़ ही लेती हैं।

उस दिन भी उसने मनीराम को जानबूझ कर कुरेदा, "हाँ वाड़ी मनीराम, और सुणाए न कुछ ताजा....... मुलक में कहा उठक-पटक हो री है?"

"कहा उठक-पटक होएगी..... अरे, सब अपना-अपना बाल-बच्चान् का पेट भरणा की फिकर में लगा पड़ा हैं...... बाकी तो सब ठीक-ठाक है..... मुलक जहाँ पहले हो, आज भी वहीं है.....।"

"ऊ तो मैं भी जाणू हूँ के तेरो मुलक जहाँ पहले हो, आज भी हूनी है...... याहे

कोई ना सिर पे उच के ले जा रो है..... पर और हालचाल सुणा..... तेरा करीम हुसैन को कहा हाल है..... मुरसीद की कैसी ढोलकी बज री है..... बीजेपी-काँग्रेस वाला कुछ हल्ला-गुल्ला कर रा हैं के ना?" सलेमी ने मनीराम को फिर कोंचते हुए पूछा।

"अभी गोयल डाकधर की ही दवाई चल री हैं या काई और की?" जवाब देने के बजाय मनीराम ने विषय बदलते हुए उलटा सलेमी से पूछा।

"गोयल घुसगो......" इस बार सलेमी चढ़ बैठा मनीराम पर।

तब तक छोटेलाल, हुसैनदीन और नबी खाँ भी आ गए।

सलेमी को मनीराम पर बिगड़ा हुआ देख सबकी हँसी छूट गई।

इस बार मनीराम से भी नहीं रुका गया हँसे बिना।

"साफ-साफ कह मैं तोकू कहा बताऊँ?" मुस्कराते हुए पूछा मनीराम ने।

"मैं तोसू ई पूछ रो हूँ के आजकल कोई ऐसी-वैसी बात तो सुन्ना में ना आ री है?"

"ना, मैंने तो ना सुनी है कोई ऐसी बात।" मनीराम तटस्थ भाव से बोला।

"हाँ रे हुसैनदीन, याहे कुछ भी पतो ना है?" इस बार सलेमी ने पूछा हुसैनदीन से लेकिन आँखें मनीराम के चेहरे पर ही गड़ी रहीं।

सलेमी के इस सवाल पर हुसैनदीन कुछ नहीं बोला। बस, मनीराम की ओर देखकर आँखें नीची कर लीं।

"मनीराम, या छोरा की आँख नीची करणा को मतलब जाने है...... तू कहा समझ रो है, या पौली में लोटे-लोटे मोहे कुछ भी पतो ना रहे है..... अरे, बावला मैं तो हीन् सू ही बता दूँ के तू गोहरवाली में कितनी बर गयो हो..... और तू कह रो है के मोहे पतो ना है।" सलेमी ने आँखों ही आँखों में मनीराम के चेहरे को जैसे पूरी तरह बाँच लिया।

मनीराम को समझते हुए देर नहीं लगी कि हुसैनदीन ने सलेमी को सारी बातें बता दी हैं। इसलिए उसने इसके बाद बात को छिपाना उचित नहीं समझा।

"हाँऽऽ कुछ ऐसी सुन्ना में आ री है के छः दिसंबर कू फिर कोई धूमस होन वालो है।'

"या मुलक के पै धूमस मिचान के सिवा कोई और काम ना है कै?"

"ये छोटा-मोटा धूमस तो होता ही रहवे हैं..... पर यार, एक बात है के बीजेपी तो है जैसी है, कम ई काँग्रेस भी ना है......।"

"सही कह रो है मनीराम, इन्ने तो अपणी रोटी सेंकणा सू मतलब है, चाहे कोई मेव मरे या हिन्दू, धींग मरे या बोदो.......अरे, तीस तारीक तो जैसे-तैसे निकलगी...... अब देखो ई छः दिसंबर कौण-सा अजाप ए लाएगी......।" सलेमी के माथे पर दुश्चिंताओं और डर की अनेक सिलवटें तैर आई।

"सलेमी, इतनो डर अपना अड़ोसी-पड़ोसीन् सू ना लगे जितनो इन करीम और

मुरसीद जैसान् सू लगे है..... इनको तो बस ना चले नहीं या इलाका में ये घमासान मिचवा देएँ...... अरे, ई तो तम जैसा आदमीन् की भलमनसाहत है नहीं हाजी असरप, सुभान खाँ और तेरा बाबू जैसा तो या इलाका में धूमस मचवा देएँ.....।"

सलेमी की पौली में देर तक बातें होती रहीं। इस बीच हुसैनदीन तो बस चुपचाप सुनता रहा।

सलेमी की पौली से जब सब निकल आए तब बाहर आकर मनीराम ने हुसैनदीन को खूब डाँटा। हुसैनदीन कुछ नहीं बोला सिवाय इसके, "काका, मैंने तो ऐसेई बता दी। मोहे कहा पतो ही के तमन्ने ऐसी बात ताऊ सलेमी सू कहण की मना कर राखी है।"

"अब तो पतो चलगी न......!" इस बार हुसैनदीन को हलका-सा डाँट कर समझाते हुए मनीराम फिर बोला, "हुसैनदीन, या आदमी ए तू भीतर सू ना जाने है...... अरे, याहे तो याको कपूत बेटा को कलेश खा गो, नहीं तो या जैसो आदमी ढूँढ़ा सू भी ना मिलेगो।"

"काका मैं सब जाणू हूँ...... मैंने बाबू समझायो भी बहोत है, पर वाके ऊपर तो या हाजी असरप ने ऐसो हाथ धर राखो है के याहे सुपना में भी हाजी असरप दीखे है...... ऊपर सू साथ में सुभान खाँ और मिलगो...... कौम और मजहब को इनपे ऐसो भूत सवार हो रो है के बस पूछे मत......।"

"हुसैनदीन, यही तो जलन है के एक तो पूत हुओ और वाने भी नाक में ऐसी नकेल घाल राखी है कि ना ऊ निकलती बण री है ना टूटती बण री है...।" दुःखी मन से नबी खाँ ने हुसैनदीन से कहा।

सब जब वहाँ से अलग-अलग होने लगे तो मनीराम ने चलते-चलते एक बार फिर समझाते हुए कहा, "हुसैनदीन, बेटा आगे सू मेरी बात को ख्याल रखियो!"

"ठीक है काका।"

छियालीस

दिन पर दिन इलाक़े में जो हालात पैदा होते जा रहे हैं, उन्हें देखकर कुछ भी कहना मुश्किल है। हालाँकि तीस नवंबर को हुआ कुछ नहीं किंतु इलाक़े के गाँव-खेड़ों से मोहल्ले के मोहल्ले खाली हो गए। इसलिए यह ज़रूरी नहीं है कि यदि पहले कुछ नहीं हुआ तो अब भी कुछ नहीं होगा। इस तरह के संशय और आशंकाएँ इसलिए भी निरंतर बलवती होती जा रही हैं कि चौधरी करीम हुसैन और चौधरी मुर्शीद अहमद इस बार किसी भी मौक़े को हाथ से नहीं जाने देंगे। इधर हाजी अशरफ़ भी पंचायत के चुनावों में हुई हार का हिसाब-किताब चुकता करने का मन बनाए हुए है। अतः आगत में घटने वाली हर घटना और दुर्घटना के

प्रति बेहद चौकस और सतर्क रहना ज़रूरी है। हालाँकि तीस नवंबर के भय से अपने-अपने घरों के दरवज्जों पर ताला ठोंक कर चले तो गए थे मनीराम, हरसाय, सूरज लेकिन भीतर से कहीं अधिक विचलित थे सलेमी, नबी खाँ और रोबड़ा जैसे लोग। यह विचलन था भी तर्क-संगत क्योंकि पाकिस्तान बनते समय जो विभीषिका सलेमी, नबी खाँ, बुद्धन, हरसाय, रोबड़ा और मनीराम ख़ुद अपनी नंगी आँखों से देख चुके हैं, उसकी पुनरावृत्ति की कल्पनामात्र से ही उनका पूरा जिस्म सिहर उठता है।

"खुदा ऐसा दिन काई दुसमन ए भी ना दिखाए।" सलेमी ने खाट में लेटे-लेटे ख़ुद से कहा।

बाबू या सुभान खाँ इस तरह की विभीषिकाओं से कोसों दूर हैं क्योंकि मात्र किसी दुर्घटना को सुनने से उसके यथार्थ को झुठलाना बेहद मुश्किल है, और जब से सलेमी को यह ख़बर मिली है कि चौधरी करीम हुसैन और चौधरी मुर्शीद अहमद अपने-अपने स्तर पर मेवों की गुप्त पंचायतें बुलाकर उन्हें छः दिसंबर के लिए तैयार रहने के लिए उकसा रहे हैं, तभी से सलेमी के जोड़ों का दर्द पता नहीं कहाँ ग़ायब हो गया है। उसके भीतर रह-रहकर एक अजीब-सी हलचल उसे निरंतर बेचैन किए जा रही है।

एक दिन तो सलेमी ने बाबू और सुभान खाँ को बुलाकर समझाने की कोशिश भी की, "सुभान खाँ, बेटा इन कामन् में कुछ भी ना धरो है....... अरे, हाजी असरप जैसा आदमी ना तो आज तलक काई का सगा हुआ हैं, और ना होंगा। बेटा, ये तो ठाडा आदमी हैं इनको कुछ ना बिगड़ेगो...... पर तम जैसा बोदा और भोला माणस कहीं का न रहेंगा..... मेरी हाथ जोड़ के गुजारस है के अब भी बखत है, अपणा-अपणा घर कू उल्टा हो लेओ!"

लेकिन सुभान खाँ और बाबू सलेमी की बात को इस कान से सुनकर उस कान से निकाल गए।

जाते-जाते उन दोनों को सलेमी ने पीछे से एक बार फिर टेरते हुए कहा, "बेटा सोच लेओ, ऐसो ना होए के पीछे पछताणो पड़ जाए!"

अपने आपसे दूर होते बाबू और सुभान खाँ को सुनाते हुए सलेमी ख़ुद से कहने लगा, "खुदा ही खैर करे, कहीं ऐसो ना होए के इनको करो हुओ काई और ए भुगतनो पड़ जाए...... सही कही है के 'तुलसी' आग बुझाइए जब तक पार बसाए, आग लगी नंगान् में जाने कोई किरोड़पति जल जाए'.....।"

बाबू की गतिविधियों में एकाएक आई तेज़ी से सलेमी और अधिक विचलित हो उठा। हाजी अशरफ़ की कचैड़ी में आते-जाते उसे कई लोगों ने देखा है। अब तो यह भी सुनने में आने लगा है कि उधर चौधरी करीम हुसैन गाँव-गाँव में जाकर छः दिसंबर के लिए मेवों से तैयार रहने के लिए कह रहा है, और इधर चौधरी

मुर्शीद अहमद का आना-जाना हाजी अशरफ़ की कचैड़ी में दिन पर दिन और तेज़ हो गया है।

शायद यही वजह है कि चौधरी करीम हुसैन और चौधरी मुर्शीद अहमद की देखादेख लाला अभयचंद आर्य, लाला ज्ञानचंद जैन तथा बिसंभर सन्नार्थी भी एकाएक सक्रिय हो गए। परिणामस्वरूप होने यह लगा है कि आए दिन कभी विश्व हिन्दू परिषद् के लोगों के साथ इनकी सभाएँ होनी शुरू हो गई हैं, तो कभी बजरंग दल के प्रमुखों के साथ। देखते ही देखते वही नगीना जिसे अपने ही परिचित चेहरों से मिल-बैठ कर बात करने की फ़ुरसत नहीं होती थी, उसी नगीना के सीने को आए दिन अपरिचित चेहरों की कुटिल मुस्कराहटें चाक करती हुई ग़ायब होने लगी हैं। जो नगीना रफ़्ता-रफ़्ता अपनी उम्र को आराम से काट रहा था, उसी नगीना को एक बार फिर पूरी-पूरी रात नींद नहीं आने लगी है।

जैसे-जैसे तीस तारीख़ की भाँति छः दिसंबर का दिन तेज़ी से लपलपाता हुआ नज़दीक आता जा रहा है वैसे-वैसे एक बार फिर अनिश्चय, आशंका और भयावहता का झुटपुटा पूरे इलाक़े के रेत से पटे मासूम गैल-दगड़ों में फैलने लगा है। थड़ी, कचैड़ी, पौली, बँगला और नोहरों के अहातों में शुरू होने वाले क़िस्से-कहानियों के बजाय धर्म, क़ौम, दीन, अस्मिता जैसे विराट विषयों के पन्ने खुलने शुरू हो गए हैं। इन विषयों की समाप्ति पर अंत में जो भी निष्कर्ष निकलते, उन्हें सुन-सुन कर भीत-पाखे, दरवज्जे-खिड़कियाँ और रोशनदान-मोखियाँ दाँतों तले अँगुली दबाकर रह जाती हैं कि जिस इलाक़े के ज़्यादातर उजड्ड और नासमझ समझे जाने वाले इन नागरिकों को वे निरा मूर्ख, खल-कामी समझती हैं, वह इनका कोरा भ्रम है। सच तो यह है कि ना ये अज्ञानी हैं न खल-कामी, न उजड्ड हैं न नासमझ बल्कि एक विकासशील देश के ऐसे विकसित नागरिक हैं जो अपने अधिकारों और कर्त्तव्यों से अधिक अपने धर्म के प्रति जागरूक हैं और इसी जागरूकता का परिणाम है कि इस देश का प्रत्येक नागरिक अपनी क़ौम और अपने मज़हब पर जी-जान से हर समय मर-मिटने को तैयार है।

दिसंबर के शुरू होते ही सर्दी ने अपना असली रूप दिखाना शुरू कर दिया, इसलिए सर्दी अपने पूरे लिबास को उतार कर सुबह-शाम बिना किसी हिचक के चारों ओर फैलने लगी। एक तो छः दिसंबर की अनिश्चितताएँ, तेज़ी से बढ़ रहा भीतर का डर तथा आशंकाओं की सिरहनें; दूसरा पूस की लगातार बढ़ती ठंड दोनों ने मिलकर वातावरण में एक अजीब-सा खिंचाव पैदा कर दिया।

ईशा की अज़ान अभी-अभी लग कर ख़त्म हुई है, इसलिए ज़्यादातर महजतों के आँचल इबादत में उठे हाथों से सराबोर हैं। कुछ घरों के दरवज्जों की अंदर से साँकल-कुंडियाँ चढ़ चुकी हैं तो कुछेक के किवाड़ भेड़ दिए गए हैं। दीए-बाती की कँपकँपाती रोशनी में ठंड और अनिश्चितताओं से कुनमुनाते अधिकतर जिस्म

सोड़ की गरमाहट पाने की लालसा लिए उसके भीतर घुसने की तैयारी में हैं।

मेवात आर्य प्रचार सभा के प्रधान और नगीना के सभ्य नागरिक लाला अभयचंद आर्य तथा बिसंभर सन्नार्थी चुपचाप बग़ैर किसी सूचना के चमरवाड़े में जा पहुँचे। लीला की बैठक में जल रही अँगीठी को घेर कर बैठे चेहरों पर छः दिसंबर को लेकर अनेक दुश्चिंताओं के वर्क़ चढ़े हुए हैं। ज़्यादातर चेहरों में से कोई नहीं चाहता है कि इसी विषय पर बात होती रहे क्योंकि पिछले कुछ दिनों से सिवाय इस विषय के जैसे कुछ है ही नहीं। जबकि सच बात तो यह है कि रह-रहकर उन्हीं बातों की पुनरावृत्ति होती रही है, जिन्हें पहले सब बोल-बतिया चुके होते हैं। कल शाम की ही तो बात है जब पूरी गंभीरता के बीच सबने यह तय करने की कोशिश की थी कि छः दिसंबर को अगर कुछ गड़बड़ होती है तो इससे कैसे निपटा जाए?

यह सुझाव किसी और ने नहीं ख़ुद लीला ने दिया था कि सरकार को चाहिए वह मेवात के हिंदुओं के हर घर को एक-एक दुनाली दे। बात सिर्फ़ इतनी-सी थी कि छुट्टन तुरंत मन ही मन हिसाब लगाते हुए सोचने लगा कि उसके कुनबे में कम से कम तीन दुनाली बंदूक हो जाएँगी।

पता नहीं कैसे लीला ने छुट्टन के अंतर्मन को बाँच लिया। मुस्कराते हुए लीला बोला, "छुट्टन, तिहारे कुणबा ए एक ही दुनाली मिलेगी!"

बस फिर क्या था छुट्टन लीला की बात सुनते ही भभक गया, "एक ही क्यों..... अरे, मेरे तीनों छोरा रहवे तो न्याले-न्याले हैं...... तीनों को एक-एक मिलनी चहिए!"

बस, इस एक और तीन के चक्कर में जब सब विसर्जित हुए तो एक अपने ही क़िस्म का तनाव लेकर। छुट्टन ने तो उसी वक़्त जैसे तय कर लिया कि वह लीला के घर अब मरते दम तक पाँव नहीं धरेगा। भला जिस आदमी के भीतर इतना कपट हो, उसके पास बैठना क्या उचित है? बिलकुल नहीं। हालाँकि ऐसी क़समें और ऐसे निर्णय इससे पहले वह कई बार ले चुका है लेकिन कहते हैं कि 'तोकू ठौर ना, और मोकू और ना' उन दोनों को फिर एकसाथ हुक्के पर देखा जा सकता है।

बाहर दरवज्जे पर हलकी-सी थाप के साथ सबने जब लीला के नाम की आवाज़ सुनी तो जो सरकंडों की मूढ़ियों पर फैल कर बैठे हुए हैं, एकाएक उनका घनत्व कम होता चला गया। पल भर के लिए अँगीठी के चारों ओर बने वृत्त के चेहरे अँगीठी की रोशनी में ज़र्द हो उठे। लेकिन जब सबने एक बार फिर लीला के नाम की आवाज़ सुनी तब ख़ुद लीला ने उठ कर दरवज्जे की साँकल खोल कर बाहर देखा। लीला को यह देखकर आश्चर्य हुआ कि इस समय उसके दरवज्जे पर लाला अभयचंद आर्य और बिसंबर सन्नार्थी खड़े हैं।

"आओ भई सेठ लोगो...... आज कैसे हमारे द्वार पे भूल से पधार गए!" वापस

दरवज्जे को भेड़ते हुए लीला अपनी जगह पर आ बैठा।

"अरे दो कुर्सी लइयो सू!" लीला ने भीतर की ओर आवाज़ देते हुए कहा।

"लीला, कुर्सी ए छोड़...... हम तो यहीं बैठ जाएँगा मूढ़ीन् पे......।" तब तक खाली हो चुकी दो मूढ़ियों में से एक को अपनी ओर सरकाते हुए लाला अभयचंद आर्य बोला।

कुछ देर के लिए अँगीठी को चारों ओर से घेर कर बैठे चेहरों पर असख्य सवाल उग आए और आँखों ही आँखों में लाला अभयचंद आर्य और बिसंभर सन्नार्थी के आने के प्रयोजन को भाँपते रहे।

शुरुआत लीला ने ही की।

"हाँ जी सेठजी, हुकम! कैसे आज इस गरीब चिमरवाड़े में आपके कदम आ पड़े?" लीला ने व्यंग्य में कहा या सचमुच गंभीर होते हुए पूछा था, इसका अंदाज़ा उन दोनों में से कोई भी नहीं लगा पाया।

लाला अभयचंद आर्य ने पहले बेहद सतर्कता के साथ चारों ओर देखा, फिर कुछ मूढ़ियों और कुछ फ़र्श पर जमे चेहरों को ग़ौर से देखने लगा।

लीला अभयचंद के संकोच को ताड़ गया "सेठजी, फिकर की कोई बात ना है.... सब अपनेई आदमी हैं।"

"लीला......."

लाला अभयचंद अभी बात शुरू ही करने जा रहा था कि बाहर दरवज्जे पर एक बार फिर थाप पड़ी। सबने लगभग चौंकते हुए एक-दूसरे की आँखों में देखा। इस बार भी लीला ख़ुद उठा और दरवज्जे की साँकल को धीरे-से खोल कर किवाड़ के एक पल्ले को हलका-सा भीतर की ओर खींच कर बाहर देखा।

"अरे भई सेठो, आज खैर तो है!" दरवज्जे से एक ओर हटते हुए लीला बोला।

"अरे ज्ञानी तू.......?" हैरान होते हुए अभयचंद आर्य ने पूछा।

"हाँ यार, मैं तेरे घर गयो हो तो पतो चली कि तुम दोनों यहाँ आए हुए हो।" लाला ज्ञानचंद जैन ने भीतर घुसते हुए बताया।

"आ जा बैठ!" एक और खाली हो चुकी मूढ़ी की ओर इशारा करते हुए इस बार बिसंभर बोला।

"हाँ तो लीला, मैं ई कह रो हूँ के घबराने की कोई बात ना है...... सारे चिमरवाड़े की हमारी जिम्मेदारी है..... बस, अपने मोहल्ले में सबसे यह कह दीजो कि हालात को देखते हुए सब अपने आपको तैयार रक्खें.......।"

"हम आज ही दिल्ली होकर आए हैं...... अपनी विश्व हिन्दू परिषद् के लोगों ने पूरी गारंटी दी है कि मेवात के हिन्दुओं की रक्षा करना उनका काम है..... पूरी परिषद् हमारे साथ है।" लाला अभयचंद आर्य के बाकी के वाक्य को बिसंभर सन्नार्थी ने पूरा करते हुए कहा।

"अरे, इन मुसलमानों का कोई भरोसा ना है कि कब क्या कर दें..... इन्ने खून-खराबे से तो डर लगे है ना क्योंकि दया-धरम नाम की कोई चीज तो इनके पास होवे है नहीं...... इसलिए अपनी तैयारी में कोई कमी ना रहनी चहिए।" यह वही लाला ज्ञानचंद जैन है जो हिन्दू अस्मिता और उसकी एकता को बचाने के लिए नजफ़गढ़ तक हो आया है।

"और हाँ, अगर एकाध बिंदूक-विंदूक की जरूरत पड़े तो हम पहुँचवा देंगे।" लाला अभयचंद आर्य ने परोक्ष रूप से लीला के साथ-साथ वहाँ बैठे अन्य चेहरों को सुनाते हुए कहा।

"सेठजी, आप हमारी ओड़ सू बेफिकर रहो...... हमें काई सुसरा सू डर ना लगे है।"

"ना-ना, हमारा कहने का मतलब ई है के अबके भी बहोत सारे हिन्दू इलाका ए छोड़-छेड़ के जा रे हैं, हमें ऐसी खबर मिली है...... इसलिए अगर कोई इस मोहल्ले से या फिर आसपास से गाँव छोड़ कर जाता है तो उसे जाने से रोको और समझाओ कि हम सारे हिन्दू तुम्हारे साथ हैं।" बिसंभर सन्नार्थी ने अपने आने के प्रयोजन को और विस्तार देते हुए, पूरी बैठक को समझाने की कोशिश करते हुए कहा।

"सेठजी, जब मौत आनी है तो कहीं भी आ जाएगी चाहे भैकुंड में जा छिपो...... और फिर या माथा पे भैमाता ने जितना दिनाँ की जिंदगानी लिख दी है न वहीं तक रहेगी......अब रही बात या गाँओं ए छोड़ना की, सो लालाजी हम और आप किस-किसको रोकेंगे......?" लीला ने इस बार उनके प्रयोजन का बिलकुल सत्यनाश करते हुए बेहद गंभीर और दार्शनिक भरे अंदाज़ में कहा।

"लीला, तेरी ये बात तो ठीक है लेकिन फिर भी सारे हिन्दुओं को ऐसे बुरे वकत में एकजुट होकर रहना चाहिए...... अरे, जब सारे मुसलमान एक होरे हैं तो हम हिन्दुओं को मिलके रहने में क्या बुराई है!" लाला ज्ञानचंद जैन ने मुट्ठी तानते हुए कहा। बेशक ऐसा ही प्रवचन वह कुछ समय पूर्व जगनी को भी पिला चुका है।

"लाला जी, ऐसी कोई लूट थोड़ी मच री है....... और फिर जब ऐसी नौबत आएगी तो देखी जाएगी...... हम कोई क़ाई सू पतलो थोड़ेई मूते हैं।" लीला ने आख़िरकार विषय पर विराम देना उचित समझा।

लीला के अंतिम वाक्य पर तीनों के खिंच आए चेहरे थोड़े-से ढीले पड़ गए, यह सोचकर कि चलो अगले ने गुड़ नहीं तो गुड़ जैसी बात तो कह दी।

"बिल्कुल-बिल्कुल, हमारा कहने का यही मतलब है कि अपने आपको तैयार रक्खो....... अच्छा फिर चलें......।" इतना कहकर लाला अभयचंद जाने के लिए खड़ा हो गया।

उन्हें उठता देख लीला आग्रह करते हुए बोला, "सेठजी, बैठो तो सई.....

एक-एक कप चाय हो जाए बस, आप कौन-सा हमारे घर रोज-रोज आओ हो।'' लीला ने आग्रह नहीं बल्कि तीनों को एक तरह से न्यौता दे डाला कि आओ इस हिन्दू एकता के सुअवसर पर चाय का एक-एक जाम हो जाए!

एकाएक अंतिम समय में लीला के आग्रह या कहिए न्यौते पर तीनों अकबका गए। थोड़ी देर पहले जो चेहरे तनावमुक्त हो गए थे, वे एक बार फिर से खिंच गए। ख़ासकर लाला ज्ञानचंद जैन को तो मितली आने लगी कि जो हाथ सुबह से शाम तक मुर्दा जानवरों के सूखे चाम को रेतते रहते हैं, उसे उन्हीं हाथों की बनी हुई चाय पीनी पड़ेगी। हालाँकि यह बात दीगर है कि नजफ़गढ़ जाकर इसी ज्ञानचंद ने ख़ुद जगनी से ठंडा पानी माँगा था लेकिन स्थिति और समय दोनों के बीच इतना विरोधाभास है कि उसके विस्तार में जाने से कोई फ़ायदा नहीं है।

इस समय जो हालत लाला ज्ञानचंद जैन की है, वही हालत कमोबेश लाला अभयचंद आर्य और बिसंभर सन्नार्थी की भी है कि इस समय हिन्दू एकता के नाम पर यह जो न्यौता मिला है इससे किसी भी तरह बस मुक्ति मिल जाए। लाला ज्ञानचंद जैन ने कुहनी मारकर अभयचंद को चेताया भी। लाला अभयचंद आर्य लाला ज्ञानचंद जैन के इशारे को समझ नहीं पाया, ऐसा नहीं है लेकिन फ़िलहाल इस आग्रह या कहिए न्यौते से मुक्ति की कोई सूरत नज़र नहीं आ रही है। फिर भी लाला अभयचंद आर्य ने प्रतिवादस्वरूप हलकी-सी कोशिश करते हुए कहा, "लीला, यार चाय-वाय तो काई और दिन पी लेंगे...... एक तो वैसेई टाइम ना है और फिर अभी कुम्हरवाड़े में भी जाना है।''

"कैसी बात कर रे हो सेठजी..... अरे, टाईम कैसे ना है..... कुम्हरवाड़े में ही तो जानो है कहीं बिलात में थोड़ेई जानो है...... चले जइयो...... पूरी रात पड़ी है और फिर या गरीब के घर आप कौन-सा रोज-रोज आओ हो......।'' लीला ने उन्हें घेरते हुए जैसे मन ही मन कहा कि बचो कहाँ तक बचोगे।

सचमुच इस हिन्दू एकता और हिन्दू अस्मिता के चक्कर में आज बुरे फँस गए तीनों।

"लीला, मैं तो दिन छिपने के बाद वैसे भी कुछ नहीं खाता-पीता हूँ...... हमारे जैनियों में तो दिन छिपने से पहले ही खा-पी लिया जाए है......इन दोनों के लिए ही बनवा लेना!'' गंभीरता ओढ़े, जिओ और जीने दो के सिद्धांत का अनुसरण करते हुए, बेहद सफ़ाई से लाला ज्ञानचंद जैन ने मरा हुआ साँप अपने गले से उतार कर धीरे-से लाला अभयचंद आर्य और बिसंभर सन्नार्थी के गले में डाल दिया कि बेटा अब तुम भुगतो!

और इससे पहले कि लाला अभयचंद और बिसंभर सन्नार्थी पुनः प्रतिवादस्वरूप कुछ कहते, उन्होंने देखा कि लाला ज्ञानचंद जैन आँखों को बंद किए होंठों ही होंठों में कुछ बुदबुदा रहा है। लाला अभयचंद आर्य ने अपने कानों

को ज्ञानचंद के होंठों पर टेक दिया। सही सोचा उन दोनों ने, सचमुच लाला ज्ञानचंद जैन के होंठों से णमोकर मंत्र उन्हें स्पष्ट सुनाई दे रहे हैं–

णमो अरिहंताणंऽऽ.....

णमो सिद्धाणंऽऽ.....

णमो आइरियाणंऽऽ......

णमो उवज्झायाणंऽऽ......

णमो लोए सव्वसाहूणंऽऽ.....

लाला ज्ञानचंद जैन की चीर मुद्रा को देखकर मारे ईर्ष्या के दोनों से कुछ भी कहते नहीं बना। बल्कि बे-मन से चाय हलक़ से नीचे उतार कर जब तीनों लीला की बैठक से निकल आए, तो थोड़ी दूर जाते ही लाला ज्ञानचंद जैन को तो ऐसी उल्टियाँ शुरू हुईं कि घंटा भर पहले जो खाना वह घर से खाकर चला था, सब निकल गया। हालाँकि चाय तो पी थी लाला अभयचंद आर्य और बिसंभर सन्नार्थी ने लेकिन उल्टियाँ हुई लाला ज्ञानचंद जैन को। उल्टियों से सारे कपड़े सन गए। दोनों ने ज्ञानचंद को मुश्किल से सँभाला।

घर पहुँचते-पहुँचते उस दिन लाला ज्ञानचंद जैन ने मन ही मन दृढ़ निश्चय कर लिया कि चाहे ये हिन्दू अपनी ऐसी-तैसी कराएँ, चाहे यह हिन्दुस्तान। चाहे ये मुसलमान सिर क़लम कर दें या ज़िंदा दफ़न कर दें लेकिन अपना धर्म वह भविष्य में कदापि भ्रष्ट नहीं करेगा–बेशक सूत का बिनौला क्यों न हो जाए!

लाला ज्ञानचंद जैन को अपने साढ़े पाँच-छः दशक लंबे जीवन में पहली बार महसूस हुआ कि जिओ और जीने दो के सिद्धांत का पालन करना और उस पर चलना सचमुच कितना कठिन है। यह तो अच्छा हुआ जो भगवान महावीर जी ने आज उसे डूबते-डूबते बचा लिया अन्यथा आज लुटिया लगभग डूब ही चुकी थी।

अपनी बैठक से उन तीनों के जाते ही लीला ने अँगीठी को चारों ओर से घेरे चेहरों को देखा, जो अब अपने आपको काफ़ी तनावमुक्त महसूस कर रहे हैं। पता नहीं लीला कब से भरा हुआ बैठा था कि उनके जाते ही वह फट पड़ा, "देख ली, ये हमारे हिमायती बन के आए हैं..... ये लेंगे हमारी गारंटी...... आज ई हिन्दू परिसद हमारी गारंटी दे रो है..... और इन मुसलम नन् को कोई भरोसा ना है...... इनको मगज खराब हो रो है जो ये खून-खच्चर करेंगा.....।"

"सही बात ई है चाचा लीला के ये हमारी गारंटी देन ना आया हैं...... ये तो अपनी गारंटी लेण आया हैं..... आज या हिन्दू परिसद ए हमारी याद आई है...... अरे, फटती में ही याद आवे हैं सब.......।" अँगीठी के और पास सरकते हुए एक युवा चेहरे ने मुस्कराते हुए व्यंग्य किया।

"और हाँ, ये भी तो कह रा हा के एकाध बिंदूक-विंदूक की जरूरत पड़े तो हम पहुँचा देंगा.... वा बेटा अभयचंद, दूसरान् का कंधा पेई बिंदूक चलाणी सीखी है..... हैं तो चलाएँ अपने आप बिंदूक.......।" लीला ने विद्रूप हँसी हँसते हुए कहा।

"चाचा लीला, ये बणिया-बामण अभी भी यही समझ रा हैं के इनके बदले हम जैसी छोटी-मोटी जात लड़ती फिरें......अरे, ये कैसे भूल रा हैं के अब पुरानी वाली बात ना रही...... अब कोई काई की दाब-धौंस में ना रहवे है...... ये तो हमन्ने अभी भी बावला समझे बैठा हैं।" अँगीठी के पास बैठे उसी चेहरे ने फिर कहा।

"इन्दर, आज इन्ने हिन्दून् की ना..... अपनी जान की जादा फिकर लग री है...... बावला भाई, ये तो काई का चिरा पे भी मूत के राजी ना हैं....।" इस बार अँगीठी में ठंडी हो चुकी राख़ को कुरेदते हुए लीला बोला।

"चल छोड़, बखत आदमी ए बहोत कुछ सिखा देवे है..... अब वो बखत ना रहा...... चल फटकार के सो जा.....जो होएगी सो देखी जाएगी।"

इसके बाद लीला की बैठक से एक-एक कर सब उठ कर चले गए।

लीला के जवाब और तेवर को देखकर भले ही लाला अभयचंद आर्य, बिसंभर सन्नार्थी और लाला ज्ञानचंद जैन अपना-सा मुँह लेकर बड़े बे-आबरू होकर तेरी बैठक से हम निकले की तर्ज़ पर उठ कर चले आए किंतु निराश वे फिर भी नहीं हुए, सिवाय लाला ज्ञानचंद जैन के। ज्ञानचंद ने तो बैठक में ही लगभग तय कर लिया था कि वह अपने आपको इस पचड़े से अब दूर ही रखेगा। इसलिए गोहरवाली में पहुँच कर लाला ज्ञानचंद, जो उल्टियाँ करने के बाद अपने आपको कुछ अस्वस्थ-सा महसूस करने लगा था, यह कहकर घर की ओर बढ़ गया, "अभय, यार मेरी तबैत जरा ठीक-सी ना है...... कुम्हरवाड़े में तुम्हीं हो आओ!"

हालाँकि लाला ज्ञानचंद जैन का यह पुराना शग़ल है कि पहले लोगों को धनिए के पेड़ पर चढ़ा दो, और बाद में ऐसी टाँग खींचो कि गिरने वाले की हड्डी-पसली टूटे बिना नहीं रहे। मगर लाला अभयचंद आर्य और बिसंभर सन्नार्थी को आज यह यक़ीन करना ही पड़ा कि लाला ज्ञानचंद की तबियत सचमुच ठीक नहीं है। इसलिए वे दोनों ही कुम्हरवाड़े की ओर चल दिए। वक़्त ही कुछ ऐसा है कि असंगठितों को संगठित करना उनकी मज़बूरी है, वरना गहराती हुई रात के साथ-साथ अब तक वे भी गरम रज़ाइयों में घुस चुके होते।

और जैसाकि उन्हें पहले से उम्मीद थी, उनकी बातों को कुम्हरवाड़े में ध्यान से सुना गया। ध्यान से क्यों नहीं सुना जाता आख़िर ये भी तो अपने आपको ब्रह्मा की संतान मानते हैं? इसीलिए काफ़ी हद तक ये आज तक अपने आपको सवर्णों के समकक्ष मानने का भ्रम पाले हुए हैं। जबकि सच्चाई यह कि कुम्हारों को ये लोग चमारों की अपेक्षा थोड़ा-सा उच्च मानते हैं। यही कारण है कि पूरे कुम्हारों ने इनकी बातों को न केवल ध्यान से सुना बल्कि उनको अमल में लाने का पूरा आश्वासन भी दिया। बंदूक-तमंचों की यदि ज़रूरत पड़ी, तो ये उन्हें भी हस्तगत करने में नहीं हिचकिचाएँगे।

इस तरह काफ़ी सफलता-विफलता, उपलब्धियों तथा बहुत कुछ खोने के बाद

जब दोनों लाला अभयचंद आर्य और बिसंभर सन्नार्थी अपने-अपने घर पहुँचे, तो घर में प्रवेश करने से पहले उन्होंने आश्वस्ति का इतना गहरा साँस छोड़ा कि बढ़ते हुए रात के सन्नाटे में ऐसा लगा जैसे पास ही किसी बाँबी में नाग फुफकार रहे हैं।

बिसंभर सन्नार्थी तो अपनी कूटनीति पर रह-रह कर मुस्करा उठता। अगर वह इस कूटनीति का इस्तेमाल नहीं करता तो संभवतः कुम्हरवाड़े में भी उन्हें सफलता नहीं मिलती। गढ़ी के बीच से गुज़रते हुए बिसंभर सन्नार्थी ने कितने शातिराना अंदाज़ में लाला अभयचंद आर्य से कहा था, "लाला अभयचंद, देख लिया कि लोहा कैसे लोहे को काटता है!"

"सही है बिसंभर, अगर तू इन कुम्हारों के सामने चिमारों की बुराई नहीं करता न, तो मजाल है ये सुसरे लेन में आ जाते।"

"चल यार, अब कम से कम यह तसल्ली तो होगी कि छः दिसंबर को अगर कोई गड़बड़ हुई ये कुम्हार तो हैं....... और फिर वैसे भी हमारे नजदीक कुम्हरवाड़ा ज्यादा है...... चिमरवाड़ा तो वैसे भी घनी दूर है।"

"सही है चिमार न सही...... कुम्हार तो हैं।" इतना कहकर मेवात आर्य प्रचार सभा का प्रधान, आर्य बीज भंडार का मालिक, सम्मानित समाज-सेवी और नगीना का सभ्य नागरिक लाला अभयचंद आर्य इतनी ज़ोर-से हँसा कि रात की निस्तब्धता में दूर तक हँसी का फव्वारा घुलता चला गया।

सैंतालीस

आज छः दिसंबर है।

कई बार लोगों की समझ में यह नहीं आता कि इस तरह के दिन अन्य दिनों से कैसे अलग हो जाते हैं? सलेमी की समझ में भी यह बात आज तक नहीं आई। अन्य दिनों की तरह आज भी सूरज पूरब से निकला और हस्बे-मामूल ख़िरामाँ-ख़िरामाँ टहलते हुए काले पहाड़ की ओर बढ़ने लगा। तीस नवंबर को भी ठीक ऐसा ही हुआ लेकिन जब पूरा दिन बीत गया, तब लोगों को अहसास हुआ कि आज सचमुच तीस तारीख़ है।

आज भी बिलकुल ऐसा ही है। हालाँकि गोहरवाली और पूरा बाज़ार अंदर ही अंदर सहमा हुआ है लेकिन बावजूद इसके गोहरवाली में पहले की तरह क़तारबद्ध तख़्तों पर गुड़ की भेलियाँ रखी हुई हैं। कुछ तख़्तों पर बुंदा, चुटीला, शीशा, कंघा, काजल, टिक्की, बिंदी, अन्य दिनों की तरह इतरा रही हैं। छोटी-छोटी बिसात की दुकानों पर अन्य दिनों की तरह ख़रीद-फ़रोख़्त करने वाले आम ख़रीददार आ-जा रहे हैं। किसन और भजन कुम्हार सर्दियों में बच्चों के रेडीमेड कुर्ता, क़मीज़,

बुशर्ट, कच्छा, घुटन्ना, निकर, बनियान ख़रीदने आए ग्राहकों को किसी भी हालत में ख़ाली हाथ न जाने पर आमादा हैं; तो वहीं उनके सामने जुम्मा मनिहार जिसके कपासी चेहरे को शुभ्र-धवल दाढ़ी और पलकों ने लगभग पूरा ढाँप लिया है, हर आने-जाने वाली औरत को तब तक देखता रहता है जब तक उसके वापस लौटने की उम्मीद पूरी तरह ख़त्म नहीं हो जाती है। कभी-कभी तो जैसे ही कोई औरत उसकी दुकान के सामने से होकर गुज़रती तो कलाई में पड़ी दो-चार चूड़ियों को देखकर वह सँभलकर बैठ जाता, किंतु जैसे ही वह धता बताती हुई आगे निकल जाती, तो पास में रखे हुए सरौते से फिर सुपारी काटना शुरू कर देता है, बिलकुल बेकार से बेगार भली वाले अंदाज़ में।

वैसे लाला अभयचंद आर्य और बिसंभर सन्नार्थी ने आज के लिए चुपचाप ज़्यादातर हिन्दू दुकानदारों को चेता दिया था कि अच्छा हो यदि आज दुकानें खोली ही न जाएँ क्योंकि किसी भी समय कुछ भी हो सकता है। लेकिन उनकी इस चेतावनी का असर किस हद तक हुआ उसका इसी से अंदाज़ा लगाया जा सकता है कि अन्य दिनों की तरह सब्ज़ी-मंडी में साग-भाजी लेने वालों की पहले की तरह भीड़ है। यह बात दीगर है कि ख़ुद लाला अभयचंद आर्य और बिसंभर सन्नार्थी ने सबसे पहले ताज़ा-ताज़ा साग-भाजी के कई टोकरे सस्ते दामों में ख़रीदकर, किसी भी आशंका के डर से सुबह-सवेरे ले जाकर घर में रख लिए हैं। अन्य दिनों की तरह पशुओं को खल-चूरी ले जाने वाले ग्राहक दुकानों के बाहर लगी छोटी-छोटी ढेरियों के पास खड़े हैं। दूर से ही सुनारों की दुकानों से हथौड़े बजने की आवाज़ आ रही है, और हलवाइयों की भट्टियों पर चढ़ी कड़ाहियों से भीनी-भीनी ख़ुशबू आ रही है। कुल मिलाकर यह कहा जा सकता है कि अन्य दिनों से आज छः दिसंबर किसी भी मायने में अलग नहीं है। हाँ, इतना ज़रूर है कि डॉक्टर नसीर और डॉक्टर शफ़ीक़ की आँखों में आज कुछ ज़रूरत से ज़्यादा चमक है। उनके क्लिनिकों पर हालाँकि मरीज़ अन्य दिनों से कुछ कम ज़रूर हैं लेकिन (बाबरी मस्जिद-राम जन्मभूमि) विवादास्पद ढाँचे पर आज दोनों अपनी-अपनी समझ से इतना प्रकाश डाल रहे हैं, जितना इससे पहले कभी नहीं डाला गया होगा।

उसी डॉक्टर नसीर की पेशानी पर तनाव और आशंकाओं की लकीरें साफ़ देखी जा सकती हैं जो अपनी पार्टी के किसी भी राजनेता के सामने इस विवादास्पद ढाँचे को खुलेआम गर्भगृह स्वीकारने में किसी तरह की परेशानी महसूस नहीं करता था। उसकी पेशानी पर अनिश्चय और अनिर्णय की मिली-जुली इबारतें साफ़ पढ़ी जा सकती हैं कि अगर यह ढाँचा (उसी के शब्दों में बाबरी मस्जिद) शहीद हो जाता है तब क्या उसे अपनी पार्टी से इस्तीफ़ा दे देना चाहिए?

इस बारे में जब डॉक्टर शफ़ीक़ से पूछा गया तो उसने छूटते ही कहा कि

बिलकुल, डॉक्टर नसीर को इस पार्टी से बिना एक लम्हा गँवाए इस्तीफ़ा दे देना चाहिए। बक़ौल डॉक्टर शफ़ीक़ के अगर यह मस्जिद शहीद कर दी जाती है, तो देश के सारे मुसलमान नेताओं को अपनी-अपनी पार्टियों से तुरंत इस्तीफ़ा दे देना चाहिए। बहरहाल, अभी अनिश्चय की स्थिति बनी हुई है क्योंकि छः दिसंबर का दिन अभी आधा ही गुज़रा है और अयोध्या से किसी तरह की कोई ख़बर नगीना तक पहुँची नहीं है, इसलिए इस्तीफ़ों के बारे में कुछ भी कहना अभी मुश्किल है।

बड़कली की ओर से आने वाले रिक्शे पर बैठी हर सवारी से डॉक्टर नसीर, रिक्शे को रुकवा कर पूरी तफ़सील के साथ जानकारी हासिल करने की कोशिश करता है कि अयोध्या में क्या हुआ? कि बाबरी मस्जिद सही-सलामत है या नहीं? कि उसी की पार्टी वाले पूरे देश में क्या-क्या कर रहे हैं? लेकिन जब रिक्शे में बैठी सवारी इस संबंध में अनभिज्ञता प्रकट करते हुए रिक्शा-चालक को चलने का आदेश देता, तब डॉक्टर नसीर का चेहरा तनाव तथा परेशानी से वक्र होता चला जाता है।

लाला अभयचंद आर्य और बिसंभर सन्नार्थी दोनों सुबह से अपने-अपने रेडियो सैटों से चिपके बैठे हैं लेकिन रेडियो पर आने वाली ख़बरों को सुनकर उन्हें निराशा ही हाथ लगी है अभी तक। दोपहर को दो बजे वाली ख़बरों में भी दूरदर्शन ने बाकी सारी ख़बरों को तो विस्तार से प्रस्तुत किया लेकिन जिस ख़बर को सुनने के लिए उनके कान और उनकी आँखों को बेसब्री से इंतज़ार है, वह न तो ख़ास ख़बरों में कहीं नज़र आयी, न आम ख़बरों में।

इस तरह अन्य दिनों की तरह नगीना की सभी महजतों से, जुह्र से लेकर अस्र और मग़रिब से लेकर इशा की नमाज़ के लिए बाक़ायदा अज़ान लगी, तथा बाकी बचे दिनों के अमन और चैन से गुज़रने के लिए नमाज़ पढ़ी गई।

कुल मिलाकर छः दिसंबर, तीस नवंबर की तरह चुपचाप, बग़ैर कुछ कहे और बग़ैर कुछ सुने ऐसे बीत गया जैसे पिछली शताब्दियों और दशकों से बीतता आ रहा है। डॉक्टर नसीर ने सिजदे में हाथ उठाकर अपने परवरदिगार को लाख-लाख शुक्रिया अदा किया कि उसकी पार्टी के राजनेताओं की सद्बुद्धि के कारण वह इस्तीफ़ा देते-देते रह गया। लेकिन डॉक्टर शफ़ीक़ का चेहरा उतरता चला गया कि एक अच्छा मौक़ा आते-आते, उसकी उम्मीदों पर ना-उम्मीदों का सूपड़ा मार कर चला गया। उसी दिन शाम को लाला अभयचंद आर्य और बिसंभर सन्नार्थी जब कुम्हरवाड़े में छः दिसंबर के शांतिपूर्वक गुज़र जाने पर, कुम्हारों को उनके नैतिक सहयोग के लिए धन्यवाद देने के लिए जाने लगे तभी लाला ज्ञानचंद जैन भी आकर उनमें शामिल हो गया। हालाँकि वह अपने आपको इस पचड़े से दूर रखने का पहले ही फ़ैसला कर चुका है किंतु जैसा कि विदित है आगामी पंचायत के चुनावों में उसे भी सरपंची के लिए खड़ा होना है, इसलिए फ़िलहाल उसने अपना यह फ़ैसला कुछ दिनों के लिए मुल्तवी कर दिया है।

शाम को जब चारों ओर दीया-बाती हो गई, अस्तल, जैन मंदिर, कुम्हारों की बग़ीची और पुजारी के मंदिरों में जब आरती और घंटियों के स्वर थम गए, उसके बाद ही पहुँचे वे तीनों। सबको बारी-बारी से उनके अथक सहयोग के लिए धन्यवाद दिया तथा आज के दिन को शांतिपूर्वक गुज़रने पर लगे हाथ ऊपर वाले को भी लाख-लाख धन्यवाद दे डाला। किंतु चलते समय उन्होंने उन्हें एक बार फिर सतर्क रहने को कह दिया क्योंकि अयोध्या से अभी कोई ख़बर आई नहीं है। सबसे बड़ी बात तो यह है कि दुश्मन का कोई पता नहीं होता है कि वह पलट कर कब वार कर दे? इसलिए अपने अस्त्रों को अभी अपने-अपने हाथों की ज़द में ही रखें तो अच्छा है। क्या पता उनकी कब ज़रूरत आ पड़े?

इस तरह जब वे तीनों अपने-अपने घर पहुँचे, तो सबने मन ही मन अपने देवी-देवताओं का बारी-बारी से सुमरन किया कि चलो एक मुसीबत आते-आते टल गई।

देर रात तक रेडियो और दूरदर्शन ने अयोध्या से संबंधित किसी भी अप्रिय घटना की कोई ख़बर नहीं दी है लेकिन विदेशी मीडिया ने अयोध्या में घटने वाली घटनाओं का ज्यों का त्यों ऐसा प्रसारण किया कि अपने स्वदेशी मीडिया की दरिद्रता पर लोग हँसे बिना नहीं रह सके।

मगर अगली सुबह सात दिसंबर को देश के सारे अख़बारों में अयोध्या को लेकर जो ख़बरें छपीं, उन्हें पढ़कर पूरा देश स्तब्ध रह गया।

बनवारी ने तुरंत एक दैनिक अख़बार मँगवाया। अयोध्या में ध्वस्त विवादित ढाँचे की तस्वीरों और सुर्ख़ियों को देखकर वह भीतर तक काँप गया। बनवारी इतना ढाँचे की तस्वीरों और शीर्षकों को देख-पढ़कर नहीं काँपा, जितना वह उन छोटी-छोटी ख़बरों को देख कर काँप उठा, जो विवादित ढाँचे के ध्वस्त होने के बाद प्रतिक्रियास्वरूप देश के अलग-अलग हिस्सों में घटी घटनाओं के बाद छपी हैं।

वैसे बनवारी का अख़बार-सख़बार से दूर तक का कोई वास्ता नहीं है लेकिन जिस मतलब के लिए उसने यह दैनिक मँगवाया है, उसकी एक-एक ख़बर को खँगालने के बाद उसने लंबी साँस ली और किसी अप्रिय ख़बर को न पाकर उसने अख़बार को कई तहों में मोड़ कर उसे खाट के पाँयते में घुसेड़ दिया।

उसका सीना फूल कर चौड़ा होता चला गया। अपने उसी मेवात के प्रति श्रद्धास्वरूप उसकी आँखों से पानी रिसने लगा, जिस मेवात को लेकर रह-रहकर वह अक्सर टेढ़े-मेढ़े रेखाचित्र बनाता रहता है। गर्व से उसके फेफड़ों में ढेर सारी ताज़ा हवा भर गई। जिस मेवात को लेकर उसके भीतर डर, आशंका और अनिश्चितताओं की सुइयाँ चुभती रही हैं, उसी मेवात की ख़बर न पाकर उसका जी चाहने लगा कि वह उड़कर नगीना पहुँच जाए तथा सुभान खाँ और बाबू खाँ के हाथ अपने हाथों में लेकर उन्हें देर तक चूमता रहे। सलेमी, रोबड़ा और नबी

खाँ के पाँवों के नीचे की रेत को वह माथे से लगा कर, उनसे क्षमा माँगे कि मैंने उन्हीं हाथों पर शक किया जिन हाथों पर झूलते हुए मैंने उम्र के इतने वर्ष पूरे किए हैं।

बनवारी धन्य हो उठा कि उसने उसी काले पहाड़ की गोद में जन्म लिया है जो काला पहाड़ उसे हमेशा से मनहूसियत का प्रतीक नज़र आता रहा है। वह बार-बार उड़कर इसी काले पहाड़ की घाटियों में पहुँच जाता है और ढाक के पेड़ों पर उगे सुगंधहीन टेसुओं के फूलों को, दोनों हाथों में भर कर पूरी ताक़त के साथ हवा में उछालता है। इतनी ज़ोर-से वह अपने आपको आवाज़ लगाता है कि उसकी प्रतिध्वनि कई मिनटों तक घाटियों में गूँजती रहती है। वह बार-बार उड़कर उसी लाला नौबत राय की छत पर पहुँच जाता है जिस पर खड़े होकर उसने मँगतू, जुम्मा और सलेमी की आँखों से विजय के क़तरे टपकते हुए देखे हैं। इसी बनवारी को आज लग रहा है जैसे हवा में उड़ते हुए पूरा नगीना तो क्या पूरे मेवात को वह अपने भीतर समेट लेगा। अपने इन शहरी दोस्तों को बताएगा कि देखो यही है वह मेवात जहाँ मजाल है बँटवारे के बाद कोई नोक-झोंक तो हुई हो। वह सबको हुमक-हुमक कर बताएगा कि यह वही मेवात है जिसने उसी आतताई के साथ मिलकर अपने देश के योद्धा राणा साँगा के ख़िलाफ़ लड़ने से मना कर दिया, जिसके नाम पर आज पूरा देश भीतर ही भीतर धधक रहा है।

बनवारी ने एक बार फिर खाट के पाँयते से अख़बार खींचा और फ़र्श पर फैलाकर उसे पढ़ने लगा। इस बार उसने एक-एक शब्द को ग़ौर से पढ़ा कि कहीं किसी कॉलम में वह ख़बर ग़लती से छूट तो नहीं गई है? लेकिन जब उसे इस बार भी पूरा भरोसा हो गया और उसका विश्वास दरकने से बच गया, तब वह उठा और अन्य समाचार तथा सूचना की टोह लेने के लिए बाहर निकल आया। बाहर गली में उसने चोर नज़रों से चाय और नाई की दुकानों पर जमी भीड़ के हाथों में कसमसा रहे अख़बारों में वैसी ही तस्वीरों और शीर्षकों के साथ छोटी-छोटी कतरनों को देखा, किंतु यहाँ भी उसे वह ख़बर नहीं मिली। उसने नाई की एक दुकान में घुसकर सामने लगे दर्पण में अपने आपको जी भरके निहारा। कंघी से कई बार बेतरतीब हो चुकी माँग को सीधा किया और विवादित ढाँचे के ढहने के बाद प्रतिक्रियास्वरूप हो रही बहस-मुबाहिसा को चुपचाप सुनता रहा।

वह थोड़ी ही देर बैठा होगा कि उसने महसूस किया अगर वह इतनी ही देर और बैठा रहा, तो उसका सिर लोगों की बातों को सुन-सुनकर फट जाएगा। किंतु उठने से पहले वह उस ग्राहक को सही-सलामत जाता हुआ देखना चाहता है, जो चुपचाप नाई की दुकान पर अभी-अभी आया और ख़ाली पड़ी कुर्सी पर यह कहते हुए बैठ गया, 'जरा जल्दी है, फटाफट शेव कर दे!' नाई के तेज़ी से चलते हाथों को देखकर बनवारी की पता नहीं कब अपने आप आँखें मुँदती चली गई और दादाखानू का मन ही मन सुमरन करने लगा। कुछ ही देर बाद ज़ोर-से ताली की

आवाज़ के साथ जब नाई ने यह कहा कि लो भाई साब हो गया काम तब बनवारी ने डरते-डरते आँखें खोलीं, तो यह देखकर उसने दीर्घ निःश्वास खींचा कि शेव कराने वाले ग्राहक के चेहरे पर मजाल है कोई मामूली-सा कट तो लगा हो।

शेव कराने वाले ग्राहक ने जेब से पैसे निकाले और दुकान से निकल कर, जिधर से आया था उसी तरफ़ चल दिया। एकाएक बनवारी को याद आया कि वह जिसके लिए बैठा था, वह तो चला गया। ग्राहक को दुकान से दूर जाता देख उसके जी में आया कि वह उस शेव कराने वाले ग्राहक से इतनी आहिस्ता से पूछे कि साथ चल रहे तीसरे व्यक्ति को उसकी आवाज़ तक न सुनाई दे, किंतु इसके तुरंत बाद बनवारी को अपनी ग़लती का अहसास हुआ कि वह शेव कराने वाले उस ग्राहक से पूछेगा क्या? क्या यही कि भाई साहब आप कहीं मुसलमान तो नहीं हैं? उसने जैसे ख़ुद से कहा।

लेकिन इससे पहले कि बनवारी लपक कर बाहर आता, शेव कराने वाले भाई साहब पता नहीं किस गली में मुड़ गए!

इसके बाद नाई की दुकान पर बनवारी से बैठा नहीं गया।

भीतर ही भीतर एक कसैलेपन से भर गया वह। उसने ज़ोर-से ज़मीन पर थूका और घर चला आया।

सात दिसंबर का पूरा दिन तरह-तरह की अफ़वाहों से सराबोर रहा। पूरा देश अपने हाथों की गई आत्महत्या के दौरान बहे अपने ही ख़ून से सने हाथों को रह-रहकर देखता रहा।

दोपहर बाद बनवारी बाज़ार गया तो वापस आते वक़्त अख़बार बेचने वाले से एक सांध्य दैनिक ले आया। इस पत्र में भी एक बड़े से शीर्षक के साथ उसे लगभग वैसी ही ख़बर पढ़ने को मिली जैसी वह सवेरे पढ़ चुका है। अचानक प्रथम पृष्ठ पर सबसे नीचे दाएँ ओर बॉक्स में छपी एक छोटी-सी ख़बर के शीर्षक को देखते ही अख़बार पर कसा अँगुलियों का कसाव एकाएक ढीला पड़ता चला गया। बनवारी को महसूस होने लगा जैसे उसके भीतर दौड़ रहा ख़ून तेज़ी से जमने लगा है। ख़बर के अंतिम वाक्य के अंतिम शब्द तक पहुँचते-पहुँचते तो अख़बार पूरी तरह अँगुलियों से फिसलता हुआ ज़मीन पर आ गिरा। जिस ख़बर को सवेरे से उसकी आँखें ढूँढ़ रही हैं अंततः वह उसे मिल ही गई। जिस ख़बर को सवेरे के अख़बारों में न पाकर गर्व से उसका सीना चौड़ा होता चला गया था, वह फिर से पिचक गया। जिस ख़बर को न पाकर वह बार-बार नगीना उड़कर कभी बाबू खाँ तो कभी सुभान खाँ के हाथों को अपने हाथों में लेकर देर तक चूमने की कल्पना में डुबकी लगाता रहा, और जिनसे क्षमा माँगने के लिए वह रह-रह कर उड़कर नगीना जाता रहा, जिस काले पहाड़ की घाटियों में उगे सुगंधहीन टेसुओं को अपने दोनों हाथों में भर कर पूरी ताक़त के साथ ख़ुद को आवाज़ लगाता रहा

और मेवात की जिस गौरव-गाथा को अपने शहराती दोस्तों को वह हुमक-हुमक कर बताने की सोच रहा था, इस छोटी-सी ख़बर ने सारी कल्पनाओं और सारी सोच के इतने बारीक टुकड़े कर दिए कि बनवारी की जहाँ भी नज़र जाती, बस यही टुकड़े दिखाई देते।

पता नहीं थोड़ी-सी देर में वह इस ख़बर को कितनी बार पढ़ गया। उसने जितनी बार भी इस ख़बर को पढ़ा उसे हर बार इसमें ख़ून से सने हाथ ही नज़र आए। उसे रह-रहकर नाई की दुकान पर शेव कराने वाले भाई साहब का चेहरा याद आने लगा। उसे अपनी बेवकूफ़ी पर अब अफ़सोस हो रहा है कि उसने उस शेव कराने वाले भाई साहब की सलामती के लिए नगीना से सैकड़ों मील दूर बैठ कर दादाखानू का क्यों सुमरन किया? तेज़ी से उस्तरा चलाते हुए उस नाई के बच्चे को उस शेव कराने वाले ग्राहक की चुप्पी पर क्यों नहीं शक हुआ कि वह मुसलमान है? क्यों नहीं उसके भीतर उस शेव कराने वाले भाई साहब के चेहरे पर उस समय तिरछा लंबा कट देखने की चाह जागी?

सोचते-सोचते बनवारी एक आत्मग्लानि से भर गया कि उसने यह सब उस समय क्यों नहीं सोचा?

इस छोटी-सी ख़बर ने उसे भीतर ही भीतर सुलगाना शुरू कर दिया। उसने जैसे पहली और अंतिम बार इस ख़बर के एक-एक वाक्य और उसके एक-एक शब्द को कई-कई बार पढ़ा—

हरियाणा के मेव बाहुल्य क्षेत्र मेवात में भारी तनाव

(कार्यालय संवाददाता)

नई दिल्ली, 7 दिसंबर। हरियाणा के मेव बाहुल्य क्षेत्र मेवात में छः दिसंबर को अयोध्या में विवादित ढाँचे को गिराए जाने के विरोध में भारी तनाव उत्पन्न हो गया है। जगह-जगह सड़कों पर सरकारी वाहनों को रोककर उनमें तोड़फोड़ और आग लगाए जाने की ख़बर मिली है। मेवात क्षेत्र के अंतर्गत आने वाले कई क़स्बों फिरोज़पुर झिरका, नूह, पुन्हाना, तावडू और नगीना में हिंसा की कई ख़बरें मिलने के समाचार हैं। बहुसंख्यक समुदाय के लोगों द्वारा दूसरे सम्प्रदाय के पूजा-स्थलों और संपत्ति को तोड़फोड़ करने और लूटपाट की ख़बरें भी मिली हैं। जिला मजिस्ट्रेट ने राज्य सरकार से तुरंत सेना भेजने को कहा है। अंतिम समाचार मिलने तक क्षेत्र की हालत और ख़राब होती जा रही है।

ख़बर के अंतिम शब्द तक पहुँचते-पहुँचते बनवारी का पूरा जिस्म पसीने से तर हो गया। अपनी खुली आँखों के आगे एक के बाद एक उसे ऐसे दृश्य दिखाई देने लगे जिनकी उसने आज तक कल्पना भी नहीं की थी। सुभान खाँ, बाबू, हुसैनदीन, हाकिम, बासित सब चौधरी मोहल्ले से निकल कर खटीकवाड़े की ओर तेज़ी से बढ़ रहे हैं। मोहल्ले के एक-एक पुरुष को खींच कर बाहर खड़ा किया जा रहा है। बिलखती हुई औरतों को धकियाते हुए एक ओर किया जा रहा है।

चीख़ते-चिल्लाते बच्चों को वहीं घरों में बंद करके बाहर से दरवज्जों की कुंडियाँ और साँकल चढ़ा दी गई हैं। इस सारे दृश्य को पूरे मनोयोग से सलेमी, नवी खाँ, रोबड़ा देखते हुए बाबू और सुभान खाँ को निर्देश दे रहे हैं कि पहले क्या करना है? सबसे पहले औरतों की अस्मत लूटी जाए, बंद घरों को बच्चों समेत आग लगाई जाए, या फिर मनीराम, हरसाय, बुद्धन तथा छोटेलाल का सिर क़लम करा जाए?

एकाएक बनवारी को लगा कि जिस घर में चीख़ते-चिल्लाते छोटे-छोटे बच्चे क़ैद हैं, उस घर को अल्लाह हो अकबर के नारे के साथ आग दी गई है। सारा घर धू-धू करके जल उठा है। बच्चों का क्रंदन दूर तक सुनाई दे रहा है और फिर देखते ही देखते पूरा मोहल्ला आग की चपेट में आ गया है। इसके बाद एक-एक करके ज़िंदा ही मनीराम, हरसाय, बुद्धन और छोटेलाल समेत जितने भी जवान और प्रौढ़ पुरुष हैं, उठा-उठा कर जलते हुए घरों में गेंद की तरह उछाला जा रहा है। अंत में, जिसके जो भी स्त्री हाथ लग रही है उसी को जबरन खींच कर सलेमी की पौली में लाया जा रहा है और उसकी अस्मत लूटने के बाद जैसी भी हालत में वह है यानी निर्वस्त्र है तो निर्वस्त्र ही, कपड़े फटे हुए हैं तो फटे कपड़ों में ही और अगर अर्द्धनग्न अवस्था में है, तो उसी हालत में जलते हुए मकानों पर ज़िंदा डाला जा रहा है।

बनवारी के आगे पूरा का पूरा मोहल्ला देखते ही देखते स्वाहा हो गया। चारों ओर से आ रही चिरायंध से उसका मस्तिष्क फटा जा रहा है। पूरे नगीना के साथ-साथ आसपास के सभी गाँवों से भी धुआँ ही धुआँ उठता दिखाई दे रहा है। आसमान में ऊपर तक चढ़ आए सूरज ने भी मारे शर्म के धुएँ के पीछे अपना चेहरा छिपा लिया है। बनवारी की जिधर भी निगाह जाती है बस, सिवाय जले-अधजले उन जिस्मों और चेहरों के कुछ दिखाई नहीं दे रहा है जिनके पास आकर वह अक्सर शिकवा-शिकायतें, मान-मनौव्वल और ठिठोलियाँ करता था।

बनवारी की साँसें तेज़-तेज़ चलने लगीं। पत्नी ने आकर देखा तो देखते ही वह घबरा गई। अभी थोड़ी देर पहले तक तो सब ठीक था एकाएक यह क्या हो गया कि पूरा जिस्म पसीने से तर है। पास आकर पत्नी ने माथे को छूकर देखा तो वह भी पूर्व की तरह ठंडा लगा। पत्नी ने बनवारी को लगभग झिंझोड़ते हुए पूछा भी लेकिन बनवारी तो एकदम जैसे काठ हो गया। पत्नी लपक कर घड़े से पानी लाई और बनवारी के मुँह पर छींटे मारने लगी।

मुँह पर छींटे पड़ते ही बनवारी जैसे होश में आ गया। घबरा कर उसने अपने चारों ओर देखा तो पाया, वह नगीना में नहीं बल्कि दिल्ली की ज्वालापुरी कालोनी में है।

पत्नी ने जब दोबारा पूछा तब उसने पूरा क़िस्सा बता दिया। इसके बाद उसने सांध्य दैनिक के दाएँ ओर बॉक्स में छपी पूरी ख़बर पत्नी को सुना दी। पत्नी ने

धैर्य से काम लेने की सलाह दी और यह कह कर अपने काम में लग गई कि शायद श्रीराम जी को यही मंजूर हो!

अड़तालीस

एक ओर जहाँ पूरा देश विक्षोभ की लपटों से झुलसने लगा, वहाँ उसके साथ-साथ पूरा मेवात भी एक अजीब-से ग़ुस्से की आग से तपने लगा। जैसे-जैसे समाचार-पत्रों की प्रतियाँ चाय के खोखों और दुकानों के साथ-साथ घरों में पहुँचने लगीं वैसे-वैसे ग़ुस्साए लोगों का हुजूम घरों से निकलकर बाहर इकट्ठा हो गया। देखते ही देखते चारों ओर आशंका, डर और असुरक्षा के डैने फड़फड़ाने लगे। 'अब क्या होगा' जैसा अनुत्तरित प्रश्न रह-रहकर काँपते होंठों से फूटने लगा।

सलेमी को सबसे पहले नबी खाँ ने ही आकर बताया, "सलेमी, आखिर वही बात होगी न, जाको डर हो!"

सलेमी ने लगभग अकबकाते हुए पूछा, "कौण-सी बात?"

"अरे वही के अजोध्या में महजत गिरा दी है।" नबी खाँ के होंठ काँपने लगे कहते हुए।

"हे त्तेरे की!" खाट से उठने की कोशिश करते हुए सलेमी ने फिर पूछा, "और कहा खबर है?"

"खबर-वबर कोई अच्छी ना है...... मेवन् का घणाई सारा छोरा-छापरा बड़कली मऊँ जाता देखा है मैंने।"

"कहीं वे मोटरन्ने तो तोड़न-फोड़न ना जा रा हैं?" सलेमी ने फिर पूछा।

"कुछ ऐसाई ढंग दीख रा हैं।"

"बाकी और गाँवन् की कहा खबर है.... नोह, पुण्हाना और पिरोजपुर में हालात कैसा हैं?"

"अभी कुछ पतो ना चल री है।"

सलेमी का मगज घूम गया कि आख़िर यह हुआ क्या? तीस नवंबर जहाँ पूरे देश को झिंझोड़ता हुआ चला गया, वहाँ इस छः दिसंबर ने सचमुच वही करके दिखा दिया जिसकी सलेमी ने कल्पना तो नहीं की थी, हाँ इसको लेकर भीतर आशंकाओं के छोटे-छोटे ज्वार ज़रूर उठ रहे थे। सलेमी देर तक शून्य में देखता हुआ फिर वापस खाट पर लेट गया। उसने असलम को आवाज़ दी लेकिन असलम तो नहीं आया, तरकीला आकर खड़ी हो गई। सलेमी ने ऐसे ही पूछा तरकीला से, "अरी, असलम कहान् है?"

"पतोई ना बाबा कहान् गयो है...... वाहे तो घणी देर हो गी है।"

"और बाबू?"

"वाकी भी पतो ना है...... ऊ भी धेरे को ना है।" तरकीला ने असलम के साथ-साथ बाबू खाँ के बारे में भी अनभिज्ञता प्रकट करते हुए कहा।

"ठीक है तू भीतर जा, आज कहीं आण-जाण की जरूरत ना है।" सलेमी ने लगभग निर्देश देते हुए कहा।

तरकीला चुपचाप बग़ैर कुछ कहे अंदर चली गई।

सलेमी ने उचक कर बाहर दगड़े की ओर देखा लेकिन उसे कोई नज़र नहीं आया। सलेमी ने आँखें बंद कीं और पता नहीं क्या-क्या सोचने लगा? वह अभी तक यह तय नहीं कर पाया है कि इस ढाँचे को गिराए जाने से या इसके शहीद होने से वह ख़ुश होए, या पूरे देश के साथ इस समय हो रहे विलाप में शामिल हो जाए? वह उस विदेशी हमला-आवर के प्रतीक को नष्ट करने वालों का यशोगान करे या फिर इबादत-गाह ढहाने के विरोध में आवाज़ उठाए, जो इतने वर्षों बाद अब उसी के समुदाय के लिए श्रद्धा और आस्था का प्रतीक बन चुका है?

तेज़ी से चक्कर काटते हुए इस भँवर से वह अपने आपको बाहर निकालने की कोशिश करता है कि हो सकता है इस देश का मुसलमान इस तथ्य से नावाक़िफ़ हो कि यह वही बाबर है, जिसके साथ हम-मज़हब होने के बावजूद अपनी मातृभूमि की आन के लिए, इसी मेवात के रणबाँकुरे हसन खाँ मेवाती ने उसे बाहर से आए हमला-आवर की संज्ञा देते हुए, राणा साँगा के ख़िलाफ़ युद्ध करने से मना कर दिया था। लेकिन इन मेवों को वह कैसे समझाए कि आज इस मुल्क से अंततः उस आततायी के धब्बे मिट ही गए, जिस आततायी के कारण उन्हें अपने इस माँ जाए (हसन खाँ मेवाती) को हमेशा के लिए खोना पड़ा। क्या ऐसा नहीं हो सकता कि आज यही मेवात जिस प्रतीक के ढहाए जाने पर इतना ग़मग़ीन है, उसके साथ-साथ आँसुओं को थोड़ा-सा रोक कर वह पीछे की ओर मुड़कर भी देख ले, कि जिस बाबर के कारण उसके माँ जाए को इतिहास के पन्नों में कभी जगह नहीं मिली, और जिसने इस मेवात तथा देश की अस्मिता और अस्तित्व के लिए अपने आपको होम दिया, उसका भी वह भरे हुए मन से ज़रा-सा सुमरन कर ले?

सलेमी किससे कहे? इस नक़्क़ारख़ाने में तूती की आवाज़ सुनने की किसे फ़ुरसत है?

दिसंबर की कुनमुनाती गुलाबी ठंड का वरण करते हुए दिन जैसे-जैसे अपनी यात्रा पूरी करने लगा, वैसे-वैसे सलेमी को लगने लगा मानो सूरज का सुर्ख़ गोला सीधा उसकी पौली में घुसा आ रहा है! उसने दरवज्जे की ओर एक बार फिर देखा कि शायद मनीराम, हरसाय, बुद्धन या छोटेलाल में से ही कोई दीख जाए किंतु उनमें से आज कोई भी दिखाई नहीं दे रहा है।

'पतोई ना, सब का सब आज कहान् मर गा हैं?' सलेमी ने लेटे-लेटे ख़ुद से कहा।

उसने कई बार पाटी का सहारा लेकर खड़ा होने का प्रयास किया लेकिन वह खड़ा नहीं हो पाया। एकाएक बाहर तेज़-तेज़ पदचापों को सुनकर वह दरवज्जे की ओर टकटकी लगा कर देखने लगा ताकि वह बाहर से गुज़रने वाले को टेर कर बुला सके। तभी उसने देखा हुसैनदीन तेज़ी से लपका हुआ आ रहा है। सलेमी ने बिना एक पल गँवाए उसे आवाज़ देते हुए अपने पास बुलाया।

"हुसैनदीन, बेटा सुनाए न...... कहा डौल है?" आते ही हुसैनदीन से पूछा सलेमी ने।

"ता...... ताऊ, डौल-वौल कुछ ठीक ना दीख रा हैं...... सारो बजार बंद हो गो है...... ई भी सुन्ना में आ रही है के कुछ छोरा-छापरा धूमस करे बिना मानेंगा ना.......।" हुसैनदीन ने चिंतित होते हुए कहा।

"....... और नोह-पुणहाना की कहा खबर है?"

"पुणहाना की तो पतो ना पर नोह में धूमस मचणो शुरू हो गो है....... कोलज का छोरा-छापरान्ने सुणी है कोई जलूस-वलूस निकालो है......।" हुसैनदीन ने एक और नई ख़बर दी सलेमी को।

"आज ये मनीराम और हरसाय भी कहीं ना दीख रा हैं...... जाके देखयो...... घर में होएँ तो काई न काई ए बुला लइयो!" सलेमी बोला।

हुसैनदीन उसी वक़्त उठकर गया और थोड़ी देर बाद मनीराम और हरसाय दोनों को बुला लाया।

उन दोनों के आते ही सलेमी बरस पड़ा उन पर, "अन्यायी, आड़े दिन तो तम कई-कई चक्कर लगा जाओ हो और आज एक बर भी सकल ना दिखाई।"

सलेमी की शिकायत बिलकुल वाजिब है इसीलिए तो दोनों ने कोई जवाब नहीं दिया।

"हुसैनदीन, बेटा मेरी खाट ए बाहर दगड़ा में घलवा दे!" सलेमी बोला।

हुसैनदीन और हरसाय दोनों ने मिलकर खाट बाहर निकाल दी।

खाट निकलवा कर हुसैनदीन तो चला गया और मनीराम तथा हरसाय वहीं सलेमी के पास मूढ़ी डालकर बैठ गए।

तीनों एकदम चुप हैं। कहने को कुछ नहीं बचा है किसी के पास। सलेमी ने चुपके-से कनखियों के सहारे मनीराम और हरसाय के चेहरों को पढ़ने की कोशिश की। दोनों के होंठों पर जमी पपड़ी उनके भीतर के डर को साफ़ उकेर रही है।

मनीराम और हरसाय से ज़्यादा देर नहीं बैठा गया। दोनों चुपचाप उठ कर चल दिए अपने-अपने घरों की ओर। आज यह शायद पहला मौक़ा है जब सलेमी उनसे बैठने के लिए आग्रह भी नहीं कर पाया। उन दोनों को धीरे-धीरे अपने-अपने घरों

की ओर जाता देख सलेमी उन्हें तब तक देखता रहा, जब तक वे दोनों अपने-अपने घरों की ओर जाने वाली गलियों में नहीं मुड़ गए।

पूरा दगड़ा एक बार फिर भाँय-भाँय कर उठा। सलेमी को आज पहली बार रात के बजाय दिन में डर लगने लगा है। उसने मिचमिचाती आँखों से सूरज को देखा तो लगा सूरज भी पूरे दृश्य को देखने के लिए एक जगह पर स्थिर खड़ा है। दूर-दूर तक सलेमी को पूरे दगड़े में कोई नहीं दिखाई दिया। सलेमी का मन बार-बार गोहरवाली में उड़कर चला जाता है। किंतु करा क्या जाए गठियाबाय के इस दर्द का कोई भरोसा नहीं है कि वह कब शुरू हो जाए?

सलेमी के भीतर जैसे रह-रह कर कुछ घुमड़ने लगा। गोहरवाली में वह जाए बिना मानेगा नहीं, चाहे जोड़ों में दर्द ही क्यों न शुरू हो जाए! नहीं रुका गया सलेमी से और सीधा पहुँच गया गोहरवाली में।

सचमुच गोहरवाली पर इधर से उधर अनिष्टताओं के गिद्ध मँडरा रहे हैं। पूरा बाज़ार धुर तक बंद पड़ा है। जगह-जगह गोहरवाली में आदमियों के जज़ीरे जमे खड़े हैं। ग़ुस्सा, भय और कुछ भी होने की चिंता ज़्यादातर चेहरों पर साफ़ देखी जा सकती है। सलेमी ने इधर-उधर दूर-दूर तक नज़र दौड़ाई, तो उसे यह देखकर बेहद आश्चर्य हुआ कि नगीना में थाना होने के बावजूद एक भी पुलिसकर्मी वहाँ दिखाई नहीं दे रहा है। एक पल के लिए सलेमी सिहर उठा कि कहीं पुलिस ही तो जानबूझ कर यह सब नहीं कराना चाहती है? अगर ऐसा हुआ तो कुछ भी होने की पूरी-पूरी संभावना है।

सलेमी गोहरवाली से निकलकर बड़कली की ओर जाने वाली सड़क पर बढ़ गया और अस्पताल से थोड़ा-सा आगे बने पुल पर जाकर बैठ गया। बड़कली जाने वाली सड़क इस्लामी मदरसा तक साफ़ दिखाई दे रही है। इससे आगे की सड़क इसलिए नहीं दिखाई देती है कि मदरसा के पास एक तो सड़क ऊँची है, दूसरा उसने हलका-सा मोड़ भी ले लिया है। दूर तक सड़क पर, जहाँ तक वह दिखाई देती है, एकाध पैदल आने-जाने वालों के कुछ नज़र नहीं आ रहा है। पूरी सड़क एकदम सूनी पड़ी है।

सलेमी काफ़ी देर तक बैठा रहा पुल पर। उसे लगा जैसे कई दिनों के बाद एक बार फिर अचानक जोड़ों में दर्द होने लगा है। तभी उसे साइकल पर एक युवक तेज़ी से आता दीखा तो थोड़ी देर के लिए वह दर्द को भूल गया। सलेमी ने साइकल वाले युवक को रुकवाते हुए अपने पास बुलाया और पूछा, "बेटा, बड़कली को कहा हालचाल है?"

युवक ने हाँफते हुए पहले अपने आपको संयत किया और फिर दिसंबर के महीने में पसीने से भीग आए माथे को, कंधे पर पड़े गमछे से पोंछते हुए बोला, "ताऊ, बड़कली पे तो घणोई रौला हो रो है....... कई मोटरन् का सीसा तोड़ दिया हैं...... पूरो ठट्‌टो जमा खड़ो है हून्।"

"तो कहा बड़कली पे एकाध सिपाई-विपाई भी ना हैं कै?"

"सिपाई-विपाई तो घणाई हैं ताऊ...... पर वे तो मजा सू तमासो देख रा हैं और मैंने तो एक सिपाई का मुँ सू ई भी सुणी ही के, ऊ एक आदमी सू कह रो हो अरे, तम या बड़कली पे काँई लू धूमस कर रा हो हून् नघीणा में जाओ और कुछ दुकान-वुकान लूटो।" युवक ने ख़ुद अपनी आँखों से देखने और कानों से सुनने के बाद पुलिस की भूमिका पर प्रकाश डालते हुए कहा।

"फिर वा आदमी ने कहा कही?" आगे की जानकारी के लिए सलेमी ने डरते हुए पूछा।

"कुछ ना कही, बस चुपचाप भीड़ मऊँ बढ़गो और पतोई ना उनसू कहा बतलाण लग्गो...... मैं तो ताऊ जभी चल पड़ो..... मोहे जँचगी के ये आदमी जरूर नघीणा का बजार में आंगा और हो सके कुछ लूटपाट भी करें!" इतना कहकर युवक ने साइकल उठाई और तेज़ी से पैडल मारता हुआ आगे बढ़ गया।

युवक द्वारा बताए गए पूरे हाल और उसके अंदाज़ से सलेमी को भी जँच गया कि ऐसा सौ फ़ीसदी हो सकता है क्योंकि पुलिस के लिए ऐसे मौक़े बार-बार थोड़े ही आते हैं। सलेमी थोड़ी देर और बैठा रहा। उसे महसूस होने लगा कि जोड़ों का दर्द धीरे-धीरे फिर बढ़ता जा रहा है।

सलेमी पुल से उठा और कराहते हुए गोहरवाली की ओर चला आया। वह मन ही मन जोड़ों में दर्द के बावजूद मुस्कराता रहा यह सोचकर कि इस वर्दी में आने के बाद आदमी सिर्फ़ पुलिसिया होता है, हिन्दू या मुसलमान नहीं। पता नहीं इस वर्दी को कैसा वरदान प्राप्त है कि इसे धारण करते ही आदमी के तौर-तरीक़े पलक झपकते ही बदल जाते हैं! इस जून में आते ही पता नहीं कहाँ से उसके लंबे-लंबे दाँत उग आते हैं। कभी-कभी तो यक़ीन ही नहीं होता है कि जिस पुलिस पर हम आसानी से यह आरोप लगा देते हैं कि बहुसंख्यक होने के नाते वह बहुसंख्यकों का ही साथ देती है, वही पुलिस समय आने पर इन्हीं बहुसंख्यकों को बीच मँझधार में डुबोने के लिए ख़ुद अपने हाथों का इस्तेमाल करने से भी नहीं हिचकिचाती है। अल्पसंख्यकों की तो बात ही छोड़िए। अगर यह सच होता कि पुलिस सिर्फ़ बहुसंख्यकों (हिन्दुओं) के साथ होती है, तो यही पुलिस यह नहीं कहती जैसा इस युवक ने अभी-अभी बताया है।

सलेमी बीच गोहरवाली में कब आ गया, इसका पता उसे तभी चला जब जुम्मा मनिहार का उसे हेला सुनाई दिया।

सलेमी पहले तो चुप रहा और फिर कुछ पलों के बाद सोचते हुए जुम्मा के तख़्त पर बैठते हुए बोला, "जुम्मा, मेरी माने तो दुकान ए बंद कर दे..... डौल कुछ अच्छा ना दीख रा हैं।"

"यार, ये छोटा-मोटा धूमस तो होता ही रहवे हैं।" जुम्मा ने हँसते हुए लापरवाही के साथ कहा।

"जुम्मा, ई छोटो-मोटो धूमस ना लग रो है...... मेरी मान जा और दुकान ए बंद करके अपणा घर लू चलो जा...... या धूमसबाजी में कहा हो जाए कुछ पतो ना!"

"तू सही कह रो है सलेमी....... बखत को कुछ पतो ना चले है।" शायद जुम्मा को सलेमी की बात जँच गई। उसी वक़्त जुम्मा तख़्त से उठा और दाएँ-बाएँ रखी रंग-बिरंगी चूड़ियों की लड़ियों को संदूक में रखने लगा।

जुम्मा को घर भेजने के बाद सलेमी, एकाध दुकानें जो खुली हुई थीं उनके पास गया और हाथ जोड़ते हुए उन्हें भी बंद करवा दिया।

पूरे बाज़ार पर एक सरसरी नज़र दौड़ा कर सलेमी ने लंबी साँस ली और वापस गोहरवाली में खाली पड़े जुम्मा के तख़्त पर आ बैठा। तख़्त पर बैठते ही उसे दर्द में थोड़ा-सा आराम महसूस हुआ। जगह-जगह गोहरवाली में खड़े छोटे-छोटे समूहों को देख कर सलेमी थोड़ी देर के लिए भीतर तक सहम गया कि अगर सचमुच उस युवक की सूचना के अनुसार बड़कली पर जमे गुस्साए लोग यहाँ आ पहुँचे और यहाँ खड़े ये लोग भी उनमें शामिल हो गए– तब? सलेमी ने मन ही मन ऊपरवाले से दुआ माँगी कि हे परवरदिगार, इन्हें सद्‌बुद्धि देना।

लगभग पौन घंटा हो गया सलेमी को वहाँ बैठे हुए। तभी उसने देखा कि बड़कली की ओर से साठ-सत्तर लोगों का हुजूम तेज़ी से गोहरवाली की ओर बढ़ा आ रहा है। जैसे-जैसे यह हुजूम आगे की ओर बढ़ता रहा, वैसे-वैसे सलेमी की धड़कनें इतनी तेज़ हो गईं कि उसे लगने लगा कहीं दिल ही उछल कर बाहर न आ जाए।

अस्पताल के सामने से होता हुआ हुजूम बीच गोहरवाली में आकर इस अंदाज़ में ठहर गया जैसे यह तय किया जा रहा है कि पहले किस ओर बढ़ा जाए! सलेमी हुजूम की अगुवाई कर रहे उसके नायकों को जानने की कोशिश करने लगा, और जैसे ही उसकी निगाह बाबू और सुभान खाँ पर पड़ी कि उसे अपना जिस्म धीरे-धीरे ठंडा पड़ता दिखाई देने लगा। वह ख़ुद अपनी आँखों से देख रहा है कि हाजी अशरफ़ और डॉक्टर शफ़ीक़ बाबू तथा सुभान खाँ को कुछ निर्देश दे रहे हैं।

हो सकता है यही निर्देश दे रहे हैं कि वे जिस मतलब के लिए यहाँ आए हैं वह तो बेकार गया। पुलिस द्वारा दी गई छूट भी किसी काम नहीं आई क्योंकि बाज़ार तो सारा ही बंद है।

अब?

सलेमी के माथे से पसीना चू उठा।

हुजूम अब धीरे-धीरे गोहरवाली से होता हुआ सब्ज़ी-मंडी में पहुँच कर एक बार फिर ठिठक गया कि अब क्या किया जाए? सलेमी ने मन ही मन दुआएँ माँगनी और तेज़ कर दीं कि हे परवरदिगार यह हुजूम यहीं से वापस लौट कर गोहरवाली में आ जाए और सब अपने-अपने घर चले जाएँ।

मगर आज लगता है इस नगीना के भाग में कुछ और ही बदा है।

इससे पहले कि सलेमी कुछ और सोचता, शोर मचाता हुआ हुजूम मुश्किल से पचास गज़ की दूरी पर स्थित उसी माता के मंदिर पर टूट पड़ा, जिसमें गोयल डॉक्टर रोज़ाना अपने शागिर्द और कम्पाउंडर बोसा, अर्थात जिसका नाम पाठशाला के रजिस्टरों में सुनील दत्त पाहवा दर्ज था, के साथ सुबह-शाम खड़ताल और चिमटा बजाता है। और जब तक कुछ अन्य तमाशाई उन्हें जाकर बेमन से रोकने की कोशिश करते, तब तक लोहे के सरियों से बने फाटक को तोड़ कर पूरा हुजूम मंदिर में स्थापित मूर्तियों पर पिल पड़ा। जिसके जो हाथ आया उसे ही लेकर वह बाहर आ गया। मंदिर की छतों से जगह-जगह लटकी हुई घंटियाँ, पीतल की वह घंटी जिससे सुबह-शाम आरती उतारी जाती थी तथा अन्य सामान जो भी था कुछ नहीं बचा मंदिर में।

लूट में हाथ लगे सामान को पाकर हुजूम का मनोबल और बढ़ गया, तो बाबू ने सुझाव दिया कि क्यों न अब अस्तल की ओर चला जाए। सुझाव बुरा नहीं है लेकिन इससे पहले कि अस्तल की ओर हुजूम बढ़ता, सलेमी समेत कुछ बुज़ुर्गों ने हिम्मत बटोरी और उनमें से एक ने धमकाते हुए कहा, "बस, बहोत होगी...... चुपचाप अपणे-अपणे घर चला जाओ नहीं तो हीन् माणस मर जांगा।"

"माणस तो मरंगा ही..... अरे, अजोध्या में हिन्दून्ने हमारी महजत गिरा दी तो कहा हम मुसलमान इनका मंदरन्ने ने भी ना लूटें।" बाबू खाँ ने तमतमाते हुए कहा।

इस बीच पता नहीं सलेमी बाबू से नज़र बचाता हुआ कब उसके पास आ गया। आते ही पैर से पणहा निकाल कर उस पर तड़ातड़ बरसानी शुरू कर दी, "तेऽऽरी बहाण की टाँट में दूँ...... आयो मुसलमान को चोदो...... बेटीचो' कमीण....... काफर का बिंद[1]......।"

जब तक बाबू अकबकाते हुए कुछ समझ पाता तब तक पता नहीं कितनी पणहा बाबू पर बरस चुकी थीं? अचानक इस घटना ने पूरा परिदृश्य ही बदल दिया। जो जहाँ था वहाँ से चुपचाप खिसक लिया। पूरे हुजूम में अफ़रा-तफ़री मच गई। सिवाय डॉक्टर शफ़ीक़, हाजी अशरफ़, सुभान खाँ और बाबू के कोई नहीं बचा।

"अरे ओ फकीर का...... मामा तोपे अपणो पेट तो भरो जाए ना है और चल दियो धूमस मचाण..... तू टल जा मेरी आँखन् के आगे सू नहीं तोहे हलाक कर दूँगो!" सलेमी की आँखों में ख़ून उतर आया।

अपने बाप के तेवर देख कर बाबू सुभान खाँ को लेकर चुपचाप चल दिया।

डॉक्टर शफ़ीक़ और हाजी अशरफ़ भी धीरे-से वहाँ से खिसकने लगे तो सलेमी ने उन्हें भी धर दबोचा, "अरे ओ डाकधर, तू काँई लू या गाँओं में आग लगान् लू डोले है...... मोहे ऐसो लगे है या गाँओं को पाणी तोपे झिल ना रो है......

---

1. काफर का बिंद : नास्तिक से पैदा हुआ।

तू अपणो जैसो इन मेवन्ने बनाण कू डोले है!"

डॉक्टर शफ़ीक़ की हालत ख़राब हो गई। वहाँ खड़े पंद्रह-बीस लोगों में से कोई नहीं बोला।

"......और ई असरप..... वैसे तो हाजी बणो डोले है और वैसे यामें दुनिया भर का ऐब हैं...... इन जैसान्ने या इलाका को माहौल खराब करके धर राखो है..... अरे, जिन्ने तिहारी महजत तोड़ी है उनका मूँड ए जाके फोड़ो..... इन बिचारान् सू कहा करो हो..... अन्यायी, तमन्ने थोड़ी-बहोत भी सरम ना आई के जिनके पै हम रात-दिन उठे-बैठे हैं उनका मंदरन् के कैसे हाथ लगाएँ...... इन मूर्तिन्ने ही जाके कही है कि वा महजत ए गिरा देओ, काई कुआ में डूब मर हाजी असरप।" ज़मीन पर थूकते हुए सलेमी ने पणहा नीचे पटकी और पाँव में डालकर यह कहते हुए घर की ओर मुड़ गया, "हाजी असरप, खुदा की मार सू डर!"

सलेमी जैसे बड़े-बूढ़ों की समझदारी से यह आग पूरे नगीना में फैलने से रुक गई, वरना हाजी अशरफ़ और डॉक्टर शफ़ीक़ ने तो अपनी ओर से कोई कसर छोड़ी नहीं। यह तो ग़नीमत है कि सिर्फ़ माता के मंदिर ने सारे वार अपने सीने पर झेल लिए, वरना अयोध्या में गिराए गए बे-क़सूर विवादित ढाँचे के बदले पता नहीं कितने और मंदिरों को ये वार झेलने पड़ते।

इस घटना ने नगीना के भीतर ही भीतर एक और आग पैदा कर दी। लाला अभयचंद आर्य, बिसंभर सन्नार्थी और लाला ज्ञानचंद जैन के अलावा पहले जो इस आग में शामिल नहीं थे वे भी इसमें शामिल हो गए। लाला अभयचंद आर्य और बिसंभर सन्नार्थी ऊपरी तौर पर जो नहीं चाह रहे थे, वह ख़ुद-ब-ख़ुद होता चला गया। लाला अभयचंद आर्य तुरंत बिसंभर सन्नार्थी के साथ स्कूटर पर बैठा और दोनों थाने में इसकी इत्तिला दे आए। लेकिन इससे पहले जो होना था वह तो हो चुका है, यही सोचकर पुलिसवाले डंडे फटकारते हुए नगीना में आ पहुँचे। गोहरवाली और बाज़ार को सही-सलामत देखकर पुलिसवालों को बेहद निराशा हुई बल्कि एक ने तो अपने साथी से फुसफुसाते हुए कह भी दिया, "इन बंदरों को इतनी छूट दी लेकिन इनसे हुआ कुछ नहीं....... इन सुसरों को मंदिर में घुसने से क्या मिला होगा, दुकानों में तोड़फोड़ और लूटपाट करते तो कुछ बात भी बनती!" दूसरे सिपाही ने प्रतिक्रियास्वरूप कहा कुछ नहीं, बस इन बलवाइयों की नादानी पर मुस्करा कर रह गया।

पूरा नगीना एकाएक इस घटना से अवसन्न रह गया। जिसने भी यह ख़बर सुनी, सुनकर हक्का-बक्का रह गया। आसपास के घरों की खिड़कियों और दरवज्जों के पीछे से जिन डरी और सहमी आँखों ने यह दृश्य देखा, उन्हें अपनी देह में ख़ून जमता-सा लगा। मारे भय के आँखें ठहर-सी गईं। यह तो ग़नीमत थी कि दुकानों या घरों में तोड़फोड़ नहीं हुई अन्यथा साढ़े चार दशक पूर्व की त्रासदी और आज के

इस हो-हल्ले में दूरी ही कितनी बची थी। पूरे नगीना की देह इस घटना से थरथरा उठी। जिसने भी यह सुना कि गुस्साई भीड़ माता के मंदिर में घुस गई थी, उसी का चेहरा मारे भय के सफ़ेद पड़ता चला गया।

मनीराम ने जैसे ही यह ख़बर सुनी कि उसके तो हाथ-पाँव ही फूल गए। साढ़े चार दशक पूर्व के एक-एक दृश्य उसकी आँखों के आगे फिर से जीवित हो उठे। यह तो अच्छा हुआ कि बनवारी और छोटका पहले ही तीस नवंबर पर जितना भी ज़रूरी और कीमती सामान था, सबको ले गए। मनीराम मन ही मन अपने आपको उस बुरी घड़ी के लिए कोसने लगा जिसमें उसने वापस नगीना आने का मन बनाया था। बनवारी ने सही कहा था कि यहाँ उसकी लाश पर कोई कपड़ा भी डालने वाला नहीं मिलेगा। मनीराम ने मन ही मन उस दिन को कोसना शुरू कर दिया, जिस दिन गाँधी घासेड़ा में बीच सड़क पर आकर लेट गया और इन मेवों को पाकिस्तान जाने से रोक लिया था।

ख़बर रोबड़ा, नबी खाँ, रमजानो, तरकीला के साथ पूरे चौधरी मोहल्ले ने भी सुनी। रोबड़ा और नबी खाँ तो तुरंत लपके हुए मनीराम, हरसाय, बुद्धन और छोटेलाल को तसल्ली देने चले आए। रमजानो और तरकीला भी चली आई।

आते ही रोबड़ा ने बिना किसी भूमिका के कहा, "मनीराम, घबराणा की बात ना है...... हिम्मत मत हारियो।"

"छोटेलाल, अपनी घरवाली सू कह आ फिकर ना करे..... हम हैं तो सही हीन्।" नबी खाँ ने भी हिम्मत बँधाते हुए कहा।

धीरे-धीरे पूरा चौधरी मोहल्ला मनीराम के बँगले में इकट्ठा हो गया।

"हरसाय, ऐसी कोई बात ना है..... अभी हुसैनदीन और सलेमी भी आ जाएगो।" रोबड़ा बोला।

लेकिन उधर से किसी के मुँह से एक भी शब्द नहीं फूटा। सबको ऐसे लगने लगा जैसे धीरे-धीरे मारे प्यास के उनके हलक़ सूखे जा रहे हैं।

"अगर ढेड हीन् आगा न या मुहल्ला में, तो दारीकान्ने कच्चो चबा जाऊँगी।" रमजानो का झुर्रियों से पटा चेहरा मारे गुस्से के खिंचता चला गया।

"हरामीन्ने दराँती सू चीर के ना धर दूँगी जो या मुहल्ला में पाँव भी धर दियो तो.....।" तरकीला ने घूँघट के पीछे से ही तमतमाते हुए कहा। उसके हाथों में हलकी-हलकी जुंबिश-सी होने लगी।

रुमाली, भौंरी, हरदेई, रामदेई को घेर कर बैठी हुई रमजानो और तरकीला धीरे-से खिसक कर उनके और नज़दीक आ गई। तब तक फ़जरी भी आ पहुँची। तरकीला ने फ़जरी को भी अपने ही पास बैठा लिया। इस तरह एक छोटा-सा घेरा बन गया उन तीनों को मिला कर।

"नबी खाँ, वाड़ी टेम कहा होगो होएगो?" रोबड़ा ने बाहर आसमान की ओर देखते हुए पूछा।

"जुहुर की अजान लगन वाली है।" नबी खाँ ने अंदाज़े से बताया।

रोबड़ा ने कुर्ते की जेब से तसबीह निकाली और बुदबुदाते हुए उसके मणकों पर अँगुलियाँ फेरनी शुरू कर दीं। तसबीह के मणकों पर अँगुलियों के पोर जहाँ अन्य दिन आराम से फिरते थे वहाँ आज एकाएक उनमें तेज़ी आ गई। थोड़ी ही देर बाद उपरलीघाँ की महजत से जुह्र की अज़ान सुनाई देने लगी।

"अरे, जाए निवाज पढ़ के आणी है ऊ जाके पढ़ आए, मैं बैठो हूँ हीन्।" लेकिन रोबड़ा के कहने के बावजूद कोई नहीं गया नमाज़ पढ़ने। रोबड़ा ने भी दोबारा नहीं कहा किसी से क्योंकि सब जानते हैं कि यहाँ इन डरे, सहमे और किसी हद तक अपने आपको इनके भरोसे बैठे हुओं की सुरक्षा और उन्हें तसल्ली देना भी तो नमाज़ या इबादत से कम नहीं है।

"नबी खाँ, मेरी दरी ए हीनी उठा ला..... मैं तो हीनी निवाज पढ़ लूँगो।" रोबड़ा बोला।

नबी खाँ लपक कर रोबड़ा की बाखल से मुसल्ला उठा लाया।

रुमाली बग़ैर कहे मटके से आधी बाल्टी पानी लाई और रोबड़ा को लाकर पकड़ा दी। रोबड़ा ने वहीं बिछे पत्थर पर वज़ू किया और इसके बाद नमाज़ पढ़ने लगा। नमाज़ पढ़ने के बाद रोबड़ा फिर मनीराम के पास आ बैठा। थोड़ी देर बाद सबने देखा कि सलेमी और हुसैनदीन भी चले आ रहे हैं। उन्हें आता देख सबकी धड़कनें एकाएक तेज़ हो गईं। जैसे-जैसे सलेमी और हुसैनदीन मनीराम के बँगले के क़रीब आने लगे वैसे-वैसे मनीराम, हरसाय, बुद्धन, छोटेलाल, भौंरी, रुमाली, रामदेई का हलक़ और भी तेज़ी से सूखने लगा। पूरा बँगला ऐसा हो गया मानो उसमें से पूरी आक्सीजन खींच ली हो।

"हाँ भई सलेमी सुनाए न, कहा डौल-डाल है?" आते ही रोबड़ा ने सलेमी से पूछा।

"डौल-डाल कहा, अन्यायी...... दुनिया की नीत हराम में लग री है..... अरे, महजत गिर गी तो इन बिचारान् को कहा कसूर है..... मेरा सुरा हाजी बणा डोले हैं।"

"अरे, बजार को हालचाल सुना, सुनी है बजारवाला मंदर में छोरा-छापरा घुसगा हा?" रोबड़ा ने जैसा सुना था, उसी के आधार पर झल्लाते हुए कहा।

"हाँ, घुसगा हा..... वाकी सारी मूर्ति-वूर्ति उल्टी-सूधी कर दी हैं.... थोड़ी-बहोत जो चीज-बसत ही बस उन्ने उठा के लेगा हैं।" सलेमी ने संक्षिप्त में पूरा हाल बता दिया।

"अब कहाँन् गया हैं ये छोरा-छापरा?" नबी खाँ ने पूछा इस बार।

"सुरा सब भगा दिया अपणा-अपणा घर..... मैंने भी आज हाजी असरप और

ऊ डाकधर है न जो जिन्ना की-सी टोपी लगातो घूमे है.....!" अपनी याददाश्त पर ज़ोर डालते हुए सलेमी याद करने की कोशिश करते हुए बोला।

"डाकधर नसीर!" नबी खाँ बोला।

"अरे ना यार, पंचायती दुकानन् में जाको अस्पताल है?"

"अच्छो-अच्छो..... ऊ सफीक आजाद!" रोबड़ा ने नाम लेते हुए बताया।

"हाँ-हाँ वही..... वाकी ऐसी छूछ उतारी है के बेट्टा जिंदगी भर याद राखेगो.... अरे, इन जैसा आदमीन्ने या गाँओं और इलाका को माहौल खराब कर राखो है..... एक ऊ हाजी असरप है..... अन्यायी, वैसे तो पाँच-पाँच हजार रुपिया खैरात में देतो डोले है.... और वैसे सारे दिन नीत हराम में धरी रहवे है..... मजाल है कदी कोई ढंग को तो काम करो होए।" मुस्कराते हुए सलेमी बोला।

"सलेमी, जभी तो काई सियाणा माणस ने कही है के 'जितनो हेत हराम सू उतनो हर सू होय, चलो जा तू भैकुंड कू तेरो पल्लो गहे न कोय'.....।" तसबीह के मणकों को अँगुलियों के पोरों से और तेज़ घुमाते हुए रोबड़ा बोला।

सलेमी ने आकर काफ़ी हद तक तनाव कम कर दिया। मनीराम के बँगले में काफ़ी देर बाद हलकी-हलकी मुस्कराहट तैरने लगी। फ़जरी ढोरों के लिए सानी करने चली गई, और रामदेई यह कह कर उठ गई कि उसे कलेऊ के लिए दलिया दलना है।

"वैसे और कैसो माहौल है?" रोबड़ा ने आगे जानना चाहा सलेमी से।

"माहौल का बारा में अभी कुछ भी कहणो मुसकल है..... नोह में भी सुणी है के घणोई धूमस हो रो है!"

"पुण्हाना में भी यही हालत बताई!" सलेमी के वाक्य को पूरा करते हुए हुसैनदीन ने आशंका जताते हुए कहा।

"खैर, आज को दिन काई तरे बीत जाए बस..... वैसे फिकर करण की कोई बात है ना मनीराम..... अन्यायी, अभी इन हाथन् में इतेक ताकत है के काई का टेंटुआ पे पड़ जाएँ न तो वाहे छुटानो भारी हो जाए।"

"यार सलेमी, अगर दिनदहाड़े ऐसे माणस मरन लग्गा तो पड़गी पार।" नबी खाँ ने भी उसी अंदाज़ में क्षेपक जोड़ दिया।

छोटेलाल काफ़ी देर बाद हँसा नबी खाँ के वाक्य पर।

"अन्यायी और तो और.... जा छोटेलाल ने तीस तारीक लू ई गाँओं ना छोड़ो हो आज वही ऐसो बैठे है जैसे याका घर का मरगा होएँ..... मेरे यार छोटेलाल मरद हो के भी तेरी खामखा लू फट री है..... चल, एक बर जोर सू भाँडी तोड़ के दिखा दे।" रोबड़ा ने तसबीह के मणकों पर अँगुलियों के पोरों को फिराते हुए कहा।

छोटेलाल ने आज तक सलेमी या रोबड़ा का कहा न माना हो, ऐसा कम से कम ख़ुद छोटेलाल को तो याद है नहीं लेकिन आज उसने मुँह से तो मना नहीं

किया पर मन से लगभग मुक़र गया। यदि ऐसा आदेश रोबड़ा किसी और मौक़े पर करता, तो छोटेलाल बिना एक पल गँवाए भाँडी तोड़ना शुरू कर देता। जब एक ही जिस्म पर कई-कई घाव हों तब भला छोटेलाल ही क्या किसी का भी जी नहीं करेगा। यही ग़नीमत है कि कम से कम वह मुस्करा तो रहा है। और फिर रोबड़ा ने ही कौन-सा सचमुच भाँडी तोड़ने के लिए कहा है। उसने तो मनीराम के बँगले में व्याप्त तनाव को कम करने के लिए यूँ ही कह दिया। वह नहीं जानता है कि यह मौक़ा कोई भाँडी तोड़ने का थोड़े है।

ख़बरें तो कहीं से भी अच्छी नहीं आ रही हैं।

उस नूह का तो सबसे बुरा हाल है जहाँ कभी 1857 के ग़दर में ज़ालिम फ़िरंगियों द्वारा बावन बहादुर मेवों को यहाँ के पुराने बस अड्डे पर खड़े बड़ के पेड़ से सरेआम फाँसी लगाकर शहीद कर दिया गया था। उसी नूह में अराजकता का नंगा खेल चल रहा है, जहाँ से केवल पाँच मील दूर घासेड़ा में 1857 के ही ग़दर में आततायी गोरे सिपाहियों ने तोपों और बंदूकों से डेढ़ सौ मेवों को मौत के घाट उतार दिया था। आज उसी नूह में उसी मरहूम चौधरी आमीन खाँ के सपूत चौधरी करीम हुसैन की आँखों के आगे उन्मादी भीड़ तांडव नृत्य कर रही है, जिस करीम हुसैन ने अपने वालिद को बाबा-ए-क़ौम का ख़िताब दिलवाते समय उसे राष्ट्रपिता महात्मा गाँधी के समकक्ष स्थापित करने के लिए हज़ारों की भीड़ के सम्मुख पूरे जोश के साथ हवा में मुट्ठी लहराते हुए कहा था कि हमारी नसों में भी राजपूती ख़ून बसे है। हम पहले क्षत्रिय हैं और मेव बाद में। मैं ख़ुद सूरजवंशी पहले हूँ मेव बाद में।

आज वही नूह 1857 के ग़दर में खेत हुए अपने इन्हीं माँ जायाओं की सरज़मीं पर ख़ुद अपनी आँखों से उन्मादी भीड़ को कभी इधर और कभी उधर, कभी दाएँ तो कभी बाएँ निरीह पूजा-स्थलों की ओर बढ़ते हुए देख रहा है। पूरा नूह इस तांडव नृत्य से त्राहि माम्-त्राहि माम् कर उठा है। यह तो अच्छा हुआ जो समय से पहले बड़ का पेड़ काल-कवलित हो गया अन्यथा आज वह अपनी आँखों से इस तांडव को देखता तो एक आत्मग्लानि से मुँह ही फेर लेता। नगीना की तरह नूह में भी हाजी अशरफ़, डॉक्टर शफ़ीक़, बाबू खाँ और सुभान खाँ जैसों की कमी नहीं है। इसलिए कभी-कभी चौधरी करीम हुसैन के उस कथन पर शक-सा होता है जो उसने आमीन डिग्री कालेज के प्रांगण में उस दिन विशाल जनसमूह को संबोधित करते हुए कहा था कि 1947 में विभाजन के समय मरहूम चौधरी आमीन खाँ साहब ने यहाँ के हिंदुओं से साफ़-साफ़ कह दिया था कि उन्हें घबराने की कोई ज़रूरत नहीं है।

सात दिसंबर की सुबह से ही इसी नूह में वह सब शुरू हो चुका है, जिसके बारे में यह इलाक़ा अब तक महज सुनता आ रहा था।

—लगभग साढ़े दस बजे कोई दो ढाई सौ लोगों की उन्मादी भीड़ राम मंदिर में रखी मूर्तियों को तोड़ डालती है तथा कपड़ों में आग लगा देती है। इस आग से मूर्तियों के कपड़े जल जाते हैं। उन्मादी भीड़ द्वारा प्रस्तुत इस तांडव नृत्य का नज़ारा डी. एस. पी. और एस. डी. एम. ख़ामोशी से देख रहे हैं।

—ग्यारह बजे भीड़ में और बढ़ोतरी हो जाती है। भीड़ अगले मंदिर का दरवाज़ा और ताला तोड़ने में कामयाब हो जाती है लेकिन अंदर का ताला और दरवाज़ा मज़बूती के कारण टूट नहीं पाता है। फलस्वरूप भीड़ निराश होकर आगे बढ़ जाती है।

—धीरे-धीरे भीड़ आगे बढ़ती चली जाती है। सैकड़ों वर्ष पुराने एक पूजा-स्थल में मूर्ति-भंजन होता है। लूटपाट होती है और चूही के तालाब पर स्थित एक और मंदिर क्षतिग्रस्त किया जाता है। प्रशासन यहाँ भी मूक दर्शक बना हुआ है।

—आगे जाकर एक और पूजा-स्थल को नष्ट करने की कोशिश की जाती है। भीड़ में निरंतर होती जा रही बढ़ोतरी में अब गुंडा-तत्व की संख्या ज़्यादा होती जा रही है। तहसीलदार इस भीड़ को अपने रुतबे से धमकाने की कोशिश करता है। परिणामस्वरूप उलटा चोर कोतवाल को डाँटे जैसे पारंपरिक मुहावरे को चरितार्थ करती हुई भीड़ तहसीलदार को ही पीट देती है। इस पिटाई से डर कर प्रशासन के बड़े अधिकारियों से लेकर चपरासी तक सभी भीड़ में छिप जाते हैं।

—दोपहर बाद ढाई-तीन बजे से लेकर चार बजे तक और कई पूजा-स्थलों में तोड़-फोड़ होती है। एक प्राचीन गौशाला से उन्मादी भीड़ साठ-सत्तर गायों को खोल कर हाँक देती है तथा गौशाला के महंत के साथ हाथापाई होती है। इस बीच गौशाला के चंदे की रकम जोकि लगभग दो हज़ार रुपए थी, उन्मादी लूट कर ले जाते हैं। प्रशासन और पुलिस यहाँ भी नदारद है।

ख़ुद चौधरी करीम हुसैन इस बीच डी. एस. पी. और एस. डी. एम. को उनके तबादलों का डर दिखा कर, यह धमकी दे चुका है कि इन शरारती तत्वों के ख़िलाफ़ कोई कार्रवाई न की जाए। इसी तरह पुन्हाना में भी पूजा-स्थलों को थोड़ा-बहुत नुक़सान पहुँचाया गया है।

उसी करीम हुसैन की सरपरस्ती में, 1857 का यही नूह इन पूरी घटनाओं को एक मौन गवाह की तरह देखता रहा, जिसके वालिद मरहूम आमीन खाँ साहब के बारे में यह कहा जाता है कि विभाजन के समय यहाँ के अल्पसंख्यकों को बत्तख की तरह उसने अपने पंखों के नीचे छिपा लिया था। अब यह सही कहाँ तक है यह तो वही जानें लेकिन करीम हुसैन के इरादों को देखकर इस कथन में कितनी सच्चाई छिपी हुई है—इसके बारे में आसानी से अंदाज़ा लगाया जा सकता है।

यही नूह अपने ही जिस्म पर हुए ज़ख़्मों से पूरे दिन कराहता रहा।

अस्र की अज़ान अभी-अभी लगी है।

आदमी तो आदमी, ढोर-डंगरों ने भी नेम बाँधा हुआ है कि कौन-सी अज़ान के समय उन्हें चारा-सानी चाहिए। कौन-सी अज़ान के समय उनसे दूध दुहना चाहिए। कौन-सी अज़ान के समय कुनमुनाती इस ठंड में उन्हें घरों और छप्परों में बँधना है, तथा कौन-सी अज़ान के समय उन्हें इन घरों और छप्परों के दरवज्जों पर लटकी टाट की पल्लियों या पुआल की ओट से बाहर आना है।

अगर ढोर-डंगरों में इतनी समझ नहीं होती तो कैसे अस्र की अज़ान लगते ही गाय और भैंसें जुगाली करते हुए टकटकी लगाए, घरों के आते-जाते स्त्री-पुरुषों को आमंत्रित करती हैं कि आओ और हमारे थनों से दूध दुहो! यही तो आदमी और चौपायों में मूक समझौता है कि बग़ैर कुछ कहे-सुने दोनों एक-दूसरे की भाषा समझ लेते हैं। सानी करते समय न्यार में कम चून रह गया तो बड़ी ही आत्मीयता से भैंस मालिक को देखते ही सिर हिलाना शुरू कर देगी। थनों में दूध उतर आया है तो पूरे जिस्म को ढीला करके गाय और भैंस दोनों ही लाहस को छोड़कर खड़ी हो जाएँगी। इन पशुओं को इससे कोई मतलब नहीं कि आज छः दिसंबर है, या तीस नवंबर।

रोबड़ा ने सिर हिलाती भैंस को देखा तो वह समझ गया कि यह अब खाली बाल्टी लाने को कह रही है। रोबड़ा ने बाहर रखी बाल्टी को नाँद में भरे पानी से धोया और उसमें थोड़ा-सा पानी लेकर भैंस के नीचे बैठ गया। बाल्टी से चुल्लू में पानी लेकर थनों को धोते-धोते भैंस पाअस गई।

पाँच-साढ़े पाँच सेर पक्का दूध दुहकर रोबड़ा भैंस के नीचे से उठा और उसके पुट्ठे पर हाथ मारकर बाल्टी को अंदर रख आया। बाहर आते ही उसने तहमद से हाथों को पोंछा और सलेमी की ओर चला आया।

सलेमी बाहर ही दगड़े के पास खाट बिछाकर लेटा हुआ मिला।

रोबड़ा को देखते ही सलेमी ने पूछा, "रोबड़ा और सुनाए न..... कोई ऐसी-वैसी खबर तो ना है?"

"यार अभी तक तो सुन्ना में आई ना है, पर अभी कुछ ना कहो जाए।" रोबड़ा मूढ़ी सरकाते हुए बोला।

"वैसे रोबड़ा एक बात बताऊँ..... मोहे तो अभी भी डर लग रो है, बेसक आज को दिन बीतना में एकाध ही घंटा बचो है।" सलेमी ने धीरे-से फुसफुसाते हुए कहा।

"कहा मतलब?" चौंकते हुए रोबड़ा ने मूढ़ी सलेमी के और नज़दीक सरका ली।

"मैंने मनीराम का बँगला में या मारे ना बताई के हून् आधो-सो मुहल्ला बैठो हो..... खामखाँ सबका सब परेसान होता.... नहीं सही बात तो ई है कि इन मेवन् का छोरा-छापरान्ने मंदर में घुस के अच्छे ना करो है..... अरे, ऐसेई धूमसबाजी कर लेता पर मंदर में तोड़फोड़ करके इन्ने मुसीबत खड़ी कर ली है!"

"मैं समझो ना हूँ..... खुल के कह!" धड़कते हुए दिल से पूछा रोबड़ा ने।

"अन्यायी, मंदर में घुसणा सू ये हिंदू भी तो नाराज होंगा.... इन बेकूपन्ने मंदर में घुसणा सू पहले ई तो सोचनी ही के पीछे बणेगो कहा..... इन्ने वे दिन ना देखा हैं जो हमन्ने देखा हैं...... इन्ने कहा पतो के अजाप कहा होवे है..... खैऽऽर, लक्खण कुछ ठीक ना दीख रा हैं।" इतना कहकर सलेमी चुप हो गया।

रोबड़ा को सलेमी के तर्क में वज़न दीखा लेकिन जो हो चुका है, वह तो भुगतना ही पड़ेगा, अब चाहे अच्छा हो या बुरा।

"ये बाबू और सुभान खाँ ना दीखा हैं आज धेरे सू?" रोबड़ा ने चारों ओर देखते हुए अनायास ही पूछ लिया।

"यार, ये दोनू ही तो हा बीच खेत...... मैंने तो बाबू के खूब पणहा भी उड़ाई ही..... पर पतोई ना आज फिर कहाँन् मर रो है? बेटीचो' घुसो पड़ो होएगो हाजी असरप का तहमद में।" सलेमी ने ख़ुद ही सवाल करते हुए, ख़ुद ही जवाब दे दिया।

"सलेमी, तू बुरो तो मानेगो..... पर ये बाबू और सुभान खाँ जैसा या मुहल्ला और गाँओं की ऐसी-तैसी करवा के छोड़ँगा।"

"रोबड़ा, मैं तो ई कहूँ के अल्ला याहे ऐसी सजा देए जो मामा जिंदगी भर ना भूले।" सलेमी ने झल्लाते हुए कहा।

रोबड़ा कुछ नहीं बोला। बोले भी कैसे? किसी के बेटी-बेटा पर किसी का ज़ोर थोड़े ही चलता है।

तभी सलेमी और रोबड़ा ने देखा कि हुसैनदीन पाटोड़ की तरफ़ से लगभग भागा हुआ आ रहा है। इससे पहले कि वे दोनों कुछ पूछते, हुसैनदीन हाँफते हुए बोला, "ताऊ सलेमी, गजब होगोऽऽ....."

"कहा हुओ?" एकसाथ सलेमी और रोबड़ा के मुँह से निकला।

"भादस में ऊ मंदर है न सड़क के पै......."

"हाँ-हाँ, ऊ तो आरय समाज मंदर है।" रोबड़ा ने पूरा किया हाँफते हुए हुसैनदीन का वाक्य।

"वामें, मेवन्ने आग लगा दी है..... और ई भी सुन्ना में आई है के वाको जो ऊ आरय समाजी हो न ऊ भी जला दियो है।" किसी तरह हुसैनदीन ने अपनी बात पूरी की।

"रोबड़ा, अऽऽब होऽऽगो सत्यानास..... अगर वाड़ी सच्ची में ई आरय समाजी मरगो न, तो या इलाका में खून-खच्चर हुए बिना ना मानेगो..... अरे, धुप्पर लू तो हीन् मंदर में घुसगा और अब ऊ आरय समाज मंदर फूँक दियो..... अरे अल्ला, या इलाका ए या अजाप सू बचइयो!" सलेमी का पूरा जिस्म पत्ते की तरह काँपने लगा।

"हून् ई पुलस-वुलस ना ही कै?" रोबड़ा की ज़ुबान लड़खड़ाने लगी इस बार।

"सब ही पुलस-वुलस, पर ऊ तो चुपचाप तमासा देख री ही।" हुसैनदीन बोला।

"ना भई रोबड़ा, ई पुलस तो जाण-बूझ के या इलाका में आग लगवा री है। अन्यायी, मनीराम और हरसाय ए अगर पतो चलगी न तो जुलम हो जाएगो..... उनकी तो वैसेई हालत खराब हो री है।"

"सलेमी, ई तो वाकई कोई अजाप आ पड़ो है या इलाका पे?" रोबड़ा की आँखों में भय के डोरे तैरने लगे।

उनचास

सच पूछा जाए तो पूरा इलाक़ा धीरे-धीरे आग के दरिया की ओर बढ़ता जा रहा है। एक के बाद एक बुरी ख़बरों ने पूरे मेवात को झकझोर कर रख दिया। पूरी रात लोगों ने मकानों और घरों की छतों पर खड़े-खड़े बिताई। किसी भी तरह इस रात को स्याह होने से बचाने के लिए पपड़ाए होंठों से दुआओं और प्रार्थनाओं के शब्द झड़ते रहे। पौ फटने तक सभी जहाँ थे वहीं खड़े रहे। मजाल है किसी ने पलक तो झपकी हो।

पूरी रात कैसी-कैसी आशंकाओं और अनिश्चितताओं के बीच गुज़री, उसका बखान कोई नहीं कर सकता—न मनीराम, न रोबड़ा। न हरसाय, न नबी खाँ। न रुमाली, न रमजानो। न तरकीला, न रामदेई। कोई नहीं कह सकता कि पूरी रात उन्होंने कितने महीन धागे पर चल कर काटी है। कितनी बार रोबड़ा मनीराम या बुद्धन के पास गया, हिसाब रखना मुश्किल है। कितनी बार रमजानो रुमाली को तसल्ली बँधाने गई, यह ख़ुद रमजानो भी नहीं जानती है। कितनी बार तरकीला ने रामदेई के कंधे पर हाथ धरते हुए ढाढ़स बँधाया, यह तो बीती रात भी नहीं बता सकती।

कोई नहीं जानता कि पिछले कुछ घंटों के दौरान जिन धागों में आपसी मान-मनौव्वल के मणके पिरे हुए थे उनमें कितनी गाँठें लग चुकी हैं। यह भी कोई नहीं जानता कि आपसी सौहार्द के जिस दर्पण में सुबह से शाम तक सब एक-दूसरे को निहारते थे, उसके कितने टुकड़े हो चुके हैं। पूरी रात इन्हीं गाँठों को सुलझाने की कोशिश में और इन्हीं बिखरे हुए टुकड़ों को जोड़ने में बीत गई।

ओस से भीगी हुई सुबह ने जब धीरे-धीरे अपना चेहरा पोंछा तो हरेक देखने वाले को यह समझते देर नहीं लगी कि सुबह कितनी बेचैनी से, रात भर अपने होने का इंतज़ार करती रही है। मलिन चेहरों पर रात की नमी साफ़ देखी जा सकती है। जिन लोगों को भादस के आर्य समाज मंदिर के जलने और स्वामी रूपानंद सरस्वती अर्थात रूपराम सैनी, जो अपने आपको स्वामी दयानंद सरस्वती का अवतार मानता रहा है, के मरने का पता लग चुका है, उनके चेहरों पर भी

डर और अनिष्टता की छाया साफ़ देखी जा सकती है।

मनीराम भी उन्हीं में से एक है जिसे, सौभाग्य से कहें या दुर्भाग्य से, भादस के इस हादसे की ख़बर लग चुकी है। अगर सचमुच मनीराम के जी से पूछा जाए कि इस हादसे पर उसकी क्या प्रतिक्रिया है? तो मनीराम उन लोगों में से सबसे पहला व्यक्ति होगा जिसे इस तथाकथित स्वामी के ख़त्म होने पर सबसे अधिक ख़ुशी हुई है।

सवेरे-सवेरे सलेमी को इसी की सूचना देने तो आया है मनीराम कि शायद सलेमी को इसकी जानकारी न हो।

"सलेमी, तैने कुछ सुणी है?" आते ही पूछा मनीराम ने।

"कहा?" प्रत्युत्तर में उलटा धड़कते हुए दिल से चौंकते हुए पूछा सलेमी ने कि कहीं कुछ और तो नहीं हो गया।

"अरे, ऊ भादस में मंदर है न; सुणी है ऊ जला दियो है..... और साथ में ऊ स्वामी जी महाराज जो अपणे आप ए या इलाका के हिन्दून को बाप समझे हो, ऊ भी मार दियो है।" मनीराम ने एक ही साँस में कह डाला सब।

"ना तो, मैंने तो ना सुणी है या बारा में कुछ।" सलेमी ने जानबूझ कर चौंकने की मुद्रा बनाते हुए अनभिज्ञता प्रकट की।

"मोहे तो छोटेलाल ने अभी बताई ही ई बात..... चलो अच्छो हुओ, कटो कलेश...... कम सू कम एक मुसीबत सू तो पीछो छुटो या इलाका को..... अरे, रोजाना वा मंदर में बैठके इन मेवन्ने ऐसे गलियातो रहवे हो जैसे इन्ने वाकी भैंस खोल्ली होए......।" मनीराम ने लंबा साँस लेते हुए कहा।

"मनीराम, बावला भाई..... कलेश कटो ना है और बढ़गो है!" चिंतित होते हुए सलेमी बोला।

"कोई कलेश ना बढ़ो है..... दो-चार दिन में सारी राँडा-नपूती अपने आप खतम हो जाएगी.... वाके पीछे कम सू कम रोज गाली तो सुन्ना कू ना मिलेंगी......।" मनीराम ने हँसते हुए कहा।

"या बात ए तू कह रो है न मनीराम..... पर हम जैसान् लू तो ई कलेश ही है.....।"

अभी सलेमी कुछ और कहता कि छोटेलाल ने आकर मुस्कराते हुए बताया, "काका मनीराम, ऊ स्वामी महाराज मरो ना है, ऊ तो जिंदो है..... काई ने ऐसेई खबर उड़ा दी ही..... ऊ तो आज बड़कली पे देखो बतायो लोग-बागन्ने।"

'मर बेटीचो' कैसी खबर लायो है.....।" मनीराम ने छोटेलाल को लगभग डाँटते हुए कहा। थोड़ी देर पहले तक जिस ख़बर को सुनकर मनीराम का चेहरा खिल रहा था, इस ख़बर को सुनकर वही चेहरा मुरझा गया।

बेशक इस ख़बर को सुनकर मनीराम को ख़ुशी नहीं हुई लेकिन उस सलेमी से पूछो जिसकी शिराओं में जमा ख़ून एकाएक ठहाटा मारकर दौड़ पड़ा है। उसने

गहरी साँस छोड़ते हुए मन ही मन परवरदिगार का शुक्रिया अदा किया कि कम से कम इस अज़ाब से आधा छुटकारा तो मिल गया। उसने बोलकर न सही, पर मन ही मन छोटेलाल की उम्र-दराज़ के लिए ढेर सारी आशीषें दे डालीं कि उसने सुबह-सवेरे उसका ख़ून सूखने से बचा लिया। पता नहीं क्यों सलेमी को हर बार, ऐसे मौक़ों पर इस बेसहूरे, कुलखणे, सूगले-से दीखने वाले छोटेलाल में, जिसकी एड़ियों में सूखे पोखर की तली में पड़ी दरारों जैसी बिवाइयाँ हैं, जिसके सिर के सारे बाल मुसे हुए हैं और जिसकी देह से हमेशा गधे की लीद और मूत की बास आती रहती है, किसी अवतार या फ़रिश्ते का अक्स दिखाई देता है। सलेमी का जी चाहता है कि वापस जाते हुए इस छोटेलाल को लपक कर छाती से चिपटा ले।

शायद यह रात भर जागी उन सूनी आँखों, पपड़ाए होंठों और ख़ुश्क हो रहे हलक़ से निकली दुआओं और प्रार्थनाओं का ही परताप है कि कल शाम से अब तक किसी अप्रिय घटना की ख़बर नहीं आई है। चारों ओर मँडराती चीलों और गिद्धों के झुंड आज दिखाई नहीं दे रहे हैं। दिखाई तो कल भी नहीं दे रहे थे लेकिन हर मन के भीतर अनिष्टताओं और विनाश के न जाने कितने गिद्ध और कितनी चीलें सूने आकाश में उड़ती हुई महसूस हो रही थीं। सूरज के काले पहाड़ की देह को छूने तक ये गिद्ध-चीलें सबने उड़ती हुई देखी थीं, अपनी नंगी आँखों से।

लेकिन यह क्या? इससे पहले कि पूरा नगीना इन चीलों और गिद्धों को अपने मन और मस्तिष्क से हटा पाता कि देखते ही देखते चारों ओर आग की मानिंद यह ख़बर फैल गई कि अर्द्ध-सुरक्षा बलों की बख़्तरबंद गाड़ियों ने नगीना को चारों ओर से घेर लिया है तथा इससे पहले कि किसी की कुछ समझ में आता हर तरफ़ से स्त्रियों, बच्चों और पुरुषों की समवेत चीख़ें कानों में सुनाई देने लगीं। किसी की कुछ समझ में नहीं आ रहा है, सिवाय इसके कि भारी-भारी बूटों वाली ख़ाकी वर्दियाँ बंद किवाड़ों और साँकलों को तोड़ती हुई धड़ाधड़ अंदर घुसी आ रही हैं।

"ऐ जवान, इदर जितना भी ये लुंगी-तहमद वाला मिले..... स्साला सबको गाड़ी में डालो!" एक ख़ाकी वर्दी ने दूसरी ख़ाकी वर्दी को आदेश देते हुए कहा।

"ओ. के. सर!" दूसरी ख़ाकी वर्दी ने आदेश का पालन करते हुए तुरंत सैल्यूट मारते हुए कहा।

भड़ाक से चरमराकर धराशायी हो चुके किवाड़ से एक अजनबी ख़ाकी वर्दी को जबरन चौक में घुसता हुआ देखकर तरकीला की घिग्घी बँध गई। तरकीला ने इतना ख़ौफ़नाक मंज़र इससे पहले कभी ख़्वाब में भी नहीं देखा। इधर-उधर बेतरतीबी से छितरे हुए सामान पर जब-जब भारी बूटों की ठोकर लगती, तब-तब तरकीला की चीख़ गले में ही अटक कर रह जाती। कभी देगची हवा में उछलती हुई बाल्टी से टकरा जाती, तो कभी लुढ़कता हुआ ठेकना तबाक से भिड़ जाता।

कभी दूध औंटाने वाली हँडिया ठोकर खाते ही ख़रबूजे की तरह खिल जाती, तो कभी बिलोवणी भीत से टकरा कर भट्ट से बिखर जाती।

घर में अंदर कलेऊ कर रहे असलम ने माँ की घुटी-घुटी चीख़ सुनी तो वह लपक कर चौक में आया, किंतु इस ख़ौफ़नाक मंज़र को देखकर एक पल के लिए वह भी सहम गया और इससे पहले कि असलम की कुछ समझ में आता एक भारी-भरकम ताक़तवर हाथ का दबाव उसे अपनी गरदन पर महसूस हुआ। अगले ही पल असलम की गरदन भीतर घुस आई ख़ाकी वर्दी की गिरफ़्त में थी, "बोल बे, क्या नाम है तेरा?"

"अऽऽसलम!" असलम की आवाज़ जैसे हलक़ में ही घुट कर रह गई।

असलम ने पूरी ताक़त के साथ अपने आपको इस जकड़न से मुक्त करने की जैसे ही कोशिश की कि राइफ़ल की बट उसकी पीठ पर पड़ी। असलम बट के वार से बिलबिला कर रह गया।

"अरे ई अजाप कहान् सू आ पड़ोऽऽ.....!" तरकीला ने सिर पर पड़ी लूगड़ी के पल्लू को ठीक करते हुए ख़ाकी वर्दी से असलम को मुक्त कराने की जैसे ही गुहार की कि राइफ़ल वाला हाथ उसकी जाँघ पर पड़ा। तरकीला हारे में औंट रहे दूध की हँडिया पर गिरते-गिरते बची लेकिन तरकीला ने हिम्मत नहीं हारी। चौक से बाहर आने तक वह इस ख़ाकी वर्दी से लिपट-लिपट गई जो असलम की गरदन को नापता हुआ बाहर तक ले आया। एक बार तो वह उसके हाथ से झूल भी गई लेकिन तरकीला अपने असलम को मज़बूत पंजे से मुक्त कराने में विफल ही रही। हर बार राइफ़ल वाला हाथ तरकीला को किसी खिलौने की तरह एक ओर छिटका देता।

असलम को घसीटती हुई वह वर्दी बाहर तक ले आई। अपने पोते को सख़्त हाथों में छटपटाता देख सलेमी की आँखों में ख़ून उतर आया लेकिन वह चाहकर भी कुछ नहीं कर पाया।

"ऐ जवाऽऽन, उस स्साले को पकड़ो...... भाग न पाए!" पहली वाली वर्दी ने चिल्लाते हुए दूसरी वर्दी को एक बार फिर आदेश देते हुए कहा।

और इससे पहले कि डंडे को फाँदकर बासित भाग पाता, पूरी चपलता के साथ राइफ़ल की बट उसके टखने पर पड़ी। बासित किसी निर्जीव वस्तु की तरह गद्द से ज़मीन पर आ गिरा।

"स्साला, मंदिर को तोड़ता है!" इस बार ख़ाकी वर्दी ने बासित को टखनों के पास से पकड़ कर अपनी ओर खींचा, तो पैर के बजाय उसके हाथ में बासित का तहमद आ गया। अपनी इस विफलता पर ख़ाकी वर्दी भुनभुना उठी और मारे गुस्से के उसने बासित की जाँघ पर इतनी ज़ोर से ठोकर मारी कि बासित के मुँह से बस इतना ही निकला, "अरे अल्लऽऽऽ.....!"

"ऐ जवान, इस बहनचो' को भी गाड़ी में डालो!" उस ख़ाकी वर्दी ने बासित को

दूसरी ख़ाकी वर्दी की ओर धकेलते हुए कहा।

"अबे, तू क्या देखता है इदर..... स्साला, क्या नाम है तेरा?" एक तहमदधारी की गरदन को नापते हुए, आदेश देने वाली वर्दी ने ग़ुस्से से पूछा।

"बाबूजीऽऽ......छो....छोटेलाल!"

"अबे तो स्साला ये लुंगी क्यों लगाई हुई है..... खोल इसे अभी!"

वर्दी के डर के आगे छोटेलाल की धोती अपने आप ही खुलती चली गई। उसने धोती वहीं छोड़ी और कच्छे में ही दौड़ पड़ा घर की ओर।

पता नहीं यह कैसा अज़ाब आ पड़ा इस नगीना पर?

जिधर देखो बस बदहवास चेहरों को दबोचती हुई ख़ाकी वर्दियाँ ही वर्दियाँ दिखाई दे रही हैं। चारों ओर गिरते-पड़ते लोग ही नज़र आ रहे हैं और लोग भी कैसे सिर्फ़ एक ही समुदाय के। चारों तरफ़ से गाँव को ख़ाकी वर्दियों ने जैसे बींध दिया। इनके बीच से जो भी भागने में या किसी तरह निकलने में कामयाब हो जाता तो ये बख़्तरबंद गाड़ियों को लेकर सरसों, गेहूँ, जौ के खेतों से बीन-बीन कर उन्हें गाड़ियों में ला पटकते। जिस तरह दड़बों से भागने वाले मुर्गे-मुर्गियों की गरदनें पकड़-पकड़ कर बड़ी बेरहमी से दड़बे में डाल दिया जाता है, उसी तरह सैकड़ों तहमदधारियों को राइफ़ल की बटों, काले-काले भारी जूतों की ठोकरों और लात-घूँसों से मारते हुए बख़्तरबंद गाड़ियों में डालकर बड़कली की ओर रवाना किया जाता रहा। ये बख़्तरबंद गाड़ियाँ इन्हें भर-भर कर बड़कली से आगे कहाँ ले जा रही हैं— कोई नहीं जानता?

काला पहाड़ ऐसे ही बुरे समय में अपने डैने फैलाकर उन निरीहों को आश्रय देता है, जो उसकी ओर इसी आशा के साथ लपके हुए आते हैं। सच, अगर आज भी यह काला पहाड़ आश्रय प्रदान नहीं करता तो पता नहीं तब ये ख़ाकी वर्दियाँ और कितना ज़ुल्म ढातीं। इसकी घाटियों में आकर लगता है जैसे किसी भी तरह के आसेब की हवा पास नहीं फटकेगी। पता नहीं ऐसे कितने लोग हैं जिन्होंने भागकर बड़ी मुश्किल से इसमें आश्रय लिया है। बेरहम-ज़ालिम ख़ाकी वर्दियों से बचते-बचाते किसी तरह इस काले पहाड़ की बाँहों में गिरते-पड़ते लोग समा गए। यहाँ आकर लगता है मानो निश्‍चिंतता की ताज़ा हवा सुगंधहीन टेसुओं से चुहलबाजी करती घूम रही है।

देगची में हो रहे गरम पानी को आधी बाल्टी ठंडे पानी में उलट-पुलट कर उसे गुनगुना करते हुए, नबी खाँ ने कुर्ता निकाल कर अभी खूँटी पर टाँगा ही था कि एकसाथ दो वर्दियों को अपने डंडे से फाँदकर अंदर आता देख नबी खाँ अकबका गया।

"जवान, इस स्साले को भी डालो गाड़ी में।" नबी खाँ को धकियाते हुए एक वर्दी ने दूसरी से कहा।

"बट सर, आई थिंक दिस ओल्ड मैन......."

"डांट आर्ग्यू...... ओबे योअर ऑफ़ीसर्स.......!"

"ओ. के. सर!" इतना कह कर उस वर्दी ने मारे कुंठा के नबी खाँ को बाज़ुओं से इतनी बेरहमी से उठाया कि नबी खाँ की आँखों के आगे अँधेरा छा गया।

"बाबूजी, मैं भलो बूढ़ो आऽदमीऽ..... मेरीऽ बाऽत.....।" कमर से खुल आए तहमद को एक हाथ से खोंसते हुए नबी खाँ ने गुहार लगाई।

"चुब्बे स्साले..... पहले नहीं समझाते हो अपने लौंडों को..... अब बहनचो' बाबू जी-बाबूजी करता है।" पहली वर्दी ने गाली देते हुए कहा।

"बाबूजी, मेरी सुनोऽऽऽ तो......" इस बार ठोकर खाकर नबी खाँ गिरते-गिरते बचा।

नबी खाँ के पाँव के अँगूठे से ठोकर लगने से ख़ून रिसने लगा। उसने अधखुले तहमद के पल्लू से टपकते हुए ख़ून को पोंछा, तो तहमद का पूरा पल्लू ख़ून से भीग गया।

मनीराम, हरसाय, बुद्धन और छोटेलाल समेत पूरा मोहल्ला किवाड़ों की ओट से नबी खाँ को एक ख़ाकी वर्दी द्वारा धकिया कर ले जाते हुए असहाय-सा देखता रहा। चाहते हुए भी वे इस वर्दी से नबी खाँ को मुक्त नहीं कर पाए क्योंकि सब जानते हैं इस वर्दी का चरित्र।

बाहर सड़क पर खड़ी एक बख़्तरबंद गाड़ी में ज़बरन चढ़ाते हुए नबी खाँ का तहमद खुलकर नीचे आ गिरा। नबी खाँ एकदम मादर-ज़ाद नंगा हो गया। इधर-उधर खड़ी कई वर्दियाँ खीं-खीं करके हँस पड़ीं। एक वर्दी ने बेंत में तहमद को टाँगा और गाड़ी में चढ़ा चुके नबी खाँ को पकड़ा दिया।

छोटेलाल ने नबी खाँ को भी ले जाने की ख़बर सलेमी को सुनाई तो सुनते ही सलेमी अवाक् रह गया। छोटेलाल ने नबी खाँ और असलम के साथ-साथ और भी बहुत सारे बेक़सूरों को पकड़ कर ले जाने की सूचना जैसे ही सलेमी को दी कि सलेमी ने माथे पर हाथ मारते हुए कहा, "छोटेलाल, मोहे रह-रह के जाको डर हो आखिर वही बात होगी..... हाजी असरप, बाबू और सुभान खाँ जैसा तो साफ बचगा होंगा और मारा जारा हैं बिचारा नबी खाँ और असलम जैसा..... ठीक है बेटा या बुढ़ापा में ई दिन देखणो और बदो हो..... आज ऊ भी देख लियो।"

ख़ाकी वर्दी का यह तांडव लगभग ढाई-तीन घंटे चलता रहा। इन वर्दियों के लिए तो यह प्रक्रिया किसी आपरेशन का हिस्सा हो सकती है किंतु नबी खाँ, असलम, बासित और बहुत-से निर्दोषों के लिए यह किसी प्रलय से कम नहीं है। अंततः जब ख़ाकी वर्दियों को लगा कि इस इलाक़े के लिए इतना ही काफ़ी है तो जुह की अज़ान के आसपास नूह, भादस, नगीना, पुन्हाना, माँडीखेड़ा अर्थात जो-जो गाँव-खेड़े दिल्ली-अलवर मार्ग पर स्थित हैं, में कर्फ़्यू लगा दिया गया।

हुसैनदीन तो मारे डर के उसी दिन से न्यारवाले घर में छिपा बैठा है और रोबड़ा, वह मारे दहशत के खाट में पड़ा है। एक अजीब से सन्नाटे के बीच भारी-भारी बूटों की ठक्-ठक् दिन में भी इतनी ख़ौफ़नाक लग रही है जैसे काले पहाड़ की किसी शिला पर भारी घन पड़ रहा है।

जैसे-जैसे सूरज पच्छिम की ओर बढ़ने लगा वैसे-वैसे यह ख़ौफ़ और भी तेज़ी के साथ गैल-दगड़ों में पसरने लगा। अपरिचित ख़ाकी वर्दियों के चेहरे जैसे-जैसे सुरमई अँधेरे में घुलने लगे, वैसे-वैसे मकानों और घरों के दरवज्जों से लेकर खिड़की-मोखियों तक के मुँह कस कर बंद किए जाने लगे। दिन के समय इन वर्दियों ने जो डर सिर्फ़ एक ही समुदाय के भीतर भर दिया था, दिन छिपते ही वही डर पूरे नगीना के साथ-साथ पूरे इलाक़े में दौड़ने लगा।

दिसंबर की कँपकँपाती ठंड में पूरे नगीना की मारे डर के बत्तीसी भिंच गई।

जिन गैल-दगड़ों में पूँछ दबाए कुत्ते कुकियाते हुए बीच-बीच में भौंक उठते थे, वे भी मारे डर के पता नहीं कहाँ-कहाँ छिप गए? सलेमी को पिछले कुछ दिनों से रह-रह कर जो वहम निरंतर परेशान कर रहा था, अंततः वह आज सच साबित हो गया। कई बार उसे लगता था कि बाहर दगड़े में असंख्य पाँव दौड़ लगा रहे हैं—सचमुच आज वैसे ही पाँव इधर से उधर और उधर से इधर गश्त लगा रहे हैं। कभी-कभी उसे अपने कानों में भीत से चिपके होंठों से निकलने वाली जो खुसर-पुसर गजबजाती-सी लगती थी आज सचमुच वैसी ही खुसर-पुसर उसे साफ़ सुनाई दे रही है। पहले तो वह इस वहम से पैदा होने वाले डर को कम करने के लिए हारे में उपलों को सुलगा कर उनसे चिलम भर कर उसे गुड़गुड़ा भी लेता था, लेकिन आज जब मोटी दीवार के पार डर से ओत-प्रोत वही आकृतियाँ ठक्-ठक् करती हुई चक्कर काट रही हैं तब सलेमी की तलब भी पता नहीं कहाँ ग़ायब हो गई? चिलम में रखी ताज़ा आग से फैलने वाली सुर्ख़ी हालाँकि पौली में इस समय व्याप्त नहीं है लेकिन फिर भी सुर्ख़ गोला इधर से उधर उसे लुढ़कता हुआ साफ़ दिखाई दे रहा है।

पता नहीं घंटों में ख़त्म होने वाली रात आज कितनी लंबी हो गई है? फ़जर की अज़ान के स्वर आज पहली बार किसी के कानों में नहीं पड़े हैं। नहीं तो कम से कम फ़जर की अज़ान ही बता देती कि सुबह अभी बालिश्त भर दूर है किंतु आज बताने वाला कोई नहीं है। पिछली रात और नहीं तो कम से कम दहशतज़दा आँखें एक-दूसरे से बातें तो कर रही थीं किंतु आज सुरक्षा का यह कैसा आवरण है, जिसके पारदर्शी होने के बावजूद सब एक-दूसरे से कोसों दूर हैं? आज एक बार फिर कानों में जैन मंदिर के गुबंद पर टँगे लाउडस्पीकर से सुबह की उजास वेला में 'ऊपरवाला पासा फेंके, नीचे चलते दाँव / कहीं धूप, कहीं छाँव' और 'मुखड़ा देख रे प्राणी जरा दरपन में, पाप है कितना पुण्य है कितना / दुनिया के आँगन में' जैसे बोल नहीं पड़े। उन्हीं लाउडस्पीकरों के मुँह ख़ाकी वर्दी और काले बूटों के

ख़ौफ़ से बिंध गए, जिन लाउडस्पीकरों के मुँह से फ़जर के समय नींद में कुनमुनाते जिस्मों से अज़ान सरग़ोशी करते हुए कहती है—

हे सोने वालो!

नमाज़ नींद से बेहतर है।

जैसे-जैसे उदय होने से पहले सूरज अपने जिस्म से लालिमा को अपनी अंजुरि में भर-भर के पूरब में बिखेरता है, वैसे-वैसे परिंदों की चहचहाट तथा मुर्गों की बाँग और तेज़ सुनाई देने लगती है।

हालाँकि आधिकारिक तौर पर पूरे नगीना और आसपास के कुछ गाँवों में कर्फ़्यू लगा हुआ है किंतु देखने से बिलकुल नहीं लग रहा है कि कर्फ़्यू जैसी कोई बात है। उस दिन तो सुबह-सवेरे से ही ज़्यादातर ख़ाकी वर्दियाँ यह देखकर हैरान रह गई कि कर्फ़्यू के दौरान सामान्य दिनों की भाँति लोग दिशा-फ़ारिग के लिए तेज़ी से लपके हुए जा रहे हैं। शायद उन्हें नहीं मालूम कि कर्फ़्यू के दौरान गोली भी मारी जा सकती है!

एक जवान ने हँसते हुए दूसरे जवान से कहा भी, "लगता है इन लोगों ने कभी कर्फ़्यू देखा नहीं!"

दूसरा जवान सिर्फ़ मुस्करा कर रह गया।

जैसे-जैसे सूरज आसमान में चढ़ने लगा वैसे-वैसे घरों के बंद दरवज्जे और किवाड़ तेज़ी से खुलने लगे। भौंरी, रामदेई, हरदेई और रुमाली बाहर आकर खड़ी हो गई। उन्हें देखते ही एक वर्दी ने हड़काते हुए अंदर जाने को कहा भी लेकिन जब वे तीनों वहाँ से नहीं गई, तो एक अधिकारी उनके पास आकर बेहद विनम्रता के साथ बोला, "माताजी, आप लोग अंदर जाइए, आपको पता नहीं पूरे गाँव में कर्फ़्यू लगा हुआ है।"

भौंरी ने भी बेहद शाइस्तगी से उसी अंदाज़ में कहा, "बेटा, वा कलफूई ए तो देखण आई हैं हम..... बतइयो, ऊ कहाँ है?"

अधिकारी भौंरी के इस भोलेपन पर ज़ोर से हँसते बोला, "माताजी, वो कोई ऐसी चीज थोड़े ही है जो आपको नजर आएगी...... कोई बात नहीं आराम से खड़ी रहो।" इसके बाद इस अधिकारी ने सभी ख़ाकी वर्दियों को निर्देश जारी कर दिया कि गाँववालों को कोई परेशान नहीं करेगा। हाँ, स्थिति पर कड़ी नज़र रखी जाए।

वह अधिकारी मन ही मन देर तक मुस्कराता रहा यह सोचकर कि जिन लोगों को कर्फ़्यू का मतलब तक पता नहीं है वे भला साम्प्रदायिकता का क्या मतलब समझेंगे?

लगभग नौ बजे नबी खाँ को उसी तहमद में काँपता हुआ वापस आता देखा, तो मोहल्ले में घुसते ही चारों ओर से उसे सबने घेर लिया। पास में ही खड़ी एक

ख़ाकी वर्दी ने नबी खाँ को हड़काया तो मनीराम की भौंहें तन गईं, "बाबू जी, ई हमाराई मुहल्ला को है, चौधरी नबी खाँ।"

"इसी मोहल्ले का?" नबी खाँ को ऊपर से नीचे तक घूरते हुए उस ख़ाकी वर्दी ने पुष्टि करते हुए पूछा।

"जी, बाबू जी।" मनीराम ने अपनी दोसूती नबी खाँ पर डालते हुए जवाब दिया।

"इसका नाम?"

"याको नाम अभी बतायो तो है। चौधरी नबी खाँ और मेरो नाम है मनीराम।" इस बार मनीराम तमतमा गया यह सोचे-समझे बिना कि इसका नतीज़ा कुछ भी हो सकता है।

"इसका मतलबऽऽ......"

"....हाँ जी, ई मुसलमान है।" ख़ाकी वर्दी का अधूरा वाक्य मनीराम ने पूरा करते हुए कहा।

"ठीक है।" ख़ाकी वर्दी इस बार थोड़ा विनम्र होते हुए बोली। शायद उसको अपने अधिकारी का निर्देश याद आ गया।

मनीराम ने आज पहली बार नबी खाँ के लिए 'मुसलमान' शब्द का इस्तेमाल किया है। 'मेव' शब्द को जानकर ख़ाकी वर्दी लेती भी क्या! इस शब्द के साथ-साथ हो सकता था पूरा इतिहास भी बताना पड़ता उसे। ठंड से काँपते हुए नबी खाँ के दाँत बजने लगे। मनीराम ने तुरंत अँगीठी में ढेर सारा ईंधन डाला और उसे जला दिया। दोसूती और अँगीठी की मिली-जुली गरमी से पूरे जिस्म में जैसे जान आ गई। नबी खाँ को लगने लगा थोड़ी देर पहले तक जम रहा ख़ून पिघल कर धीरे-धीरे फिर से दौड़ने लगा है।

इस बीच रुमाली एक कप गरमा-गरम चाय ले आई। सचमुच अपनत्व से भीगी अँगुलियों की चाय पीकर पल भर के लिए नबी खाँ पूरे जहान को भूल गया। थोड़ी देर पहले तक जिस प्रताड़ना और उत्पीड़न से अपमानित नबी खाँ के भीतर नफ़रत की छोटी-छोटी चिंगारियाँ फूट रही थीं, देखते ही देखते वे पता नहीं कब बुझ गईं?

मनीराम और नबी खाँ के बीच संवादों के सेतु जैसे भरभरा कर ढह गए। नबी खाँ की आँखों में ख़ौफ़ और अपमान के ककहरे मनीराम को साफ़ नज़र आ रहे हैं। नबी खाँ की मनःस्थिति को भाँपकर मनीराम ने वहाँ खड़े लोगों को इशारे से चले जाने को कहा, तो एक-एक करके सब वहाँ से एक ओर हो गए।

बस, नबी खाँ, मनीराम और रुमाली ही रह गए मनीराम के बँगले में।

तभी उन्होंने देखा कि बाहर बिसंभर सन्नार्थी अर्थात वही बिसंभर दयाल मेहता, जिसके माँ-बाप विभाजन के समय पाकिस्तान के मुल्तान प्रांत से हरियाणा के दक्षिण में बसे इस मेवात में शरणार्थी की हैसियत से आए थे, दो लड़कों के साथ आया जिनके सिर पर बड़े-बड़े एल्यूमीनियम के भगोने रखे हैं। भगोनों को सिर से

उतरवाते हुए बिसंभर सन्नार्थी मनीराम के चौतरे पर बैठी चार-पाँच ख़ाकी वर्दियों से बोला, "चौस्साब, लो नास्ता करो......।" दोनों लड़कों में से एक को आदेश देते हुए वह फिर बोला, "ला बेटे, नास्ता दो चौस्साबों को!"

तब तक मनीराम भी बाहर आ गया।

"चौस्साब, ये हमारे इलाके की मसहूर मिठाई है, इसे गाजर का हलुआ कहा जाता है...... हमारे सरपंच साब ने आप लोगों के लिए इसे इस्पेसल बनवाया है।" कहते हुए बिसंभर सन्नार्थी ने बड़ी-बड़ी प्लेटों में गरम-गरम ताज़ा हलुआ डालकर एक-एक कर ख़ाकी वर्दियों की ओर बढ़ा दिया।

"गुड, तुमारा सरपंच तो बोत अच्छा आदमी हैं, वैरी गुंड......!" गरमा-गरम हलुए को मुँह में डालते हुए एक वर्दी ने कहा।

मनीराम के पूरे जिस्म में आग लगती चली गई। उसने कुछ नहीं कहा। जैसे बाहर आया था वैसे ही अंदर चला गया। नबी खाँ ने बिसंभर सन्नार्थी के दोनों संवाद सुन लिए थे।

"मनीराम, याहे कहवे हैं कटा पे नून छिड़कनो..... अन्यायी, हमारे ऊपर तो कहर बरस रो है और तिहारो सरपंच इन फौजीन् लू हलवा खवा रो है।" नबी खाँ ने आहत होते हुए कहा। उसी नबी खाँ ने आज 'हमारा' की बजाय 'तिहारा' शब्द का इस्तेमाल किया, जो हमेशा से इस मानक सरपंच का मुरीद रहा है।

"नबी खाँ, मैं सब देख रो हूँ।" मनीराम सिर्फ़ इतना कहकर चुप हो गया।

नबी खाँ को समझते देर नहीं लगी।

पूरी गाँठें पल भर में उसकी आँखों के आगे खुलती चली गई कि क्यों इन ख़ाकी वर्दियों ने सिर्फ़ तहमदधारियों को ही चुना? जिन वटों को वह महज वटें समझे बैठा था वे धीरे-धीरे अब खुलती जा रही हैं। उसकी समझ में डॉक्टर शफ़ीक़ के प्रतिनिधित्व में जामा मस्जिद के इमाम के पास जाने वाले प्रतिनिधि मंडल की सार्थकता और औचित्य अब समझ में आ रहा है कि अगर इस इलाक़े में सी. आर. पी. एफ. कैंप स्थापित हो जाएगा, तब इन बिसंभर सन्नार्थी जैसे लोगों की क्या हालत होगी?

इसके बाद हालात इतनी तेज़ी से सामान्य होते चले गए कि दो दिन बाद ही ज़्यादातर क़स्बों से दिन का कर्फ़्यू उठा लिया गया। सेना का फ़्लैग मार्च रुकवा दिया गया और दिन में बस सेवा पुनः बहाल कर दी गई। एक बार फिर पूरे इलाक़े से डर और आशंकाओं के बादल छँटने शुरू हो गए। गोहरवाली और बाज़ार में सौदे-सुलफ़ की ख़रीद-फ़रोख़्त फिर शुरू हो गई। जुम्मा मनिहार का तख़्त खाली हो चुकी कलाइयों से एक बार फिर सराबोर हो उठा। स्वामी रूपानंद सरस्वती अर्थात अपने आपको स्वामी दयानंद सरस्वती का अवतार घोषित करने वाले रूपराम सैनी को अब दो सुरक्षा गार्ड और मिल गए। सरकार की ओर से एक के

बाद एक क्षतिग्रस्त पूजा-स्थलों के उद्धार हेतु सहयोग राशि देने की घोषणाएँ शुरू हो गईं। उसी चौधरी करीम हुसैन ने सब कुछ ख़त्म हो जाने के बाद इलाक़े के अल्पसंख्यकों की सुरक्षा का ज़िम्मा यह सोचकर अपने ऊपर ले लिया कि शायद चौधरी मुर्शीद अहमद की हिंदू वोट अगले चुनावों में उसे मिल जाएँ! लेकिन उस तरकीला को क्या मिला जिसके इकलौते बेटे को ख़ाकी वर्दियों से अभी तक मुक्ति नहीं मिली है? उस सलेमी को क्या मिला जिसके जोड़ों में दर्द होने के बावजूद रात-दिन बस मनीराम, हरसाय, बुद्धन और छोटेलाल की सलामती के लिए दुआएँ माँगते-माँगते होंठ पपड़ा गए हैं? उस नबी खाँ को क्या मिला जिसे पूरे मोहल्ले की आँखों के आगे प्रताड़ित करके ले जाया गया और जिसके होंठ और जिस्म से रह-रहकर ख़ून चूता रहा?

लगभग एक सप्ताह बाद असलम और बासित जब वापस लौट कर आए तो उनकी हालत देखकर पूरे मोहल्ले का कलेजा मुँह को आने लगा। तरकीला से तो असलम की हालत देखी ही नहीं गई। असलम और बासित की आँखों से ख़ौफ़ और नफ़रत के क़तरे रह-रह कर टपकने लगे।

सलेमी ने दोनों की हालत देखी तो देखते ही उसकी आँखों में ख़ून उतर आया। मारे विक्षोभ और ग़ुस्से के आँखें जलने लगीं लेकिन वह कहे किससे? अपने भीतर धधक रहे लावे को वह कैसे ठंडा करे? सलेमी की हड्डियाँ तपने लगीं दोनों की हालत देखकर।

असलम के तलुओं, टखनों और ताज़ा-ताज़ा रंदा की गई सागवान की मोटी लकड़ी जैसी सुर्ख़ पिंडलियों की सूजन देखकर, वहाँ खड़े पूरे चौधरी मोहल्ले के भीतर रह-रह कर सनसनाहट-सी दौड़ जाती। असलम आते ही माँ से लिपट गया। आँखों से रह-रहकर बह रहे आँसुओं के सिवाय उससे कुछ नहीं बोला गया। वह जब भी कुछ कहने की कोशिश करता, शब्द मानो हलक़ में आकर अटक जाते।

बेटे की हालत देखकर पथराई आँखों से तरकीला ने पास खड़े बाबू की ओर देखा, तो बाबू से आँखें मिलते ही तरकीला के भीतर उबल रहा लावा आख़िर बाहर आ ही फूटा।

"अब तो राजी है ढेड...... मेरा लाल का हड्डन्ने तुड़वा के अब तो तेरा कलेजा में ठंडक पड़गी होएगी......!"

लेकिन बाबू ने कुछ नहीं कहा। बस निर्लिप्त भाव से चुपचाप खड़ा वहाँ जमा भीड़ को देखता रहा।

"अरी, अब छोड़...... मोहे तो पहलेई जँच री ही के काई को अजाप, काई और के सिर आके पड़ेगो......।" सलेमी ने लंबा साँस भरते हुए कहा।

असलम की आँखों में जब भी कोई झाँकने की कोशिश करता तब उसे उनमें सिर्फ़ बर्बरता तथा भय के अलफ़-नंगे चित्र ही दिखाई देते।

असलम और बासित की हालत देखकर नबी खाँ से रुका नहीं गया। आँखों में इकट्ठे हो आए छोटे-छोटे सरोवरों की बाढ़ को रोकते हुए आख़िर कह ही दिया, "मनीराऽऽम, अब तो सिरकार भी तिहारी है और पुलस भी तिहारी है..... हमारो भी या मुलक में कोई होतो तो आज ये दिन ना देखना पड़ता......।"

"नबी खाँ, काँई कू कायल करे है यार...... सब कुछ तिहारोई है।" मनीराम ने नबी खाँ को तसल्ली बँधाते हुए कहा।

"चोखो मनीराम, जैसी तिहारी मरजी..... अरेऽऽ, हम जाए अपणो मुलक समझे बैठा हैं....... वामें हमारी मुहाजरन् सू भी बुरी हालत हुई पड़ी है...... हम सू तो बढ़िया ऊ बिसंबर सन्नार्थी है जो पाकस्तान में सब कुछ लुटा-पिटा के भी हम सू चोखी गुजर-बसर कर रो है। अरे, वाके लेके तो अपणो मुलक छूटो ना छूटो दोनू बराबर है।" नबी खाँ ने अपनी व्यथा प्रकट करते हुए कहा।

"मनीराम, मोहे भी अब लग रो है के पाकस्तान ना जाके हमन्ने कितनी बड़ी गलती करी है...... अच्छो होतो अगर हम भी वा बखत पाकस्तान चला जाता...... पतो ना ऊपरवाला ने वाई बखत ऊ गाँधी या इलाका में काँई लू भेज दियो..... ऊ थोड़ा-सा दिन और रुक जातो तो वाको कहा बिगड़ जातो..... अरे, ऊ तो हमन्ने याँ फँसा के अल्ला कू प्यारो होगो और भुगत रा हैं हम......।" सलेमी ने अंततः अपने भीतर धधक रहे लावे को उगल ही दिया।

"वैसे वा बखत गाँधी ने बुरी तो ना सोची ही..... अब बखत को कोई पतो थोड़ी चले है.....।" बुद्धन ने सलेमी के घाव पर मरहम लगाने की कोशिश करते हुए कहा।

"बुद्धन, बस वा बखत हमारी अकल पे पत्थर पड़ ही गो..... नहीं आज ये दिन ना देखना पड़ता।" एक तरह से नबी खाँ प्रायश्चित भाव से बोला।

"सही कह रो है नबी खाँ..... मेरी भी आँखन् पे जो पट्टी बँध री ही, आज खुलगी है..... अरे, कम सू कम पाकस्तान में ई जलालत तो ना भुगतनी पड़ती जो आज हमन्ने या मुलक में भुगतनी पड़ री है.... खैऽऽर..... जो होगी सो होगी, अब लकीर पीटना सू कहा फायदो.....।" सलेमी ने आख़िरकार वक़्त और परिस्थितियों से मानो समझौता करते हुए कहा।

मनीराम और बुद्धन की ज़ुबान तो जैसे तालू से चिपक गई।

सलेमी और नबी खाँ के इस प्रायश्चित का उनके पास कोई जवाब नहीं है। होता भी कैसे, मनीराम भी तो तीस नवंबर की घटना पर गाँधी के घासेड़ा आगमन को बेमानी बता चुका है। ऐसे हालात में सलेमी, नबी खाँ या कोई और होता वह भी शायद यही कहता।

इस घटना के बाद सलेमी काठ की मानिंद हो गया, एकदम निस्पंद।

जिन जोड़ों के दर्द से वह पिछले कई महीनों से रह-रहकर परेशान था, उसे

भी वह जैसे भूल गया—भला जोड़ों का दर्द उस दर्द से बड़ा थोड़े ही है, जो उसे घुन की तरह भीतर ही भीतर खोखला किए जा रहा है।

गोयल डॉक्टर ने एकाध बार नबी खाँ के हाथों दवाई भिजवाई तो एकाध बार मनीराम के। कभी छोटेलाल के हाथों भेजी तो कभी हुसैनदीन के लेकिन सलेमी ने दवाई न लेने की क़सम खा ली जैसे। इस दर्द से तो वह एक दिन छुटकारा पा भी लेगा लेकिन उस दर्द का क्या होगा, जिसकी दवाई न तो किसी डॉक्टर के पास है न किसी हकीम के?

धीरे-धीरे जोड़ों के इस दर्द का सलेमी जैसे आदी हो गया। वह कब शुरू होता है और कब ख़त्म हो जाता है, उसे इसका अब जैसे भान ही नहीं होता है। बस, पौली में लेटे-लेटे पूरे दिन या तो वह छान में पुरे हुए मकड़ी के जालों को देखता रहता है, या फिर खूँटी पर टँगी लालटेन की स्याह चिमनी को। उसी चिमनी को जिसके जिस्म पर यदि उसे थोड़ी-सी भी कालिख नज़र आ जाती थी, तो वह तुरंत उसे राख़ से माँज कर एकदम साफ़ कर देता था। उसी चिमनी को वह अब देर तक टकटकी लगाए देखता रहता है जिसकी भीतरी परत पूरी तरह स्याह हो चुकी है। उसे ख़ुद भी अब याद नहीं है कि पिछली बार उसने इस चिमनी को कब साफ़ किया था?

पचास

बनवारी का बस नहीं चला वरना वह कब का उड़कर नगीना पहुँच चुका होता। हालाँकि तन से वह सड़क पर पूरी गति से भागती हुई बस में बैठा हुआ है लेकिन मन से वह नगीना में है। कभी वह चौधरी मोहल्ले के राख़ हो चुके घरों-मकानों के भीतर-बाहर जले-अधजले जिस्मों से रह-रहकर उठ रही चिरायंध के बीच से अपने चिर-परिचितों को पहचानने की कोशिश करता है और कभी वह अपने उस मोहल्ले को पहचानने की कोशिश करता है, जिसकी देह पर वैमनस्य और आपसी संदेह के मोटे-मोटे फफोले उग आए हैं। बग़ल में बैठा छोटका उससे क्या-क्या कहता रहा, उसे नहीं मालूम। कान के पर्दों से तो बस रह-रहकर बच्चों और महिलाओं की चीख़ें और क्रंदन के अस्फुट शब्द ही टकरा रहे हैं। बस जैसे-जैसे रेवासन को पार करने के बाद घासेड़ा के नज़दीक पहुँचने लगी कि बनवारी की आँखें तेज़-तेज़ चलने लगीं। बस के घासेड़ा के एकदम पास पहुँचते ही तो बनवारी को लगने लगा कि अगर उसने अपने आप पर नियंत्रण नहीं रखा, तो उसकी शिराओं में तेज़ी से दौड़ता हुआ लहू फूट कर बाहर आ जाएगा। काग़ज़ के असंख्य पन्नों पर गाँधी के अनेक रंग-बिरंगे चित्र उसकी आँखों के आगे जीवित हो उठे। थोड़ी देर बाद उसी घासेड़ा में बस प्रवेश करने वाली है, जहाँ विभाजन

के समय गाँधी ने बीच सड़क पर लेटकर पाकिस्तान जा रहे लोगों को रोक लिया था। बनवारी के नथुनों से गरम-गरम साँसें ऐसे निकलने लगीं मानो किसी जलती हुई भट्टी से निकल रही हैं।

गाँधी की शक्ल याद आते ही बनवारी का चेहरा एकाएक खिंचता चला गया। मन ही मन उसने गाँधी को पता नहीं कितनी मलामतें दे डालीं लेकिन जैसे ही बस घासेड़ा में प्रविष्ट हुई कि बस की पूरी खिड़की खोलकर जहाँ तक उसकी निगाह गई, उसने वहाँ तक अनिष्टताओं के धब्बों को खोजने की कोशिश की किंतु उसे ये धब्बे कहीं भी दिखाई नहीं दिए।

घासेड़ा पार करते ही बनवारी ने आँखें बंद कीं और कई बार लंबे-लंबे साँस खींचे। वही घासेड़ा, जहाँ कभी गाँधी आए थे बिलकुल वैसा ही है जैसा वह पिछली बार यहाँ से गुज़रते हुए छोड़कर गया था। जगह-जगह सड़क के दोनों ओर बनी छोटी-छोटी दुकानें। इधर से उधर आते-जाते हारे-थके, लस्त-पस्त जिस्म। दाएँ ओर बनी महजत तथा उसके बाद थोड़ा-सा आगे जाकर वही जोहड़, जिसमें आठ-दस जुगाली करती भैंसों के अलावा चार-पाँच नंग-धड़ंग बच्चे दीन-दुनिया से बेख़बर बार-बार गुपची लगा रहे हैं।

हालाँकि धड़कनें काफ़ी हद तक कम हो गई हैं लेकिन बस जैसे-जैसे नूह के नज़दीक पहुँचने लगी, धड़कनें पूर्व की तरह पुनः तेज़ होने लगीं। नूह की आधुनिक क़िस्म की कई विशाल इमारतों को दूर से ही देखकर बनवारी घासेड़ा की तरह उन पर लगे उन्हीं धब्बों को ढूँढ़ने की एक बार फिर कोशिश करता है। किंतु बस जैसे ही नूह बस-अड्डे पर रुकी कि पानी से भरे शीशे और स्टील के गिलासों को हाथ में लटकाए पानी पिलाने वाले, तथा लकड़ी के हत्थों में जड़े छोटे-बड़े चाकू बेचने वाले कई लड़के एक साथ बस में चढ़ आए।

बनवारी अकबकाते हुए जैसे सोते से जागा।

आने-जाने वाली बसों के रुकते ही उनकी ओर बेतहाशा भागती भीड़, सड़क के दोनों ओर खड़े केला, संतरा, सेब से लेकर बुंदा, चुटीला और अन्य बिसाती सामानों से सुसज्जित खोखे और रहड़ियाँ यथावत् हैं।

बनवारी ने बस में चढ़ आए चाकू बेचने वाले एक लड़के को इशारे से अपने पास बुलाया और उससे चाकू दिखाने के लिए कहा।

लड़के ने तुरंत बिना एक पल गँवाए गोल सरिए में पिरोए हुए चाकुओं में से एक मध्यम आकार का बेहद साफ़-सुथरा चाकू निकाला और उसे स्वयं ही खोलकर बनवारी की ओर बढ़ा दिया।

बनवारी ने खुले हुए चाकू को पहले बेहद बारीकी से देखा और फिर उसकी धार को अँगुलियों के पोरों से परखते हुए बोला, "हाँ रे, चाकू अच्छा तो है?"

"बाऊजी, एकदम रेती का बना हुआ है..... ये देखो!" लड़के ने चाकू को बनवारी के हाथ से लिया और उसे घुमा-फिराकर दिखाते हुए बोला।

"यार सुना है आजकल ये रेती के बजाय पत्तियों के बनने लगे हैं?" बनवारी ने चाकू को लड़के के हाथ से वापस लेते हुए पूछा।

"बाऊजी, आप भी कैसी बात कर्रे हैं..... किसने बहका दिया आपको के नोह में पत्तियों के चाकू बनते हैं.....।" लड़के ने एक बार फिर बनवारी के हाथ से चाकू लिया और उसे इस अंदाज़ में बंद कर दिया कि कहीं चाकू ख़रीदने वाले इस बाऊ को पता न चल जाए कि यह सचमुच ही पत्ती का बना हुआ है।

"हाँ यार, मैंने ऐसाई सुना है कि नूह में रेती के चाकू पहले बनते थे लेकिन अब......"

"हे त्तेरे की! बाऊजी आपको जरूर किसी ने गलत बताया है...... नोह के चाकू तो बाऊजी पूरे हिंदस्तान में मसूर हैं..... ये तो पाकस्तान तक सप्लाई होते हैं बाऊजी.... और फिर मैं कोई आपसे झूठ थोड़ेई बोल रा हूँ...... बाऊजी!"

लड़के की अनुभवी आँखों ने भाँप लिया कि मुर्गी हलाल तो होगी लेकिन पहले थोड़ा-सा परेशान करेगी।

"...... बाऊऽऽजी, ये नोह के चाकू हैं, नोह के...... कसम से एक बार ले गए न तो बार-बार याद करोगे कि क्या चाकू लिया है।"

चाकूवाले लड़के के 'क्या' शब्द में निहित अर्थ का अर्क़ निचोड़ना बनवारी के लिए इस समय थोड़ा मुश्किल हो गया कि इस 'क्या' में व्यंग्य छिपा है, या चाकू की विश्वसनीयता?

बनवारी को भी जँच गया कि लड़का कम घिसा हुआ नहीं है।

"अच्छा कितने का है?" बनवारी ने आख़िरकार दाम पूछ ही लिया।

"बाऊजी, सिरफ तीन रुपे का..... बाऊजी कितने निकाल दूँ?" लड़के ने तुरंत अगले ही पल पूछा।

"बस, एक ही दे दे..... यार घर में साग-भाजी काटने के काम आ जाएगा।"

इसके बाद बनवारी ने जेब से पैसे निकाले और लड़के को देकर चाकू जेब में रख लिया। चाकू देने के बाद चाकूवाला लड़का वहाँ से तीर हो लिया– इस डर से कि कहीं यह बाऊ फिर से न पूछ ले कि सचमुच चाकू रेती का बना हुआ है, या पत्ती का! चाकूवाला लड़का इधर-उधर खड़ी सवारियों के बीच से बेहद सफ़ाई के साथ आड़ा-तिरछा होता हुआ अभी बस से उतरा ही होगा कि बस चल पड़ी।

बस के चलते ही बाहर खड़े चाकूवाले लड़के और बनवारी की आँखें एक-दूसरे से आपस में इस अंदाज़ में टकराईं कि जैसे चाकूवाला लड़का बनवारी से पल भर में यह कह गया कि बाऊजी, चाकू तो पत्ती का ही है, और मुस्कराते हुए बनवारी यह कह गया कि मैं भी यह अच्छी तरह जानता हूँ कि चाकू पत्ती का ही बना हुआ है। लेकिन बनवारी ने इसे क्यों ख़रीद लिया और चाकूवाले लड़के ने क्यों ख़रीदवा दिया–यह तो वे दोनों भी नहीं जानते।

पूरे रास्ते दखनी, देसी कीकर, सफ़ेदा, सिरस और अन्य पेड़-पौधों की सघनता तथा विरलता को चीरती हुई बस की खिड़की से जितने भी गाँव-खेड़े नज़र आए सबको बनवारी ने बहुत बारीकी से देखा। जगह-जगह सड़क के नाकों पर वाहनों के इंतज़ार में खड़े यात्री, विपरीत दिशा से आने वाले वाहन का पलक झपकते ही पास से गुज़र जाने तथा सड़क के किनारे खड़े रूखों, बिजली व टेलिफोन के तारों को अपने कंधों पर लादे खम्बों के सर्र से पीछे भाग जाने के बीच, बस भादस के डाँडे में कब प्रवेश कर गई, इसका उसे पता ही नहीं चलता अगर अगली सीट पर बैठे यात्री के शब्द उसके कानों में नहीं पड़ते। उसे तो रह-रहकर ऐसा लग रहा है जैसे बस तारकोल से पुती सड़क पर नहीं बल्कि खम्बों को एक-दूसरे से जोड़ने वाले तारों पर दौड़ी हुई जा रही है।

"यही है वह भादस गाँव जहाँ मेवों ने सात दिसंबर को आर्य समाज मंदिर फूँक दिया था।" अगली सीट पर बैठा यात्री अपने सहयात्री को चुपचाप धीरे-से बता रहा है।

सुनते ही बनवारी की धड़कनें तेज़ हो गई।

जब तक वह खिड़की से गर्दन बाहर निकाल कर देखता, तब तक बस तेज़ी के साथ आर्य समाज मंदिर के बग़ल से गुज़र गई। बनवारी की आँखों को जितना देखना था, उतना देख लिया। बनवारी की साँसें जैसे एक बार फिर उखड़ने लगीं। उसकी आँखों के आगे जैसे अँधेरा छा गया और अवचेतन में एक बार फिर गाँधी के चित्र सजीव हो उठे। मस्तिष्क में चिंगारियों के छोटे-छोटे बल्ब जलने-बुझने लगे। आर्य समाज मंदिर के अगले हिस्से को आग से ध्वस्त हुआ देखकर उसकी मुट्ठियाँ भिंचने लगीं। एक बार फिर वह चौधरी मोहल्ले और उसके आसपास राख़ के ढेर में तब्दील हो चुके घरों-मकानों से आ रही जले-अधजले जिस्मों की चिरायंध के बीच पहुँच गया। बस, इतना ग़नीमत था कि पूरी गति से भागती हुई बस में वह चीख़ा नहीं।

बड़कली के नज़दीक आते-आते बनवारी ने अपने आपको काफ़ी हद तक संयत कर लिया। साथ में उतरने वाले अन्य यात्रियों और छोटका को अहसास न हो कि उसके भीतर क्या-क्या चटख रहा है, इसलिए उसने चेहरा एकदम तनावरहित और निर्विकार बना लिया। बस से उतरने के बाद उसने ख़ुद महसूस किया कि बस से उतरने से पहले उसके भीतर जो तूफ़ान मरोड़े ले रहा था वह अब काफ़ी हद तक शांत हो चुका है।

बस से उतरते ही बनवारी एक ही नज़र में पूरी बड़कली को निरख गया। अटैची और केले-संतरों से भरे थैले को उसने छोटका को दिया और ख़ुद बड़कली पर यह कहते हुए रुक गया, "छोटका, तू चल मैं अभी आरो हूँ।"

छोटका को घर भेजने के बाद बनवारी ने दीर्घ निःश्वास खींचा और वहीं एक तरफ़ खड़ा हो गया।

वह देर तक बड़कली के एक-एक हिस्से को देखता रहा। उसे याद नहीं है कि

इससे पहले उसने कभी इस बड़कली को इतना नज़दीक से देखा है। अपने सिर के ऊपर तनी उस विशाल इमारत को बनवारी ने अपनी आँखों से बेहद आत्मीयता के साथ छू कर देखा, जो अब लगभग एकदम अकेली और निस्सहाय खड़ी है। इसी इमारत के अगले हिस्से के छज्जे पर उत्कीर्ण 'रामनगर' को पहली बार उसने ग़ौर से देखा।

इस रामनगर शब्द को पढ़कर धीरे-धीरे उसे याद आने लगा कि इस जगह का कोई विधिवत् नाम न होने के कारण, इस इमारत पर यह 'रामनगर' लिखा गया था। भला बड़कली भी कोई नाम हुआ। बनवारी को इस संदर्भ में स्मरण हो आया कि अलवर की तरफ़ जाने वाली सड़क के दाहिने ओर खड़े विशाल बड़ के कारण इसका नाम बड़कली रख दिया गया। हालाँकि आज वह बड़ तो नहीं है किंतु इस जगह को आज भी पूरा इलाक़ा बड़कली के नाम से ही जानता और पुकारता है।

इसी निस्संग, निस्सहाय और अकेली इमारत के एक-एक हिस्से को बनवारी ने जी भर के निहारा और जब उसे पक्का यक़ीन हो गया कि रामनगर के रूप में बसाई गई इस इमारत को खरोंच तक नहीं आई है, तब उसने मन ही मन दादाखानू का सुमरन करते हुए उसके प्रति आभार व्यक्त किया। आज से कई महीना पहले वह जैसा इस बड़कली को छोड़कर गया था, आज उसे उसी रूप में देखकर पता नहीं कितनी देर तक वह इसे निरखता रहा।

इसके बाद उसने वहीं खड़े-खड़े उन चेहरों को ग़ौर से देखा, जो इससे पहले भी प्रायः इस बड़कली पर दीखते रहे हैं। वही रिक्शा खींचने वाले उम्र से पहले बुढ़ा गए चेहरे। आसपास की दुकानों पर अपने-अपने हिल्ले-सिर लगे हुए वही लस्त-पस्त जिस्म। मुद्दत से सड़क के किनारे लगने वाले बसंता और दौलत चमार के ठिए—सब पहले की तरह हैं। न तो रिक्शा खींचने वाले उम्र से पहले बुढ़ा गए चेहरों पर किसी तरह के खरोंच के चिह्न नज़र आ रहे हैं, और न ही ख़रीद-फ़रोख़्त करने वालों से लेकर बसों के इंतज़ार में खड़े यात्रियों के चेहरों पर। न तो बसंता के हाथ में थमी राँपी से चीरते हुए चाम में कोई शिथिलता दिखाई दे रही है, और न ही दौलत द्वारा सूत को मोम से चिकना बनाने वाले हाथों की गति में कोई कमी नज़र आ रही है।

पूरी बड़कली को जैसा वह साँस लेता हुआ छोड़कर गया था, उसी तरह वह अभी भी साँस ले रही है। बनवारी को लगा जैसे थोड़ी ही देर में उसका जिस्म रूई की तरह हलका हो गया है।

इसके बाद बनवारी उस रिक्शे की ओर गया जिसे खींचने वाला और कोई नहीं वही गफ़ूर है, जिसकी कमर वक़्त और ग़रीबी, दोनों ने मिलकर पैंतीस की उम्र तक आते-आते कमान की तरह बना दी है।

गफ़ूर ने बनवारी को पहचानने में पल भर की भी देरी नहीं की। ग़फ़ूर की

आँखों में अपने आप आने वाली सवारी को देखकर चमक आ गई। उसने तुरंत गमछे से रिक्शे की सीट को पोंछते हुए कहा, "आ भई बनवारी!"

बनवारी रूई के गोले की तरह उछल कर रिक्शे पर बैठ गया। इसके बाद गफ़ूर ने नगीना की तरफ़ रिक्शा मोड़ा और पैडल मारते हुए चल पड़ा।

"और भई गफ़ूर, गाँव-बस्ती में सब ठीक तो है?" बातों का सिलसिला बनवारी ने ही शुरू किया।

"हाँ यार बनवारी, दिनन् के दे रा हैं धक्का।"

"इलाका में सब सुख-सांति है?"

"हाँ, अब तो सब ठीक है।"

"और बाकी....?"

"बाकी कहा..... अबके बड़ी छोरी को ब्याह करणो है..... वाई की फिकर खाई जा री है।" गफ़ूर ने गर्दन में लिपटे गमछे से माथे पर चू आए पसीने को पोंछते हुए इस तरह कहा मानो बनवारी के पास उसकी मुश्किल का कोई हल हो।

"गफ़ूर, हमारा घरइय्या कैसा हैं?" बनवारी ने अंततः वह पूछ ही लिया जिसे पूछने के लिए उसे इतने सारे सवालों का सहारा लेना पड़ा था।

"सब ठीक ही होंगा...... आज ही देखो हो चाचा मनीराम गोहरवाली में सू भेली ले जातो।"

बनवारी को ग़फ़ूर के मुँह से यह सुनकर अच्छा लगा। इसके बाद उसने ग़फ़ूर से कुछ नहीं पूछा।

गोहरवाली से पहले ही उतर गया बनवारी। रिक्शे से उतरने के बाद उसने उचटती नज़र से बड़कली की तरह गोहरवाली को चारों ओर से देखा। वही डॉक्टर शफ़ीक़ का क्लिनिक जहाँ था, वहीं है। क़तारबद्ध तख़्तों पर गुड़ की भेलियाँ पहले की तरह तरतीब से रखी हुई हैं। कहीं-कहीं ट्रैक्टर-ट्रालियों में भी गुड़ भरा हुआ है। पहले की तरह गोहरवाली में आमदो-रफ़्त को देखकर बनवारी के भीतर दौड़ रहे ख़ून का प्रवाह और तेज़ हो गया। वही जुम्मा मनिहार का तख़्त जिस पर कुछ औरतें बैठ कर कलाइयों में चूड़ियाँ घलवा रही हैं, तो कुछ अपनी बारी के इंतज़ार में खड़ी हैं, जहाँ छोड़कर गया था अभी भी वहीं है।

पूरी गोहरवाली को भरी-पूरी देखकर उसके फेफड़ों में ढेर सारी हवा भर गई।

बनवारी के पाँवों में तेज़ी आ गई। बेतरतीबी से गड़े हुए पत्थरों के खड़ंजे से ठोकर खाकर वह कई बार गिरते-गिरते बचा।

घर पहुँचकर उसने सबसे रामा-किसना की और उसके बाद उसने जी भर कर पूरे घर को देखा। आज मुद्दत बाद वह उस घर में गया जहाँ माँ उसको पैदा हुआ बताती है। हालाँकि इस घर में वह इतनी बार आ-जा चुका है कि अगर उसका

हिसाब रखा जाए तो शायद पता नहीं कितनी पोथियाँ भर जाएँ।

देर तक इधर-उधर की बातें होती रहीं। हर बार की तरह माँ इस बार भी आसपास के मोहल्लों से लेकर आधे से ज़्यादा गाँव की ख़बरें सुनाती रही, लेकिन जिस ख़बर को सुनने के लिए कान के पर्दे बेचैन हैं और दिल रह-रह कर तेज़ी से धड़क रहा है, उस ख़बर का अभी तक कोई ज़िक्र ही नहीं है।

दिल्ली से चलते समय उसकी शिराओं में दौड़ रहा जो रक्त ठहाटा मारता हुआ बाहर आने को मचल रहा था, एक तो वह बड़कली तक आते-आते शांत हो गया। बाकी को गफूर ने ठंडा कर दिया और जो थोड़ी-बहुत तपिस बची थी उस पर आते ही माँ और बाप ने एकदम ठंडे पानी की बाल्टी औंधा दी। जबकि सात दिसंबर को उस सांध्य दैनिक में छपी छोटी-सी ख़बर को पढ़कर उसके मस्तिष्क की नसें चटखने लगी थीं। यह बात दीगर है कि दो दिन बाद ही चौधरी मुर्शीद अहमद के ख़िलाफ़ साम्प्रदायिक सद्भाव बिगाड़ने और लोगों को भड़काने के आरोप में दफ़ा 153/ए के तहत मामला दर्ज करने और कुल 337 मेवों को गिरफ़्तार करने की ख़बर ने ज़रूर बनवारी को थोड़ी-सी ठंडक पहुँचाई थी।

बनवारी देर तक माँ के पास बैठा रहा। दिल्ली से चलते समय पत्नी द्वारा इन बूढ़ी काठियों को अच्छी तरह समझा-बुझाकर इस नरक से निकालकर साथ लाने के आग्रह और आदेश के बावजूद, वह अभी भी अपने भीतर चल रहे निर्णय-अनिर्णय के द्वंद्व से मुक्त नहीं हो पा रहा है—कि वह इन बूढ़ी काठियों को दिल्ली साथ ले जाए या नहीं?

आख़िरकार यह निर्णय बनवारी ने शाम होने पर छोड़ दिया। इसके बाद वह उठा और घर से बाहर आ गया।

सबसे पहले वह मोहल्ले में गया और एक-एक करके उन घरों को एकदम पास जाकर देखा, जो क़ायदे से पूरी तरह जल कर राख़ के ढेर में तब्दील हो चुके थे, और दिल्ली से लेकर पूरी बस में जिनके बीच जले-अधजले जिस्मों से उठने वाली चिरायंध से उसका सिर फटा जा रहा था। उसके बाद वह लाला नौबत राय की हवेली की ओर चला आया तथा उसके पास बने माता के मंदिर के पास आकर खड़ा हो गया। मंदिर के आसपास की दुकानों पर आने वाले ग्राहकों की नज़रों से बचने के लिए वह मंदिर के सामने कई चक्कर काट गया किंतु उसे वे धब्बे यहाँ भी कहीं दिखाई नहीं दिए, जिन्हें वह घासेड़ा से लेकर यहाँ तक ढूँढ़ता आया है।

बाज़ार की आमदो-रफ़्त देखकर बनवारी थोड़ी देर के लिए अकबका गया कि वह सचमुच क्या अपने ही बाज़ार में खड़ा है? उसने चारों तरफ़ ध्यान से देखा तो उसे यह देखकर और भी हैरानी हुई कि दुकानदारों से लेकर सौदा-सुलफ़ करने वाले ज़्यादातर चेहरे वही हैं जिन्हें वह प्रायः आज से पहले भी देखता रहा है। वह देर तक इधर से उधर बिना वजह घूमता रहा और कई चक्कर लगा आया मंदिर

से गोहरवाली तक। माता के मंदिर और गोहरवाली के बीच की दूरी इतनी है कि जब तक आप किसी नाई की दुकान पर ठोड़ी छिलवाएँ, तब तक आदमी कम से कम तीन चक्कर लगा आए।

हारकर बनवारी ने सब्ज़ी-मंडी से सब्ज़ी ली तथा घर की ओर चल दिया।

क़साइयों की महजत के नीचे से गुज़रते हुए मग़रिब की अज़ान भी लगनी शुरू हो गई और जुम्मा महजत के पास पहुँचते-पहुँचते अक्सर दिखाई देने वाले वही चेहरे जिनका नाम वह अब भूल-सा गया है, महजत में घुसते हुए दिखाई दिए।

घर पहुँच कर बनवारी ने साग का लिफ़ाफ़ा माँ को पकड़ाया और फिर वहीं बिछे बान से बुने उस खटोले पर लेट गया, जो अक्सर चौमासे में थोड़ा-सा भीगते ही ऐंठ जाता है और काफ़ी मशक़्क़त व मान-मनौव्वल के बाद भी जिसकी टाँगें हवा में बेहूदगी से उठी रहती हैं।

शाम को खाना खाने के बाद बनवारी ने अपनी खाट बँगले में ही बिछा ली। थोड़ी देर के बाद इशा की अज़ान भी लग गई। इशा की अज़ान सुनते ही पता चल गया कि रात का पहला पहर शुरू हो चुका है।

अज़ान के थोड़ी ही देर बाद मनीराम का बँगला कहकहों और क़िस्से-कहानियों से सराबोर हो उठा। हरसाय, छोटेलाल, बुद्धन, छोटका, मनीराम, रुमाली यहाँ तक कि हुसैनदीन तथा रोबड़ा भी हाथ में कली लिए आ गए।

आज पहली बार बनवारी को उसी रोबड़ा और हुसैनदीन का आना अच्छा नहीं लगा, जिनके आने के इंतज़ार में कभी उसकी आँखें बँगले के बायने पर ही टिकी रहती थीं। अच्छा लगे भी कैसे जिस वृत्तांत को सुनने के लिए वह कोसों को खूँद कर यहाँ तक आया है, वह उसे अभी तक सुनने में नहीं आया और अब जब मौक़ा आया तब ये हुसैनदीन और रोबड़ा दाल-भात में मूसर चंद की भाँति आ टपके।

आज पहली बार उसे महसूस हो रहा है कि अपने ही घर में बैठकर, सबके अलावा वही खुलकर नहीं हँस पा रहा है। देर तक न जाने कहाँ-कहाँ की बातें होती रहीं। एक बार रोबड़ा ने पता नहीं किस संदर्भ में दरिया और हंस का क़िस्सा सुनाते हुए उनकी अटूट मित्रता के संबंध में यह दोहा भी सुनाया--

बनोबास तैने दियो, मेकन करो कुभाव
तेरी हंसा बिन सोभा नहीं, तू सूनो है दरय्याव।

लेकिन बनवारी की आज इन दोहे-बिरहड़ों, क़िस्से-कहानियों व कथा-लोक कथाओं में कोई रुचि नहीं है। उसी बनवारी की रुचि नहीं है जो इन्हें सुनने के लिए एक बार कहीं बैठ जाता तो तभी उठता, जब सब उठ जाते। वह बार-बार कलाई में बँधी घड़ी को ख़ुद ही देख कर यह अहसास कराने की कोशिश कराता रहा जैसे रात काफ़ी बीत चुकी है। उसने कई बार रोबड़ा और हुसैनदीन को

खिसकाने का आधार भी बनाया, किंतु इधर एक प्रसंग ख़त्म होता और उधर उसका सिरा दूसरे प्रसंग में गुँथता चला जाता।

आख़िरकार रोबड़ा ने ही बनवारी की मुश्किल को हल करते हुए हुसैनदीन से कहा, "हुसैनदीन चले न...... अन्यायी, घणी रात होगी दीखे है....... बनवारी कितेक टेम होगो है?" इस बार बनवारी से टाइम पूछा रोबड़ा ने।

"काका, टाइम तो घणोई होगो है...... साढ़े नौ होगा हैं!" बनवारी ने आस्तीन को ऊपर सरकाते हुए कहा।

रोबड़ा और हुसैनदीन के जाते ही लंबी साँस भरते हुए बनवारी बोला, "हाँ तो काका हरसाय, अब सुना गाँव-बस्ती को हाल?"

"गाँओं-बस्ती में....... सब ठीक है, तू सुणा!" हरसाय ने बनवारी को निराश करते हुए उलटा बनवारी से पूछा।

"अब तो ना है इलाका में कोई गड़बड़?" हरसाय को जवाब देने के बजाय बनवारी ने फिर पूछा।

"अब कहा गड़बड़ होएगी..... जो होणी ही, हो ली।"

"तो अब के मेवन्ने सोच ली ही के हिन्दून् का मंदरन् में घुस जाओ, पीछे होएगी जो देखी जाएगी।" इस बार छोटका ने हरसाय को उकसाते हुए कहा।

"कहा देखी जाएगी..... हमारा मंदरन् में घुसणा को मजा चाख तो लियो।"

"काका हरसाय, ई तो हमारी हिन्दू की कौम ही डरपोक है...... अगर ई कौम ऐसी ना होती तो आज हमारी इतनी बुरी हालत ना होती..... अरे, कसमीर में सू हम भगाया जा रा हैं..... पंजाब ए छोड़ के हम भग लिए..... और अगर हालात ऐसाई रहा तो भगाया जांगा हम या मेवात सू भी.....।"

छोटका की कनपटी की नसें उभर आईं यह कहते वक़्त। उसी छोटका की नसें उभर आईं जिसके बारे में पूरे चौधरी मोहल्ले में यह मशहूर है कि इसे चूतड़ धोने का शऊर तक है नहीं। उसी छोटका द्वारा अपनी क़ौम के प्रति प्रकट की गई चिंता को सुनकर बँगले में बैठे सभी की आँखें फटी की फटी रह गईं कि आख़िर इतनी समझ इस नासमझ में कहाँ से पैदा हो गई!

मनीराम के आश्चर्य का तो सचमुच ही ठिकाना नहीं रहा।

शायद यह दिल्ली जैसे महानगर की आबो-हवा का कमाल है।

हरसाय ने छोटका का समर्थन करते हुए कहा, "छोटका तू सही कह रो है..... ई हिन्दू की कौम तो हैई गाँडू।"

हरसाय के इस वाक्य के बाद सबके पास अपनी नपुंसकता को स्वीकारने और शर्मसार होने के अलावा कोई रास्ता नहीं बचा।

जैसे-जैसे रात गहराने लगी वैसे-वैसे चौधरी मोहल्ले में मनीराम का बँगला सिर्फ़ हिन्दुओं के बँगले के रूप में परिवर्तित होने लगा।

"यार हरसाय, कम सू कम तेरा मुँ सू ई बात सोभा ना देए है.....।" मनीराम ने

पहली बार प्रतिरोध करते हुए हरसाय को टोका।

"मनीराम, तू भी हद कर रो है...... अन्यायी, एक तो हमारा मंदरन् पे ये चढ़-चढ़ जाएँ और तू कह रो है के मेरा मुँ सू ई बात सोभा ना देए है......।" हरसाय का चेहरा एकाएक सख़्त होता चला गया।

"चाचा, काका हरसाय सही तो कह रो है..... दरसल ऐसी बातन् सू ही इनको हौसला बढ़े है....." इस बार छोटका ने भी हरसाय के तर्क का पक्ष लेते हुए फिर कहा, "एक बात तो है काका हरसाय, अगर ई पुलिस हिन्दून को साथ ना देए न...... तो ये मुसलमान हमन्ने कभी ना रहन देएँ या मुलक में।"

"अरे, ई पुलस ही तो हमारे साथ है, जिनकी वजे सू हम याँ बचा हुआ हैं।" हरसाय ने छोटका की बात को वज़नी बनाते हुए कहा।

"याको मतलब ई हुओ के या मुलक का हिन्दू तिहारी पुलस और फौज की वजे सू रह रा हैं..... और जो सारी-सारी रात हमारे कनै बैठ के हमारा कंधान्ने थपथपाता रहवे हैं वे कुछ भी ना हैं।" मनीराम ने पहली बार हरसाय के तर्क को भोंथरा करते हुए कहा।

मनीराम के तर्क का किसी से जवाब देते नहीं बना। बस काफ़ी देर तक सन्नाटा छाया रहा पौली में।

"यार मनीराम, वा गाँधी ने ऐसी-तैसी करा ली......नहीं अच्छा-भला सारा मेव पाकस्तान जा रा हा वा बखत.....।" एकाएक हरसाय ने सन्नाटा भंग करते हुए कहा।

"सही कह रो है काका हरसाय, वा गाँधी ने ये मेव रोक के या इलाका का हिन्दून की जान कू परेसानी खड़ी कर दी...... अरे, वा बखत ये मेव पाकस्तान चला जाता तो हमारा मंदरन्ने ये दिन तो ना देखना पड़ता.......।" छोटका ने हरसाय की बात का समर्थन करते हुए कहा।

"हुँ..... गाँधी तो बीज बो के चलोगो, पर अब ये काटना तो हमन्ने पड़ रा हैं।" हरसाय ने पूरे विषय को निचोड़ते हुए कहा।

हरसाय और छोटका की बात सुनकर मनीराम का मुँह खुला का खुला रह गया। उसने कभी सोचा भी नहीं था कि यह वही हरसाय है जो बहुत-सी साँझी अठखेलियों का गवाह रहा है?

बनवारी चुपचाप सुनता रहा पूरे वृत्तांत को। उसकी समझ में नहीं आ रहा है कि वह दिल्ली से क्या यही सब सुनने के लिए आया है? उसने अपनी स्मृति पर बहुत ज़ोर दिया और यह समझने की कोशिश करता रहा कि आख़िर दिल्ली से चलते समय वह क्या-क्या सोच कर चला था! इस बीच वह यह भी कहना भूल गया कि पत्नी ने दिल्ली से चलते समय कितना आग्रह किया था कि वह रुमाली और मनीराम यानी अपने सास-ससुर को इस नरक से निकाल कर अपने साथ ले

लाए।

सब जैसे गड्डमड्ड हो गया।

शायद काफ़ी रात हो चुकी है। ठंड भी धीरे-धीरे बढ़ने लगी है, इसलिए एक-एक कर सब उठ गए जाने के लिए। सबके जाते ही मनीराम के बँगले में एक बार फिर सन्नाटा बिछ गया। बनवारी ने खाट से उठकर लट्टू बुझाया और रज़ाई ढक कर सो गया।

सवेरे बनवारी जब उठा तो एक अरसे के बाद उसे चिर-परिचित स्वर सुनाई देने लगे। मुर्गे की वही चिर-परिचित बाँग, पाँखें खुजलाते कव्वों की काँव-काँव, चिड़ियों की चहचहाट तथा आसपास के घरों में बँधे ढोर-डंगरों के रँभाने-एड़ाने की वही आवाज़ें सुनाई देने लगीं, जिन्हें सुनने के लिए उसके कान प्रायः बेचैन रहते हैं।

बनवारी की आँखें तो काफ़ी देर पहले ही खुल गई थीं किंतु वह अलसाया-सा यूँ ही सोड़ में पड़ा रहा।

थोड़ी देर बाद जब सोड़ से निकल कर वह बाहर आया तो पता चला कि सूरज कभी भी क्षितिज को तिलांजलि देकर आसमान में अपनी उपस्थिति दर्ज करा सकता है। पूरब में सूर्योदय से पहले की सुर्ख़ी चारों ओर बिखरी हुई है। बँगले के बाहर खड़े-खड़े रात के संवाद एकाएक फिर ताज़ा हो उठे। वह मन ही मन अपने आपको मलामतें देता रहा कि बेमतलब उसने रात को वह ज़िक्र क्यों छेड़ दिया, जो नहीं छेड़ना चाहिए था। कम से कम अभी तक बहुत कुछ ऐसा था जो बाहर नहीं आता, तो अच्छा रहता।

दिशा-फ़ारिग होने के लिए वह बँगला डोक की ओर निकल गया। वापस लौटते समय वह एक-एक कर धोबीघट्टा, तीजन का कुआँ, दादाखानू, पचपीर का जोहड़ सबको देखता हुआ आया—सब जैसे पहले थे वैसे ही हैं।

घर आया तो पता चला कि सलेमी की ओर से दो बार उसके लिए बुलावा आ चुका है। बनवारी ने कुल्ला-दातून कर मुँह धोया और सलेमी की ओर चल दिया।

यह क्या!

बनवारी के पाँव जैसे मन भर के हो गए।

थोड़ी देर के लिए वह अवसन्न रह गया।

जिस नगीना को वह कुछ माह पहले सही-सलामत छोड़ कर गया था, वह तो एकदम थका हुआ, निढाल, पस्त और किसी पुरानी इमारत की तरह जगह-जगह से जर्जर हो चुका है। तो फिर वह एक दिन पहले जिस बड़कली, जिस गोहरवाली और जिस चौधरी मोहल्ले से होकर यहाँ पहुँचा है, वह सब क्या था? कहीं किसी दुःखद सपने का बाहरी आवरण तो नहीं था वह, जिसके भीतर के

घाव उसे दीखे ही नहीं? बनवारी के पाँव पौली के भीतर पड़ते ही ज़मीन से चिपक गए जैसे। उसे रह-रहकर लगने लगा कि कहीं वह किसी और मोहल्ले में तो नहीं पहुँच गया है?

बनवारी ने पौली का दरवज्जा भीतर धकेलते हुए धीरे-से पुकारा, "ताऊ, सोयो पड़ो है कै?"

"कौऽऽन, बनवारी?" सलेमी ने उसके होंठों से फूटने वाले शब्दों से पहले ही पहचान लिया बनवारी को।

बनवारी हतप्रभ कि छोटे-से वाक्य और थोड़ी-सी आवाज़ से सलेमी ने कैसे पहचान लिया? नहीं, सलेमी ने उसे सिर्फ़ आवाज़ से नहीं बल्कि उसकी चिर-परिचित मानस-गंध से पहचाना होगा! बनवारी ने पास में रखी मूढ़ी सरकाई और उस पर बैठ गया। बनवारी को पता ही नहीं चला कि सलेमी का हाथ कब उसके हाथों में आ गया। अपनत्व से भरे मुलायम-नर्म स्पर्श से बनवारी की देह में सनसनाहट-सी दौड़ती चली गई।

बनवारी ने कल्पना भी नहीं की थी कि कुछ ही दिनों बाद वही जिस्म जिसे इससे पहले उसने कभी शिथिल होते नहीं देखा, इस तरह पतली जिल्द में लिपटा हुआ मात्र हड्डियों का ढाँचा मिलेगा। उसने कभी सोचा भी नहीं था कि जिन आँखों और जिस चेहरे पर थकान कभी दिखाई नहीं दी, वे इतने क्लांत और मुरझाए हुए मिलेंगे कि उन्हें पहचानना मुश्किल हो जाएगा। उसी पौली से तीखी गंध का भभूका नथुनों से आकर टकराएगा जिस पौली से पूरी-पूरी रात उसका उठने को जी नहीं करता था। न जाने ऐसी कितनी यादें और कितनी बातें हैं सलेमी की इस पौली में, जिनसे बनवारी की स्मृतियाँ जुड़ी हुई हैं।

"और बनवारी, बाल-बच्चा सब ठीक हैं?" सलेमी ने पौली की निस्तब्धता को बींधते हुए पूछा।

"हाँ ताऊ, सब ठीकठाक है.....तू सुना?" प्रत्युत्तर में बनवारी ने पूछा।

"कहा सुनाऊ बेटा, अब तो बस ऊपर जाण की बाट लग री है।"

सलेमी के इस जवाब को सुनकर बनवारी भीतर तक हिल गया।

"दिल्ली में तो सब ठीक है..... हून् तो ना है कुछ धूमसबाजी?" खाट से उठने की कोशिश करते हुए सलेमी ने पूछा।

बनवारी ने सलेमी को सहारा देकर खाट पर बैठाया और फिर बोला, "हाँ ताऊ, दिल्ली में तो सब ठीक है।"

इसके बाद देर तक इधर-उधर की बातें होती रहीं। रह-रहकर बनवारी को लगता रहा कि जितनी देर वह सलेमी के पास बैठा रहा, सलेमी जैसे कुछ कहना चाहता था लेकिन चाहते हुए भी नहीं कह पाया।

"उल्टो कब जारो है?"

"कल जाना की सलाह है।"

"साँझ लू आ जइयो, टेम मिल जाए तो!"

"ठीक है ताऊ, साँझ कू आऊँगो।" बनवारी शाम को पुनः आने के लिए कह कर चला आया।

इशा की अज़ान के बाद खाना खाकर, टहलता हुआ बनवारी सलेमी की तरफ़ चला आया।

सलेमी अभी खाना खाकर ही निपटा है। पास में रखी चंगेरी और खाली चमली[1] को उसने खाट पर एक ओर सरका दिया।

"आ जा बनवारी, ले या मूढ़ी ए निकाल ले डहला के नीचे सू।" कहते हुए सलेमी उठने लगा तो बनवारी ने लपक कर ख़ुद ही मूढ़ी निकाल ली।

"तो तू धेरे जा रो है दिल्ली?" सलेमी ने बातचीत का सिलसिला शुरू करते हुए पूछा।

"हाँ ताऊ, कल ही जा रो हूँ।"

"बनवारी, तम बढ़िया रहा जो बखत सू या नरक ए छोड़ के चला गा...... अरे बावला, हमने जो बुरो बखत देखो है खुदा वाहे काई दुसमन लू भी ना दिखाए।" सलेमी ने लंबी साँस छोड़ते हुए कहा।

बनवारी को समझते देर नहीं लगी कि सलेमी का इशारा कौन-से बुरे वक़्त की ओर है। इससे पहले कि सलेमी कुछ और कहता नबी खाँ भी आ गया। शायद उसने पौली में घुसते हुए सलेमी के वाक्य के अंतिम शब्द सुन लिए हैं!

"अरे, अब कौण-सो बुरो बखत आ पड़ो तोपे?" डहले पर बैठते हुए नबी खाँ ने सलेमी से पूछा।

"मेरे यार, या बनवारी लू बता रो हूँ के हमने कितनो बुरो बखत देखो है।"

"सलेमी छोड़...... बावला, कस-कस ए अपना घाव दिखातो डोलेगो.....।" इस बार नबी खाँ ने भी दीर्घ निःश्वास खींचते हुए कहा।

"मैं तो रात-दिन बस वा घड़ी ए कोसतो रहू हूँ नबी खाँ..... जा घड़ी हमने पाकस्तान जाणा सू ना कर दी ही।"

"सलेमी, अब भूल जा...... लकीर पीटणा सू अब कोई फायदो ना है..... अब तो ई दुआ कर के काई तरे जितना दिन बच रा हैं बस वे चैन सू कट जाएँ।"

"नबी खाँ, दुआ तो करी रा हैं......।"

"ताऊ, तू तो बेमतलब की बात कर रो है.....अरे, क्यों जाता पाकिस्तान..... ई भी तो तिहारो ही मुलक है।" बनवारी ने काफ़ी देर बाद कहा।

"बनवारी, बेटा ई हमारो मुलक जब हो तब हो..... अब तो ई तिहारो है...... हमारो ना है यामें अब कुछ भी......।" सलेमी बोला।

बनवारी चुप हो गया। उसने किसी भी तरह की प्रतिक्रिया व्यक्त नहीं की।

---

1. चमली : मिट्टी की प्याली।

बस, रह-रह कर वह यही सोचता रहा कि क्या यह वही पौली है जहाँ कभी हसन खाँ मेवाती, दरयाव खाँ मेव-ससिबदनी मीणी, घासेड़ा की बात, संत लालदास का क़िस्सा, बबराबाण, पंडून को कड़ा, सादल्ला, भीकजी, उमरखाँ, कंवर दी, दानशाह, एवज, खक्के और राजू जैसे लोक-नायक तथा लोक-कवियों के क़िस्से-कहानियाँ, किंवदंतियाँ और दोहे-बिरहड़े गूँजते थे? हाँ, यह वही पौली है जिसमें इन क़िस्से-कहानियों और दोहे-बिरहड़ों के बजाय आज दो घायल पखेरुओं के हंस[1] कराह रहे हैं।

बनवारी का पौली से उठना मुश्किल हो गया। पूरा जिस्म जैसे सरकंडों की मूढ़ी से चिपक गया। पिछली रात के एक-एक शब्द अभी भी उसके अवचेतन पर खुदे हुए हैं। उसने न चाहते हुए सलेमी और नबी खाँ से विदा ली और लहूलुहान-सा घर चला गया।

अगले दिन मनीराम से ही सलेमी को पता चला कि बनवारी और छोटका दिल्ली वापस चले गए हैं। न तो सलेमी ने मनीराम से उसके बेटों के आने का प्रयोजन पूछा और न ही मनीराम ने बताना उचित समझा।

रास्ते भर बनवारी का मन एक वितृष्णा और अवसाद से भरा रहा।

आते वक़्त वह घासेड़ा से लेकर बड़कली तथा बड़कली से लेकर नगीना तक जिस विक्षोभ से तपा जा रहा था, अब वापस जाते समय वही विक्षोभ एक ऐसे लिजलिजेपन में परिवर्तित हो गया जिसकी याद आते ही वह एक कसैलेपन से भर उठता।

बस में जब भी उसे पत्नी द्वारा किया गया वह आदेशात्मक आग्रह याद आता कि वह रुमाली और मनीराम को इस नरक से अपने साथ लिवा लाए, तभी बनवारी के अंदर यह कसैलापन और तीखा हो जाता। आख़िर वह कौन-सा नरक है और किसके लिए है जिसके बारे में पत्नी ने चलते समय बार-बार उसे याद दिलाते हुए कहा था कि इस नरक से वह इन बूढ़ी काठियों को निकाल कर साथ ले आए?

पत्नी को तो वह किसी न किसी तरह समझा देगा। या झूठ बोल देगा कि वह माँ और चाचा को साथ क्यों नहीं लाया, या वे क्यों नहीं साथ आए लेकिन अपने आपको वह कैसे समझा पाएगा? ख़ुद से वह कौन-सा झूठ बोलेगा?

बीच-बीच में जब भी बस रुकती या तेज़-तेज़ हिचकोले खाती तभी बनवारी अकबका कर चौंक उठता।

पास में बैठे छोटका को बीच-बीच में वह ज़रूर कनखियों से देख लेता। वह जब

1. *हंस : मन।*

भी छोटका की ओर देखता तभी उसे लगता मानो बाबू, सुभान खाँ, हाजी अशरफ़, बिसंभर सन्नार्थी यहाँ तक कि ख़ुद उसी की तरह छोटका के भी छोटे-छोटे लेकिन धारदार-नुकीले दाँत उग आए हैं।

रास्ते भर वह यह नहीं समझ पाया कि चौधरी मोहल्ला, नगीना या फिर यह इलाक़ा आख़िर नरक है किसके लिए?

हरसाय के लिए?

बाबू के लिए?

हाजी अशरफ़ के लिए?

या फिर सलेमी, बुद्धन, मनीराम, नबी खाँ, जुम्मा या उस छोटेलाल के लिए है जिनके पाँवों के साथ-साथ मन की बिवाइयों में इतने गहरे खाँचे हो गए हैं कि उनसे अब रह-रह कर ख़ून रिसने लगा है?

सच तो यह है कि अभी तक बनवारी भी पूरी तरह इस नरक शब्द की परिभाषा को नहीं समझ पाया है और अगर वही नहीं समझ पाया है तब पत्नी कैसे उससे बार-बार चलते समय इस नरक से इन बूढ़ी काठियों को साथ लाने के लिए कहती रही है?

क्या पत्नी जानती है इस शब्द की परिभाषा, जिसने बार-बार इससे मुक्ति के लिए आग्रह किया था?

बनवारी ने आँखें बंद कर सिर पिछली सीट से टिका लिया और धीरे-धीरे एक बार फिर उसी गुंजलक में फँसता चला गया।

इक्यावन

उस दिन सलेमी ने सबको बुलवा लिया अपने पास।

मनीराम, हरसाय, रोबड़ा, बुद्धन, नबी खाँ, छोटेलाल, हुसैनदीन, रमजानो, रुमाली, हरदेई, रामदेई, हाकिम, बासित, फ़जरी कौन नहीं है उसके पास– सभी तो हैं पौली में। पूरा चौधरी मोहल्ला खड़ा है उसके आस-पास।

मनीराम ने अपने हाथों में उसका दायाँ हाथ लिया हुआ है और नबी खाँ ने उसका बायाँ हाथ। सिरहाने बैठी तरकीला घूँघट काढ़े धीरे-धीरे बीजणा झल रही है। पाँयतों की ओर बाबू सिर झुकाए बैठा है। बुद्धन, रोबड़ा, छोटेलाल, हुसैनदीन में से कुछ मूढ़ियों पर बैठे हुए हैं तो कुछ खाट और डहले पर। बाकी कुछ इधर-उधर खड़े हैं।

पूरी पौली एक अजीब-सी ख़ामोशी से घिरी हुई है। बीच-बीच में तरकीला की हिलकियाँ इस ख़ामोशी को बींधने की कोशिश ज़रूर करती हैं लेकिन हर बार इशारे से रमजानो उसे चुप रहने का संकेत करती है और लगभग फुसफुसाते हुए

इतना कहकर चुप हो जाती है, "बेटी, ई तो कुदरत को असूल है के जो वाके घर सू आयो है...... वाहे एक न एक दिन तो जानो हैई।"

"हाँ बहाण, जाके भाग में जितना दिन् को लेख लिखो है, ऊ हून् तक ही तो जिएगो.....।" वही फ़जरी तरकीला को उसी सलेमी के बारे में पूरी दार्शनिकता के साथ समझाने लगी, जिसने एक बार सलेमी से खूब भला-बुरा कहा था।

"सही कह री है फजरी, भैमाता ने यईं तक लेख लिखो होएगो बिचारा को।" हरदेई बोली।

तरकीला जब इन शाश्वत उक्तियों और सूक्तियों को सुनती है तब उसकी हिलकियाँ और तेज़ हो जाती हैं।

बीच-बीच में सलेमी आँखें खोल कर धीरे-धीरे अपने चारों ओर खड़े पूरे मोहल्ले को एक-एक कर इस तरह देखता है, जैसे इन्हें पहचानने की कोशिश कर रहा है।

जुह्र की अज़ान लगने में अभी शायद कुछ समय बाकी है।

मनीराम और रोबड़ा ने कई बार सलेमी को लगभग हेला देते हुए कुछ कहा भी लेकिन सलेमी बस हाथ हिला कर न जाने क्या कहने की कोशिश करता रहा है।

ताज्जुब तो सबको इस बात पर है कि एकाएक सलेमी की वाणी को हुआ क्या?

किसी की कुछ समझ में नहीं आ रहा है कि इस समय वे क्या करें?

एकाएक सलेमी के बेजान जिस्म में एक बार फिर हलकी-सी जुंबिश हुई। मनीराम ने देखा तो वह सलेमी के एकदम पास आते हुए बोला, "सलेमी, कहा डौल है!"

लेकिन सलेमी बोला कुछ नहीं। बस, हलके-से आँखें खोलीं तथा चारों ओर इस तरह देखने लगा जैसे उसकी आँखें किसी को खोज रही हैं!

"छ.....छो....ऽटे लाऽऽल.....!"

काफ़ी देर बाद सलेमी के होंठों से फूटे विशृंखलित शब्दों को सुन कर पूरी पौली का चेहरा खिल गया।

अपना नाम सुनते ही गुमसुम बैठे छोटेलाल की देह में बिजली-सी कौंध गई। वह लपक कर सलेमी के सिरहाने के पास आया और पाटी पर हाथ टेक, झुकते हुए बोला, "हाँ काका, बोल!"

"बेऽटा..... या लाऽलटेन ए बुझाऽऽ दीऽऽ जोऽऽ....."

सलेमी के इस वाक्य को सुनते ही सबके भीतर एक सनसनाहट दौड़ गई। जिस उम्मीद की ख़ुशी में पूरी पौली का चेहरा कुछ क्षण पहले खिल गया था, इस वाक्य ने उस उम्मीद को पुनः निराशा में बदल दिया।

नबी खाँ ने इशारे से पता नहीं छोटेलाल को क्या समझाया कि वह तुरंत समझ गया और अगले ही पल बोला, "काका, बुझा दी है।"

"बे.....बेऽटाऽ.... याकी चिमनी भी काऽऽली हो रीऽऽ है..... वाहे माँऽज दीजोऽऽ......."

"मैंने तो याकी चिमनी पहलेई माँज दी है।" इस बार छोटेलाल को किसी इशारे की ज़रूरत नहीं पड़ी।

तरकीला का बीजणा वाला हाथ और तेज़ हो गया।

"मनीराऽऽम....!"

"हाँ बोल!"

"महू में ना चल रो है.....?"

मनीराम ने अपने माथे पर हाथ मारते हुए कहा, "कहा करोगे वाँ जाके......!"

"वाँऽऽ..... मेरे याऽर.... 'एवज' मेलो भर रहो.... वाऽऽमें बिक रा दुरड़ी-हाऽऽर..... तू सोदो-सूत खरीद ले..... अब मेऽलो बिछटन हाऽऽर......"

"ठीक है चलंगा...... पहले तैयार हो ले!"

"अरेऽ..... बावला..... मैंऽऽ तो घणी देर को तय्याऽऽर बैठो हूँ..... जल्दी कर....नहीं तो मोऽटर निकल जाऽऽएगी....."

"कहीं ना निकलेगी, आराम सू लोटो रह!" मनीराम ने इस बार लगभग डाँटते हुए कहा।

"ऊऽऽ जो रेल चली आरी है न मनीराऽऽम..... वामें चलंगा..... और हूनी सू वाऽमें पाकस्तान चला जांगाऽऽऽ.... वा..... गाँऽऽऽधी सू कह दीजो..... के खुदा के वास्ते वाहे अब केऽऽ ना रोकेऽऽ......" कहते-कहते सलेमी की साँसें तेज़-तेज़ चलने लगीं इस बार।

पूरी पौली में सन्नाटा इस तरह छा गया कि सिवाय साँसों के कुछ भी नहीं सुनाई दे रहा है।

"रोऽऽबड़ा..... तू या नहर में सू अपणा खेतऽऽन में अच्छी तरे पाणी दे लीजो..... अरेऽऽ..... मैं.....मैं तो पाकस्तान मेंईऽऽ जाके दे लूँगोऽऽ......"

इस बार तरकीला बुक्का मारकर रो पड़ी। हाथ से झलता हुआ बीजणा सरक कर नीचे आ गिरा, "अरेऽऽ..... मेरे बाबा..... के कहा होगोऽऽ......!" तरकीला ने रोते हुए सलेमी की छाती पर अपना सिर धर दिया।

माँ को देखकर असलम से भी नहीं रुका गया।

सलेमी के कानों में जैसे ही तरकीला के रोने की आवाज़ पड़ी कि उसका दायाँ हाथ अपनी छाती पर धरे तरकीला के सिर पर आ टिका, "मेऽमन...... बेऽऽटी रोए मत..... मैंऽऽ हूँ न अऽऽभी....."

इस बार न तो रोबड़ा अपने आपको रोक पाया और न ही मनीराम। न बुद्धन अपनी पलकों के बाँध को रोक सका और न नबी खाँ।

तभी जुम्मे की अज़ान लग गई।

अज़ान सुनकर भी कोई अपनी जगह से नहीं हिला।

आख़िर रोबड़ा को ही कहना पड़ा, "अरे, निवाज ए काँई लू छोड़ो हो...... वाके घर सू जाको बुलावा आगो, ऊ कै रुको है काई पे..... चलो..... अल्लाताला सू दुआ करो..... कहा पतो ऊ हमारी दुआए कबूल ही कर लेए!"

रोबड़ा का कहना ग़लत नहीं है। हो सकता है उनकी दुआओं को क़बूल कर अल्लाहताला उनकी सुन ही ले।

यही सोचकर आधी से ज़्यादा पौली नमाज़ के लिए उठ गई। ख़ुद रोबड़ा, नबी खाँ, हुसैनदीन, हाकिम, बासित, सुभान खाँ, बाबू, असलम सब चल दिए उपरलीघाँ की महजत में नमाज़ पढ़ने।

नमाज़ पढ़ने तक कोई नहीं हिला अपनी जगह से—न तो मनीराम, न हरसाय। न बुद्धन और न छोटेलाल। रुमाली, हरदेई, रामदेई, भौंरी समेत सब बैठे रहे।

उनके नमाज़ पढ़ कर आने तक भी सलेमी चेतन और अवचेतन के बीच झूलते हुए पता नहीं क्या-क्या बड़बड़ाता रहा। जब वे नमाज़ पढ़ कर वापस पौली में आए तब भी उन्हें सलेमी बड़बड़ाता ही मिला।

"नबी खाँऽऽ..... जुम्मा को ताँगोऽऽ अभी जुड़ो है के नाऽऽऽ..... अन्याऽऽयी, जल्दी करवा, नहीं तो साऽऽरी पतंग कट जाएँऽऽगी...." सलेमी हलकी-सी आँखें खोलते हुए बोला।

"सलेमी, काई सू मिलण कू तो जी ना कर्‌रो है?" मनीराम ने सलेमी के एकदम पास आते हुए पूछा।

"अरेऽऽ..... मिलणो कस्सू है..... अपणो मँ.....मँगतू तो हूऽऽनी जन्नत में मिल जाएगो....."

सलेमी की बातों से सबको जँच गया कि वह उनका साथ अब बहुत देर तक नहीं दे पाएगा।

"हुसैनदीऽऽन...... बे..... बेटाऽऽ..... थोड़ी-सी कुराऽऽन ही पढ़ के सुना दे....."

सलेमी की ख़्वाहिश सुनते ही हुसैनदीन ने लपक कर जुज़दान में लिपटी कुरान को ताखे से उतारा और सिरहाने की ओर जा-नमाज़ पर बैठ कर रुँधे गले से उसकी तिलावत करने लगा।

"जुम्माऽऽ...... ओ...... जुम्माऽऽ......"

सलेमी ने इस बार जुम्मा को पुकारा तो रोबड़ा ने तुरंत सुभान खाँ को यह कहते हुए जुम्मा को बुलाने के लिए भेज दिया, "हुसैनदीन, जल्दी जा.... ऐसो करियो, अगर ऊ दुकान पे ना मिले न, तो वाके घर चलो जइयो.... या बखत ऊ घर रोटी-टूक खान्‌ लू चलो जावे है।"

तभी मनीराम को लगा कि बाबू ने धीरे-से फुसफुसाते हुए कुछ कहा है। उसने पलट कर बाबू की ओर देखा तो पाया कि उसका अंदाज़ा एकदम सही है। बाबू सचमुच उसकी ओर प्रश्नवाचक दृष्टि से देख रहा है, बिलकुल ऐसे जैसे बाबू उससे कुछ कहना चाह रहा है।

"हाँ कह?" अपने कानों के परदों को एकदम ढीला छोड़ते हुए पूछा मनीराम ने।

"काका, हमारा बाप सू ई तो पूछ लेओ के ऊ मोसू कुछ कहणो तो ना चाह रो है!" बाबू ने मनीराम से सहमते हुए पूछा।

"मनीराम, कहा कह रो है?" उन दोनों को आपस में खुसरपुसर करते देख नबी खाँ बोला।

"नबी खाँ, यार बताऊँ तो मुसकल..... और ना बताऊँ तो मुसकल।" कहते-कहते मनीराम तमतमा उठा।

"अरे, कुछ बात भी होएगी अन्यायी?"

"बात ई है के बाबू पूछ रो है याको बाप यासू कुछ कहणो तो ना चाह रो है।" मनीराम ने आख़िर बता ही दिया।

मनीराम का वाक्य सुनते ही नबी खाँ आपे से बाहर हो गया। आँखें जलने लगीं उसकी।

"हाँ, ई कहणो चाह रो है के नोटन् की एक बोरी दब री है मेरी खाट के नीचे...... जब मैं मर जाऊँ न तो बाबू वाहे खोद लेएगो..... तोहे सरम तो ना आ होएगी है कमीण..... तू तो बस यही बाट देख रो होएगो के कद मेरो बाप मरे और कद मैं या घर को मालक बणूँ......।" कहते-कहते नबी खाँ का चेहरा सुर्ख़ हो गया, "मनीराम, देख लियो.... अरे, कितनो बुरो बखत आगो है के इतलू तो बाप की जान हलक में अटकी पड़ी है, और उतलू बेटा ए ई फिकर खाई जारी है के मरते-मरते बाप वाहे ई बता जाए के वाने माया कहान् दाब राखी है।"

नबी खाँ ने तो बाबू को खूब भला-बुरा कहा ही बल्कि इसके बाद औरों ने भी उसे खूब लानत-मलामत दी।

"मनीराऽऽम!"

"हाँ!"

"देखियोऽऽ.... बायणा में हसन खाँ मेवाती तो ना खड़ो है?"

"ना, कोई ना है...... आराम सू लोटो रह और ऊपरवाला को नाम लेतो रह!"

"ना याऽऽर..... घणी देर सू खड़ो है मेऽऽरी बाऽऽट में......"

तब तक सुभान खाँ भाग कर गोहरवाली से जुम्मा को बुला लाया।

आते ही जुम्मा ने पौली में घुसते हुए कहा, "सलेमीऽऽ...... कहा बात है?"

सलेमी ने धीरे-से पलकों को ऊपर उठाते हुए पूछा, "कौऽऽन?"

"अरे, मैं जुम्मा..... अन्यायी, पिछाण भी ना रो हूँ?"

"कौऽऽन..... जुम्माऽऽ....!"

"हाँ, जुम्मा.... जुम्मा मनिहार।"

"जुम्माऽऽ ले देखियो..... या हुचका में अभीऽऽ कितेक रील बच री है......"

"मेरे यार, ई हुचका तो भरो पड़ो है अभी।" जुम्मा ने वही जवाब दिया जो इस

समय सलेमी को दिया जाना चाहिए था।

"भरो पड़ो हैऽऽ..... तो फिऽऽर हमारी ई पतंग आऽगे काँई लू ना जा रीऽऽ है......."

"सब चली जाएगी, चिंता मत कर।"

"जुम्माऽऽ.... ओऽऽ... जुम्माऽऽ......"

"हाँ!" इस बार जुम्मा घबराते हुए बोला।

"अन्यायीऽऽ..... पतंग ए सह दे के सँभाल..... न... नहींऽऽ तो ई कट जाएगी..... दे..... देऽऽख हमारी पतंग..... वा..... वाऽ रेल पे बैठ के कैऽऽसे पाकस्तान लू उडी जा री है.... और देख ऊ.... गाँऽ....गाँऽऽधी कैसे वा रेल के पी....पीछे हमारी पतंग ए लूटण जारो है..... मनीराऽऽम..... अन्यायी, तू चुपचाप कै.....कैसे खड़ो है....अरे.... वा.....गाँ.....गाँधी ए रोक नहीं तो या पतंग ए फिर लूट के ले....जाएगो.... नबी खाँ, इनका हुचका ए मनीराम कू ही दे दे..... तेरे बस की ना..... ना है..... ले जल्दी कर नही तो ति.....तिरंगा भी जातो रहेगो....." इस बार सलेमी की साँसें और तेज़-तेज़ चलने लगीं और जो शब्द पहले टूट रहे थे, वे भी तेज़ी से आपस में जुड़ने लगे।

हुसैनदीन ज़ोर-ज़ोर से और तेज़ी के साथ कुरान की तिलावत करने लगा। उसका स्वर पहले की अपेक्षा और ज़्यादा भीगने लगा।

"...... औऽऽर देखो तो सहीऽऽ.... सा..... सारा सूऽरजबंसी और चंदरऽऽबंसी सब या तिरंगा ए लू..... लूटण चल दिया हैं.... मनीराऽऽम.....बावला.... अब तो पुलऽस औऽऽर सिरकार सऽऽब तिहारी है...... हमारो तो हीऽऽन् कुछ भी ना है..... रो.....रोबड़ा जल्दी कर सा....सारी रीऽल कहीं या नहर का पा.....पाणी में ना भीज जाए..... छोटे लाऽऽल बेटा बिचाऽऽरी या मेमन ए पहोंचाऽऽ दे याके घर..... अन्याऽऽयी...... तम सब खड़ा या..... या गोहरवाली में तमाऽऽसा देख राऽऽ हो औ..... और हीऽन् या लाऽलटेन का धु....धुआँ सू मेरोऽऽ जीऽऽ घुटो जारो है..... बुद्धन जल्दी कर..... मेऽऽरी खाट ए पौऽऽली सू बाहर घलवा दे..... न.... नहीं तो इन फैकटरीऽऽऽ.... न का धु.... धुआँ सू मेरो दम घुट जाऽऽएगो....."

इसके बाद सलेमी खाँसने की ऐसे कोशिश करने लगा जैसे सचमुच पौली में धुआँ भरा हुआ है। बार-बार हाथ को मुँह के ऊपर इस तरह हिलाने लगा मानो साँस द्वारा भीतर जा रहे धुएँ को उड़ा रहा है।

".....ब....बनवाऽऽरी बे.....बेटा या गलेप ए दा....दादाखानू पे चढ़ाऽऽ दीऽऽजो..... ना बेटाऽऽ..... या..... याहे मेरे ऊ.... ऊपर उढा दे... जु... जुम्मा.... या.... या पतंग ए मैं.... मँगतू लू पकड़ा देऽऽ.... व.... वही.... सँभालेगो याहे... एऽऽ... हमाऽऽऽरी पतंग कटी.... एऽऽऽ कटीऽऽऽ.... औ.... औऽऽर.... बम्..... बम्माऽऽऽराऽऽ....."

इसके बाद पौली में देर तक सन्नाटा छाया रहा और तेज़-तेज़ चल रही

धड़कनें और सख़्त हो चुके कानों के परदे यह इंतज़ार करने लगे कि इस बार सलेमी किसको याद करेगा।

मनीराम ने सहमते हुए पहले तो सलेमी की नब्ज़ टटोली और फिर सलेमी को लगभग झिंझोड़ते हुए चीख़ा, "सलेमीऽऽऽ.......!"

लेकिन सलेमी इसके बाद नहीं बोला। वह तो एक ऐसी चिरनिद्रा की गोद में समा गया जहाँ से आज तक किसी की आवाज़ लौट कर नहीं आई। मनीराम, रोबड़ा, बुद्धन, नबी खाँ, हरसाय सबने सलेमी को जगाने की बहुत कोशिश की लेकिन अंततः उसे कोई नहीं जगा पाया।

तरकीला का तो पूरा जिस्म जैसे ऐंठ गया। थोड़ी देर तक तो उसकी रुलाई फूटी ही नहीं। शब्द उसके होंठों और हलक़ के बीच में ही आकर अटक कर रह गए जैसे। असलम अपने दादा के पार्थिव शरीर से लिपट गया और बाबू वह तो बस गुमसुम बैठा रहा।

पूरी पौली हिलकियों, हिचकियों और विलाप में डूब गई।

"चोखो भई सलेमी, हमन्ने याँ अकेलोई छोड़ के चलोगो..... वा मेरे यार, देखी तेरी यारी.....!" घुटनों पर हाथ रख उठते हुए और कंधे पर पड़ी साफ़ी से आँखों को पोंछते हुए बुद्धन बोला।

जुम्मा ने उठते हुए होंठों ही होंठों में बुदबुदाना शुरू कर दिया–

इन्नालिल्लाहि वा इन्ना इलैहि राजीउन.....

एक-एक कर सब पौली से बाहर आने लगे लेकिन जब सलेमी के पार्थिव देह के पास से छोटेलाल उठने लगा, तो रेह लगी भीत की मानिंद ढहता चला गया।

"छोटेलाल, बावलो होगो है.... चल खड़ो हो.... याको साथ बस हीन् तलक ही हो......।" रोबड़ा ने छोटेलाल की बाज़ू को पकड़ कर उसे उठाया और पौली से बाहर ले आया।

❑❑

हुसैनदीन और सुभान खाँ द्वारा तैयार की गई क़ब्र के क़रीब जनाज़े को लाकर रख दिया गया।

घर से चलते समय जनाज़े के पलंग के कोनों पर जिन अगरबत्तियों को जला कर जगह-जगह टाँग दिया गया था, वे भी सलेमी की इस अंतिम विदाई के अंतिम पड़ाव तक आते-आते साथ छोड़ गईं। जनाज़े के पास झड़ी हुई अगरबत्तियों की बेजान राख़ से रह-रह कर उठने वाली हलकी-हलकी गंध जनाज़े से अभी भी लिपटी हुई है।

दादीका के हदीरे में जगह-जगह बैठे उदास चेहरों पर चिरनिद्रा में लीन सलेमी एकसाथ अनगिनत-अनसुलझे सवाल छोड़ गया। एक तरफ़ बैठा बाबू बीच-बीच में क़मीज़ की आस्तीन से आँसुओं को पोंछता हुआ जैसे बाप के उठने का इंतज़ार

कर रहा है, तो ठीक उसकी बग़ल में बैठा असलम एकटक कफ़न से ढके अपने दादा को देखे जा रहा है।

"अरेऽऽ.... एक-एक करके सऽऽब या दुनिया सू चला जांगा..... सारी अच्छाई-बुराई यईं धरी रह जाएगी.....।" बुद्धन ने लंबी साँस लेते हुए कहा।

"नबी खाँ, एक दिन हम्भी या सलेमी की तरे ऐसेई चला जांगा?" इस बार मनीराम ने नबी खाँ से पूछा।

"सही कह रो है मनीराम..... कहा देखो है या सलेमी ने..... रात-दिन बस, या इलाका में नहर.... या इलाका में रेल..... या इलाका में फैकटरी-फैकटरी करतो मरगो.... अपणे जीते-जी इनमें सू वाहे कुछ भी तो देखण कू ना मिलो....." कहते-कहते नबी खाँ की हिलकियाँ बँध गईं।

"नबी खाँ, काँई कू जी भारी करे है.... अरे, हो सके हम जैसान् का भाग में यही बदी होए....।" इस बार मनीराम भी नहीं रोक पाया अपने आपको।

"अरेऽऽ.... चलो, याहे लिटा देओ कबर में.... ई कै अब उठके तम सू बतलाएगो..... चलो खड़ा होओ....!" उठते हुए हरसाय बोला।

धीरे-धीरे सब उठ गए और जनाज़े के नज़दीक आ गए।

हुसैनदीन, बाबू, रमजान और सुभान खाँ ने जनाज़े को आहिस्ता से उत्तर-दक्षिण दिशा में खोदी हुई क़ब्र के किनारे रख दिया। जनाज़े का सिर उत्तर की ओर तथा पैर दक्षिण की ओर कर दिए।

"या आखरी घड़ी में याको मुँ तो दिखा देओ एक बर.....!" ग़मग़ीन स्वर में बुद्धन बोला।

बुद्धन के आग्रह पर रोबड़ा ने काँपते हाथों से जैसे ही जनाज़े से कफ़न हटाया कि पूरे चौधरी मोहल्ले से नहीं रुका गया। मनीराम तो सलेमी की हमेशा के लिए बंद हो चुकी पलकों को देखकर कटे हुए दरख़्त की तरह ढहता चला गया और बाबू, उसने घुटनों के बीच चेहरा दबा लिया। पूरे हदीरे का वातावरण ओस में भीगी हुई सुबह की तरह हो गया।

"अरे, बस्स करो.... देख लिओ..... अब ढक देओ।" नबी खाँ ने मुँह फेरते हुए कहा।

रोबड़ा ने पुनः जनाज़े का मुँह ढक दिया।

इसके बाद आहिस्ता-आहिस्ता जनाज़े को क़ब्र में उतारा जाने लगा। क़ब्र के उत्तर की ओर खड़े होकर हुसैनदीन ने जनाज़े पर ढके कफ़न के सिरों को पकड़ लिया। सलेमी का जीजा रमजान पाँयतों की ओर से तथा नबी खाँ बीच से सहारा देकर जनाज़े को क़ब्र में उतरवाने लगे।

जनाज़े को पूरी एहतियात के साथ क़ब्र में उतारने के बाद पहले से तीन बार धोकर पाक-साफ़ की गई अलग-अलग आकार की सिल्लियों से एक-एक कर क़ब्र को ढक दिया गया। सिरहाने रखी जाने वाली सबसे पहली सिल्ली बाबू ने

रखी। दूसरी उसके फूफा रमजान ने तथा अंतिम दो छोटे टुकड़ों को हुसैनदीन और रोबड़ा ने रखा।

जनाज़े को सिल्लियों से ढकने के बाद नबी खाँ ने अंतिम बार उसका मुआयना किया कि कोई सुराख न रह जाए लेकिन जैसे ही छाती के पास उसे एक सुराख नज़र आया उसने एक मोटे डले से उसे यह सोचते हुए ढक दिया कि कहीं सलेमी नबी खाँ को आख़िरत में उलाहना न दे डाले, "अन्यायी, तैने तो ठीक सू कबर भी ना ढकी!"

अंत में उपरलीघाँ की महजत के मौलवी अलाउद्दीन, रोबड़ा, नबी खाँ तथा रमजान ने क़ब्र को ध्यान से देखा और जब उन्हें पूरी तसल्ली हो गई, तो मौलवी अलाउद्दीन ने सबसे पहले बाबू से मिट्टी देने के लिए कहा। बाबू क़ब्र के किनारे पड़ी ताज़ा-ताज़ा गीली-भुरभुरी मिट्टी को दूसरी मिट्टी पर डालने के लिए उसे अँधले[1] में भरने लगा, तो भुरभुरी मिट्टी बाबू की अँगुलियों के बीच से इस तरह फिसल कर गिरने लगी, मानो वह भी सलेमी को इस दुनिया से अभी जाता हुआ नहीं देखना चाहती है। दूसरा अँधला मिट्टी डालने तक बाबू उसी मिट्टी की तरह बिखर गया। हुसैनदीन और रमजान ने बाबू को लपक कर यह कहते हुए सँभाल लिया, "बाबू, बावलो होगो है ? चल खड़ो हो..... वाको साथ बस यईं तक हो....।"

"बाबू, बेटा खड़ो हो.... अब तो जी केड़ो करणो ही पड़ेगो..... अरे बावला, 'उजड़ा खेड़ा फिर बसाँ, बिछड़ा भी मिल जाएँ; मरा न मिल साँ 'दानशाह', चाहे जुग कितना हो जाएँ'.....।" रोबड़ा बाबू को समझाते हुए बोला।

इधर बाबू क़ब्र पर तीन अँधले मिट्टी लगाता रहा, उधर मौलाना अलाउद्दीन 'मिनहा ख़लकना.....' पढ़ता रहा।

इसके बाद एक-एक कर सब मिट्टी देते गए और क़ब्र से दूर हटते गए। कुछ क़ब्र के दाएँ ओर बैठ गए, कुछ बाएँ ओर। कुछ क़ब्र की उत्तर दिशा में खड़े हो गए और कुछ दक्षिण की ओर हट गए।

हुसैनदीन ने एक पत्थर क़ब्र के सिरहाने और एक पत्थर पाँयते की ओर गाड़ दिया।

हालाँकि ये पत्थर गाड़े तो गए हैं इस शिनाख़्त के लिए ताकि भविष्य में यह पता रहे कि सलेमी यहाँ एक लंबी नींद में सोया हुआ है लेकिन इन पत्थरों को सलेमी जैसों की याद में गाड़े गए शिलालेख भी कहा जा सकता है। सलेमी जैसों का काले पहाड़ के यही पत्थर तो बरसों तक साथ देते हैं, और अपने होने का अहसास दिलाते हैं वरना उन्हें कौन याद रखता है? यही तो वे मूक शिलालेख हैं जिनके जिस्म पर हालाँकि लिखा तो कुछ नहीं होता है लेकिन पढ़ने वाला फिर भी इन अनलिखे शिलालेखों से इतना कुछ पढ़ लेता है कि वह कभी भी इनकी इबारतों को भूल नहीं पाता है। इस काले पहाड़ के जिस्म पर ही ऐसी कौन-सी महा-गाथाएँ उकरी हुई हैं जिन्हें पढ़ कर उसे जाना जा सकता है? किंतु पढ़ने वाले फिर भी इसके अंतस में खुदे उन अनदेखे-

---

1. अँधला : अंजलि।

अनजाने अनुच्छेदों को बाँच ही लेते हैं, जिनमें इसके दुःख-दर्द और अतीत की गाथाएँ-उपगाथाएँ छिपी हुई हैं। और जब इस काले पहाड़ के अनदेखे-अनजाने अनुच्छेद बाँचे जा सकते हैं, तब इस क़ब्र के उत्तर-दक्षिण दिशा में गड़े इन मूक शिलालेखों को क्यों नहीं पढ़ा जा सकता है?

मौलवी अलाउद्दीन ने पूरी क़ब्र को बेहद बारीकी से निहारा और फिर सबको सुनाते हुए बोला, "अरे, सलेमी लू तीन कुल[1] पढ़ देओ.... और जिनपे ये कुल ना आवे हैं वे या बिचारा का हक़ में दुआ कर लेएँ..... अब तो यालू दुआ ही सबसू बड़ी दौलत है.... जो याके आखरत और बकसीस में काम आएगी.....।"

इसके बाद मौलवी अलाउद्दीन ने नबी खाँ को पाँयते की ओर जाने के लिए तथा उससे वहाँ गड़े पत्थर पर अँगुली रखने को कहा, और ख़ुद ने सिरहाने की ओर गड़े पत्थर पर अँगुली रख, सलेमी की रूह की मग़फ़िरत और ख़ैर के लिए आयत पढ़ी। यही आयत नबी खाँ ने भी दूसरी तरफ़ से उसके साथ-साथ पढ़ी।

दुआ के बाद सब धीरे-धीरे वापस होने लगे।

हदीरे से दूर होते हुए मनीराम ने पलट कर देखा तो रोबड़ा से रुका नहीं गया।

"मनीराऽऽम अब कहा बचो है....!"

मनीराम ने किसी तरह की प्रतिक्रिया व्यक्त नहीं की। बस, चुपचाप भीगी पलकों से हदीरे की ओर देखता रहा। हदीरे की तरफ़ उसे कोई नहीं दीखा सिवाय पच्छिम में खड़े काले पहाड़ और क़ब्र के दोनों सिरों पर गड़े इसी पहाड़ के दो पत्थरों के। उसे लगा मानो सलेमी से बतियाने के लिए दोनों पत्थर उसके जागने का इंतज़ार कर रहे हैं। सूरज भी अब तक काले पहाड़ की ओट में छिप गया।

शाम के झुटपुटे में तेज़ी से स्याह पड़ता जा रहा काला पहाड़ देखते ही देखते अँधेरे गर्त में समा गया। मनीराम एक पल के लिए रुका और पीछे मुड़ते हुए लंबी साँस ली, तथा धीरे-धीरे कदमों से यह कहते हुए पुनः घर की ओर चल दिया-

'खक्के' मन पक्के करो, मत कर मन भारी
याही रस्ता जाएगी, खल-कुल्ला[2] सारी।

■■■

1. कुल : कुरान के तीसरे पारे में तीन आयतें हैं, जो 'कुल' शब्द से शुरू होती हैं, जो इस प्रकार हैं-
(i) कुलहुवल्लाहु अहद अल्लाहुस्स मद .....।
(ii) कुल ऊज़ु बिरब्बिल फल कि मिनसर्रि मा ख़लक़.....।
(iii) कुल ऊज़ु बिरब्बिनासि मलिकिन्नासि...।
2. खल-कुल : दुनिया